KARIN SLAUGHTER

DIE VERGESSENE

THRILLER

Aus dem amerikanischen Englisch von
Fred Kinzel

HarperCollins

Die Originalausgabe erschien 2022 unter dem Titel
Girl, Forgotten b6ei William Morrow, New York.

6. Auflage 2023

Ungekürzte Neuausgabe im HarperCollins Taschenbuch

Published by arrangement with William Morrow,
an imprint of HarperCollins *Publishers*, US
Umschlaggestaltung von Hafen Werbeagentur, Hamburg
Umschlagabbildung von Gary Isaacs / Trevillion Images,
Groundback Atelier / Shutterstock
Gesetzt aus der Stempel Garamond
von GGP Media GmbH, Pößneck
Druck und Bindung von GGP Media GmbH, Pößneck
Printed in Germany
ISBN 978-3-365-00262-9
www.harpercollins.de

Klimaneutral
Druckprodukt
ClimatePartner.com/15109-2009-1001

FSC
MIX
Papier
FSC® C014496

Für Mrs. D. Ginger

17. APRIL 1982

Emily Vaughn blickte stirnrunzelnd in den Spiegel. Das Kleid war genauso schön wie im Laden. Ihr Körper war das Problem. Sie drehte sich, und dann drehte sie sich noch einmal, um einen Blickwinkel zu finden, in dem sie nicht aussah wie ein gestrandeter Wal.

Omis Stimme ertönte aus der Ecke: »Du solltest die Finger von den Keksen lassen, Rose.«

Emily stutzte kurz. Rose war Omis Schwester, die während der Großen Depression an Tuberkulose gestorben war. Emily hieß zum Andenken an das Mädchen mit zweitem Vornamen Rose.

»Omi.« Sie legte die Hand auf den Bauch und sagte zu ihrer Großmutter: »Ich glaube nicht, dass es an den Keksen liegt.«

»Bist du dir sicher?« Ein Lächeln spielte um Omis Mund. »Ich habe gehofft, du würdest damit herausrücken.«

Emily warf einen weiteren missbilligenden Blick auf ihr Spiegelbild, ehe sie sich zu einem Lächeln zwang. Sie ging unbeholfen vor dem Schaukelstuhl ihrer Großmutter in die Knie. Die alte Frau strickte einen Pullover in Kindergröße. Ihre Finger tauchten wie Kolibris in schneller Folge in den kleinen gekräuselten Kragen. Der lange Ärmel ihres geblümten Rüschenkleids war nach oben gerutscht. Emily berührte sanft den dunkelblauen Bluterguss um ihr dünnes Handgelenk.

»Ich alter Tollpatsch.« Sie leierte die Worte im Tonfall tausendmal gebrauchter Ausflüchte. »Freddy, du musst dieses Kleid ausziehen, bevor Papa nach Hause kommt.«

Jetzt dachte Omi, Emily sei ihr Onkel Fred. Demenz glich irgendwie einem Spaziergang im Familienschrank mit vielen Skeletten.

»Soll ich dir ein paar Kekse holen?«, fragte Emily.

»Das wäre wunderbar.« Omi strickte weiter, aber ihr Blick, der nie auf etwas Bestimmtes fokussiert war, hing plötzlich wie gebannt an Emily. Ihr Mund verzog sich zu einem Lächeln. Sie legte den Kopf schief, als betrachtete sie die Perlmuttschicht in einer Muschel. »Schau sich nur einer diese glatte Haut an. Du bist so hübsch.«

»Das liegt in der Familie.« Emily staunte über den beinahe greifbaren Zustand des Erkennens, der den Blick ihrer Großmutter verwandelt hatte. Sie war wieder ganz da, so als hätte ein Besen die Spinnweben aus dem wirren Gehirn gefegt.

Emily berührte ihre faltige Wange. »Hallo, Omi.«

»Hallo, mein liebes Kind.« Sie legte das Strickzeug beiseite, um Emilys Gesicht mit beiden Händen zu umfassen. »Wann ist dein Geburtstag?«

Emily wusste, dass sie jetzt so viele Informationen wie möglich liefern musste. »Ich werde in zwei Wochen achtzehn, Großmutter.«

»Zwei Wochen.« Omi lächelte noch mehr. »Es ist so wunderbar, jung zu sein. Solch ein Versprechen. Dein ganzes Leben ist wie ein ungeschriebenes Buch.«

Emily wappnete sich mit einer unsichtbaren Festung gegen eine Flut von Empfindungen. Sie würde diesen Moment nicht ruinieren, indem sie zu weinen anfing. »Erzähl mir eine Geschichte aus *deinem* Buch, Omi.«

Omi sah erfreut aus. Sie liebte es, Geschichten zu erzählen. »Hab ich dir von der Zeit erzählt, als ich mit deinem Vater schwanger war?«

»Nein«, sagte Emily, obwohl sie die Geschichte Dutzende Male gehört hatte. »Wie war das?«

»Grauenhaft.« Sie lachte, um dem Wort die Schwere zu nehmen. »Mir war von früh bis spät übel. Ich konnte kaum aufstehen, um zu kochen. Das Haus war ein Saustall. Draußen war es brütend heiß, das kann ich dir sagen. Ich wollte mir unbedingt das Haar schneiden. Es war so lang, ging mir bis zur Taille, und wenn ich es wusch, war es durch die Hitze ruiniert, noch bevor es ganz trocken war.«

Emily fragte sich, ob Omi ihr Leben mit der Kurzgeschichte *Bernice schneidet ihr Haar ab* verwechselte. F. Scott Fitzgerald und Ernest Hemingway stahlen sich oft in ihre Erinnerungen. »Wie kurz hast du dein Haar geschnitten?«

»O nein, ich habe nichts dergleichen getan«, sagte Omi. »Dein Großvater erlaubte es nicht.«

Emily öffnete überrascht den Mund. Das klang eher nach dem wahren Leben als nach einer Kurzgeschichte.

»Es gab ein ziemliches Theater. Mein Vater mischte sich ein. Er und meine Mutter kamen, um für mich Partei zu ergreifen, aber dein Großvater weigerte sich, sie ins Haus zu lassen.«

Emily hielt die zitternden Hände ihrer Großmutter fest.

»Ich weiß noch, wie sie auf der Veranda gestritten haben. Sie waren kurz davor, sich zu prügeln, aber meine Mutter flehte sie an, aufzuhören. Sie wollte mich mit nach Hause nehmen und sich um mich kümmern, bis das Baby kam, aber dein Großvater ließ sie nicht.« Sie schaute überrascht drein, als wäre ihr gerade ein Gedanke gekommen. »Stell dir vor, wie anders mein Leben verlaufen wäre, wenn sie mich an diesem Tag mit nach Hause genommen hätten.«

Emily war nicht imstande, es sich vorzustellen. Sie konnte

nur an die Umstände ihres eigenen Lebens denken. Sie war genauso in die Falle geraten wie ihre Großmutter.

»Mein Lämmchen.« Omis gichtknotige Finger fingen Emilys Tränen auf. »Sei nicht traurig. Du wirst entkommen. Du wirst aufs College gehen. Einen Jungen kennenlernen, der dich liebt. Kinder haben, die dich anbeten. Du wirst in einem schönen Haus leben.«

Emily wurde die Brust eng. Der Traum von einem solchen Leben war ihr abhandengekommen.

»Mein Schatz«, sagte Omi. »Du musst mir in dieser Sache vertrauen. Ich habe mich im Schleier zwischen Tod und Leben verfangen, was mir einen Blick auf die Vergangenheit wie auf die Zukunft gewährt. Und ich sehe nichts als Glück für dich in der Zeit, die vor uns liegt.«

Emily spürte, wie ihre Festung unter dem Gewicht des drohenden Schmerzes zu bröckeln begann. Was auch geschah, ob es gut, schlecht oder unbestimmt war –, ihre Großmutter würde es nicht mitbekommen. »Ich liebe dich so sehr.«

Es gab keine Reaktion. In Omis Blick lag wieder die vertraute Verwirrung. Sie hielt die Hand einer Fremden. Peinlich berührt griff sie nach den Stricknadeln und arbeitete weiter an dem Pullover.

Emily wischte sich die letzten Tränen fort und stand auf. Es gab nichts Schlimmeres, als eine Fremde weinen zu sehen. Der Spiegel lockte, aber es ging ihr schon schlecht genug, ohne dass sie sich weiter betrachtete. Davon abgesehen würde es nichts ändern.

Omi blickte nicht auf, als Emily ihre Sachen zusammenpackte und hinausging.

Sie lief die Treppe hinauf und lauschte. Der schneidende Tonfall ihrer Mutter wurde von der geschlossenen Tür ihres Arbeitszimmers gedämpft. Emily horchte angestrengt auf den tiefen Bariton ihres Vaters, aber er war vermutlich noch in seiner

Fachbereichssitzung. Dennoch zog Emily ihre Schuhe aus, als sie vorsichtig die Treppe wieder hinunterschlich. Das Knarren des alten Hauses war ihr so vertraut wie das laute Gezänk ihrer Eltern.

Ihre Hand streckte sich schon zur Eingangstür, als ihr die Kekse einfielen. Die mächtige alte Standuhr ging auf fünf zu. Ihre Großmutter würde sich nicht an die Bitte erinnern, aber bis weit nach sechs würde sie auch nichts zu essen bekommen.

Emily stellte ihre Schuhe neben der Tür ab und lehnte ihre kleine Handtasche gegen die Absätze. Dann schlich sie auf Zehenspitzen zur Küche.

»Wohin, zum Teufel, willst du denn in diesem Aufzug?« Die Küche stank nach Zigarren und dem schalen Bier ihres Vaters. Das schwarze Anzugjackett hatte er über einen Stuhl geworfen und die Ärmel des weißen Hemds hochgekrempelt. Eine ungeöffnete Dose Natty Boh stand neben zwei eingedrückten leeren auf der Anrichte.

Emily sah einen Tropfen Kondenswasser an der Dose hinunterlaufen.

Ihr Vater schnippte mit den Fingern, als treibe er einen seiner Studenten zu mehr Eile an. »Antworte mir.«

»Ich wollte nur …«

»Ich weiß, was du *nur* wolltest«, unterbrach er sie. »Du bist nicht zufrieden mit dem Schaden, den du dieser Familie bereits zugefügt hast, nicht wahr? Du hast vor, unser Leben komplett in die Luft zu jagen, zwei Tage vor der wichtigsten Woche in der ganzen Karriere deiner Mutter?«

Emilys Gesicht brannte vor Scham. »Es geht nicht um …«

»Es interessiert mich einen feuchten Dreck, worum es deiner Ansicht nach geht oder nicht geht.« Er zog den Ring von der Dose und warf ihn in die Spüle. »Du darfst kehrtmachen, dieses grässliche Kleid ausziehen und in deinem Zimmer bleiben, bis ich dir etwas anderes sage.«

»Ja, Sir.« Sie öffnete den Küchenschrank, um die Kekse für ihre Großmutter herauszuholen. Emilys Finger hatten die orange-weiße Packung kaum berührt, als sich die Hand ihres Vaters um ihr Handgelenk schloss. Ihre Gedanken fokussierten sich nicht auf den Schmerz, sondern auf die Erinnerung an den handschellenförmigen Bluterguss am zarten Gelenk ihrer Großmutter.

Du wirst entkommen. Du wirst aufs College gehen. Du wirst einen Jungen kennenlernen, der dich liebt …

»Dad, ich …«

Er drückte härter, und der Schmerz raubte ihr den Atem. Emily ging in die Knie, die Augen fest geschlossen, als sein stinkender Atem in ihre Nase drang. »Was habe ich dir gesagt?«

»Du …« Ihr Atem stockte, als die Knochen in ihrem Handgelenk zu zittern begannen. »Es tut mir leid, ich …«

»Was habe ich dir gesagt?«

»Ich … Ich soll auf mein Zimmer gehen.«

Der Schraubstock seiner Hand löste sich, und vor lauter Erleichterung stieß Emily einen tiefen Seufzer aus. Sie stand auf, schloss die Schranktür, ging aus der Küche. Sie lief durch den Flur zurück und stellte den Fuß auf die unterste Stufe, genau dort, wo sie am lautesten knarrte, bevor sie ihn zurückzog und wieder auf den Boden setzte.

Emily drehte sich um.

Ihre Schuhe standen zusammen mit ihrer Handtasche noch neben der Eingangstür. Sie waren in einer Nuance von Türkis eingefärbt, die perfekt zu ihrem Seidenkleid passte. Aber das Kleid war zu eng, und sie bekam die Strumpfhose einfach nicht höher als bis zu den Knien. Außerdem waren ihre Füße schmerzhaft geschwollen, deshalb ließ sie die Schuhe stehen und schnappte sich beim Hinausgehen nur das Täschchen.

Eine sanfte Frühlingsbrise strich um ihre nackten Schultern, als sie den Rasen überquerte. Das Gras kitzelte sie an den Füßen. Sie nahm den stechenden Salzgeruch des Ozeans in der

Ferne wahr. Der Atlantik war viel zu kalt für die Touristen, die im Sommer zur Strandpromenade strömen würden. Für den Moment gehörte Longbill Beach den Einheimischen, die nie in einer langen Schlange für einen Eimer Fritten vor *Thrasher's* anstehen oder staunend auf die Apparate starren würden, die im Fenster des Süßwarenladens lange bunte Toffeefäden zogen.

Sommer.

Nur wenige Monate entfernt.

Clay, Nardo, Ricky und Blake bereiteten sich alle auf ihre Abschlussprüfungen vor; sie standen im Begriff, ihr Erwachsenenleben zu beginnen und diesen erdrückenden, armseligen Badeort zu verlassen. Würden sie jemals wieder an Emily denken? Dachten sie jetzt überhaupt an sie? Vielleicht voller Mitleid. Wahrscheinlich erleichtert, weil sie die Fäule endlich aus ihrem inzestuösen kleinen Kreis herausgeschnitten hatten.

Ihr Außenseitertum schmerzte nicht mehr so stark wie zu Beginn. Emily hatte schließlich akzeptiert, dass sie nicht mehr zum Leben der anderen gehörte. Im Gegensatz zu dem, was ihre Großmutter prophezeit hatte, würde Emily *nicht* entkommen. *Nicht* aufs College gehen. *Keinen* Jungen kennenlernen, der sie liebte. Am Ende würde sie unverschämte Bengel mit ihrer Rettungsschwimmerpfeife verwarnen oder hinter der Theke von *Salty Pete's* kostenlose Softeisportionen ausgeben.

Ihre Fußsohlen klatschten auf den warmen Asphalt, als sie um die Ecke bog. Sie hätte gern zum Haus zurückgeschaut, aber sie versagte sich die theatralische Geste. Stattdessen beschwor sie das Bild ihrer Mutter herauf, die mit dem Telefon am Ohr in ihrem Arbeitszimmer auf und ab lief und ihre Strategie entwarf. Ihr Vater würde die Dose Bier leeren und vielleicht die Entfernung zwischen dem restlichen Bier im Kühlschrank und dem Scotch in der Bibliothek abwägen. Ihre Großmutter würde den winzigen Pullover zu Ende stricken und sich fragen, für welches Kind sie ihn wohl angefangen haben mochte.

Ein Auto näherte sich, und Emily wich von der Straßenmitte an den Rand zurück. Sie sah einen zweifarbige Chevy Chevette vorbeirollen, dann leuchteten die grellroten Bremslichter auf. Laute Musik dröhnte aus den offenen Fenstern: die Bay City Rollers.

S-A-T-U-R-D-A-Y Night!

Mr. Wexlers Blick schwenkte vom Rückspiegel zum Seitenspiegel. Die Hecklichter blinkten, als er mit dem Fuß zwischen Brems- und Gaspedal wechselte, unschlüssig, ob er weiterfahren sollte oder nicht.

Emily trat zur Seite, als der Wagen zurücksetzte. Sie konnte den Joint im Aschenbecher riechen. Vermutlich sollte Dean heute Abend Aufsicht führen, aber sein schwarzer Anzug war eher für eine Beerdigung angemessen als für einen Ball.

»Em!«, brüllte er wegen der Lautstärke des Songs. »Was hast du vor?«

Sie streckte die Arme aus, um auf ihr türkisfarbenes Ballkleid hinzuweisen. »Wonach sieht es denn aus?«

Sein Blick huschte über sie, dann musterte er sie noch einmal, jetzt langsamer. Genau so hatte er Emily angesehen, als sie zum ersten Mal in sein Klassenzimmer spaziert war. Er unterrichtete nicht nur Sozialkunde, sondern war auch der Leichtathletikcoach, deshalb hatte er burgunderrote Shorts und ein weißes, kurzärmeliges Polohemd getragen – genau wie die anderen Trainer.

An diesem Punkt endeten die Ähnlichkeiten aber bereits.

Dean Wexler war nur sechs Jahre älter als seine Schüler, aber er war welterfahren und klug, wie es keiner von ihnen je sein würde. Vor seinem Studium hatte er ein Jahr Auszeit genommen und war als Rucksacktourist durch Europa gereist. Er hatte Brunnen für Dorfbewohner in Lateinamerika gegraben. Er trank Kräutertees und baute sein eigenes Gras an. Er hatte einen dichten, üppigen Schnauzbart wie Tom Selleck in *Magnum*.

Er sollte sie eigentlich in Staatsbürgerkunde unterrichten, aber in der einen Unterrichtsstunde las er mit ihnen einen Artikel darüber, wie das Insektizid DDT immer noch das Grundwasser verseuchte, und in der nächsten erklärte er ihnen, dass Reagan eine Geheimabsprache mit den Iranern wegen der Geiseln traf, um die Wahl zu seinen Gunsten zu beeinflussen.

Kurz gesagt, alle waren der Ansicht gewesen, dass Dean Wexler der coolste Lehrer war, den sie je gehabt hatten.

»Em.« Er wiederholte den Namen wie einen Seufzer. Die Gangschaltung ging auf *Parken*. Er zog die Handbremse, stellte den Motor ab und unterbrach den Song bei *n-i-i-ght.*

Dean stieg aus. Er ragte drohend vor ihr auf, doch sein Blick war zur Abwechslung nicht unfreundlich. »Du kannst nicht zum Ball gehen. Was sollen die Leute denken? Was werden deine Eltern sagen?«

»Das ist mir egal«, sagte sie, und ihre Stimme ging am Satzende nach oben, denn es war ihr alles andere als egal.

»Du musst die Folgen deines Handelns bedenken.« Er machte Anstalten, nach ihren Armen zu greifen, dann überlegte er es sich offenbar anders. »Deine Mutter wird in diesem Augenblick von höchster Ebene auf Herz und Nieren überprüft.«

»Tatsächlich?«, fragte Emily, als hätte ihre Mutter nicht so viele Stunden telefoniert, dass ihr Ohr die Form des Telefonhörers angenommen hatte. »Ist sie irgendwie in Schwierigkeiten?«

Sein lautstarker Seufzer sollte zeigen, dass er um Geduld bemüht war. »Ich glaube, du bedenkst nicht, dass dein Handeln alles, wofür sie gearbeitet hat, zunichte machen könnte.«

Emily beobachtete eine Möwe, die über einem Wolkenhaufen schwebte. *Dein Handeln. Dein Handeln. Dein Handeln.* Sie hatte Dean schon herablassend erlebt, aber nie ihr gegenüber.

»Was, wenn jemand ein Foto von dir macht?«, fragte er. »Oder wenn ein Journalist an der Schule ist. Überleg mal, was für ein Licht das auf sie wirft.«

Eine Erkenntnis dämmerte und brachte sie zum Lächeln. Er scherzte. Natürlich scherzte er.

»Emily.« Dean scherzte eindeutig nicht. »Du kannst nicht …«

Wie ein Pantomime deutete er mit den Händen die Umrisse ihres Körpers an: nackte Schultern, zu große Brüste, zu breite Hüften, die gespannten Nähte an ihrer Taille, weil die türkisfarbene Seide die Rundung ihres Bauchs nicht verbergen konnte.

Deshalb strickte Omi den winzigen Pullover. Deshalb hatte ihr Vater sie die letzten vier Monate nicht aus dem Haus gehen lassen. Deshalb hatte der Direktor sie der Schule verwiesen. Deshalb war sie von Clay, Nardo, Ricky und Blake getrennt worden.

Sie war schwanger.

Schließlich fand Dean seine Sprache wieder. »Was würde deine Mutter sagen?«

Emily zögerte, sie versuchte die Flut von Scham zu durchwaten, die ihr entgegenströmte, die Scham, die sie ertragen musste, seit bekannt geworden war, dass sie nicht mehr das brave Mädchen war, das ein vielversprechendes Leben vor sich hatte, sondern das böse Mädchen, das einen hohen Preis für seine Sünden zahlen würde.

»Seit wann machen Sie sich so viele Gedanken um meine Mutter?«, fragte sie. »Ich dachte, sie sei nur ein Rädchen in einem korrupten System?«

Ihr Ton war schärfer als beabsichtigt, aber ihr Zorn war echt. Er hörte sich genau wie ihre Eltern an. Wie der Direktor. Wie die anderen Lehrer. Der Pastor. Ihre früheren Freunde. Sie hatten immer recht, und Emily lag immer falsch, falsch, falsch.

Sie sagte die Worte, die ihn am meisten verletzten: »Ich habe an Sie geglaubt.«

Er schnaubte höhnisch. »Du bist zu jung, um ein glaubhaftes System von Überzeugungen zu besitzen.«

Emily biss sich auf die Unterlippe, um ihre Wut zu beherrschen. Wieso hatte sie nicht früher bemerkt, was für einLeckskerl er war?

»Emily.« Er schüttelte noch einmal betrübt den Kopf, versuchte noch immer, sie zu demütigen, damit sie gehorchte. Er interessierte sich nicht für sie – nicht wirklich. Er wollte nichts mit ihr zu tun haben. Er wollte auf keinen Fall mitansehen, wie sie auf dem Ball eine Szene machte. »Du siehst ungeheuerlich aus. Du wirst dich nur zum Gespött machen. Geh nach Hause.«

Genau das würde sie nicht tun. »Sie haben gesagt, wir sollen die Welt niederbrennen. Genau das haben Sie gesagt. ›Brennt alles nieder. Fangt neu an. Baut etwas auf …‹«

»Du wirst nichts aufbauen. Du hast eindeutig nur eine Show im Sinn, um die Aufmerksamkeit deiner Mutter auf dich zu ziehen.« Er hatte die Arme verschränkt und blickte jetzt auf seine Uhr. »Werd erwachsen, Emily. Die Zeit für Egoismus ist vorbei. Du musst daran denken, was …«

»Woran muss ich denken, Dean? Woran, meinen Sie, muss ich denken?«

»Nicht so laut, um Himmels willen.«

»Sagen Sie mir nicht, was ich tun soll!« Sie spürte, wie ihr Herz bis zum Hals schlug, und sie hatte die Fäuste geballt. »Sie haben es selbst gesagt. Ich bin kein Kind mehr. Ich bin fast achtzehn Jahre alt. Und ich habe es gründlich satt, dass Leute – *Männer* – mir sagen, was ich tun soll.«

»Dann bin ich jetzt also das Patriarchat?«

»Sind Sie es, Dean? Gehören Sie zum Patriarchat? Wir werden sehen, wie schnell man die Wagenburg schließt, wenn ich meinem Vater erzähle, was Sie getan haben.«

Feuer schoss in ihren Arm und bis in die Fingerspitzen. Sie wurde hochgehoben, herumgeworfen und krachte gegen die Autotür. Das Metall war heiß an ihren bloßen Schulterblättern. Sie hörte den abkühlenden Motor knistern. Eine Hand von Dean umschloss ihr Handgelenk, die andere war auf ihren Mund gepresst. Sein Gesicht war ihrem so nah, dass sie die feinen Schweißperlen in seinem Schnauzbart erkennen konnte.

Emily wehrte sich. Er tat ihr weh, richtig weh.

»Was für einen verlogenen Scheißdreck willst du deinem Vater erzählen?«, zischte er. »Sag schon.«

In ihrem Handgelenk knackte etwas. Sie fühlte die Knochen wie Zähne klappern.

»Was wirst du sagen, Emily? Nichts? Wirst du nichts sagen?«

Emilys Kopf ging auf und nieder. Sie wusste nicht, ob Deans schweißnasse Hand ihn bewegte, oder ob ein Überlebensinstinkt in ihr sie nachgeben ließ.

Langsam löste er seine Finger. »Was wirst du also sagen?«

»N-nichts. Ich ... Ich werde ihm nichts erzählen.«

»Ganz recht, verdammt noch mal. Denn es gibt nichts zu erzählen.« Er wischte sich die Hand an seinem Hemd ab und trat einen Schritt zurück. Sein Blick ging kurz nach unten, er begutachtete den Preis ihres geschwollenen Handgelenks nicht, sondern berechnete ihn. Er wusste, sie würde ihren Eltern nichts verraten. Sie würden ihr höchstens vorwerfen, dass sie das Haus verlassen hatte, obwohl sie ihr befohlen hatten, sich zu verstecken. »Geh nach Hause, bevor dir etwas wirklich Schlimmes zustößt.«

Emily trat zur Seite, damit er in den Wagen steigen konnte. Der Motor tuckerte einmal, dann noch einmal, dann sprang er an. Die Musik von der Kassette war wieder zu hören.

S-A-T-U-R-D-A-Y ...

Emily hielt ihr geschwollenes Handgelenk, während die abfahrenden Reifen quietschend Haftung suchten. Dean ließ sie in einer Qualmwolke aus verbranntem Gummi zurück. Der Geruch war stechend, aber sie blieb stehen, wo sie war, die nackten Füße klebten am heißen Asphalt. Das linke Handgelenk pochte im Takt ihres Pulsschlags, die rechte Hand lag auf dem Bauch.

Sie stellte sich vor, wie die schnellen Pulsschläge, die sie im Ultraschall gesehen hatte, mit ihrem eigenen Herzschlag Schritt hielten.

Sie hatte alle Ultraschallbilder an ihren Badezimmerspiegel geklebt, weil sie glaubte, dass man das von ihr erwartete. Die Aufnahmen zeigten, wie sich der winzige bohnenförmige Klecks langsam entwickelte – wie Augen und eine Nase sprossen, dann Finger und Zehen.

Sie sollte eigentlich etwas empfinden, oder?

Anschwellende Gefühle? Eine unmittelbare Verbundenheit? Ein Gefühl von Ehrfurcht und Erhabenheit?

Stattdessen hatte sie Angst empfunden. Sie hatte die Bürde der Verantwortung gespürt, und schließlich war aus diesem Gefühl der Verantwortung etwas Greifbares entstanden: ein Zielbewusstsein.

Emily wusste, wie schlechte Eltern aussahen. Jeden Tag – oft mehrmals täglich – versprach sie ihrem Kind, dass sie die wichtigsten Pflichten einer Mutter erfüllen würde.

Jetzt sprach sie die Worte zur Erinnerung laut aus.

»Ich werde dich beschützen. Niemand wird dir jemals wehtun. Du wirst immer sicher sein.«

Zu Fuß dauerte es noch einmal eine halbe Stunde bis in die Stadt. Ihre bloßen Füße fühlten sich zuerst versengt an, dann so, als hätte man von ihnen die Haut abgezogen, und schließlich völlig taub, als sie die Strandpromenade aus weißem Zedernholz überquerte. Der Atlantik lag zu ihrer Rechten, die Wellen scharrten über den Sand, wenn die Ebbe sie zurückholte. Die im Dunkel liegenden Schaufenster zu ihrer Linken spiegelten die Sonne auf ihrer langsamen Bahn über die Delaware Bay. Sie stellte sich vor, wie sie über Annapolis hinwegzog, dann über Washington, dann durch den Shenandoah-Nationalpark, wo sie sich auf ihre Reise nach Westen vorbereitete – und das alles, während Emily sich über die immer gleiche Tretmühle von

Strandpromenade schleppte, die sie wahrscheinlich für den Rest ihres Lebens entlanglaufen würde.

Letztes Jahr um diese Zeit hatte Emily den Foggy Bottom Campus der George-Washington-Universität erkundet. Bevor alles so prächtig aus dem Ruder gelaufen war. Bevor sich das Leben, wie sie es kannte, unwiderruflich verändert hatte. Bevor sie das Recht auf Hoffnung verloren hatte, ganz zu schweigen von Träumen.

Der Plan hatte folgendermaßen ausgesehen: Als eine Art Familienerbe wäre ihre Aufnahme an der GWU reine Formsache. Sie würde ihre Collegezeit eingebettet zwischen dem Weißen Haus und dem Kennedy Center verbringen. Sie würde ein Praktikum bei einem Senator machen. Dann in die Fußstapfen ihres Vaters treten und Politikwissenschaft studieren. Dann in die Fußstapfen ihrer Mutter treten und in Harvard Jura studieren, dann fünf Jahre in einer angesehenen Wirtschaftskanzlei arbeiten, danach ein Staatsrichteramt erhalten und schließlich vielleicht noch eines als Bundesrichterin.

Was würde deine Mutter sagen?

»Dein Leben ist vorbei!« Das hatte ihre Mutter geschrien, als Emilys Schwangerschaft offensichtlich geworden war. »Niemand wird dich mehr respektieren!«

Das Komische dabei war: Wenn sie auf die letzten Monate zurückblickte, hatte ihre Mutter recht behalten.

Emily verließ die Promenade und bog in die lange dunkle Gasse zwischen dem Süßwarenladen und der Hotdogbude ein, überquerte den Beach Drive und fand sich schließlich auf dem Royal Cove Way wieder. Mehrere Autos fuhren vorbei, einige bremsten ab, um einen Blick auf das verdreckte Strandgut in dem leuchtend türkisfarbenen Ballkleid zu werfen. Emily rieb sich die Arme, es war kühl. Sie hätte nicht in einer derart schreienden Farbe ausgehen sollen. Sie hätte sich nicht für ein trägerloses Kleid entscheiden sollen. Sie hätte es ändern lassen sollen, damit ihr wachsender Körper darin Platz fand.

Aber bis gerade eben war ihr keine dieser fabelhaften Ideen in den Sinn gekommen, und deshalb quollen ihre angeschwollenen Brüste aus dem Oberteil, und ihre Hüften schwangen hin und her wie das Pendel an einer Standuhr.

»Hey, du heiße Nummer!«, schrie ein Junge aus dem offenen Fenster eines Mustangs. Seine Freunde hatten sich auf den Rücksitz gequetscht. Aus einem Fenster ragte ein Bein. Sie roch Bier, Gras und Schweiß.

Emily legte die Hand auf ihren runden Bauch, als sie über den Schulhof ging. Sie dachte an das Kind, das in ihr heranwuchs. Zunächst war es ihr nicht real erschienen, dann war es wie ein Anker gewesen. Erst in letzter Zeit fühlte es sich wie ein menschliches Wesen an.

Ihr menschliches Wesen.

»Emmie?«

Sie drehte sich um und war verblüfft, Blake verborgen im Schatten eines Baums zu entdecken. Er hielt die Hand über eine Zigarette gewölbt. Überraschenderweise war er für den Ball gekleidet. Seit der Grundschule hatten sie alle gelästert, dass Bälle und Tanzveranstaltungen nichts als Festivitäten für aufgedonnerte Proleten seien, die sich an die wahrscheinlich besten Abende ihres armseligen Lebens klammerten. Nur Blakes formeller schwarzer Smoking unterschied ihn von dem strahlenden Weiß und den Pastelltönen, die sie an anderen Typen in den vorbeifahrenden Autos gesehen hatte.

Sie räusperte sich. »Was machst du hier?«

Er grinste. »Wir dachten, es könnte Spaß machen, sich aus nächster Nähe über die Prolls lustig zu machen.«

Sie sah sich nach Clay, Nardo und Ricky um, denn die vier waren eigentlich immer im Rudel unterwegs.

»Die anderen sind drinnen«, sagte er. »Bis auf Ricky. Sie verspätet sich.«

Emily wusste nicht, was sie sagen sollte. *Danke* erschien

ihr nicht angemessen angesichts der Tatsache, dass Blake sie bei ihrem letzten Gespräch als dummes Miststück bezeichnet hatte.

Sie wandte sich zum Gehen und murmelte nur ein flüchtiges »Bis dann«.

»Em?«

Sie blieb nicht stehen und drehte sich nicht um, denn er hatte zwar recht damit, dass sie ein Miststück sein konnte, aber Emily war nicht dumm.

Musik hämmerte aus den offenen Türen der Sporthalle. Sie spürte den Bass in ihren Backenzähnen vibrieren, als sie über den Hof ging. Das Ballkomitee hatte sich offenbar für das Thema »Romance by the Sea« entschieden, was so traurig wie vorhersehbar war. Papierfische in Regenbogenfarben flitzten zwischen Reihen blauer Luftschlangen umher. Keiner davon war ein Longbill, der Fisch, nach dem die Stadt benannt war, aber wer war sie schon, das Komitee zu korrigieren? Sie war nicht einmal mehr Schülerin hier.

»Lieber Himmel«, sagte Nardo. »Du hast vielleicht Nerven, in dem Zustand hier aufzutauchen.«

Er stand seitlich neben dem Eingang, an genau dem Ort, an dem sie ihn erwartet hätte. Der gleiche schwarze Smoking wie Blake, aber mit einem *I SHOT J.R.*-Anstecker am Revers, um deutlich zu machen, dass er in den Scherz eingeweiht war. Er bot Emily einen Schluck aus einer halb vollen Flasche hochprozentigem Alkohol mit Kirschlimonade an.

Sie schüttelte den Kopf. »Ich hab das Trinken für die Fastenzeit aufgegeben.«

Er lachte schallend und schob die Flasche in seine Jackentasche. Sie sah, dass die Naht vom Gewicht des Fusels bereits eingerissen war. Eine selbst gedrehte Zigarette steckte hinter seinem Ohr. Emily erinnerte sich an etwas, was ihr Vater nach seiner ersten Begegnung mit Nardo über ihn gesagt hatte …

Der Junge wird im Gefängnis enden oder an der Wall Street, aber nicht in dieser Reihenfolge.

»So.« Nardo nahm die Zigarette in die Hand und suchte nach seinem Feuerzeug. »Was führt ein schlimmes Mädchen wie dich an einen netten Ort wie diesen?«

Emily verdrehte die Augen. »Wo ist Clay?«

»Wieso, hast du ihm etwas zu sagen?« Er zog die Augenbrauen hoch, während er demonstrativ auf ihren Bauch starrte.

Emily wartete, bis seine Zigarette brannte. Sie rieb sich mit der heilen Hand über den Bauch wie eine Hexe über eine Kristallkugel. »Was, wenn ich *dir* etwas zu sagen habe, Nardo?«

»Verdammt«, knurrte er und warf einen nervösen Blick hinter sie, wo sich etliche Neugierige versammelt hatten. »Das ist nicht komisch, Emily.«

Sie rollte wieder mit den Augen. »Wo ist Clay?«

»Zum Teufel, ich weiß es nicht.« Er wandte sich von ihr ab und täuschte Interesse an einer weißen Stretchlimousine vor, die auf den Parkplatz fuhr.

Emily ging in die Sporthalle, weil sie wusste, dass Clay sich irgendwo in der Nähe der Bühne aufhalten würde, wahrscheinlich umringt von einer Schar schlanker, schöner Mädchen. Ihre Fußsohlen nahmen die niedrigere Temperatur wahr, als sie über den polierten Holzboden lief. Das Strandthema der Party setzte sich im Gebäude fort. Ballons stießen an die Balken der hohen Decke, bereit, zum Ende der Nacht herabzusinken. Große runde Tische waren mit Tafelaufsätzen passend zur Meeresthematik geschmückt, vereint mit Muscheln und leuchtend rosa Pfirsichblüten.

»Schau mal«, sagte jemand. »Was macht *die* denn hier?«

»Verdammt.«

»Die hat vielleicht Nerven …«

Emily hielt den Blick geradeaus gerichtet. Die Band richtete sich gerade auf der Bühne ein, aber eine Schallplatte lief, um die

Stille zu füllen. Emilys Magen knurrte, als sie an den Tischen mit dem Büfett vorbeikam. Der widerlich süße Sirup, der sich als Bowle ausgab. Sandwiches, dick mit Wurst und Käse belegt. Toffee, das von der Touristensaison des Vorjahrs übrig war. Metallbehälter mit schlaffen Pommes frites. Würstchen im Blätterteigmantel. Krabbenküchlein. Kekse und Kuchen.

Emily hielt auf ihrem Weg zur Bühne inne. Die Geräusche der Menge waren verstummt. Alles, was sie hörte, war das Echo von Rick Springfield, der sie warnte, nicht mit Fremden zu sprechen.

Leute starrten sie an. Betreuer. Eltern. Ihre Kunstlehrerin, die ihr bemerkenswerte Fähigkeiten bescheinigt hatte. Ihr Englischlehrer, der *Ich bin beeindruckt!* auf ihre Arbeit über Virginia Woolf geschrieben hatte. Ihr Geschichtslehrer, der Emily versprochen hatte, sie würde die Chefanklägerin beim diesjährigen Übungsprozess sein.

Bis …

Emily hielt sich gerade, als sie auf die Bühne zuging, ihr Bauch ragte vor wie der Bug eines Ozeandampfers. Sie war in dieser Stadt aufgewachsen, hatte die lokalen Schulen besucht, war zur Kirche gegangen, ins Ferienlager, auf Exkursionen, Wanderungen und zu Übernachtungen bei Freundinnen. Das hier waren ihre Klassenkameraden gewesen, ihre Nachbarn, ihre Mitpfadfinderinnen, Labor- und Lernpartner, die Kids, mit denen sie sich herumgetrieben hatte, wenn Clay mit Nardos Familie nach Italien reiste und Ricky und Blake ihrem Großvater im Diner aushalfen.

Und jetzt …

Alle ihre ehemaligen Freundinnen wichen zurück, als wäre das, was Emily hatte, ansteckend. Sie waren solche Heuchler. Sie hatte das getan, was alle taten oder gern getan hätten, aber sie hatte das Pech gehabt, dabei erwischt zu werden.

»Lieber Himmel!«, flüsterte jemand.

»Ungeheuerlich!«, sagte ein Elternteil.

Ihre Vorhaltungen schmerzten nicht mehr. Dean Wexler in seinem beschissenen zweifarbigen Chevy hatte die letzte Schicht von Scham abgelöst, die Emily wegen ihrer Schwangerschaft je empfunden hatte. Sie erschien nur deshalb falsch, weil diese voreingenommenen Arschlöcher sich einredeten, dass sie falsch *war*.

Sie blendete das Getuschel aus und wiederholte lautlos die Versprechen an ihr Baby …

Ich werde dich beschützen. Niemand wird dir je wehtun. Du wirst immer sicher sein.

Clay lehnte an der Bühne und wartete mit verschränkten Armen auf sie. Er trug den gleichen schwarzen Smoking wie Blake und Nardo. Oder wahrscheinlich trugen sie eher das Modell, das Clay sich ausgesucht hatte. So war es immer gewesen bei den Jungs. Was Clay auch tat, der Rest folgte ihm.

Er sagte nichts, als Emily vor ihm stehen blieb, sondern hob nur erwartungsvoll eine Augenbraue. Sie bemerkte, dass er trotz seiner Verachtung für Cheerleader von ihnen umzingelt war. Der Rest der Gruppe redete sich wahrscheinlich ein, dass sie den Ball nur aus Ironie besuchten. Nur Clay wusste, dass sie zur Feier kamen, damit eine von ihnen ihn ins Bett kriegte.

Rhonda Stein, die Anführerin der Cheerleader, ergriff das Wort, als es sonst niemand tat. »Was macht *die* denn hier?«

Sie hatte Emily angesehen, aber die Frage an Clay gerichtet.

Eins von den anderen Mädchen sagte: »Vielleicht ist das so wie in *Carrie*.«

»Hat jemand Schweineblut mitgebracht?«

»Wer wird sie krönen?«

Es gab nervöses Gelächter, aber alle warteten darauf, dass Clay den Ton vorgab.

Er holte tief Luft, ehe er langsam ausatmete. Dann zuckte er beiläufig eine Schulter. »Ist ein freies Land.«

Emilys Kehle war rau, als sie schluckte. Wenn sie sich diesen Abend vorgestellt hatte, wenn sie sich beim Gedanken an den kollektiven Schock ergötzt und in der Geschichte geschwelgt hatte, die sie ihrer Tochter erzählen würde, die Geschichte von ihrer Mutter, der radikalen, unkonventionellen Verführerin, die es gewagt hatte, schwanger auf ihrem Abschlussball zu tanzen, dann hatte Emily mit jeder Gefühlsregung gerechnet, nur nicht mit der einen, die sie jetzt empfand: nämlich Erschöpfung. Sie fühlte sich geistig wie körperlich nur noch imstande, kehrtzumachen und den Weg zurückzugehen, den sie gekommen war.

Was sie dann auch tat.

Die Menge teilte sich immer noch vor ihr, aber die Stimmung war deutlich in Richtung Mistgabeln und scharlachrote Buchstaben umgeschwenkt. Jungs bleckten wütend die Zähne. Mädchen wandten ihr buchstäblich den Rücken zu. Sie sah Eltern und Lehrer angewidert den Kopf schütteln. *Was treibt sie hier? Warum verdirbt sie allen anderen den Abend? Isebel. Hure. Sie hat es sich selbst zuzuschreiben. Was bildet sie sich ein? Sie wird das Leben eines armen Jungen ruinieren.*

Emily wurde erst bewusst, wie drückend die Luft in der Sporthalle war, als sie sicher im Freien angelangt war. Nardo lauerte nicht mehr neben der Tür. Blake hatte sich in einen anderen Schatten verdrückt. Ricky war, wo sie in solchen Momenten immer war, nämlich nicht da, wo man sie gebraucht hätte.

»Emily?«

Sie drehte sich um und war überrascht, Clay vor sich stehen zu sehen. Er war ihr aus der Sporthalle gefolgt – wo doch Clayton Morrow nie jemandem folgte.

»Was tust du hier?«, fragte er.

»Ich haue gerade ab«, sagte sie. »Los, geh wieder hinein zu deinen Freunden.«

»Zu diesen Losern?« Er verzog den Mund. Sein Blick ging an ihr vorbei und folgte etwas, was sich viel zu schnell bewegte, als dass es ein Mensch sein könnte. Er liebte es, Vögel zu beobachten. Das war der heimliche Nerd in Clay. Er las Henry James und liebte Edith Wharton, er bekam glatte Einser in Infinitesimalrechnung, dafür konnte er nicht erklären, was ein Freiwurf war oder wie man einen Fußball anschnitt, aber das interessierte niemanden, weil er so verdammt hinreißend war.

»Was willst du, Clay?«, fragte Emily.

»Du bist doch hier aufgetaucht und hast nach mir gesucht.«

Sie fand es merkwürdig, dass Clay annahm, sie sei seinetwegen gekommen. Emily hatte nicht erwartet, einen von der Clique auf dem Ball anzutreffen. Sie hatte den Rest der Schule beschämen wollen, weil sie geschnitten wurde. Wenn sie ehrlich war, hatte sie gehofft, Mr. Lampert, der Direktor, würde Chief Stilton anrufen und sie verhaften lassen. Dann müsste man eine Kaution für sie hinterlegen, ihr Vater wäre stinkwütend und ihre Mutter …

»Mist«, murmelte Emily. Vielleicht ging es bei der Sache hier ja doch um ihre Mutter.

»Emily?«, fragte Clay. »Komm schon. Warum bist du hier? Was willst du von mir?«

Er wollte keine Antwort. Er wollte Absolution.

Aber Emily war nicht seine Seelsorgerin. »Geh wieder hinein und amüsier dich, Clay. Reiß eine von den Cheerleadern auf. Geh aufs College. Such dir einen tollen Job. Spazier durch all die Türen, die dir immer offenstehen. Genieß den Rest deines Lebens.«

»Warte …« Seine Hand lag auf ihrer Schulter, ein Steuerruder, das sie wieder in seine Richtung lenkte. »Du bist unfair.«

Sie sah in seine klaren blauen Augen. Dieser Moment war bedeutungslos für ihn – eine unangenehme Begegnung, die später wie ein Wölkchen Rauch aus seiner Erinnerung verschwinden würde. In zwanzig Jahren würde Emily nichts weiter als eine anhaltende Quelle des Unbehagens sein, wenn er seinen

Briefkasten öffnete und eine Einladung zu einem Klassentreffen der Highschool vorfand.

»Mein *Leben* ist unfair«, sagte sie. »Dir geht es gut, Clay. Dir geht es immer gut. Dir wird es auch immer gut gehen.«

Er seufzte schwer. »Ich hoffe, du entpuppst dich nicht als eine dieser langweiligen, verbitterten Frauen, Emily. Das fände ich wirklich sehr schade für dich.«

»Lass Chief Stilton nicht hören, was du hinter halb geschlossenen Türen treibst, Clayton.« Sie stellte sich auf die Zehenspitzen, damit sie die Angst in seinen Augen sehen konnte. »Das fände *ich* wirklich sehr schade für *dich*.«

Eine Hand schoss vor und packte sie am Hals. Die andere war zur Faust geballt und holte aus. Wut verdunkelte seine Augen. »Du bringst dich noch selbst ins Grab, du verdammte Fotze.«

Emily schloss die Augen und wartete auf den Schlag, aber alles, was sie hörte, war nervöses Gelächter.

Sie öffnete die Augen ein wenig.

Clay ließ sie los. Er war nicht so dumm, ihr vor Zeugen etwas anzutun.

Der wird im Weißen Haus enden, hatte ihr Vater gesagt, als er Clay zum ersten Mal begegnet war. *Falls er nicht am Galgen landet.*

Emily hatte ihre Handtasche fallen lassen, als er sie packte. Clay hob sie auf, wischte den Schmutz ab und reichte sie ihr wie ein Kavalier.

Sie riss sie ihm aus der Hand.

Diesmal folgte Clay Emily nicht, als sie sich entfernte. Sie kam an mehreren Gruppen von Ballbesuchern mit Reifröcken und Kleidung in unterschiedlichen Pastelltönen vorbei. Die meisten blieben nur stehen und starrten sie mit offenem Mund an, aber sie fing ein warmes Lächeln von Melody Brickel auf, ihrer früheren Freundin bei den Orchesterproben, und es bedeutete ihr viel.

Emily wartete auf das Ampelsignal, um die Straße zu überqueren. Es gab diesmal keine anzüglichen Zurufe, auch wenn ein weiteres Auto voller Jungs bedrohlich langsam vorbeifuhr.

»Ich werde dich beschützen«, flüsterte sie der kleinen Passagierin zu, die in ihr heranwuchs. »Niemand wird dir jemals wehtun. Du wirst immer sicher sein.«

Endlich schaltete die Ampel um. Die Sonne versank am Horizont und warf einen langen Schatten am Ende des Fußgängerüberwegs. Emily hatte sich immer gut aufgehoben gefühlt, wenn sie allein in der Stadt unterwegs war, aber jetzt hatte sie Gänsehaut an den Armen. Ihr war nicht wohl bei dem Gedanken, wieder durch die Gasse zwischen dem Süßwarenladen und der Hotdogbude zu gehen. Ihre Füße schmerzten von dem mörderischen Spaziergang. Auch ihr Hals schmerzte, wo Clay sie gepackt hatte. Ihr Handgelenk pochte immer noch, als ob es entweder gebrochen oder böse verstaucht wäre. Sie hätte nicht hierherkommen sollen. Besser, sie wäre zu Hause geblieben und hätte Omi Gesellschaft geleistet, bis es Zeit zum Abendessen war.

»Emmie?« Schon wieder Blake, er trat wie ein Vampir aus dem Schatten des Hotdogstands. »Bist du okay?«

Sie spürte, wie sie etwas von ihrem Schwung verlor. Schon länger hatte sie niemand mehr gefragt, ob sie okay wäre. »Ich muss nach Hause.«

»Em …« Er würde sie nicht so einfach weitergehen lassen. »Es ist nur … Geht es dir wirklich gut? Es ist nämlich verrückt, dass du hier bist. Es ist verrückt, dass wir alle hier sind, aber besonders weil … Na ja, deine Schuhe. Die sind anscheinend verschwunden.«

Sie blickten beide auf ihre nackten Füße hinunter.

Emily lachte laut auf, es hallte wie eine Glocke durch ihren Körper. Sie lachte so heftig, dass ihr der Bauch wehtat. Sie lachte, bis sie nicht mehr aufrecht stehen konnte.

»Emmie?« Blake legte ihr die Hand auf die Schulter. Bestimmt dachte er, dass sie den Verstand verloren hatte. »Soll ich deine Eltern anrufen oder …«

»Nein.« Sie richtete sich auf und wischte sich über die Augen. »Es tut mir leid. Mir ist nur eben klar geworden, dass ich buchstäblich barfuß und schwanger bin.«

Blake lächelte widerstrebend. »War das Absicht?«

»Nein. Ja?«

Sie wusste es wirklich nicht. Vielleicht stellte ihr Unterbewusstsein komische Sachen mit ihr an. Vielleicht steuerte das Baby ihre Hormone. Sie wollte gern an eine der beiden Erklärungen glauben, denn die dritte Möglichkeit – dass sie nämlich komplett verrückt war – wäre eine unliebsame Entwicklung gewesen.

»Es tut mir leid«, sagte Blake, aber seine Entschuldigungen klangen immer hohl, weil er immer wieder dieselben Fehler machte. »Was ich früher gesagt habe. Nicht vorhin, sondern viel früher. Ich hätte es nicht sagen sollen … Ich meine, es war falsch zu sagen …«

Emily wusste genau, wovon er sprach. »Dass ich es im Klo runterspülen soll?«

Er wirkte beinahe so perplex, wie Emily es gewesen war, als er ihr vor Monaten diesen Vorschlag gemacht hatte.

»Das … ja. Das hätte ich nicht sagen sollen.«

»Nein, das hättest du nicht.« Es schnürte Emily die Kehle zu, denn die Wahrheit war, dass es nie ihre Entscheidung gewesen war. Ihre Eltern hatten sie getroffen. »Ich muss …«

»Lass uns irgendwohin gehen und …«

»Verdammt!« Sie riss ihr lädiertes Handgelenk aus seinem Griff. Ihr Fuß trat auf eine Unebenheit am Gehweg. Sie stolperte und klammerte sich noch im Fallen erfolglos an Blakes Smokingjacke, ehe sie mit dem Steißbein auf den Asphalt krachte. Der Schmerz war grausig. Sie rollte sich zur Seite. Zwischen ihren Beinen sickerte Nässe hervor.

Das Baby.

»Emily!« Blake fiel neben ihr auf die Knie. »Alles okay mit dir?«

»Geh weg!«, flehte sie, obwohl sie seine Hilfe brauchte, um aufzustehen. Ihre Handtasche war bei dem Sturz kaputtgegangen; der Samtstoff war aufgerissen. »Blake, bitte geh einfach. Du machst alles nur noch schlimmer! Wieso machst du alles immer noch schlimmer?«

In seinen Augen blitzte Schmerz auf, aber sie konnte sich jetzt nicht seinetwegen sorgen. Tausend Möglichkeiten, wie ein so heftiger Sturz womöglich ihrem Kind geschadet haben könnte, schossen ihr durch den Kopf.

»Ich wollte nicht …«, sagte er.

»Natürlich wolltest du es nicht!«, brüllte sie. Er war derjenige, der immer noch Gerüchte verbreitete. Er war es, der Ricky dazu drängte, so grausam zu sein. »Du wolltest nie *irgendetwas*, oder? Es ist nie deine Schuld, du baust nie Mist, du bist nie verantwortlich. Aber weißt du was? Das ist sehr wohl deine Schuld. Du hast bekommen, was du wolltest. Es ist alles, verdammt noch mal, deine Schuld!«

»Emily …«

Sie stolperte und konnte sich gerade noch an der Ecke des Süßwarenladens abstützen. Sie hörte Blake etwas sagen, aber in ihren Ohren schrillte ein hoher Schrei.

War es ihr Baby? Schrie es um Hilfe?

»Emmie?«

Sie stieß ihn weg und stolperte die Gasse entlang. Heiße Flüssigkeit tropfte an den Innenseiten ihrer Schenkel hinab. Sie presste die Handfläche an die rauen Ziegel, um zu verhindern, dass sie auf die Knie fiel. Ein Schluchzen steckte in ihrer Kehle fest. Sie öffnete den Mund, um tief einzuatmen. Salzige Luft brannte in ihrer Lunge. Die Sonne, die von der Promenade reflektiert wurde, blendete sie. Sie trat in die Dunkelheit zurück und lehnte sich an die Mauer der Gasse.

Emily warf einen Blick hinaus auf die Straße. Blake hatte sich verdrückt. Niemand konnte sie sehen.

Sie raffte ihr Kleid hoch und hielt den Stoff mit dem verletzten Arm fest. Mit der gesunden Hand griff sie sich zwischen die Beine. Sie hatte damit gerechnet, Blut an ihren Fingern zu sehen, aber da war nichts. Sie roch an ihrer Hand.

»Oh«, flüsterte sie.

Sie hatte sich eingenässt.

Emily lachte wieder, aber diesmal unter Tränen. Die Erleichterung machte sie ganz schwach in den Knien, sodass sie zu Boden sank. Ihr Steißbein schmerzte, aber es kümmerte sie nicht. Sie war erschreckenderweise überglücklich, dass sie sich vollgepinkelt hatte. Die dunklen Orte, die ihr Gehirn aufgesucht hatte, als sie annahm, Blut würde zwischen ihren Beinen hervorströmen, waren heller beleuchtet gewesen als jedes Ultraschallbild, das sie sich an den Spiegel kleben konnte.

In diesem Moment hatte sich Emily verzweifelt gewünscht, dass ihr Baby wohlauf war. Nicht aus Pflichtgefühl. Ein Baby war mehr als eine Verantwortung. Es war eine Gelegenheit, jemanden so zu lieben, wie sie selbst nie geliebt worden war.

Und zum ersten Mal in dieser ganzen Geschichte voller Scham, Demütigung und Hilflosigkeit wusste Emily Vaughn zweifelsfrei, dass sie dieses Baby liebte.

»Es sieht nach einem Mädchen aus«, hatte der Arzt bei der letzten Untersuchung gesagt.

Damals hatte Emily die Neuigkeit nur als weiteren Schritt in dem ganzen Prozess abgehakt, aber jetzt ließ die Erkenntnis den Damm brechen, der ihre Gefühle so lange zurückgestaut hatte.

Ihr Mädchen.

Ihr winziges, kostbares kleines Mädchen.

Emily war so kraftlos vor Erleichterung, dass sie umgekippt wäre, hätte sie nicht bereits auf dem kalten Boden gesessen. Sie ließ den Kopf auf die Knie sinken. Große, dicke Tränen kullerten ihr über die Wangen. Ihr Mund stand offen, doch ihre Brust war so erfüllt von Liebe, dass sie keinen Laut hervorbrachte. Sie presste die Handfläche auf den Bauch und stellte sich vor, dass eine kleine Hand von der anderen Seite dagegendrückte. Ihr Herz machte einen Sprung, als sie daran dachte, dass sie eines Tages diese winzigen Fingerspitzen küssen würde. Omi hatte gesagt, dass jedes Baby einen besonderen Geruch hatte, den nur die Mutter erkannte. Emily wollte diesen Geruch kennen. Sie wollte in der Nacht aufwachen und dem raschen Ein- und Ausatmen des wunderschönen Mädchens lauschen, das in ihrem Bauch herangewachsen war.

Sie wollte Pläne schmieden.

In zwei Wochen wurde Emily achtzehn Jahre alt. In weiteren zwei Monaten wurde sie Mutter. Sie musste sich eine Arbeit suchen und bei ihren Eltern ausziehen. Omi würde es verstehen, und was sie nicht verstand, würde sie vergessen. Dean Wexler hatte in einem Punkt recht: Emily musste erwachsen werden. Sie durfte von jetzt an nicht mehr nur an sich selbst denken. Sie musste Longbill Beach verlassen und anfangen, ihre Zukunft zu planen, statt sie von anderen Leuten planen zu lassen. Noch wichtiger war: Sie würde ihrem kleinen Mädchen all das geben, was sie selbst nie gehabt hatte.

Güte. Verständnis. Geborgenheit.

Emily schloss die Augen. Sie beschwor das Bild ihres Babys herauf, das fröhlich in ihrem Bauch herumschwamm. Sie holte tief Luft und begann ihr Mantra, diesmal aus tiefer Liebe, nicht aus Pflichtgefühl.

»Ich werde dich beschützen …«

Ein lautes Krachen, und sie riss die Augen auf.

Emily sah schwarze Lederschuhe, schwarze Socken, den Saum einer schwarzen Hose. Sie blickte auf. Die Sonne wurde kurz verdeckt, als ein Knüppel durch die Luft schwang.

Ihr Herz ballte sich zur Faust. Sie war plötzlich, unausweichlich von Angst erfüllt.

Nicht um sich selbst – um ihr Baby.

Emily beugte sich vor, die Arme um den Bauch geschlungen, die Beine angezogen, und so fiel sie zur Seite. Sie wünschte sich verzweifelt einen weiteren Moment, einen weiteren Atemzug, damit die letzten Worte an ihr kleines Mädchen keine Lüge wären.

Irgendwer hatte immer beabsichtigt, ihnen wehzutun.

Sie waren nie sicher gewesen.

GEGENWART

1

Andrea Oliver versuchte das Rumoren in ihrem Magen zu unterdrücken, während sie den Waldweg entlangrannte. Die Sonne brannte auf ihre Schultern. Nasse Erde sog an ihren Schuhen. Der Schweiß hatte ihr Shirt in Frischhaltefolie verwandelt, die an ihrer Haut haftete. Ihre Wadenmuskeln waren wie Banjosaiten, die bei jedem harten Aufsetzen ihrer Fersen klirrten. Sie hörte Stöhnen hinter sich, von den Nachzüglern, die sich zwangen, Schritt zu halten. Vor ihr waren die Streber, die Typ-A-Persönlichkeiten, die durch einen Bach voller Piranhas waten würden, wenn wenigstens ein Prozent Wahrscheinlich bestand, dass sie das Ziel als Erste erreichten.

Sie gab sich damit zufrieden, mit der Masse des Rudels anzukommen, weder Trödlerin noch Topathletin, was schon eine Leistung für sich war. Vor zwei Jahren wäre Andrea mit Sicherheit weit hinten gelegen oder hätte sogar noch geschlafen, während der Wecker zum fünften oder sechsten Mal schrillte. Ihre Klamotten hätten verstreut in der winzigen Wohnung über der Garage ihrer Mutter herumgelegen. Sämtliche ungeöffnete Schreiben auf ihrem Küchentisch wären mit *FÄLLIGKEIT ÜBERSCHRITTEN* gestempelt gewesen. Wäre sie dann endlich aus dem Bett gekrochen, hätte sie drei Nachrichten von ihrem Vater auf dem Handy gehabt, der sie bat, sich zu melden, weitere sechs von ihrer Mutter, die wissen wollte, ob sie von einem Serienkiller entführt worden war, und einen verpassten Anruf von der Arbeit, in dem man ihr mitteilte, dies sei die letzte Warnung, bevor sie gefeuert würde.

»Scheiße«, murmelte Paisley.

Andrea warf einen Blick über die Schulter, wo sich Paisley Spenser vom Rudel löste. Einer der Nachzügler war gestolpert. Thom Humphrey lag flach auf dem Rücken und starrte zu den Bäumen hinauf. Ein kollektives Stöhnen erfüllte den Wald. Die Regel lautete, wenn einer von ihnen nicht ins Ziel kam, mussten sie alle den Lauf wiederholen.

»Steh auf! Steh auf!«, schrie Paisley und lief zurück, um Thom entweder Mut zu machen oder ihn so lange zu treten, bis er aufstand. »Du schaffst es! Komm schon, Thom!«

»Los, Thom!«, brüllte der Rest.

Andrea presste die Laute hervor, aber sie traute sich nicht, den Mund zu öffnen. Ihr Magen schlingerte wie die Liegestühle auf der Titanic. Seit Monaten machte sie Sprints, Liegestütze und Burpees, kletterte Seile hinauf und lief täglich gefühlte sechzehntausend Kilometer, aber sie war immer noch ein Leichtgewicht. Galle schoss ihr in den Rachen. Sie biss die Zähne zusammen und ballte die Fäuste, als sie um die letzte Kurve bog. Sie war auf der Zielgeraden. Noch einmal fünf Minuten, und sie würde diesen aufreibenden Höllenkurs nie wieder laufen müssen.

Paisley flog vorbei, mit Vollgas zur Ziellinie. Thom hatte sich wieder eingegliedert. Die Läuferreihe rückte zusammen. Alle gaben ihr Letztes.

Andrea hatte nichts mehr zu geben. Sie wusste, sie würde wahrscheinlich ihre Eingeweide auskotzen, wenn sie sich noch härter antrieb. Ihre Lippen teilten sich, um Luft einzusaugen, aber stattdessen schluckte sie nur eine Wolke Mücken. Sie hustete und verfluchte sich, denn sie hätte es besser wissen müssen. Sie hatte sich zwanzig Wochen lang im Trainingscenter der

Bundespolizei in Glynn County, Georgia, abgerackert. Mit den Moskitos, Sandfliegen, Mücken, Waldschaben in der Größe von Ratten und Ratten in der Größe von Hunden und angesichts der Tatsache, dass das Trainingscenter mehr oder weniger mitten in einem Sumpf lag, hätte ihr klar sein müssen, dass sie lieber nicht Luft holen sollte.

Ein fernes Donnern drang an ihre Ohren. Sie konzentrierte sich auf ihre Füße, da es bergab ging. Der Donner verwandelte sich in ein markantes Stakkato aus Klatschen und Anfeuerungsrufen. Die Streber hatten die Ziellinie überquert. Sie wurden von Angehörigen bejubelt, die gekommen waren, um den Abschluss ihrer mörderischen, dantesken Tortur zu feiern, die offenbar dem Zweck diente, sie entweder umzubringen oder stärker zu machen.

»Heilige Scheiße«, murmelte Andrea aufrichtig erstaunt. Es hatte sie nicht umgebracht. Sie war nicht ausgestiegen. Monatelanges Schulbankdrücken, fünf bis acht Stunden Nahkampftraining täglich, Überlebenstechniken, Haftbefehlsvollstreckungen, Schießtraining und so viel Sport, dass sie vier Pfund Muskeln zugenommen hatte, und jetzt endlich, sie konnte es kaum glauben, war sie zwanzig Meter davon entfernt, eine Deputy beim United States Marshal Service zu werden.

Thom zog links an ihr vorbei, was so verdammt typisch für ihn war. Andrea mobilisierte ihren letzten Atem, nur um ihn zu ärgern. Ihr wurde schwindlig von dem Adrenalinstoß. Ihre Beine begannen zu pumpen. Sie überholte Thom und schloss zu Paisley auf. Die beiden grinsten einander triumphierend an – drei Leute waren in der ersten Woche ausgestiegen, weitere drei waren aufgefordert worden zu gehen, ein Typ war verschwunden, nachdem er einen rassistischen Witz gemacht hatte, ein zweiter, der handgreiflich geworden war. Sie und Paisley Spenser waren zwei von nur vier Frauen unter den achtundvierzig Teilnehmern des Lehrgangs. Noch wenige Schritte, und alles, was dann zu tun blieb, war der Gang zur Bühne und das Abholen ihrer Urkunde.

Paisley war eine Nasenlänge vor ihr, als sie die Ziellinie überquerten. Beide warfen jubelnd die Arme hoch. Paisleys riesige Großfamilie umringte sie lauthals kreischend. Ringsum sah Andrea ähnliche Freudenszenen und Umarmungen. In jedem einzelnen Gesicht stand ein Lächeln, mit Ausnahme von zweien.

Andreas Eltern.

Laura Oliver und Gordon Mitchell hatten die Arme verschränkt. Ihr Blick folgte Andrea, während Fremde ihr gratulierten und auf die Schulter klopften. Paisley boxte sie spielerisch gegen den Oberarm. Andrea boxte zurück und sah, wie Gordon sein Handy hervorholte. Sie lächelte, aber ihr Vater wollte Andreas bedeutsame Leistung gar nicht mit einem Foto würdigen. Er wandte ihr den Rücken zu und nahm einen Anruf entgegen.

»Gratuliere!«, brüllte jemand.

»Ich bin so stolz auf dich!«

»Gut gemacht!«

Lauras Mund war ein schmaler weißer Strich, als sie zusah, wie sich Andrea durch die Menge bewegte. Ihre Augen waren feucht, aber diesmal waren es keine Tränen des Stolzes, wie sie sie nach Andreas erster Schulaufführung oder nach dem Gewinn des Kunstpreises vergossen hatte.

Ihre Mutter war zutiefst niedergeschlagen.

Einer der Ausbildungsleiter bot Andrea einen Becher Gatorade an. Sie schüttelte den Kopf und trabte mit zusammengebissenen Zähnen auf die Reihe der leuchtend blauen Dixi-Klos zu. Statt eins auszuwählen, lief sie zur Rückseite eines Toilettencontainers und kotzte sich die Seele aus dem Leib.

»Verdammter Mist«, brachte sie verärgert hervor. Da hatte sie nun gelernt, wie man einen Bösewicht mit Fäusten und Füßen kampfunfähig machte, aber ihren schwachen Magen hatte sie nicht unter Kontrolle. Sie wischte sich mit dem Handrücken über den Mund. Vor ihren Augen verschwamm alles. Sie hätte das Gatorade mitnehmen sollen. Eines hatte sie gelernt in Glynco: nämlich wie wichtig es war, immer genug Flüssigkeit zu sich zu nehmen. Und außerdem nie jemanden sehen zu lassen, wie man sich übergab, denn hier bekam man seinen Spitznamen für das ganze Berufsleben verpasst. Sie hatte nicht vor, ihr Leben als Kotz Oliver zu bestreiten.

»Andy?«

Sie drehte sich um und war nicht überrascht, dass ihre Mutter ihr eine Flasche Wasser anbot. Wenn Laura etwas beherrschte, dann unaufgefordert zu Hilfe zu eilen.

»Andrea«, verbesserte Andrea sie.

Laura verdrehte die Augen, denn Andrea hatte ihr die letzten zwanzig Jahre erzählt, dass sie Andy genannt werden wollte. »Andrea. Alles okay mit dir?«

»Ja, Mom. Alles okay.« Die Wasserflasche war eiskalt. Andrea presste sie an ihren Nacken. »Du könntest wenigstens so tun, als würdest du dich für mich freuen.«

»Das könnte ich«, räumte Laura ein. »Wie ist das Verfahren bei Erbrechen? Warten die Kriminellen, bis du damit fertig bist, bevor sie dich vergewaltigen und ermorden?«

»Sei nicht so eklig. Sie tun es vorher.« Andrea schraubte die Flasche auf. »Weißt du noch, was du mir vor zwei Jahren gesagt hast?«

Laura antwortete nicht.

»An meinem Geburtstag?«

Laura antwortete noch immer nicht, obwohl keine von ihnen Andreas einunddreißigsten Geburtstag je vergessen würde.

»Mom, du hast gesagt, ich soll meinen Kram auf die Reihe kriegen, aus deiner Garage ausziehen und endlich mein eigenes Leben leben.« Andrea streckte die Arme aus. »Und so sieht das aus.«

Laura brach endlich ihr Schweigen. »Ich habe, verdammt noch mal, nicht gesagt, du sollst zum Feind überlaufen.«

Andrea stieß mit der Zungenspitze an die Innenseite ihrer Wange. Vom vielen Zähnezusammenbeißen hatte sich eine Wulst in ihrem Mund gebildet. Sie hatte sich nie vor irgendwem übergeben. Nicht ein einziges Mal. Sie war die zweitkleinste Teilnehmerin des Kurses, gerade mal zwei Zentimeter größer als Paisley mit ihren eins siebzig. Beide wogen fünfzig Pfund weniger als der leichteste von den Kerlen, aber sie gehörten beide zu den besten zehn Prozent und waren soeben der Hälfte des Kurses davongerannt.

»Schätzchen, ist dieser ganze Marshal-Blödsinn etwa eine Art Vergeltung?«, fragte Laura. »Willst du mich dafür bestrafen, dass ich dich nicht eingeweiht habe?«

Nicht eingeweiht war leicht untertrieben, denn immerhin hatte Laura einunddreißig Jahre lang vor Andrea verborgen, dass ihr leiblicher Vater ein zum Massenmord entschlossener psychopathischer Sektenführer war. Ihre Mutter war sogar so weit gegangen, sich einen imaginären leiblichen Vater auszudenken, der angeblich bei einem tragischen Autounfall ums Leben gekommen war. Andrea würde ihre Lügen wahrscheinlich immer noch glauben, wäre Laura nicht vor zwei Jahren in die Enge getrieben worden und gezwungen gewesen, endlich die Wahrheit zu sagen.

»Nun?«, fragte Laura.

Andrea hatte in den letzten beiden Jahren eine sehr harte Lektion gelernt, nämlich dass nichts zu sagen genauso verletzend sein konnte, wie alles zu sagen.

Laura seufzte schwer. Sie war es nicht gewohnt, diejenige zu sein, die manipuliert wurde. Sie stemmte die Hände in die Hüften und warf einen Blick zurück zur Menschenmenge, dann sah sie zum Himmel und wandte sich schließlich wieder Andrea zu. »Mein Liebes, dein Verstand funktioniert wirklich erstaunlich.«

Andrea füllte den Mund mit kaltem Wasser.

»Die Willenskraft und der innere Antrieb, die du bewiesen hast, um an diesen Punkt zu kommen, zeigen mir, dass du so gut wie jeden Job machen könntest, wenn du es willst. Und das gefällt mir sehr. Ich liebe dich für deinen Mumm und deine Entschlossenheit. Ich will, dass du tust, wofür du eine Leidenschaft entwickelst. Aber es darf nicht das hier sein.«

Andrea ließ das Wasser durch ihren Mund schwappen, ehe sie es ausspuckte. »In der Clownschule haben sie gesagt, dass meine Füße nicht groß genug sind.«

»Andy.« Laura stampfte frustriert mit dem Fuß auf. »Du hättest wieder auf die Kunstschule gehen oder Lehrerin werden können oder von mir aus sogar im Notrufcallcenter bleiben.«

Andrea trank einen großen Schluck Wasser. Die einunddreißigjährige Andrea hätte alles, was ihre Mutter sagte, für bare Münze genommen. Jetzt hörte sie nur Ratschläge, die in die Irre führten. »Also noch mehr Schulden, von verzogenen Kids umgeben sein oder älteren Mitbürgern zuhören, die darüber jammern, dass ihr Müll nicht abgeholt wurde, und das für neun Dollar die Stunde?«

Laura ließ sich nicht beirren. »Was ist mit deiner Kunst?«

»Wahnsinnig lukrativ.«

»Du liebst es zu zeichnen.«

»Die Bank liebt es, wenn ich mein Studiendarlehen zurückzahle.«

»Dein Vater und ich könnten helfen …«

»Welcher Vater?«

Das Schweigen zwischen ihnen nahm die Konsistenz von Trockeneis an.

Andrea trank das Wasser aus, während ihre Mutter sich neu sortierte. Dieser letzte Seitenhieb tat ihr leid. Gordon war ein unglaublicher Vater gewesen – und war es noch. Bis vor Kurzem war er der einzige Vater gewesen, den Andrea gekannt hatte.

»Gut.« Laura drehte das Uhrenarmband an ihrem Handgelenk. »Du solltest dich frisch machen. Die Abschlusszeremonie ist in einer Stunde.«

»Ich bin beeindruckt, dass du den Zeitplan kennst.«

»Andy …« Laura hielt inne. »Andrea. Ich habe den Eindruck, du läufst vor dir selbst weg. Als meintest du, zu einem anderen Menschen zu werden, wenn du an einem fremden Ort lebst und diesen verrückten, gefährlichen Job ausübst.«

Andrea wünschte sich verzweifelt, dass die Strafpredigt aufhörte. Mehr als irgendwer sonst hätte ihre Mutter das Bedürfnis verstehen müssen, sein Leben in Schutt und Asche zu legen, um aus den Trümmern etwas Sinnvolleres aufzubauen. Laura hatte sich mit einundzwanzig nicht einer gewalttätigen Sekte angeschlossen, weil ihr Leben vollkommen im Gleichgewicht gewesen war. Sie hatte auch nicht Andreas Vater an die Polizei verraten, weil sie ein Erweckungserlebnis hatte. Aber vor zwei Jahren war sie bei dem bloßen Gedanken ausgerastet, dass Andreas Leben in Gefahr war.

»Mom«, sagte Andrea. »Du solltest froh sein, dass ich drin bin.«

Laura wirkte aufrichtig verwirrt. »Wo drin?«

»Im System«, sagte Andrea mangels einer besseren Beschreibung. »Falls er je aus dem Gefängnis kommt, falls er je wieder versucht, sein Spiel mit uns zu treiben, werde ich den gesamten US Marshal Service hinter mir haben.«

»Er wird nicht aus dem Gefängnis kommen.« Laura schüttelte den Kopf, bevor Andrea zu Ende gesprochen hatte. »Und selbst wenn – wir können auf uns selbst aufpassen.«

Du kannst es, dachte Andrea. Das war das Problem. Als die Kacke am Dampfen war, hatte sich Laura als knallhart erwiesen, während Andrea in der Ecke kauerte wie ein Kind beim Versteckspiel. Sie würde sich nicht noch einmal so hilflos fühlen, falls – wenn – ihr Vater seine todbringende Aufmerksamkeit wieder auf sie richtete.

»Mein Schatz«, versuchte es Laura noch einmal. »Ich mag dich so, wie du jetzt bist. Ich liebe mein sensibles, künstlerisch begabtes, freundliches kleines Mädchen.«

Andrea kaute auf ihrer Unterlippe. Sie hörte weitere Rufe, als die letzten Nachzügler die Ziellinie überquerten. Leute, mit denen Andrea trainiert hatte. Die sie um volle zehn Minuten geschlagen hatte.

»Andrea, lass mich dir denselben unerbetenen Rat geben, den meine Mutter mir gegeben hat.« Laura sprach nie über ihre Familie, geschweige denn ihre Vergangenheit. Andreas ungeteilte Aufmerksamkeit war ihr sofort gewiss. »Ich war jünger, aber genau so, wie du jetzt bist. Ich ging jede Herausforderung im Leben an, als wäre sie eine Klippe, von der ich mich ständig stürzen musste.«

Ungern gab Andrea zu, dass ihr das bekannt vorkam.

»Ich hielt mich für so tapfer, so wagemutig«, sagte Laura. »Ich brauchte Jahre, um herauszufinden, dass man vollkommen die Kontrolle verliert, wenn man fällt. Man gibt sie einfach an die Schwerkraft ab.«

Andrea zwang sich zu einem Achselzucken. »Mir haben große Höhen nie etwas ausgemacht.«

»Fast genau dasselbe habe ich zu meiner Mutter gesagt.« Laura lächelte bei der Erinnerung. »Sie wusste, dass ich nicht auf etwas zulief. Ich lief vor etwas *fort* – hauptsächlich vor mir selbst. Und weißt du, was sie mir erwidert hat?«

»Ich denke, du wirst es mir gleich verraten.«

Laura lächelte immer noch, als sie Andreas Gesicht zärtlich mit beiden Händen umfasste. »Sie sagte: ›Wohin du auch gehst, du bist schon dort.‹«

Andrea konnte die Besorgnis in den Augen ihrer Mutter erkennen. Laura hatte Angst. Sie versuchte Andrea zu beschützen. Oder sie versuchte sie zu manipulieren – so wie sie es immer tat.

»Alle Achtung, Mom.« Andrea trat einen Schritt zurück. »Hört sich an, als hätte sie eine fantastische Großmutter abgegeben. Ich wünschte, ich hätte sie kennenlernen dürfen.«

Lauras gequälter Gesichtsausdruck zeigte an, dass der Hieb zu tief gegangen war. Das war neu für sie beide, dieses bösartige Hin und Her, das ihre Zungen in Rasierklingen verwandelte.

Andrea drückte leicht die Hand ihrer Mutter. Sie versöhnten sich nicht mehr mit Worten. Sie klatschten ein Pflaster auf die Wunde und ließen sie bis zum nächsten Mal schwären. »Ich geh mal besser Dad suchen.«

»Ja.« Laura kämpfte gegen die Tränen.

Andrea schalt sich selbst, als sie zum Ziel zurückging. Und dann schalt sie sich dafür, dass sie sich gescholten hatte, denn welchen Sinn hatte es, verdammt noch mal?

Sie warf die leere Flasche in den Recyclingbehälter und empfing weitere Glückwünsche und Schulterklopfen von wildfremden Menschen, die sie unglaublich toll fanden. Andreas Blick wanderte über ein Meer meist weißer Gesichter, bis sie ihren Vater allein im Hintergrund stehen sah. Gordon war größer als die meisten Väter, schlank und mit einem struppigen Bart, der ihm eine Ausstrahlung wie Idris Elba verlieh, wenn Idris Elba ein nerdiger Treuhand- und Finanzanwalt und außerdem Präsident des örtlichen Astronomieklubs wäre und viel zu viel über Jazz spräche.

Andrea war schweißnass, und Gordon trug einen seiner Ermenegildo-Zegna-Anzüge, aber er drückte sie an sich und küsste sie auf den Scheitel.

»Dad, ich bin verdreckt.«

»Dafür gibt es Reinigungen.« Er küsste sie noch einmal, bevor er sie losließ. »Ich bin sehr stolz auf das, was du hier erreicht hast, mein Schatz.«

Sie bemerkte, wie präzise er seine Worte wählte. Er war nicht stolz auf sie, weil sie Beamtin der Bundespolizei geworden war, sondern weil sie ihre Aufgabe erledigt hatte, so wie er stolz auf sie gewesen war, als sie im Kindergarten den Umriss ihrer Hand mit dem Malstift nachfuhr, um einen Truthahn zu zeichnen.

»Dad, ich …«

Er schüttelte den Kopf. Er lächelte, aber Andrea kannte das Lächeln ihres Vaters. »Lass uns darüber reden, wie unwohl deiner Mutter ist. Ich denke, das könnte uns beiden ein wenig Laune machen.«

Andrea drehte sich um und sah Laura vorsichtig und nervös an einer Reihe bewaffneter Männer vorbeigehen. Die Senior Inspectors trugen marineblaue Polos, an deren Brusttaschen das offizielle Siegel des United States Marshal Service aufgenäht war. Am Gürtel der braunen Hosen leuchtete der USMS Silver Star als Dienstmarke. Um die Hüfte war eine Glock geschnallt.

Einer der freundlicheren Ausbilder fing ein Gespräch mit Laura an. Gordon musste lachen, wie nervös sie war, aber Andrea hatte sich ihrer Mutter gegenüber zu beschissen benommen, um sich jetzt noch weiter an ihrer Seelenpein zu ergötzen.

»Ich weiß es nicht«, sagte Andrea.

Gordon sah zu ihr hinunter.

»Wenn du dich fragst, warum ich das hier mache, dann ist die Antwort: Ich weiß es nicht.« Andrea fühlte sich erleichtert nach dem Geständnis. Sie hatte sich noch nie gestattet, es laut auszusprechen. Vielleicht hatte Lauras unerbetener Rat ihr die Zunge gelöst. »Im Geiste klammere ich mich ständig an Erklärungen wie etwa, dass es meinem Leben einen Sinn gibt, wenn ich US-Marshal bin, oder dass ich versuchen sollte, die Zerstörung wettzumachen, die meine leiblichen Eltern vorgehabt hatten. Aber die nackte Wahrheit ist, dass ich nur einen Fuß vor den anderen setze und mir sage, es sei besser, vorwärts zu gehen als rückwärts zu fallen.«

Wie üblich wog Gordon seine Worte ab, ehe er sprach. »Ursprünglich nahm ich an, dass du deine Mutter ärgern willst, und das ist dir, weiß Gott, gelungen, aber mehr als vier Monate diszipliniertes Training und intensives Lernen sind im Allgemeinen keine Merkmale von Rebellion.«

Er hatte nicht unrecht. »Fentanyl zu schnupfen und von einer Motorradgang geschwängert zu werden, hat mir irgendwie nicht zugesagt.«

Gordons Miene verriet, dass er den Witz nicht zu schätzen wusste. »Es leuchtet ein, dass du nach Antworten auf dein früheres Leben suchst.«

»Ich denke schon«, sagte Andrea, obwohl die mögliche Erklärung nur eine von vielen war.

Dem United States Marshal Service, zu dem Andrea jetzt gehörte, unterstand das Zeugenschutzprogramm. Lauras Deal, gegen Andreas Vater auszusagen, hatte sie beide in das Programm gebracht, auch wenn Andrea noch nicht geboren war, als ihre Mutter den Deal unterschrieben hatte. Im Gegenzug für die Aussage hatte Laura in einer Küstenstadt in Georgia die Geschichte ihrer tragischen Witwenschaft in die Welt setzen können. Statt als eiskalte Kriminelle abgestempelt zu werden, schuf sie für sich die Legende einer Sprachtherapeutin in einer Kleinstadt, die mit ihrer regierungsfeindlichen Einstellung perfekt zu den desillusionierten Veteranen passte, mit denen sie im VA-Hospital arbeitete.

Leider hatte Andrea in der zweiten Woche ihrer Marshal-Ausbildung erfahren, dass alle Aufzeichnungen über das US-Zeugenschutzprogramm sicher unter Verschluss gehalten wurden. Absolut niemand konnte sich ohne solide, gerichtsfeste Erklärung Zugang zu ihnen verschaffen. Das lief nicht wie bei den Illuminati. Man gewann nicht Kenntnis über alle Geheimnisse der Welt, indem man dem Verein beitrat.

»Wie auch immer.« Gordon wusste, wann er das Thema wechseln musste. »Die Marshal-Abzeichen sind beeindruckend. Wyatt Earp lässt grüßen.«

»Es nennt sich Silver Star. Und Wyatt Earp wurde erst Marshal, als jemand seinen Bruder zu ermorden versuchte.« Andrea konnte sich nicht bremsen. Die Ausbilder hatten ihnen die Geschichte des USMS gründlich eingebläut. »Virgil Earp war der zuständige Deputy bei der Schießerei am O. K. Corral.«

»Mein Kompliment an deine Lehrer, weil sie dich dazu gebracht haben, ein Lehrbuch aufzuschlagen.« Gordons Lächeln wirkte immer noch bemüht, aber er sagte: »Vom Anfangsgehalt kann man seinen Lebensunterhalt bestreiten. Nach dem ersten Jahr ist eine höhere Gehaltstufe garantiert. Danach kommen weitere Vorzüge. Bezahlter Urlaub. Bezahlte Krankheitstage. Krankenversicherung. Obligatorischer Ruhestand mit siebenundfünfzig. Du könntest mit deiner Erfahrung Beraterin werden, bis du bereit bist, dich endgültig aus dem Arbeitsleben zu verabschieden.«

Er gab sich Mühe, also tat sie es auch. »Wir jagen nur die echten Bösewichte.«

Er zog die Augenbrauen hoch.

»Wir wissen, mit wem wir es zu tun haben«, erklärte sie. »Es ist nicht wie bei Streifenpolizisten, die einen Fahrer wegen Geschwindigkeitsüberschreitung anhalten und nicht wissen, ob er Mitglied in einem Drogenkartell ist oder nur zu spät dran für sein Softballtraining.«

Gordon wartete ab.

»Wir kennen ihre Namen, ihre kriminelle Vorgeschichte. Ein Richter stellt uns einen Haftbefehl aus und schickt uns los, die Täter zu suchen.« Sie zuckte mit den Achseln. »Oder wir transportieren Gefangene zum Gericht. Oder wir nehmen Beschlagnahmungen bei Wirtschaftskriminellen vor. Oder sorgen dafür, dass sich Pädophile anständig benehmen. Wir ermitteln im Grunde nicht, es sei denn, wir sind sehr speziellen Einheiten zugeteilt. Größtenteils haben wir es mit Leuten zu tun, die bereits verurteilt wurden. Wir wissen, wer sie sind.«

Gordon nickte wieder, aber eher, als ob er anerkannte, dass sie mit ihm gesprochen hatte, und weniger, weil er einverstanden war mit dem, was sie sagte.

»Du kennst dieses Gemälde, *The Problem We All Live With*?«, fragte sie.

»Norman Rockwell. 1964. Öl auf Leinwand.« Gordon kannte sich aus mit Kunst. »Inspiriert von einer Sechsjährigen namens Ruby Bridges, die eine Grundschule nur für Weiße in New Orleans schließlich für Schüler aller Hautfarben zugänglich machte.«

»Wusstest du, dass die Männer ihres Begleitschutzes US-Marshals waren?«

»Wirklich?«, fragte Gordon.

Andrea lieferte ihm all die Fakten, die sie für genau diesen Moment gelernt hatte. »Marshals sorgen für die Sicherheit von Richtern am Obersten Gerichtshof und von ausländischen Delegationen. Und sie bewachen Olympiasportler. Und Wissenschaftler in der Antarktis. Sie sind die älteste Bundespolizeibehörde im Land. George Washington persönlich hat die ersten dreizehn Marshals ernannt.«

Diesen Moment wählte Laura, um zur Familie zu stoßen. »Sie haben außerdem flüchtige Sklaven gejagt und zu ihren Eigentümern zurückgebracht. Und sie haben die Internierungslager geleitet, in die japanischstämmige Amerikaner während des Zweiten Weltkriegs gesperrt wurden. Und …«

»Laura …«, warnte Gordon.

Andrea blickte zu Boden. Sie hörte andere Eltern Gespräche mit ihren Kindern führen, und bei keiner Familie klang es so unangenehm wie bei ihrer.

»Schatz?« Gordon wartete, bis Andrea aufblickte. »Du hast meine Unterstützung. Die hattest du immer. Du musst mich nicht überzeugen.«

»Herrgott noch mal«, murmelte Laura.

Gordon legte die Hand auf Andreas Schulter. »Versprich mir nur, dass du nie vergisst, wer du bist.«

»Ja«, sagte Laura. »Vergiss nicht, wer du *wirklich* bist.«

Sie sprachen eindeutig von zwei verschiedenen Dingen, aber Andrea hatte nicht vor, eine Auseinandersetzung darüber zu beginnen.

»Mr. Mitchell. Ms. Oliver.« Ein weiterer Marshal tauchte aus dem Nichts auf. Er trug einen schnittigen Anzug, seine Waffe war unter dem Sakko verborgen. Mike blinzelte Andrea zu, als wären gerade mal zwei Sekunden vergangen, seit sie ihn zuletzt gesehen hatte, und nicht ein Jahr und acht Monate. »Ich bin Inspector Michael Vargas vom USMS. Sie müssen sehr stolz auf Ihre Tochter sein.«

»Vargas?« Laura war bei Mikes Anblick sichtbar zusammengezuckt. Er war ihre Kontaktperson im Zeugenschutz, und sie traute ihm ungefähr so sehr, wie sie allen Leuten traute, die für die Regierung arbeiteten. »Ist das ein weiterer Falschname, oder sagen Sie endlich die Wahrheit?«

Andrea warf ihrer Mutter einen schneidenden Blick zu. »Die Wahrheit worüber?«

»Agent Vargas, freut mich, Sie kennenzulernen.« Gordon schüttelte Mike die Hand und tat, als wären sie sich noch nie begegnet, denn so funktionierte der Zeugenschutz. Selbst Andreas Ausbilder hatten keine Ahnung, dass sie im Programm aufgewachsen war. Sie bezweifelte sogar, dass der Direktor es wusste.

»Ms. Oliver.« Mike wusste, dass Laura ihm nicht die Hand geben würde. »Meine Glückwünsche. Ich sehe, dass Sie strahlen vor Stolz.«

»Ich brauche einen Drink.« Laura machte sich auf, um halb elf Uhr vormittags eine Bar in einem Trainingszentrum der Bundespolizei zu suchen. Sie hatte sich immer gegen Autoritäten gesträubt, aber dass Andrea sich genau den Leuten anschloss, die seit mehr als dreißig Jahren jeden Schritt von ihr überwachten, verwandelte Laura in eine Art mordlustiges Stachelschwein.

Mike wartete, bis sie außer Hörweite war. »Wehe, es erzählt ihr jemand, dass die Marshals mitgeholfen haben, die Prohibition durchzusetzen.«

Gordon drückte noch einmal Andreas Schulter, ehe er sich ebenfalls verabschiedete.

Mike sah ihm nach und wandte sich dann Andrea zu. »Immerhin ist deine Mom gekommen, oder? Das ist doch schon mal was.«

Andrea hielt den Mund und versuchte halbwegs ihre Fassung wiederzugewinnen. Sie war schmutzig und verschwitzt von dem Lauf, aber die Hitze, die sie durchströmte, war ausschließlich Mike zu verdanken. Sie waren vier sehr intensive Monate lang zusammen gewesen, bevor sie ihn wie Luft behandelt hatte. Die Entscheidung war so grausam wie notwendig gewesen: Mike war ein Teil von Andreas altem Leben, aus der Zeit, als sie sich von jeder Klippe stürzte, die sich vor ihr aufgetan hatte, wie ihre geliebte Mutter soeben bemerkt hatte. Sie brauchte keinen Mann mit einem Helferkomplex, der angeschwebt kam, um ihren Sturz aufzufangen. Sie musste lernen, sich selbst zu retten.

Vielleicht war sie also deshalb zu den Marshals gegangen?

Die Erklärung war so gut wie jede andere.

»Wie findest du meinen neuen sexy Look?« Mike kraulte seinen üppigen dunklen Bart. »Gefällt er dir?«

Sie fand ihn toll, aber sie zuckte nur mit den Achseln.

»Lass uns einen Spaziergang machen.« Mike schubste sie, damit sie sich in Bewegung setzte, aber nicht ohne vorher noch einen Blick auf Laura und Gordon zu werfen, die erkennbar in eine hitzige Diskussion verstrickt waren. »Sind sie wieder zusammen?«

Das waren sie, aber Andrea hatte nicht die Absicht, den Betreuer ihrer Mutter mit Informationen zu versorgen.

Mike versuchte es noch einmal. »Ich bin froh, dass Gordon deine Entscheidung unterstützt, dich den Guten anzuschließen.«

Gordon war schwarz, hatte einen Juraabschluss von einer Eliteuniversität, und ihm brach jedes Mal der Schweiß aus, wenn er einen Polizisten in seinem Rückspiegel sah.

»Mein Vater hat mich immer unterstützt«, sagte sie.

»Das hat deine Mutter auch getan.« Mike grinste wegen ihres skeptischen Blicks. Die Tatsache, dass er für Laura Partei ergriff, nachdem sie ihn vor ein paar Jahren fast den Job gekostet hatte, sprach entweder für seine Widerstandskraft, oder sie rührte von einem traumabedingten Gedächtnisverlust her. »Du solltest nicht so hart mit ihr ins Gericht gehen. Dieser Job kann riskant sein. Laura weiß das besser als irgendwer sonst. Sie hat Angst, dass dir etwas zustößt.«

Andrea lenkte die Unterhaltung von ihrem Privatleben weg. »Ich wette, deine Mom hat ein großes Fest gegeben, als du deinen Abschluss gemacht hast.«

»Das hat sie«, sagte Mike. »Und dann habe ich sie erwischt, wie sie sich in der Speisekammer die Augen ausgeheult hat, weil sie solche Angst hatte, dass mir etwas Schlimmes passiert.«

Andrea empfand einen Hauch von schlechtem Gewissen. Sie war so wild entschlossen gewesen, ihre Marshal-Ausbildung abzuschließen, dass sie keine Sekunde daran gedacht hatte, Laura könnte andere als die offensichtlichen Gründe haben, diese jüngste Lebensentscheidung ihrer Tochter zu missbilligen. Ihre Mutter war alles Mögliche, aber sie war nicht dumm.

»Sag mir eins.« Mike schubste sie in Richtung des Verwaltungsgebäudes. »Tun wir so, als würdest du dich nicht verzehren vor Reue, weil du mir vor eineinhalb Jahren den Laufpass gegeben hast?«

Andrea tat eher so, als hätte er ihr nicht so viel Druck gemacht, dass sie nicht wusste, ob sie seinen Namen schreien oder in Tränen ausbrechen sollte.

Wenn die Erinnerung sie nicht trog, dann hatten sie beide ein bisschen von beidem getan.

»Hey.« Er schubste sie wieder spielerisch. »Ich finde, diese Frage verdient eine Antwort.«

Sie gab ihm eine. »Ich dachte, wir halten es zwanglos.«

»Ach ja?« Mike langte um sie herum, um die Glastür zu öffnen. »Zwanglos beinhaltet normalerweise nicht, dass ich nach West Alabama hinüberfahre, damit du meine Mutter kennenlernst.«

Seine Mutter war das genaue Gegenteil von Laura, ein bisschen brave Hausfrau mit einem Schuss Rita Moreno und einem Hauch Lorelai Gilmore.

Dennoch sagte Andrea: »Zwanglos schließt viele Dinge ein.«

»Ich erinnere mich nicht, diese Nachricht bekommen zu haben. War es eine SMS? Eine Sprachnachricht?«

»Brieftaube«, scherzte sie. »Hast du es nicht zwitschern hören?«

Die Lichter in dem nüchternen Bürogebäude waren aus, aber die Klimaanlage machte es zum schönsten Ort, an dem Andrea je gewesen war. Ihre Haut kribbelte, als der Schweiß trocknete.

Mike wurde ungewohnt schweigsam, als er den Flur entlangging und die Tür zum Treppenhaus öffnete. Andrea ließ ihn vorausgehen, um des Feminismus willen, und außerdem genoss sie seinen Anblick von hinten. Die schlanken Muskeln seiner Beine zeichneten sich in der maßgeschneiderten Hose ab. Mit seiner kräftigen Hand zog er sich am Geländer hinauf, während er zwei Stufen auf einmal nahm. Andrea hatte natürlich schon vor Mike mit Männern geschlafen, aber er war der Erste, mit dem sie je zusammengeblieben war. Er war so gewitzt, so verdammt selbstsicher. In seiner Nähe hatte es für sie nicht viel Raum gegeben, genauso zu sein.

Er öffnete die Tür am oberen Ende der Treppe.

Andrea spähte in den dunklen Flur und fragte sich, was zum Teufel sie hier eigentlich taten. Das war Mikes großes Talent –

er brachte ihren Verstand dazu, alle Vernunft auszublenden. Sie sollte inzwischen geduscht haben. Sie würde zu ihrer eigenen Abschlussfeier zu spät kommen.

»Wohin bringst du mich?«, fragte sie.

»Du bist doch diejenige, die Überraschungen liebt.«

Sie war das genaue Gegenteil eines Menschen, der Überraschungen liebte, aber sie folgte ihm trotzdem in das leere Konferenzzimmer.

Die Lichter waren aus. Mike öffnete die Jalousien, sodass das Sonnenlicht hereinströmte.

»Setz dich«, sagte er.

Er war theoretisch ranghöher als sie, aber Andrea würde niemals Mikes Befehlen folgen.

Sie ging in dem Raum umher, der zur Ausbildung in Überwachung und Ergreifung Flüchtiger benutzt wurde. Die Whiteboards waren sauber, jetzt, da die Kurse vorbei waren. Gerahmte Porträts an den Wänden zeigten verschiedene Marshals von ehedem. Robert Forsyth, der in den 1790ern als erster Marshal im Dienst getötet wurde. Deputy Bass Reeves, der erste schwarze Marshal, der um die Jahrhundertwende diente. Phoebe Couzins, die nicht nur der erste weibliche US-Marshal war, sondern auch eine der ersten Frauen in den Vereinigten Staaten, die ein Jurastudium absolvierten.

Das größte gerahmte Bild war ein Plakat aus dem Film *Auf der Flucht* von 1993, mit Harrison Ford in der Rolle eines entflohenen Häftlings und Tommy Lee Jones als der Marshal, der ihn jagt. Andrea fand es besser als das riesige *Con Air*-Poster mit Nicholas Cage, das den Pausenraum in ihrer Unterkunft schmückte. Marshals wurden von Hollywood nicht oft schmeichelhaft dargestellt.

Mike stand vor einer riesigen Weltkarte. Blaue Stecknadeln kennzeichneten die verschiedenen Außenposten des USMS. Der Service war eine verschworene Gemeinschaft von rund dreitausend Agents, die weltweit Dienst taten. Sie alle kannten einander oder kannten jemanden, der jemanden kannte. Es war Andrea nicht entgangen, dass das Ende ihrer Beziehung zu Mike sie zu einem Job geführt hatte, bei dem sie ihm zwangsläufig wieder über den Weg laufen musste.

»Wofür hast du dich beworben?«, fragte er.

Andrea hatte keinen konkreten Antrag gestellt. Sie würde ihre Einsatzstelle nach der Abschlussfeier erfahren. »Ich habe um eine Stelle im Westen gebeten.«

»Weit weg von zu Hause«, stellte er fest. »Hast du schon entschieden, was du tun willst?«

Sie zuckte mit den Achseln. »Kommt drauf an, oder?«

Der USMS war dankenswerterweise ernsthaft darauf bedacht, dass man die Arbeit tat, die man gern tun wollte, deshalb ließen sie einen im ersten Jahr rotieren. Für jeweils zwei Wochen durfte man alles ein bisschen ausprobieren – Ergreifung Flüchtiger, Sicherheitsdienst für Justizangehörige, Beschlagnahmung von Vermögenswerten, Gefangenentransport, Überwachung von Sexualstraftätern, das Programm für vermisste Kinder und natürlich den Zeugenschutz.

Andreas Hoffnung war, dass eine riesige Glühbirne aufleuchten würde, sobald sie ihre Berufung fand. Und wenn das nicht klappte, gab es immer noch die ausgezeichnete Ruhestandsregelung und den bezahlten Urlaub.

»Diese Dienststellen im Westen sind winzig«, sagte Mike. »Nicht viel örtliche Manpower, auf die man sich stützen kann. Wahrscheinlich wirst du die meiste Zeit Chauffeurdienste leisten.«

Er redete von Gefangenentransport. Andrea zuckte mit den Achseln. »Irgendwo muss man anfangen.«

»Das ist wahr.« Mike ging ans Fenster und schaute auf den Übungsplatz hinaus. »Es wird noch ein paar Minuten dauern. Setz dich doch.«

Andrea hätte auf mehr Offenheit dringen sollen, aber sie konnte nur auf seine breiten Schultern starren. Was Mike Vargas vor allem so sexy machte, war nicht sein muskulöser Körper oder seine tiefe Stimme, nicht einmal sein heißer neuer Bart. Er hatte eine Art, mit Andrea zu reden, die ihr das Gefühl gab, sie sei der einzige Mensch, dem er sich je geöffnet hatte. Zum Beispiel, dass er den magischen Realismus mochte, aber sich keine Bücher mit Drachen kaufte. Dass er an den Füßen kitzlig war und es hasste, wenn er fror. Dass er manchmal wütend auf seine drei herrischen älteren Schwestern war, sie aber über alles liebte. Dass seine angebetete Mutter seine ganze Kindheit hindurch in zwei Jobs gearbeitet hatte, damit die Familie immer zu essen hatte, aber dass er mit Freuden eine Mahlzeit ausgelassen hätte, um mehr Zeit mit ihr verbringen zu können. Dass er Andrea in Bezug auf seinen Vater belogen hatte, als sie zum ersten Mal über ihre Familien sprachen.

Dass Mike zehn Jahre alt gewesen war, als sein Vater mitten in der Nacht aufgestanden war, um einen vermeintlichen Einbrecher zu stellen, und versehentlich Mikes wenige Jahre älteren Bruder in den Kopf geschossen hatte.

Dass Mike manchmal noch den grauenhaften dumpfen Laut hörte, mit dem sein Bruder tot auf den Holzboden aufgeschlagen war.

Dass Mike auch den anderen dumpfen Laut immer noch hörte, als sein Vater sich eine Woche später mit derselben Waffe getötet hatte.

»Hey, fast hätte ich es vergessen.« Mike lächelte, als er sich wieder zu ihr umdrehte. »Ich wollte dir einen Rat geben.«

Andrea gefiel sein neckender Tonfall. »Nichts mag ich lieber als unerbetene Ratschläge.«

Sein Lächeln verwandelte sich in ein Grinsen. »Wo du auch landest, tu dir selbst einen Gefallen und erzähl überall herum, dass wir zusammen sind.«

Sie lachte schallend. »Inwiefern sollte ich mir damit einen Gefallen tun?«

»Na ja, zunächst einmal: Schau mich an.« Er breitete die Arme aus. »Ich seh umwerfend aus.«

Damit hatte er nicht unrecht. »Und außerdem?«

»Die Typen in deiner neuen Dienststelle werden sich fragen, warum du nicht mit ihnen schläfst.« Er lehnte sich ans Fenster. »Und sie werden anfangen, sich Fragen zu stellen – ist sie von der Innenrevision? Spioniert sie mich aus? Kann ich ihr trauen? Oder ist sie eine Lesbe? Warum rückt sie nicht damit heraus? Was verbirgt sie? Ist ihre Freundin hübscher als ich?«

»Das sind die einzigen beiden Möglichkeiten? Ich bin entweder ein Spitzel oder lesbisch? Es kann nicht sein, dass ich einfach nicht interessiert bin?«

»Baby, das sind US-Marshals. Natürlich bist du interessiert.«

Andrea schüttelte den Kopf. Das Einzige, was in Glynco noch mehr stank als Schweiß und Bodylotion, war Testosteron. »Ich glaube, dein Ego hat meine Brieftaube geschluckt.«

Seine Augen funkelten im Sonnenlicht. »Das erklärt, warum ich den Geschmack von dir nicht aus dem Mund bekomme.«

Sie erschraken beide, als ein Mann im schwarzen Anzug, mit Knopfhörer im Ohr und der stocksteifen Haltung eines Secret-Service-Agenten seinen kahlen Schädel zur Tür hereinsteckte. Er sah sich um, nickte und zog sich wieder zurück.

»Tut mir leid, dass ich zu spät bin.« Ein imposanter älterer Mann trat ein und absorbierte förmlich den ganzen Sauerstoff im Raum. Er streckte Andrea seine elegante Hand entgegen. »Es ist nett, dich endlich kennenzulernen, Andrea. Ich bin sehr stolz auf deine Leistungen hier in der Ausbildungseinrichtung.«

Sie musste sich auf die Lippe beißen, damit ihr der Kiefer nicht herunterklappte. Der Mann hatte sich nicht vorgestellt, aber sie kannte sein Gesicht. Natürlich kannte sie sein Gesicht. Er war ein aussichtsreicher Bewerber bei den letzten Vorwahlen zur Präsidentschaft gewesen, bis ihn ein Skandal aus dem Rennen warf. Glücklicherweise war er auf den Füßen gelandet und war jetzt frisch gewählter Senator von Kalifornien.

Er war außerdem, wie Andrea vor Kurzem erfahren hatte, Lauras älterer Bruder und damit praktisch ihr Onkel.

»Haben Sie ...« Andrea stockte. »Hast du meine Mutter gesehen?«

Jasper Quellers gebotoxte Augenbrauen zuckten. »Sie ist hier?«

»Mit meinem Dad. Gordon. Sie, äh ...« Andrea musste sich setzen. Sie hatte ganz vergessen, dass Mike noch im Raum war, bis er sich Jasper vorstellte. Sie hätte ihm am liebsten einen Tritt dafür versetzt, dass er sie hierhergebracht hatte. Und sich selbst hätte sie ohrfeigen können, weil sie in die Falle getappt war, denn Jasper war nicht zufällig hier aufgetaucht.

Das alles war geplant gewesen.

Andrea hörte eine Frage durch ihren Kopf schießen, eine Frage, die man ihr vor zwei Jahren gestellt hatte, als in ihrem Leben plötzlich alles anders geworden war.

Meine Güte, Kind, bist du dein ganzes Leben lang mit einem Angelhaken im Mund herumgelaufen?

Sie hatte die Frage damals bejaht. Es gab keine Entschuldigung dafür, dass sie den Köder zwei Jahre später immer noch schluckte.

»Was tust du hier?«, fragte sie Jasper.

Mike erkannte, dass dies ein guter Moment war, um unauffällig zu verschwinden.

Jasper legte eine schmale lederne Aktentasche auf den Tisch. Das Klicken, mit dem die vergoldeten Verschlüsse aufsprangen, klang nach viel Geld. Sie wusste nicht, wer seinen Anzug gefertigt hatte, aber es war jemand gewesen, der jeden Stich selbst gesetzt hatte. Wahrscheinlich blickte sie auf den Gegenwert ihres gesamten Studiendarlehens.

Er zeigte auf einen Stuhl. »Darf ich?«

Andrea musste nicht das Organisationsdiagramm an der Wand zurate ziehen. Der USMS war eine Dienststelle innerhalb des Justizministeriums und wurde vom Justizausschuss des Senats beaufsichtigt, der aus zweiundzwanzig Senatoren bestand, unter ihnen der Mann, der sie gerade fragte, ob er Platz nehmen dürfe.

»Bitte sehr.« Sie versuchte lässig mit der Hand zu wedeln, schlug aber stattdessen an die Tischkante. Trotz der Klimaanlage lief ihr ein Schweißtropfen über den Rücken. Ihre Gefühle waren in heller Aufruhr. Laura würde ausflippen, wenn sie herausfand, dass sich ihre Tochter und ihr Bruder zusammen in einem Raum befanden. Egal wie wütend Andrea auf ihre Mutter war – niemals, unter keinen Umständen würde sie auf Jaspers Seite stehen.

»Andrea, lass mich dir gleich zu Anfang sagen, wie leid es mir tut, dass wir uns nicht früher kennengelernt haben.« Selbst wenn er sich setzte, wahrte Jasper eine militärische Haltung, auch wenn er seit Jahrzehnten keine Uniform mehr trug. »Ich hatte gehofft, du würdest mit mir Kontakt aufnehmen.«

Andrea blickte auf die Fältchen um seine Augen. Er war sechs Jahre älter als Laura, aber sie hatten beide diese aristokratische Nase und die hohen Wangenknochen. »Warum sollte ich mit dir Kontakt aufnehmen?«

Er nickte einmal. »Gute Frage. Ich nehme an, deine Mutter war dagegen.«

Die Wahrheit war eine wirksame Waffe. »Das Thema kam nie zur Sprache.«

Jasper sah sie über seine geöffnete Aktentasche an. Er nahm einen Ordner heraus und legte ihn auf den Tisch. Dann schloss er die Aktentasche wieder und stellte sie auf den Boden.

Andrea zwang sich, nicht nach dem Ordner zu fragen, denn er wollte eindeutig, dass sie es tat. »Ich komme zu spät zu meiner Abschlusszeremonie.«

»Verlass dich drauf, sie werden nicht ohne dich anfangen.«

Andrea biss die Zähne zusammen. Die kleine Welt des Marshal Service wurde gerade noch kleiner. Sie würde von einem Haufen ausgebildeter Ermittler umgeben sein, die sich fragten, warum ein US-Senator eine Diplomverleihung aufhielt, damit er mit Andrea Oliver sprechen konnte.

»Es hat schon etwas, dich in natura zu sehen.« Jasper studierte unverhohlen ihr Gesicht. »Dein Anblick erinnert mich so sehr an deine Mutter.«

»Wieso fühlt sich das nicht wie ein Kompliment an?«

Er lächelte. »Es ist immer noch besser, als dich mit deinem Vater zu vergleichen.«

Damit hatte er wohl recht.

»Tatsächlich ist er der Grund, warum ich hier bin.« Jasper schlug leicht auf den Ordner. »Wie du weißt, endeten die zusätzlichen Anklagen, die vor zwei Jahren gegen deinen Vater erhoben wurden, damit, dass die Jurys zu keinem Urteil kamen. Das Justizministerium wird ihn nicht einmal vor Gericht bringen. In der Zwischenzeit läuft sein ursprüngliches Strafmaß allmählich aus. Verschwörung zur Verübung von Terrortaten im Inland war vor dem 11. September ein neuartiger Anklagepunkt. Die Mordverschwörung hat nur einen gewissen Biss, und die Aussage deiner Mutter war zwar hilfreich, aber auch nicht hilfreich genug, nicht wahr? Wir wären beinahe besser dran, hätte dein Vater mit seinen Verbrechen Erfolg gehabt.«

Andrea gefiel der Seitenhieb auf Laura nicht, aber sie zuckte die Achseln. »Und?«

Jasper sagte: »In einem halben Jahr steht bei deinem Vater wieder die Prüfung einer bedingten Haftaussetzung an.«

In seinem Ton schwang etwas mit, bei dem sich Andreas Magen zusammenzog. Sie konnte einzig und allein deshalb nachts schlafen, weil sie Nicholas Harp hinter Gittern wusste. »Er hatte schon früher Anhörungen wegen einer bedingten

Haftentlassung. Seine Anträge wurden immer abgelehnt. Warum sollte es diesmal anders sein?«

»Man könnte sagen, dass sich die allgemeine Haltung gegenüber Inlandsterrorismus in jüngster Zeit verändert hat, vor allem bei traditionell eher konservativen Ausschüssen für Haftentlassung.« Jasper schüttelte den Kopf, als hätte ein US-Senator wenig Einfluss auf das Weltgeschehen. »In der Vergangenheit konnte ich verhindern, dass ihm eine Strafaussetzung gewährt wurde, aber dieses Mal könnte er tatsächlich eine Chance haben.«

»Im Ernst?« Andrea gab sich keine Mühe, ihre Skepsis zu verbergen. »Du stehst dem Bureau of Prisons vor, der Gefängnisbehörde.«

»Genau«, bestätigte er. »Es wäre ungebührlich, wenn man mich mit dem Finger auf der Waage erwischte.«

Andreas Kehle war staubtrocken. Die Möglichkeit, dass Nick freikam, ließ sie vor Angst zittern, und sie war wütend, weil sich Jasper diesen Hinterhalt ausgedacht hatte. »Verzeihung, Senator, aber wir wissen beide, dass du schon früher ungebührliche Dinge getan hast.«

Er lächelte wieder. »Ganz die Mutter.«

»Zum Teufel mit deinen Vergleichen.« Andrea beugte sich über den Tisch. »Weißt du, was er uns das letzte Mal angetan hat? Er ist ein Monster. Es sind Menschen gestorben. Und da war er immerhin noch im Gefängnis. Weißt du, was er tun wird, wenn er tatsächlich rauskommt? Er wird sich sofort auf meine Mutter stürzen. Und auf mich.«

»Ausgezeichnet.« Jasper ahmte ihr Achselzucken von zuvor nach. »Wir scheinen alle ein persönliches Interesse an seiner fortgesetzten Inhaftierung zu haben.«

Andrea passte ihr Vorgehen neu an, denn die Rolle des eiskalten Miststücks schien nicht zu funktionieren. »Was willst du von mir?«

»Nichts. Ich bin im Gegenteil hier, um dir etwas zu geben.« Er nahm seine Hand von dem Ordner. Sie sah, dass er beschriftet war, aber sie konnte die Aufschrift nicht lesen. »Ich möchte dir helfen, Andrea. Und der Familie helfen.«

Sie wusste, er meinte Laura, aber bisher hatte er den Namen ihrer Mutter nicht über die Lippen gebracht.

»Du hast um eine Einsatzstelle an der Westküste gebeten.«

Sie schüttelte heftig den Kopf. Das Letzte, was sie brauchte, war ein Einsatz im Heimatstaat ihres Onkels. »Ich bin nicht interessiert an ...«

»Bitte lass mich ausreden.« Er hob die Hand. »Ich dachte, du würdest vielleicht etwas vorziehen, das näher liegt, wie etwa das Büro in Baltimore.«

Angst durchströmte Andrea und brachte sie zum Verstummen.

»Es gibt eine Bundesrichterin in diesem Bezirk, die glaubhafte Todesdrohungen erhalten hat. Jemand hat eine tote Ratte an ihre Privatadresse in Baltimore geschickt.« Jasper hielt einen Moment inne. »Du hast die Geschichte vielleicht in den Abendnachrichten gesehen.«

Andrea hatte nichts gesehen, weil niemand in ihrem Alter die Abendnachrichten schaute.

»Die Richterin wurde noch von Reagan ernannt«, fuhr Jasper fort. »Eine der letzten Aufrechten. Es wurde unter der Vorgängerregierung nicht wenig Druck auf sie ausgeübt, in den Ruhestand zu gehen, aber sie hat die günstige Gelegenheit verpasst.«

Andrea hatte sich nie für Politik interessiert, aber sie wusste, der USMS war mit dem Schutz von Bundesrichtern betraut.

»Ihre richterliche Ernennung hatte einen tragischen Hintergrund. In der Woche vor der entscheidenden Anhörung verschwand ihre Tochter. Bald darauf wurde eine Frau in einem Müllcontainer am Stadtrand gefunden. Ihr Gesicht war von Schlägen bis zur Unkenntlichkeit entstellt. Zwei Halswirbel waren gebrochen. Sie musste durch zahnärztliche Aufzeichnungen identifiziert werden. Es war die Tochter der Richterin.«

Andreas Fußsohlen begannen zu kribbeln, als würde sie an der Kante eines sehr hohen Gebäudes stehen.

»Unbegreiflicherweise überlebte das Mädchen den Überfall.« Jasper hielt inne, als verdiente diese Tatsache Ehrfurcht. »*Überlebt* ist allerdings relativ. Medizinisch befand sie sich in einem vegetativen Zustand, aber sie war außerdem schwanger. Meines Wissens hat man nie herausgefunden, wer der Vater war. Sie hielten ihren Körper zwei Monate lang künstlich am Leben – bis das Kind gefahrlos entbunden werden konnte.«

Andrea biss sich auf die Unterlippe, um nicht am ganzen Leib zu zittern.

»Seinerzeit erregte die bedauernswerte Lage des Mädchens viel Aufmerksamkeit. Die tragischen Umstände dürften dazu beigetragen haben, ihrer Mutter den Weg ins Amt zu ebnen. Reagan war derjenige, der die Antiabtreibungshaltung so richtig zum Programm erklärte. Vorher hat es niemanden in seiner Partei wirklich interessiert. Bush musste sich vom Thema Familienplanung abwenden, um als Vizepräsident infrage zu kommen.« Jasper schien Andreas Wunsch zu spüren, dass er endlich zur Sache kam. »Die Richterin und ihr Mann zogen das Kind auf. Ich sage *Kind*, aber sie ist inzwischen vierzig Jahre alt und hat selbst eine Tochter im Teenageralter. Soll ihr ganz schön zu schaffen machen.«

Andrea wiederholte ihre Frage von vorhin. »Was tust du hier?«

»Ich glaube, was du wirklich wissen willst, ist: *Was hat das alles mit meinem Vater zu tun?*« Seine Hand griff wieder nach der geheimnisvollen Akte. »Die Bundesgerichte sind in der Sommerpause. Wie es ihre Gewohnheit ist, haben sich die Richterin und ihr Mann auf das Familienanwesen zurückgezogen, wo sie die nächsten zwei Monate bleiben werden. Während ein Sonderinspektor im Hauptquartier in Baltimore wegen der Todesdrohungen ermittelt, sorgt der USMS mit zwei Teams für ihren Schutz – eine Nachtschicht, eine Tagschicht. Der Sicherheitsdienst ist keine große Sache. Stell es dir wie Babysitting vor. Und Longbill Beach ist ein schöner Ort. Ich denke, du weißt, wo er liegt?«

Andrea musste sich räuspern, bevor sie antworten konnte. »Delaware.«

»Richtig«, sagte Jasper. »Tatsächlich ist Longbill Beach die Stadt, in der dein Vater aufgewachsen ist.«

Andrea setzte die fehlenden Puzzleteile zusammen. »Du glaubst, dass Nick Harp vor vierzig Jahren die Tochter der Richterin getötet hat.«

Jasper nickte. »Bei Mord gibt es keine Verjährung. Bei einer Verurteilung würde er für den Rest seines Lebens im Gefängnis bleiben.«

Die Worte hallten in Andreas Kopf nach – *für den Rest seines Lebens im Gefängnis.*

Jasper fuhr fort. »Es gab Gerüchte, er sei der Vater des Kindes gewesen. An dem Abend, an dem die Tochter der Richterin verschwand, hat das Mädchen ihn öffentlich zur Rede gestellt. Sie stritten vor mehreren Zeugen. Er hat sie verbal und körperlich bedroht. Kurz nach ihrer Identifizierung hat er die Stadt verlassen.«

Andrea schluckte mühsam. Sie gab sich Mühe, die Details zu behalten, aber alles, woran sie denken konnte, war, dass Nick Harp ein weiteres Kind gezeugt hatte.

Und dann im Stich ließ.

»Sieh es dir selbst an.« Jasper schob den Ordner in ihre Richtung.

Andrea ließ die geschlossene Akte zwischen ihnen liegen. Sie konnte jetzt die Beschriftung lesen.

EMILY ROSE VAUGHN, geb. 1.5.1964, gest. 9.6.1982

Der Name des Mädchens verschwamm vor Andreas Augen, in ihrem Kopf drehte sich alles. Sie versuchte sich zu konzentrieren – Mord, keine Verjährung, Nick für den Rest seines Lebens hinter Gittern –, aber sie landete immer wieder bei einer einzigen Frage: War das Ganze eine Falle? Sie konnte Jasper nicht trauen. Sie hatte auf die harte Tour gelernt, dass sie niemandem trauen durfte.

»Nun«, sagte Jasper, »bist du nicht neugierig?«

Neugier war nicht das, was sie im Moment empfand.

Sondern Angst. Beklemmung. Zorn.

Eine vierzig Jahre alte Halbschwester, die genau wie Andrea in einer Küstenstadt aufgewachsen war. Ein weiteres Kind, dem seine Mutter immer ein Rätsel bleiben würde. Ein sadistischer Vater, der ihrer beider Leben zerstört hatte und dann zu seinem nächsten Opfer weitergezogen war.

Andreas zitternde Hand griff nach der Akte. Die erste Seite zeigte das Foto einer hübschen jungen blonden Frau, die offen in die Kamera lächelte. Die starke Dauerwelle und der blaue Lidschatten ließen sich eindeutig auf die frühen Achtziger datieren. Andrea blätterte zur nächsten Seite, dann weiter. Sie erkannte den Polizeibericht anhand seines Layouts. Datum, Zeit, Ort, Straßenkarte, Zeichnung des Tatorts, mögliche Mordwaffe, Zeugen, Verletzungen am Körper eines unschuldigen siebzehnjährigen Mädchens.

Andreas Finger waren schweißnass, als sie weiterblätterte. Sie fand die handschriftlichen Aufzeichnungen des ermittelnden Beamten. Computer waren 1982 noch rar gewesen. Schreibmaschinen offenbar ebenfalls. Das Gekritzel war beinahe unlesbar, und es war so oft fotokopiert worden, dass die Buchstaben pelzig aussahen.

Andrea wusste, sie würde den Namen Nicholas Harp nirgendwo in der Akte finden. Dieses Pseudonym hatte ihr Vater benutzt, als er ihre Mutter kennenlernte. Er hatte seine wahre

Identität damals im Frühjahr 1982 aufgegeben, als er Longbill Beach für immer verließ. Die Leute dort würden ihn unter seinem richtigen Namen kennen. Sie fand ihn auf der letzten Seite, zweimal unterstrichen.

Clayton Morrow.

2

»Oregon ist wunderschön, Mom.« Andrea ignorierte den verwunderten Blick, den ihr der Uber-Fahrer zuwarf, als sie die Brücke über die Chesapeake Bay überquerten. Sie wandte den Kopf ab, um klarzumachen, dass es sich um ein privates Gespräch handelte. »Ich glaube, es wird mir hier gefallen.«

»Na, das ist doch schon mal was«, sagte Laura. Wasser rauschte in die Spüle. Sie bereitete zu Hause in Belle Isle das Abendessen für Gordon zu. »Es ist sehr lange her, seit ich dort war. Ich erinnere mich an die Bäume.«

»Die Douglasfichte ist der Wappenbaum des Staates. Die Wappenblume ist die Gewöhnliche Mahonie.« Andrea scrollte auf ihrem Diensthandy durch den Oregon-Artikel auf Wikipedia. »Wusstest du, dass es der neungrößte Bundesstaat ist?«

»Nein.«

»Und ...« Andrea suchte nach etwas, was nicht klang, als würde sie eine Statistik ablesen. »Es gibt einen Regenwald im nordwestlichen Teil, der sich Tal der Riesen nennt. Cool, oder?«

»Ist es kalt dort? Ich hab dir gesagt, du sollst deine Jacke einpacken.«

»Es ist okay.« Sie rief Weather.com auf. »Neunzehn Grad.«

»Es ist noch früh am Tag«, sagte Laura, obwohl es in Oregon nur drei Stunden früher war. »Die Temperatur wird mit der

Sonne sinken. Du solltest dir eine Jacke dort kaufen. Das wird billiger sein, als wenn ich dir deine schicke. Das Sommerwetter im pazifischen Nordwesten ist sprunghaft. Du weißt nie, was dich erwartet.«

»Ich komm schon klar, Mom.« Andrea blickte aus dem Fenster, während ihre Mutter genau beschrieb, welche Jacke sie für ein Wetter kaufen sollte, das fast fünftausend Kilometer entfernt herrschte.

»Abgedeckte Reißverschlüsse sind sehr wichtig«, sagte Laura. »Und Gummizüge an den Ärmeln, sonst fährt dir der Wind bis zu den Schultern hinauf.«

Andrea schloss die Augen zum Schutz vor der Nachmittagssonne. Ihr innerer Kompass rotierte zu schnell. Jasper hatte nicht nur einen ungebührlichen Finger auf die Waage gelegt – er hatte das verdammte Ding glatt umgeworfen. Andrea hätte eigentlich zwei Wochen frei haben sollen, bevor sie ihre erste Stelle antrat. Dank ihres entfremdeten Onkels jedoch bearbeitete sie gut vierundzwanzig Stunden nach ihrer Diplomverleihung bereits zwei verschiedene Fälle. Der eine Job bestand darin, Babysitterin für eine Richterin zu spielen, die Todesdrohungen erhalten und eine tote Ratte zugeschickt bekommen hatte; die andere Aufgabe war, dafür zu sorgen, dass ihr Vater hinter Gittern blieb, indem sie irgendeinen Beweis dafür fand, dass er des Mordes an einem längst vergessenen Mädchen schuldig war.

Wie bei allen anderen Entscheidungen der letzten beiden Jahre wusste sie nicht genau, warum sie auf Jaspers Angebot eingegangen war. Ihr erster Impuls war gewesen, den Raum zu verlassen. Aber dann hatte sie sich gestattet, den einen Gedanken zuzulassen, dem sie in diesen zwei Jahren widerstanden hatte: zu dem Moment zurückzukehren, in dem ihr Leben in die Luft geflogen war.

Statt mit der Herausforderung zu wachsen, hatte sie sich im Kreis gedreht wie ein wild gewordenes Duracell-Häschen, das auf seine Trommel einschlägt. Es gab nichts aus dieser Zeit, worauf sie stolz war. Sie hatte nichts geplant. Sie hatte die Folgen nicht bedacht. Sie war ziellos Tausende von Kilometern gefahren, um das Rätsel ihrer Eltern zu lösen und die Wahrheit über ihre Verbrechen aufzudecken. Ihr unüberlegtes Handeln hätte sie beinahe das Leben gekostet und Lauras dazu. Und dabei zählte sie noch nicht einmal mit, was sie Mike angetan hatte. Er hatte wiederholt versucht sie zu retten, und sie hatte ihm buchstäblich und im übertragenen Sinn in die Eier getreten für seine Mühe.

Vielleicht hatte Andrea also deshalb zugestimmt.

Diese Erklärung war so gut wie jede andere.

Wie sie einen vierzig Jahre alten Mordfall lösen sollte, war ihr ein Rätsel. Ihre ersten vierundzwanzig Stunden als United States Marshal waren nicht gerade ein verheißungsvoller Start gewesen. Gestern Nachmittag war sie fünf Stunden mit einem Mietwagen gefahren, um rechtzeitig zu ihrem Flug nach Baltimore um zehn vor neun am Flughafen von Atlanta zu sein, aber ihr Flug hatte sich wegen schlechten Wetters um zweieinhalb Stunden verzögert, und dann war er wegen anhaltend schlechten Wetters nach Washington umgeleitet worden, wo sie erst um zwei Uhr morgens gelandet war. Vom dortigen Flughafen Dulles war sie in zwanzig Minuten mit dem Taxi zu einem billigen Motel in Arlington, Virginia, gefahren, wo sie vier Stunden geschlafen hatte, und dann hatte sie noch einmal anderthalb Stunden im Zug zum Bezirkshauptquartier des USMS in Baltimore gedöst.

Niemand war auf ihre Ankunft vorbereitet gewesen. Alle höheren Beamten waren auf einer Konferenz in Washington, D.C. Eine Agentin namens Leeta Frazier, die normalerweise Beschlagnahmungsfälle bearbeitete, hatte Andrea in ein Besprechungszimmer gesetzt, damit sie einen Stapel Papiere unterschrieb, und ihr eine Broschüre überreicht, wie sie sexuelle

Belästigung vermied. Sie hatte Andrea zusammen mit dem Silver Star ihre Dienstwaffe ausgehändigt, eine Glock 17 im Kaliber 9mm, und ihr erklärt, sie müsse später wiederkommen, um ihren Boss und den Rest des Teams kennenzulernen.

Um alles noch schlimmer zu machen, war Leeta nicht in der Lage gewesen, einen Wagen anzufordern, und so war Andrea mit dem weltweit teuersten Uber in Longbill Beach gelandet. Der Tag fühlte sich jetzt schon an wie eine verlängerte Version des langweiligsten Tages der Weltgeschichte. Erst jetzt, um fast zwei Uhr nachmittags, fuhr Andrea endlich durch das Küstenland von Maryland in Richtung Delaware, wo sie angeblich – *hoffentlich* – ihren neuen Partner kennenlernen sollte.

»Schick mir ein Bild, wenn du sie hast«, sagte Laura.

Andrea musste die Unterhaltung zurückspulen, um zu begreifen, dass ihre Mutter von der Phantomjacke sprach, die sie für ein Wetter kaufen sollte, das sie nicht erlebte. »Ich versuche daran zu denken.«

»Und du hast versprochen, mich zweimal täglich anzurufen.«

»Das habe ich nicht.«

»Eine Nachricht zu schicken, meine ich.«

»Auch nicht.«

»Andrea …«, sagte Laura, aber dann fing Gordon im Hintergrund zu reden an, und sie deckte das Telefon ab.

Andrea schaltete den Schirm ihres Diensthandys ab und fragte sich, ob sie bereits gegen die Regeln des Marshal Service verstoßen hatte, indem sie Wissenswertes über Oregon gegoogelt hatte. Sie konnte immer noch nicht glauben, dass man ihr eine Waffe und eine Dienstmarke gegeben hatte. Sie war ein Deputy US Marshal. Sie konnte Leute verhaften. Sie konnte ihren Uber-Fahrer zum Hilfspolizisten ernennen, wenn sie es wollte. Vielleicht konnte sie ihn dazu bringen, seine Knopfaugen auf die Straße gerichtet zu halten, denn seit dem Moment, da er gerafft hatte, dass sie Polizistin war, beäugte er sie, als hätte man ihm einen Misthaufen auf den Rücksitz gekippt.

Sie erinnerte sich an einen Satz, den einer ihrer Ausbilder auf das Whiteboard geschrieben hatte.

Wenn Sie wollen, dass man Sie liebt, gehen Sie nicht zur Polizei.

»Also gut.« Laura war wieder in der Leitung. »Es ist nicht unbedingt erforderlich, aber ich würde eine gelegentliche Nachricht von dir sehr begrüßen, damit ich weiß, dass du noch am Leben bist.«

»Okay«, gab Andrea nach, auch wenn sie keine Ahnung hatte, ob sie der Aufforderung ihrer Mutter Folge leisten würde. »Ich muss Schluss machen, Mom. Ich glaube, ich sehe gerade einen Wiesenstärling.«

»Oh, schick mir ein Fo…«

Andrea beendete schnell das Gespräch. Sie sah einen Schnepfenvogel im Wind segeln und diese verrückten Bewegungen machen, bei denen es aussah, als würde er auf der Stelle treten, obwohl er vorwärtsflog.

Sie schloss kurz die Augen und atmete langsam aus, weil sie hoffte, so ihre Erschöpfung zu lindern. Ihr Körper sehnte sich nach Schlaf, aber ihre vorhergehenden Versuche zu ruhen, hatten lediglich bewiesen, dass ihre Gedanken allzeit bereit waren, von einem Problem zum nächsten zu springen. Sie überlegte, was die wahren Beweggründe ihres Onkels sein könnten, fragte sich, ob ihr Vater herausfinden würde, was sie trieb, und ob er versuchen würde, es zu vereiteln, und wärmte die Erinnerung an ihre Unterhaltung mit Mike wieder auf, um zu entscheiden, was sich besser anfühlte: wenn sie ihm sagte, dass sie einen schrecklichen Fehler gemacht hatte, oder wenn sie ihm sagte, dass er zum Teufel gehen sollte.

Andrea konnte dieses Spiel nicht noch einmal zwei Stunden spielen. Zumindest nicht in einem Uber-Taxi, das nach

Kunststoffpflegemittel und Lufterfrischer roch. Um sich nicht weiter im Kreis zu drehen, griff sie in ihren Rucksack und holte die Akte über Emily Vaughn hervor.

Ihr Blick fiel auf das abgegriffene maschinengeschriebene Etikett. Sie fragte sich, ob Jasper Kopien der polizeilichen Ermittlung erhalten hatte. Als US-Senator hatte er vermutlich Zugang zu allen möglichen Informationen. Außerdem war er verdammt reich; wo Macht also nicht weiterhalf, würde es ein Aktenkoffer voller Geld sicherlich tun.

Nicht dass Jaspers Machenschaften irgendeine Rolle spielten. Andreas verdeckte Ermittlung diente nur einem Zweck, und der bestand nicht darin, sich bei ihrem reichen Onkel lieb Kind zu machen. Sie wünschte sich wirklich nichts sehnlicher, als dass ihr Vater eingesperrt blieb – nicht nur um Lauras Sicherheit willen, sondern weil ein Mann, der in der Lage war, eine Handvoll labiler Menschen in eine terroristische Sekte zu verwandeln, einfach nicht frei herumlaufen durfte. Wenn dafür ein vierzig Jahre alter Mordfall gelöst werden musste, dann würde Andrea eben einen vierzig Jahre alten Mordfall lösen. Und wenn sie nicht beweisen konnte, dass ihr Vater es getan hatte, oder wenn sie bewies, dass der Täter jemand anderer war – nun, von dieser Klippe würde sie sich stürzen, wenn sie dort angekommen war.

Andrea holte noch einmal tief Luft und stieß sie leise aus, ehe sie die Akte aufschlug.

Das Foto von Emily Rose Vaughn war das, was ihr am meisten zusetzte. Es war fraglos ihre Aufnahme für den Abschlussjahrgang. Die noch nicht ganz Achtzehnjährige war wunderschön gewesen, selbst mit der Dauerwelle und den stark geschminkten Augen. Andrea drehte das Foto um und schaute sich das Datum an. Emilys Schwangerschaft hatte man wahrscheinlich schon gesehen, als sie mit den anderen Schülerinnen des Abschlussjahrgangs für das Foto Schlange stand. Vielleicht hatte sie, um die Wahrheit zu verbergen, einen Gürtel getragen, eine Formstrumpfhose oder irgendein anderes für die Achtzigerjahre typisches Folterinstrument für Frauen.

Andrea studierte Emilys Gesicht wieder und wieder. Sie versuchte sich zu erinnern, was für ein Gefühl es war, dem Schulabschluss so nahe zu sein. Aufgeregt wegen des Eintritts ins College. Begierig, von zu Hause wegzukommen. Bereit, erwachsen zu sein oder zumindest eine Version von erwachsen, bei der man noch vollständig von den Eltern subventioniert wurde.

Emily Vaughn war in den letzten sieben Wochen ihres Lebens ein menschlicher Brutkasten gewesen. Soweit Andrea dem Polizeibericht entnehmen konnte, hatte Jasper recht gehabt mit der Behauptung, dass der Vater nie identifiziert wurde. Erst dreizehn Jahre später, also 1995, hatte der Prozess gegen O.J. Simpson die breite Öffentlichkeit und die Gerichte aufgeschlossener für DNA-Beweise gemacht. Damals hatte man sich nur auf Emilys Aussage stützen können, und sie hatte ihr Geheimnis offenbar mit ins Grab genommen.

Die Frage war, ob Clayton Morrow zu den Verdächtigen zählte, weil er ein glaubwürdiger Verdächtiger war, oder ob Nick Harps Verbrechen ihn nachträglich schuldig erscheinen ließen.

Andrea hatte im Internet recherchiert und sehr wenig öffentlich zugängliche Informationen über den Angriff auf Emily Vaughn gefunden. Kein True-Crime-Podcaster oder TV-Produzent hatte sich eingehend mit dem Fall befasst, wahrscheinlich weil es keinen neuen losen Faden gab, an dem man zupfen konnte. Keine neuen Zeugen. Keine neuen Verdächtigen. Das Wenige an Spurenmaterial, das von den verschiedenen Schauplätzen des Verbrechens gesammelt wurde, war entweder im Laufe der Zeit verloren gegangen oder bei den vom Hurrikan Isabel 2003 verursachten Überschwemmungen weggespült worden.

In dem Wikipedia-Eintrag über Richterin Esther Vaughn gab es Links zu einundzwanzig Artikeln über die Umstände von

Emilys Tod, die alle vierzig Jahre alt waren. Sechzehn stammten aus dem *Longbill Beacon*, einem alternativen Blatt, das vor acht Jahren eingestellt wurde und nichts hinterlassen hatte als eine 404-Fehlerseite, als sich Andrea durchklickte. Die landesweiten Artikel befanden sich hinter Bezahlschranken, und Andrea wollte nicht auf sie zugreifen, um keine Kreditkartenspur zu hinterlassen; außerdem war sie sich nicht sicher, ob ihre Kreditkarte akzeptiert wurde. Die Datenbank des USMS war keine Option, weil es gegen die Regeln der Organisation – und gegen Bundesrecht – verstieß, Hintergrundchecks über Personen vorzunehmen, ohne zu Ermittlungszwecken dazu autorisiert zu sein.

Was bedeutete, dass Andreas Internetschnüffelei in einer Sackgasse gelandet war. Emily Vaughns Tod hatte so gut wie keinen digitalen Fußabdruck hinterlassen. In den zahlreichen Kommentaren, die Esther Vaughn über die Jahre verfasst hatte, gab es keine Details, die über ihren »tragischen persönlichen Verlust« hinausgingen, und diesen hatte sie so hingedreht, dass er genau die strafrechtlichen Maßnahmen rechtfertigte, die man von einer von Reagan ernannten Richterin erwartete. Was den Ehemann der Richterin anging, so hatte Andrea eine ein Jahr alte Pressemitteilung der Loyola University in Maryland gefunden, einer privaten geisteswissenschaftlichen Universität des Jesuitenordens, in der es hieß, Dr. Franklin Vaughn werde sich als Professor Emeritus von der Sellinger School of Business Management zurückziehen, um mehr Zeit mit seiner Familie zu verbringen.

Einzelheiten über besagte Familie wurden ebenfalls nicht geliefert.

Und auch Dr. Vaughns zahlreiche dogmatische Lehrmeinungen über Wirtschaft und soziale Gerechtigkeit schienen hauptsächlich Lösungen zu enthalten, bei denen es darum ging, dass jedermann seines Glückes Schmied war, ungeachtet der Frage, ob man sich das dafür benötigte Werkzeug überhaupt leisten konnte.

Am meisten irritierte Andrea, dass das Internet den Namen von Emilys Tochter nicht zu kennen schien.

Andrea wusste nicht, wie viel sie in diese Auslassung hineinlesen sollte. Es gab ein paar Erklärungen dafür, warum ein Fußabdruck der Frau im Netz fehlte. Sie war sieben Jahre älter als Andrea, und die sozialen Medien waren wahrscheinlich nicht ihr natürliches Habitat. Dein Name tauchte nicht im Netz auf, wenn du nicht im Netz unterwegs warst, und Facebook war genauso schlimm wie Instagram, TikTok oder Twitter. Emilys Tochter konnte ihren Namen auch legal geändert haben, oder sie hatte den Nachnamen eines Ehegatten angenommen. Vielleicht hatte sie den Kontakt zu ihren Großeltern abgebrochen, oder – was wahrscheinlicher war – sie hielt sich vom Internet fern, weil ihre Mutter brutal ermordet worden war, vermutlich von ihrem größenwahnsinnigen Vater, und ihre Großmutter zudem Bundesrichterin war. So übel die Leute vor vierzig Jahren gewesen waren – jetzt, da es das Internet gab, waren sie absolute Bestien.

Andrea konnte also nichts anderes tun, als sich Fragen zu stellen: Lebte Emilys Tochter noch in Longbill Beach, oder war sie abgehauen? War sie geschieden? Jasper hatte gesagt, dass sie selbst ein Kind hatte, ein Mädchen im Teenageralter, das *ziemlich schwierig* sei, aber stand sie ihren Großeltern nahe? Hatte man ihr die Wahrheit über Emilys Tod gesagt? Womit verdiente sie ihren Lebensunterhalt? Wie sah sie aus? Hatte sie Nick Harps eisblaue Augen, die scharfen Wangenknochen und das Grübchen im Kinn oder das rundere, herzförmige Gesicht ihrer Mutter?

Andreas Hand fuhr über ihr eigenes Gesicht. Sie hatte nichts von Jaspers und Lauras aristokratischen Zügen, wenngleich Jasper wahrscheinlich recht damit hatte, dass ihn Andreas Anblick an Laura erinnerte. Ihre Augen waren hellbraun, nicht eisblau. Ihr Gesicht war schmal, wenn auch nicht dreieckig, und sie hatte ein fast nicht wahrnehmbares Grübchen am Kinn, das vermutlich von ihrem Vater stammte. Ihre Nase war ein genetisches Rätsel – die Spitze zeigte nach oben wie bei einem Ferkel, das an einer Tulpe schnuppert.

Sie heftete Emilys Foto wieder an die erste Seite und blätterte die Berichte durch, auch wenn sie alle schon unzählige Male am Flughafengate, im Flieger, auf dem Rücksitz von Taxis, in ihrem Hotel und im Zug gelesen hatte. Verschmierte Fingerabdrücke zeugten von den orangefarbenen Erdnussbuttercrackern, die sie zum Frühstück hinuntergeschlungen hatte.

Andrea hätte das alles besser beherrschen müssen.

Alle angehenden Agents im Trainingscenter von Glynco machten einen zehnwöchigen intensiven und bewusstseinsverändernden Kurs über strafrechtliche Ermittlungen durch. Andrea hatte inmitten eines Alphabets künftiger Bundespolizisten gesessen, die in den Feinheiten der Ermittlungsarbeit gedrillt wurden – DEA, ATF, IRS, CBP, HHS. Und dann hatten sich die zukünftigen Marshals zu weiteren zehn Wochen jobspezifischer Unterweisungen verabschiedet, die sie neben den körperlichen Erfordernissen, die ihren Dienst von den anderen unterschied, zu absolvieren hatten.

Die Ausbilder hatten komplizierte fiktive Fälle ersonnen – ein Ausbrecher auf der Flucht, eine Kindesentführung, eine Folge eskalierender Drohungen gegen einen Richter am Obersten Gerichtshof. Andreas Team hatte gestellte Aufnahmen von Überwachungskameras vor Läden, Geldautomaten und Wohnhäusern durchkämmt. Sie waren online gegangen und hatten Gebäudegrundrisse und Landkarten aufgerufen, dann Kreditkarten überprüft und in öffentlichen Archiven nach Angehörigen, Freunden und näheren wie ferneren Bekannten gesucht. Social-Media-Accounts mussten überflogen und

Nummernschilderkennung musste zurate gezogen werden, Fotos wurden durch Gesichtserkennungsprogramme laufen gelassen, Mobilfunknetzbetreiber mussten zur Herausgabe der Verbindungsdaten gezwungen werden, E-Mails und SMS wurden gelesen.

1982 hatte man nur seinen Mund und seine Ohren. Man stellte Fragen. Man hörte Antworten. Man setzte alles zusammen und versuchte zu einer Lösung zu kommen.

Andrea hätte nicht behauptet, dass der Polizeichef von Longbill seine Aufgabe überirdisch gut erfüllt hatte, vor allem wenn man bedachte, dass nie ein Täter angeklagt wurde, aber er hatte solide Arbeit geleistet. Es gab Zeichnungen mit Maßangaben des Müllcontainers hinter *Skeeter's Grill*, wo man Emily gefunden hatte. Eine grobe, mit Kreuzen versehene Skizze dokumentierte die Spuren der Gewaltanwendung an ihrem Körper. Die Gasse, in der man Blut gefunden hatte, das mit Emilys Blutgruppe übereinstimmte, war abgesperrt und nach Spurenmaterial durchkämmt worden. Eine mögliche Mordwaffe – ein Stück Holz von einer zerbrochenen Frachtpalette in der Gasse – war an der Hauptstraße gefunden worden. Auf der Palette hatte man ein kleines Knäuel schwarzer Fäden gefunden, aber das FBI hatte es zurückgeschickt, weil es zu gewöhnlich war, um etwas daraus folgern zu können. Allein aus den zahlreichen Zeugenaussagen konnte Andrea einen zeitlichen Ablauf rekonstruieren, der Emily Vaughns letzte Schritte nachzeichnete, ehe ihr Leben ein jähes Ende fand.

Die ergreifendste Stelle – die Stelle, über die Andrea nicht hinwegkam – war ein Wort, das auf einem Computerbildschirm normalerweise gelöscht worden wäre, ein an die Technik verlorenes Gespenst.

Andrea hatte das Wort in dem handschriftlichen Protokoll eines Notrufs gefunden, der aufgezeichnet wurde, als eine Küchenhilfe des Schnellrestaurants den Deckel des Containers geöffnet und die nackte schwangere Emily Vaughn darin entdeckt hatte. Sie lag quer über aufgeplatzten Mülltüten. Die Handschrift der Telefonistin war zittrig, wahrscheinlich weil die Polizei von Longbill Beach sonst hauptsächlich mit Beschwerden über ausgelassen feiernde Touristen und aggressive Möwen zu tun hatte. Die erste Zeile beinhaltete wahrscheinlich die ersten Worte, die die Anruferin gesagt hatte.

Leiche einer Frau im Müll hinter Skeeter's Grill *gefunden.*

Zu diesem Zeitpunkt wussten sie noch nicht, dass Emily noch lebte. Für diese Enthüllung sorgten erst die Rettungskräfte. Was Andrea zusetzte, ja was sie zu Tränen rührte, war die Tatsache, dass irgendwann – vermutlich als ihnen klar wurde, um wen es sich handelte – jemand das Wort *Frau* durchgestrichen und durch das Wort *Mädchen* ersetzt hatte.

Ein Mädchen voller Potenzial. Ein Mädchen, das Hoffnungen und Träume hatte. Ein Mädchen, das auf der Seite lag und die Arme um den Bauch mit seinem ungeborenen Kind geschlungen hatte, als man es fand.

Für Andrea würde Emily nie einfach nur *ein Mädchen* sein. Sie war *das erste Mädchen* – eins von vielen, die ihr Vater im Kielwasser seines gewalttätigen Lebens zurückgelassen hatte.

Andrea merkte, wie der Wagen abbremste. Die zweistündige Fahrt war schneller vergangen als gedacht. Sie schloss den Ordner und steckte ihn wieder in ihren Rucksack, während sie durch die Hauptstraße eines Orts fuhren, der Longbill Beach sein musste. Sie sah Dutzende sonnendösiger Touristen vor Fast-Food-Buden herumlungern und über eine breite, weiße Strandpromenade am Atlantik entlangspazieren. Die Promenade sah ganz so aus, als könnte sie sich zwölfhundert Kilometer weit nach Süden bis zur Promenade von Belle Isle erstrecken.

Ärgerlicherweise dachte sie an ihre Mutter.

Wohin du auch gehst, du bist schon da.

»Setzen Sie mich ...« Andrea zuckte zusammen, denn der

Fahrer wählte genau diesen Moment, um das Radio laut aufzudrehen. »Die Bibliothek! Setzen Sie mich vor der Bibliothek ab!«

Er nickte im Takt der dröhnenden Musik, als er scharf rechts abbog, weg vom Meer. Den Song hatte er offensichtlich ihr zuliebe ausgesucht. »Fuck Tha Police« von N.W.A.

Andrea gönnte sich ein Augenrollen, während der Wagen ein weiteres Mal so scharf abbog, dass sie mit der Schulter gegen die Tür gepresst wurde. Die Bibliothek von Longbill Beach befand sich auf der Rückseite der Highschool. Das Gebäude sah neuer aus, aber nicht sehr. Statt der massiven roten Ziegel, aus denen die Schule gebaut war, war die Fassade der Bibliothek kiesig verputzt und lachsfarben gestrichen, mit hohen Fenstern, die das Innere im Sommer wahrscheinlich in einen Brennofen verwandelten.

Der Fahrer machte sich nicht die Mühe, die Musik leiser zu stellen, als sie vor der Bibliothek hielten. Ein drahtiger älterer Mann in einem ausgeblichenen Hawaiihemd, Jeans und Cowboystiefeln stand neben dem Abgabekasten für Bücher. Er klatschte in die Hände zur Musik, die gerade beim Refrain angelangt war, als Andrea die Wagentür öffnete.

»Fuck the police, fuck, fuck«, sang der Mann mit und tänzelte auf den Wagen zu. »Fuck the police!«

Vor Glynco hatte Andrea Leute nur danach eingeteilt, ob sie jünger oder älter waren als sie selbst. Jetzt schätzte sie den Mann auf Mitte fünfzig, etwa eins fünfundachtzig groß, vielleicht achtzig Kilo schwer. Nach Militärdienst aussehende Tätowierungen schlängelten sich an den muskulösen Armen hinauf. Sein kahler Schädel glänzte in der schwindenden Sonne. Der Van-Dyke-Bart war schwarz-weiß gesprenkelt und endete einen Zentimeter unterhalb seines Kinns in einem Ziegenbärtchen.

»Fuck the police.« Er wirbelte herum, und sein Hemd rutschte hoch. »Fuck, fuck.«

Andrea erstarrte beim Anblick seiner 9mm-Glock. Gleich daneben glänzte sein Silver Star. Die Vermutung lag nahe, dass sie hier ihren neuen Partner vor sich hatte. Und weiterhin lag nahe, dass er in der Ergreifung flüchtiger Straftäter gearbeitet hatte, denn es gab sehr wenige Dresscodes und Vorschriften für Agents, die mit der Jagd auf die Schlimmsten unter den Ganoven betraut waren.

Sie streckte die Hand aus. »Ich bin …«

»Andrea Oliver, frisch eingetroffen aus Glynco.« Er präsentierte einen beeindruckenden Texarkana-Akzent, als er ihr die Hand schüttelte. »Ich bin Deputy Bible. Freut mich, dass Sie's endlich geschafft haben. Haben Sie Gepäck?«

Sie wusste sich nicht anders zu helfen, als auf ihre Reisetasche zu zeigen, die genug Kleidung für eine Woche enthielt. Wenn es länger dauerte, würde sie ihrer Mutter erklären müssen, warum sie ihre Sachen nach Baltimore geschickt haben wollte statt nach Portland.

»Ausgezeichnet.« Bible streckte dem Fahrer beide Daumen entgegen. »Gefällt mir, was Sie da mit Ihrer Musik zum Ausdruck bringen, mein Sohn. Ein Verbündeter, wie man ihn sich wünscht.«

Falls der Fahrer eine Antwort darauf wusste, wartete Bible sie nicht ab. Er bedeutete Andrea mit einem Kopfnicken, ihm zu folgen. »Dachte, wir geh'n zu Fuß und schauen uns um, lernen einander kennen, entwickeln einen Plan. Ich bin seit vielleicht zwei Stunden hier, viel Vorsprung hab ich also nicht. Ich heiß übrigens Leonard, aber alle nennen mich Catfish.«

»Catfish Bible?« Zum ersten Mal seit zwei Jahren bedauerte Andrea es, dass ihre Mutter nicht anwesend war. Der Typ war praktisch aus einem Roman von Flannery O'Connor gestolpert.

»Haben Sie auch 'nen Spitznamen?« Er sah Andrea den Kopf schütteln. »Alle haben einen. Ich wette, sie rücken bloß nicht raus damit. Vorsicht!«

Ein Junge auf einem Fahrrad hätte sie fast gestreift.

»Werfen sie mal 'n Blick drauf.« Er drehte den Kopf, sodass das Licht auf die schmalen Narben fiel, die sich über beide Wangen zogen. »Bin in einen Kampf mit einem Wels geraten.«

Andrea fragte sich, ob der Fisch ein Springmesser gehabt hatte.

»Jedenfalls ...« Bible ging so schnell, wie er sprach. »Ich hab gehört, Ihr Flug war verspätet. Muss die Hölle gewesen sein, direkt nach der Kotzrunde in einen Flieger zu hüpfen.«

Er meinte die Marshal Mile, den letzten Lauf vor der Diplomverleihung. Und er machte außerdem klar, dass er über die höchst ungewöhnlichen Umstände von Andreas überstürztem ersten Einsatz im Bilde war.

»Mir geht es gut«, sagte sie. »Bin bereit loszulegen.«

»Wunderbar. Mit geht's auch gut. Supergut. Immer bereit. Wir werden ein fantastisches Team abgeben, Oliver. Ich spüre es.«

Andrea verstärkte den Griff um ihre Reisetasche, hievte ihren Rucksack auf die andere Schulter und versuchte mit seinen langen Schritten mitzuhalten. Es war nicht einfach vorwärtszukommen, da sie sich der Hauptstraße näherten. Beide Seiten des Beach Drive waren voller Touristen aller Größen und Altersklassen, die Karten studierten, stehen blieben, um Nachrichten in ihr Handy zu tippen, und mit offenem Mund in die Sonne starrten.

Sie kam sich schrecklich auffällig vor in ihrem Outfit. Das Polohemd war schwarz, mit einem riesigen gelben USMS-Logo auf dem Rücken und einem kleineren auf der Brusttasche. Alles, was vorrätig gewesen war, war eine kleine Männergröße, aber die Ärmel hingen bis über ihre Ellbogen, und der Kragen war so dick, dass er an ihrem Kinn kratzte. Sie hatte die Nähte an den Aufschlägen ihrer Hose aufgetrennt, aber sie waren immer noch ein, zwei Zentimeter zu kurz, und die Taille war ein, zwei Zentimeter zu weit, denn Damenhosen hatten winzige Taschen und keine Gürtelschlaufen, deshalb war sie gezwungen gewesen, eine Jungshose in der Kinderabteilung zu kaufen und einen starken geflochtenen Gürtel, damit sie ihre Waffe, die Handschellen, das Pfefferspray und den Silver Star befestigen konnte. Zum ersten Mal in ihrem Leben hatte sie Hüften. Aber nicht gerade auf attraktive Weise.

Bible schien ihr Unbehagen aufzufallen. »Haben Sie Jeans in Ihrer Tasche?«

»Ja.« Sie hatte genau eine dabei.

»Ich trage gern Jeans.« Er drückte den Signalknopf am Fußgängerüberweg. Sein Kopf ragte über die Menge wie der eines Erdmännchens. »Bequem, stylish, man kann sich einfach angenehm drin bewegen.«

Andrea las die Straßenschilder, während Bible die Vorzüge von Jeans im klassisch weiten Schnitt gegen die mit schmalem Schnitt abwog. Sie erinnerte sich an diese Kreuzung aus einer der Zeugenaussagen …

Um etwa sechs Uhr nachmittags am 17. April 1982 habe ich, Melody Louise Brickel, gesehen, wie Emily Vaughn die Straße an der Kreuzung Beach Drive und Royal Cove Way überquerte. Sie schien aus der Richtung der Sporthalle zu kommen. Sie trug ein trägerloses türkises Satinkleid mit passender Handtasche, aber weder Strumpfhose noch Schuhe. Sie sah aufgewühlt aus. Ich habe mich ihr nicht genähert, weil meine Mutter mir befohlen hat, mich von Emily und allen aus ihrer Gruppe fernzuhalten. Ich habe sie danach nicht mehr lebend gesehen. Ich weiß nicht, wer der Vater ihres Babys ist. Ich schwöre unter Strafandrohung, dass meine Aussage der Wahrheit entspricht.

»Wen haben Sie im Hauptquartier getroffen?«, fragte Bible.

Andrea musste erst den Nebel in ihrem Gehirn wegschieben. »Alle waren auf einer Konferenz. Eine Frau war da, die Beschlagnahmungen bearbei…«

»Leeta Frazier«, sagte er. »Braves Mädchen. Fast schon so lange dabei wie ich. Aber hören Sie zu, jetzt kommt was Wichtiges: Mike hat gesagt, ich soll auf Sie aufpassen.«

Ihr sank der Mut. »Mike ist nicht …«

»Darf ich Sie gleich mal unterbrechen«, sagte er. »Cussy, das ist meine Frau, erklärt mir immer, dass Ritterlichkeit an junge Menschen vergeudet ist, aber ich will Ihnen rundheraus mitteilen, dass ich die Gerüchte nie geglaubt habe. Und das sage ich nicht nur, weil ihr verlobt seid.«

Andrea hatte das Gefühl, als würde sie den Mund nie mehr zukriegen.

»Gut, dass wir das geklärt haben.« Die Ampel hatte umgeschaltet. Bible überquerte die Straße inmitten einer Horde sonnenverbrannter Teenager. Er warf ihr einen Blick über die Schulter zu und fragte: »Haben Sie schon eine Unterkunft in B'more?«

»Nein … ich …« Sie rannte, um ihn einzuholen. »Wir sind nicht … Mike und ich …«

»Geht mich nichts an. Wir werden nicht mehr darüber sprechen.« Er fuhr sich mit Daumen und Zeigefinger über die Lippen, als schlösse er sie mit einem Reißverschluss. »Aber was anderes: Was wissen Sie über die Richterin?«

»Ich …« Andrea hatte das Gefühl, durch ein schwarzes Loch zu fallen.

»Schauen Sie, ich weiß noch, wie es ist, ein frisch gebackener Marshal zu sein – sie haben einem das Beglaubigungsschreiben in die Hand gedrückt, und man hat noch keine Ahnung, wo es langgeht, aber ich bin hier, um Ihnen alles beizubringen. Mein letzter Partner liegt jetzt an einem Strand, schlürft

Mai-Tai-Cocktails und zählt Seekühe. Sie und ich, wir sind jetzt ein Team, wie eine Familie, aber eine Arbeitsfamilie, denn Sie haben ja Ihre eigene Familie, das hab ich schon kapiert.«

Andrea trat auf den Gehsteig und holte tief Luft. Als sie Mike kennenlernte, hatte er sie mit einer ähnlichen Maschinengewehrsalve von Gemeinplätzen belegt. Er hatte versucht, sie aus der Bahn zu werfen, sie dazu zu bringen, etwas zu sagen, was sie nicht sagen wollte, und es hatte so oft funktioniert, dass sie sich wie eine Idiotin vorkam.

Seither hatte sie in den vergangenen zwei Jahren daran gearbeitet, eine andere Frau zu werden.

Andrea holte noch einmal Luft, dann sagte sie: »Richterin Esther Rose Vaughn. Einundachtzig Jahre alt. Von Reagan für das Amt ernannt. 1982 bestätigt. Eine von zwei verbliebenen Konservativen im Obersten Gerichtshof. Sie hat eine Enkelin und eine Ur…«

Bible blieb so abrupt stehen, dass Andrea fast in ihn hineingerannt wäre. »Woher wissen Sie von der Enkelin und der Urenkelin?«

Sie fühlte sich ertappt. Vielleicht gab es ja einen ganz anderen Grund, warum die dreiundvierzigjährige Tochter von Emily Vaughn keine sichtbare Internetpräsenz besaß.

Statt sich mit einer Antwort abzustrampeln, floh sie in die Gegenfrage: »Warum sollte ich es nicht wissen?«

»Genau.« Er setzte sich wieder in Bewegung.

Andrea wusste nichts anderes zu tun, als ihm über den langen Gehweg zu folgen. Die Leute wurden weniger, die letzten Touristen blieben vor einem verschmierten Schaufenster stehen und sahen zu, wie Toffee fabriziert wurde. Der touristische Abschnitt der Straße endete mit einem geschlossenen Fahrradverleih und einem Laden, in dem man Stand-Up-Paddling-Kurse und Parasailing-Stunden buchen konnte. Wie alles andere fühlten sich auch diese Ausläufer sehr vertraut an. Andrea hatte viele Sommer am Strand verbracht und Touristen beobachtet, die versuchten, mit ihren Surfboards nicht in einer Rückströmung zu kentern oder mit ihren Fallschirmen nicht in ein höheres Gebäude zu krachen.

»Also, die Richterin.« Bibles Geplapper setzte so schnell wieder ein, wie es aufgehört hatte. »Sie hat Todesdrohungen erhalten. Keine große Sache. Passiert ständig, vor allem seit sie vor zwei Jahren diesen lachhaften Prozess wegen der Wahl verworfen hat.«

Andrea nickte. Todesdrohungen waren inzwischen so weit verbreitet, dass man sie schon bei einem Besuch bei *Starbucks* bekommen konnte.

»Die jüngsten Drohungen werden als glaubwürdig eingestuft, weil sie Briefe bekommen hat, in denen bestimmte Einzelheiten aus ihrem Privatleben erwähnt werden«, fuhr Bible fort. »Briefe mit der Schneckenpost. Die Richterin benutzt keine E-Mail-Programme.«

Andrea nickte wieder, aber allmählich dröhnte ihr der Schädel von der Flut neuer Informationen. Während ihrer ganzen bisherigen Reise hatte ihr Fokus auf Emily Vaughn und ihrem möglichen Mörder gelegen. Andrea hatte wegen des Ausdrucks *Babysitting* alle Gedanken an ihren eigentlichen Job beiseitegeschoben, aber nun wurde ihr klar, dass dieser eigentliche Job in der Tat eine sehr ernste Angelegenheit war.

Sie bemühte sich, wie ein Marshal zu klingen. »Von wo wurden die Briefe abgeschickt?«

»Diese blaue Sammelbox, an der wir unterwegs vorbeigekommen sind. Keine Kameras dran. Keine verwertbaren Fingerabdrücke«, sagte Bible. »Sie wurden über den Feiertag verschickt, einer am Freitag, dann noch einer am Samstag, dann Sonntag und Montag. Sie waren alle an die Geschäftsräume der Richterin am Bundesgericht in Baltimore adressiert, das Gebäude, in dem Sie heute waren. Wir bilden alle eine Art Familie da oben, die

Bundesrichter und die Marshals. Ich kenne die Richterin und ihre Leute seit Jahren. Wir passen aufeinander auf.«

Andrea versuchte es mit einer anderen Frage. »Wurde die Ratte auch ans Gericht geschickt?«

»Nee«, sagte Bible. »Die Schachtel mit der Ratte wurde nicht mit der Post verschickt. Sie wurde im Briefkasten der Richterin in ihrem Stadthaus hinterlassen, es liegt in Guilford, piekfeine Gegend von North Baltimore, einen Katzensprung vom Johns Hopkins Hospital und der Loyola University entfernt.«

»Wo der Ehemann der Richterin, Dr. Franklin Vaughn, Wirtschaftswissenschaft lehrte, bevor er letztes Jahr in Ruhestand ging.«

Bible schnalzte mit der Zunge, Andrea fasste es als Anerkennung auf, dafür, dass sie ihre Hausaufgaben gemacht hatte.

»Handelt es sich um eine Einzelperson?«, fragte sie. »Die mit den Todesdrohungen und mit der Ratte?«

»Könnte derselbe Typ sein, könnten zwei verschiedene sein.«

»Typ?«

»Wenn eine Frau dich umbringen will, dann gibt sie sich nach meiner Erfahrung zu erkennen.«

Andrea hatte dieselbe Erfahrung gemacht. »Lesen Sie etwas in die tote Ratte hinein? Ich meine, es klingt ein bisschen wie bei *Der Pate – du Ratte hast uns verraten* und so.«

»Ich weiß Ihren Filmgeschmack zu schätzen, aber: nein. Die Baltimore-Mafia ist Geschichte, und die Richterin hat mit diesen Fällen eigentlich nichts mehr zu tun«, sagte Bible. »So, jetzt fragen Sie sich wahrscheinlich, warum wir im Augenblick nicht in Baltimore sind. Zum Glück für uns ist Sommerpause, andernfalls würde die Richterin immer noch jeden Tag zur Arbeit ins Gericht gehen. Auf keinen Fall würde sie wegen einer toten Ratte nach Hause gerannt kommen. Die Lady liebt feste Abläufe. Seit ihrer Ernennung verbringt sie die Sommermonate immer im Haus in Longbill. Ihr Fahrer hat sie und ihren Mann heute früh im Morgengrauen hergebracht, genau wie sie es seit gefühlt zweihundert Jahren hält. Was Sie sich immer vor Augen halten müssen, ist: Die Richterin tut, was die Richterin tut.«

Andrea verstand, was er meinte, nicht zuletzt wegen der Google-Recherchen, die sie bereits unternommen hatte. Sämtliche Fotos von Richterin Esther Vaughn zeigten eine streng dreinblickende Frau, die herausfordernd in die Kamera starrte und ausnahmslos immer ein schön gemustertes Halstuch zu einem formellen schwarzen Hosenanzug trug. Die Beschreibungen in den Artikeln waren ein Spaziergang durchs #Metoo-Land. Mehrere Artikel aus den Neunzigern bezeichneten Richterin Vaughn vor allem als *schwierige Frau*. In den frühen Nullerjahren wurde daraus der weitaus verdrucksterere Terminus *komplizierte Frau*. In letzter Zeit wurden starke Adjektive aufgerufen: *beeindruckend, gebieterisch, intelligent* und am häufigsten *unbeugsam*.

»Das war's jedenfalls in aller Kürze zur Richterin«, sagte Bible. »Am Ende spielt es eigentlich keine Rolle, wer was geschickt hat und warum, ob es ein und dieselbe Person war oder verschiedene. Diesen Hasen jagt der Justizinspektor in Baltimore. Wir sind nicht die Ermittler. Unsere einzige Aufgabe ist es, für die Sicherheit der Richterin zu sorgen.«

Andrea merkte, wie es ihr die Kehle zuschnürte. Alles begann sich sehr nach Leben und Tod anzufühlen, nicht zuletzt, weil sie eine geladene Waffe an der Hüfte trug. Würde eine verrückte Person sich tatsächlich an die Richterin heranmachen? Hätte Andrea den Mut, sich zwischen eine einundachtzigjährige Frau und einen potenziellen Attentäter zu stellen?

»Wir beide haben den Kürzeren gezogen, weil wir erst später am Tag angekommen sind«, sagte Bible. »Wir haben die Nachtschicht und halten die Glubscher weit offen für den Fall, dass ein Rattenverschicker oder Todesdroher auftaucht. Verstanden?«

Andrea hatte nur eins verstanden: Nachtschicht. Sie sehnte sich schon nach einem Bett in einem ruhigen Hotelzimmer, seit ihr Flug verschoben wurde.

»Erster Stopp.« Bible zeigte auf ein kastenförmiges gelbes Ziegelgebäude in der Nähe. »Wir werden den Polizeichef kennenlernen. Marshal-Regel Nummer zwölf: Du lässt die örtlichen Cops so schnell wie möglich wissen, dass du da bist, vermittelst ihnen ein Gefühl von Wertschätzung. Ich wollte auf Sie warten, bevor ich uns vorstelle. Irgendwelche Fragen bis dahin?«

Sie schüttelte den Kopf, während sie die Stufen hinaufstiegen. »Nee.«

»Prima. Dann mal los.«

Andrea fing die Tür mit der Ecke ihrer Reisetasche ab, bevor sie hinter ihm zufiel. Sie schulterte den Rucksack und ging hinein. Der Eingangsbereich hatte die Größe einer Gefängniszelle. Sofort roch sie Lysol, das mit dem beißenden Geruch von Urinstein konkurrierte. Die Toiletten waren genau gegenüber vom Empfangstresen. Kaum drei Meter trennten sie.

»Guten Abend, Officer.« Bible salutierte rasch dem sehr müde aussehenden Sergeant, der den Empfang besetzte. »Ich bin Deputy Bible. Das ist meine Partnerin Deputy Oliver. Wir sind hier, um den Big Boss zu sprechen.«

Andrea hörte den Cop stöhnen, als er zum Telefon griff. Sie richtete ihre Aufmerksamkeit auf die Wand um die Toiletten. Fotos dokumentierten die Angehörigen des Longbill Beach Police Department bis zurück ins Jahr 1935. Andrea folgte den Datumsangaben mit dem Blick und wechselte von einer Seite der Toilettentür auf die andere, bis sie gefunden hatte, wonach sie suchte.

Das Foto von 1980 zeigte einen Polizeichef mit Legokinn und je drei Männer links und rechts von ihm. Die Bildunterschrift lautete: *CHIEF BOB STILTON UND SEINE TRUPPE.*

Ihr Herz machte einen komischen kleinen Hüpfer.

Chief Bob Stilton war der ermittelnde Beamte im Fall Emily Vaughn gewesen.

Andrea musste wieder schlucken. Der Chief war genau so, wie sie ihn sich vorgestellt hatte: fies aussehend, mit Knopfaugen und der roten Knollennase eines Trinkers. Auf jedem Foto hatte er die Fäuste so kräftig geballt, dass sie völlig blutleer waren. Nach seinen Berichten zu urteilen, war er kein Freund von Grammatik oder Interpunktion. Oder davon, seine Schlussfolgerungen darzulegen. Die Aussagen und die Unterlagen und Zeichnungen, die sie stützten, waren alle in Ordnung, aber der Mann hatte keine persönlichen Notizen mit aufgenommen, die möglicherweise seine Sicht des Falls enthüllt hätten. Der einzige Hinweis darauf, dass Clayton Morrow überhaupt verdächtigt wurde, tauchte in zwei Zeilen Text auf, die der Chief ans untere Ende der letzten Seite in der Akte gekritzelt hatte, die zufällig der Obduktionsbericht war …

Morrow hat sie getötet.
Kein Beweis.

Andrea ging zum nächsten Foto an der Wand, das fünf Jahre später datiert war. Dann vergingen weitere fünf Jahre bis zur nächsten Aufnahme. Sie folgte der Reihe immer weiter. Die Truppe wuchs von sechs auf zwölf Mann an. Chief Bob Stilton wurde immer gebeugter vom Alter, bis auf dem Foto von 2010 eine jüngere, weniger rundliche Version von ihm den Platz in der Mitte einnahm: *CHIEF JACK STILTON UND SEINE TRUPPE.*

Andrea kannte auch diesen Namen. Jack Stilton war der Sohn von Chief Bob Stilton. 1982 hatte der jüngere Stilton eine Zeugenaussage in verkrampfter Blockschrift abgegeben, in der er berichtete, wie er Emily Vaughn zuletzt lebend gesehen hatte.

Um ca. 17.45 Uhr am 17. April 1982 habe ich, Jack Martin Stilton, Emily Vaughn mit Bernard »Nardo« Fontaine reden sehen. Sie standen vor der Sporthalle. Das war der Abend des Abschlussballs. Emily trug ein grünes oder blaues Kleid und hatte eine kleine Handtasche dabei. Nardo hatte einen schwarzen Smoking an. Sie wirkten beide sehr aufgebracht, was mir Sorgen bereitete, deshalb näherte ich mich ihnen. Ich war am Fuß der Treppe angelangt, als ich Emily fragen hörte, wo Clayton Morrow sei. Nardo antwortete: »Der Teufel soll mich holen, wenn ich es weiß.« Emily ging in die Halle. Nardo sagte zu mir: »Die Schlampe sollte lieber ihr verdammtes Maul halten, bevor es ihr jemand verschließt.« Ich sagte, er soll still sein, aber ich glaube nicht, dass er mich gehört hat. Ich ging auf die Rückseite der Halle, um eine Zigarette zu rauchen. Die beiden habe ich danach nicht mehr gesehen. Ich blieb nur etwa eine halbe Stunde, dann bin ich nach Hause und habe mit meiner Mom ferngesehen. Es lief One of the Boys *mit Dana Carvey, dann kam Elton John in* Saturday Night Live. *Ich habe Clayton Morrow nicht auf dem Ball gesehen. Ich habe Eric »Blake« Blakely oder seine Zwillingsschwester Erica »Ricky« Blakely nicht gesehen, obwohl ich annehme, dass sie alle da waren, denn so gehen sie für gewöhnlich vor.*

Ich weiß nicht, wer der Vater von Emilys Baby ist. Sie verdient die ganzen schlimmen Sachen nicht, die ihr zugestoßen sind.

Ich habe einmal zur Beerdigung meines Onkels Joe einen schwarzen Anzug getragen, aber meine Mom hat ihn geliehen, deshalb war es genau genommen nicht meiner. Ich schwöre unter Strafandrohung, dass meine Aussage der Wahrheit entspricht.

Andrea hörte, wie hinter ihr eine Tür aufgerissen wurde.

»Chief Stilton. Danke, dass Sie sich so spät am Tag noch für uns Zeit nehmen.« Bible schüttelte dem leibhaftigen Jack Stilton kräftig die Hand, als sich Andrea umdrehte. »Ich verspreche, wir werden Sie nicht lange aufhalten.«

Andrea bemühte sich, die Fassung zu wahren, als Bible sie vorstellte. Stiltons linke Augenbraue wurde von einer Narbe zweigeteilt, eine weiße Linie fuhr wie ein Blitz zwischen die feinen Haare, wahrscheinlich von einer lange zurückliegenden Rauferei. Sein kleiner Finger war eindeutig irgendwann gebrochen worden und schlecht verheilt. Trotzdem sah er nicht wie ein Typ aus, der Streit suchte. Wegen seines Übergewichts hatte er ein Babyface, auch wenn Andrea wusste, dass er genauso alt wie Clayton Morrow war, der Mann, der sich drei Jahre nach seiner Flucht aus Longbill Beach bei Laura als Nicholas Harp vorgestellt hatte.

Sie fühlte sich fast wie in zwei Hälften gerissen, als sie Jack Stilton die Hand gab.

War er mit ihrem Vater befreundet gewesen? Wusste er mehr, als er in seiner Aussage vor vierzig Jahren zugegeben hatte? Er sah nicht aus wie der Typ, der zu Hause blieb und mit seiner Mutter fernsah.

»Ihr beide seid Marshals?« Stilton wirkte skeptisch, wahrscheinlich weil Bible wie ein Skateboarder im Frühruhestand wirkte und Andrea aussah, als hätte sie ihre Hose auf dem Wühltisch in der Kinderabteilung gefunden. Was zutraf.

Bible sagte: »Wir sind in der Tat Deputys beim United States Marshal Service, Chief Stilton. Hey, ich wette, Sie haben sich eine Menge Käsewitze anhören müssen, als Sie jung waren, hab ich recht?«

Stilton blähte die Nasenlöcher. »Nein.«

»Ich versuche mal, mir welche auszudenken.« Bible schlug Stilton kräftig auf den Rücken. »Fangt ihr beide schon mal an hier. Ich muss dem besten Freund meiner Frau die Hand geben. Alles okay, Oliver?«

Andrea konnte nur nicken, als Bible in der Toilette verschwand.

Stilton wechselte einen verärgerten Blick mit dem Sergeant am Empfang. Dann wandte er sich widerwillig an Andrea: »Ich würde sagen, wir gehen nach hinten.«

Andrea hatte den Eindruck, dass Bible sie ins tiefe Wasser schmiss, um zu sehen, ob sie schwimmen konnte. Sie fragte Stilton: »Sind Sie schon lange Polizeichef?«

»Ja.«

Sie wartete auf mehr, aber es kam nichts. Er wandte ihr den Rücken zu und marschierte durch die Tür.

So viel zum Thema Schwimmen im tiefen Wasser.

Stiltons Ledergürtel mit der Ausrüstung daran quietschte, als er mit ihr zum Mannschaftszimmer ging. Es war ein nüchterner Raum, ein großes offenes Rechteck mit zwei kleineren Büros auf der Rückseite. An einem war ein Schild mit der Aufschrift *VERNEHMUNGEN* angebracht, an dem anderen stand *CHIEF STILTON*. Ein Besprechungstisch und eine Küchenzeile nahmen eine Seite des offenen Raums ein. Auf der anderen Seite standen vier abgeteilte Schreibtische. Die Deckenlampen brannten, aber es war sonst niemand mehr im Gebäude. Andrea nahm an, der Rest der Truppe war entweder auf Streife oder zu Hause bei den Familien.

»Der Kaffee ist frisch.« Stilton wedelte mit der Hand in Richtung Küchenzeile. »Bedienen Sie sich, Sweetheart.«

»Äh …« Er hatte sie kalt erwischt. Der einzige Mann, der sie Sweetheart nannte, war Gordon. »Nein danke.«

Stilton sank schwer in einen großen Ledersessel am Ende des Besprechungstischs. »Also gut, Herzchen. Wollen Sie mir verraten, worum es geht, oder müssen wir auf Ihren Boss warten?«

Andrea hatte es ihm das erste Mal durchgehen lassen, aber jetzt sah sie ihn scharf an.

»Jetzt kommen Sie mir nicht mit Political Correctness und

so«, sagte Stilton. »Flüstern sie euch feinen Damen da unten im Süden keine süßen Worte zu?«

Sein falscher Südstaatenakzent klang, als hätte Scarlett O'Hara seine Eier mit ihren Korsettschnüren abgebunden. Kein Wunder, dass Cops so verhasst waren.

»Kommen Sie, Herzchen«, sagte Stilton. »Wo bleibt Ihr Humor?«

Andrea warf ihre Reisetasche und den Rucksack auf den Boden und setzte sich an den Tisch. Sie tat dasselbe, was sie mit dem Uber-Fahrer gemacht hatte. Sie zog ihr Handy heraus und ignorierte ihn. Der Schirm verschwamm vor ihren Augen. Sie zwang sich, nicht aufzublicken. Erst spürte sie, wie Stilton sie anstarrte, aber dann verstand er die Botschaft. Er stand unter lautem Stöhnen auf und stampfte zur Küchenzeile. Sie hörte eine Tasse über das Brett scharren, als er sie aus dem Regal nahm. Die Kaffeekanne wurde von der Warmhalteplatte gezogen.

Ihre Augen stellten schließlich auf das Banner scharf, das auf ihrem Sperrbildschirm aufgetaucht war. Wie nicht anders zu erwarten, hatte sie zwei Nachrichten erhalten, von jedem Elternteil eine. Laura hatte einen Link zur Dauerausstellung über die Kunst der amerikanischen Ureinwohner im Portland Art Museum geschickt. Gordon bat sie, ihn am Wochenende anzurufen, aber nur, wenn sie Zeit habe. Andrea öffnete die Liste ihrer Kontakte und fand Mikes Nummer. Sie hatte nicht vergessen, was Bible vor der Bibliothek gesagt hatte.

Sie tippte: *Was hast du diesen Leuten bloß erzählt???*

Es dauerte. Und dauerte.

Schließlich schrieb Mike zurück: *Gern geschehen!*

»Tut mir leid.« Bible ließ die Tür hinter sich zuknallen. Er registrierte das Telefon in Andreas Hand, wandte sich aber an Stilton. »Ist der Kaffee frisch?«

Stilton vollführte dieselbe ausladende Geste in Richtung Küchenzeile wie vorhin und sank wieder in seinen Sessel.

»Verbindlichsten Dank.« Bibles Stiefel schlurften über die Fliesen, als er hinüberging und sich eine Tasse einschenkte. »Wir wollen Sie nicht lange aufhalten, Chief Cheese. Was halten Sie davon, wenn Sie uns einfach Ihren Bericht geben, und wir bringen ihn später zurück?«

Stilton sah verwirrt aus. »Welchen Bericht?«

Bible sah ebenfalls verwirrt aus. »Ich dachte, Sie sind schon eine Weile dabei? Vielleicht hat Ihr Vorgänger etwas hinterlassen, worauf wir einen Blick werfen können.«

Stiltons Zunge schoss zwischen den Lippen hervor. »Einen Blick auf was?«

»Ihre Akte über die Richterin.«

Stilton schüttelte den Kopf. »Welche Akte?«

»Aha. Verstehe. Mein Fehler.« Bible wandte sich vom Chief ab und erklärte Andrea: »Meistens führt die lokale Polizei eine ständig aktualisierte Akte über alle ungewöhnlichen Vorkommnisse in der Nachbarschaft eines Bundesrichters – Fremde, die sich herumtreiben, Autos, die zu lange in der Straße parken, solche Dinge. Es ist ein typisches Prozedere, wenn man ein hochrangiges Zielobjekt in seinem Zuständigkeitsbereich hat.«

Andrea ließ ihr Handy wieder in die Tasche gleiten und schämte sich, dass sie es überhaupt herausgeholt hatte. Bible zeigte ihr, was sie hätte tun sollen. Anstatt den Wichser zu ignorieren, hätte sie Stilton daran erinnern sollen, dass sie eine Bundespolizistin war und er ein Volltrottel.

Bible fragte den Chief: »Was ist mit Selbstmorden? Gab es welche in letzter Zeit? Müssen nicht zum Tod geführt haben.«

»Ich …« Stilton war wieder durcheinander. »Es gab ein paar Mädels, drüben auf der Hippie-Dippie-Farm. Eine hat sich das Handgelenk aufgeschnitten. Dann, in den Weihnachtsferien, wurde eine andere aus dem Meer gezogen, die war kalt wie ein Eisberg. Sind beide aber wieder okay. Denen ging es nur um Aufmerksamkeit.«

»Die Hippie-Dippie-Farm«, wiederholte Bible. »Was ist das jetzt gleich wieder?«

»Sie liegt rund zehn Kilometer von der Küstenstraße entfernt, weniger als anderthalb Kilometer Luftlinie. Genau auf der Grenze des County.«

»Da, wo alle diese regenbogenfarbenen Gebäude stehen?«

»Genau das«, bestätigte Stilton. »Die machen da draußen seit Jahren irgendwelches Ökozeug mit Hydrokulturen. Jede Menge Studenten aus der ganzen Welt halten sich zwecks Praktika bei ihnen auf. Sie haben Schlafsäle, eine Kantine, ein Lagerhaus. Sieht wie ein Vorwand für kostenlose Arbeitskräfte aus, wenn Sie mich fragen. Wir reden hier hauptsächlich von Studentinnen. Sehr jung, weit fort von ihrem Zuhause. Katastrophen vorprogrammiert.«

»Daher die beiden versuchten Selbstmorde.«

»Daher.«

Andrea sah Stilton mit den Schultern zucken. Sie hätte ebenfalls gern mit den Schultern gezuckt. Sie hatte keine Ahnung, wieso Bible an Selbstmorden interessiert war.

»Also gut.« Bible stellte seine Kaffeetasse auf den Tisch. »Danke für Ihre Zeit, Sir. Ich darf Ihnen eine meiner Karten geben und würde es sehr begrüßen, wenn Sie mir Bescheid sagen könnten, sobald ein neuer Selbstmord bekannt wird.«

Stilton studierte die Karte, die Bible auf den Tisch klatschte. »Klar.«

»Wir sind rund um die Uhr im Einsatz beim Haus der Richterin, falls Sie es nicht bemerkt haben. Zwei Leute den ganzen Tag lang, zwei in der Nacht. Ich persönlich sitze gern mit einer Schrotflinte auf der Veranda. Nennen Sie es ruhig Abschreckung. In unserer Freizeit sind wir in dem Motel ein Stück die Straße runter einquartiert. Rufen Sie uns an, wenn Sie etwas brauchen, und wir halten es genauso.«

Stilton sah von der Karte auf. »War's das?«

»Das war's.« Bible versetzte ihm einen Klaps auf den Rücken. »Danke für die Hilfe, Chief Cheese.«

Andrea folgte Bible schweigend den Weg zurück aus dem Gebäude. Sie wog ihre Möglichkeiten ab, als sie hintereinander die Treppe hinabstiegen. Er hatte sie ins tiefe Wasser geworfen, und sie war untergegangen wie ein Stein, an den man einen Amboss gekettet hatte. Sie war erst seit ein paar Stunden in ihrem richtigen Job, und schon versagte sie.

Bible blieb auf dem Gehsteig stehen. »Und?«

Die Wahrheit ließ sich nicht umgehen. Die Ausbilder hatten ihnen tagtäglich eingedrillt, dass Autorität erzeugen das Erste war, was sie zu tun hatten. Wenn Andrea sich nicht den Respekt eines Kleinstadtpolizisten verschaffen konnte, würde sie bei einem Übeltäter erst recht nie dazu in der Lage sein.

»Ich hab's verbockt«, sagte sie. »Ich habe mich von ihm ärgern lassen, statt daran zu arbeiten, ihn auf unsere Seite zu ziehen. Wir könnten ihn eines Tages brauchen.«

»Womit hat er Sie so vergrätzt?«

»Er hat mich Herzchen genannt und sich über meinen Akzent lustig gemacht.«

Bible lachte. »Na, das ist ja eine Mordssache, Oliver. Ihm die kalte Schulter zu zeigen, ist durchaus eine Möglichkeit. Hab schon erlebt, dass es funktioniert. Ich habe Mädels gesehen, die darauf eingehen, ihn im Gegenzug Süßer nennen und vielleicht ein bisschen kokett werden.«

Andrea wusste nicht allzu viel, aber sie wusste, dass es ihr auf keinen Fall Respekt einbringen würde, wenn sie in einer Arbeitssituation mit einem Mann flirtete. »Was ist die andere Möglichkeit?«

»Marshal-Regel Nummer sechzehn: Stellen Sie sich vor, Sie sind ein Thermometer. Checken Sie, was die Typen ausstrahlen, und passen Sie Ihre Temperatur entsprechend an. Der Chief ist ein bisschen heiß gelaufen, also hätten sie auch ein bisschen heiß sein sollen. Nicht nötig, ihm die kalte Schulter zu zeigen. Versuchen Sie es das nächste Mal. Übung macht den Meister.«

Sie nickte bei dem vertrauten Refrain. In der Polizeiarbeit war es meistens nötig, seine Reaktionen fein abzustimmen. Andrea war mehr an Extreme gewöhnt. »Okay.«

»Jetzt quälen Sie sich nicht mehr zu sehr damit. Lassen Sie den guten alten Cheesie hinter sich. Wahrscheinlich seh'n Sie ihn nie wieder.«

Andrea verstand, dass die Unterrichtsstunde vorbei war. Bible machte sich auf den Rückweg.

»Mein Wagen steht bei der Bibliothek.« Bible bemerkte wohl, dass sie zurückblieb. »Wir essen noch rasch etwas, bevor wir zum Haus der Richterin fahren.«

Bei der Erwähnung von Essen begann Andreas Magen sofort zu knurren. Ihre Füße waren schwer, als sie sich hinter Bible herschleppte. Sie sah auf den Asphalt hinunter. Alle paar Meter stand ein schwarzes Kästchen, etwa von der Größe eines Schuhkartons. Sie kannte die Fallen von ihrer eigenen Heimatstadt an der Küste. Mit den Touristen kamen die Ratten. Sie fragte sich, ob die Person, die der Richterin die tote Ratte geschickt hatte, sie in der Stadt gefunden hatte. Doch dann verbannte sie alle Fragen aus ihrem Kopf, denn sie war einfach zu müde und konnte nur mehr einen Fuß vor den anderen setzen.

»Der Diner ist da oben.« Bible beschleunigte seine Schritte. »Ich hab angerufen und uns zwei Plätze an der Theke reserviert. Hoffe, das ist in Ordnung für Sie.«

»Es ist wunderbar.« Andrea hoffte inständig, dass das Essen ihr Energie verschaffen würde. Ihr Magen knurrte schon wieder, als sie den Geruch nach Pommes frites wahrnahm. Vor ihr warf das Neonschild von *RJ's Eats* einen rosafarbenen Schein auf den Gehsteig. *MILCHSHAKES-HAMBURGER-GEÖFFNET BIS 24 UHR*.

»Na, sieh mal einer an.« Bible grinste, als er einer Frau die Tür aufhielt, die in beiden Armen Tüten mit Essen zum Mitnehmen trug.

»Cat?« Sie wirkte überrascht, ihn zu sehen. »Was tun Sie denn hier?«

»Der Coach hat mich von der Bank geholt.« Er stellte sie vor. »Judith, das ist Andrea Oliver, meine neue Partnerin in der Verbrechensprävention.«

»Hi.« Judith sah Andrea an und wartete auf eine Reaktion.

»Äh …« Andrea hatte Mühe, ein paar Worte zu stottern. »Ah … hey.«

»Sie redet nicht viel. Lassen Sie mich helfen.« Bible nahm die Tüten und begleitete Judith das kurze Stück zu ihrem Wagen. Ein Mann wartete am Steuer. Andrea konnte seinen Silver Star am Gürtel erkennen.

»Wir essen schnell einen Happen«, sagte Bible zu Judith. »Sagen Sie der Richterin, wir sind um halb sechs da, damit ich meiner neuen Partnerin alles zeigen kann, was sie wissen muss.«

»Warten Sie lieber bis sechs, damit wir mit dem Essen fertig sind. Granny hat uns alle auf Frühaufsteherverpflegung gesetzt.« Judith öffnete die Wagentür und warf ihre Handtasche, die wie eine karierte Satteltasche aussah, auf den Beifahrersitz. Sie nahm Bible die Tüten mit dem Essen ab. Im Licht der Straßenlampen sah sie etwas älter als Andrea aus, ungefähr vierzig. Sie trug eine bunte Bluse mit einer Art fließendem Sarong als Rock und hatte eine erdverbundene, künstlerische Ausstrahlung, auch wenn der Wagen, in den sie stieg, ein schnittiger silberner Mercedes war.

Bible winkte. »Bis gleich.«

Die Tür schloss sich mit einem gedämpften Klicken. Der Motor schnurrte los.

Judith warf Andrea durch das geschlossene Fenster einen fragenden Blick zu. Andrea wusste nicht, was sie tun sollte. Sie zog den Reißverschluss ihres Rucksacks auf und wühlte darin herum, als suchte sie etwas Lebenswichtiges. Schließlich fuhr der Wagen davon, aber das Gesicht der Frau blieb grell in ihr Gedächtnis eingebrannt.

Eisblaue Augen. Scharfe Wangenknochen. Grübchen im Kinn.

Judith sah genauso aus wie ihrer beider Vater.

17. OKTOBER 1981
SECHS MONATE VOR DEM BALL

Emily zitterte in dem bitterkalten Wind, der vom Meer her wehte. Sie schloss die Augen zum Schutz vor dem Salz in der Luft. Ihr war weinerlich zumute, und alles tat ihr weh. Sie war müde, aber gleichzeitig seltsam wach. Sie hatte bisher nie unter Schlaflosigkeit gelitten, auch wenn ihre Großmutter ihr erzählt hatte, dass es in der Familie lag. Vielleicht war es einfach so in diesem Alter – wenn man fast achtzehn war, fast erwachsen, fast eine Frau: Man war einfach nicht in der Lage, das Gehirn abzustellen, um Ruhe zu finden.

College. Ein Praktikum. Eine neue Stadt, eine neue Schule, neue Freunde.

Insgeheim machte Emily ein Fragezeichen hinter dem Wort *Freunde*.

Sie war in Longbill Beach aufgewachsen und hatte immer dieselben Menschen, dieselben Orte und Dinge gekannt. Sie war sich nicht sicher, ob sie noch wusste, wie man neue Freunde fand, geschweige denn, ob sie es überhaupt wollte. Auch wenn es am Rande weitere Bekanntschaften aus dem schulischen

Umfeld gab, war ihr Gefühlsleben seit der Grundschule um gerade mal vier Personen gekreist – Clay, Nardo, Blake und Ricky. Sie hatten sich fröhlich *die Clique* genannt, nachdem Mr. Dawson, der Grundschulrektor, Ricky davor gewarnt hatte, zu einer solchen zu gehören.

So lange Emily zurückdenken konnte, hatte die Clique jedes Wochenende und einen großen Teil der Abende miteinander verbracht. Sie belegten meistens dieselben Kurse. Sie waren alle im Hochbegabtenprogramm eingeschrieben. Alle bis auf Blake waren in Mr. Wexlers Laufgruppe. Sie lasen fabelhafte Bücher und sprachen über Politik, Weltereignisse und französische Filme. Sie wetteiferten ständig darum, einander intellektuell zu übertreffen.

Und nächstes Jahr um diese Zeit wären sie in alle Winde verstreut, und Emily wäre allein.

Sie bog links auf den Beach Drive ab. Die leeren Läden entlang der Hauptstraße blockten den rauen Wind vom Meer ab. Die nervigen Touristenmassen waren verschwunden, was eine Erleichterung war, aber auf eine ganz eigene Weise war es auch traurig. Emilys Abschlussjahr hatte so viele Dinge in die richtige Perspektive gerückt. Sie fand es viel einfacher zurückzublicken als nach vorn ins Unbekannte. Wohin sie sich auch wandte, wurde sie von nostalgischen Erinnerungen gepackt. Die Parkbank, auf der Clay ihr sein Herz über den Autounfall ausgeschüttet hatte, bei dem seine Mutter ums Leben gekommen war. Der Baum, an dem sie sich abgestützt hatte, während Ricky ihr ein Pflaster auf einen Kratzer klebte, den sie sich bei einem dämlichen Sturz von einer Stufe am Bibliothekseingang zugezogen hatte. Die Gasse zwischen dem Toffeeladen und der Hotdogbude, wo Blake sie im Rausch seines Sieges beim Debattierwettbewerb vor zwei Jahren zu küssen versucht hatte.

Emily hörte ausgelassenes Gelächter, und ihr Herz schnurrte wie ein Kätzchen beim Anblick der Jungen am anderen Ende der Straße. Clay ging neben Nardo, die beiden unterhielten sich und genossen die Spätnachmittagssonne auf ihren vom Wind geröteten Gesichtern. Nardo war schlank vom Laufen, aber sein Gesicht war immer rundlich gewesen, beinahe pausbäckig. Clay war größer, ernster und ruhiger. Sein kräftiges Kinn zog ihren Blick auf sich, als er über die Schulter blickte. Wie immer lag Blake ein paar Schritte zurück, die Hände tief in die Taschen seiner Cordhose vergraben. Er hielt den Kopf gesenkt und stieß beinahe gegen Nardo, als der abrupt stehen blieb.

Emily hörte das laute »Himmel noch mal!« auch aus fünfzig Metern Entfernung. Sie lächelte, als Blake Nardo anstieß, dann stolperte Clay, und schließlich schubsten sie sich auf dem Gehsteig hin und her wie Flipperbälle. Die Liebe überwältigte sie beinahe bei ihrem Anblick – ihre Jugend, ihre Ungezwungenheit, ihre unverbrüchliche Freundschaft. Ohne Vorwarnung schossen ihr Tränen in die Augen. Sie wollte diesen Moment für alle Zeit festhalten.

»Emily?«

Sie wirbelte herum, überrascht und auch wieder nicht überrascht, als sie Jack Stilton auf der Treppe vor der Polizeistation sitzen sah. Er hatte einen Kugelschreiber in der Hand und einen Schreibblock im Schoß, auf dem nichts geschrieben stand.

»Cheese«, sagte sie und lächelte, als sie sich rasch die Tränen aus den Augen wischte. »Was machst du hier draußen?«

»Ich soll eine Arbeit schreiben.« Er klopfte auf seinen Block, sichtlich aufgewühlt. »Dad und ich sind in der Station geblieben.«

Emily wurde schwer ums Herz. Ihre eigene Mutter konnte kalt und herrisch sein, aber wenigstens war sie keine durchgeknallte Trinkerin, die gelegentlich die Haustürschlösser auswechselte. »Das tut mir leid. Ist echt beschissen.«

»Ja.« Er klopfte weiter mit dem Kugelschreiber auf den Block und schielte argwöhnisch zu den Jungs hinüber. In der Gruppe konnten sie sehr unfreundlich zu ihm sein. »Jedenfalls … Erzähl es niemandem, okay?«

»Natürlich nicht.« Sie erwog, sich neben ihn auf die Treppe zu setzen, aber Clay hatte sie bereits gesehen. Gleich würde er sie wieder mit dem aufziehen, was er *Emilys Sammlung kaputter Spielsachen* nannte. »Es tut mir wirklich leid, Cheese. Du weißt, du kannst immer in unserem Schuppen im Garten schlafen. Meine Eltern gehen da nie hin. Du musst nicht warten, bis ich es dir eigens anbiete. Ich kann jederzeit ein Kissen und eine Decke dort deponieren.«

»Ja«, sagte er noch einmal. »Vielleicht.«

»Em!«, brüllte Clay vom anderen Ende der Straße. Er öffnete die Tür des Diners, aber er wartete nicht auf sie, weil er ohnehin wusste, dass sie kommen würde.

»Ich sollte dann mal …«

»Klar.« Cheese senkte den Kopf und kritzelte in seinen Block.

Emily fühlte sich schlecht, aber nicht schlecht genug, um etwas dagegen zu unternehmen. Sie schob die Hände in die Jackentaschen und joggte das kurze Stück zum Diner hinunter.

Die Glocke über der Tür bimmelte, als Emily sie aufstieß. Überhitzte Luft hüllte sie ein. Es gab nur drei zahlende Gäste, die getrennt voneinander auf Drehhockern an der langen Theke saßen. Die Clique hatte bereits ihre gewohnte halbrunde Sitzecke im hinteren Teil belagert. Ricky blinzelte Emily zu, als sie mit einem Tablett voller Softdrinks und Milchshakes vorbeiging. Big Al funkelte böse durch seinen Ausguck in der Küche. Selbst in der Nebensaison mochte er es nicht, wenn die Clique Platz in seinem Lokal einnahm, aber er hatte beschlossen, dass es das Opfer wert war, weil er so ein Auge auf seine beiden Enkel haben konnte. Außerdem bezahlte Nardo immer die Rechnung.

»Ihr hört nicht zu!« Clay nahm sich einen Milchshake von Rickys Tablett, aber er sprach zu den Jungs. »Seid ihr alle absichtlich schwer von Begriff?«

Nardo hatte sich gerade eine Handvoll Fritten in den Mund gestopft, aber er antwortete trotzdem. »Ich bin lieber schwer von Pommes frites.«

Ricky lachte, aber alle anderen stöhnten.

»Genau das meine ich.« Clay zog einen Strohhalm aus dem Spender. »Die Welt geht zugrunde, Menschen hungern, ich rufe zur Revolution auf, aber alles, woran ihr Blödmänner denkt, sind Sportwagen und Videospiele.«

»Das ist nicht fair«, sagte Nardo. »Ich denke auch ziemlich viel an Sex.«

»Wir wollen immer das, was wir nicht haben können«, sagte Blake.

Ricky kicherte, dann versetzte sie Blake einen Klaps auf die Schulter. Er stöhnte theatralisch und stand auf, damit Ricky ihren Platz zwischen ihm und Nardo einnehmen konnte.

Emily quetschte sich wortlos neben Clay, aber wie üblich rutschte er nicht zur Seite, um ihr Platz zu machen, weshalb sie gezwungen war, mit dem halben Hintern auf der Bank zu balancieren.

»Jetzt, da du von Autos sprichst«, sagte Blake, »habt ihr gesehen, dass Mr. Constandt neuerdings einen DeLorean hat?«

»Genau genommen«, fiel Nardo ein, »wird er DMC-12 genannt.«

»Um Himmels willen.« Clay legte den Kopf in den Nacken und starrte zur Decke. »Wieso verschwende ich meine Zeit mit euch geistlosen, langweiligen Prolls?«

Emily und Ricky wechselten ein dringend notwendiges Augenrollen. Sie konnten das Gerede von der Revolution manchmal nicht mehr hören, vor allem wenn man bedachte, dass ihrem Kreis nie etwas Schlimmeres widerfahren war, als dass Blake und Ricky vor ein paar Jahren auf Befehl von Big Al abends und an den Wochenenden im Diner jobben mussten, damit das Restaurant nach dem verheerenden Brand in der Küche wieder auf die Beine kam.

Clay stöhnte, senkte den Kopf und saugte an seinem Strohhalm. Sein Adamsapfel hüpfte beim Schlucken auf und ab. Die untergehende Sonne hinter der Fensterscheibe verlieh seinem hübschen Gesicht ein engelhaftes Leuchten. Beim Anblick seiner attraktiven Züge regte sich Verlangen in Emily. Er war unbestreitbar sehr gut aussehend, mit dichtem braunem Haar und einem üppigen, sinnlichen Mick-Jagger-Mund. Selbst als er trank, streifte der Blick seiner kühlen blauen Augen um den Tisch, erst zu Blake, dann zu Ricky, dann zu Nardo. Er vermied es, Emily anzusehen, die links von ihm saß.

»Also gut.« Nardo war immer der Erste, der das Schweigen nicht mehr aushielt. »Sag, was du sagen wolltest.«

Clay ließ sich Zeit und schlürfte den Rest seines Milchshakes, bevor er das Glas zur Seite schob, womit es zufällig genau vor Emily landete. Sie blähte die Nasenlöcher. Der Geruch der Milch war scheußlich, beinahe als wäre sie sauer. Ihr Bein wippte unkontrolliert auf und ab, und ihr war leicht übel.

»Ich wollte eigentlich sagen«, fuhr Clay fort, »dass der Weather Underground etwas *getan* hat. Sie haben trainiert wie Soldaten. Sie haben exerziert und für einen Guerillakrieg geübt. Sie haben sich von einem Haufen Collegekids in eine richtige Armee zur Veränderung der Welt verwandelt.«

»Sie haben sich selbst in die Luft gejagt, zusammen mit einem sehr teuren Backsteinhaus.« Nardo war sichtlich erfreut, der Überbringer dieser Nachricht zu sein. »Das ist wohl kaum eine siegreiche Strategie.«

»Sie haben das Capitol angegriffen.« Clay zählte die Ziele an den Fingern ab. »Das Außenministerium. Sie haben einen Geldtransporter von Brink's in die Luft gejagt. Sie haben Molotowcocktails auf die Polizistenschweine geworfen und einen Richter am Obersten Gerichtshof ins Visier genommen.«

Emily presste die Lippen zusammen. Ihre Mutter war Richterin.

»Komm schon!«, sagte Clay. »Sie haben das verdammte Pentagon bombardiert, Mann!«

»Und was hat es gebracht?« Nardo sah gebieterischer aus als sonst, als er sich eine Strähne seines dünnen blonden Haares aus dem Gesicht wischte. Er war der einzige der Jungs, der sich ein Ohrloch hatte stechen lassen. Der Diamant an seinem Stecker war riesig. »Keine dieser Taten hat zu irgendetwas geführt. Sie haben ein paar leere Gebäude in die Luft gejagt, ein paar Leute getötet ...«

»Unschuldige Leute«, warf Emily ein. »Leute, die Familien hatten und ...«

»Ja, schon gut.« Nardo brachte sie mit einer Handbewegung zum Schweigen. »Sie haben unschuldige Menschen getötet, und es hat nicht die geringste Änderung bewirkt.«

Emily mochte es nicht, wenn man über sie hinwegging. »Waren sie am Ende nicht alle im Gefängnis oder auf der Flucht?«

Clay sah Emily nun direkt an, zum ersten Mal, seit sie den Diner betreten hatte. Normalerweise sonnte sie sich in seiner Aufmerksamkeit, aber jetzt machte es sie traurig. Er war an einem College im Westen angenommen worden. Emily würde eine Stunde von zu Hause entfernt studieren. Sie würden Tausende von Kilometer getrennt sein, und sie würde sich nach ihm verzehren, während er sie wahrscheinlich rasch vergaß.

Clay wandte sich wieder Nardo zu. »Lies das Präriefeuermanifest. Es ging dem Weather Underground darum, den US-Imperialismus zu stürzen, den Rassismus auszurotten und eine klassenlose Gesellschaft zu schaffen.«

»Warte mal«, parierte Nardo. »Ich bin äußerst angetan von der gegenwärtigen Gesellschaftsstruktur.«

»Wie schockierend«, murmelte Blake. »Der Typ, dessen Großvater die Bankgeschäfte von Standard Oil gesteuert hat, will den Status quo beibehalten.«

»Leck mich.« Nardo warf eine Fritte in seine Richtung, aber sie landete vor Emily. »Was ich nicht verstehe, Clayton: Warum dient diese Geschichte nicht als Warnung? Der Weather Underground. Die Symbionese Liberation Army. Zum Teufel, selbst Jim Jones und Charles Manson – was ist aus ihnen und ihren Anhängern geworden?«

Emily wandte den Kopf ab und tat, als schaute sie sich in dem leeren Diner um. Clays Milchshake war schon schlimm genug. Dazu noch die mit Ketchup beschmierte Fritte – ihr drehte sich der Magen um. Sie fühlte ein seltsames Schwanken, fast seekrank.

»Du verstehst nicht, Bernard«, setzte Clay an, »dass Mr. Wexler recht hat. Wir haben einen altersschwachen, ehemals zweitklassigen Schauspieler im Weißen Haus, der Barry Goldwater toll findet und seinen Kumpels aus der Wirtschaft mit Steuermitteln einen runterholt, während er auf sogenannte Sozialhilfebetrüger eindrischt und die Rüstungsindustrie stützt.«

»Da hast du aber viel in einen Satz gepackt«, sagte Ricky, die sich instinktiv auf Nardos Seite schlug.

»Man nennt es ›die Welt verstehen‹, Schätzchen.«

Rickys und Emilys Blicke kreuzten sich wieder. Die Revolution trat sehr selten für Frauenrechte ein.

»Okay, aber …« Blake mischte sich mit seinem vorhersehbar pedantischen Tonfall ein. »Man könnte wohl argumentieren, dass wir immer noch über sie reden, nicht wahr? So viele Jahre später wissen wir immer noch über den Weather Underground, über Charles Manson und Jim Jones Bescheid, was bedeutet, dass sie irgendwie doch noch relevant sind.«

»Eins baut auf dem andern auf.« Clay hielt vier gespreizte Finger hoch. »Das ist die Grußgeste, mit der Bernardine Dohrn immer ihre Solidarität mit den Manson-Anhängerinnen ausdrückte, weil sie eine Gabel in Sharon Tate gerammt hatten.«

»O Gott.« Ricky sah aufrichtig angewidert aus. »Kommt, Leute, das ist nicht cool.«

Die Jungs gaben Geräusche von sich, die entweder eine Bitte um Entschuldigung oder Langmut ausdrücken sollten.

Ungeachtet dessen sah Emily, wie Blake unter dem Tisch nach der Hand seiner Schwester griff. Sie waren Zwillinge, aber man hätte kaum vermutet, dass sie überhaupt verwandt waren. Ricky war klein und rundlich und hatte eine Stupsnase, wohingegen Blake dreißig Zentimeter größer war und scheinbar nur aus Ellbogen und schlanken Muskeln bestand. Selbst ihr Haar war unterschiedlich. Rickys umgab sie wie ein Heiligenschein aus aufspringenden Locken. Blakes glattes, schulterlanges Haar war um einiges heller.

»Na gut.« Nardo strich sich wieder die Haarsträhne aus dem Gesicht und reckte die aufgebogene Ferkelnase in die Luft. »Lasst uns über das nächste Wochenende reden, okay, Leute? Mummy und Daddy verbringen endlich ein paar Nächte in der Stadt, und ihr wisst, was das bedeutet.«

»Die monatliche Party!« Ricky hob ihr Glas, als wollte sie anstoßen.

Emily senkte den Blick auf den Tisch. Sie spürte, wie ihre Hände zu zittern begannen.

»Genau genommen«, sagte Blake, »ist nächstes Wochenende bereits mehr als ein Monat seit der letzten Party vergangen.«

»Ja, gut, *genau genommen* ist es also die monatliche Party plus eine Woche«, sagte Nardo. »Der entscheidende Punkt, meine lieben alten Freunde, ist, dass die Party stattfindet.«

»Hurra!« Ricky brachte einen neuen Toast aus.

Emily versuchte ihre Lunge zum Einatmen zu zwingen.

»Ausgezeichnete Nachricht, alter Junge.« Clay langte über den Tisch und schüttelte eine von Nardos Zigaretten aus der Packung. »Wer kommt diesmal?«

»Tja«, sagte Blake sarkastisch. »Wen sollen wir einladen?«

Ricky schnaubte. Sie luden nie jemanden ein. Es waren immer nur sie fünf, und genau so gefiel es ihnen.

»Wenn ich einen Vorschlag machen dürfte …« Clay ließ die Zigarette zwischen den Lippen baumeln. »Wäre eine weitere Sitzung mit unserem lieben Freund Mr. Timothy Leary nicht nett?«

Alle lachten, aber das Zittern breitete sich von Emilys Händen über ihren ganzen Körper aus. Sie schwitzte plötzlich im Nacken. Wieder warf sie Ricky einen raschen Blick zu. Ihre monatlichen Partys fanden seit Jahren statt. Es waren weniger herkömmliche Partys als von Alkohol und Gras befeuerte Jamsessions, bei denen sie Weltkrisen lösten und einander zum Lachen brachten.

Bis letzten Monat.

Sie hatten zum ersten Mal LSD probiert, und es gab immer noch Phasen aus dieser Nacht, an die sich niemand von ihnen erinnerte.

»Komm schon, Emmie-Em.« Clay hatte ihr Zögern bemerkt. »Verdirb die Party nicht, bevor sie angefangen hat.«

»Du hast dich großartig amüsiert«, sagte Nardo. »Und ich meine *wirklich* großartig.«

Emily wurde übel, als sie sah, wie er anzüglich mit den Augenbrauen wackelte.

»Er hat recht.« Wie nicht anders zu erwarten, sprang ihm Ricky sofort zur Seite. »Verdirb es nicht für alle andern, Em.«

»Komm, Emmie«, fiel Blake ein. »Du kennst die Abmachung: *Die drei Musketiere*.«

Das war Clays Perversion von ›Alle für einen und einer für alle‹. Entweder sie waren alle zusammen betrunken und/oder stoned oder keiner von ihnen. Die Tatsache, dass Emily normalerweise diejenige war, der sie gut zureden mussten, schien in ihrer kollektiven Erinnerung untergegangen zu sein.

»Lass nicht zu, dass ein schlechter Trip uns allen den Spaß verdirbt.« Clay stieß sie ein bisschen zu aggressiv gegen die

Schulter. Ihr halber Hintern verlor den Halt auf der Sitzbank, also stieß er sie natürlich noch einmal an.

»Clay!« Sie musste sich an ihm festhalten, um nicht von der Bank zu fallen.

»Ich hab dich.« Er hatte den Arm um ihre Taille gelegt, sein Gesicht war ganz nah an ihrem. Sie blickte auf ihre Hand, die sie kräftig gegen seine Brust presste. Sie konnte die harten Muskeln darunter spüren. Seinen gleichmäßigen Herzschlag. Das Verlangen von vorhin regte sich wieder in ihr.

»Himmel, jetzt fick sie schon endlich«, sagte Nardo, und sein Tonfall enthielt gleichermaßen Geringschätzung und Begierde.

Clay tat den Vorschlag mit einem höhnischen Schnauben ab und half Emily dabei, sich wieder aufrecht hinzusetzen. Er schnippte Asche in Nardos nur halb getrunkenes Soda.

»Ricky«, sagte Nardo. »Ich nehme noch einen Milchshake, altes Mädchen.«

Ricky verdrehte die Augen. »Hat Mr. Wexler nicht gesagt, wir sollten alle ein paar Pfund abnehmen?«

»Ich glaube, er meinte vor allem dich, meine Liebe.« Nardo freute sich an ihrer Verlegenheit. »Jetzt komm schon, Kälbchen, hol mir einen Milchshake.«

»Du kannst dir mal meinen Arsch holen.«

Er blies ihr Zigarettenrauch ins Gesicht. »Hättest du wohl gern.«

Emily wandte sich wieder ab. Von dem Zigarettengestank zog es ihr den Magen zusammen. Sie legte die Hände vors Gesicht, ihre Wangen brannten. Sie war immer noch ein wenig atemlos, weil sie Clay so nahe war, und sie hasste sich und ihren blöden Körper für diese Reaktion. Sie stand so schnell auf, dass ihr schwindlig wurde. »Ich muss aufs Klo.«

»Bin dabei.« Ricky stieß Blake an, damit er sie vorbeiließ, und sagte zu den Jungs: »Versucht euch nicht in die Luft zu jagen, so lange wir weg sind.«

Die letzte Bemerkung war an Nardo adressiert, der als Reaktion wieder mit den Augenbrauen wackelte.

»Himmel noch mal«, murmelte Emily, als sie außer Hörweite waren. »Warum sagst du Nardo nicht einfach, was du für ihn empfindest?«

»Du weißt, warum«, sagte Ricky.

Alle wussten, warum. Bernard Fontaine war ein Arsch. Er war immer ein Arsch gewesen. Er würde immer ein Arsch bleiben. Rickys fataler Fehler war, dass sie es wusste, dass sie es fast ihr ganzes Leben lang tagtäglich mitangesehen hatte, und doch klammerte sie sich an die winzig kleine Hoffnung, dass er sich ändern könnte.

»Pop-Pop«, rief sie ihrem Großvater hinter dem Grill zu. »Nardo braucht noch einen Milchshake.«

Big Al sah sie argwöhnisch an, ging aber zum Mixer.

Das Komische war, dass Big Al immer dachte, von Nardo käme der schlechte Einfluss auf die Clique, obwohl es tatsächlich Clay war, der sie ständig über die Klippe stieß. Jede einzelne Dummheit, die sie je begangen hatten, von Schnaps klauen über Drogen nehmen bis zu Touristenautos aufbrechen, war Clays Idee gewesen.

Und es war kein einziges Mal er gewesen, der den Preis dafür bezahlte.

»Lass uns hinten rausgehen, ein bisschen frische Luft schnappen«, sagte Ricky.

Emily folgte ihr über den langen Flur. Die kalte Luft zog sie wie mit Tentakeln an. Sie konnte die salzige Gischt durch die offene Tür riechen. Der Wind peitschte ihr Haar. Die Promenade lag wie ein Teppich entlang der Küste ausgerollt.

Ricky fischte eine Packung Zigaretten aus ihrer Jackentasche, aber Emily schüttelte den Kopf. Noch immer war ihr flau, was nichts Neues war. In letzter Zeit wurde die Übelkeit von jedwedem Geruch ausgelöst, ob es frische Blumen auf dem Küchentisch waren oder die stinkenden Zigarren ihres Vaters. Wahrscheinlich hatte sie sich ein Magen-Darm-Virus eingefangen.

Rickys Streichholz flammte auf, und sie hielt es an die Spitze ihrer Zigarette. Sie zog den Rauch so tief in die Lungen, dass ihre Wangen ganz schmal wurden, dann blies sie ihn mit einem rau klingenden Husten wieder aus. Emily erinnerte sich, was Blake gesagt hatte, als seine Schwester zum ersten Mal geraucht hatte. *Du siehst aus wie jemand, der raucht, weil er es für cool hält, nicht weil er es will.*

Emily stemmte sich gegen den Wind, ging an den Rand der Promenade und legte die Unterarme aufs Geländer. Unten wirbelte das Meer um die Pfeiler. Sie spürte einen sanften Sprühnebel auf der Haut. Ihre Wangen waren immer noch heiß, weil Clay sie an sich gedrückt hatte.

Ricky konnte wie immer ihre Gedanken lesen. »Du hast nach mir und Nardo gefragt, aber was ist mit dir und Clay?«

Emily presste die Lippen zusammen. Vor vier Jahren hatte Clay beschlossen, dass Sex die Gruppendynamik nur verkomplizieren würde. Emily fasste es so auf, dass er nicht interessiert war, denn Clay fand immer einen Weg, das zu bekommen, was er wollte.

»Nächstes Jahr um diese Zeit ist er in New Mexico«, sagte sie.

»Das ist nicht so weit, oder?«

»Es sind mehr als dreitausend Kilometer.« Emily hatte es anhand einer Formel berechnet, die sie im *Alten Bauernkalender* ihres Vaters gefunden hatte.

Ricky hustete eine Wolke Rauch aus. »Wie lange würde man mit dem Auto brauchen?«

Emily zuckte mit den Achseln, aber sie kannte die Antwort. »Zwei oder drei Tage, je nachdem, wie viele Stopps man einlegt.«

»Na ja, Blake und ich werden gleich oben in Newark an der guten alten University of Delaware sein.« In Rickys Lächeln lag ein wenig Trauer. Das einzig Positive, das der tragische Tod ihrer Eltern mit sich gebracht hatte, war ein Rechtsstreit gewesen, der die Finanzierung von Rickys und Blakes Collegeausbildung sicherstellte. »Wie viele Stunden wird das eigentlich von dir entfernt sein?«

Emily fühlte sich schlecht, weil sie die Entfernung zwischen der Foggy Bottom und der University of Delaware nicht ausgerechnet hatte. Dennoch riskierte sie eine Schätzung. »Höchstens ein paar Stunden.«

»Und Nardo wird an der Penn State sein, wenn sein Vater die richtigen Leute schmiert. Das ist nur wenige Stunden von der Uni in Delaware entfernt.« Ricky hatte es offenbar ausgerechnet. »Es ist also überhaupt nicht weit, oder? Du kannst in den Zug steigen und uns jederzeit besuchen.«

Emily nickte, aber sie konnte kein Wort sagen. Sie fühlte sich so sehr den Tränen nah und hin- und hergerissen, weil sie sich verzweifelt eine Veränderung in ihrem Leben wünschte und ebenso verzweifelt für alle Zeit in der Geborgenheit der Clique bleiben wollte.

Falls Ricky das Gleiche empfand, sagte sie es jedenfalls nicht. Stattdessen rauchte sie schweigend. Ihr Fuß ruhte auf der untersten Strebe des Geländers, und sie starrte mit finsterer Miene aufs Meer hinaus. Emily wusste, dass sie das Wasser hasste. Die Eltern von Ricky und Blake waren bei einem Bootsunfall ums Leben gekommen, als die Zwillinge vier Jahre alt waren. Big Al sorgte zuverlässig für sie, aber die Elternrolle übernahm er nur widerstrebend. Das Gleiche ließ sich von Nardos Familie sagen, die ständig auf Geschäftsreise in New York oder im Urlaub auf Mallorca war, bei einer Wohltätigkeitsveranstaltung in San Francisco, einem Golfturnier in Tahoe oder irgendwo sonst, wo sie keine Zeit mit Nardo verbringen musste. Und was Emilys Eltern anging – nun, über Emilys Eltern gab's nicht viel zu sagen, außer dass sie von ihrer Tochter erwarteten, erfolgreich zu sein.

Seltsamerweise war Clay der Einzige, in dessen Leben es zwei zuverlässige, liebevolle Erwachsene gab. Er war nach dem Tod seiner Mutter von den Morrows adoptiert worden. Er hatte vier Schwestern und einen Bruder, die sich irgendwo auf der Welt aufhielten, aber er sprach nie von ihnen, geschweige denn, dass er sich die Mühe gemacht hätte, mit ihnen Kontakt aufzunehmen. Wahrscheinlich, weil ihn die Morrows wie ein Geschenk behandelten, das ihnen der Herr Jesus Christus persönlich gewährt hatte. Clay war kein Typ, der viel preisgab.

»Em?«, sagte Ricky. »Was ist in letzter Zeit eigentlich los mit dir?«

»Nichts.« Emily zuckte mit den Achseln und schüttelte gleichzeitig den Kopf. »Alles okay.«

Ricky schnippte Asche ins Meer. Sie verstand sich zu gut darauf, Emilys Gedanken zu erahnen. »Schon komisch, oder? Wir sind alle kurz davor, unser eigenes Leben anzufangen, aber wir sind immer noch hier.«

Das Geländer zitterte, als Ricky bei dem Wort *hier* mit dem Fuß aufstampfte, an dieser Stelle hinter dem Diner ihres Großvaters. Emily war froh, dass ihre beste Freundin dieselbe Zerrissenheit empfand. Sie beide hatten sich unzählige Male zur Hintertür des Diners hinausgeschlichen, während die Jungs darüber stritten, welcher der drei *Engel für Charlie* der schärfste war, endlos aus *Monty Python* zitierten oder zu erraten versuchten, wer von den Mädchen im ersten Highschooljahrgang bis zum Letzten gegangen war.

Emily wusste, mit der Kameradschaft zwischen ihr und Ricky wäre es vorbei, wenn sie alle zum Studium weggingen.

»Igitt.« Ricky schaute stirnrunzelnd auf ihre nur halb gerauchte Zigarette. »Ich hasse diese Dinger.«

Emily sah zu, wie sie die Kippe ins Meer schnippte, und versuchte nicht daran zu denken, welche Wirkung das auf die Fische hatte.

»Du bist anders seit der Party vom letzten Monat«, sagte Ricky.

Emily wandte den Blick ab. Die Weinerlichkeit war wieder da. Die Übelkeit. Das Zittern.

Die Party.

Sie hatte keine Erinnerung daran. Es war nicht so, wie wenn sie ihre Schlüssel verlegte oder ihr Hirn bei der Erinnerung an eine Hausaufgabe vollkommen leer gefegt war. Für solche kleineren Ärgernisse lieferte Emilys Verstand einen Kontext. Sie konnte sich ausmalen, wie sie ihre Schlüssel auf den Tisch geworfen hatte statt in die Handtasche, wie sie während des Unterrichts in Gedanken ganz woanders gewesen war oder vergessen hatte, sich die Aufgabe zu notieren. Wenn sie dagegen versuchte, sich an den Abend der Party zu erinnern, führte ihr Verstand sie nur bis zu bestimmten Dingen. Wie sie die Betonstufen zu Nardos Eingangstür hinaufstieg. Die umbrabraunen Fliesen in der Eingangshalle. Das tiefer liegende Wohnzimmer mit seinem goldenen Kronleuchter und dem riesigen Fernseher. Die großen Fenster, die auf den Swimmingpool hinausgingen. Die Hi-Fi-Anlage, die eine ganze Wand einnahm. Die Lautsprecher, die fast so hoch waren wie Emily.

Aber diese Einzelheiten stammten nicht aus genau der Nacht, der Nacht der Party. Sie rührten von zahllosen Abenden zuvor her, wenn Emily ihren Eltern erzählt hatte, sie würde drüben bei Ricky schlafen oder mit einer Freundin lernen, mit der sie in Wirklichkeit seit Jahren nicht gesprochen hatte, denn sie gingen alle zu Nardo, um sich zu betrinken und Brettspiele zu spielen, um sich Filme anzuschauen oder Gras zu rauchen und darüber zu reden, wie sie diese kaputte Welt wieder in Ordnung bringen wollten, die sie alle bald erben würden.

Von dem Abend *der Party* gab es nur ein schwarzes Loch in ihrem Gedächtnis.

Emily erinnerte sich, wie Nardo die Eingangstür öffnete. Sie wusste noch, dass Clay ihr ein winziges Papierrechteck auf die Zunge legte. Sie sah noch vor sich, wie sie auf einem der Wildledersofas saß.

Und dann wachte sie auf dem Boden im Schlafzimmer ihrer Großmutter auf.

»Ach ja.« Ricky seufzte schwer und wandte dem Meer den Rücken zu. Ihre Ellbogen ruhten auf dem Geländer, wodurch sich ihre Brüste vorschoben wie bei einer Kühlerfigur. »Ich weiß nichts über LSD, aber Clay hat schon recht. Du solltest nicht zulassen, dass ein schlechter Trip alles verdirbt. Psychedelische Drogen können sehr therapeutisch wirken. Cary Grant hat sein Kindheitstrauma damit geheilt.«

Emilys Unterlippe zitterte. Sie empfand sich plötzlich wie entkoppelt, als wäre ihr Körper dort auf der Promenade mit Ricky, aber ihr Gehirn schwebte woanders – an einem sichereren Ort.

»Em.« Ricky wusste genau, dass etwas nicht stimmte. »Du weißt, du kannst mit mir reden.«

»Ja, ich weiß«, sagte Emily, aber konnte sie es wirklich? Bei Ricky und Blake gab es diese typische Zwillingsgeschichte, wo alles, was man dem einen erzählte, automatisch auch beim andern ankam. Dann war da noch Nardo, der alles aus Ricky herauskitzeln konnte. Und Clay, an den sie alle berichteten.

»Die Jungs wundern sich wahrscheinlich schon, was aus uns geworden ist«, sagte Emily.

»Wir sollten wieder reingehen.« Ricky stieß sich vom Geländer ab und lief zum Diner hinüber. »Hast du dieses Arbeitsblatt in Geometrie bekommen?«

»Ich …« Emilys Magen zog sich zusammen. Die salzige Brise, die Gerüche aus der Küche, der Zigarettenrauch oder alles zusammen bewirkten, dass ihr plötzlich mächtig übel wurde.

»Em?« Ricky warf einen Blick über die Schulter, während sie den Flur entlangging. »Das Arbeitsblatt?«

»Ich wollte …«

Der Mageninhalt schoss ihr in die Kehle. Emily presste die Hand auf den Mund und stolperte zur Toilette. Die Tür sprang auf und prallte dann an ihrer Schulter ab. Sie wollte zur Schüssel, aber das Waschbecken lag näher. Heiße Flüssigkeit spritzte zwischen ihren Fingern hervor. Als sie die Hand wegzog, rauschte Erbrochenes wie ein Sturzbach ins Becken.

»Ach du meine Güte«, murmelte Ricky. Sie riss eine Handvoll Papiertaschentücher aus dem Spender und ließ kaltes Wasser in das andere Waschbecken laufen. »Lieber Himmel, das stinkt ja fürchterlich!«

Emily würgte trocken und schloss die Augen, um den Brei aus unverdauten Keksen und Saft nicht sehen zu müssen, die sie bei ihrer Omi zu sich genommen hatte, bevor sie von zu Hause aufgebrochen war. Ein erneutes Würgen quälte sie. Sie hatte nichts mehr im Magen, aber es hörte einfach nicht auf.

»Ist ja gut.« Ricky legte Emily die nassen Papiertaschentücher in den Nacken. Sie strich ihr über den Rücken und gab beruhigende Laute von sich. Es war nicht das erste Mal, dass sie die zweifelhafte Aufgabe übernahm, Kotzenden Trost zu spenden. Sie hatte sowohl den stärksten Magen in der Clique als auch den stärksten Mutterinstinkt.

»Scheiße!«, stöhnte Emily und benutzte ein Wort, das sie sonst nie benutzte, denn ihr war in ihrem ganzen Leben noch nie so schlecht gewesen. »Ich weiß nicht, was mit mir los ist.«

»Vielleicht hast du dir etwas eingefangen.« Ricky warf die nassen Papiertücher in den Müll und holte ihr Schminktäschchen heraus. »Wie lange geht das schon so?«

»Nicht lange«, sagte Emily, aber dann wurde ihr klar, dass es sogar schon eine ganze Weile so ging. Mindestens drei Tage, vielleicht sogar eine Woche.

»Erinnerst du dich an Paula aus dem Kunsterziehungskurs?« Ricky wärmte das Ende ihres Eyelinerstifts mit dem Feuerzeug an. »Sie hat in der dritten Stunde ständig gekotzt, und du weißt, was aus ihr geworden ist.«

Emily blickte in den Spiegel und sah zu, wie alle Farbe aus ihrem Gesicht wich.

»Natürlich passiert das nur, wenn dich jemand entjungfert hat.« Ricky frischte die dunklen Linien unter ihren Augen auf. »Hast du es getan, ohne mir was davon zu sagen? Oh, Shit …«

Sie musterte Emily und las das Schlimmste aus deren entsetzter Miene.

Ricky schluckte schwer. »Em, du bist doch nicht etwa …?«

»Nein.« Emily beugte sich über das andere Waschbecken und spritzte sich kaltes Wasser ins Gesicht. Ihre Hände zitterten. Ihr ganzer Körper zitterte. »Sei nicht albern. Du weißt, das würde ich nie tun. Ich meine, ich würde es schon tun, aber ich würde es dir erzählen, wenn es passiert ist.«

»Aber wenn du …« Ricky sprach den Satz wieder nicht zu Ende. »Verdammt, Em, bist du dir sicher?«

»Ob ich mir sicher bin, dass ich noch Jungfrau bin?« Sie wechselte zu dem Waschbecken mit dem Erbrochenen und ließ das Wasser laufen, um alles hinunterzuspülen. »Ich würde mich doch daran erinnern, wenn ich Sex gehabt hätte, Rick. Ich meine, das ist irgendwie ja doch eine große Sache.«

Ricky sagte nichts.

Emily betrachtete im Spiegel das Gesicht ihrer ältesten Freundin. Das Schweigen zwischen ihnen hallte wie ein Kanonenschlag durch den kleinen gefliesten Raum.

Die Party.

»Ich habe letzten Freitag meine Periode bekommen«, sagte Emily.

»Wow!« Ricky lachte erleichtert auf. »Warum sagst du das nicht gleich?«

»Weil ich es dir erzählt habe, als es passiert ist«, sagte Emily. »Es fing mitten im Sportunterricht an. Ich habe dir doch gesagt, dass ich in die Umkleide zurückmusste, um meine Shorts zu wechseln.«

»Ach ja, richtig.« Ricky nickte unaufhörlich, bis sie sich selbst überzeugt hatte, dass es die Wahrheit war. »Tut mir leid. Wahrscheinlich ist dir deshalb schlecht. Die Krämpfe sind echt beschissen.«

Emily nickte. »Ja, wahrscheinlich.«

»Krise abgewendet.« Emily verdrehte die Augen. »Ich geh mal lieber und bringe Nardo seinen heiß geliebten Milchshake.«

»Rick?«, sagte Emily. »Erzähl den Jungs nicht, dass ich mich übergeben habe, okay? Es ist peinlich, und ich weiß, Nardo würde Fischwitze oder sonst irgendwas Ekliges machen.«

»Ja, klar.« Ricky verschloss mit Daumen und Zeigefinger pantomimisch die Lippen und warf den Schlüssel fort, doch Emily sah die Kettenreaktion bereits vor sich – von Blake über Nardo zu Clay.

»Ich mach das hier noch sauber.« Emily deutete zum Waschbecken, aber Ricky lief bereits zur Tür hinaus.

Emily hörte das Schloss einrasten.

Langsam drehte sie sich zu ihrem Spiegelbild um.

Ihre Periode war immer unregelmäßig gewesen und einem Rhythmus gefolgt, den sie nicht vorhersagen konnte. Sie war für gewöhnlich zu früh dran oder zu spät, oder vielleicht war sie einfach sehr schlecht darin, einen Überblick über ihren Zyklus zu behalten. Schließlich hatte sie noch nie Sex gehabt, und Ricky hatte immer Tampons einstecken, warum also sollte sich Emily die Mühe machen, ihre Regel nachzuverfolgen, die sowieso eher lästig war?

Ihre Lider flatterten, als sie die Augen schloss. Sie sah sich die Betonstufen zu Nardos Haustür hinaufsteigen. Ihre Zunge herausstrecken, damit Clay ihr das Stückchen Löschpapier mit dem LSD darauflegen konnte. Sie sah sich auf dem Boden neben dem Bett ihrer Großmutter aufwachen. Sie hatte sich verkatert und verfroren gefühlt, und sie war in Panik geraten, denn aus irgendeinem Grund, aus einem ganz und gar unbekannten Grund trug sie ihr Kleid verkehrt herum, und sie hatte keine Unterwäsche an.

Emily öffnete die Augen wieder. Tränen liefen ihr übers Gesicht. Ihr Magen krampfte sich immer noch zusammen, aber sie hatte jetzt Heißhunger. Sie war müde, aber auch irgendwie belebt. Die Farbe war in ihr Gesicht zurückgekehrt. Ihre Haut leuchtete fast.

Und sie hatte gelogen.

Sie hatte letzte Woche gar nicht ihre Periode bekommen.

Schon seit vier Wochen hatte sie ihre Periode nicht mehr bekommen.

Nicht mehr seit der Party.

3

Andrea stand am Waschbecken in der Toilette vom *RJ's Eats* und spritzte sich kaltes Wasser ins Gesicht. Sie musterte ihr Spiegelbild und fand, dass sie nicht annähernd so erschüttert aussah, wie sie sich fühlte. Sie hatte endlich Emilys Tochter kennengelernt. Ihre potenzielle Halbschwester. Dass es aus reinem Zufall geschehen war und nicht aufgrund von Andreas meisterhaften detektivischen Fähigkeiten, würde sie als Geschenk betrachten und nicht als ein Vorzeichen ihres Scheiterns.

Judith.

Andrea fischte ihr Handy aus der Tasche und googelte den Namen Judith Vaughn, aber außer zwei Nachrufen auf alte Frauen und einem LinkedIn-Account, den Andrea nicht zu abonnieren gedachte, kam nichts dabei heraus. Instagram,

Twitter und TikTok erwiesen sich als Sackgassen. Sie checkte Facebook und fand noch mehr ältere Frauen und Fotos, auf denen mutmaßlich die Enkelkinder älterer Frauen abgebildet waren. Der Name wirkte wir aus dem letzten Jahrhundert, daher war es eigentlich nur logisch. Selbst als Andrea ihre Suche auf Maryland und Delaware begrenzte, konnte sie keine Judith Vaughn finden, die zu der Frau passte, die sie draußen auf der Straße gerade mit offenem Mund angestarrt hatte.

Sie drückte das Handy an die Brust. Ihre alternative Ermittlung gegen Nicholas Harp würde nicht an einigen Internetrecherchen scheitern, die zu nichts führten. Judith wirkte nicht wie eine verheiratete Frau, aber sie hatte immerhin eine Tochter, vielleicht trug sie also doch den Nachnamen eines Mannes. Oder einer Frau, denn auch das kam vor.

Andrea schloss die Augen, holte tief Luft und versuchte sich darauf zu konzentrieren, was diese neue Information bedeutete – falls sie überhaupt etwas bedeutete. Sie war davon ausgegangen, dass sich Bernard Fontaine, Eric Blakely und Erica Jo Blakely wegen ihrer Generationszugehörigkeit nicht auf soziale Medien eingelassen hatten, aber das war natürlich nicht ganz logisch. Ihre Mutter war nur ein paar Jahre jünger als Emilys frühere Freundesgruppe, und sie hatte sehr wohl einen Facebook-Account. Sicher, Laura verbrachte die meiste Zeit in dem Online-Nachbarschaftsnetzwerk Nextdoor, aber das lag daran, dass Menschen, die das ganze Jahr in einem Badeort lebten, entweder Wichtigtuer, Spinner und/oder potenzielle Serienmörder waren.

Die Toilettentür ging auf.

Eine Frau mit einer Wolke schwarz-weiß melierter Locken sah Andrea mit hochgezogenen Augenbrauen an. Sie trug eine rote Schürze und ein weißes T-Shirt. Auffällige Modeschmuckarmreife in Silber und Schwarz schlangen sich von beiden Handgelenken mindestens zwei Zentimeter hoch um die Unterarme. Sie unterbrach das Kaugummikauen und fragte: »Alles in Ordnung, meine Liebe?«

»Äh …« Andrea brachte plötzlich kein Wort mehr heraus. Die Frau war Ende fünfzig, etwa eins fünfundsechzig groß und ungefähr siebzig Kilo schwer. Unter der dunklen Haartönung konnte man den weißen Haaransatz sehen. Andrea kannte die gestreifte Schürze vom Bedienungspersonal, aber das *RJ* auf ihrem Namensschild brachte ein Glöckchen in ihrem Kopf zum Läuten.

»Schätzchen?« Die Frau hatte eine warme, mütterliche Ausstrahlung, sie wirkte so, als hätte sie immer eine Tasche mit Erste-Hilfe-Artikeln und Keksen bei sich.

»Äh«, wiederholte Andrea. »Ja, tut mir leid. Alles in Ordnung, danke.«

»Kein Problem.« Die Frau schmatzte weiter ihren Kaugummi und verschwand in einer der beiden Kabinen.

Andrea widerstand dem Drang, sie durch den Spalt in der Tür anzustarren. Sie war selbst in einer Kleinstadt aufgewachsen und wusste aus Erfahrung, dass Menschen dazu neigten, dort zu bleiben, wo sie herstammten.

Sie wartete auf das Pinkelgeräusch, dann kehrte sie zu ihrem Handy und zu Google zurück und rief die Website des Diners auf. Nachdem sie ein großes Banner mit *AUSHILFE GESUCHT* weggeklickt hatte, rief sie eine Seite auf, auf der die Geschichte des Lokals dargestellt war, die in den Dreißigern begann, als Urgroßvater Big Al Blakely als Limonadenverkäufer angefangen hatte. Dann hatte er den Laden gekauft und an seinen Sohn Big Al jun. vererbt, später hatte ein Brand das Lokal beinahe vernichtet, und vor zwanzig Jahren schließlich hatte sich der Name zu *RJ's* geändert, als die Frau, die in diesem Moment eine der beiden Kabinen in der Damentoilette besetzte, ihren Job als Redakteurin des *Longbill Beacon* aufgegeben hatte, um den Diner zu übernehmen. Andrea fand ihr Foto mit dem Namen darunter: RJ war »Ricky« Jo Fontaine.

Ich, Erica Jo Blakely, war gestern Abend nicht auf dem Ball. Ich blieb allein zu Hause, bis gegen sechs mein Bruder überraschend früh vom Ball zurückkam, weil es langweilig war. Wir schauten Der wilde, wilde Westen, Airplane *und einen Teil von* Alien *auf Video, dann gingen wir zu Bett. Ich weiß nichts über Emily Vaughns Baby. Ja, ich war seit dem Kindergarten ihre beste Freundin, aber das letzte Mal habe ich vor fünf Monaten mit ihr gesprochen, und das auch nur, um ihr zu sagen, dass sie nicht mehr mit mir reden soll. Wir haben uns nicht zerstritten oder so. Mein Großvater sagte, ich soll mich von ihr fernhalten, weil Emily Drogen nimmt, und ich wusste, dass es stimmt. Ich weiß nicht, was mit ihr passiert ist, aber das war auch nicht unsere Szene. Sie hat sich als ein sehr wütender und verbitterter Mensch entpuppt. Sie und ihre Familie tun allen leid, weil sie wahrscheinlich sterben wird, aber das ändert nichts an der Wahrheit oder den Fakten. Ich schwöre unter Strafandrohung, dass diese Aussage der Wahrheit entspricht.*

Andrea starrte wieder auf ihr Spiegelbild und fragte sich, warum sie nicht in der Lage gewesen war, ein so einfaches Puzzle zusammenzusetzen. Natürlich hatte Ricky Blakely Nardo Fontaine geheiratet. Deshalb hatte jede Recherche nach Ricky Blakely ins Leere geführt. Ricky hatte den Nachnamen ihres Mannes angenommen. Sie waren wahrscheinlich ein Highschoolpärchen. So lief das in Kleinstädten.

Ihr Spiegelbild lächelte sie an. Sie hätte sich ohrfeigen sollen, weil sie nicht früher draufgekommen war, aber plötzlich packte sie ein Hochgefühl. Sie hatte wirklich etwas herausgefunden! Sie hatte tatsächlich jemanden ausfindig gemacht, der eng mit Emily verbunden war. Ungeachtet des abfälligen Tons von Rickys Zeugenaussage waren sie den größten Teil von Emilys Leben beste Freundinnen gewesen. Die erwachsene Ricky war inzwischen sicher über ihren kleinen Zwist hinweggekommen. Sie wusste garantiert über alles Bescheid.

Das Hochgefühl versiegte so schnell, wie es gekommen war.

Wie sollte Andrea Ricky zum Reden bringen? Sie konnte nicht einfach an die Kabinentür klopfen und sie auffordern, mit sämtlichen Einzelheiten über den brutalen Mord an ihrer besten Freundin vor vierzig Jahren herauszurücken, und hey, können Sie mir zufällig noch sagen, ob der andere beste Freund aus Ihrer Kindheit der Mörder ist?

Hätte Ricky Clayton Morrow mit Dreck bewerfen wollen, dann hätte sie es schon vor Jahrzehnten getan, als Nicholas Harps grausame Taten landesweit die Aufmerksamkeit der Medien erregt hatten. Alle Artikel, die Andrea gelesen hatte, hatten ihn als Clayton Morrow aus Longbill Beach zu erkennen gegeben. Ricky gab in ihrem eigenen Lebenslauf an, früher als Journalistin tätig gewesen zu sein, aber Andrea war nie auf einen Bericht aus erster Hand von jemandem gestoßen, der tatsächlich mit ihrem Vater aufgewachsen war. Soweit sie wusste, hatte niemand in Longbill Beach je mit der Presse gesprochen. Clays/Nicks verschollene Geschwister hatte man nie ausfindig gemacht, und sie hatten sich auch selbst nicht gemeldet. Seine Adoptiveltern hatten sich geweigert, mit Reportern zu reden. Sie waren beide vor über dreißig Jahren gestorben – die Mutter an Brustkrebs, der Vater an einem Herzinfarkt –, und alles, was sie über ihren Sohn wussten, ruhte mit ihnen im Grab.

Womit Andrea wieder genau dort angelangt war, wo sie angefangen hatte.

Sie spürte einen vertrauten Sog: Die Andy von früher steigerte sich in ihre Versagensangst hinein. Doch Andrea hatte im Rahmen ihrer Ausbildung etwas gelernt, und zwar Aufgaben in bewältigbare Teile zu zerlegen. Im Augenblick war sie noch in der Phase der Informationssammlung. Zur gegebenen Zeit würde sie sich Schritt Nummer zwei überlegen. Für den

Moment konnte es hilfreich sein, sich ihren Vater nicht mehr als Nick Harp vorzustellen. Clayton Morrow war ein möglicher Verdächtiger im Mordfall Emily Vaughn. Wenn Andrea eine Möglichkeit fand, Clay für den Mord verantwortlich zu machen, dann hätte sich das Problem Nick erledigt.

Das Geräusch, mit dem Toilettenpapier von einer Rolle gerissen wurde, schreckte Andrea auf. So sonderbar es war, dass sie die ganze Zeit hier gestanden hatte, während Ricky auf dem Klo war – es würde noch viel sonderbarer wirken, wenn die Frau aus der Kabine kam und Andrea immer noch hier vorfand. Also beeilte sie sich, aus der Tür zu kommen, bevor die Toilettenspülung rauschte.

Sie bog absichtlich nach links ab statt nach rechts zur Gaststube. Die Küche war trotz des Ansturms leer. Andrea ging weiter den Flur entlang. Die Eingangstür stand offen, sie konnte die Promenade dahinter sehen. Das Tosen der See drang an ihre Ohren. Ein Mann in der Arbeitsmontur eines Burgerbraters tauchte auf und starrte Andrea neugierig an. Er war etwa in ihrem Alter und schwarz, also eindeutig nicht Eric Blakely. Vielleicht ein Neffe oder Sohn?

Sie hatte ihr Smartphone schon wieder in der Hand, gab RJ Blakely als Suchbegriff ein und erzielte einen Treffer: den Twitter-Account @RJEMSMF.

RJ Eats Milchshakes Motherfucker.

Rasch scrollte sie sich durch die Einträge – Touristen, die nette Beurteilungen abgaben, neben der üblichen Anzahl von Arschlöchern, die es auf Twitter immer gab. Reichlich Fotos von Milchshakes, die auf der Theke im Diner ausgestellt waren. Die meisten enthielten Alkohol. Andrea würde sich nie an Schnaps auf der Speisekarte eines Diners gewöhnen. Sie war im Süden aufgewachsen, wo man an praktisch jeder Straßenecke Meth oder eine Handfeuerwaffe erstehen konnte, aber der Verkauf von Alkohol streng kontrolliert wurde.

Hinter Andrea ging die Toilettentür auf. Sie eilte durch den Flur zurück, aber sie hörte Ricky noch zornig in ihr Handy flüstern.

»Ganz bestimmt nicht!«, zischte sie. »Das ist nicht akzeptabel.«

Das Restaurant war von einem leisen Summen erfüllt. Ältere Auswärtige schaufelten sich frittiertes Essen in den Mund. Andreas Magen schmerzte, als sie Catfish Bible am anderen Ende der Theke sitzen sah. Es war viel zu früh für ein Abendessen, aber sie hatte seit den Erdnussbuttercrackern am Morgen nichts mehr gegessen. Als sie sah, dass ein Hamburger mit Pommes vor dem leeren Barhocker neben Bible auf sie wartete, musste sie sich den Speichel aus den Mundwinkeln wischen.

»Hab schon mal ohne Sie angefangen«, sagte Bible und biss kleine Stücke rund um seinen Hamburger ab wie ein Kind. »Guter Laden. War schon mal hier. Ich dachte, Sie wollen bestimmt den Special.«

Andrea hielt sich nicht mit einer Antwort auf. Sie schob den Hamburger so tief in ihren Mund, wie es nur ging. Dann schüttete sie Cola hinterher, um ihn hinunterzuspülen. Doch sie verzog das Gesicht wegen des unerwarteten Geschmacks.

»Gut?«, sagte Bible. »Sie haben hier nur Pepsi.«

Andrea schüttelte den Kopf, denn das war ganz und gar nicht gut.

»Also, wie sind Sie zur Polizei gekommen?«, fragte Bible.

Andreas Kehle dehnte sich wie der Magen einer Python, als sie den Klumpen Fleisch und Brot schluckte. Alle Kadetten in Glynco hatten eine Geschichte – ein Onkel, der im Dienst gestorben war, eine Familie von Polizeibeamten, die bis zur vorletzten Jahrhundertwende zurückreichte, ein brennendes Bedürfnis, zu beschützen und zu dienen.

Andrea konnte nur sagen: »Ich habe bei uns zu Hause bei der Polizei gearbeitet.«

Sein Nicken wirkte etwas misstrauisch, und sie fragte sich, wie tief ihr Hintergrundcheck gegangen war. Unterschied man zum Beispiel zwischen einem Cop auf den Straßen und einer Notruftelefonistin, die nachts arbeitete und sich wie ein Vampir schlafen legte, sobald die Sonne aufging?

»Ich war bei den Marines«, sagte Bible. »Hab mir zu Beginn des Golfkriegs den Zeh angestoßen. Wurde zur Genesung nach Hause geschickt. Cussy, meine Frau, hat klargemacht, dass sie mir in die Weichteile tritt, wenn ich nicht, verdammt noch mal, schleunigst aus dem Haus verschwinde. So bin ich bei den Marshals gelandet.«

Andrea sah ihn mit den Achseln zucken, aber natürlich ließ er ebenfalls eine Menge weg.

Er tunkte ein paar Pommes ins Ketchup. »War'n Sie aufm College?«

»In Savannah.« Sie zwängte sich noch mehr vom Burger in den Mund, bemerkte zu ihrer Enttäuschung aber, dass Bible darauf wartete, dass sie weitersprach. »Bin ein halbes Jahr vor meinem Abschluss ausgestiegen.«

Er kaute mit ihr im Takt. »Ich habe meine erste Runde im Southern District gedient. Sie hatten eine echt hübsche Zentrale da unten in der Bull Street. Sie reden nicht zufällig vom Savannah College of Art and Design, oder?«

Sie aß den letzten Rest ihres Burgers. Andrea hatte in Glynco frühzeitig gelernt, dass es keinen eleganten Weg gab, einem Marshal zu erklären, warum sie einen Abschluss in Produktionsdesign am SCAD aufgegeben hatte, nachdem sie in *Erhellung des Narrativs* durchgefallen war, ohne dass ihm der Mund offen stand.

Sie lieferte Bible die vereinbarte Geschichte. »Ich bekam einen Job in New York. Dort lebte ich, bis meine Mutter an Brustkrebs erkrankte. Dann zog ich wieder nach Hause, um mich um sie zu kümmern. Ich habe bei der örtlichen Polizei gearbeitet. Am Schwarzen Brett gab es damals eine Anzeige des

USMS. Ich habe eineinhalb Jahre lang *Reload* auf der Website angeklickt, bis meine Bewerbung endlich angenommen wurde.«

Bible ließ sich nicht ablenken. »Welche Sorte Kunst haben Sie studiert?«

»Die Nicht-gut-genug-Sorte.« Andrea musste das Thema wechseln, und abgesehen von ihrer Lebensgeschichte hatte Bible nur an einer Sache echtes Interesse gezeigt. »Warum haben Sie Chief Stilton nach Selbstmorden in der Gegend gefragt?«

Bible nickte und trank seine Pepsi leer. »Drang zum Mord, Hang zum Selbstmord.«

In Glynco liebten sie ihre gereimten Sprüche fast so sehr wie ihre Akronyme, aber diesen Ausdruck hatte Andrea noch nie gehört. »Was meinen Sie damit?«

»Adam Lanza, Israel Keyes, Stephan Paddock, Eric Harris und Dylan Klebold, Elliot Rodger, Andrew Cunanan.«

Dank eines steten Konsums von *Dateline*-Wiederholungen kannte sie die Namen der Amokläufer und Massenmörder, aber sie hatte sie nie unter einem anderen Aspekt gesehen, als dass sie Monster waren. »Sie haben sich alle umgebracht, bevor sie verhaftet werden konnten.«

»Sie gelten als intropunitiv, was nur ein abgehobener Ausdruck dafür ist, dass sie ihre Wut und Feindseligkeit, ihre Vorwürfe und ihren Frust gegen sich selbst richten. Mord- und Selbstmordgedanken sind in ihrer Vergangenheit dokumentiert. Sie töten nicht aus einer Laune heraus. Sie müssen sich hochputschen. Darüber schreiben, davon träumen, darüber reden, im Krankenhaus landen deswegen.« Bible wischte sich den Mund ab und warf die Serviette auf seinen Teller. »Vor fünf Jahren gab es vielleicht tausend Drohungen gegen Richter im Jahr. Letztes Jahr waren wir bei mehr als viertausend.«

Andrea fragte nicht nach einem Grund. Alle waren derzeit stinkwütend, besonders auf die Regierung. »Sind davon welche in die Tat umgesetzt worden?«

»Es gab nur vier erfolgreiche Mordversuche an Bundesrichtern seit 1979. Und einer davon zählt im Grunde nicht, denn der Mann befand sich nur zufällig in demselben Supermarkt wie die Kongressabgeordnete, die das Ziel war.«

Andrea würzte ihren *Dateline*-Konsum mit True-Crime-Podcasts. »Gabby Giffords.«

»Gefällt mir, dass Sie aufpassen«, sagte Bible. »Alle ermordeten Richter waren Männer. Alle Täter waren Männer, was wir wissen, weil wir sie gefasst haben. Bis auf einen waren alle Richter von den Republikanern ernannt worden.« Bible hielt kurz inne, um sicherzustellen, dass sie mitkam. »Es gibt nur zwei bekannte Fälle, wo Angehörige von Richtern ermordet oder schwer verletzt wurden. In beiden Fällen waren die Richter Frauen, und sie waren beide das eigentliche Ziel. Beide waren von den Demokraten ernannt worden. Die Angreifer waren jeweils weiße Männer mittleren Alters. Beide litten unter schwersten Depressionen – sie hatten ihre Arbeit, ihre Familien, ihr Geld verloren. Und beide töteten sich am Ende selbst.«

»Mord und Selbstmord.« Andrea verstand jetzt, wohin das alles führte. Etwas anderes, das sie in ihrer Ausbildung gelernt hatte, war, dass Polizeibeamte ihre Statistiken liebten. »Okay, im Allgemeinen lässt sich von früherem Verhalten auf zukünftiges Verhalten schließen. Das ist der Grund, warum das FBI Serienmörder studiert. Sie suchen nach Mustern. Diese Muster finden sich generell bei anderen Arten von Serienmördern wieder.«

»Richtig.«

»Deshalb haben Sie Chief Cheese gebeten, Sie von möglichen Selbstmorden in der Gegend zu unterrichten. Ein suizidgefährdeter männlicher Weißer mittleren Alters erfüllt das Profil einer Person, die versuchen könnte, eine Richterin zu ermorden.« Sie wartete, bis Bible nickte. »Aber das scheint mir ein sehr weitmaschiges Netz zu sein. Ich meine, wie viele Kerle, auf die diese

Beschreibung passt und die *keine* Richterin töten wollen, begehen an jedem beliebigen Tag Selbstmord?«

»Wir haben rund einhundertdreißig erfolgreiche Selbstmorde pro Tag in den Vereinigten Staaten. Etwa siebzig Prozent davon sind weiße Männer mittleren Alters, die meisten benutzen eine Schusswaffe.« Bible reckte einen Finger in die Höhe. »Um ihre nächste Frage vorwegzunehmen: Nein, unser Mann hat sich nicht getötet. Ich denke, dass er es wahrscheinlich versucht hat und gescheitert ist. Das ist ebenfalls ein Muster bei diesen Burschen. Wenn sie keine Versager wären, wären sie auch nicht so verdammt wütend. Und wir wissen, dass unser Bösewicht nach seinem gescheiterten Selbstmordversuch nicht ins Krankenhaus gelatscht ist, sonst hätte es einen Polizeibericht gegeben, und in den vierundachtzig Berichten über versuchte Selbstmorde, die in den letzten fünf Tagen im Fünf-Staaten-Gebiet zu den Akten gegeben wurden, findet sich nirgendwo eine Verbindung zur Richterin.«

Andreas Gehirn wachte langsam auf. Das war nicht bloß eine kuriose Geschichte. Bible verfolgte seine Theorie ernsthaft.

»Warum sollte es einen Polizeibericht geben?«, fragte sie. »Es ist nicht verboten, dass man versucht, sich umzubringen.«

»In Maryland und Virginia ist es theoretisch verboten. Geht zurück auf das englische Common Law aus dem 13. Jahrhundert.« Er zuckte mit den Achseln. »Im Staat Delaware ist es legal, aber im Allgemeinen beinhalten viele Methoden, mit denen die Leute sich umzubringen versuchen, dass Drogen illegal beschafft oder Schusswaffen unsachgemäß gehandhabt wurden. Ganz zu schweigen von den Ex-Partnern, Nachbarn oder Kollegen, die seltsame Beobachtungen melden.«

Das leuchtete ein, aber sie konfrontierte Bible trotzdem mit seinen eigenen Worten. »›Wir sind nicht die Ermittler. Unser Job ist es nur, für die Sicherheit der Richterin zu sorgen.‹«

»Tja, stimmt natürlich, aber ich dachte, wir quatschen hier

nur, Kumpel. Bei einem fettigen Hamburger können wir nicht viel ermitteln, es sei denn, Sie versuchen hinter das Geheimnis von Sodbrennen zu kommen. – Danke.«

Ricky ging mit einem Krug herum, um ihre Wassergläser nachzufüllen. Ihre Backenzähne bearbeiteten den Kaugummi wie eine Maschine. Sie zwinkerte Andrea wieder zu, als sie ihr einschenkte. »Na, alles gut, Schätzchen?«

»Ja, Ma'am.« Andrea sah auf ihr Glas hinunter und versuchte sich zu beherrschen. Noch immer war sie in Hochstimmung, weil sie Ricky ausfindig gemacht hatte. Sie konnte nur beten, dass Bible es nicht bemerkte.

Er bemerkte es. »Sieht aus, als hätten Sie eine Freundin gefunden.«

Andrea beantwortete seine implizite Frage nicht. »›Gewisse Einzelheiten.‹«

»Wie bitte?« Bible trank einen Schluck von seiner Pepsi.

Sie wartete, bis sein Glas wieder auf der Theke stand. »Sie sagten, es gebe *gewisse Einzelheiten* über das Privatleben der Richterin in den Briefen, die an ihre Geschäftsräume adressiert waren. Deshalb hält man die Todesdrohungen für glaubwürdig. Daraus folgt dann wohl, dass die Person, die die Richterin bedroht, sie kennt – zumindest gut genug, um diese *gewissen Einzelheiten* zu kennen.«

»Heilige Scheiße«, sagte Bible. »Mike hatte verdammt recht, was Sie angeht, Oliver. Ihr Verstand ist messerscharf. Ich wünschte, ich hätte Ihr Gedächtnis. Ist das etwas, was Sie auf der Kunstschule mitbekommen haben, einen Blick für Details?«

Sie spürte, dass er sie einlullen wollte. »Sie scheinen Judith recht gut zu kennen.«

Er griff wieder nach seiner Pepsi und trank sie aus, bevor er das Glas auf die Theke stellte. Dann schwenkte er den Hocker herum, bis er sie frontal ansah. »Ihr Ernst?«

»Sicher.«

»Wenn das funktionieren soll mit uns beiden, Oliver, dann muss ich nur eine einzige Sache über Sie wissen.«

Sie roch den Mist, der gleich kommen würde, also türmte sie ihren eigenen Haufen auf. »Ich bin ein offenes Buch, Bible. Fragen Sie, was Sie wollen.«

»Sind Sie ein Obstkuchen- oder Obstauflauftyp?«

»Kuchen.«

Er hatte den Atem angehalten, aber jetzt schnaufte er zufrieden aus. »Da bin ich aber verdammt froh.«

Er drehte sich wieder zur Theke und winkte einer Bedienung.

Andrea blickte aus dem Fenster auf die nicht enden wollende Ansammlung riesiger Ferienhäuser westlich der Beach Road. Sie musste nicht die Grundbuchunterlagen der Stadt zurate ziehen, um zu wissen, dass die wuchernden Villen die kleinen Cottages geschluckt hatten, die Feriendomizile für Generationen von Urlaubern gewesen waren. Die gleiche Art von Überentwicklung hatte in Belle Isle stattgefunden. Lauras kleines Strandhaus wurde überragt von Gebäudeungetümen. Sie beschwerte sich ständig über all die Zettel in ihrem Briefkasten, auf denen man ihr massig Geld bot, wenn sie verkaufte.

»Arschlöcher«, murmelte sie, wenn sie die Zettel zerriss. »Wo soll ich denn hin?«

Andrea warf einen Blick zu Bible, der ungewohnt schweigsam war, seit sie den Diner verlassen hatten. Im Schein der Armaturenbeleuchtung schimmerten die feinen Narben in seinem Gesicht. Er trommelte auf dem Lenkrad zu dem West Coast Sound aus dem Radio. Andrea hatte sich oft vorgestellt, die Generation ihrer Mutter würde ihre späten Jahre im Pflegeheim damit verbringen, zur Musik einer Duran-Duran-Coverband über die Gänge zu schlurfen.

Trotz Bibles vertrautem Musikgeschmack wusste Andrea nicht, ob sie ihrem neuen Partner völlig trauen konnte. Er kannte die Familie Vaughn eindeutig besser, als er zugab. Zumindest so gut, dass Judith ihn wie einen alten Freund begrüßte. Er versuchte offenkundig herauszufinden, wer die Richterin bedroht hatte, obwohl er behauptete, es sei nicht ihre Aufgabe zu ermitteln. Und er sagte Andrea nicht, wie und warum – was ihr nur fair schien, da sie ihm von ihrer alternativen Ermittlung ebenfalls nichts sagte.

Sie dachte, sie sollte ihn wieder zum Reden bringen, aber dann fiel ihr ein, was er zum Thema Kommunikation gesagt hatte: dass man wie ein Thermometer sein müsse. Er lief auf etwas niedriger Temperatur, also sollte sie es ebenfalls tun.

Ihr Blick fiel wieder auf die Fertigvillen. Sie befand sich bei Emily Vaughns Cold Case immer noch in der Phase der Informationssammlung. Tatsache war: Niemand wusste mit Sicherheit, ob Clayton Morrow des Mordes an Emily schuldig war. Andrea hoffte, er war es, denn damit würde er nicht nur hinter Gittern bleiben, sondern es würde Emilys Familie auch endlich etwas Frieden schenken. Aber sie wusste auch, dass es schlampige Detektivarbeit wäre, wenn sie bei der Lösung begann und sich von dort rückwärtsbewegte.

Man brauchte keine monatelange Ausbildung in Glynco, um zu wissen, dass der Startpunkt jeder Mordermittlung die Suche nach Motiv, Mittel und Gelegenheit war. Andrea wandte diese Formel auf den brutalen Angriff an, der Emily das Leben gekostet hatte.

Mittel war einfach: ein Stück Holz, geschwungen wie ein Baseballschläger. Chief Stilton senior hatte festgestellt, dass die Waffe von einer zerbrochenen Frachtpalette in der Gasse stammte, in der Emily angegriffen wurde. Sie war vermutlich aus einem Autofenster geworfen worden, denn ein Mann, der seinen Hund spazieren führte, hatte das zersplitterte blutige Brett an der Hauptstraße zwischen der Ortsmitte und *Skeeter's Grill* entdeckt.

Gelegenheit war ebenfalls ziemlich einfach: Fast alle Kids der Abschlussklasse waren wegen des Balls an diesem Abend in der Stadt. Genau wie die Lehrer, die als Aufsicht fungierten, und die Eltern, die nicht zu Hause blieben. Angesichts des Durchschnittsalters der Ballbesucher hatten vermutlich alle Zugang zu irgendeinem privaten Transportmittel gehabt. Emily hatte sich nicht selbst zu dem Müllcontainer am Stadtrand gefahren.

Damit blieb das *Motiv*, und es gab kein stärkeres Motiv als das Wahren eines Geheimnisses. Der wahrscheinlichste Grund für den Angriff auf Emily war, dass der Vater ihres Kindes anonym bleiben wollte. Allen Berichten zufolge hatte Emily seinen Wunsch erfüllt. Die Frage nach der Vaterschaft war in den Zeugenaussagen wiederholt aufgetaucht, und niemand hatte die Antwort gekannt.

1982 gab es keine Babydaddys. Wenn man einem Mädchen ein Kind gemacht hatte, heiratete man es entweder oder ging zur Armee. Wenn Clay nicht der Vater war, dann waren Nardo oder Eric Blakely die nächstbesten Verdächtigen. Aus mehreren Zeugenaussagen sprach eine unverhohlene Eifersucht auf die Clique. Sie wurde oft als arrogant und abweisend beschrieben, in einem Fall auch als inzestuös. Ricky hatte Nardo geheiratet. Es war nachvollziehbar, dass sich einer der Jungs für Emily interessiert hatte. Es war etwas weniger nachvollziehbar, dass Emily ihn geschützt hatte.

Es sei denn, sie hatte Angst, seinen Namen zu verraten, weil sie wusste, er würde sie töten.

Für jemanden, der nicht soeben vier Monate Ausbildung zur Bundespolizistin hinter sich hatte, hätte die einfachste Lösung DNA-Analyse gelautet. Unglücklicherweise würde eine legale Option, bei der Judiths DNA mit der von Andrea verglichen wurde, kein Aha-Erlebnis liefern. Ohne die DNA beider Mütter waren Halbgeschwister schwer nachzuweisen, und natürlich war Emilys DNA nirgendwo gespeichert. Seiten wie

Ancestry.com waren nützlich, um familiäre DNA zu verfolgen, aber auch hier musste man wieder im System sein, um eine mögliche Übereinstimmung festzustellen, und eine solche Übereinstimmung bewies lediglich eine mutmaßliche genetische Verwandtschaft.

Dann gab es CODIS, das kombinierte DNA-Index-System, eine Datenbank verurteilter Straftäter, die vom FBI unterhalten wurde. Soweit Andrea wusste, waren Nardo Fontaine und Eric Blakely nie angeklagt, geschweige denn wegen eines Verbrechens verurteilt worden. Clayton Morrow war ein Gewalttäter, und sein DNA-Profil war bereits im System gespeichert. Selbst wenn es Andrea gelang, einen Rachenabstrich von Judith zu ergattern, hatte sie keine legale Möglichkeit, ihr Profil zum Vergleich hochzuladen. Man brauchte die Zustimmung der Betroffenen und eine richterliche Anordnung, und niemand, nicht einmal Jasper, wäre in der Lage, das zu deichseln, ohne dass Clayton Morrow davon erfuhr.

Und wenn Clay es erfuhr, würde er etwas unternehmen, um es zu verhindern.

Das Klingeln eines Telefons riss Andrea aus ihren Gedanken.

Bible warf einen Blick auf den riesigen Touchscreen am Armaturenbrett, wo *BOSS* stand. Er tippte auf *ANTWORTEN*. »Sie haben Bible und Oliver auf Lautsprecher, Boss.«

»Zur Kenntnis genommen.« Überraschenderweise gehörte die heisere Stimme einer Frau. »Deputy Oliver, willkommen beim Service. Es tut mir leid, dass ich nicht da war, um Sie persönlich zu begrüßen, aber wie Sie wissen, wurde Ihre Versetzung in meine Abteilung über das normale Verfahren hinaus beschleunigt.«

Andrea wusste nicht einmal, von welcher Abteilung ihre Chefin sprach. »Ja, Ma'am. Ich verstehe.«

»Sie haben sicherlich meine E-Mail inzwischen gelesen. Sagen Sie Bescheid, wenn Sie Fragen haben.«

»Ja …« Andrea hatte nicht mehr in ihr Diensthandy geschaut, seit sie ihrer Mutter von den Bäumen Oregons vorgeflunkert hatte. »Ja, Ma'am. Danke, das werde ich.«

Bible beobachtete, wie Andrea versuchte, den Bildschirm ihres Diensthandys zu entsperren. Sie war an die Gesichtserkennung ihres iPhones gewöhnt. Die Zahlensperre an dem Android war neu für sie. Als sie das verdammte Ding schließlich entsperrt hatte, sah sie, dass zweiundsechzig ungelesene E-Mails ihren Posteingang verstopften. Rasch scrollte sie in der Betreffspalte nach unten, bis sie erfuhr, dass sie zur Abteilung Richterschutz gehörte, was keine große Überraschung war, nachdem sie bereits auf dem Weg war, eine Richterin zu beschützen.

»Danke, dass Sie sich nach uns erkundigen, Boss. Unsere Nachtschicht fängt Punkt sechs Uhr an. Wir werden ein bisschen früher dort sein, damit ich Oliver das Gelände zeigen kann.«

»Ausgezeichnet«, sagte die Frau. »Oliver, gratuliere zur Verlobung. Ich fand immer, dass Mike ein guter Typ ist. Hab die Gerüchte nie geglaubt.«

Andrea scrollte mit zusammengebissenen Zähnen durch ihre E-Mails. Sie würde Mike, verdammt noch mal, umbringen.

»Ich muss Schluss machen«, sagte die Chefin. »Oliver, meine Tür steht Ihnen immer offen.«

Andrea hatte endlich die Begrüßungsmail geöffnet, was ein Segen war, denn nun wusste sie, wie sie Deputy Chief Cecilia Compton anzusprechen hatte. »Danke, Chief.«

Bible grinste anerkennend. »Ich melde mich später bei Ihnen, Boss. Ich erwarte einen Anruf von meiner Frau, bevor mein Dienst beginnt.«

»Verstanden.« Der Anruf endete mit einem scharfen Klicken.

Bible drückte an seinem Touchscreen auf *ANRUF BEENDEN*. »Marshal-Regel Nummer zweiunddreißig: Immer erst deine E-Mails checken, bevor du sie ignorierst.«

»Gute Regel«, murmelte Andrea und überflog die zahlreichen Schreiben von Deputy-Kollegen, die sie beim Service willkommen hießen. Selbst Mike hatte mit seinem üblichen Blödsinn eingestimmt und eine neutrale Arbeitsmail geschrieben, die auch vom Leiter der Personalabteilung hätte stammen können.

Ein anderes Telefon läutete.

»Das ist Cussy, meine Frau.« Bible hielt sich sein Privathandy ans Ohr und wandte den Kopf leicht ab, um etwas Privatsphäre herzustellen, dann sagte er: »Wie war dein Tag, schöne Frau?«

Andrea blendete seinen beunruhigend weichen Ton aus, während sie weiter durch ihre Mails scrollte. Offenbar hatte jeder einzelne Marshal in der unmittelbaren Umgebung sich gemeldet. Erwartete man, dass sie auf all diese nichtssagenden Begrüßungen reagierte? Würden sie ihre Antworten vergleichen, oder konnte sie einfach allen denselben Wortlaut schicken?

Bible lachte anzüglich. »Darling, du weißt, ich bin immer deiner Meinung.«

Andrea drehte den Kopf wieder zum Fenster, weil sie dachte, es könnte sein bisschen Privatsphäre vergrößern. Bible hatte wegen eines Stoppschilds abgebremst. Sie mussten nahe beim Anwesen der Vaughns sein. Andrea schaute zu den Straßenschildern hinauf und erkannte sie aus einer weiteren Zeugenaussage wieder.

Am 17. April 1982 um etwa 16.30 Uhr sprach ich, Melody Louise Brickel, in meinem Schlafzimmer mit meiner Mutter darüber, welches Kleid ich für den Ball anziehen würde. Es war eigentlich ein Streit, aber später vertrugen wir uns wieder. Jedenfalls ging ich an mein Fenster, das auf die Kreuzung Richter Street und Ginger Trail hinausgeht. Dort sah ich Mr. Wexlers braunbeiges Auto auf der gelben Linie am Straßenrand stehen. Er war mit einem schwarzen Anzug bekleidet, trug das Sakko aber nicht. Seine Wagentür war offen, aber er stand auf der Straße. Genau wie Emily Vaughn. Sie trug das leuchtend blaugrüne Satinkleid, in dem ich sie später in der Stadt gesehen habe. Ich konnte nicht feststellen, ob sie ihre Schuhe anhatte, aber ihre Handtasche passte zum Kleid. Ich hatte den Eindruck, dass sie mit Mr. Wexler stritt. Er war sehr wütend. Ich sollte erwähnen, dass mein Fenster offen stand, weil es heiß in meinem Zimmer ist, da es im Dachgeschoss liegt. Auf jeden Fall sah ich, wie Mr. Wexler Emily packte und gegen seinen Wagen drückte. Sie schrie, was ich durch das offene Fenster hörte. Dann schrie er zurück, etwas wie: »Was sagst du? Es gibt nichts zu sagen!« – Das sind nicht die genauen Worte. An diesem Punkt rief ich meine Mutter ans Fenster, aber bis sie da war, brauste Mr. Wexler schon davon. Meine Mutter hat mich dann daran erinnert, dass ich nicht mit Emily Vaughn oder einem ihrer Freunde, mit denen sie sich herumtrieb, sprechen durfte. Nicht weil Emily schwanger war, sondern weil sie fand, ich sollte nichts mit ihnen zu tun haben. Es war ja eine schlimme Situation, und sie wollte nicht, dass ich darunter litt, weil sie wusste, es beschäftigte mich.

Ich habe Emily später dann vor der Sporthalle getroffen, was auch in meiner früheren Aussage steht, aber danach habe ich sie nie mehr lebend gesehen. Ich habe Ihnen das zuerst nicht mitgeteilt, weil ich nicht dachte, dass es eine Rolle spielt. Ich weiß wirklich nicht, wer der Vater von Emilys Baby ist. Ich kannte sie schon lange, seit dem Kindergarten, aber wir standen uns nicht so nahe. Eigentlich stand Emily meines Wissens niemandem sehr nahe, außer vielleicht ihrer Großmutter, der es nicht so gut geht. Bevor sie schwanger wurde, war sie mit ihrer Freundesgruppe wohl recht eng, Emily schien sie alle gut zu kennen, aber sie wiederum kannten Emily nicht. Nicht wirklich. Ich schwöre unter Strafandrohung, dass diese ergänzte Aussage der Wahrheit entspricht.

Bible rollte in die Kreuzung. Andrea sah die grünen Straßenschilder vorbeiziehen. Sie fragte sich, ob Mr. Wexler eine unbekannte Größe im Vaterschaftsrennen war. Es wäre nicht der erste dilettantische Missbrauch durch einen Lehrer gewesen. Und es erklärte vielleicht, warum Wexler auf der Website der Longbill Highschool nicht in der Rubrik *Wo sind sie heute?* zu finden war, die angeblich eine vollständige Liste aller Lehrkräfte bot, die seit der Gründung der Schule 1932 gekommen und gegangen waren.

Google war ebenfalls keine große Hilfe. Der Name Wexler ging auf das deutsche Wort *Geldwechsler* zurück, und offenbar hatten eine Unmenge Geldwechsler im 18. Jahrhundert in der Chesapeake Bay Anker geworfen. Durfte man den Gelben Seiten aus der Gegend Glauben schenken, konnte man keinen Stein werfen, ohne einen Rheinländer zu treffen.

»Das ist es.« Bible setzte den Blinker, obwohl sie keinem anderen Fahrzeug begegnet waren, seit sie die Stadt verlassen hatten.

Andrea beugte sich vor, um die von Bäumen gesäumte Einfahrt in Augenschein zu nehmen, die mindestens so breit war wie ein halbes Fußballfeld. Ein schmiedeeisernes Tor stand trotz der Todesdrohungen weit offen. Sie fragte sich, ob es kaputt war oder ob die Richterin nur ihre Wachmannschaft ärgern wollte.

»Wissen Sie, was Yankeegeiz ist?«, fragte Bible.

Andrea schüttelte den Kopf.

»Südstaatengeiz ist es, wenn ich altbackene Kekse esse, während ich Ihnen frisches, warmes Buttergebäck serviere. Yankeegeiz ist es, wenn ich zehn Millionen Dollar auf der Bank habe, aber den Thermostat bei einem Schneesturm herunterdrehe und Ihnen den nach Mottenkugeln riechenden Mantel meines Ururgroßvaters aus dem Krieg von 1812 anbiete, falls Sie nicht über den Charakter und die Willensstärke verfügen, um Ihre eigene Körperwärme zu erzeugen.«

Sie lachte. »Das sollte eine Ihrer Marshal-Regeln sein.«

»Ich habe noch eine für Sie.« Er wendete den Wagen auf dem Abstellplatz und parkte ihn rückwärts zwischen zwei anderen ein. »Marshal-Regel Nummer neunzehn: Lass dir nie anmerken, dass du eingeschüchtert bist.«

Andrea beschwor das Foto einer gebieterischen Richterin Vaughn mit einem ihrer teuren Halstücher herauf. »Gute Regel.«

Als sie ausstiegen, tauchte die Spätnachmittagssonne gerade alles in einen gleißenden Schein. Andrea sah einen schwarzen Ford Explorer, der genau wie Bibles Wagen aussah, mit der Schnauze voraus in der Einfahrt stehen.

»Krump und Harri haben die Tagschicht«, sagte er. »Von sechs bis sechs.«

»Na, großartig«, murmelte sie, denn noch einmal volle zwölf Stunden wach zu bleiben, würde natürlich überhaupt kein Problem sein.

»Ich mag Ihre Alles-klar-Einstellung, Partnerin.« Er salutierte ihr. »Drehen Sie eine Runde auf dem Anwesen, erkunden Sie das Gelände, und wir treffen uns dann im Haus, okay? Durch die Garage und dann links.«

»Alles klar.«

Andrea wartete, bis er in der Garage verschwunden war. Sie war froh, ein wenig frische Luft schnappen zu können, ehe sie die Richterin traf. Einesteils kam es ihr falsch vor, dass sie so viel über die Zeit wusste, die die schlimmste in Esther Vaughns Leben gewesen sein musste. Andrea war sich nicht sicher, wie sie den Umstand verbergen sollte, dass sie mehr wusste, als sie wissen sollte. Trotz ihrer doppelzüngigen Eltern fiel es ihr nicht leicht zu lügen.

Sie schritt am Haus entlang und hoffte, Bible wäre klar, dass es eine gute Viertelstunde dauern konnte, eine Runde auf dem Anwesen zu drehen. Die Garage allein bot Platz für sechs

Autos. Andrea sah kaum bis zu dem offenen Tor an der Straße hinunter. Das ferne Tosen der See ließ sie vermuten, dass der hintere Garten wahrscheinlich an Monets Gemälde *La Terrasse à Sainte-Adresse* erinnerte. Das Haus selbst passte perfekt in die Szenerie. Von außen wirkte das Vaughn-Wohnhaus zwar nicht direkt wie einem Kunstwerk von M.C. Escher entlehnt, aber es war auf eine düstere, fast tudoreske Weise imposant. Es dehnte sich in der Mitte wie ein großes zweistöckiges Haus, dann hatte man auf jeder Seite noch zwei mächtige Flügel angebaut. Sie verstand auf Anhieb, was Bible über Yankeegeiz gesagt hatte. Falls niemand von ihnen drogen- oder spielsüchtig war, musste die Familie ziemlich wohlhabend sein, aber sie vernachlässigte das Haus erkennbar. Moder hatte sich bereits breitgemacht.

Andrea bog um die Ecke und fing einen Hauch Seeluft auf, als der Wind drehte. Ein gewundener Steinpfad führte zu einem englischen Garten mit einer Fülle von Flora und Fauna. Bunte Blumen drängten sich in den Beeten. Sträucher und Büsche hingen in wahllos verteilten Gruppen über die Kieswege. Eine unregelmäßige Steinmauer säumte einen kleinen Brunnen. Nirgendwo war Unkraut zu sehen. Irgendwer arbeitete mit sichtlich viel Liebe an diesem Garten. Andrea nahm den erdigen Geruch von frisch ausgebrachtem Mulch wahr.

Außerdem roch sie Zigarettenrauch.

Sie hielt sich im Schatten des massiven Hauses, als sie an der Rückseite des Gebäudes entlanglief. Der Garten ging über in einen Bereich aus ungemähten Grasflecken und wild wuchernden Sträuchern. Das Blätterdach der Bäume wurde dichter und sperrte die Sonne aus. Ihr Fuß stieß an einen Pflasterstein, der schief im Boden verlegt war. Andrea erkannte, dass er zu einem weiteren gewundenen Pfad gehörte, also folgte sie diesem zwischen übergroßen Pflanzen hindurch, bis sie zu einer Lichtung kam. Links von ihr lag ein Swimmingpool. Rechter Hand, direkt unter einem Balkon im oberen Stock des Haupthauses, drang warmes Licht aus einem Gebäude, das nach einem umgebauten Geräteschuppen aussah.

»Scheiße!«

Andrea drehte sich um und entdeckte ein Mädchen im Teenageralter in Top und abgeschnittenen Jeans, das zwischen Wut und Angst schwankte, weil sie mit einer Zigarette erwischt worden war. Wenig überraschend für ihr Alter, gewann die Wut. Sie warf die Kippe in den Garten, stapfte in Richtung Haus und hinterließ einen Gifthauch aus glimmendem Nikotin und Hass.

»Vergiss nicht, Syd zu füttern!«, rief Judith aus der offenen Tür des Schuppens. Sie trug noch die wallende Aufmachung von vorhin, aber das lange Haar hatte sie mittlerweile zu einem lockeren Knoten hochgesteckt.

Andrea kämpfte gegen die Befangenheit an, die sie auch vor dem Diner empfunden hatte, und fragte: »Wer ist Syd?«

»Das ist unser mürrischer alter Sittich, und das eben war Guinevere, meine wunderbare, ungestüme Tochter. Falls Sie sich das fragen: Sie hasst ihren Namen fast so sehr, wie sie mich hasst. Ich versuche es nicht persönlich zu nehmen. Wir alle hassen unsere Mütter in diesem Alter, nicht wahr?«

Andrea hatte ihre Mutterhassjahre bis zum reifen Alter von einunddreißig ausgelebt. »Tut mir leid wegen vorhin. Es war ein langer Tag.«

»Vergessen Sie's.« Judith tat es mit einer Handbewegung ab. »Ich möchte Ihnen gern sagen, wie sehr ich es zu schätzen weiß, was Sie für meine Familie tun. Granny würde es nie zugeben, aber diese letzten Briefe haben sie wirklich erschüttert.«

Andrea fasste das Geständnis als Einladung auf, näher zu treten. »Wissen Sie, was drinsteht? In den Briefen?«

»Nein, sie wollte sie mir nicht zeigen, aber ich denke, sie müssen sehr persönlich gewesen sein. Es gehört eine Menge dazu, um sie zum Weinen zu bringen.«

Andrea fiel es schwer, sich die Richterin Esther Vaughn, von der sie gelesen hatte, in Tränen aufgelöst vorzustellen, aber das war ja das Problem mit all diesen Ehrfurcht gebietenden Adjektiven. Man vergaß leicht, dass man es mit einem echten Menschen zu tun hatte.

»Wohnen Sie hier hinten?«, fragte sie.

»Wir leben im großen Haus. Ich habe Syd letztes Jahr eingepackt, und wir sind wieder hierhergezogen.«

Andrea wusste, dass Franklin Vaughn vor einem Jahr in Ruhestand gegangen war. Vielleicht hatte er wirklich aufgehört, weil er mehr Zeit mit seiner Familie verbringen wollte.

»Überflüssig zu erwähnen, dass Guinevere nicht glücklich über den Umzug war.« Judith lachte in sich hinein. »Sie nennt es Haus Slytherin wie bei *Harry Potter*, was sehr unfair ist, oder?«

Andrea hatte einen Kloß im Hals. Sie waren möglicherweise Halbschwestern. In einer anderen Welt wären sie in einer Patchworkfamilie gelandet, nachdem ihre Eltern wieder geheiratet hatten, und hätten einander vermutlich gehasst.

»Hier entlang.« Judith deutete zum Schuppen. »Das ist meine Werkstatt. Ich schlafe manchmal hier draußen, aber nicht wenn es so warm ist. Ich mache mal eine kurze Führung für Sie.«

Andrea blieb der Mund offen stehen, als sie einen sehr vertrauten Raum betrat. Holzregale säumten die Wände. Es gab Edelstahltöpfe, Siebe und Trichter. Messbecher, Nitrilhandschuhe, Gesichtsmasken. Zangen. Holzlöffel. PH-Teststreifen. Spritzflaschen und Pipetten. Einen Zwanziglitereimer Schwefelsäure. Mehrere große, durchsichtige Plastikbeutel mit einem weißen Pulver.

»Keine Sorge«, sagte Judith. »Das ist kein Kokain, es ist …«

»Beize«, sagte Andrea. »Was färben Sie?«

»Hauptsächlich Seide«, sagte Judith. »Aber ich bin beeindruckt. Die meisten Cops werfen einen Blick auf das alles und denken, ich betreibe hier ein Drogenlabor.«

»Die Halstücher der Richterin.« Andrea erkannte, dass sie bisher eine ganze Reihe Trockengestelle übersehen hatte. Tücher in verschiedenen Farben waren über den Dübelstangen ausgelegt. Eines war so tiefblau, dass die Farbe wirkte, als wäre sie durch ein Prisma gebrochen worden. »Sie haben dieses Indigo wirklich gut getroffen. Haben Sie das Gullah-Geechee-Verfahren verwendet?«

»Jetzt bin ich aber baff«, sagte Judith. »Woher um alles in der Welt weiß ein US-Marshal über ein uraltes Färbeverfahren Bescheid, das Sklaven aus Afrika hierher mitgebracht haben?«

»Ich bin in der Nähe des Lowcountry in South Carolina aufgewachsen.« Andrea hatte Angst, dass sie zu viel verriet. »Waren Sie auf einer Schule, um das zu lernen, oder haben Sie es sich selbst beigebracht?«

»Ein bisschen von beidem.« Judith zuckte mit den Achseln. »Ich habe die Rhode Island School of Design abgebrochen.«

Eine der renommiertesten Kunstakademien des Landes.

Sie fuhr fort. »Ich lade immer mit Freuden meine ehemaligen Professoren zu meinen Ausstellungen ein, aber die mögen eher meine Collagen. Die Sache mit den Tüchern habe ich vor ein paar Jahren wegen meiner Großmutter angefangen. Man hat ihr einen Tumor an den Stimmbändern entfernt. Gott sei Dank wurde der Krebs rechtzeitig entdeckt, aber sie ist sehr befangen wegen der Narbe.«

Andrea war zumute, als hätte man ihr einen Schlag versetzt, aber nicht wegen der Krebserkrankung. Sie wandte Judith den Rücken zu und tat, als würde sie die Halstücher betrachten, weil sie plötzlich gegen aufsteigende Tränen ankämpfen musste. Sie hatte Kunst immer geliebt, aber ihr war nie der Gedanke gekommen, dass diese Liebe von Clayton Morrow stammen könnte und nicht von Laura.

Was hatte er noch weitergegeben?

»Die Collagen sind im Atelier«, sagte Judith. »Eine davon könnte Sie interessieren.«

Andrea schniefte, als sie sich umdrehte. Sie musste sich über die Augen wischen.

»Tut mir leid, ich arbeite schon so lange mit Chemikalien, dass ich kaum mehr registriere, wenn meine Augen brennen.« Judith bedeutete Andrea, ihr in den nächsten Raum zu folgen. »Im Atelier gibt es Durchzug.«

Sie fanden sich in einem großen, freundlich hellen Raum wieder. Überall gab es Fenster und Glasscheiben, selbst in der Decke. Die Arbeiten auf Staffeleien machten verschiedene Schaffensphasen sichtbar. Judith war keine Hobbymalerin oder Kunsthandwerkerin. Sie war eine Künstlerin, deren Arbeiten an Kurt Schwitters oder Man Ray erinnerten. Der Boden war mit Farbspritzern übersät. Auf den Tischen gab es Töpfe mit Leim, Scheren, Schneidbretter, Bindfadenspulen, Klingen, Lacke und Fixiersprays, daneben Zeitschriften, Fotos und Fundstücke, die sie zu einer neuen Aussage umgestalten wollte.

Es war das perfekteste Atelier, in dem Andrea je gewesen war.

»Die Hitze hier drin kann während der Hundstage im Sommer brutal sein, aber das ist die Sache wert.« Judith war vor einer Staffelei stehen geblieben, auf der offenbar ihr jüngstes Werk stand. »Das hier, dachte ich, würden Sie vielleicht gern sehen.«

Andrea gestattete ihren Augen nicht, die Einzelheiten aufzunehmen. Sie wollte das Werk zuerst *erspüren*, was ihr das Gefühl vermittelte, an Deck eines winzigen Boots zu stehen, das gegen die Wellen eines nahenden Sturms ankämpft. Judith hatte mittels Solarisation, also Verfremdung durch starke Überbelichtung, einen Eindruck von Ungewissheit erzeugt. Ein Kaleidoskop aus Schnipseln zerrissener Briefe und Fotos, die zusammen eine auf nicht greifbare Weise unheilvolle Collage bildeten.

»Das ist eins meiner schwereren Werke«, sage Judith beinahe entschuldigend. »Meist wird meine Arbeit als *maskulin* oder als *muskulös* bezeichnet, aber …«

»Sie verstehen den Zorn einer Frau nicht«, sprach Andrea den Satz zu Ende. Einige ihrer männlichen Professoren hatten Andreas Arbeiten auf ähnliche Weise abgetan. »Hannah Höch begegnete dem gleichen Blödsinn, als sie mit den Dadaisten ausstellte, aber nicht einmal zwanzig Jahre nach ihrem Tod bekam sie ihre eigene Ausstellung im MoMa.«

Judith schüttelte den Kopf. »Sie sind wirklich der faszinierendste Marshal, dem ich je begegnet bin.«

Andrea verriet ihr nicht, dass sie erst seit eineinhalb Tagen Marshal war. Sie studierte das Werk sorgfältig und las die aus Briefen ausgeschnittenen Worte, manche in Handschrift auf dem Papier von Notizbüchern, andere erkennbar getippt, wieder andere im Computer erzeugt.

Bring dich um Miststück stirb Judenschlampe Verführerin Fotze Jüdin Teufel Mörderin Eiskönigin Arschloch Schwanzlutscher pädophile blutsaufende von Soros gekaufte Kampflesbe …

»Sind das Todesdrohungen, die Ihre Großmutter erhalten hat?«, fragte Andrea.

»Nicht *die* Todesdrohungen, aber einige von denen, die es im Lauf der Jahre gab, ja. Sie sind noch vergleichsweise harmlos.« Judith lachte, ohne wirklich zu lachen. »Ich liege politisch sicher nicht auf der Linie meiner Großeltern, aber auf eine Sache können wir uns einigen: dass die durchgeknallten Anhänger von Verschwörungstheorien im Moment ziemlich beängstigend sind. Meine Familie ist übrigens nicht jüdisch. Vermutlich denken diese Bekloppten, dass das zu den schlimmsten Beschimpfungen gehört, die sie uns an den Kopf werfen können.«

Andrea studierte die um die bösartigen Beleidigungen angeordneten Fotos. Judith hatte Nähzeug und Buntstifte benutzt, um das Thema zu vereinheitlichen. Franklin Vaughn mit einem Davidstern über dem Gesicht. Eine jüngere Judith in einer Schuluniform, bei der die Brüste ausgeschnitten waren. Esther in ihrer Robe, mit einem gekratzten X über den Augen. Eine tote Ratte mit Schaum vor dem Mund und in die Luft gereckten Pfoten.

»Das arme Ding trieb im Swimmingpool.« Judith zeigte auf die Ratte. »Granny hat letzten Monat ein Futterhäuschen für die Vögel aufgestellt, und die tauchten mit ausgestreckten Händen auf.«

Andrea schauderte. Sie wollte sich nicht vorstellen, dass Ratten Hände hatten.

»Ich habe einen Typen in Neuseeland dafür bezahlt, dass er den Schaum mit Photoshop um die Schnauze montiert«, erklärte Judith. »Erstaunlich, was man im Netz alles finden kann.«

»O ja.« Andrea wusste allerdings, dass es viele Dinge – und Menschen – gab, die im Internet unsichtbar waren. Sie unterdrückte ihre Eifersucht als Künstlerin und rief sich in Erinnerung, zu welchem Zweck sie eigentlich hier war. Judith hatte eindeutig diese Gewohnheit von Kleinstädtern, neuen Bekanntschaften zu viel zu erzählen. Oder vielleicht wünschte sie sich einfach verzweifelt jemanden, der verstand, was sie in ihrem Atelier trieb. So oder so schien die Frau reif für ein paar direkte Fragen zu sein.

»Benutzen Sie den Namen Vaughn für Ihre Kunst?«

»O Gott, nein. Man würde mich gründlich durchleuchten, das könnte ich nicht ertragen. Ich verwende den zweiten Vornamen meiner Mutter. Rose«, sagte sie. »Judith Rose.«

Andrea nickte und ließ sich nicht anmerken, dass ihr bei der Erwähnung von Emily fast das Herz aus der Brust gesprungen wäre. »Sie sind wirklich gut. Sie muss sehr stolz auf Sie sein.«

Judith schaute verwirrt drein. »Cat hat es Ihnen nicht erzählt?«

»Was erzählt?«

Judith bedeutete Andrea wortlos, ihr in den hinteren Teil des Ateliers zu folgen. Dort blieb sie vor einem raumhohen Lagerregal stehen, das großflächige Leinwände enthielt. Sie suchte eine Weile, bevor sie innehielt und über die Schulter zu Andrea blickte. »Seien Sie nachsichtig. Das war die erste Collage, die ich je versucht habe. Ich war in Guineveres Alter und steckte voller Ängste und Hormone.«

Andrea wusste nicht, was sie erwartete, als Judith eine Leinwand mit einer sehr primitiven Collage umdrehte. Die Gefühle, die sie hervorrief, waren finster und verstörend, aber wenig fokussiert. Es war klar, dass Judith daran gearbeitet hatte, ihre eigene Sichtweise zu finden, so wie für Andrea ebenfalls klar war, dass das Thema Judiths tote Mutter war. Fotos von Emily rahmten das Bild ein, zusammengenäht mit einem starken schwarzen Faden, wie man ihn nach Obduktionen sieht.

Andrea suchte nach Worten. »Es ist …«

»Grob?« Judith lachte selbstironisch. »Tja, es hat schon seinen Grund, warum ich es nicht jedem zeige. Nicht einmal meine Agentin kennt es.«

Andrea versuchte krampfhaft eine Frage zu stellen, die eine Fremde stellen würde. »Ist das Ihre Mutter?«

Judith nickte, aber das Abschlussjahrgangsfoto von Emily in der Ecke der Collage war Andrea so vertraut, dass sie es mit geschlossenen Augen hätte beschreiben können. Toupierte Dauerwelle. Hellblauer Lidschatten. Die Mundkontur mit Lippenstift übermalt. Übertrieben getuschte Wimpern.

»Alle behaupten immer, Guinevere sei nach ihr geraten«, sagte Judith.

»Das stimmt.« Andrea beugte sich vor und betrachtete die Collage genauer. Wie bei dem jüngeren Werk hatte Judith die Bilder mit Text durchsetzt. Liniertes Schreibpapier war ohne erkennbares Muster über die Leinwand verteilt. Die Einträge waren alle in der geschwungenen, runden Handschrift eines erkennbar aufgewühlten jungen Mädchens verfasst …

Die Leute sind SO GEMEIN ... Du hast NICHT verdient, was sie über dich sagen ... Arbeite weiter an der Aufklärung ... DU WIRST DIE WAHRHEIT FINDEN!!!

»Haben Sie die Texte geschrieben?«, fragte Andrea.

»Nein, sie stammen aus einem Brief, den ich in den Sachen meiner Mutter gefunden habe. Ich glaube, sie hat ihn an sich selbst geschrieben. Positive Verstärkung war eine große Sache in den Achtzigern. Ich wünschte wirklich, ich hätte ihn nicht zerrissen. Ich kann mich beim besten Willen nicht daran erinnern, was sonst noch drinstand.«

Andrea zwang sich, Judith wieder anzusehen. Sie wollte nicht übereifrig oder aufgeregt wirken, auch nicht nervös oder ängstlich. So viele Fotos von Emily. Einige mit Freunden. Einige, auf denen sie in Momenten schmerzhafter Einsamkeit eingefangen war.

Was konnte ihr die Kunst der sechzehnjährigen Judith über den Mord an der siebzehnjährigen Emily verraten?

»Ist es so schlecht?« Judith war sichtlich nervös. Andrea wusste, wie es war, wenn man auf jemandes Meinung Wert legt, und die betreffende Person blickt zur Seite.

»Nein, es ist primitiv, aber man sieht deutlich, dass Sie sich auf etwas Wichtiges hinbewegt haben.« Andrea hatte die Hand auf ihr Herz gelegt. »Ich fühle es hier.«

Judith legte ebenfalls ihre Hand aufs Herz, denn sie empfand offenbar das Gleiche.

So standen sie da, zwei Frauen mit der Hand auf dem Herzen, zwei Frauen, die möglicherweise Schwestern waren. Bis Andrea sich zwang, sich wieder der Collage zuzuwenden.

»Erinnern Sie sich noch daran, wie Sie das gemacht haben?«, fragte sie.

»Kaum. Es war das Jahr, in dem ich Kokain entdeckt habe.« Judith lachte leichthin, als hätte sie nicht gerade einem Marshal eine Straftat gestanden. »Ich erinnere mich nur an Traurigkeit. Es ist schon schwer, ein Teenager zu sein, aber einen solchen Verlust zu erleiden …«

»Sie haben es wirklich gut eingefangen.« Andrea atmete tief durch, um ihre Gefühle nicht überborden zu lassen, während sie Emilys Leben in allen Einzelheiten aufnahm. Die Komposition der Fotos zeigte die Persönlichkeit des Mädchens – ob sie am Strand entlanglief, in einem Buch las oder in ihrer Orchesteruniform die Flöte spielte: Ihr Liebreiz bohrte sich geradezu ins Objektiv. Sie sah weniger zerbrechlich aus als verletzlich und sehr, sehr jung.

Ein Gruppenfoto war in der oberen linken Ecke angebracht. Emily war von drei Jungen und einem weiteren Mädchen umgeben. Ricky war mit ihrem Wuschelkopf leicht auszumachen, auch weil sie das einzige andere Mädchen war. Bei Clay erinnerte sich Andrea an etwas, was Laura gesagt hatte: dass er ein atemberaubend schöner Junge gewesen war. Seine durchdringenden blauen Augen brachten Andrea selbst aus vierzig Jahren Abstand zum Frösteln. Sie nahm an, der Typ, der neben Clay stand, war Rickys Zwillingsbruder Eric Blakely, auch wenn das Haar der Zwillinge sich in Struktur und Farbe unterschied. Damit blieb noch Nardo: der höhnisch dreinblickende, leicht grobschlächtige Blonde, dem eine selbst gedrehte Zigarette zwischen den Lippen hing – Delawares Version von Billy Idol.

»Das waren ihre Freunde.« Judith sehnte sich spürbar noch immer nach Feedback. »Vielmehr die Leute, die sie für ihre Freunde hielt. Schwangere Teenager bekamen damals noch nicht ihre eigene Realityshow.«

Andrea war schon wieder von Clays Blick hypnotisiert. Sie zwang ihre Aufmerksamkeit auf ein verblasstes Polaroid. »Wer ist das?«

»Das ist meine Mom mit meiner Urgroßmutter väterlicherseits. Sie starb kurz nach meiner Geburt.« Judith zeigte auf eine

Frau in einer strengen, viktorianisch anmutenden Aufmachung mit einem pausbäckigen, fröhlichen Baby im Schoß. »Granny wurde zu der Zeit von ihrer Karriere in Anspruch genommen. Es war Omi, die meine Mutter praktisch großgezogen hat. Von ihr kommt der Name Judith.«

Es gab weitere Fotos, die Judiths mutterloses Leben abbildeten. Der erste Schultag mit niemandem an ihrer Seite. Erste Schulaufführung. Erste Kunstausstellung. Erster Tag am College. Alles verbunden mit Zeilen aus dem Brief und gefundenen Gegenständen – ein Stück von einer Meldekarte, ein Diplom, Werbung für Sport-BHs. Auch wenn natürlich jemand hinter der Kamera war, war Judith immer allein.

Seltsamerweise brachten die Fotos Andrea zu der Erkenntnis, wie erbarmungslos gegenwärtig Laura in ihrem Leben gewesen war. Gordon hatte immer die Fotos gemacht. Laura war diejenige, die Andrea half, Cupcakes für den Gebäckverkauf in der Schule zu glasieren; sie zeigte ihr, wie sie das Schnittmuster auf dem Stoff für das Kleid befestigen musste, das sie dann zu ihrer Geburtstagsparty mit dem Thema *Stolz und Vorurteil* trug; sie stand bei jeder Vernissage neben ihr, bei der Abschlussfeier und bei jedem Konzert; und sie wartete mit einem Zaubererhut auf dem Kopf beim Erstverkaufstag des neuesten *Harry-Potter-*Romans in der Schlange vor dem Buchladen.

Bei dieser Erkenntnis kam sich Andrea seltsam kleinlich vor, als hätte sie einen Punkt gegen eine Rivalin erzielt.

»Das bin offenbar ich.« Judith zeigte auf eine Reihe von Ultraschallbildern, die sie in der Mitte fächerförmig ausgebreitet hatte, um den Beginn ihres Lebens darzustellen. »Die hatte meine Mutter an ihren Badezimmerspiegel geklebt. Sie hat sie wohl jeden Morgen und jeden Abend ansehen wollen.«

»Davon bin ich überzeugt«, stimmte Andrea zu, aber sie war eher an der Beschriftung einer Musikkassette interessiert, die die untere rechte Ecke dominierte. Kleine herausgerissene

Stücke von Farbfotos dienten als ein Sternbild um die Songs und Interpreten.

Jemand hatte für Emily ein Mixtape aufgenommen.

Judith sagte: »Viel von der Musik der Achtziger war beschissen, aber ich muss zugeben, die Songs hier sind ziemlich gut.«

Die Tinte war verschmiert. Andrea konnte nur einige wenige der klein geschriebenen Namen entziffern …

»Hurts So Good« – J. Cougar; »Cat People« – D. Bowie; »I Know/Boys Like« – Waitresses; »You Should Hear/Talks« – M. Manchester; »Island/Lost Souls« – Blondie; »Nice Girls« – Eye to Eye; »Pretty Woman« – Van Halen; »Love's Hard on Me« – Juice Newton; »Only/Lonely« – Motels.

Sie versuchte aus der zerfetzten Konstellation um die Worte herum schlau zu werden, aber dann erkannte sie, dass es nicht Teile von mehreren Fotos waren, sondern nur von einem. Zwei eiskalte Augen in diagonalen Ecken. Zwei Ohren. Eine Nase. Hohe Wangenknochen. Ein üppiger Mund. Ein Grübchen im Kinn.

Andrea hatte einen Kloß im Hals, aber sie zwang sich zu fragen: »Wer hat das Tape gemacht?«

»Mein Vater«, sagte Judith. »Der Mann, der meine Mutter ermordet hat.«

19. OKTOBER 1981

Emily saß auf der Untersuchungsliege in Dr. Schroeders Praxis. Sie zitterte so heftig in dem Papierkittel, dass ihre Zähne klapperten. Mrs. Brickel hatte sie ihre gesamte Kleidung ausziehen lassen, einschließlich der Unterwäsche, was zuvor noch nie vorgekommen war. Emilys nackter Hintern absorbierte die Kälte der Vinylpolsterung durch die dünne weiße Papierauflage. Ihre Füße waren eiskalt. Ihr war übel, aber sie hätte nicht zu sagen gewusst, ob es die gleiche Übelkeit war, die sie gestern Abend aus der Bibelstunde stürzen ließ, oder die Übelkeit, wegen der sie heute Morgen unentschuldigt vom Frühstückstisch aufstehen musste. Die eine Übelkeit musste vom Stress kommen, die andere von dem ekelhaft süßen Aroma des Ahornsirups, bei dem ihr immer flau im Magen wurde.

Oder?

Denn es war ausgeschlossen, dass Emily schwanger war. Sie war keine Idiotin. Sie würde es wissen, wenn sie Sex gehabt hätte, denn Sex war eine echt große Sache. Man fühlte sich anders danach. Man wusste, dass sich alles unwiderruflich verändert hatte. Weil es so war. Sex machte dich zu einem total neuen Menschen. Du warst dann wirklich eine Frau. Emily war immer noch ein Teenager. Sie fühlte sich kein bisschen anders als vor einem Jahr um diese Zeit.

Außerdem übersahen Mädchen ständig ihre Periode. Ricky konnte sich ihren Zyklus nie merken. Die Blutung von Gerry Zimmerman war monatelang wegen irgendeiner komischen Eierdiät ausgeblieben. Und alle wussten, dass Barbie Klein so viel Tennis gespielt hatte und gerannt war, dass ihre Eierstöcke dichtgemacht hatten.

Emily sagte sich lautlos immer wieder dasselbe wie in den letzten beiden Tagen, während sie darauf gewartet hatte, dass die Praxis ihres Kinderarztes aufmachte: Sie hatte eine Magenverstimmung. Sie hatte die Grippe. Ihr war ganz normal übel, nicht von einer Schwangerschaft übel, denn sie kannte Clay, Blake und Nardo so lange, wie sie sich selbst kannte, und es war ausgeschlossen, dass einer von ihnen ihr etwas Schlimmes angetan hatte.

Oder?

Sie schmeckte Blut im Mund. Sie hatte sich versehentlich auf die Innenseite der Wange gebissen.

Emilys Hand ging zu ihrem Bauch. Sie fuhr über seine Kontur. War er so wie immer? Letzte Nacht hatte sie im Bett ihren Bauch gerieben, und er hatte sich so flach wie eh und je angefühlt. Gab es immer diese leichte Wulst wie jetzt, wenn sie aufrecht saß? Sie straffte die Schultern. Sie drückte die Hand auf den Bauch. Das Fleisch schmiegte sich in ihre Handfläche.

Die Tür ging auf, und Emily erschrak, als hätte man sie bei einem Vergehen ertappt.

»Miss Vaughn.« Dr. Schroeder roch nach Zigaretten und Old-Spice-Rasierwasser. Er war immer barsch, aber jetzt sah er richtig verärgert aus. »Meine Sprechstundenhilfe sagt, Sie wollen nicht verraten, weshalb Sie hier sind.«

Emily warf einen Blick zu Mrs. Brickel, die außerdem Melodys Mutter war. Würde sie Melody daheim erzählen, dass die doofe Emily Vaughn eine Magenverstimmung hatte und glaubte, sie sei schwanger, obwohl sie noch nie Sex gehabt hatte? Würde Melody es in der Schule herumerzählen?

»Miss Vaughn?« Dr. Schroeder blickte auf seine Armbanduhr. »Sie halten die Patienten auf, die sich die Mühe gemacht haben, einen Termin für heute Morgen zu vereinbaren.«

Emilys Mund war ganz trocken. Sie fuhr sich mit der Zunge über die Lippen. »Ich …«

Dr. Schroeder kniff die Augenbrauen zusammen. »Ja?«

»Ich glaube …« Emily brachte die blöden Worte nicht heraus. »Ich habe mich übergeben. Nicht viel. Ich meine … Ich habe mich gestern übergeben. Und Samstagabend. Aber ich glaube …«

Mrs. Brickel machte ein beruhigendes Geräusch und strich über Emilys Rücken. »Lass dir Zeit.«

Emily machte einen flachen Atemzug. »Ich war noch nie mit … Ich meine, ich war mit niemandem … nicht wie verheiratete Leute … Deshalb weiß ich nicht, warum …«

»Sie wissen nicht, warum *was*?« Dr. Schroeders Barschheit war regelrecht in Feindseligkeit umgeschlagen. »Hör mit den Ausreden auf, junge Dame. Wann war deine letzte Periode?«

Emily wurde plötzlich sehr heiß. Sie hatte die Worte *brennende Scham* schon gelesen, aber sie hatte die Empfindung bisher nie gehabt. Ihre Finger und Zehen, ihr Herz in der Brust, ihre Lunge und die Eingeweide, selbst das Haar auf ihrem Kopf – alles stand scheinbar in Flammen.

»Ich habe nicht …« Sie räusperte sich. »Ich war noch nie … mit einem Jungen zusammen. Noch nie. Würde ich nicht tun.«

Er fing an, Schubladen und Schränke aufzureißen, bevor er sie wieder zuknallte. »Leg dich auf die Liege.«

Emily sah ihn Gegenstände auf die Arbeitsfläche werfen. Gummihandschuhe. Eine Art Röhre. Ein Stirnband mit einem kleinen Spiegel daran. Ein Metallinstrument wie ein langer Entenschnabel, das auf dem Laminat klapperte.

Mrs. Brickels Hand berührte leicht ihre Schulter. Emily konnte die Frau noch immer nicht ansehen. Sie streckte sich auf der Polsterauflage aus. Am Fußende schwangen zwei merkwürdig aussehende Holme nach oben. Sie waren am Ende gebogen wie Löffel. Emilys Herz machte einen Satz bei ihrem Anblick. Das alles passierte nicht wirklich. Sie war in einem Horrorfilm gelandet.

»Rutsch an den vorderen Rand der Liege.« Dr. Schroeder streifte die Handschuhe über. Emily sah, wie die Haare auf dem Rücken seiner großen Hände unter dem Kunststoff das Aussehen von Pelz annahmen. Er packte ihren Fußknöchel.

Emily schrie auf.

»Benimm dich nicht wie ein Baby«, bellte Dr. Schroeder. Er nahm auch ihren zweiten Knöchel und zog sie so nach vorn. »Jetzt hör schon auf, dich zu sträuben.«

Mrs. Brickels Hand war wieder an Emilys Schulter, diesmal drückte sie sie. Sie hatte es gewusst. Emily hatte nichts darüber gesagt, warum sie hier war, aber Mrs. Brickel hatte sie angewiesen, sich nackt auszuziehen, weil sie den Unterschied gesehen hatte. Sie wusste, dass Emily kein Kind mehr war.

Wer konnte es sonst noch sehen?

»Hör auf herumzulärmen«, kommandierte Dr. Schroeder. »Die anderen Patienten können dich hören.«

Emily wandte den Kopf ab und starrte an die Wand. Sie spürte, wie ihre Fersen in die Fußrasten zu beiden Seiten des Tischs gestellt wurden. Ihre Knie waren weit gespreizt. Sie wusste, wenn sie nach vorn schaute, würde sie Dr. Schroeder vor sich aufragen sehen. Der Gedanke an sein griesgrämiges Gesicht, das wütend auf sie herabsah, brachte Emily zum Weinen. Ein Schluchzen entfuhr ihr.

»Lass locker.« Dr. Schroeder setzte sich auf seinen Rollhocker. »Du machst es nur schlimmer.«

Emily biss sich so heftig auf die Lippe, dass sie wieder Blut schmeckte. Sie wusste nicht, was er als Nächstes tun würde, bis es zu spät war.

Er schob das kalte Metallinstrument in sie hinein. Der Schmerz entrang ihr einen weiteren Schrei. Mit leisem Klicken öffneten sich die Metallkiefer des Instruments. Instinktiv stieß sie die Fersen nach vorn, um zu fliehen, aber damit steckte sie nur noch fester in den Fußrasten. Eine Lampe wurde herangerollt. Die Hitze war unerträglich, aber nicht so demütigend wie die Tatsache, dass Dr. Schroeder sein Gesicht *da unten* hatte.

Emily unterdrückte einen erneuten Aufschrei. Tränen flossen aus ihren Augen. Seine feisten Finger stocherten in ihr herum. Sie klammerte sich am Rand des Untersuchungstischs fest und biss die Zähne zusammen. Ein heftiger Krampf, ihr Atem stockte, die Luft war in ihrer Lunge eingeschlossen. Sie war wie gelähmt, nicht fähig auszuatmen. Ihr Blick verschwamm. Gleich würde sie ohnmächtig werden. Mageninhalt schoss ihr in die Kehle.

Und dann war es vorbei.

Das Instrument wurde herausgezogen. Dr. Schroeder stand auf, schob die Lampe weg und zog seine Handschuhe aus. Er sprach mit Mrs. Brickel statt mit Emily. »Sie ist nicht intakt.«

Mrs. Brickel gab einen Laut von sich und verstärkte den Druck auf Emilys Schulter.

»Setz dich auf«, befahl Dr. Schroeder. »Beeil dich. Du hast genug von meiner Zeit vergeudet.«

Emily mühte sich, ihre Fersen aus den Fußrasten zu befreien. Das Metall klapperte. Dr. Schroeder packte ihre beiden Knöchel und hob sie aus den Bügeln. Statt dann loszulassen, drückte er ihre Beine kräftig zusammen.

»Siehst du das?«, fragte er Emily. »Hättest du deine Beine schön geschlossen gehalten, wärst du jetzt nicht in dieser Bredouille.«

Emily rappelte sich auf. Der Papierkittel war zerrissen. Sie versuchte sich zu bedecken.

»Zu spät für Sittsamkeit.« Dr. Schroeder hielt ihre Patientenakte in der Hand. Er fing zu schreiben an. »Wann war deine letzte Periode?«

»Sie war ...« Emily nahm das Papiertaschentuch, das Mrs. Brickel ihr anbot. »Vor ... eineinhalb Monaten. Aber wie ich sagte: Ich habe nie ... Ich bin ...«

»Du hattest eindeutig Geschlechtsverkehr. Soweit ich erkennen konnte, mehrere Male.«

Emily war zu schockiert, um reagieren zu können.

Mehrere Male?

»Du kannst die Schauspielerei bleiben lassen. Du hast dich einem Jungen hingegeben, und nun trägst du die Folgen.« Dr. Schroeder redete nicht drum herum. »Was, dachtest du, wird passieren, du dummes Mädchen?«

Emily packte den Papierkittel mit beiden Händen. »Ich war nie ... Ich hatte nichts mit einem ...«

Dr. Schroeder blickte von seinen Notizen auf. Er hörte ihr endlich zu. »Sprich weiter.«

»Ich habe nie ...« Emily brachte die Worte irgendwie nicht heraus. »Ich war auf einer Party, und dann ...«

Sie hörte ihre Stimme in dem kleinen Raum verklingen. Was konnte sie sagen? Sie war auf einer Party mit ihren Freunden gewesen, mit ihrer Clique. Wenn sie sagte, etwas Schlimmes sei vorgefallen, jemand habe sie unter Drogen gesetzt, oder sie habe das Bewusstsein verloren, und es seien nur drei Jungen da gewesen, dann musste einer der drei verantwortlich sein.

»Alles klar.« Dr. Schroeder glaubte, genau zu verstehen. »Hast du zu viel getrunken, oder hat dir jemand ein Betäubungsmittel untergeschoben?«

Emily erinnerte sich, dass Clay ihr das Blättchen mit dem LSD auf die Zunge gelegt hatte. Er hatte ihr nichts untergeschoben. Sie hatte es aus freien Stücken genommen, weil sie ihm vertraute. Ihnen allen.

»Du behauptest also«, mutmaßte Dr. Schroeder, »dass du an dieser Situation schuldlos bist, weil ein Junge dich ausgenutzt hat.«

»Ich …« Emily konnte die Worte einfach nicht sagen. Die Jungs würden ihr das nicht antun. Sie waren nette Menschen. »Ich erinnere mich nicht, was passiert ist.«

»Aber du gibst zu, dass du Sexualverkehr hattest.«

Es war keine Frage, und er hatte die Antwort mit eigenen Augen gesehen. Sie war nicht *intakt*.

»Nun?«, bellte er.

Emily konnte nur nicken.

Das Geständnis schien ihn noch wütender zu machen. »Das eine lass mich dir sagen, mein Fräulein. Du solltest dir besser eine andere Lüge für deinen Vater ausdenken. Ich weiß nach meiner Untersuchung, dass du schon sehr lange sexuell aktiv bist. Du hast den Zweifingertest nicht bestanden. Eine solche Dehnbarkeit findet man sonst nur bei einer verheirateten Frau vor.«

Emilys Hand fuhr an die Brust. War es mehr als einmal passiert? War jemand nachts in ihr Zimmer eingebrochen, während sie schlief?

»Ich habe nicht …«

»Du hast mit Sicherheit.« Er ließ die Akte auf die Arbeitsfläche fallen. »Überleg dir sehr genau, was du als Nächstes tun willst. Hast du genügend Charakter, um für dein Handeln geradezustehen? Oder wirst du die Zukunft eines armen jungen Mannes zerstören, weil du die Knie nicht geschlossen halten konntest?«

Emily weinte so sehr, dass sie nicht antworten konnte.

»Das dachte ich mir.« Er sah wieder auf seine Uhr. »Schwester Brickel, machen Sie den Bluttest, um zu bestätigen, was wir bereits wissen. Dieses Mädchen ist in der sechsten Woche des ersten Schwangerschaftstrimesters. Miss Vaughn, ich gebe

Ihnen genau eine Stunde, um Ihrem Vater zu beichten, was sie getrieben haben, dann rufe ich ihn an und erzähle es ihm selbst.«

Emily nahm wahr, dass ihr Mund sich bewegte, aber es kam kein Wort heraus.

Ihr Vater?

Er würde sie umbringen.

»Sie haben mich verstanden.« Dr. Schroeder sah sie ein letztes Mal an und schüttelte angewidert den Kopf. »Eine Stunde.«

Mrs. Brickel schloss leise die Tür hinter ihm. Sie hatte für Emily und Melody immer Kekse gebacken, als sie noch klein waren und Emilys Mutter noch spät in ihrer Kanzlei gearbeitet hatte.

Jetzt sagte Mrs. Brickel: »Emily.«

Emily schluchzte laut auf. Sie ertrug keine weiteren barschen Zurechtweisungen. Ihr war jetzt schon zumute, als hätte ihr jemand ein Messer in die Brust gestoßen. Wie sollte sie ihrem Vater gegenübertreten? Was würde er mit ihr machen? Er hatte sie letztes Jahr so heftig mit dem Gürtel geschlagen, als sie ein Befriedigend in Geografie bekommen hatte, dass eine Narbe auf der Rückseite ihrer Oberschenkel zurückgeblieben war.

»Emily, sieh mich an.« Mrs. Brickel hielt Emilys Hand. »Die Untersuchung kann Dr. Schroeder nicht verraten, wie oft du sexuell aktiv warst. Er kann nur feststellen, dass dein Jungfernhäutchen nicht mehr intakt ist. Das ist alles.«

Emily war schockiert. »Aber er hat gesagt …«

»Er lügt«, sagte Mrs. Brickel. »Er will dich demütigen. Aber was auch passiert ist, du bist kein schlechter Mensch. Du hast mit jemandem geschlafen, das ist alles. Es mag sich im Moment wie das Ende der Welt anfühlen, aber das ist es nicht. Du stehst das durch. Wir Frauen stehen es immer durch.«

Emily wollte keine Frau sein. Und sie wollte vor allem nicht ihrem Vater gegenübertreten. Denn dann wäre es wirklich das Ende der Welt. Er würde sie nicht aufs College gehen lassen.

Vielleicht ließ er sie nicht einmal die Schule abschließen. Sie würde im Haus festsitzen und nur Omi als Gesellschaft haben, und irgendwann gäbe es Omi nicht mehr, dann gäbe es gar nichts mehr.

Was sollte sie nur tun?

»Schau mich an, Schätzchen.« Mrs. Brickel fasste Emily an den Armen. »Ich will dir nichts vormachen. Wir wissen beide, es wird schwer werden, aber du bist stark genug, um es durchzustehen. Du bist so ein wunderbares Mädchen.«

»Ich …« Emilys Gedanken rasten. Sie hatte das Gefühl, in der Falle zu sitzen. Ihr Leben entglitt ihr, und sie konnte nichts dagegen tun. »Was, denken Sie, wird mein Vater tun?«

Mrs. Brickel schürzte die Lippen. »Wir werden sehen, ob Franklin Vaughn seine politischen Ansichten so heilig sind wie seine Mitgliedschaft im Golfklub.«

Emily schüttelte ratlos den Kopf. Sie wusste nicht, was das bedeuten sollte.

»Tut mir leid. Das hätte ich nicht sagen sollen.« Mrs. Brickel lockerte ihren Griff an Emilys Armen. »Wäre es eine Option, mit dem Vater zu reden?«

Der Vater?

»Emily, ich weiß, es ist nicht ideal, aber wenn du etwas für diesen Jungen empfindest, dann bist du nicht zu jung, um zu heiraten.«

Heiraten?

»Aber wenn du das nicht willst, gibt es andere Möglichkeiten.«

»Welche Möglichkeiten denn?« Die Frage platzte geradezu aus Emily heraus. Panik packte sie. »Was soll ich nur tun? Wie soll ich das durchstehen? Ich weiß nicht, wer der … Vater … Ich weiß nicht, wer er ist! Es war so, wie ich gerade dem Doktor gesagt habe – ich weiß nicht, was passiert ist. Ich schwöre Ihnen, ich weiß es nicht, weil ich etwas genommen habe und … Ja, ich habe es freiwillig genommen, aber ich wusste doch nicht, was passieren wird! Und ich kann nicht … Ich kann es meinem Vater nicht sagen. Er wird mich umbringen, Mrs. Brickel. Ich weiß, das klingt hysterisch, aber er … er wird …«

Emily krümmte sich beim Klang der irren Stimme, die durch den Raum hallte und ihr gehörte. Ihr Herz schlug wie eine Trommel, sie schwitzte am ganzen Körper. Auch die Übelkeit war wieder da. Ihre Haut fühlte sich komisch an, als hätte sie sich durch Vibration von den Knochen gelöst. Dr. Schroeders entsetzter Blick hatte alles gesagt. Emily hatte aufgehört, Emily zu sein. Sie war jetzt eine andere, sie war eine Sünderin. Ihre Hand fuhr hinunter zum Bauch … zu diesem Ding, das jemand in sie gepflanzt hatte.

Aber wer?

»Emily.« Mrs. Brickels Stimme war beruhigend. »Du musst sofort mit deiner Mutter Kontakt aufnehmen.«

»Sie ist …« Emily unterbrach sich. Ihre Mutter war bei der Arbeit. Sie durfte nur gestört werden, wenn es wichtig war. »Ich kann nicht …«

»Erzähl es deiner Mutter zuerst«, sagte Mrs. Brickel eindringlich. »Ich weiß, du glaubst mir nicht, aber Esther wird es verstehen. Du bist ihre Tochter. Sie wird dich beschützen.«

Emily senkte den Blick. Ihre Hände zitterten. Sie hatte den Papierkittel durchgeschwitzt, und der Kragen klebte nass von ihren Tränen am Hals. Sie hatten den Bluttest noch nicht gemacht. Vielleicht war alles ja nur ein schrecklicher Irrtum. »Dr. Schroeder sagte sechs Wochen, aber es … Ich glaube, es war vor einem Monat. Das sind vier Wochen. Nicht sechs.«

»Die Uhr beginnt mit dem Einsetzen deiner letzten Periode zu ticken«, sagte Mrs. Brickel. »Nicht mit dem Datum des Verkehrs.«

Verkehr?

Das Wort lastete bleischwer auf Emilys Schultern. Es war kein Irrtum. Dieser furchtbare Albtraum hatte gerade erst angefangen. Sie hatte Verkehr mit jemandem gehabt, und jetzt war sie schwanger.

»Emily, zieh dich an. Geh nach Hause. Ruf deine Mutter an.« Mrs. Brickel strich ihr über den Rücken und redete ihr gut zu, damit sie sich bewegte. »Du stehst das durch, mein liebes Mädchen. Es wird schwer werden, aber du wirst es schaffen.«

Emily sah Tränen in Mrs. Brickels Augen. Sie wusste, die Frau log. Aber sie hatte keine andere Wahl, als zu sagen: »Okay.«

»Gut. Dann lass uns jetzt den Bluttest machen, ja?«

Emily schaute hinüber zu dem Schrank über dem Waschbecken, als Mrs. Brickel die benötigten Dinge herausholte. Sie arbeitete schnell und effizient, oder vielleicht war Emily auch wie taub, denn sie spürte den Einstich fast nicht und bemerkte das Pflaster kaum, das ihr die Frau in die Armbeuge klebte.

»So, das ist erledigt.« Mrs. Brickel öffnete eine weitere Schublade, aber sie bot Emily nicht den üblichen Lolli an, den brave kleine Patienten bekamen, sondern legte eine Damenbinde auf die Arbeitsfläche. »Nimm die, für den Fall, dass es nach der Untersuchung zu Ausfluss kommt.«

Emily wartete, bis sich die Tür schloss. Sie starrte auf die Binde. Ihr Herz hämmerte bis hinauf in den Schädel, aber ihr Körper war immer noch wie taub. Die Hände, die ihre Hose hochzogen, ihre Bluse zuknöpften, waren nicht ihre Hände. Als Emily in ihre Schuhe schlüpfte, war es, als würde nicht sie selbst ihre Bewegungen steuern, ihre Muskeln arbeiteten selbstständig – die Tür öffnen, den Flur entlanggehen, durch die Diele ins Freie. Die Augen, die in der Morgensonne tränten, waren nicht ihre Augen. Die Kehle, die mühsam die Galle hinunterschluckte, gehörte nicht zu ihr. Der pochende Schmerz zwischen ihren Beinen war der Schmerz einer Fremden.

Sie trat auf den Gehsteig. Ihr Verstand kreiste hektisch in einer großen Leere. Sie stellte sich einen Jahrmarkt vor. Der Mechanismus ihres Gehirns verwandelte sich in ein Karussell.

Sie sah die Pferde sich auf und ab bewegen – nicht die Eisdiele, den Laden, der Strandliegen vermietete, oder den still stehenden Toffeeautomaten im Schaufenster, der auf die Touristen wartete, die im Sommer wiederkommen würden. Das Karussell fuhr immer schneller. Die Welt drehte sich im Kreis. Vor ihren Augen verschwamm alles. Ihr Gehirn schaltete sich zum Glück endlich ab.

Emily blinzelte.

Verblüfft von der neuen Umgebung, sah sie sich um.

Sie saß an dem Tisch im hinteren Teil des Diners. Niemand sonst war da, aber sie saß trotzdem nur halb auf der Bank, so wie sie es immer tat, wenn sich die Clique hier niederließ.

Wie war sie hierhergekommen? Warum hatte sie Schmerzen zwischen den Beinen? Wieso war sie schweißnass?

Emily streifte die Jacke ab. Ihre Augen konzentrierten sich auf den Milchshake, der vor ihr auf dem Tisch stand. Das Glas war leer. Selbst der Löffel war sauber geleckt. Emily hatte keine Erinnerung daran, ihn bestellt, geschweige denn getrunken zu haben. Wie lange war sie schon hier?

Die Uhr an der Wand zeigte Viertel nach vier an.

Dr. Schroeders Praxis hatte um acht Uhr morgens aufgemacht. Emily hatte schon draußen gewartet, als Mrs. Brickel die Tür öffnete.

Acht Stunden – wie ausgelöscht.

Sie hatte die Schule versäumt. Ihre Kunstlehrerin hätte eine Beurteilung zu der Zeichnung abgeben sollen, die Emily von ihrer Großmutter angefertigt hatte. Dann musste sie einen Test in Chemie schreiben. Dann war Orchesterprobe. Anschließend sollte sie Ricky vor der Sportstunde in der Umkleide treffen. Sie wollten über irgendwas reden – aber was?

Emily erinnerte sich nicht.

Es spielte keine Rolle. Nichts von alledem spielte eine Rolle.

Sie ließ den Blick um den Tisch wandern, sah, ohne zu sehen.

Ricky, Blake, Nardo, Clay. Ihre Freunde. Ihre *Clique*. Einer von ihnen hatte ihr etwas angetan. Sie war nicht intakt. Sie war keine Jungfrau mehr. So wie Dr. Schroeder sie angesehen hatte, würden sie von nun an alle ansehen.

»Emily?« Big Al stand vor ihr. Er wirkte ungeduldig, als hätte er schon eine Weile versucht, ihre Aufmerksamkeit zu gewinnen. »Du musst nach Hause gehen, Kind.«

Sie brachte keinen Laut heraus.

»Sofort.«

Seine Hand schloss sich um ihren Arm, aber er war nicht grob zu ihr. Er zerrte, bis sie aufstand. Er hob ihre Jacke auf und half ihr hinein. Er schlang ihr die Büchertasche über die Schulter und gab ihr ihre Handtasche.

Er sagte es noch einmal. »Geh nach Hause.«

Emily drehte sich um. Sie durchquerte den Diner, öffnete die Glastür.

Das Wetter war umgeschlagen. Emily schloss die Augen zum Schutz vor einer steifen Brise. Trocknender Schweiß juckte auf ihrer Haut. Sie hatte es immer geliebt, nach draußen zu entkommen. Wenn ihre Eltern stritten. Wenn in der Schule alles zu schwer wurde. Wenn es in der Clique eine Auseinandersetzung über etwas gab, was ihnen äußerst wichtig vorgekommen war, worüber sie später jedoch nur lachten oder was sie einfach vergaßen. Sie war immer ins Freie geflüchtet. Selbst bei Regen. Selbst in einem Unwetter. Die schattige Umarmung der Bäume gewährte eine Ruhepause. Die feste Erde unter ihren Füßen bot Trost. Der Wind erteilte ihr Absolution.

Jetzt fühlte sie …

Nichts.

Ihre Füße bewegten sich weiter. Ihre Hände schoben sich in die Jackentaschen. Emily war nicht bewusst, dass sie den Weg nach Hause eingeschlagen hatte, bis sie aufblickte und das Tor am Ende der Zufahrt sah. Es war verrostet und stand offen. Ihre

Mutter hatte es reparieren lassen wollen, aber ihr Vater hatte gesagt, das sei zu teuer, also blieb es, wie es war.

Emily ging die gewundene Einfahrt hinauf, den Kopf gegen den Wind gesenkt. Sie empfand keine Furcht, bis das Haus in Sicht kam. Ihre Beine wollten nicht weitergehen, aber sie zwang sich vorwärts. Es war Zeit, dass sie sich den Folgen ihres Handelns stellte. Dr. Schroeder hatte bestimmt Wort gehalten. Er hatte Emilys Vater sicher schon vor Stunden angerufen. Ihre Mutter wusste es inzwischen wohl auch. Vermutlich warteten beide in der Bibliothek auf sie. Sie stellte sich vor, dass ihr Vater bereits den Gürtel aus den Schlaufen gezogen hatte und das Leder in seine Handfläche klatschen ließ, während er ihr genau schilderte, was er gleich tun würde.

In der Garage fiel die Temperatur ein wenig. Sie schloss die Hand um den Türknauf, und plötzlich wurde ihr bewusst, dass sie wieder etwas spürte, dass sie das kalte Metall in ihrer Handfläche wahrnahm. Emily spreizte die Finger, und mit einem Mal floss das Empfinden in ihren Körper zurück. Erst in ihre Finger, dann die Arme hinauf bis zu den Schultern und nach unten zur Brust, dann in Hüften, Beine, Füße. Seltsamerweise war ihr Bauch der letzte Teil von ihr, der aufwachte. Sie hatte plötzlich einen Bärenhunger.

Sie legte die Hand auf ihre Mitte, und da war sie: die sanfte Wölbung der Schwangerschaft. Das unverkennbare Zeichen, dass etwas in ihr heranwuchs. Nicht die Schwerkraft hatte diese Rundung bewirkt. Ein Junge hatte es getan.

Aber welcher Junge?

Die Tür flog auf.

Sie sah das angespannte Gesicht ihrer Mutter. Esther Vaughn ließ selten eine Gefühlsregung erkennen, aber jetzt sah Emily, dass die Wimperntusche ihrer Mutter verlaufen war. Ihr Lidschatten war so verschmiert, dass sie aussah wie ein Clown. Fast hätte Emily darüber gelacht, aber dann bemerkte sie, dass ihr

Vater hinter der Tür lauerte. Seine Gegenwart füllte den vollgestellten Flur aus. Wenn seine Wut Wärme abgestrahlt hätte, wären sie alle in diesem Moment bei lebendigem Leib verbrannt.

Wie durch einen Zauber verschwand die Angst. Eine große Ruhe kam über Emily. Sie fügte sich bereits in das, was gleich geschehen würde, sie konnte es sogar kaum erwarten, es hinter sich zu bringen. Sie hatte von ihrer Mutter gelernt, dass es manchmal besser war, sich einfach auf dem Boden zusammenzurollen, das Gesicht mit den Armen zu schützen und die Schläge hinzunehmen, wie sie kamen.

Und Tatsache war: Sie hatte es verdient.

»Emily!« Esther zerrte sie in Richtung Küche. Sie schloss die Tür zum Flur hinter sich für den Fall, dass die Haushälterin noch da war. Ihr Tonfall war scharf, aber leise. »Wo zum Teufel warst du?«

Emilys Blick fand die Uhr am Herd. Es war fast fünf. Sie hatte keine Erinnerung an die Zeit zwischen dem Verlassen von Dr. Schroeders Praxis und jetzt.

»Antworte mir.« Esther riss an ihrem Arm wie am Klöppel einer Glocke. »Warum hast du mich nicht angerufen?«

Emily schüttelte den Kopf, denn sie wusste nicht, warum. Mrs. Brickel hatte gesagt, sie solle ihre Mutter anrufen. Wieso hatte sie nicht gehorcht? War sie dabei, den Verstand zu verlieren? Wo waren die letzten acht Stunden geblieben?

»Setz dich«, sagte Esther. »Bitte, Emily, bitte sag uns, was passiert ist. Wer hat dir das angetan?«

Emily fühlte, wie ihre Seele wieder aus dem Körper zu schweben versuchte. Sie umklammerte den Stuhl, um auf der Erde zu bleiben. »Ich weiß es nicht.«

Franklin war ihnen lautlos in die Küche gefolgt. Er lehnte mit verschränkten Armen an der Anrichte. Er hatte noch nichts gesagt. Nichts getan. Was war los? Warum brüllte er nicht, schlug nicht, schrie nicht?

»Baby.« Esther ging vor ihr in die Hocke. Sie hielt Emilys Hände fest. »Bitte erzähl mir, was geschehen ist. Ich muss es wissen. Wie ist das passiert?«

»Ich war …« Emily schloss die Augen. Sie sah vor sich, wie Clay das kleine Stückchen Löschpapier auf ihre Zunge legte. Nein, sie durfte es ihnen nicht erzählen. Sie würden Clay die Schuld geben.

»Emily, bitte«, flehte Esther.

Sie öffnete die Augen. »Ich habe Alkohol getrunken. Ich wusste nicht, dass es … Ich bin ohnmächtig geworden. Ich glaube jedenfalls, dass ich ohnmächtig geworden bin. Und dann bin ich aufgewacht und wusste nicht, dass etwas passiert ist. Ich hatte keine Ahnung.«

Esther schürzte die Lippen und kauerte sich auf die Fersen. Emily konnte das Gehirn ihrer Mutter arbeiten sehen, es bohrte auf der Suche nach einer Lösung an der Gefühlsregung vorbei. Deshalb hatte es kein Geschrei gegeben und keine Schläge. Ihre Eltern hatte acht Stunden Zeit gehabt, sich gegenseitig anzuschreien.

Jetzt handhabten sie die Angelegenheit, wie sie jede Bedrohung des Unternehmens Richterin Esther Vaughn handhabten – so wie bei Onkel Fred, als er in dieser Männerbar erwischt worden war, oder wie damals, als Cheese' Dad, Chief Stilton, Omi zurückgebracht hatte, nachdem sie im Nachthemd in den Lebensmittelladen spaziert war. Emily kannte die einzelnen Schritte, als wären sie ins Familienwappen eingeritzt. Das Problem einräumen. Schmieren, wen man schmieren musste. Eine Lösung finden, die den Namen der Familie aus den Schlagzeilen hielt. Weitermachen, als wäre nichts geschehen.

»Emily«, sagte Esther. »Sag mir die Wahrheit. Es geht hier nicht um Anschuldigungen. Es geht um Lösungen.«

»Anschuldigungen sind noch nicht vom Tisch«, konterte Franklin.

Esther fauchte wie eine Katze in seine Richtung. »Rede, Emily.«

»Ich … Ich habe zuvor nie getrunken.« Je mehr Emily log, desto mehr glaubte sie sich selbst. »Ich habe nur genippt, Mom, ich schwöre es. Du weißt, dass ich so etwas nie tun würde. Ich bin nicht … Ich bin nicht so. Ich schwöre es.«

Ihre Eltern wechselten einen Blick, den sie nicht entschlüsseln konnte.

Franklin räusperte sich. »Es war Blakely oder Fontaine oder Morrow. Das sind die Einzigen, mit denen du dich abgibst.«

»Nein«, sagte sie, denn er kannte sie nicht, wie Emily sie kannte. »Das würden sie mir nicht antun.«

»Herrgott noch mal!« Er schlug mit der Faust auf die Anrichte. »Du bist nicht die Jungfrau Maria. Jetzt rück schon raus damit. Irgendein Junge hat seinen Schwanz in dich gesteckt und dir ein Kind gemacht.«

»Franklin!«, warnte Esther. »Das reicht!«

Emily beobachtete mit Entsetzen, wie ihr Vater klein beigab und seine Wut zügelte. Das hatte sie noch nie gesehen. Esther machte ihre Autorität zu Hause niemals geltend. Doch irgendwie schien sie jetzt das Sagen zu haben.

»Mom.« Emily schluckte schwer. »Es tut mir so leid.«

»Ich weiß«, sagte Esther. »Hör mir zu, Baby. Es ist mir egal, wie es passiert ist – ob du es wolltest oder nicht, ist unerheblich. Sag uns einfach, wer es war, damit wir die Sache richten können.«

Emily wusste nicht, was sie mit *richten* meinte. Ihr fiel ein, was Mrs. Brickel über Optionen gesagt hatte. Und dann dachte sie daran, wie Nardo ihr Zigarettenrauch in Gesicht blies. Wie Blake eine abfällige Bemerkung über den Sitz ihrer Jeans machte und Clay sie seit fast fünfzehn Jahren komplett ignorierte, wenn sie auf einer Arschbacke neben ihm am Tisch saß.

Die plötzliche klare Erkenntnis erschütterte sie: Sie liebte sie nicht – nicht so, wie sie gedacht hatte. Sie wollte keinen von ihnen. Nicht einmal Clay.

»Emily.« Ihre Mutter hörte nicht auf, ihren Namen wie ein Mantra zu wiederholen. »Emily, bitte.«

Emily zwang sich, die Glasscherben in ihrer Kehle hinunterzuschlucken. »Ich will nicht heiraten.«

»Und ich will, verdammt noch mal, nicht Großvater werden!«, entfuhr es Franklin. Er hatte die Fäuste geballt, aber er presste die Arme seitlich an den Körper. »Himmel noch mal, Esther. Wir haben darüber gesprochen. Bring sie einfach irgendwohin und sieh zu, dass sie es loswird.«

»Allerdings haben wir darüber gesprochen.« Esther stand auf und nahm Emily aus der Diskussion, indem sie vor ihn trat. »Irgendwer wird es herausfinden, Franklin. Irgendwer findet es immer heraus.«

Er tat es mit einer Handbewegung ab und sprang zum nächsten Schritt im Strategiebuch. »Engagiere jemanden. Biete Geld an.«

»Wen soll ich denn engagieren? Eine meiner Büroangestellten? Die Haushälterin?« Esther stand in Strümpfen da und fuchtelte mit dem Zeigefinger vor Franklins Gesicht. »Du bist der Mathematiker. Rechne mir aus, wie lange es dauern wird, bevor jemand mit genügend Geld kommt, um ihre Zunge zu lösen. Bevor alles, wofür wir gearbeitet haben, wegen eines dummen Fehlers implodiert.«

»Es ist nicht *mein* Fehler.«

»Aber es ist *deine* Reputation«, gab sie zurück. »Du bist derjenige, der zu Konferenzen fährt und in Kirchen spricht und …«

»Für dich!«, brüllte er. »Für deine geheiligte Karriere!«

»Glaubst du, die *Washington Post* würde einen Furz auf einen zweitklassigen Wirtschaftsprofessor geben, wenn seine Frau nicht im Alleingang dem Staat Delaware den *Neuen Föderalismus* beschert hätte?«

Emily hatte ihren Vater nie zuvor zerknirscht gesehen. Er drückte tatsächlich das Kinn an die Brust.

Dann fragte er: »Adoption?«

»Mach dich nicht lächerlich. Du weißt, wie schrecklich das Wohlfahrtssystem für Kinder ist. Da könnten wir den armen Wurm ebenso gut ins Meer werfen. Und die Zahl der Leute, die ins Vertrauen gezogen werden müssten, würde exponentiell steigen.« Esther war noch nicht fertig. »Ganz zu schweigen davon, dass Reagan mich für alle Zeiten von der Liste streicht, wenn es auch nur den Hauch eines Skandals dieser Art gibt.«

»Als wäre seine eigene Tochter nicht auch auf skandalöse Weise frühreif«, schnaubte Franklin. »Ich mache hier mal eine Rechnung für dich auf, Esther. Es könnte Jahre dauern, bis jemand redet. Bis dahin bist du als Richterin ernannt. Auf Lebenszeit. Du kannst ihnen dann verkünden, dass sie dich alle kreuzweise können.«

Emily spürte neue Glasscherben in ihrer Kehle. Sie taten, als wäre sie gar nicht im Raum.

»Begreifst du nicht, wie verschlagen die Opposition sein kann? Schau dir doch an, was sie mit Anne Gorsuch machen. Sie ist kaum ein Jahr Leiterin der Umweltschutzbehörde, und schon wird sie zur Zielscheibe.« Esther rang die Hände. »Ich bin kein Kennedy, Franklin. Sie werden einen Skandal nicht unter den Teppich kehren, wenn eine konservative Frau im Spiel ist.«

Emily sah ihren Vater zu Boden blicken. Schließlich nickte er. »Also gut, wir lassen sie von meiner Mutter in eine Klinik begleiten, irgendwohin, wo es ungefährlich ist, Kalifornien zum Beispiel oder …«

»Bist du wahnsinnig?« Esther fuchtelte mit den Armen. »Deine Mutter weiß kaum noch, wie sie heißt!«

»Sie weiß genug, um, verdammt noch mal, ein Auge auf ihr eigenes Kind zu haben!«

Esther schlug ihm ins Gesicht. Es klang, als bräche ein Ast von einem Baum.

Emily blieb vor Überraschung der Mund offen. Auf der Wange ihres Vaters breitete sich ein roter Striemen aus. Emily machte sich auf eine gewalttätige Reaktion gefasst, aber Franklin schüttelte nur den Kopf und verließ dann die Küche.

Esther schlang die Arme um den Leib und lief im Zimmer auf und ab. Sie überlegte immer noch fieberhaft und suchte verzweifelt nach einer Lösung.

»Mom …«, begann Emily.

»Kein Wort.« Esther hob die Hand, um sie zum Schweigen zu bringen. »Ich werde das nicht geschehen lassen. Nicht dir und gewiss nicht mir.«

Emily versuchte die Glasscherben wieder zu schlucken, aber es funktionierte nicht.

»Du wirst dir von dieser Sache nicht dein Leben ruinieren lassen.« Sie wandte sich nun gegen Emily. »Warum hast du mich nicht wegen Empfängnisverhütung gefragt?«

Die Unverfrorenheit der Frage verschlug Emily die Sprache. Warum sollte sie sich um Empfängnisverhütung kümmern? War das überhaupt erlaubt? Niemand hatte die Möglichkeit je erwähnt.

»Verdammt.« Esther rannte wieder auf und ab. »Bist du dir sicher, dass du ihn nicht heiraten willst?«

Ihn?

»Du wirst früher oder später heiraten müssen, Emily. Es muss nicht eine Beziehung werden, wie sie dein Vater und ich haben. Ihr könnt euch entwickeln. Ihr könnt lernen, einander zu lieben.«

»Mom«, sagte Emily. »Ich weiß nicht, wer es ist. Ich weiß nicht einmal mehr, *dass* es passiert ist.«

Esther hatte die Lippen wieder geschürzt. Sie forschte in Emilys Gesicht nach Zeichen von Arglist.

»Was ich darüber gesagt habe, wie es passiert ist, das war die Wahrheit. Ich … Ich habe etwas getrunken. Ich erinnere mich nicht mehr, was danach passiert ist. Ich weiß nicht, wer es war.«

»Du wirst doch wohl eine Vermutung haben.«

Emily schüttelte den Kopf. »Ich glaube nicht … Sie würden das nicht tun. Die Jungs. Wir sind Freunde seit der ersten Klasse und …«

»Dein Vater hat zumindest damit recht. Es sind Jungs, Emily. Was dir widerfahren ist, ist genau das, was Jungs mit Mädchen machen, die sich bewusstlos saufen.«

»Mom …«

»An diesem Punkt sind die Umstände irrelevant. Entweder du nennst uns den Namen des Jungen – irgendeinen, das ist mir egal. Nenne einfach einen, und wir regeln alles. Oder du kannst für den Rest deiner Tage mit der Schande leben.«

Emily konnte nicht fassen, was ihre Mutter da sagte. Sie redete immer von Wahrheit und Gerechtigkeit, und jetzt forderte sie ihre eigene Tochter dazu auf, das Leben eines beliebigen Menschen zu ruinieren.

»Nun?«, sagte Esther.

»Ich …« Emily musste innehalten, um Luft zu holen. »Ich kann es nicht, Mom. Ich erinnere mich wirklich nicht. Und es wäre falsch – ich kann doch nicht etwas behaupten, ohne zu wissen, ob es wahr ist. Das kann ich meinen …«

»Bernard Fontaine ist ein noch größerer Gauner als sein verkommener Vater. Eric Blakely wird für den Rest seines erbärmlichen Lebens im Diner Bratkartoffeln wenden.«

Emily biss sich auf die Zunge, um die beiden nicht spontan zu verteidigen.

»Du hast Clay doch immer gemocht. Wäre das so schlimm?« Esther bemühte sich sichtlich, ihren Ton zu mäßigen. »Er sieht sehr gut aus. Er wird auf ein College im Westen gehen. Du könntest es sehr viel schlechter treffen.«

Emily versuchte sich ein Leben mit Clay vorzustellen. Immer zur Seite geschoben, halb in der Luft hängend, während er von Revolution faselte.

Sie schüttelte schon den Kopf, bevor sie zu sprechen begann. »Nein. Ich kann nicht lügen.«

»Dann ist das deine Entscheidung, Emily Rose. Denk immer dran. Du bist diejenige, die diese Entscheidung getroffen hat.« Esther nickte einmal, um das Ende eines Themas und den Beginn eines neuen anzuzeigen. »Wir werden das als Familie managen, so wie wir es immer tun. Du hättest nicht zu Dr. Schroeder gehen sollen. Aus diesem Grund sind uns jetzt die Hände gebunden. Er hat eine große Klappe und wird es allen erzählen, wenn du von einem Urlaub zurückkehrst und dieses kleine Problem gelöst ist. Von seiner Sprechstundenhilfe gar nicht zu reden. Natalia Brickel hat wahrscheinlich gekichert wie eine Hexe, als sie es erfahren hat.«

Emily wandte den Blick ab. Mrs. Brickel war extrem freundlich gewesen. »Es tut mir leid.«

»Ich weiß, dass es dir leidtut, Emily.« Esthers Stimme brach. Sie drehte sich um, damit ihre Tochter sie nicht weinen sah. »Es tut uns allen leid, aber das spielt keine Rolle.«

Emilys Unterlippe begann zu zittern. Sie hasste es, wenn ihre Mutter weinte. Bis an ihr Lebensende konnte sie nichts anderes tun, als immer nur dieselben Worte zu wiederholen: »Es tut mir leid.«

Ihre Mutter schwieg und hatte die Hände vors Gesicht geschlagen. Sie hasste es, wenn man sie in verletzlichen Momenten sah.

Emily fielen all die Dinge ein, die sie jetzt tun könnte – ihre Mutter trösten, sie in den Arm nehmen, ihr über den Rücken streichen, wie Mrs. Brickel es getan hatte –, aber emotionale Unterstützung ging über ihre festgelegten Pflichten hinaus: Emily zeigte Bestleistungen in allem, was sie tat. Esther verfolgte es mit Wohlwollen. Keine von beiden konnte mit einem Versagen umgehen.

Emily blieb nur, auf ihre verschränkten Hände auf dem Tisch zu blicken, während Esther sich sammelte. Dr. Schroeder und ihr Vater – sie hatten in einem Punkt recht: Es war einzig und allein ihr Fehler. Sie sah jeden Fehler, den sie je begangen hatte, in der Grafik ihres Lebens hell aufleuchten. Sie wäre gern mit der Einsicht, die sie jetzt besaß, in der Zeit zurückgewandert. Sie würde zu keinen blöden Partys mehr gehen. Sie würde nicht wie ein Hund die Zunge herausstrecken und unbesehen alles schlucken, was man ihr in den Mund steckte.

Bei allen Fehlern, die Franklin Vaughn hatte – er hatte Emilys Clique absolut durchschaut.

Nardo war ein krummer Hund durch und durch. Blake machte große Sprüche, wie er mit dem Geld aus der unberechtigten Klage nach dem Tod seiner Eltern aufs College gehen würde, aber sie alle wussten, er würde früher oder später hinwerfen. Und Clay – wie hatte Emily sich je einreden können, dass Clayton Morrow ihre Zeit wert war? Er war arrogant, herzlos und sehr, sehr egoistisch.

Esther schniefte. Sie schnäuzte in ein Papiertuch aus der Packung auf der Anrichte. Ihre Augen waren gerötet. Sie war niedergeschlagen bis ins Mark.

Wieder konnte Emily nur sagen: »Es tut mir so leid.«

»Ich verstehe nicht, wie du das geschehen lassen konntest.« Esthers Stimme war rau, Tränen liefen ihr über das Gesicht. »Ich wollte so viel für dich. Weißt du das überhaupt? Du solltest nicht so kämpfen müssen wie ich. Ich wollte dir das Leben einfacher machen. Dir die Chance eröffnen, etwas darzustellen, ohne alles dafür opfern zu müssen.«

Emily hatte wieder zu weinen begonnen. Sie war am Boden zerstört, ihre Mutter so enttäuscht zu haben. »Ich weiß, Mom. Es tut mir leid.«

»Niemand wird dich jetzt mehr respektieren. Ist dir das klar?« Esther faltete die Hände wie zum Gebet. »Du hast deine Intelligenz, deine harte Arbeit, deine Antriebskraft und Entschlossenheit ausgelöscht. Alles, was du bis zu diesem Moment erreicht hast, ist wie weggeblasen – und wofür? Es kann dir keinen Spaß gemacht haben. Diese Jungs haben ja kaum die Pubertät hinter sich. Sie sind Kinder.«

Emily nickte, denn sie hatte recht. Sie waren ein Haufen dummer Kinder.

»Ich habe mir gewünscht …« Esthers Stimme brach wieder. »Ich habe mir gewünscht, dass du dich in jemanden verliebst, der sich etwas aus dir macht. Der dich respektiert. Begreifst du, was du getan hast? Das ist alles vorbei jetzt. Aus und vorbei.«

Emilys Mund war so trocken, dass sie kaum schlucken konnte. »Ich … Das habe ich nicht gewusst.«

»Na, dann weißt du es jetzt.« Esther schüttelte einmal den Kopf, nicht um zum nächsten Schritt, der Lösung, weiterzugehen, sondern um anzuzeigen, dass eine endgültige Entscheidung gefallen war. »Von jetzt an werden alle Leute in dir nur eine dreckige Hure sehen.«

Esther verließ die Küche. Es gab eine Tür zum Flur, aber Esther knallte sie nicht zu. Sie stampfte nicht mit den Füßen beim Gehen. Sie schrie nicht oder schlug an die Wand. Sie ließ einfach ihre Worte durch Emilys Kopf hallen.

Dreckige Hure.

Genau das hatte Dr. Schroeder gedacht, als er dieses grausame Metallinstrument zwischen ihre Beine gerammt hatte. Genau das dachte Mrs. Brickel insgeheim. Ihr Vater hatte es im Grunde ausgesprochen. Es war das Etikett, das ihr die Lehrer und die früheren Freunde in der Schule anhefteten. Clay, Nardo, Blake und Ricky würden alle dasselbe sagen. Es war das Kreuz, das Emily für den Rest ihres Lebens zu tragen hatte.

»Schätzchen?«

Emily stand rasch auf und sah zu ihrem Entsetzen Omi auf den Weinkisten in der Speisekammer sitzen. Sie war schon die ganze Zeit da gewesen. Sie musste alles gehört haben.

»Ach, Omi.« Emily hätte nicht geglaubt, dass sie noch mehr Scham empfinden konnte. »Wie lange bist du schon hier?«

»Ich habe meine Uhr nicht mit«, sagte Omi, obwohl sie am Aufschlag ihres Kleides festgesteckt war. »Möchtest du Kekse?«

»Ich hole sie.« Emily ging zum Küchenschrank und öffnete ihn. Sie sah ihre Großmutter nicht an, als sie fragte: »Omi, hast du gehört, worüber sie gesprochen haben?«

Omi setzte sich an den Tisch. »Ja. Ich habe gehört, was sie gesagt haben.«

Es kostete Emily Überwindung, sich umzudrehen. Sie blickte ihrer Großmutter in die Augen, forschte jedoch nicht nach einem Urteil, sondern nach Bewusstsein. War das die Großmutter, die sie aufgezogen hatte, ihre Heldin, ihre Vertraute? Oder die Großmutter, die die Fremden, von denen sie umgeben war, nicht erkannte?

»Emily?«, fragte Omi. »Ist alles in Ordnung mit dir?«

»Ach, Omi.« Emily sank weinend neben ihrer Großmutter auf die Knie.

»Armes Lämmchen«, sagte Omi und strich ihr das Haar aus dem Gesicht. »So ein Pech.«

»Sag mal, Omi …« Emily gab sich einen Ruck. Sie mussten reden, so lange noch Zeit war. »Erinnerst du dich, wie ich Anfang letzten Monats auf dem Boden in deinem Schlafzimmer aufgewacht bin?«

»Natürlich«, sagte Omi, aber man konnte nicht wissen, ob es stimmte. Ihr Gedächtnis wurde mit jedem Tag schlechter. Sie verwechselte Emily oft mit ihrer eigenen, längst verstorbenen Schwester. »Du hast ein grünes Kleid getragen. Es war sehr hübsch.«

Emilys Herz machte einen Freudensprung. Sie sah sich auf Clay zugehen, die Zunge herausgestreckt, um das LSD-Blättchen anzunehmen, und sie trug das seidige grüne Kleid, das sie sich von Ricky geliehen hatte.

»Das stimmt, Omi«, sagte sie. »Ich hatte ein grünes Kleid an. Erinnerst du dich an diese Nacht?«

»Der Saddle-Oxford war draußen.« Omi lächelte. »So eine komische kleine Kugel. Piep, piep.«

Emily sank das Herz. So schnell Omi da war, war sie auch wieder weg. Zumindest würde sie sich nicht an die Unterhaltung zwischen Emily und ihren Eltern soeben erinnern. Was bedeutete, je mehr Emilys Bauch wuchs, desto überraschter würde sie jedes Mal reagieren, wenn sie ihre schwangere Enkelin erkannte.

»Schätzchen?«

»Ich hole die Kekse.« Emily stand auf, um die Dose zu holen. Sie wischte sich mit dem Handrücken über die Augen. »Willst du Milch?«

»O ja, bitte. Ich liebe kalte Milch.«

Emily öffnete den Kühlschrank. Sie zwang sich, in Gedanken zum Morgen nach der Party zurückzugehen. Deutlich erinnerte sie sich daran, wie sie auf dem Boden im Zimmer ihrer Großmutter aufgewacht war. Ihr Kleid hatte sie verkehrt herum, mit der Innenseite nach außen getragen. Ihre Oberschenkel hatten sich wie geprellt angefühlt. In ihrem Unterbauch pochten Schmerzen, die sie als Menstruationskrämpfe abgetan hatte.

Warum konnte sie sich nur nicht erinnern?

»Saddle-Oxford, Saddle-Oxford, piep, piep, piep«, sang ihre Großmutter. »Wie nennt sich das? Dieses kleine Kugelauto?«

»Ein Auto?«, wiederholte Emily und stellte das Glas Milch auf den Tisch. »Was für ein Auto?«

»Ach, du weißt schon, was ich meine.« Omi knabberte an einem Keks. »Es fällt hinten schräg ab. Sieht aus wie etwas, aus dem ein Clown herausspringen könnte.«

»Äh …« Emily setzte sich auf den Stuhl gegenüber von Omi.

Eine weitere Erinnerung blitzte auf, diesmal stand das dunkle Innere eines Wagens im Vordergrund. Die Armaturenbeleuchtung war an. Die Musik im Radio war so leise, dass sie den Text des Songs nicht verstand. Emily fummelte nervös an einem Riss im Saum von Rickys grünem Kleid.

»Sie fallen hinten schräg ab«, sagte Omi. »Die Autos, bei denen man den Kofferraum durch das Heckfenster sieht.«

Emily hielt den Atem an, genau wie in Dr. Schroeders Praxis. Sie hörte den Song im Radio wieder, aber sie konnte die Worte noch immer nicht ausmachen. »Ein Fließheck?«

»Nennt man es so?« Omi schüttelte den Kopf. »Sehr seltsam, einen erwachsenen Mann in so etwas zu sehen.«

»Was für ein Mann?«

»Woher soll ich das wissen?«, sagte Omi. »Er hat dich in der Nacht, von der du redest, vor dem Haus abgesetzt. Ich habe ihn vom Fenster aus gesehen.«

Emily knirschte mit den Zähnen. Wieder blitzte eine Erinnerung auf, die sich so real anfühlte wie die, bei der Clay ihr das LSD auf die Zunge legte. Es war Stunden nach der Party. Die Nacht war so dunkel, dass Emily kaum die Hand vor Augen sah. Plötzlich wurde eine Wagentür geschlossen. Ein Motor sprang an, und ein Scheinwerferpaar beleuchtete die Hausfront. Emily schwankte. Ihre Schenkel brannten, die Haut klebte zusammen. Sie blickte nach unten und sah den zerrissenen Saum an Rickys Kleid. Dann schaute sie nach oben, wo Omi am Fenster ihres Zimmers stand.

Ihre Blicke trafen sich. Etwas ging zwischen ihnen hin und her. Emily fühlte sich anders. Schmutzig.

Der Motor heulte auf. Der Wagen setzte eilig zurück. Emily musste sich nicht umdrehen, um zu wissen, wie er aussah. Sie war Augenblicke zuvor in dem Wagen gewesen, Monate zuvor, mindestens ein Jahr zuvor. Wenn sie bei Regen nach Hause gebracht wurde. Per Anhalter zum Leichtathletiktraining fuhr. Das Wageninnere roch nach Schweiß und Gras. Von außen wirkte er rundlich, fast kugelförmig. Das Farbschema war wie bei einem Saddle-Oxford-Schuh, oben hellbraun, unten dunkelbraun. Es gab nur einen Menschen in der Stadt mit einem Chevy Chevette, der so aussah. Es war derselbe Mann, der sie in der Nacht der Party nach Hause gebracht hatte.

Dean Wexler.

4

Andrea nahm ein unerklärliches und vielleicht unbegründetes Gefühl der Zurückweisung an sich wahr, nachdem sie Judiths Atelier verlassen hatte. Die Frau, die möglicherweise Andreas Halbschwester war, hatte kein Interesse an ihrem potenziellen gemeinsamen Vater. Judith kannte von Clayton Morrows späteren Verbrechen nur die Version aus dem *People Magazine*. Sie hatte nie tiefer nachgeforscht oder versucht, mit ihm Kontakt aufzunehmen. Sie wollte gar nicht mehr wissen. Tatsächlich schien sie eher weniger wissen zu wollen.

»Warum sollte ich auch nur einen Gedanken an ihn verschwenden?«, hatte sie Andrea gefragt. »Warum sollte *irgendwer* es tun?«

Es war eine gute Frage, und Andrea konnte sie nicht beantworten, ohne alles zu verraten.

Sie hielt ihr Handy umklammert, während sie um die Rückseite des Hauses ging. Sie konnte sich nicht dazu aufraffen, auf den Bildschirm zu schauen. Es war ihr gelungen, heimlich ein paar Fotos von der Emily-Collage aufzunehmen, während Judith das Atelier abschloss. Die Ultraschallaufnahmen, die

Gruppenbilder, die Schnappschüsse, auf denen Emily einfach ihr Teenagerleben lebte, die Beschriftung der Musikkassette. Dann hatte Andrea den Rest ihrer kurzen gemeinsamen Zeit nur genickt, während Judith von Guinevere erzählte, die wohl in der Tat schwierig war, und von der Richterin, die in Judiths Darstellung erstaunlich weich wurde, sobald sie von ihrer geliebten Gartenarbeit sprach, oder von Esthers unerschütterlicher Unterstützung für ihre Enkelin und deren Wunsch, eine künstlerische Karriere anzustreben, statt Jura oder Wirtschaft oder etwas anderes zu studieren, womit sie ihre Rechnungen bezahlen konnte.

»Granny ist so ehrgeizig«, hatte Judith ihr anvertraut. »Sie hat mir erzählt, dass sie von Anfang an fest entschlossen war, bei mir nicht die gleichen Fehler zu machen wie bei meiner Mutter. Es sind furchtbare Umstände für einen zweiten Versuch, aber sie hat etwas Sinnvolles daraus gemacht.«

Andrea war nicht lange genug geblieben, um sich anzuhören, welche Fehler das gewesen waren, obwohl sie den Eindruck hatte, dass Judith liebend gern darüber gesprochen hätte. Das war es, was das Leben in einer Kleinstadt bewirkte. Die Isolation, der Mangel an neuen Bekanntschaften veränderte einen Menschen. Man redete entweder zu viel, oder man redete überhaupt nicht.

Trotz ihrer verborgenen Motive hatte sich Andrea bei dem Wunsch ertappt, Judith möge in die zweite Kategorie fallen. Es war zu verrückt und verlogen, so viel über einen anderen Menschen zu wissen und dabei so zu tun, als wüsste man nichts. Zum Beispiel hätte sie Judith sagen können, dass sie sich in einem scheinbar nebensächlichen, aber sehr wichtigen Punkt vollkommen irrte …

Die Handschrift auf Emilys Musikkassette war nicht die von Clayton Morrow.

Soweit Andrea wusste, gehörte sie zu niemandem in Emilys Clique. Alle Zeugenaussagen der ursprünglichen Untersuchung waren von den Zeugen selbst verfasst worden. Daher waren Jack Stiltons beinahe unleserliche Schrägschrift und Ricky Blakelys kindische Gewohnheit, Kreise statt i-Punkte zu verwenden, in der Zeit eingefroren. Genau wie Clay Morrows Angewohnheit, wahllos Buchstaben in seiner Blockschrift groß zu schreiben. Er hatte den Kugelscheiber so fest auf das Papier gedrückt, dass das Xerox-Kopiergerät einen Schatten der Rillen eingefangen hatte.

Um ca. 17.45 Uhr am 17. April 1982 stand ich, Clayton Morrow, an der Bühne in der Sporthalle, als Emily Vaughn auf mich und meine Freundin Rhonda Stein zukam. Sie sah uns wortlos an und schwankte mit offenem Mund hin und her. Jeder konnte sehen, dass sie betrunken war oder unter Drogen stand. Vielen Leuten fiel auf, dass sie keine Schuhe trug, und sie wirkte stark seelisch gestört. Offenbar war sie orientierungslos. Sie sagte kein Wort, bis sie wieder wegging. Die Leute rissen Witze über sie, was mir leidtat. Wir waren früher Freunde gewesen, bis sie aus der Spur geriet, deshalb fühlte ich mich verpflichtet, mich zu vergewissern, dass mit ihr alles in Ordnung war. Vor der Sporthalle sagte ich zu ihr, sie solle nach Hause gehen. Wer behauptet, ich hätte sie gepackt, interpretiert die Fakten falsch. Hätten diese sogenannten Zeugen in der Nähe gestanden, wäre ihnen aufgefallen, dass man auf einmal nur noch das Weiße in ihren Augen sah. Ich habe sie aufgefangen, damit sie nicht stürzt. Das war's. Ich gebe zu, ich habe sie angeschrien, sie solle vorsichtig sein, und vielleicht habe ich auch gesagt: Du wirst dich noch umbringen, aber das geschah nur aus Sorge um ihre Sicherheit. Sie nahm wie gesagt viele Drogen, und sie lief herum und brachte alle gegen sich auf, vor allem, weil sie jeden Kerl, der sie auch nur von der Seite ansah, der Vergewaltigung beschuldigte. Dieser Irrsinn ist der Grund, warum ich mich aus unserer früheren Freundschaft zurückgezogen habe. Ich weiß nicht, wer der

Vater ihres Babys ist, und es ist mir offen gestanden auch egal. Ich weiß nur, dass ich es nicht bin, weil ich nie an ihr interessiert war. Wenn überhaupt, war sie eher wie eine kleine Schwester für mich. Sollte sie aus dem Koma aufwachen, wird sie es Ihnen genau so sagen. Ich bin derzeit fest mit Rhonda zusammen. Sie ist die Kapitänin des Cheerleaderteams, und wir haben viele gemeinsame Interessen. Ich wünsche niemandem etwas Böses, und ich hoffe, ihr Zustand bessert sich, aber das alles hat ehrlich gesagt nichts mit mir zu tun, und ich bin froh, dass ich bald aufs College gehe. Ich habe aktuell genügend Punkte für einen Abschluss beisammen und werde bald aufbrechen. Meine Eltern können mir mein Diplom schicken oder es sich daheim an die Wand hängen. Es interessiert mich schlichtweg nicht. Ich habe an diesem Abend einen schwarzen Smoking getragen, so wie viele andere Typen auch, und ich weiß nicht, warum das relevant sein soll, aber man hat mich angewiesen, diese Information anzufügen. Ich schwöre unter Strafandrohung, dass meine Aussage der Wahrheit entspricht.

Was Andrea an Clays Aussage am stärksten auffiel, war die Tatsache, dass er nach dem ersten Satz, der augenscheinlich allen Zeugen vorgegeben wurde, Emilys Namen nicht mehr benutzte.

Andrea war auf der Vorderseite des Vaughn'schen Herrenhauses angelangt. Die beiden Ford Explorer parkten immer noch nebeneinander. Sie nahm an, Harri und Krump erstatteten Bible zum Schichtwechsel Bericht. Anstatt ins Haus zu gehen, lehnte sich Andrea an die Wand. Sie entsperrte ihr iPhone. Ihre Finger bewegten sich zu einer Reihe von Suchanfragen rasch über das Display.

»Hurts So Good« von John Cougar war aus dem Album *American Fool.*

»Nice Girls« war auf dem Debütalbum von Eye to Eye erschienen, das den Namen der Band trug.

Juice Newtons »Love's Been a Little Bit Hard on Me« stammte vom Album *Quiet Lies*.

Andrea schlug den Rest der Liste nach, von Blondie über Melissa Manchester bis Van Halen. Laut Wikipedia stammten alle Songs von Alben, die im April 1982 erschienen waren. Was bedeutete: Wer immer die Kassette zusammengestellt hatte, hatte wenige Wochen, wenn nicht gar nur Tage vor dem Angriff auf Emily mit ihr Kontakt gehabt.

Sie presste die Lippen zusammen und wischte durch die Fotos der ersten Collage, die Judith im Teenageralter angefertigt hatte. Sie fand die Beschriftung der Kassette und zoomte sie größer.

1982 hatte jemand einen Füllfederhalter benutzt, um Titel und Künstler hinzuschreiben. Die Tinte hatte geschmiert, und die Buchstaben sahen beinahe kalligrafisch aus. Wer auch immer das Band gemixt hatte, war bei der Beschriftung entweder von einem künstlerischen Drang überwältigt worden oder hatte sich alle Mühe gegeben, seine Handschrift zu verstellen.

Im Licht des brutalen Angriffs auf Emily schien die Antwort nahezuliegen.

Das Telefon vibrierte in ihrer Hand. Andrea verdrehte automatisch die Augen, noch bevor sie den Namen ihrer Mutter las, denn natürlich hatte Laura ihr geschrieben. Sie öffnete die Nachricht und fand ein Foto einer Arc'teryx-Jacke, die perfekt zu ihrem Stil passte, wie Andrea zugeben musste, wenn auch nicht zur derzeitigen Wetterlage. Dann erschien eine weitere Nachricht, diesmal ein Link zu einem Ausstatter in Portland, Oregon.

Sie haben deine Größe, hatte Laura geschrieben. *Habe mit Gil, dem Geschäftsführer, gesprochen. Er ist bis 10 da.*

»Lieber Himmel!«, murmelte Andrea.

Sie schrieb zurück: *kann nichts lesen wg starkem Wind von Hubschrauberrotor.*

Eine Tür ging in der Garage auf. Sie schaute um die Ecke und sah Bible auf sich zukommen.

»Tut mir leid.« Sie hielt das Telefon in die Höhe. »Meine Mom bewirbt sich als Helikoptermutter des Jahres.«

»Kein Problem«, sagte er, aber sie sah ihm an, dass es sehr wohl eines war. »Harri und Krump wollten kurz Hallo sagen, bevor sie sich aufs Ohr legen.«

Die beiden Männer tauchten hinter Bible auf, beide um die eins neunzig groß und zusammen fast so breit wie eine Parkbucht der Garage. Andrea erriet aus ihren erschöpften Gesichtern, dass sie nur noch von hier wegwollten.

Bible sagte: »Mitt Harri, Bryan Krump, das ist Andrea Oliver, unser neuer Marshal.«

»Freut mich, Sie kennenzulernen.« Harri schüttelte ihr herzlich die Hand. Sie erkannte ihn als den Fahrer von Judiths Mercedes. Er war größer als sein Partner, was bedeutete, er musste den Kopf unter dem Garagentor einziehen. »Willkommen beim Service.«

»Gleichfalls.« Krump begnügte sich mit einem Faustgruß. »Lassen Sie sich von Foghorn Leghorn nicht die ganze Nacht das Ohr volllabern.«

Andrea konnte sich ein Lachen nicht verkneifen. Die Beschreibung lag nicht weit daneben. »Ich werd's versuchen.«

»Mike ist ein feiner Kerl«, sagte Krump, und Andrea hörte auf zu lachen. »Hab die Gerüchte nie geglaubt.«

»Ich auch nicht«, stimmte Harri ein.

»Toll«, war das einzige Wort, das Andrea zwischen den Zähnen hervorpressen konnte.

»Alles klar. Danke, Männer. Schlaft gut.« Bible klopfte Andrea auf die Schulter, um anzudeuten, dass sie sich beeilen sollte. »Die Richterin ist im Begriff, sich für den Abend nach oben zurückzuziehen. Kommen Sie rein und lernen Sie sie erst noch kennen.«

Harri und Krump salutierten ihr, bevor sie gingen. Andrea schob ihr Handy in die Tasche und folgte Bible durch die Garage. Ganz hinten stand ein weiterer Mercedes, eine kastenförmige S-Klasse aus den Achtzigern mit verblasster Goldlackierung und rissigen Ledersitzen.

»Yankeegeiz«, flüsterte Bible.

Andrea lächelte, denn er war netter, als sie erwarten durfte. Nachdem er gesagt hatte, sie solle sich nur kurz umschauen, hatte sie sich stattdessen einen halbstündigen Einführungskurs in die Färbemethoden und Collagentechnik von Judith Rose geben lassen.

»Ich bin Judith wieder über den Weg gelaufen«, sagte sie. »Und Guinevere.«

»Ich vermute, Guinevere hat im Gegenwind geraucht, um ihre Mama zu ärgern«, sagte Bible. »Gefällt Ihnen Judiths Zeug?«

»Äh … ja.« Andrea merkte, dass sie diplomatisch klang, obwohl sie sich eigentlich überrumpelt fühlte. Und dann wurde ihr klar, dass Diplomatie in diesem Zusammenhang wahrscheinlich nicht verkehrt war. »Kunst ist subjektiv.«

»Da haben Sie recht.« Bible schlug ihr kameradschaftlich auf den Rücken. »Die Richterin ist mit Dr. Vaughn in der Küche. Ich drehe eine Runde und sehe mich um. Wir treffen uns in der Bibliothek. Das ist der Raum mit den vielen Büchern.«

Wieder einmal hatte Andrea das Gefühl, er ließe sie ins tiefe Wasser springen. Aber sie würde nicht wieder sang- und klanglos untergehen wie bei Chief Stilton. Sie blickte sich um und versuchte sich in dem langen, dunklen Flur zu orientieren. Gästetoilette mit Zeitungen auf dem Spülkasten. Ein Schuhregal aus grauer Vorzeit. Schwarz-Weiß-Porträts zotteliger Rinder im Stil von Winslow Homer hingen schief an einer holzgetäfelten Wand. Das Trällern von Syd, dem Sittich, hallte von der rückwärtigen Treppe herunter. Irgendwo lief ein Fernseher. Dies hier war weniger Haus Slytherin als vielmehr Haus Hufflepuff mit einem Hauch Charles-Dickens-Atmosphäre.

Sie hörte Besteck an Porzellan klappern und nahm an, das sollte sie in Richtung Küche locken.

Denk an das Thermometer, ermahnte sich Andrea, als sie den Flur entlangging. Die Richterin würde kühl sein, also musste Andrea ebenfalls kühl sein. Immerhin war sie die Tochter ihrer Mutter.

Sie holte tief Luft, ehe sie die Küche betrat. Niedrige Decke mit schweren Eichenbalken. Arbeitsflächen aus Corian. Weiße Melaminschränke. Backsteinmuster auf dem ausgebleichten Linoleum. Goldener Kronleuchter über dem Farmhaustisch. Jemand war bei der Neugestaltung in den Neunzigern aufs Ganze gegangen. Das einzige Update war eine von Judiths sehr guten Collagen, die neben dem Kühlschrank hing.

»Guten Tag, meine Liebe.« Esther Vaughn saß mit einer Tasse Tee am Tisch. Ihr Mann war im Rollstuhl neben ihr. Sein Gesicht sah vollkommen schlaff aus. Eins seiner Augen war milchig trüb, das andere starrte ausdruckslos nach rechts oben. »Das ist Dr. Vaughn. Sie werden entschuldigen müssen, dass er nicht spricht. Er hat letztes Jahr einen hämorrhagischen Schlaganfall erlitten, ist aber immer noch bei klarem Verstand.«

Andrea nahm an, der Schlaganfall war der wahre Grund für seinen Ruhestand. Und der Grund, warum seine Enkelin etwa zur selben Zeit wieder nach Hause gezogen war.

»Freut mich, Sie kennenzulernen, Dr. Vaughn«, sagte sie.

Der Mann reagierte nicht, was keine Überraschung war. Aufgrund von Lauras Arbeit als Sprachtherapeutin war Andrea mit den verschiedenen Formen von Schlaganfällen und den jeweiligen Folgen sehr vertraut. Der hämorrhagische war der schlimmste, er wurde durch ein geplatztes Blutgefäß im Gehirn hervorgerufen, was zu einem Wasserkopf führen konnte, der wiederum intrakraniellen Druck verursachte und das umliegende Gewebe zerstören konnte – was eine höfliche Beschreibung eines Gehirnschadens war.

Esther deutete ihr Schweigen falsch. »Verursachen Ihnen Rollstühle Unbehagen?«

»Nein, Ma'am. Sie trösten mich, weil die Menschen, die wir lieben, noch bei uns sind.« Andrea verfiel in ihre guten Südstaatenmanieren. »Ich sollte Ihnen beiden danken, dass Sie mich in Ihrem Haus dulden. Ich weiß, es ist eine belastende Zeit für Ihre Familie. Ich werde mich bemühen, Ihnen keine Unannehmlichkeiten zu verursachen.«

Esther studierte sie eine Weile, bevor sie fragte: »Möchten Sie etwas trinken?«

Andreas Thermometer hatte Mühe, sich einzustellen. Die gebieterische, unzugängliche, unbeugsame Richterin Vaughn war nicht annähernd so beeindruckend wie angekündigt. Das Haar war von dem strengen Knoten befreit und fiel ihr beinahe mädchenhaft auf die Schultern. Die tiefen Falten auf dem Gesicht der Einundachtzigjährigen wirkten weicher im Küchenlicht. Sie war zierlich gebaut, vielleicht eins sechzig in den Socken, die sie zu ihrem hellrosa Frotteehausmantel trug.

Esther machte Anstalten aufzustehen. »Ich habe Tee, Milch oder …«

»Für mich nichts, danke, Ma'am.« Andrea bedeutete ihr, sitzen zu bleiben. Die Frau sah unglaublich zerbrechlich aus. Ihre Handgelenke waren so zart wie das Knochenporzellan ihrer Teetasse. »Ich sollte an die Arbeit gehen. Bitte lassen Sie es mich oder Deputy Bible wissen, wenn Sie etwas brauchen.«

»Bitte setzen Sie sich doch einen Moment.« Esther zeigte auf den Stuhl gegenüber von ihrem Mann. »Wir würden gern ein wenig mehr über Sie wissen, da Sie, wie Sie selbst sagten, so viel Zeit in unserem Haus verbringen werden.«

Widerstrebend ließ Andrea sich nieder. Sie wusste nicht, was sie mit ihren Händen anfangen sollte, deshalb legte sie sie auf die Oberschenkel. Und dann wurde ihr klar, dass das vielleicht komisch aussah, deshalb faltete sie sie auf dem Tisch.

Esther setzte ein Großmutterlächeln auf. »Wie alt sind Sie, wenn ich fragen darf?«

»Dreiunddreißig.«

»Gerade noch rechtzeitig für den Marshal Service.«

Andrea nickte. Die Altersgrenze für die Aufnahme war siebenunddreißig. »Ja, Ma'am.«

»Sie müssen nicht immer *Ma'am* sagen, Andrea. Wir sind nicht in meinem Gerichtssaal, und wir sind auch ein gutes Stück nördlich von Savannah.«

Andrea zwang sich, das Lächeln zu erwidern. Bible hatte der Richterin offenbar ihren Lebenslauf gegeben. Das leuchtete ein. Andrea hielt sich in der Privatsphäre der Familie auf. Sie vertrauten ihr ihre Sicherheit an. Jeder würde mehr wissen wollen.

»Meine Enkelin sagt, Sie verfügen über ein unerwartet großes Kunstverständnis«, fuhr Esther fort.

Andrea nickte, aber sie merkte, wie ihr Körper in Alarmbereitschaft trat. Lag eine Warnung im Tonfall der Richterin? Falls Franklin Vaughn es bemerkt hatte, zeigte er es nicht. Sein heiles Auge starrte weiter ins Leere.

»Judith ist außergewöhnlich«, sagte Esther. »Ihre Mutter hatte auch eine künstlerische Ader. Sie wissen natürlich, was ihrer Mutter zugestoßen ist.«

Wieder begnügte sich Andrea mit einem Nicken.

»Tragödien können eine Familie zerbrechen«, sagte Esther. »Ich hatte das Glück, dass sie meine zusammengeschweißt hat. Und Guinevere ist das Sahnehäubchen. Aber erzählen Sie ihr bitte nicht, dass ich das gesagt habe. Es ist ihr peinlich, wenn ich sie lobe. Ich stelle mir vor, Sie waren in ihrem Alter genauso. Ihre Mutter hatte bestimmt alle Hände voll zu tun mit Ihnen.«

Andrea widerstand dem Drang, den vielen Speichel zu schlucken, der sich in ihrem Mund gesammelt hatte. Die Richterin stocherte nach Informationen. Sie konnte nichts über Andrea wissen – zumindest nichts, was eine Rolle spielte. Esther Vaughn konnte nicht Gedanken lesen. Sie hatte keinen Zugang zu Andreas Akte in der Datenbank des Zeugenschutzes. Selbst der Präsident der Vereinigten Staaten hätte einen verdammt guten Grund gebraucht, um ihre wahre Identität aufzudecken. Esther Vaughn konnte nur dahinterkommen, dass etwas nicht stimmte, wenn Andrea etwas Dummes sagte.

Sie gab sich größte Mühe, nichts Dummes zu sagen. »Ich freue mich für Sie, Ma'am. Dass Sie und Ihre Familie sich so nahe sind.«

Esther griff nach ihrer Teetasse. Schweigend trank sie, ohne Andrea zu entlassen, aber auch ohne sie anzusprechen.

Andrea konzentrierte sich darauf, gleichmäßig weiterzuatmen. Sie erkannte das Spiel der Richterin. Sie hatten es in Glynco bei gestellten Verhören geübt. Niemand mochte lang anhaltendes Schweigen, aber schuldige Personen waren besonders anfällig dafür.

»Dr. Vaughn?« Eine Frau in Krankenschwesterntracht löste die Pattsituation auf. »Ich bringe Sie für Ihr Bad nach oben. Brauchen Sie etwas, Richterin?«

»Nein danke, Marta.« Esther beugte sich vor und küsste ihren Mann auf die Schläfe. »Gute Nacht, mein Lieber.«

Wenn Franklin Vaughn bei klarem Verstand war, so besaß er nicht die Fähigkeit, es zu zeigen. Sein Blick blieb starr, als die Schwester die Wolldecke um seine Beine festzurrte, die Bremsen des Rollstuhls löste und ihn aus der Küche rollte.

Andrea war aufgestanden, um ihnen Platz zu machen. Als sie sich gerade wieder setzen wollte, erkannte sie, dass sie besser dran war, wenn sie stehen blieb.

Esther hatte den Rücken durchgedrückt und die Schultern gestrafft. Was bewirkte, dass sie zweimal so groß aussah wie die alte Dame, die Andrea zuvor Tee angeboten hatte. Die gebieterische, Furcht einflößende, unbeugsame Richterin Esther Vaughn hatte den Raum betreten.

»Andrea, setzen Sie sich wieder.« Esther hatte den Mund gespitzt. Sie wartete, bis ihre Anordnung befolgt wurde. »Sie müssen meine bohrenden Fragen entschuldigen. Ihr plötzliches Auftauchen in meinem Leben interessiert mich.«

Andrea versuchte ihre eigene Temperatur herunterzufahren, um sie dem Eisklotz vor ihr anzugleichen. Sie stellte jedoch schnell fest, dass es in ihr keinen Regler gab, der so tief herunterzustellen war. Sie versuchte stattdessen, die Frau in die Irre zu führen. »Es tut mir sehr leid wegen des Todes Ihrer Tochter, Ma'am. Ich kann mir gut vorstellen, wie schwer es auf Ihnen lastet, dass die Identität des Täters nie eindeutig festgestellt wurde.«

Esther starrte sie so unverblümt an, dass Andrea das Gefühl hatte, ihr Hirn würde seziert. Ein schlechtes Gewissen breitete sich plötzlich in den grauen Zellen aus. Der Drang zu gestehen, machte sie ganz zappelig. Sie bemühte sich um Haltung, aber das Schweigen wurde schließlich unerträglich.

»Ma'am?« Andrea rutschte auf ihrem Stuhl. »Gibt es sonst noch etwas?«

»Ja.« Esther nagelte sie mit diesem Wort fest. »Ich bin in meiner gesamten Laufbahn als Bundesrichterin von Marshals begleitet worden. Ich habe nie erlebt, dass einer im Schnellverfahren am Tag nach seinem Abschluss in den Dienst genommen wurde. Erst recht nicht, wenn Sie mir die Bemerkung verzeihen wollen, eine Frau.«

Andreas Magen verkrampfte sich. Sie war Menschen wie Esther Vaughn schon früher begegnet. Sie setzten einen unter Druck, bis man entweder kapitulierte oder den Druck erwiderte. Die alte Andy wäre sofort zusammengebrochen. Die neue Andrea war verstimmt, weil diese Dame hier glaubte, es wäre so einfach mit ihr.

»Sie müssen sich nicht entschuldigen«, antwortete sie. »Ich bin schon früher als Frau bezeichnet worden.«

Esthers Kinn ruckte nach oben. Endlich erkannte sie, dass es mit Andrea nicht so lief wie erwartet. »Wenn ich recht verstehe, hat es seine Vorteile, mit einem anderen Marshal verlobt zu sein.«

Andrea würde Mikes Eier mit einem Hammer bearbeiten, falls sie ihn jemals wiedersah.

Für den Augenblick zuckte sie nur mit den Achseln.

Esther sagte: »Ich mag es nicht, wenn sich Leute durch irgendwelche Winkelzüge in meine Umgebung mogeln. Es lässt mich ihre Beweggründe infrage stellen.«

Andrea betrachtete die tiefen Falten im Gesicht ihres Gegenübers. Die Richterin war zweifelsohne eine Person, die es verstand, die richtigen Knöpfe zu drücken. Sie war weniger unbeugsam als vielmehr eine Magierin, die sich hinter einem Vorhang verbarg.

»Wollen Sie mir Ihre Beweggründe verraten?«, versuchte Esther sie aus der Reserve zu locken.

Andrea hielt sich an die Formeln ihrer Kadettenausbildung. »Ich will der beste Marshal sein, der ich sein kann, Ma'am.«

»Und da haben Sie ausgerechnet die glamouröse Welt des Richterschutzes gewählt?«

»Ich versuche es, Ma'am. Der USMS gestattet uns …«

»Ich kenne das Rotationsverfahren«, unterbrach Esther sie. »Es gibt mich fast schon so lange wie die Marshals selbst.«

Andrea probierte erneut, sie aus dem Tritt zu bringen. »Mir war nicht klar, dass Sie von Washington ernannt wurden.«

Esther lächelte nicht. »Reagan hat mich auf den Richterstuhl gesetzt. Aber Sie haben vermutlich keine Ahnung, wer Ronald Reagan war oder was er für dieses Land bedeutet hat.«

Andrea konnte nicht verhindern, dass die Worte ihrer Mutter aus ihrem Mund kamen. »Es scheint mir passend, dass Reagan an einer Lungenentzündung starb, da so viele Obdachlose und Menschen mit Aids, um die er sich nicht kümmerte, ebenfalls daran starben.«

Esthers Augen richteten sich wie zwei Kanonen auf sie.

Jetzt erst fiel Andrea ein, wie gut es doch wäre, wenn sie ihr loses Mundwerk hielte. Die Richterin hatte hier einige Macht. Sie konnte verlangen, dass Andrea von ihrer Bewachung abgezogen wurde. Sie konnte Andrea ihre ganze Laufbahn vermasseln, bevor sie noch richtig begonnen hatte. Andrea zermarterte sich das Hirn nach einer Möglichkeit, aus diesem Fettnäpfchen wieder herauszukommen, aber in ihrem Kopf hallte immer nur dieses Wort:

Scheiße-Scheiße-Scheiße-Scheiße-Scheiße …

»Tja.« Esther hatte die Lippen so stark gespitzt, dass jedes Fältchen um ihren Mund einzig diesem Zweck gewidmet schien. »Das war tatsächlich sehr komisch.«

Es war der Richterin nicht anzusehen, dass sie es komisch gefunden hatte.

»Ich lasse Sie jetzt an die Arbeit gehen.« Esther stand auf, also tat Andrea es ihr nach. »Ich denke, Cat wird in der Bibliothek sein. Die ist am anderen Ende des Flurs auf der linken Seite. Betreten Sie das obere Stockwerk nur, wenn es um Leben oder Tod geht. Mir ist klar, dass Sie Ihrer Arbeit nachkommen müssen, aber Dr. Vaughn und ich fordern die Wahrung eines Mindestmaßes an Privatsphäre. Haben Sie das verstanden?«

»Ja.«

Esthers Rückgrat wurde wieder zu Stahl. »Ja?«

Andrea fing die Warnung diesmal laut und deutlich auf. »Ja, Ma'am.«

Andrea hatte in dem beschissenen Bett im *Beach, Please Motel* so unruhig geschlafen, dass sie sich beim Aufwachen verkatert fühlte. Zwölf Stunden auf dem im Dunkeln liegenden Anwesen der Vaughns herumzulaufen, kam dem Versuch gleich, *Wo ist Walter?* in Dantes erstem Kreis der Hölle zu spielen. Jetzt blieb ihr nichts weiter zu tun, als an die Decke zu starren und zu beten, dass die Kopfschmerzen vergingen. Sie hatte einen entsetzlichen Traum gehabt, in dem sie am Küchentisch der Richterin saß, als neben ihr eine große Spinne ihre langen, haarigen Beine ausfuhr. Unfähig, sich zu bewegen, hatte die Spinne sie an ihr feuchtes, mit Reißzähnen bestücktes Maul gezogen. Sie war aufgewacht, als sie sich dem Vieh zu entwinden und wegzukrabbeln versuchte. Und dabei war sie von der Matratze gerutscht und auf dem Boden gelandet.

Tag zwei ihrer Marshal-Karriere fing schon fantastisch an.

Ihr iPhone meldete mit einem Ton den Eingang einer Nachricht. Andrea ignorierte es, da sie annahm, dass ihre Mutter eine weitere Jacke in Oregon gefunden hatte. Sie stellte die Musik lauter, die sie gerade hörte. Andrea hatte sich alle Songs von Emilys Musikkassette heruntergeladen. Von einigen Künstlern hatte sie schon gehört, aber ihr Lieblingssong stammte von einer Sängerin namens Juice Newton.

Andrea schloss die Augen, aber sie konnte einfach nicht wieder einschlafen. Judiths Collagen gingen ihr durch den Kopf. Die aktuelle mit den Todesdrohungen gegen die Richterin, die frühere, mit der Judith im Teenageralter versucht hatte, ihre widerstreitenden Gefühle für ihre Mutter aufzuarbeiten. Die Musikkassette. Die flüchtigen Worte *Arbeite weiter an der Aufklärung … DU WIRST DIE WAHRHEIT FINDEN!!!* Das Gruppenfoto von Emily mit den drei Männern, die später Hauptverdächtige in ihrem Mordfall waren.

Chief Bob Stiltons Aufzeichnungen zufolge hatte der Angriff höchstwahrscheinlich zwischen 18 und 18.30 Uhr stattgefunden. Er hatte nicht erklärt, wie er auf dieses Zeitfenster gekommen war, aber Andrea blieb nichts anderes übrig, als es zu akzeptieren. Die Waffe, mit der Emily verprügelt wurde, war eine Holzlatte aus einer Palette in der Gasse, man durfte also annehmen, dass der Überfall eher spontan oder unüberlegt als geplant erfolgt war. Was stimmig war, denn der Angreifer war offenbar wütend gewesen.

Stilton war davon ausgegangen, dass Emily unmittelbar nach dem Überfall weggebracht wurde, aber Andrea war sich da nicht so sicher. Stiltons eigener Skizze nach war die Gasse dreizehn Meter lang und rund einen Meter breit. Die beiden Gebäude links und rechts waren ungefähr fünf Meter hoch, mit dreißig Zentimeter breiten Überhängen. Selbst mitten am Tag gab es vermutlich eine Menge dunkler Nischen, in denen man eine Leiche verbergen konnte, ganz davon zu schweigen, dass die drei großen schwarzen Mülltüten aus dem Diner eine ausgezeichnete Tarnung boten.

Andrea hatte die meteorologischen Daten dieses Samstagabends nachgeschlagen. Klar, ohne Aussicht auf Regen. Die Sonne war um 19.42 Uhr untergegangen. Hätte Andrea eine Leiche entsorgen müssen, sie hätte mit Sicherheit gewartet, bis es dunkel war.

Womit jeder Verdächtige auf ihrer Liste mehr als genug Zeit gehabt hätte, sich auf dem Ball blicken zu lassen, bevor er zurückkam, um Emily fortzuschaffen. Keiner hatte ein bombensicheres Alibi. Auch Eric Blakely, der zugab, die letzte bekannte Person gewesen zu sein, die an diesem Abend mit Emily sprach, und der Zeugen hatte, die seine Aussage bestätigten. Zwei Klassenkameraden behaupteten, ihn zur Zeit des Überfalls in der Sporthalle gesehen zu haben.

Den ärztlichen Unterlagen zufolge hatte Emily im siebten Monat ihrer Schwangerschaft neunundsechzig Kilo gewogen. So viel Gewicht zu stemmen, wäre für einen achtzehnjährigen Jungen nicht unmöglich, aber auch nicht leicht gewesen. Autos waren auf der Seepromenade verboten; die Holzpfeiler würden das Gewicht eines Wagens wahrscheinlich nicht tragen. Der

Verdächtige dürfte also an der Beach Road geparkt haben. Dann hätte er zum Ende der Gasse gehen und Emily holen müssen, bevor er mit ihr zum Wagen zurücklief und sie in den Kofferraum legte.

Von dort waren es fünfzehn Minuten Fahrt bis zu *Skeeter's Grill*, wo nach Aussage des Typen, der Emily in dem Müllcontainer gefunden hatte, der größte Teil des Personals etwa um 22 Uhr nach Hause ging, obwohl das Restaurant erst um Mitternacht schloss. Er hatte den Fund der Leiche um 23.59 Uhr gemeldet. Emily war nackt gewesen, wahrscheinlich weil ihr türkisfarbenes Satinkleid zu leicht zu identifizieren war, oder vielleicht hatte der Täter befürchtet, Spuren darauf zu hinterlassen. So oder so – Emilys Gesicht war unkenntlich gewesen. Sie hatte keine Ausweispapiere bei sich gehabt, keine Handtasche oder Geldbörse. Ein Rettungssanitäter hatte sie für tot erklärt, aber ein anderer hatte bemerkt, wie sie die Hand bewegte, und sofort mit Wiederbelebungsmaßnahmen begonnen.

Sieben Wochen später hatte man dann Judith Rose aus ihrem Bauch geholt.

Andrea drehte sich zur Seite. Ihr Gehirn hatte begonnen, Informationen zwischenzuspeichern. Es war nicht genügend Platz, all das herunterzuladen. Sie tippte ihr Handy an, um zu sehen, wie spät es war. Sie hatte eine Nachricht von Mike um halb neun Uhr am Morgen verpasst. Andrea nahm ein leichtes Beben in ihrem Herzen wahr und dann noch eins anderswo.

Er hatte ihr ein Foto von einer kleinen Tierherde geschickt, die aus einem See trank, gefolgt von drei Fragezeichen.

»Was zum …« Sie kniff die Augen zusammen und versuchte herauszufinden, was für Tiere es waren. Und dann entschied sie, dass es zu früh am Tag war für Detektivarbeit. Sie drehte sich auf den Rücken und schloss die Augen. Eine selige Minute lang füllte sich ihr Kopf mit Juice Newton, ehe sie den Browser öffnete und tippte:

Tiere, die wie Wasserbüffel und Gazellen aussehen

Wiki antwortete:

Kuhantilopen, auch Gnus genannt

»Gnus?«, murmelte sie. Dann: »News!«

Die Lesebestätigung war durchgegangen, Mike wusste also, dass sie seine Nachricht gesehen hatte. Andrea überlegte gerade, ob sie antworten oder ihr Telefon an die Wand schmeißen sollte, als auf dem Bildschirm die drei Punkte hüpften, die anzeigten, dass Mike noch mehr sagen wollte. Sie sah die Textblase aufgehen.

Hast du meine Nummer wieder vergessen?

Andrea öffnete die Nachrichtenfläche, aber sie tippte nicht. Sie wollte sich vorstellen, wie Mike nun die Punkte hüpfen sah. Sie ließ Juice Newton zu Ende klagen, dass Liebe ein bisschen grausam war, ehe sie zurückschrieb.

Immer noch 911, oder?

Die Punkte hüpften wieder. Und hüpften. Und hüpften.

Und das alles für ein *Daumen-hoch*.

Andrea schloss die App. Sie drückte das Handy an die Brust und starrte wieder an die Decke. Sie würde nicht zulassen, dass sie sich jetzt in Mike verhedderte. Stattdessen konzentrierte sie ihre Gedanken auf die Küche der Vaughns und rief sich den goldenen Kronleuchter und die Melaminschränke in Erinnerung und die spinnenartige Richterin, die auf der anderen Seite des Tisches ihre Beine ausfuhr.

Andrea war noch gestern Abend überzeugt gewesen, dass Esther Vaughn nichts über Jaspers Strippenziehen oder Andreas Verbindung zu Clayton Morrow wusste. Jetzt hatte sie so ihre Zweifel. Eine Bundesrichterin konnte an alle möglichen Informationen gelangen, und Esther Vaughn hatte nicht allzu sehr übertrieben, als sie sagte, dass es sie fast so lange gab wie den Marshal Service. Wenn man bedachte, dass das Durchschnittsalter eines Kongressmitglieds bei etwa neuntausend Jahren lag, hatte sie wahrscheinlich massenhaft Freunde in hohen Positionen. Natürlich war es verboten, die privaten Datenbanken der Marshals zu durchstöbern, aber wenn die Welt in den letzten Jahren etwas gelernt hatte, dann das: Politiker hielten sich nicht an ihre eigenen Regeln.

Impulsiv zuckten ihre Finger nach dem Handy, aber sie beherrschte sich und sah davon ab, eine Suche zu starten – *Wer kann herausfinden, ob jemand im Zeugenschutzprogramm ist?*

»Oliver!« Bible schlug mit der Faust an die Tür und rief ihren Namen. »Oliver! Sind Sie schon wach?«

Sie stöhnte, als sie sich aus dem Bett quälte. Obwohl sie wusste, dass es Bible war, spähte sie trotzdem durch die Vorhänge aus dem Fenster. Die Sonne laserte ihre Hornhäute, und sie war so geblendet, dass sie die Uhrzeit auf dem Handy nicht erkennen konnte. Sie öffnete die Tür und schirmte die Augen mit einer Hand ab.

»Immer noch im Pyjama?«, fragte Bible.

Sie hatte nicht die Absicht, sich für ihre Shorts und das passende T-Shirt zu entschuldigen. »Wie spät ist es?«

Er schaute auf seine Armbanduhr, obwohl er es bestimmt wusste. »Ziemlich spät. Dachte, Sie wollen vielleicht mit mir laufen gehen.«

»Laufen?« Mechanisch schüttelte sie den Kopf. »Wie spät ist es?«

»Weit nach elf. Praktisch fast Mittag.« Er begann auf den Zehen zu wippen. »Los, lassen Sie uns laufen gehen. Tun Sie sich was Gutes und pumpen Sie sich diese Endorphine ins Gehirn. Ich wollte es erst nicht sagen, aber wenn Sie nach dem Training in der Ausbildung jetzt auf die Bremse treten, kommen Sie nie mehr in Form.«

»Ich …« Andrea drehte sich um und blickte sehnsüchtig hinüber zu ihrem Bett. Wenn es erst kurz nach elf war, hatte sie noch sieben Stunden, bevor sie wieder an die Arbeit musste.

Sie sah Bible wieder an. »Was?«

»Fantastisch.« Er schlug mit beiden Händen einen Rhythmus auf seinem Bauch. »Sie kennen doch den Spruch, Oliver: ›Die dürren Marshals lieben ihre Frauen.‹«

»Wa...« Sie konnte nicht schon wieder *Was?* fragen. Sie hatten beide vielleicht vier Stunden geschlafen. Woher nahm er nur diese ganze Energie? »Bible, ich ...«

»Der Angestellte am Empfang hat mir erzählt, auf der anderen Seite der Straße gibt es einen hübschen Pfad in den Wald. Führt einen direkt auf die Rückseite dieser Hippie-Dippie-Farm, von der uns Chief Cheese gestern erzählt hat.« Er deutete vom Motel weg, aber sie sah nicht an seinem Finger vorbei. »Hinterher gönnen wir uns ein Frühstück. Pfannkuchen gehen auf meine Rechnung. Bacon, Eier – Gebäck haben sie nicht, aber habe ich die Pfannkuchen erwähnt? Danke, dass Sie mitkommen, Partnerin. Ich warte auf der anderen Straßenseite.«

Andrea versuchte immer noch, einen Satz zu bilden, als er an ihr vorbei zum Türgriff langte und die Tür zuzog. Seine Stimme klang gedämpft auf der anderen Seite, als er jemandem auf dem Parkplatz ein viel zu fröhliches »Guten Morgen!« zurief.

Sie lehnte sich mit dem Rücken an die Tür. Das erbarmungslose Sonnenlicht hatte ihre Kopfschmerzen verschlimmert. Verzweifelt wünschte sie sich, wieder ins Bett zu gehen. Und genau deshalb zwang sie sich, es nicht zu tun. Noch eine Klippe, von der sie sich fallen ließ.

Andrea war zu faul, um ihr Pyjamashirt zu wechseln, aber sie suchte um des Anstands willen einen Sport-BH aus ihrer Reisetasche. Ihre Laufshorts steckten als zerknittertes Knäuel in einer der Seitentaschen. Sie wühlte eben nach einem passenden Paar Socken, als ihr endlich die Bedeutung von Bibles Vorschlag aufging.

Er wollte einen Blick auf die Hippie-Dippie-Farm werfen.

Das konnte nicht reine Neugier sein. Bible ermittelte offenbar wegen der Todesdrohungen, auch wenn er deutlich gesagt hatte, das sei nicht ihre Aufgabe. Vielleicht würde sich Andreas alternative Untersuchung des Mordes an Emily Vaughn ja mit seinen Nachforschungen decken. Sie schlüpfte in ihre Sneakers und steckte das Haar am Hinterkopf fest. Ihre Sonnenbrille war verbogen, weil sie sie achtlos in die Tasche geworfen hatte. Andrea zog die Bügel mit den Zähnen gerade, bevor sie sie aufsetzte.

Draußen war die Sonne nach wie vor unbarmherzig, aber jetzt musste sie auch noch mit der Hitze fertigwerden. Andrea schaute nach links, dann nach rechts. Das Haus der Richterin war etwa eine Meile entfernt. Bis zur Stadtmitte war es ein Spaziergang von fünf bis zehn Minuten in die entgegengesetzte Richtung. Das Diner hatte geöffnet. Es gab dort Pfannkuchen. Heißen Kaffee. Stühle, auf denen man sitzen konnte. Tische, auf die man seinen Kopf legen konnte, um ein Nickerchen zu machen.

»Hey, Partnerin!« Wie versprochen, wartete Bible auf der anderen Straßenseite. Er tänzelte auf den Zehen, klatschte in die Hände und rief: »Auf geht's, Oliver!«

Andreas Füße schlurften über den Asphalt, als sie sich in Bewegung zu setzen versuchte. Bible verschwand indessen fröhlich in einem schmalen Feldweg. Ihren Schritten fehlte noch die Spannkraft, als sie ihm folgte. Er war bereits mehrere Meter weiter, ehe sich ihr Körper an die Mechanik des Laufens erinnerte. Jedes Gelenk widersetzte sich der sportlichen Betätigung. Dennoch hielt sie die Hände locker und die Ellbogen an den Körper gepresst.

Vor ihr lief Bible um eine scharfe Biegung tiefer in den Wald hinein. Andrea vermutete, dass sie sich auf einer alten Holzfällerstraße befanden. Der Weg führte weg vom Motel, fast im rechten Winkel zum Meer. Die Sonne war direkt über ihr. In der Zwischenzeit schrie jede Sehne in ihrem Körper dieselbe Frage:

Wieso zum Teufel bist du nicht im Bett?

Andrea versuchte die Frage auszublenden und trieb sich weiter an. Lautlos sagte sie sich bei jedem Schritt einen anderen Namen vor.

Clayton Morrow. Jack Stilton. Bernard Fontaine. Eric Blakely. Dean Wexler.

Einer war im Gefängnis. Einer war Polizist. Einer sah aus wie ein Arschloch. Einer hatte eine Schwester, die in einem Diner arbeitete. Einer hatte seinen Lehrerberuf aufgegeben, ohne es auf die Ehemaligen-Website der Schule zu schaffen.

Clayton Morrow. Bernard Fontaine. Eric Blakely. Dean Wexler. Jack Stilton.

Andrea spürte, wie sich ihre Muskeln schließlich an den Sport erinnerten. Der Schmerz verging, Gott sei Dank. Die Endorphine flossen endlich. Sie konnte den Kopf heben, ohne zusammenzuzucken.

Bible war drei Meter vor ihr. Andreas Augen nahmen Einzelheiten wahr. Er trug ein dunkelblaues USMS-Shirt und schwarze Laufschuhe. Die Sneakers waren an der Ferse abgenutzt. Die Muskeln in seinen Beinen zeigten die markante Definition, die von einem Training im Fitnessraum herrührt. Andrea hätte sich die nächste Stunde fragen können, warum Bible sie wohl gebeten hatte, an einer Unternehmung teilzunehmen, die eindeutig der Erkundung diente, aber tatsächlich hätte sie vorhin im Motel nur Mike anrufen müssen. Er hätte sie mit sämtlichen *Gnus* über Leonard Catfish Bible versorgen können.

»Geht's gut?« Bible warf einen Blick über die Schulter. Der Mann schwitzte nicht mal.

»Alles gut«, keuchte Andrea.

Aus Gewohnheit tastete ihre Zunge nach der Wulst in ihrer Wange, die vom Zähnezusammenbeißen kam. Ihrem Magen ging es erstaunlich gut. Bible hielt sich zurück, schlug ihr zuliebe ein gemächliches Tempo an. Offenbar wollte er, dass sie zu ihm aufschloss. Als der Weg breiter wurde, setzte sie sich neben ihn.

Sie liefen gleich schnell, auch wenn seine Schrittlänge größer war als ihre. Andrea überlegte noch, wie sie ihm die Gelegenheit zu einer Erklärung liefern könnte, als er ihr zuvorkam.

»Muss was gestehen«, sagte er.

Andrea lauschte ihrem Atem.

»Könnte sein, dass auf der Farm etwas vor sich geht, was wir uns ansehen müssen.«

Andrea schaute zu ihm hinauf. Vom Sport leuchteten die feinen Narben auf seinem Gesicht zartrosa.

»Hab von der Lady, der der Diner gehört, erfahren, dass auf dem Feld eine Leiche gefunden wurde.« Bible warf einen Blick zu ihr hinunter. »Sieht nach Selbstmord aus.«

Andrea wäre beinahe gestolpert. Das war ein verdammter Zufall. »Warum haben Sie davon erst im Diner gehört? Hat der Chief Sie nicht angerufen?«

»Tja, das ist der pikante Teil davon, nicht wahr?« Er sprang über eine Wurzel, die aus dem Boden ragte. »Nicht ein Pieps von Old Cheese, obwohl ich ihn ausdrücklich gebeten habe, mir Bescheid zu sagen, wenn ihm ein Selbstmord berichtet wird. Dieses Feld liegt mitten in seinem Zuständigkeitsbereich. Hat er Sie angeläutet?«

Andrea schüttelte den Kopf, auch wenn sie noch nicht auf ihrem Diensthandy nachgesehen hatte. Das Android lag im Motel. Aus Gewohnheit hatte sie ihr iPhone eingesteckt, als sie das Zimmer verließ.

»Das Opfer ist weiblich«, sagte Bible. »Noch ziemlich jung. Passt nicht in unser Profil, aber es geht mir gegen den Strich, dass Cheese uns nicht Bescheid gesagt hat. Da frag ich mich doch, was der Halunke sonst noch verheimlicht.«

Andrea dachte, dass Cheese möglicherweise eine ganze Menge verheimlichte. »Was wissen Sie über die Farm?«

»Außer dass sie hippie-dippie ist?«

Andrea warf ihm einen genervten Blick zu. Sie konnten sich nicht ewig dumm stellen.

»Fing Mitte der Achtziger an«, sagte er. »Machten auf Bio, lang bevor es irgendwen interessierte. Sie züchten Puffbohnen. Rösten sie, würzen sie und verpacken sie als Snack. Nennen sich Dean's Magic Beans. Schon mal davon gehört?«

»Nein«, sagte Andrea. Sie hatte allerdings von einem Mann namens Dean gehört.

Am 17. April 1982 um etwa 16.50 Uhr fuhr ich, Dean Constantine Wexler, auf dem Weg zum Schulball, wo ich als Aufsicht fungieren sollte, die Richter Street entlang. Ich musste ausweichen, um sie nicht zu überfahren. Sie war total weggetreten. Ich weiß nicht, ob sie Drogen nahm. Ich kenne sie nicht gut genug, um es erfassen zu können. Sie war nur ein Jahr lang meine Schülerin. Dennoch fühlte ich mich als Erwachsener und Lehrer verantwortlich. Ich stellte meinen Wagen ab und stieg aus, um nach ihr zu sehen. Als Lehrer bin ich verpflichtet, Jugendliche zu melden, denen es nicht gut geht. Emily trug ein Partykleid und sagte, sie wolle zum Ball gehen. Ich weise nur deshalb darauf hin, weil sie Monate zuvor wegen Störung des Unterrichts der Schule verwiesen worden war. Sie trug an dem Abend keine Schuhe. Mir fiel auch keine Handtasche auf. Ihr Haar war zerzaust. Ich sagte, sie solle auf der Stelle nach Hause gehen. Sie stritt mit mir, und ich gebe zu, ich ließ mich vom Zorn überwältigen. Ich wollte nicht in der Nähe dieses Mädchen sein. Sie müssen wissen: Seit Monaten lief sie herum und beschuldigte wildfremde Männer, sie geschwängert zu haben. Wenn Melody Brickel sagt, ich hätte Emily gegen meinen Wagen gestoßen, dann möchte ich entgegnen: Woher kommt das wohl?

Es gab Geschrei, das räume ich ein. Es kam hauptsächlich

von Emily. Sie fing an, mich aller möglichen Vergehen zu bezichtigen, worauf ich etwas schrie wie: »Pass auf, was du redest« oder »Du hast hier nichts zu sagen«. Ich weiß es nicht mehr genau, denn zu diesem Zeitpunkt wollte ich nur noch von ihr weg. Sie werden wohl Melody Brickel nach ihrer fundierten Meinung zu einem Vorgang fragen müssen, den sie angeblich aus sechzig Meter Entfernung mitverfolgt hat. Beide sind ganz grässliche und unkontrollierbare Mädchen. Ich weiß, alle sagen, dass Emily aus einer guten Familie kommt, aber das beweist meiner Meinung nach nur, dass an diesem Thema Umfeld versus Veranlagung etwas dran ist. Diese Kinder aus ultrakonservativen Blasen brechen immer zusammen, sobald sie auf das wahre Leben treffen. Mir ist klar, dass Emily im Koma liegt, aber das hat nichts mit mir zu tun. Ich habe keine Ahnung, wer der Vater ihres Bastards ist. Mit allem Nachdruck kann ich jedoch sagen, dass ich es keinesfalls sein kann. Ich will mit all diesen Leuten nichts zu tun haben. Wenn ich es mir leisten könnte, meinen Job aufzugeben, würde ich Menschen helfen, die es wirklich nötig haben, statt meine Talente in dieser gottvergessenen Stadt zu vergeuden. Ich soll angeben, was ich an diesem Abend getragen habe, und es war ein schwarzer Anzug, aber alle trugen Schwarz. Ich schwöre unter Strafandrohung, dass der Inhalt dieser Ergänzungsaussage der Wahrheit entspricht.

»Wie lief es gestern Abend mit der Richterin?«, fragte Bible.

»Mal sehen, ob sie mich noch ins Haus lässt.« Andrea wunderte sich, warum er nicht über die Leiche auf dem Feld sprach. »Ich habe einen nicht ganz einwandfreien Witz darüber gerissen, dass ich froh bin, weil Reagan tot ist, und sie ist nach oben in ihr Zimmer gegangen.«

Er lachte. »Sie haben nichts zu befürchten, Oliver. Sie ist milder geworden auf ihre alten Tage.«

Andrea stellte sich ungern vor, wie eine nicht milder gewordene Richterin sein könnte. Aber die Richterin war nicht der Grund, warum Andrea in ihrem Schlafshirt durch den Wald rannte.

»Wenn Sie sagen, die Besitzerin des Diners hat Ihnen von dem Selbstmord erzählt, meinen Sie dann Ricky Fontaine? Die ältere Frau mit den Locken, die uns gestern Abend bedient hat?«

»Ja.« Er warf ihr den gleichen wissenden Blick zu, wie es Andrea zuvor bei ihm getan hatte. »Einer der Fahrer vom Lagerhaus hat im Diner erzählt, dass ein Mädchen heute Morgen nicht zur Schicht erschienen ist. Farmhelfer haben sie gegen halb zehn auf dem Feld gefunden. Könnte eine Menge Pillen geschluckt haben. Sie haben es dem Chief gemeldet, aber der hat die freundlichen US-Marshals nicht angerufen.«

Andrea murmelte etwas Unverständliches, denn sie fürchtete, ein richtiges Wort könnte sie verraten.

»Hier lang.« Bible führte sie über eine weitere Gabelung im Weg. Er war eindeutig schon zuvor hier gewesen. Die Tatsache, dass er Andrea für einen zweiten Blick mitgenommen hatte, musste etwas bedeuten. Er hatte sie sicher nicht als Verstärkung geholt. Sie waren beide nicht bewaffnet, Andreas Ausweis und ihr Silver Star lagen zusammen mit der Glock im Safe des Motels.

Der Weg beschrieb ein S, dann lief er ein Stück um hundertachtzig Grad zurück, ehe er sich plötzlich zu einem großen, sanft gewellten Feld hin öffnete. Das Sonnenlicht verwandelte die Reihen grüner, spindeldürrer Pflanzen in einen üppigen Teppich. Andrea hatte noch nie Puffbohnen gesehen. Den langen, wächsernen Schoten nach hätte sie auf Zuckererbsen oder grüne Bohnen getippt. Unterhalb der nächsten Anhöhe stand ein niedriges Gewächshaus, dessen Glasscheiben im Sonnenlicht glitzerten. Die regenbogenfarbenen Gebäude in der Ferne und die bunten Wimpel, die an der umlaufenden Veranda des

Wohngebäudes angebracht waren, verrieten ihr, dass sie auf der Hippie-Dippie-Farm angekommen waren.

Die Atmosphäre wurde jedoch durch das leuchtend weiße Polizeizelt in der Mitte des Feldes beträchtlich gestört. Gelbes Absperrband lief um zehn Reihen Pflanzen mit jeweils rund einem Meter Abstand dazwischen. Ein alter blauer Farmtruck mit übergroßen Reifen, der zum Auslichten eingesetzt wurde, stand über einer der Reihen.

Als sie sich näherten, überfiel Andrea ein Frösteln. Sie hatte vor zwei Jahren gelernt, dass dem Tod eine Stille innewohnte, die bis in die Seele reichte. Ihr Herzschlag verlangsamte sich, sie atmete tiefer. Der Schweiß auf ihrer Haut verdunstete in der Sonne.

Die Leiche war mit einem Laken bedeckt. Die strahlend weiße Baumwolle zeichnete die Rundung einer Hüfte nach. Die Frau war auf der Seite liegend gestorben. Aus dem süßlichen Geruch schloss Andrea, dass sie erst wenige Stunden hier lag, was mit der Aussage des Lagerhausfahrers übereinstimmte. Die Leiche war gegen 9.30 Uhr gefunden worden.

Bible hob das Absperrband an und ließ Andrea darunter durchgehen. Er nickte den beiden Farmarbeitern zu. Zumindest nahm Andrea an, dass es Farmarbeiter waren, weil sie Overalls trugen und an dem ramponierten Truck lehnten. Sie wirkten angespannt, anders als die drei uniformierten Polizisten, die um das Zelt herumstanden. Zwei lasen Nachrichten auf ihren Handys, einer hatte die Hände in den Taschen – nicht viel los, soweit es sie anging. Sie erkannte Chief Jack Stilton an seiner Figur. Er duckte sich in seinen Streifenwagen, das Funkgerät am Mund, obwohl er Andrea und Bible an der Mündung des Waldwegs eindeutig gesehen hatte. Sein Missfallen war über die ganze Entfernung zu spüren.

»Chief Cheese!« Bible winkte mit beiden Händen. »Wie geht's, mein Freund?«

Andrea sah, wie Stilton sich betont langsam aus dem Wagen schälte. Die Anwesenden hatten aufgemerkt. Hände wurden aus den Hosentaschen gezogen, Smartphones wurden weggesteckt. Die Farmarbeiter wechselten einen argwöhnischen Blick. Beide waren weiß, der eine etwa Ende fünfzig, der andere wahrscheinlich Mitte sechzig. Der Ältere hatte langes, struppiges Haar und trug ein Batik-T-Shirt, womit er klar in die Kategorie Hippie fiel.

Dem Jüngeren baumelte eine Zigarette von den Lippen, und sein höhnisches Grinsen erinnerte Andrea an ein Foto, das sie am Abend zuvor gesehen hatte.

Delawares Version von Billy Idol.

Bernard Fontaine besaß die Dreistigkeit, Andrea zuzublinzeln. Sie verzog keine Miene. Eine tote junge Frau lag auf der Erde zwischen ihnen. Eine andere junge Frau war vor vierzig Jahren in einen Müllcontainer geworfen worden. Nardo hatte sie beide gekannt.

»Chief, Sie haben sicher unsere Unterhaltung von gestern Abend vergessen.« Bible krallte die Hand in Stiltons Schulter. »Ich hatte Sie doch gebeten, mich wegen etwaiger Suizide anzurufen.«

Stiltons Blick ging zwischen Bible und der zugedeckten Leiche hin und her. »Tja, Marshal, wir sind noch ganz am Anfang. Wir wissen eigentlich noch nicht, ob es sich um einen Selbstmord handelt.«

Andrea gab ihm Punkte für Unverfrorenheit. Das Zelt war zum Schutz vor neugierigen Blicken aufgebaut worden, aber niemand trug Schutzkleidung. Niemand machte Fotos. Es gab keine Markierungen möglicher Beweismittel auf dem Boden.

»Wurde der Coroner verständigt?«, fragte sie.

»Was, glauben Sie, habe ich gerade gemacht, Schätzchen?«

»Warum sagst du es mir nicht, Süßer?«

Andrea hörte Gelächter, was die Situation noch ärgerlicher machte. Niemand schien die Sache ernst zu nehmen. Sie hatte in einem Notrufcallcenter gearbeitet. Sie kannte das Verfahren beim Fund einer Leiche. Die Beamten, die am Fundort eintrafen, bauten nicht ein Zelt auf, forderten Verstärkung an und sperrten den Schauplatz ab, bevor sie den Coroner alarmierten. Wenigstens hätten zu diesem Zeitpunkt ein paar Feuerwehrfahrzeuge vor Ort sein müssen und definitiv ein Rettungswagen.

Und nie – unter gar keinen Umständen – sollte man von einem Selbstmord ausgehen, nur weil es nach einem Selbstmord aussah.

»Sie macht sich nur über Sie lustig, Chief.« Bible legte die Hand auf eine der Zeltstangen. »Ich nehme an, das ist die Hippie-Dippie-Farm, von der Sie gesprochen haben. Nichts für ungut.«

Die letzte Bemerkung war an den alten Hippie adressiert, der antwortete: »Kein Problem.«

Bible sah zur Leiche. Ein leichter Wind bewegte das Laken. Er bückte sich und fragte Stilton: »Was dagegen, wenn ich einen Blick drauf werfe?«

»Ja, allerdings.« Stilton verschränkte die Arme vor der Brust. »Ich will nicht schwierig erscheinen, aber Marshals sind bei dieser Art von Fällen nicht zuständig.«

»Und welche Art von Fall ist das?«, fragte Bible.

Stiltons Augen kamen nicht zur Ruhe. Sein Blick wanderte vom Hippie über Nardo zu seinen Deputys und zurück zu Bible. Er wollte erkennbar keine Marshals hier haben. Was seltsam war. Cops waren normalerweise wie Greyhounds: Sie wurden aufgeregt, wenn andere Cops in der Nähe waren.

Andrea versuchte dahinterzukommen, warum sich alles so daneben anfühlte. Dies hier war ihr erster Tatort, aber nur Bible und sie selbst schienen den Ernst der Situation angemessen zu würdigen. Der Chief wollte, dass sie verschwanden. Seine Beamten waren ahnungslos. Nardo langweilte sich sichtlich. Der alte Hippie richtete seine ganze Aufmerksamkeit auf das

Drehen einer Zigarette. Er war im richtigen Alter für eine weitere Person auf Andreas Liste der Verdächtigen: Dean Wexler. Die Tatsache, dass er hier zusammen mit Bernard Fontaine war, sagte etwas aus, was sie noch nicht ganz verstand.

Sie fragte den alten Hippie: »Sind Sie Dean Wexler?«

Seine Zunge fuhr heraus, um das Zigarettenpapier anzulecken. »Das bin ich.«

Kein Grund für eine Siegerrunde, und auch in ein Thermometer konnte sie sich nicht verwandeln, da Wexlers Temperatur kaum messbar war. Weder er noch Nardo schienen wegen der Umstände besorgt zu sein, was wiederum etwas besagte, was Andrea noch nicht verstand.

»Was bauen Sie hier an?«, fragte sie.

Wexler steckte sich die Zigarette in den Mund. »*Vicia faba.*«

Andrea lachte, aber nur weil Wexler die Sorte Mann zu sein schien, die es nicht leiden konnte, wenn junge Frauen über ihn lachten. »Witzige Art, Puffbohnen zu sagen.«

Er schob den Kiefer vor. In seinen halb geschlossenen Augen blitzte eine lautlose Drohung auf.

»Marshal«, griff Stilton, an Bible gerichtet, ein. »Ich weiß Ihre Hilfe zu schätzen, aber Sie können jetzt weiterlaufen. Wir kommen klar hier.«

»*Wie* bitte?«, fragte Bible.

Stilton atmete übertrieben geduldig aus. »Wir haben es mit einem jungen Mädchen zu tun, das wahrscheinlich eine Überdosis Medikamente genommen hat. Sie hatte schon länger Probleme. Das ist nicht das erste Mal, dass sie es versucht hat.«

»Na dann«, sagte Bible. »Ist das die, die Sie letztes Jahr Weihnachten aus dem Meer gefischt haben, oder die, die sich vor eineinhalb Jahren die Pulsadern aufgeschnitten hat?«

Andrea spürte, wie die Spannung stieg.

In Glynco hatte man allen Kadetten eingetrichtert, auf ihre Körpersignale zu achten. Der Flucht-oder-Kampf-Impuls war viel intensiver wahrnehmbar als jede andere Emotion. Sie hielt ihre Aufmerksamkeit weiter auf Nardo und Wexler gerichtet. Die beiden hatten etwas an sich, das gefährlich wirkte. Zum ersten Mal in ihrem Leben wünschte sie sich, bewaffnet zu sein.

»Marshal«, sagte Stilton. »Korrigieren Sie mich, wenn ich falschliege, aber die Geschichte hier hat augenscheinlich nicht das Geringste mit dem Auftrag zu tun, der Sie und Ihre Partnerin in meine Stadt geführt hat.«

Bible sah zu Stilton hinunter. »Das Lustige an einem Dasein als US-Marshal ist, dass wir eine von nur zwei Strafverfolgungsbehörden in den Vereinigten Staaten sind, die mit der Durchsetzung von Bundesrecht als Querschnittsaufgabe betraut ist. Wir sind nicht auf Zoll und Grenzschutz beschränkt. Oder auf Alkohol, Tabak und Feuerwaffen. Oder Steuern. Wir kümmern uns um alle Gesetze, kleine wie große, frisch erlassene und solche, die bis zum 4. März 1789 zurückreichen, dem Datum, an dem die US-Verfassung in Kraft trat.«

Stilton sah aus, als wäre ihm nicht wohl in seiner Haut, aber er zuckte nur mit den Achseln. »Und?«

»USC 482-930.I besagt, dass es eine Verletzung von Bundesrecht ist, wenn sich eine Person von eigener Hand das Leben nimmt. Ein Oldie, aber ein Goodie. Geht auf das englische Common Law zurück.« Bible blinzelte Andrea zu, denn sie wussten beide, dass er bluffte. »Was denken Sie, Partnerin?«

»Hört sich für mich an, als wären wir zuständig.«

Eilig passte Stilton seine Vorgehensweise an. »Ich habe Ihnen ja gleich zu Anfang erklärt, dass wir uns noch nicht sicher sind, ob es sich um einen Selbstmord handelt.«

Bible wies nicht darauf hin, dass seine Geschichte ein wenig zweifelhaft war. Stattdessen zog er ein Paar Nitrilhandschuhe aus der Tasche seiner Laufhose. Wieder blinzelte er Andrea zu und gestand damit ein, dass er vorbereitet hierhergekommen war.

»Das ist ein Tatort, Marshal. Sie müssen auf den Coroner warten. Wir dürfen keine …«

»Wer hat das Laken über der Leiche ausgebreitet?«, fragte Andrea.

Wexler räusperte sich. »Der Typ, der sie gefunden hat.«

Ricky hatte gesagt, ein Farmarbeiter habe die Leiche entdeckt. Andrea sah aber nur zwei Männer auf dem Feld. »Dann wurde der Tatort bereits in Unordnung gebracht.«

Bible war jetzt ganz auf seine Aufgabe konzentriert. Er sagte kein Wort, sondern kniete sich hin und zog das Laken vorsichtig vom Leichnam.

Irgendjemandem stockte hörbar der Atem. Andrea war verdammt stolz, dass nicht sie es war.

Trotzdem zog sich ihr Magen zusammen.

Sie hatte Tote in der Leichenhalle in Glynco gesehen, aber dort hatte sie ausreichend Zeit bekommen, sich auf die Erfahrung vorzubereiten. Alle Verstorbenen hatten ihren Körper der Wissenschaft vermacht, weshalb es sich angefühlt hatte, als bestünde ein Einvernehmen zwischen ihr und den Toten. Alles war feierlich, ernst und vorhersehbar gewesen. Andrea war da, um zu lernen. Die Toten waren da, um ihr diese Gelegenheit zu bieten.

Jetzt wurde Andrea vom Schock des plötzlichen Todes erfasst.

Wie bei Judiths Collagen konnte sie zunächst nur das Gefühl verarbeiten, das sie zu überwältigen drohte. Dann zwang Andrea sich, die Einzelheiten aufzunehmen. Eine leere Arzneimittelflasche auf dem Boden. Getrockneter rosaroter Schaum um den Mund. Schmutziges blondes Haar. Leichenblasse Haut. Blaue Fingerspitzen, in die Fläche einer rot gefleckten Hand gekrümmt. Die Frau hatte seit Stunden hier auf dem Feld gelegen. Durch die Schwerkraft war das Blut in die Körperregionen abgesunken, die die Erde berührten. Das Laken hatte sich um ihre Füße gebauscht, aber sie irrtümlich für eine Schlafende zu halten, war unmöglich. Sie war eindeutig tot.

»Lieber Himmel«, flüsterte jemand.

Andrea atmete durch den Mund, als der Geruch sie in die Nase stach. Sie rief sich in Erinnerung, dass sie Polizistin war. Sie wusste, was zu tun war.

Analysieren, verstehen, berichten.

Die nackte Frau lag auf der Seite.

Das war nicht stimmig.

Das Opfer war keine Frau. Es sah aus wie ein Mädchen, vielleicht sechzehn, siebzehn Jahre alt. Ihre linke Hüfte ragte als scharfer Winkel in die Luft. Die Scham war kahl rasiert. Die dunklen Höfe ihrer Brustwarzen waren beinahe schwarz in diesem frühen Stadium der Verwesung. Ein gelbes Kleid lag zusammengefaltet wie ein Kissen unter ihrem Kopf. Ein Arm war ausgestreckt, der andere lag um ihre schmale Taille.

Das Erschreckendste war der Zustand ihres ausgemergelten Körpers. Andrea hatte in ihrem ersten Jahr an der Kunstschule einen Anatomiekurs für Aktzeichnen belegt. Sie fühlte sich an die Diagramme erinnert, die einen dreidimensionalen Blick in den menschlichen Körper zeigten. Die Knochen des Mädchens waren unter der Haut sichtbar. Die Gelenke standen vor wie Türknöpfe. Der Umriss ihrer Zahnreihen war in den eingefallenen Wangen zu erkennen. Das Haar war schmutzig. Unter dem rechten Auge gab es eine Abschürfung. Die Lippen waren hellblau. Strahlenkränze aus geplatzten Äderchen sprenkelten die wächserne, pergamentdünne Haut. Rosa Narben zogen sich kreuz und quer über die Innenseite der Handgelenke.

Sie hatte es schon früher versucht.

»Oliver.« Bibles Ton war schneidend. »Machen Sie Fotos.«

Andrea kniete sich neben das Mädchen. Sie holte ihr iPhone aus der Tasche und wählte mit dem Daumen die Kamerafunktion. Dann zog sie das Laken mit den Fingerspitzen von den Füßen des Mädchens.

Dass die Füße nackt waren, war nicht die schockierendste Entdeckung.

Um ihren linken Knöchel trug sie einen Metallring, der so straff saß, dass er die Haut aufgescheuert hatte. In der Mitte waren drei Edelsteine eingearbeitet – ein Aquamarin, flankiert von zwei blauen Saphiren. Das Metallband wirkte fast wie ein Schmuckstück, wären da nicht die Narben gewesen, wo der Ring dauerhaft um ihren Knöchel geschlossen worden war.

Andrea entdeckte eine Gravur auf dem Metall.

Bible sah sie ebenfalls. »Wer ist Alice Poulsen?«, fragte er.

20. OKTOBER 1981

Emily stocherte mit der Gabel in ihrem Frühstück. Ihr gegenüber tat Omi das Gleiche; sie verstand nicht ganz, warum so viel Spannung im Raum herrschte, aber instinktiv wusste sie, dass es besser war zu schweigen. Esther und Franklin saßen jeder an einem Ende des Tischs, beide für die Arbeit gekleidet, als wäre es ein vollkommen normaler Tag in ihrem vollkommen normalen Leben. Er las die Zeitung. Sie machte konzentriert Anmerkungen im Entwurf einer Stellungnahme. Beide trugen ihre Lesebrillen. Schließlich würden sie die Brillen abnehmen, ihre Papiere in der jeweiligen Aktentasche verstauen und in getrennten Autos zur Arbeit fahren.

Emily hatte ihre Eltern zahllose Turbulenzen auf diese Weise überstehen sehen. Sie standen es durch, indem sie so taten, als würden die schrecklichen Dinge nicht geschehen. Vielleicht trug Emily ebenfalls ein wenig von dieser Fähigkeit in sich, denn auch sie versuchte so zu tun, als hätte der gestrige Abend nicht stattgefunden. Und auch nicht der gestrige Morgen in Dr. Schroeders Praxis. Und die Party.

Vor allem wollte sie die Erinnerung daran, dass Mr. Wexler sie in dieser Nacht nach Hause gefahren hatte, als reine Einbildung oder als Nachwirkung eines schlechten LSD-Trips abtun.

Prompt wurde sie von einer heftigen Übelkeit erfasst. Die

Eier auf ihrem Teller waren zu einem gelben Klumpen geworden. Das Speckfett gerann zu einer Wulst rund um den Toast. Sie hatte keine Ahnung, wie lange sie auf den Teller gestarrt hatte, aber als sie aufblickte, waren ihre Eltern fort, und nur Omi war noch da.

»Hast du schon etwas vor heute?«, fragte Omi. »Ich dachte, ich arbeite ein wenig im Garten.«

Emily spürte, dass sie gleich in Tränen ausbrechen würde. »Ich gehe zur Schule, Omi.«

Omi sah verwirrt aus. Sie räumte ihren Teller und das Besteck weg, bevor sie ging.

Emily tupfte mit den Fingerkuppen die Tränen weg. Sich zu schminken, hatte sich heute Morgen ungefähr so angefühlt, als schleife sie ihr Gesicht mit Sandpapier. Ihre Augenlider waren rissig, weil sie die ganze Nacht geweint hatte. Sie hatte nicht geschlafen. Die Gestalt, die ihr aus dem Spiegel entgegenblickte, hatte wie ein Alien ausgesehen.

Sie war nicht *intakt*.

Warum empfand Emily nichts anderes als Scham? Sex sollte doch eine besondere, romantische Erfahrung sein, bei der man sich mit seinem Seelengefährten verband, sich einem Mann hingab, der der Liebe würdig war.

Stattdessen war es auf dem Rücksitz der verdreckten, billigen Karre ihres Lehrers passiert.

Möglicherweise.

Emily war es leid, sich auf plötzlich aufblitzende Erinnerungen stützen zu müssen, eine Horrorshow im Stroboskoplicht, die real sein konnte oder nicht. Sie war sich so sicher gewesen, dass einer der Jungs es gewesen war – obwohl sie sich immer eingeredet hatte, *nicht* sicher zu sein. Und jetzt wollte sie nicht glauben, dass Dean Wexler mit seinem buschigen, verschwitzten Schnauzer und den groben Fummelhänden ihr etwas genommen hatte, was sie nicht zu geben bereit war.

Denn das war Vergewaltigung, oder nicht?

Vielleicht war es auch keine. Vielleicht hatte ihre Mutter recht. Und ihr Vater. Wenn man zu viel trank, wenn man Drogen nahm, akzeptierte man auch das dazugehörige Risiko, dass ein Junge tat, was Jungen eben tun.

Aber Mr. Wexler war ein Mann.

Das machte einen Unterschied, oder? Wenn Emily ihrem Vater erzählte, dass es nicht einer der Jungs gewesen war, dass ein erwachsener Mann die Situation ausgenutzt hatte, würde ihr Vater die Sache anders bewerten. Oder vielleicht würde er sie auch nur anstarren, denn seit gestern Abend hatte er Emily vollkommen aus seinem Blickfeld getilgt. Ob er das Zimmer durchquerte, am Tisch saß, nach der Kaffeekanne griff, in seiner Zeitung las – nicht ein einziges Mal hatte er zu erkennen gegeben, dass er seine Tochter nur ein Stück von ihm entfernt sitzen sah.

Emily schaute auf ihre Hände hinunter. Ihre Tränen ließen alles verschwimmen. Sie fragte sich, ob sie nicht im Begriff stand, ganz zu verschwinden. Würde man sie je wieder als denselben Menschen sehen?

»Emily.« Esther stand in der Tür. Sie stützte sich am Rahmen ab und zog ihre Strumpfhose vorn an den Zehen gerade. »Komm nicht zu spät zur Schule.«

Emily sah nicht ihre Mutter an, sondern schaute aus dem Fenster. Beim normalen Tonfall ihrer Mutter hatte ihr Herz schneller geschlagen. Esther würde wegen dieser Geschichte nicht wieder wütend werden. Es würde keine weiteren Auseinandersetzungen oder Schuldzuweisungen geben. Sie war eine Richterin in jeder Bedeutung des Wortes. Wenn ihre Entscheidung verkündet war, ließ sie keinen Zweifel mehr daran zu.

Als Emily wieder zur Tür blickte, war ihre Mutter fort.

Sie atmete langsam aus, legte dann Messer und Gabel auf den Teller und trug alles in die Küche. Sie kratzte das Essen in den

Mülleimer und stellte das Geschirr für die Haushälterin in die Spüle. Ihre Büchertasche und die Handtasche fand sie neben der Garagentür. Emily konnte sich nicht erinnern, sie gestern Abend dort abgelegt zu haben, andererseits konnte sie sich an viele Dinge nicht erinnern, die weitaus wichtiger waren.

Das war alles, was sie zutage fördern konnte: das dunkle Innere von Mr. Wexlers Wagen. Der Schein der Armaturenbeleuchtung. Ein Song, der leise im Radio lief. Ihre Hand, die nervös an einem Riss in Rickys grünem Kleid zupfte. Mr. Wexlers Hand auf ihrem Knie.

Emily blinzelte. War dieser letzte Teil wirklich passiert, oder bildete sie sich nur etwas ein, was gar nicht stimmte?

Das Einzige, was sie mit Sicherheit wusste, war, dass sie nicht für den Rest ihres Lebens im Flur stehen und darüber nachgrübeln konnte. Sie hatte bereits einen ganzen Schultag versäumt – ein Treffen mit ihrer Kunstlehrerin, einen Test in Chemie, die Orchesterprobe, die fünf Minuten vor der Sportstunde, um mit Ricky über etwas zu reden, was vor zwei Tagen sehr wichtig zu sein schien.

Sie öffnete die Tür. Der Mercedes ihres Vaters war bereits fort. Sie ging durch die Garage. Der Chauffeur ihrer Mutter ließ vor dem Haus den Motor laufen.

»Em?«

Sie drehte sich um und sah zu ihrer Überraschung Cheese an einem Baum lehnen und eine Zigarette rauchen.

»O nein, Cheese! Es tut mir so leid.« Ihr wurde das Herz schwer. Sie hatte ihm gesagt, dass er im Schuppen schlafen könne. »Ich habe vergessen, das Kissen und die Decke rauszulegen.«

»Kein Problem.« Er drückte die Zigarette an der Schuhsohle aus und steckte den Stummel ein. »Weißt du, ich brauche nicht viel. Mir geht's gut.«

Er sah nicht aus, als ginge es ihm gut, und sie fühlte sich deswegen umso schlechter. »Es tut mir leid.«

»Sieht aus, als hättest du ebenfalls eine harte Nacht hinter dir.«

Emily konnte im Augenblick nicht an ihr Aussehen denken. Der Schuppen lag auf der anderen Seite des Hauses, aber Cheese hätte hören können, was gestern Abend in der Küche vor sich ging, hätte er vor der Garage gestanden. »Um welche Zeit bist du gekommen?«

»Keine Ahnung.« Er zuckte die Schultern. »War erst zu Hause, aber Mom war voll neben der Spur. Dad ist ins Polizeirevier gefahren und ich …«

Sie sah, wie seine Unterlippe zu zittern anfing. Er hatte sicher nichts gehört. Er hatte seine eigenen Probleme.

»Jedenfalls begleite ich dich zur Schule«, sagte er.

Emily ließ ihn ihre Büchertasche tragen. Sie mussten warten, bis der Wagen ihrer Mutter gewendet hatte. Esther schaute aus dem hinteren Fenster, dann schaute sie noch einmal. Für einen Sekundenbruchteil verrutschte ihr Pokerface. Emily konnte die Gedanken ihrer Mutter förmlich hören – *War es etwa der Stilton-Junge?*

Bis der Wagen die Einfahrt erreicht hatte, hatte Esther ihre Fassung wiedererlangt.

Cheese bekam von alledem nichts mit. Er schüttelte eine weitere Zigarette aus seiner Packung. Sie gingen in geselligem Schweigen die gewundene Einfahrt hinunter. Emily überlegte, wann sie Cheese zum ersten Mal begegnet war. Wie die meisten ihrer Schulfreunde hatte er zu ihrem Leben gehört, so lange sie zurückdenken konnte. Wahrscheinlich waren sie in der Vorschule oder im Kindergarten zusammengewürfelt worden. In ihrer ersten Erinnerung an ihn war er ein schüchterner Junge gewesen, der in der Ecke saß und zusah, wie sich alle andern amüsierten. Er hatte nie so recht dazugehört, weshalb Emily immer großen Wert darauf legte, sich mit ihm zu unterhalten. Selbst in der Clique hatte sie oft das Gefühl gehabt, ein außenstehender Zuschauer zu sein.

Insbesondere jetzt.

»Okey-dokey«, sagte Cheese. »Erzählst du mir, was los ist?«

Emily lächelte. »Mit mir ist alles in Ordnung, ehrlich.«

Cheese rauchte schweigend und glaubte ihr eindeutig nicht.

Emily fiel etwas ein. »Warst du letzten Monat um diese Zeit auch im Schuppen?«

Er sah besorgt aus. »Wenn deine Eltern böse sind, weil ...«

»Nein, nein«, versicherte sie ihm. »Das ist ihnen egal. Ich habe nur gefragt, weil ich damals sehr, sehr spät nach Hause gekommen bin – es war die Nacht vom Sechsundzwanzigsten. Und sie waren total wütend, weil ich länger weggeblieben bin, als ich eigentlich darf. Ich habe nur überlegt, ob du vielleicht etwas gehört hast oder dich an etwas erinnerst.«

»Puh«, sagte er. »Tut mir leid, Emily. Wenn ich da hinten im Schuppen war, habe ich keinen Mucks gehört. Hast du viel Ärger gekriegt? Siehst du deshalb so aufgebracht aus?«

Sie schüttelte den Kopf. Cheese war nicht schwer zu durchschauen. Wenn er an diesem Abend hier gewesen wäre, hätte er bereits etwas gesagt. Sie stellte ihm die falschen Fragen.

»Kennst du dich mit Ermittlungen aus?«, versuchte sie es weiter. »Wegen deines Dads, meine ich?«

»Ich denke schon.« Cheese zuckte mit den Achseln. »Aber vielleicht weiß ich mehr aus Wiederholungen von *Columbo*.«

Sie lächelte, weil er lächelte. Diese Serie hatte sich ihr Vater angeschaut, als sie damals lief. Emily hatte nie eine Folge gesehen, aber natürlich wusste sie, dass es um einen cleveren Polizisten ging. »Sagen wir, Columbo hat es mit einem Fall zu tun, wo jemand etwas Böses getan hat.«

»Das ist bei jedem Columbo-Fall so, Emily.« Er lächelte gutmütig. »Darum geht es gewissermaßen.«

»Gut.« Emily ließ sich einen Moment Zeit, um nachzudenken. »Sagen wir, einer Frau wurde auf einer Cocktailparty ihre ... ihr Diamanthalsband gestohlen.«

»Okay.«

»Nur weiß sie nichts mehr von der Party, weil sie zu viel getrunken hat.« Emily wartete, bis er nickte. »Sie hat aber diese bruchstückhaften Erinnerungen, wo zum Beispiel aufblitzt, dass sie mit verschiedenen Leuten gesprochen hat oder an bestimmten Orten war. Aber sie kann nicht sagen, ob es echte Erinnerungen sind oder eingebildete.«

»Klingt, als hätte man sie unter Drogen gesetzt«, sagte Cheese. »Alkohol wirkt eigentlich nicht so, außer du bist besinnungslos betrunken. So habe ich es jedenfalls bei meiner Mutter erlebt.«

Emily glaubte gern, dass er sich damit auskannte. »Wie würde die Frau das Halsband zurückbekommen?«

Er lächelte wieder. »Sie würde Columbo rufen.«

Erneut spiegelte Emily sein Lächeln. »Aber wie würde Columbo den Fall lösen?«

Er brauchte nicht lange für eine Antwort. »Er würde mit den Leuten reden, die auf der Party waren. Notizen über sie vergleichen, etwa wie: Stimmt das, was dieser Typ sagt, mit dem überein, was dieser andere Typ sagt. Denn wenn es nicht übereinstimmt, lügt jemand, und wenn jemand lügt, dann weißt du, dass er etwas zu verbergen hat.«

Zum ersten Mal seit Tagen wurde es Emily etwas leichter ums Herz. Das klang absolut einleuchtend. Warum hatte sie nicht daran gedacht, mit jemandem zu reden? Vielleicht würde einer die Tat gestehen.

Da gab es nur ein Problem.

»Aber wie macht es Columbo?«, fragte sie. »Wenn jemand schuldig ist, wird er nicht reden, vor allem nicht mit der Polizei.«

»Das sagt mein Dad auch immer.« Cheese zuckte mit den Schultern. »Aber im Fernsehen reden Schuldige ständig. Manchmal denken sie sich Lügen aus, um den Verdacht auf jemand anderen zu lenken. Oder sie wollen herausfinden, ob sie gefasst werden, und stellen einen Haufen Fragen über den Stand der Ermittlung. Und Columbo ist der Beste darin, sie auszutricksen. Er geht nicht einfach hin und beschuldigt Leute. Er sagt etwa: ›Sir, ich sehe, Sie waren auf dieser Party. Wenn Sie die Frage entschuldigen, aber können Sie mir sagen, ob Sie etwas Verdächtiges bemerkt haben oder ob sich jemand auffällig benommen hat?‹ Er zeigt nie mit dem Finger auf einen Kerl und sagt: ›Sie waren es.‹ Er lässt die Leute sich selbst um Kopf und Kragen reden.«

»Was noch?«

»Na ja, er schreibt alles auf. Genau das soll man als Cop tun. Mein Dad sagt, der Grund dafür ist, dass du bei einer Vernehmung eine Menge Informationen bekommst, aber nur manches davon ist wichtig, deshalb schreibst du alles auf, gehst es später noch mal durch und klaubst die wertvollen Punkte heraus.«

Emily nickte, denn das klang ebenfalls sehr vernünftig. Manchmal wurde sie in einem Kurs an der Schule von Details schier überwältigt, aber dann schaute sie sich ihre Aufzeichnungen an und fand den roten Faden.

»Das Beste kommt immer am Ende jeder Folge«, sagte Cheese. »Direkt vor der Werbung. Columbo redet mit einem Verdächtigen, und er benimmt sich, als wäre er mit der Befragung fertig, aber dann dreht er sich im Gehen noch mal um und sagt: ›Sir, es tut mir leid, da wäre nur noch eine Sache.‹«

»Nur noch eine Sache?«

»Ja, weil du hebst dir deine wichtigste Frage für den Schluss auf, wenn die Typen nicht mehr darauf gefasst sind.« Cheese zwickte das Ende seiner Zigarette ab und steckte den Stummel wieder in die Tasche. »Du sagst also: ›Wunderbar, danke, dass Sie meine Fragen beantwortet haben‹, und tust, als wolltest du gehen. Du steckst dein Notizbuch weg, und der Verdächtige ist erleichtert, verstehst du, weil er denkt, es ist vorbei. Und dann drehst du dich um und sagst …«

»Da wäre nur noch eine Sache.«

»Genau. So bekommst du dein Diamanthalsband zurück.«

»Was?«

»Die Lady – der man das Halsband gestohlen hat.«

»Ach so, klar.« Emily fühlte ihr Herz pochen. Jetzt, da es einen Weg zu geben schien, wie es weitergehen könnte, wurde sie nervös. »Du wirst eines Tages ein guter Polizist sein, Cheese.«

»Du lieber Himmel, nein.« Er schüttelte schon wieder eine Zigarette aus dem Päckchen. »Wenn ich in zehn Jahren immer noch in diesem Dreckskaff lebe, erinnere mich daran, dass ich mir eine Kugel in den Kopf schieße.«

»Das ist ja furchtbar. Sag das nicht.«

Er gab ihr die Büchertasche zurück, denn sie waren kurz vor der Schule angelangt. Ohne ein weiteres Wort entfernte sich Cheese eilig von ihr. Vor ein paar Jahren hatte ihn Nardo damit geneckt, dass er in Emily verknallt sei, und er gab sich immer noch größte Mühe, diesen Verdacht nicht aufkommen zu lassen.

Emily wechselte den Riemen ihrer Handtasche auf die andere Schulter. Sie dachte über Cheeses Rat nach. Sie sollte das Ganze als Ermittlung betrachten. Das Ergebnis würde möglichweise nichts ändern, aber es würde ihr wenigstens ein bisschen Seelenfrieden einbringen. Egal was ihre Eltern sagten: Jemand hatte ihr wehgetan. Dieser Mensch hatte Emily missbraucht, als sie äußerst verwundbar gewesen war. Sie war nicht so dumm zu glauben, dass er dafür bezahlen würde, aber sie musste um ihrer seelischen Gesundheit willen wissen, wer es getan hatte.

»Na.« Ricky knuffte sie in die Schulter. »Hast du dir wieder eine Portion Käse gegönnt?«

Emily verdrehte die Augen, aber sie knuffte Ricky zur Erwiderung ebenfalls an die Schulter.

»Ich weiß nicht, warum du dich mit kaputtem Spielzeug abgibst.«

Emily bemühte sich, den Köder nicht zu schlucken. Die

Clique konnte sehr bösartig zu Außenseitern sein. Was würden sie mit Emily machen, wenn sie *es* herausfanden?

»Wo warst du gestern?«, fragte Ricky. »Ich habe zweimal bei euch zu Hause angerufen, und deine Mom hat jedes Mal gesagt, dass du schläfst.«

»Ich hab mir was mit dem Magen eingefangen«, sagte Emily. »Habe ich dir am Samstag erzählt.«

»Ach ja, richtig!« Ricky stieß sie wieder an. »Ich dachte, wir wollten gestern reden.«

»Worüber?«

»Ich … Oh, verdammt, da ist Nardo.« Ricky sauste über den Schulhof, ohne noch einmal zurückzuschauen.

Emily folgte ihr nicht. Stattdessen behielt sie die Clique im Auge, als die sich vor der Sporthalle sammelte. Nardo rauchte, obwohl er bereits dreimal erwischt worden war. Blake lehnte mit dem Rücken an der Wand und hielt ein Buch in den Händen. Nur Clay hatte sich Emily zugewandt. Sein Blick folgte ihr, als sie die Treppe zum Schuleingang hinaufstieg. Zum ersten Mal in ihrem Leben reagierte sie nicht auf ihn. Sie hob nicht die Hand, um zu winken. Sie ignorierte den Traktorstrahl seiner Augen, der sie an seine Seite ziehen wollte.

Sie wandte sich ab und öffnete die Tür. Sie spürte seinen Blick noch auf ihrem Rücken, als sich die Tür hinter ihr schloss. In dem grellen Neonlicht in der Eingangshalle musste sie die Augen zusammenkneifen. Kids rannten vorbei. Sie spürte die Anspannung, die sie immer erfasste, wenn sie in der Schule war. Nur war an der Anspannung diesmal nicht Esthers Wille schuld, der sie zu stetigem Erfolg antrieb. Diesmal war sie nervös, weil sie dabei war, einen Plan zu entwickeln.

Sie würde mit Mr. Wexler reden. Sie würde ihn beiläufig ansprechen, als wäre alles in Ordnung. Sie würde ihm ein paar Fragen stellen. Dann würde sie so tun, als ginge sie wieder – um kurz davor dieses *Eine Sache noch* platzen zu lassen.

Emily spürte, wie ihre Zuversicht ins Wanken geriet. Konnte sie Mr. Wexler ernsthaft fragen, ob er sich über sie hergemacht hatte? Er würde empört reagieren. Natürlich würde er empört reagieren. Weil er unschuldig war – oder weil er schuldig war?

»Emily!« Melody Brickel galoppierte buchstäblich den Gang entlang. Sie stand auf Pferde, was nur einer der Gründe dafür war, warum man sie nicht besonders mochte. »Du hast die Orchesterprobe gestern versäumt!«

Emily widerstand dem Drang, sich einfach auf den Boden zu werfen und zu einer Kugel zusammenzurollen. Mrs. Brickel wusste alles. Hatte sie es ihrer Tochter nicht erzählt?

»Em?« Melody nahm sie an der Hand und zog sie in Mr. Wexlers leeres Klassenzimmer. »Was ist los? Du siehst furchtbar aus. Hast du geweint? Aber mir gefallen deine Haare.«

»Ich …« Emilys Verstand blockierte. Sie war in Mr. Wexlers Klassenzimmer. Er würde bald kommen, und sie war noch nicht bereit. Sie konnte ihn auf keinen Fall jetzt zur Rede stellen. Sie hatte eigentlich vorgehabt, sich eine Liste mit Fragen zu notieren, aber sie konnte gerade an nichts anderes denken, als von hier zu verschwinden, bevor er kam.

»Emily?«, sagte Melody. »Was ist los?«

»Ich …« Emily schluckte. »Hat es dir deine Mom nicht erzählt?«

»Was erzählt?«, fragte Melody. »Warst du gestern bei Dr. Schroeder? Mom darf nichts darüber erzählen, was dort passiert. Das ist eine Art Regel oder so. Keine Ahnung. Aber wenn du dort warst, dann sag doch: Was ist los? Geht's dir gut?«

»Ja, ich …« Emily suchte fieberhaft nach einer Lüge. »Es geht um meine Periode. Sie hat vor ein paar Tagen eingesetzt, und zwar richtig übel.«

»O nein, du Arme.« Melody ergriff ihre Hand. »Du bist zu erwachsen, um immer noch zu diesem dummen, gemeinen alten Bock zu gehen. Du solltest dir einen richtigen Gynäkologen suchen. Meine Mom hat mir vor zwei Jahren die Pille verschreiben lassen, und jetzt spüre ich von meiner Regel kaum noch etwas.«

Emily wusste nicht, was sie mehr überraschte – dass Melody einen Gynäkologen aufsuchte oder dass sie die Pille nahm.

»Schau nicht so empört drein, Dummchen. Die Pille ist nicht nur für Sex. Obwohl ich die Hoffnung nicht aufgebe!« Sie griff in ihre Büchertasche und brachte eine Musikkassette zum Vorschein. »Hier, die hab ich dir mitgebracht, aber du musst versprechen, dass du sie mir zurückgibst.«

Emily konnte nicht anders, als die Kassette anzunehmen. Auf dem Cover saßen fünf Mädchen in Badetüchern herum, die Gesichter mit Fettcreme eingeschmiert. The Go-Go's. *Beauty and the Beat*.

»Ich hab dir doch letzte Woche davon erzählt.« Melody klang ganz aufgekratzt, sie war verrückt nach Musik. »Hör dir mal an, wie der Gesang in der Mitte von ›Our Lips Are Sealed‹ langsamer wird, okay? Es ist nicht direkt ein Taktwechsel, aber es erinnert mich an das, was die Beatles bei ›We Can Work It Out‹ gemacht haben, wo sie von einem Viervierteltakt in einen Dreivierteltakt fallen. Oder bei ›Under My Thumb‹, wo die Stones …«

Emily hörte nicht mehr zu. Mr. Wexler war hereingekommen. Aus dem Augenwinkel sah sie, wie er einen Stapel Arbeiten auf sein Pult fallen ließ. Sie behielt den Blick auf Melody gerichtet, die ein imaginäres Schlagzeug spielte und mit dem Fuß einen Takt tippte, den nur sie selbst hörte.

»Achte mal darauf, okay?«, sagte Melody. »Es ist so cool. Und sie schreiben ihre Musik selbst, ist doch fantastisch, oder?«

Emily nickte, auch wenn sie keine Ahnung hatte, was sie eigentlich abnickte. Aber es reichte, damit Melody mit federnden Schritten den Raum verließ.

»Worüber ist sie denn dieses Mal so aufgeregt?«, fragte Mr. Wexler.

Emily musste schlucken, ehe sie sprechen konnte. »Über die Go-Go's.«

Er lachte schallend. »Sie vergleicht eine Schar pausbäckiger Mädchen mit den Stones? Alles, was recht ist. Die tun nur so, als könnten sie spielen, damit sie Typen kennenlernen.«

Letzte Woche hätte ihm Emily noch jedes Wort geglaubt, vielleicht sogar mit ihm zusammen gelacht, aber jetzt fragte sie: »Spielen Jungs denn nicht auch in Bands, damit sie Mädchen kennenlernen?«

»Vielleicht die toupierten Fritzen, die du so hörst«, sagte Mr. Wexler. »Die Stones sind richtige Musiker. Die haben echtes Talent.«

Emily verschränkte die Hände. Sie schwitzte wieder und hatte keinen Plan. Sie konnte das nicht. Sie war eben nicht Columbo.

»Was brauchst du, Em?« Mr. Wexler aß eine Hand voll Studentenfutter aus der Tüte in seinem Schreibtisch. »Ich hab mir gestern Abend dermaßen die Birne zugeknallt. Beim Laufen heute Morgen hat sich der Boden wie Treibsand angefühlt. Ich muss mich jetzt auf den Unterricht vorbereiten.«

»Ich …« Emily dachte an das, was Cheese gesagt hatte. Sie musste alles aufschreiben. Ihre Schulhefte konnte sie nicht benutzen. Sie wühlte in ihrer Handtasche nach einem Block oder etwas Ähnlichem, worauf sie schreiben konnte, dann ließ sie ihren Kugelschreiber klicken. Sie schaute zu Mr. Wexler, aber sie wusste nicht, was sie sagen sollte.

»Emily?«, fragte er. »Sag schon, was gibt es?«

»Ich …« Sie verlor den Mut. »Ich habe den Unterricht gestern versäumt. Ich muss wissen, was ich nachlernen soll.«

Er lachte. »Äh, ich denke, das können wir uns schenken. Du bekommst deine Eins, keine Sorge.«

»Aber ich …«

»Emily, ich weiß nicht mehr, was wir gestern im Unterricht

durchgenommen haben, okay? Ich habe dich als anwesend eingetragen. Was mich betrifft, warst du hier. Setz einfach einen Haken dran.«

Er wandte ihr den Rücken zu und wischte die Tafel sauber. Er war in großartiger körperlicher Verfassung, weil er ständig lief, aber damit endete die Disziplin auch schon. Seine Hose war verknittert, sein Hemd hatte Schweißflecken unter den Achseln, sein Haar war unfrisiert. Als er sich wieder umdrehte, waren seine Augen immer noch blutunterlaufen, weil er die Augentropfen auf seinem Schreibtisch nicht benutzt hatte.

Die schwache Armaturenbeleuchtung. Der Song im Radio. Der Riss in Rickys grünem Kleid.

»Em?« Er stützte sich auf dem Pult ab. »Was ist, um Himmels willen, heute nur los mit dir? Nichts für ungut, aber du siehst so aus, wie ich mich fühle, nämlich total beschissen.«

»Ich ...« Sie versuchte sich zu erinnern, was Cheese gesagt hatte. Vorsichtig herantasten. Keine Anschuldigungen. Sie setzte sich in die erste Bankreihe und bemühte sich, beiläufig zu klingen. »Wissen Sie noch, wie Sie mich letzten Monat bei Nardo abgeholt haben?«

Sofort wirkte er schuldbewusst. Seine Augen wurden schmal. Er ging zur Tür und schloss sie. Dann drehte er sich um und sah sie an. »Ich dachte, ich hätte gesagt, dass wir darüber nicht reden werden.«

Emily drückte ihren Kugelschreiber aufs Papier. Ihre Hand begann sich zu bewegen.

»Was schreibst du da?«, fuhr Mr. Wexler sie an. »Himmel noch mal, warum ...«

Sie zuckte zusammen, als er ihr den Kugelschreiber aus der Hand riss.

»Was zum Teufel ist bloß los?«, verlangte er zu wissen.

»Sie ...« Sie war dabei, die Kontrolle zu verlieren. Das lief nicht so, wie es sollte. Keine Konfrontation. Keine Anschuldigungen. »Meine Großmutter hat Sie gesehen. In dieser Nacht. Sie hat Ihren Wagen erkannt.«

Er sah niedergeschlagen aus, als er sich neben sie auf die Bank fallen ließ. »Scheiße.«

»Sie … Sie hat mich gestern Abend danach gefragt. Sie wollte wissen, was ich um diese Uhrzeit in Ihrem Wagen verloren hätte, denn sie weiß, dass Sie mein Lehrer sind.«

Er legte den Kopf in die Hände. Seine Stimme war belegt, als er fragte: »Hat sie es deinen Eltern erzählt?«

Emily sah ihm an, dass er Angst hatte, was bedeutete, dass sich die Machtverhältnisse leicht in ihre Richtung verschoben hatten. Er musste verwundbar bleiben, deshalb antwortete sie: »Noch nicht. Ich habe sie gebeten, es ihnen nicht zu sagen, aber …«

Mr. Wexler lehnte sich zurück. »Wir brauchen eine glaubhafte Geschichte, für den Fall, dass sie es ihnen erzählt. Und du weißt, *dass* sie es früher oder später tun wird.«

Emily konnte nur nicken.

Und mir nichts dir nichts verschob sich die Macht wieder auf seine Seite.

»Okay.« Er drehte sich in ihre Richtung und stützte sich auf die Ellbogen. »Was genau hat deine Großmutter gesehen?«

»Dass ich …« Emily war klar, dass sie strategisch vorgehen musste, aber sie wusste nicht, wie. »Ich bin aus Ihrem Wagen gestiegen, es war spät, und ich war sehr durcheinander.«

Mr. Wexler nickte. Sie hörte das raue Schaben, als er sich die unrasierte Wange rieb. »Na gut, das ist nicht sehr viel.«

Emily hielt den Mund. Cheese hatte gesagt, dass Schuldige reden wollen. Sie musste warten, bis Mr. Wexler so weit war.

»Okay«, sagte er und gab ihr den Kugelschreiber zurück. »Wir werden ihnen Folgendes erzählen.«

Emily setzte den Kugelschreiber auf ein frisches Blatt Papier.

»Nardo bat mich um Hilfe. Du warst total weggetreten. Alle waren zugedröhnt. Ich bin hinübergefahren, um dich zu holen und nach Hause zu bringen. Das, was zwischen mir und Clay passiert ist …« Er winkte ab. »Vergiss es. Sein Wort steht gegen unseres, niemand wird ihm glauben.«

Clay?

»Und ich habe dich nach Hause gefahren«, schloss Mr. Wexler. »Ende der Geschichte. Okay?«

»Aber …« Emily suchte nach einer Möglichkeit, ihm mehr Informationen zu entlocken. »Wir müssen uns nicht nur wegen Clay Sorgen machen, oder? Nardo und Blake waren dabei. Und Ricky. Ricky war auch da.«

»Ricky lag bewusstlos auf dem Rasen vor dem Haus, als ich angekommen bin«, sagte Mr. Wexler. »Ich weiß nicht, wo Nardo und Blake waren. Konnten sie uns vom Haus aus sehen? Es gibt Fenster, die auf den Poolbereich hinausgehen, oder?«

»Äh, ja. Vielleicht.« Emilys Mund schien wie mit Watte gefüllt. Ricky bewusstlos im Vorgarten. Nardo und Blake irgendwo im Haus. Clay und Emily draußen am Pool. Sie waren sicher nicht geschwommen. Der Pool war abgedeckt gewesen, und das Wasser war ohnehin zu kalt. Warum waren sie allein draußen gewesen? Das musste etwas zu bedeuten haben.

»Also gut, das wäre geklärt.« Mr. Wexler klopfte auf ihr Notizbuch. »Schreib es auf, wenn es dir hilft. Du hast mich angerufen, weil du mit Clay Streit hattest. Ich habe dich abgeholt, ich habe dich nach Hause gebracht. Ende der Geschichte.«

Emily begann zu schreiben, aber sie musste einfach fragen. »Warum habe ich mit Clay gestritten?«

»Der Teufel soll mich holen, wenn ich das weiß. Denk einfach an einen früheren Streit und behaupte, dass er immer noch anhielt. Ihr Kids seid doch ständig wegen irgendwas sauer aufeinander.« Mr. Wexler stand auf. »Du solltest zum Unterricht gehen. Sprich mit keinem von den anderen darüber, okay? Du weißt, sie werden alle auf Clays Seite stehen, und ich will nicht, dass du deine Freunde wegen so eines Blödsinns verlierst.«

Die Watte in ihrem Mund wurde zu Beton. Sie hatte sich Sorgen gemacht, dass sie die Clique verlieren könnte, aber jetzt spürte sie den Verlust auf eine sehr reale Weise. Sie würden sie im Stich lassen. Die Freunde, an die sie sich geklammert hatte, die Kumpel, die sie seit der ersten Klasse kannte, die Leute, mit denen sie in den letzten zehn Jahren jede freie Minute verbracht hatte, würden sie fallen lassen, wenn es schwierig wurde.

Vor allem, wenn die Schwierigkeiten mit Clay zu tun hatten.

Mr. Wexler sagte: »Wenn dich deine Eltern zur Rede stellen, bleib einfach bei der Geschichte, und uns passiert nichts. Ich erzähle ihnen dasselbe.«

Emily schaute auf ihre Notizen. Sie hatte ein einziges Wort aufgeschrieben – Clay.

»Emily.« Mr. Wexler sah auf seine Uhr. »Komm, geh zum Unterricht. Ich kann euch keine Entschuldigungen fürs Zuspätkommen mehr schreiben. Mr. Lampert hat gesagt, einige Lehrer haben mich bei ihm angeschwärzt, weil ich angeblich Lieblingsschüler bevorzuge. Ich wette, es ist Darla North. Himmel, das dumme Miststück kann ihr großes Maul nicht halten.«

Emily packte Notizbuch und Stift zusammen. Sie stand auf und ging zur Tür.

Und dann drehte sie sich noch mal um.

»Mr. Wexler?«, sagte sie. »Da wäre nur noch eine Sache.«

Er schaute wieder auf seine Armbanduhr. »Was denn?«

»Meine Großmutter …« Emily musste aufhören, strategisch vorzugehen. Sie musste den Mund aufmachen und reden. »In dieser Nacht, in der Sie mich nach Hause gebracht haben … Sie sagt, mein Kleid war zerrissen, und ich hatte es verkehrt herum an.«

Mr. Wexler biss die Zähne zusammen.

»Das ist ihr an mir aufgefallen, als ich aus Ihrem Wagen stieg«, sagte Emily.

Er rieb sich wieder die Wange. Sie hörte seine Finger über die Stoppeln schaben.

Nun ließ Emily den Hammer hinuntersausen. »Was soll ich sagen, wenn mich mein Vater danach fragt?«

Er blieb noch einen Moment reglos stehen, dann bewegte er sich so schnell, dass Emily nicht mehr reagieren konnte, ehe er sie mit dem Rücken an die Wand gedrückt, eine Hand auf ihren Mund gepresst und sie mit der anderen am Hals gepackt hatte.

Sie rang nach Atem und bohrte die Fingernägel in seinen Handrücken. Ihre Füße strichen über den Boden. Er hatte sie genau so hoch gehoben, dass sie nichts tun konnte, als nach Luft zu schnappen.

»Hör mir zu, du kleines Miststück.« Sein Atem stank faulig nach Kaffee und Whiskey. »Du wirst deinem verdammten Vater nicht das Geringste erzählen. Hast du mich verstanden?«

Sie blieb die Antwort schuldig, weil seine Finger ihren Hals zudrückten.

»Ich habe dich bei Nardo abgeholt. Du hast dich mit Clay wegen irgendeinem Blödsinn gestritten. Ich habe dich nach Hause gefahren. Ende der Durchsage.« Er quetschte ihren Hals noch fester. »Kapiert?«

Sie konnte nicht sprechen. Sie konnte sich nicht bewegen. Ihre Lider flatterten.

Einen Moment später ließ er sie los. Emily sank zu Boden und legte die Hand an den Hals. Tränen liefen ihr über die Wangen.

Mr. Wexler kauerte vor ihr und fuchtelte mit dem Zeigefinger. »Erzähl mir, was du sagen wirst.«

»Sie …« Sie hustete. »Sie waren es nicht.«

»Ich war es nicht«, wiederholte er. »Noch mal: Nardo hat mich angerufen, dass ich dich holen soll. Ich fuhr zu ihm nach Hause. Du hast mit Clay gestritten. Ich habe dich nicht angerührt oder dein Kleid zerrissen oder …«

Emily sah, wie seine Augen schmal wurden. Sein Blick wanderte langsam von ihrem Gesicht zu ihrem Bauch hinunter. Sie konnte beinahe die Alarmglocke in seinem Kopf läuten hören.

»Scheiße«, sagte Mr. Wexler. »Du bist schwanger.«

Emily hörte das Wort durch den Raum hallen. Niemand hatte es bisher laut ausgesprochen. Selbst Dr. Schroeder hatte das Wort nicht benutzt. Ihr Vater hatte es *ein Kind machen* genannt. Ihre Mutter hatte drum herum geredet, wie man es bei einem Kranken tat, der Krebs hatte.

»Scheiße!« Mr. Wexler schlug mit der Faust gegen die Wand. Und dann schrie er vor Schmerz auf und hielt sich die Hand. Seine Knöchel bluteten. »Scheiße.«

»Mr. Wex…«

»Halt's Maul, verdammt«, zischte er. »Zum Teufel, du dummes Miststück. Ist dir klar, was das heißt?«

Emily wollte aufstehen, aber ihre Beine waren zu schwach. »Es … Es tut mir leid.«

»Es tut dir verdammt zu Recht leid.«

»Mr. Wexler, ich …« Sie versuchte ihn zu beschwichtigen. »Dean, es tut mir leid. Ich hätte nichts sagen sollen. Ich bin nur … Ich habe Angst, okay? Ich habe echt Angst, weil etwas Schlimmes passiert ist, und ich kann mich nicht daran erinnern.«

Er sah sie an, aber sie konnte seinen Gesichtsausdruck nicht deuten.

»Tut mir leid«, wiederholte sie und hatte den Eindruck, diese vier Worte wären die einzigen, die sie je wieder zu irgendwem sagte. »Meine Großmutter hat mich aus Ihrem Wagen steigen sehen, deshalb dachte ich … Ich dachte, dass vielleicht Sie …«

Sie sprach den Satz nicht zu Ende.

Mr. Wexler starrte immer noch unergründlich vor sich hin. Emily befürchtete schon, sie müssten bis in alle Ewigkeit so sitzen bleiben, aber dann durchbrach er die Trance und stand auf.

Steifbeinig durchquerte er den Raum. Als er sich umdrehte, sah sie Blutstropfen auf seinem Hemd.

»Ich hatte als Kind Mumps.« Er überprüfte, ob ein Finger gebrochen war. »Davon habe ich eine Orchitis bekommen.«

Emily sah zu ihm hinauf. Sie verstand nicht, was er sagte.

»Schau es in einem Lexikon nach, du dumme Fotze.« Er setzte sich an sein Pult. »Es bedeutet, ich bin nicht der verdammte Vater.«

5

Bible wandte den Blick von dem silbernen Metallband ab, das man dauerhaft am Knöchel des toten jungen Mädchens befestigt hatte.

»So steht es auf der Fessel.« Er fragte noch einmal. »Wer ist Alice Poulsen?«

Nardo blickte zu Wexler, der sagte: »Sie ist eine Freiwillige. Ich kenne sie nicht.«

Bible stand auf. Er war sichtlich wütend. »Freiwillige wofür genau? Dass man ihr eine Mindestmenge an Nahrung vorenthält und sie wie ein verdammtes Versuchsobjekt in einem wissenschaftlichen Labor mit einem Ring markiert?«

Nardo und Wexler schauten drein, als erwarteten sie, dass die Frage neu formuliert wurde.

»Also gut.« Bible schob den Unterkiefer vor. »Wie viele Freiwillige arbeiten hier?«

Wieder überließ Nardo Wexler die Antwort. »Zehn, vielleicht fünfzehn bis zwanzig in der Hauptsaison.«

»Zehn oder fünfzehn bis zwanzig. Das sind natürlich eine Unmenge Leute, wenn man sie alle kennen will.« Bible wandte sich an Stilton. »Chief, ich glaube, Sie sagten, dass Miss Poulsen vor eineinhalb Jahren versucht hat, sich umzubringen. Hat sich die Pulsadern aufgeschnitten. Richtig?«

Stilton nickte. »Das ist korrekt.«

»Dann lebt sie also schon mindestens so lange hier auf der Farm, vielleicht sogar länger.« Bible wandte sich wieder an Wexler. »Wie alt ist sie?«

»Mindestens achtzehn«, sagte Wexler. »Wir nehmen nur Erwachsene hier. Sie müssen sich ausweisen.«

»Aber Sie kennen diese Erwachsene hier nicht, die seit achtzehn Monaten auf ihrem Anwesen lebt?«

Wexler zupfte sich einen Tabakkrümel von der Zunge, sagte jedoch nichts.

Andrea konnte die Spannung spüren, die sich in dem Dreieck Bible-Stilton-Wexler ausbreitete. Niemand blickte auf die Leiche am Boden, wenngleich zwei von ihnen vom Anblick der ausgemergelten jungen Frau sichtlich berührt waren.

Bibles Reaktion war Wut. Andrea fühlte unerklärliches Grauen. Sie war überwältigt von der Finsternis, die sich vor ihr auftat. Diese Frau war jemandes Tochter gewesen, eine Mitschülerin, Freundin, vielleicht Schwester. Und jetzt war sie tot.

Andrea konnte nichts weiter tun, als Bibles Anweisungen zu folgen. Sie dokumentierte die Bösartigkeit, mit der man Alice Poulsens Körper gequält hatte. Die eingesunkenen Wangen. Die schmerzhaft dürren Gliedmaßen. Die Blutergüsse in der Größe von Fingerabdrücken um ihre Handgelenke. Das Brustbein und die Rippen, die wie die Karkasse eines verendeten Tiers aufragten. Die Feststellung, dass das Mädchen unterernährt war, erzählte nur die halbe Geschichte. An Ellbogen und Hüftknochen hatte sie offene Stellen, die aussahen, als hätte sie sich wund gelegen. Haarsträhnen waren ihr ausgefallen und lagen am Boden wie die Fasern eines Maiskolbens. Ihre Nägel waren gewellt von der Magensäure, weil sie sich offenbar immer wieder die Finger in den Hals gesteckt hatte, um zu erbrechen.

Hatte sie sich dieser Tortur freiwillig ausgesetzt?

Andrea stellte die Kamera auf die Arzneiflasche scharf. Das Etikett war entfernt worden, der Verschluss geöffnet. Ihre Hände zitterten, als sie die letzten Fotos von der Fessel um den Knöchel machte. Sie wischte sich die Hände an der Hose ab und stand auf. Alles fühlte sich total falsch an. Man hatte dieses Mädchen zum Skelett abmagern lassen und wie ein Tier auf einer Farm markiert. Selbst wenn Alice Poulsen Selbstmord begangen hatte, so hatte jemand sie eindeutig zu dieser Tat getrieben.

Sie sah Nardo an, da sie instinktiv wusste, dass er von den beiden der Sadist war. »Wer hat das um ihren Knöchel geschweißt? Das hat sie nicht selbst gemacht.«

»Mal langsam, Kleine«, sagte Wexler. »Darüber wissen wir nichts.«

Andrea schluckte die Schmähungen, die ihr auf der Zunge lagen, hinunter. Wexler war nicht schockiert gewesen, als er das Band gesehen hatte, und er wusste eindeutig, wer das Mädchen war. Alice hatte seit mehr als einem Jahr auf seinem Anwesen gelebt. Nichts von alledem war ohne Wexlers Wissen und Billigung geschehen. Andrea war so wütend, dass sie zitterte. Das Mädchen hatte kaum die Highschool hinter sich, sie war als Freiwillige hierhergekommen und verließ den Ort nun in einem Leichensack.

Sie zeigte auf die Tote. »Sie ist nur noch Haut und Knochen. Wie konnten Sie das zulassen? Es kann Ihnen doch nicht entgangen sein, dass sie wie ein wandelnder Kadaver aussah.«

Wexler zuckte mit den Schultern. »Geht mich nichts an.«

Andrea wiederholte Bibles Frage von vorhin. »Wer ist Alice Poulsen?«

»Keine Ahnung.« Wieder zuckte er mit den Schultern. »Letztes Jahr sind ein paar Mädchen aus Dänemark gekommen. Könnte sein, dass sie eine von denen ist.«

Natürlich wusste er, woher sie kam. »Welches Mädchen noch? Sie sagten, *ein paar*, das sind mindestens zwei, oder?«

»Wie gesagt, ich kenne die nicht gut.«

»Okay.« Bible übernahm wieder. »Wer kennt sie dann gut? Wer hat zugelassen, dass sie so litt, und hat nichts gesagt?«

Schweigen, und dann wieder dieses aufreizende Schulterzucken.

Andrea öffnete den Mund und holte tief Luft. Bemühte sich, die Kontrolle über die Emotionen zu behalten, die durch ihren Körper rauschten.

In der Ausbildung hatte sie gelernt, wie Stress und Wut ihre Sinneseindrücke verfälschen konnten. Andrea zwang sich, ihre Wut zu zügeln und sich auf das zu konzentrieren, was vor ihrer Nase passierte. Die drei uniformierten Beamten interessierten sich eindeutig für die Unterhaltung, aber sie wirkten nicht alarmiert. Sie nahmen außerdem keine Signale von ihrem Boss auf. Stilton wirkte, als hätte sich jeder Muskel in seinem Körper zusammengezogen. Nardo hatte sich in der Zwischenzeit einige Schritte von Wexler entfernt. Andrea hätte nicht sagen können, ob er Distanz zwischen sie beide legen wollte oder sich langsam in Richtung Truck vorarbeitete.

Sie hingegen arbeitete sich nicht langsam vor. Schnell trat sie auf den Truck zu, um klarzustellen, dass sie Nardo am Hemdkragen wieder herauszerren würde, falls er einzusteigen versuchte.

»Haben Sie eine Waffe einstecken?« Bible sprach mit Nardo, aber er sah Andrea an.

Sie spürte, wie ihr ein riesiger Schweißtropfen ins Genick rollte. Sie hatte übersehen, dass Nardos lose sitzender Overall so geändert worden war, dass ein Holster im Rücken Platz fand. Erst jetzt konnte Andrea den Umriss einer Waffe erkennen, wahrscheinlich eine 9mm Micro. Sie war vorhin so aufgebracht gewesen, dass sie vergessen hatte, die Männer auf Waffen zu überprüfen, was üblicherweise das Erste war, was man tun sollte. In Amerika gab es rund dreihundertdreißig Millionen Menschen und an die vierhundert Millionen Waffen. Meistens konnte man die Guten erst von den Bösen unterscheiden, wenn die Bösen zu schießen anfingen.

»Ich habe einen Waffenschein«, sagte Nardo. »Aber das geht Sie eigentlich nichts an.«

»Klar doch.« Bible klatschte in die Hände. Ihm war es besser gelungen, seine Wut zu unterdrücken, als Andrea. »Meine Herren, ich denke, wir müssen alle zu dem Haus dort fahren und uns unterhalten.«

»Ohne mich«, sagte Nardo. »Ohne Anwalt rede ich nicht mit Bullen.«

Andrea hätte seine Antwort vorhersagen können, denn sie stimmte fast genau mit seiner schriftlichen Aussage vor vierzig Jahren überein.

Es ist der 18. April 1982, und ich, Bernard Aston Fontaine, spreche ohne meinen Anwalt nicht mit Bullen.

»Da kann ich Ihnen keinen Vorwurf machen, guter Mann. Meine Frau Cussy sagt immer, sie hasst es, mit Cops zu reden. Chief, was halten Sie davon, wenn wir alle in Ihren Streifenwagen steigen und diese Show auf den Hügel verlegen?«

»Ohne mich«, sagte Wexler. »Wenn Sie reden wollen, können Sie mir zu meinem Haus folgen.«

»Ich fahre mit Ihnen«, sagte Andrea.

Sie wartete nicht auf Wexlers Zustimmung, bevor sie um den Truck herumging und die Tür öffnete. Andrea musste sich auf den hohen Beifahrersitz hinaufziehen. Ihr erster Eindruck war, dass der Joint im Aschenbecher nicht der erste war, den man in dem alten Ford geraucht hatte. Jeder Zentimeter der Fahrerkabine war mit Gras imprägniert. Aber sie ließ sich nicht ablenken. So ein Fehler wie der mit der Waffe würde ihr nicht zweimal passieren. Sie beugte sich hinunter, überzeugte sich, dass kein Gewehrlauf unter dem Sitz hervorlugte, und suchte die Türfächer nach Waffen ab. Dann öffnete sie das Handschuhfach.

Wexler setzte sich hinters Lenkrad und knallte die Tür zu. »Haben Sie einen Durchsuchungsbeschluss für mein Fahrzeug?«

»Ich habe einen hinreichenden Verdacht«, sagte sie. »Ihr Partner trägt versteckt eine Waffe. Ich habe Ihr Fahrzeug auf Waffen überprüft, um meine Sicherheit zu gewährleisten.«

Er brummte abfällig und ließ den Motor an. Andrea griff nach dem Sicherheitsgurt, aber er klemmte. Wexler machte gar nicht erst Anstalten, seinen anzulegen. Er stieß den Schalthebel mit dem Handballen an. Die Sitzbank vibrierte vom Rumpeln des alten Motors, und das Fahrzeug setzte sich langsam in Bewegung und fuhr genau über der gepflegten Bohnenreihe. Sie würden bis ans Ende des Feldes fahren und wenden müssen, um die Pflanzen nicht zu zerdrücken.

Andrea sah sich um und bemerkte, dass keine Arbeiter da waren, um zu ernten, Unkraut zu jäten oder was immer man mit den Bohnen tun musste. Sie wusste nichts über den Betrieb einer Farm, aber was sie wusste, war, dass man normalerweise bei der Arbeit an einem potenziellen Tatort die Schaulustigen in Schach halten musste. Die zehn oder fünfzehn bis zwanzig Freiwilligen hätten eigentlich schnell zur Stelle sein müssen, wenn eine von ihnen tot in Rufweite ihrer angeblichen Unterkunft lag.

Es sei denn, jemand hatte ihnen befohlen, sich nicht blicken zu lassen.

»Wer ist für die Freiwilligen zuständig?«, fragte Andrea. »Nardo?«

Wexler kaute schweigend auf der Innenseite seiner Wange herum. Die Tachonadel kam kaum über acht Stundenkilometer hinaus. Wahrscheinlich fuhr er wie ein alter Mann, weil er einer war. Bei diesem Tempo würde es mehrere Minuten dauern, bis sie das Farmhaus erreichten. Das verschaffte Andrea ein wenig Zeit, ihn zum Reden zu bringen. Der Thermometertrick war immer noch wertlos. Die tote junge Frau auf seinem Feld bereitete Dean Wexler sichtlich kein Kopfzerbrechen. Er war es gewohnt, seine Farm genau so zu führen, wie er es für richtig hielt. Aber er war es eindeutig *nicht* gewohnt, Fragen zu beantworten, vor allem dann nicht, wenn eine Frau sie stellte.

Andrea fing mit etwas Leichtem an. »Wie lange leben Sie schon hier, Mr. Wexler?«

»Eine Weile.« Wexler blickte stur geradeaus. Sie versuchte sich eine andere leichte Frage auszudenken, als er sie mit einer eigenen Bemerkung überraschte. »Ich wette, dieses Miststück von Richterin hat Ihnen gestern Abend alles über mich erzählt.«

Andrea erwiderte nichts.

»Sie sind gestern Nachmittag hier angekommen. Haben im Diner gegessen. Die Nacht im Haus der Richterin verbracht. Im Motel geschlafen.« Dean verzog den Mund, als ob er sich freute. Er glaubte ihr Unbehagen zu bereiten. »Kleinstadt, Schätzchen. Alle wissen, was alle andern so treiben.«

Andrea sah ihn an. »Läuft das so?«

»Ich sage Ihnen noch etwas. Ihr beiden seid hier, um die Richterin zu bewachen, was bedeutet, dass irgendwer ihr verlogenes heiligenmäßiges Getue endlich satt hat.«

»Sie hören sich an, als hätten Sie es selbst ziemlich satt.«

»Wenn Sie herauszufinden versuchen, wer sie bedroht, muss ich Nummer sechshundert auf Ihrer Liste sein.« Er warf Andrea einen wissenden Blick zu. »Nardo steht noch weiter unten. Er hat sich nie einen Deut um diese Familie geschert. Vor allem um … Wie hieß sie gleich noch, dieses Mädchen? Himmel, ich weiß nicht einmal mehr ihren Namen.«

»Emily«, sagte Andrea. »Emily Vaughn.«

Wexler brummte wieder. Sie hatten das Ende des Feldes erreicht. Träge schwenkte er am Wald vorbei und richtete den Truck dann entlang der Pflanzenreihen aus.

Doch statt weiterzufahren, trat Wexler abrupt auf die Bremse.

Ein leiser Schrei entfuhr Andrea. Nur ihre blitzartige Reaktion verhinderte, dass sie mit dem Gesicht voran gegen das Armaturenbrett knallte. Perverse Freude schwang in Wexlers leisem Lachen mit. Er hatte Andrea nicht nur erschrecken wollen – er wollte sie verletzen. Es war unmöglich, ihn dafür zur Rede zu stellen, ohne damit einzugestehen, dass er ihr einen Schreck eingejagt hatte. Sie konnte nichts weiter tun, als schweigend dazusitzen, als sich der Truck schwerfällig wieder in Richtung Farmhaus in Bewegung setzte.

Wexler lächelte immer noch, als er seinen Tabakbeutel aus der Tasche holte. Er hielt das Lenkrad mit den Knien gerade, während er sich eine Zigarette drehte. Sie näherten sich dem Polizeizelt. Jemand hatte die Leiche wieder zugedeckt. Wexler wandte nicht einmal den Kopf, als sie daran vorbeifuhren. Noch drehte er sich um, als ein lauter Knall verkündete, dass Nardo auf die Ladefläche des Trucks gesprungen war.

Nardo lächelte Andrea zu, als er das Schiebefenster zwischen ihnen aufschob. Dann stellte er pantomimisch eine Pistole mit der Hand dar und drückte ab.

Andrea blickte geradeaus zum Farmhaus. Sie hatten noch einige Minuten, bis sie ihr Ziel erreichten. Dank des offenen Fensters konnte Nardo wahrscheinlich hören, was sie redeten. Andrea hielt es nicht für Zufall, dass Wexler sie zu erschrecken versucht hatte, kaum dass die Rede auf Emily Vaughn gekommen war. Sie durfte sich nicht von ihm ablenken lassen.

»Es wurde nie abschließend nachgewiesen, wer der Vater von Emilys Kind ist«, sagte sie.

»Judith«, erwiderte der Mann, der behauptete, sich an nichts erinnern zu können. Wexler zündete sich seine Zigarette mit einem Streichholz an, dann packte er das Lenkrad mit beiden Händen. »Ich war es nicht, Schätzchen. Nicht mal Emily wusste, wer sie angebumst hat. Hat Ihnen die Richterin das erzählt? Die Kleine hatte keinen blassen Schimmer.«

Andrea gab sich Mühe, sich nichts anmerken zu lassen. Sie hatte gewusst, dass es ein Geheimnis war, aber nicht, dass Emily es selbst nicht kannte.

»Die kleine Schlampe hat sich auf einer Party zugedröhnt und ist schwanger aufgewacht. Gut möglich, dass alle Jungs dort was mit ihr hatten.« Er lächelte über Andreas entsetzte Reaktion. »Emily war ein Partymädchen. Sie wusste genau, was passieren würde. Lieber Himmel, wahrscheinlich wollte sie es sogar. Ihre Eltern haben sie als einen verdammten Engel dargestellt, als sie starb. Niemand redete darüber, dass Emily Vaughn alles gefickt hat, was einen Schwanz hatte.«

Andrea fühlte sich, als hätte er ihr mit der Faust ins Gesicht geschlagen. Was er beschrieb, war Vergewaltigung. Ob Emily zugedröhnt gewesen war, spielte keine Rolle. In jedem Fall war sie nicht in der Lage gewesen, ihr Einverständnis zu geben.

Wexler sah zufrieden aus, als er seine Zigarette rauchte. Das war es eindeutig, was ihn morgens aus dem Bett steigen ließ – die Aussicht, Frauen wie Scheiße zu behandeln.

Mühsam hielt sich Andrea an das, was sie in ihrer Ausbildung gelernt hatte. Sie hatte gerade etwas Schockierendes erfahren, aber man durfte sich nicht schockiert zeigen, wenn man mit Verdächtigen sprach. Man musste seine Emotionen anderswo unterbringen, während man seine Arbeit tat, und konnte sich später mit den Folgen befassen.

»Es wäre vermutlich einfach, DNA von Emilys Tochter zu bekommen«, sagte sie. »Wir schreiben nicht mehr das Jahr 1982. Eine Vaterschaft ist leicht nachzuweisen.«

»Ich bin zeugungsunfähig, Süße.« Auf seinem Gesicht lag wieder dieses höhnische Grinsen. »Man hat schon vor vierzig

Jahren festgestellt, dass ich nicht infrage komme. Sie können Cheese danach fragen. Sein Daddy hat in dem Fall ermittelt. Wenn man es überhaupt eine Ermittlung nennen kann. Wir wissen alle, wer es war. Der Dummbeutel Stilton hatte nur keine Idee, wie er ihn einbuchten konnte, bevor er die Stadt verließ.«

»Clayton Morrow«, sagte Andrea.

»Genau.« Wexler schnaubte Rauch aus der Nase. »In anderen Worten: nicht ich.«

Er schaltete in den zweiten Gang, als sie das Feld hinter sich ließen. Die Tachonadel sprang über die Fünfzehn-Stundenkilometer-Marke. Sie waren jetzt auf offenem Gelände, rund fünfzig Meter vom Farmhaus entfernt. Gras und Unkraut konkurrierten um das Sonnenlicht. Es gab Nebengebäude, Hühner, Ziegen.

Andrea achtete nicht darauf. Sie durfte Dean Wexler nicht glauben lassen, dass er das letzte Wort hatte. Sie stellte auf der Basis ihrer Internetrecherche eine begründete Vermutung an. »Sie sind vielleicht nicht der Vater, aber Sie haben trotzdem Ihren Job deswegen verloren.«

Wexler war verblüfft. »Von dieser beschissenen Schule gefeuert zu werden, war das Beste, was mir je passiert ist.«

Zum ersten Mal hatte Andrea den Eindruck, dass er die ungeschönte Wahrheit sagte.

»Das ist meine Vorstellung vom Paradies.« Wexler zeigte mit beiden Händen auf die Farm. »Ich kann auf die Felder gehen und die Erde bearbeiten, wenn mir danach ist, oder ich kann in meiner Hängematte schaukeln und einen Joint rauchen. Ich habe Essen, ein Dach über dem Kopf und so viel Geld, wie ich brauche. Vor vierzig Jahren bin ich aus dieser Schule marschiert und schnurstracks in der Freiheit angelangt.«

»Und doch fanden Sie immer noch einen Weg, sich mit verletzlichen jungen Frauen zu umgeben.«

Wexler trat hart auf die Bremse.

Andreas Kopf schoss mit einem Ruck vorwärts. Wieder retteten sie ihre Reflexe. Nardo hatte nicht so viel Glück. Er krachte so heftig mit der Schulter in die Heckscheibe, dass Andrea die Vibration in den Zähnen spürte.

»Scheiße, Dean!« Nardo schlug mit der Faust ans Glas, aber er lachte dabei. »Was soll das, Alter?«

Andreas Herz schlug wieder bis zum Hals. Diesmal durfte sie es ihm nicht durchgehen lassen. »Mr. Wexler, wenn Sie so etwas noch einmal versuchen, schlage ich Sie nieder.«

Er lachte bellend. »Ich scheiße größere Haufen als du, Kleine.«

»Sie sollten besser einen Termin für eine Darmspiegelung vereinbaren.« Andrea griff nach dem Türgriff. »Vielleicht kriegt der Arzt Ihren Kopf aus Ihrem Arsch.«

Alles geschah sehr schnell, aber für einen Sekundenbruchteil, für einen winzigen Moment gelang es Andreas Gehirn, den Ablauf zu verlangsamen.

Nardo lachte auf der Ladefläche des Trucks.

Plötzlich spürte Andrea, dass ein scharfer Schmerz wie ein Stromschlag in ihren Arm schoss.

Sie schaute nach unten.

Deans Hand war so fest um ihr Handgelenk geklammert, dass ihr Ellennerv wie Feuer brannte.

In der Ausbildung zum US-Marshal hatte man täglich zwischen zwei und acht Stunden Nahkampftraining und Brasilianisches Jiu-Jitsu zu absolvieren, um sich für die Abschlussprüfung zu qualifizieren. Das war kein theoretischer Kurs mit Lehrbüchern und unangekündigten Tests. Das war Nahkampf in einer von Flöhen verseuchten Sandgrube, an jedem einzelnen Tag, in strömendem Regen oder der sengenden Tropenhitze von Brunswick, South Georgia.

Manchmal beschossen einen die Ausbilder mit einem Wasserwerfer, nur um es interessant zu machen.

Aus naheliegenden Gründen oder vielleicht auch, um ihnen Angst zu machen, stand immer ein Rettungswagen bereit. Es kam durchaus vor, dass jemand wegen eines medizinischen Notfalls aus dem Kurs ausschied. Man durfte sich seine Sparringspartner nicht aussuchen. So lief es nicht im richtigen Leben, und so lief es auch nicht im Training. Frauen kämpften nicht nur gegen Frauen, und Männer wurden nicht nur mit Männern gekoppelt. Jeder kämpfte gegen jeden, was bedeutete, dass Andrea manchmal Paisley Spenser zuvorkommen musste, und manchmal musste sie es mit einem eins fünfundneunzig großen männlichen Kadetten aufnehmen, dessen Körper aussah, als wäre er aus einem Granitmonolithen gehauen.

Wie Andrea sehr schnell gelernt hatte, war der entscheidende Nachteil, ein riesiger Granitblock zu sein, dass es eine enorme physische Energie erforderte, die Faust zu schwingen oder das Bein auszufahren. Sicher, der Kerl konnte jemandem das Kreuz brechen, wenn er den Schlag landete – aber den Schlag zu landen, dauerte sehr viel länger, da diese ganze Muskelmasse erst aktiviert werden musste.

Andrea hatte dieses Problem nicht. Sie war schnell, sie war gemein, und es machte ihr nichts aus, sich schmutziger Tricks zu bedienen.

Deshalb ging alles sehr flott in Dean Wexlers altem Ford.

Sie packte sein Handgelenk mit der rechten Hand. Ihr Daumen drückte auf den Ansatz seiner Handfläche, die anderen Finger sicherten die Rückseite seiner Hand. Dann drehte sie ihm den Arm auf den Rücken, umklammerte den Ellbogen und knallte ihn mit einem fehlerfrei ausgeführten Polizeigriff mit dem Gesicht voran in das Lenkrad.

Andrea war nicht einmal bewusst, dass es passierte, bis sie in ihrem Beifahrersitz auf den Knien war und ihr ganzes Körpergewicht auf Wexlers Rücken drückte.

»Heilige Scheiße«, johlte Nardo. »Du lässt dich von einem kleinen Mädchen fertigmachen, Alter?«

Wexler stöhnte, aber diesmal vor Schmerz.

»Ich werde Sie jetzt loslassen«, sagte Andrea zu ihm. »Stellen Sie mich nicht noch einmal auf die Probe.«

Langsam lockerte sie ihren Griff. Sie lehnte sich zurück, war aber bereit, ihn sofort wieder festzunageln, falls er Dummheiten machte.

Dean Wexler hatte nicht die Absicht, Dummheiten zu machen. Er stieß die Tür auf und murmelte: »Verdammte Fotze.«

Andrea stieg aus dem Truck, blieb aber auf Distanz, um Wexler etwas Raum zu lassen. Er bewegte sich so, wie er fuhr – langsam. Der ganze Mann schien aus steifen Gelenken und Arthritis zu bestehen. Unwillkürlich stellte sie ihre Reaktion infrage. War sie zu gewaltsam vorgegangen? Hätte es eine andere Möglichkeit zur Deeskalation gegeben? Hatte ihre erste Auseinandersetzung im richtigen Leben sie in einen dieser Arschlochcops im Machtrausch verwandelt?

»Gut gemacht, altes Mädchen.« Nardo lehnte an der Ladeläche des Trucks und ließ eine Zigarette aus seiner Camel-Packung gleiten. Er bot sie Andrea an.

Sie schüttelte den Kopf. Ihre Fäuste waren noch immer geballt. Ihr Herz raste immer noch. Sie rief sich in Erinnerung, dass sie es so gelernt hatte. Sie hatte ihm seine Übergriffigkeit beim ersten Mal durchgehen lassen. Dann hatte sie ihn gewarnt. Wexler hatte die Situation weiter eskalieren lassen, indem er sie am Handgelenk packte. Sie hatte angemessen reagiert. Und am wichtigsten: Als Wexler gefügig war, hatte sie ihn losgelassen.

»Ich denke, Sie könnten einen Haufen Geld machen, wenn Sie mit dieser Nummer auf Tournee gehen.« Nardo lachte und hustete eine Wolke Rauch aus. »Wie stehen Sie zu Wrestling in Wackelpudding?«

Andrea wedelte den Rauch weg. Er stank nach schalem Bier

und Groll. »Ich habe Ihre Frau im Diner getroffen. Was hält sie eigentlich davon, dass Sie sich hier draußen mit all diesen jungen Mädchen rumtreiben?«

»Ex-Frau, Gott sei Dank.« Er nahm einen tiefen Zug von seiner Zigarette. »Und Sie müssten sie selbst fragen.«

»Was ist mit ihrem Bruder?«, versuchte es Andrea.

»Mausetot, der arme Kerl.«

Andrea stockte der Atem. Nach Eric Blakelys eigener Zeugenaussage war er der Letzte aus der Clique gewesen, der vor dem Überfall mit Emily gesprochen hatte.

Am 17. April 1982 um ca. 18.00 Uhr sah ich, Eric Alan Blakely, Emily Vaughn aus der Gegend der Sporthalle in Richtung Beach Drive gehen. Mir ist nicht aufgefallen, wie sie gekleidet war, weil es mich nicht interessiert hat. Ebenfalls habe ich nicht bemerkt, ob sie high oder betrunken war, obwohl beides wahrscheinlich ist, wenn man ihre sagenhafte Vergangenheit bedenkt. Sie versuchte mit mir zu reden. Ich ignorierte ihre Aufmerksamkeit. Dann schrie sie Beleidigungen, worauf ich den Versuch unternahm, sie zu beruhigen. Sie verfluchte mich, dann ging sie in die Gasse. Ich entfernte mich ebenfalls und lief zur Sporthalle, wie es Ihnen meine Klassenkameraden bereits mitgeteilt haben. Die Auseinandersetzung hinterließ offen gestanden einen schlechten Nachgeschmack, deshalb beschloss ich, nach Hause zu gehen, wo ich mit meiner Schwester Erica Blakely Videos anschaute. Ich weiß nicht, wer der Vater von Emilys Baby ist. Ich trug an diesem Abend einen schwarzen Smoking, aber den trugen alle. Ich schwöre unter Strafandrohung, dass meine Aussage der Wahrheit entspricht.

Nardo zog an seiner Zigarette. »Tot sein ist ein bisschen wie dumm sein, oder? Für dich selbst kein Problem, aber hart für deine Umgebung.«

Andrea konnte ihn nur anstarren. Er erwartete tatsächlich, dass sie lachte.

»Äh, na gut.« Er blinzelte ihr durch den Rauch zu. »Wissen Sie, Sie würden gut aussehen, wenn Sie ein paar Kilo abnehmen. Sie wohnen drüben im Motel?«

Sie zitierte das einzige Gebet, das Laura ihr je beigebracht hatte: »Der Herrgott schenke mir das Selbstbewusstsein eines mittelmäßigen weißen Mannes.«

»Sehr gut.« Er sah beeindruckt aus. »Ihr Südstaatenladys teilt ganz schön aus.«

»Sie meinen, so wie die Person, die Emily mit einem Stück Holz auf den Kopf schlug?«

Nardo verzog das Gesicht zu einem vertrauten höhnischen Grinsen. »Lesbe.«

In seiner Generation galt das wohl als Beleidigung, vermutete Andrea. Sie sah ihn in Richtung Scheune stapfen, wartete, bis er drin war, ehe sie tief Luft holte und sie zischend wieder ausstieß.

Sie sah auf ihre linke Hand hinunter. Das Handgelenk pochte, wo Wexler es umklammert hatte. Sie würde blaue Flecken davontragen, wahrscheinlich ähnlich wie die, die sie an Alice Poulsens Handgelenk gesehen hatte.

Andrea holte noch einmal tief Luft. Sie musste sich auf das Verbrechen vor ihr konzentrieren. Dean Wexlers und Nardo Fontaines ominöse gemeinsame Vergangenheit mit Emily Vaughn war nicht der Grund, warum sie und Bible auf der Farm waren. Ein anderes junges Mädchen hatte vor wenigen Stunden sein Leben verloren. Sie lag unter einem weißen Laken auf dem Feld, während eine Gruppe Polizisten mit den Händen in den Hosentaschen herumstand.

Mit ihrem eigenen Handy hatte Andrea die grausamen Auswirkungen von Alice Poulsens Alltag dokumentiert. Die Eltern der jungen Frau lebten Tausende Kilometer entfernt und dachten wahrscheinlich, ihre Tochter erlebe in den Vereinigten Staaten ein Abenteuer. Bald würde jemand von der örtlichen Polizei an ihre Tür klopfen und ihnen etwas anderes mitteilen. Sie würden wissen wollen, was ihrem Kind widerfahren war. Andrea und Bible waren möglichweise der einzige Grund, warum sie Antworten bekamen.

Analysieren, verstehen, berichten.

Sie nahm ihre Umgebung in Augenschein. Wie die Scheune und drei weitere Nebengebäude war das Farmhaus in grellen Regenbogentönen gestrichen. An der umlaufenden Veranda hingen bunte Wimpel, und in den Fenstern standen Kerzen. Mollige Hennen bevölkerten den Hühnerstall. Drei Ziegen grasten unter einer schönen Weiden-Eiche. Schubkarren und landwirtschaftliche Geräte waren in der großen bunten Scheune untergebracht, die außerdem einen Traktor beherbergte, der wahrscheinlich mehr wert war als ein Lamborghini. In der Ferne waren Silos zu erkennen, sie speisten ein Gebäude, an dem ein Schild mit der Aufschrift *DEAN'S MAGIC BEANS* hing, und bei dem es sich vermutlich um das Lagerhaus handelte. Die Farben des Logos waren Saphirblau und Aquamarin, wie die Edelsteine in Alice Poulsens Knöchelring.

»Verdammtes Arschloch«, murmelte sie. Dean Wexler wusste genau, wer dieses Mädchen war.

Das Knirschen von Reifen auf Kies lenkte ihre Aufmerksamkeit von dem Schild ab. Der Streifenwagen des Chiefs kroch die Straße herauf. Sie hatten sich Zeit gelassen, wahrscheinlich damit Andrea Dean Wexler bearbeiten konnte. Bible hatte sie schon wieder ins tiefe Wasser geschubst. Die Jury hatte noch nicht entschieden, ob es ihr gelungen war, ein paar Bahnen zu schwimmen, oder ob sie nur Wasser getreten hatte.

Der Streifenwagen bog um eine scharfe Kurve, und Andrea bemerkte zwei niedrige Baracken in der Ferne. Die festliche Bemalung endete an der Kiesstraße. Die nackten Blechbauten waren dunkel von Rostflecken. Auf den Dächern lag festgebackenes Laub. Über der Tür des größeren Gebäudes stand in Schablonenschrift *SCHLAFBARACKE*. Das kleinere war mit *KANTINE* beschriftet. In beiden Gebäuden standen alle Fenster offen, da es später heiß werden würde.

Andrea war im Süden aufgewachsen, deshalb musste sie sich in Erinnerung rufen, dass es hier oben nicht grausam oder unüblich war, auf eine Klimaanlage zu verzichten. Von den fünf blauen Dixi-Klos, die zehn Meter von der Kantine entfernt in einer Reihe standen, konnte man das jedoch nicht behaupten.

Die Farm schien erfolgreich genug zu laufen, um sich Sanitäranlagen im Haus leisten zu können. Vor allem, da die schwere Arbeit offenbar von Freiwilligen verrichtet wurde, was vermutlich ein Euphemismus für unbezahlte Arbeitskräfte war. Andrea hatte sich genügend Praktikumsstellen im Netz angesehen und konnte sich die Werbesprüche von der *gelebten Erfahrung* in der Welt des Biofarmers gut vorstellen. Unterkunft und WLAN verfügbar. Auf den angefügten Fotos hatte man die primitive Schlafbaracke bestimmt weggelassen und dafür die bunten Hauptgebäude hervorgehoben.

Im Farmhaus gab es im Übrigen eine Klimaanlage.

Chief Stiltons Streifenwagen parkte hinter dem blauen Ford-Truck. Falls er und Bible auf der Fahrt eine tiefgründige Unterhaltung geführt hatten, so schien jedenfalls keiner von ihnen glücklich darüber zu sein. Stilton knallte die Wagentür fast so heftig zu, wie es Wexler getan hatte.

Andrea trat einen Schritt zurück, als er in Richtung Farmhaus stapfte.

»Weiß nicht, was mit Chief Cheese los ist«, sagte Bible. »Wie geht es dem alten Haudegen Wexler?«

»Der ist stinkwütend«, sagte Andrea. »Er hat mich am Handgelenk gepackt. Da habe ich ihm das Gesicht ins Lenkrad gedrückt.«

»Das war genau richtig.« Bible klang sehr ernst. »Marshal-Regel Nummer eins: Lass niemals jemanden Hand an dich legen.«

Andrea war froh über die Rückendeckung, aber sie musste einräumen: »Das wird alles erschweren, wenn wir mit ihm über Alice Poulsen reden wollen.«

»Was mich angeht, kommt das in der Gleichung gar nicht vor.« Bible sah zum Farmhaus zurück. »Ich weiß ja nicht, wie es Ihnen geht, Partnerin, aber ich bedaure die Wahl meiner Garderobe.«

»Gleichfalls.« Wenigstens hatte er ein offiziell aussehendes T-Shirt zu seiner Laufhose an. Auf Andreas lavendelfarbenem Pyjamashirt schwebte ein Ring von Zeichentrick-Zzzzs um den Kragen.

Die Fliegengittertür ging auf, und Wexler rief: »Ich habe nicht den ganzen Tag Zeit, verdammt!«

»Das wird ja immer seltsamer«, sagte Bible.

Andrea wollte ihm gerade zum Haus folgen, als sie sah, wie zwei Frauen aus der Scheune kamen. Sie gingen langsam und bedächtig in Richtung Schlafbaracke und trugen lange gelbe ärmellose Kleider, die mit dem behelfsmäßigen Kissen identisch waren, auf das Alice Poulsens Kopf gebettet war. Und das war nicht die einzige Ähnlichkeit. Beide waren barfuß. Das strähnige dunkle Haar reichte ihnen fast bis zur Taille, und sie waren so ausgezehrt, dass ihre Arme und Beine wie Stöckchen aussahen, die aus den Kleidern ragten. Sie hätten Schwestern von Alice Poulsen sein können.

Beide trugen jeweils ein silbernes Band um den linken Knöchel.

»Oliver?« Bible hielt die Tür auf. Sie konnte Dean Wexler und Chief Stilton im Haus stehen sehen. Keiner der beiden Männer sah den anderen an, aber die Feindseligkeit zwischen ihnen war fast greifbar. Die beiden verband eindeutig eine Geschichte. Es hieß zwar immer, dass Kleinstädte so idyllisch seien, aber tatsächlich lauerte an beinahe jeder Ecke eine Blutfehde.

Andrea fing die Gittertür auf, bevor sie zufiel. Sie hatte ein deprimierend verkommenes Haus erwartet, aber was sie nun zu sehen bekam, war überraschend hell und modern. Der offene Wohn- und Küchenbereich war in weichen Grau- und Weißtönen gestrichen. Die Ledercouch und der passende Klubsessel waren schwarz. Die Küchenausstattung war nicht nur aus Edelstahl, sondern auch Designerware, und der Preis überstieg wahrscheinlich ihr Jahresgehalt. Den passenden Farbtupfer hatte man sich für den Boden aufgespart. Jede der breiten Holzplanken trug einen Ton des zwölfteiligen Farbenrads. Kaninchen, Füchse und Vögel wirbelten in die sich wiederholenden Muster.

In dieser verdammten Stadt war offenbar jeder ein Künstler.

»Mr. Wexler«, sagte Bible. »Danke, dass Sie mit uns reden.«

Wexler verschränkte die Arme. »Hat Ihnen das Miststück erzählt, was sie mit mir gemacht hat?«

»Meine Partnerin hat mir berichtet, dass Sie versucht haben, eine Beamtin einer Bundespolizeibehörde anzugreifen«, sagte Bible. »Soll ich Sie nun also verhaften, oder wollen Sie sich setzen, und wir unterhalten uns wie geplant?«

Einen Moment lang herrschte Schweigen, während Wexler seine Möglichkeiten abschätzte. Eine Antwort blieb ihm allerdings erspart, weil eine Frau aus dem Flur auftauchte. Sie hatte die Männer ganz offensichtlich nicht gehört. Gerade griff sie sich an den Kopf, um ihr Haar hochzustecken, und erstarrte dann wegen der Fremden im Raum.

Andrea erschrak beim Anblick der Frau.

Sie war älter als die anderen, vielleicht Ende zwanzig. Das gleiche gelbe Kleid. Das gleiche lange dunkle Haar. Die gleichen nackten Füße. Die gleiche herzzerreißende Magerkeit. Die Konturen ihres Schädels waren unter der Haut sichtbar, ihre

Augen waren riesig. Das Metallband um ihren Knöchel saß so eng, dass es die Haut aufgerieben hatte.

»Dean?«, fragte sie, und ihre Stimme war piepsig vor Angst.

»Alles in Ordnung, Star.« Wexlers Ton war nun etwas weniger schroff. »Arbeite weiter. Das hier hat nichts mit dir zu tun.«

Sie drang nicht auf eine Erklärung. Ohne jemanden anzusehen oder mit jemandem zu sprechen, ging sie in die Küche. Ihre Bewegungen waren roboterhaft, als sie nach oben langte, um einen Küchenschrank zu öffnen. Andrea nahm wahr, dass es nach jedem Handgriff eine kleine Pause gab. Die Packung Mehl herausnehmen. Stopp. Sie auf die Arbeitsfläche legen. Stopp. Den Kristallzucker herausnehmen. Stopp. Ihn abstellen. Stopp. Dann die Hefe. Stopp.

»Dean?« Stilton holte Notizbuch und Kugelschreiber aus der Brusttasche seines Hemds. »Fangen wir jetzt an, oder was?«

»Setzt euch«, sagte Wexler. »Bringen wir es, verdammt noch mal, hinter uns.«

Es gab nur die Couch und den Sessel. Bible und Stilton waren beides große Kerle, und Wexler würde eindeutig den Sessel nehmen. Andrea ersparte ihnen etwaige Anwandlungen, sich als Kavaliere zu erweisen, und ging hinüber zur Küchenzeile. Sie setzte sich auf den einzelnen Lederhocker, der am Küchentresen stand. Andrea hörte Star hinter sich arbeiten, aber sie drehte sich nicht um oder ließ erkennen, dass sie ihre Anwesenheit wahrnahm. Sie folgerte aus der Art und Weise, wie Wexler sie ansah, dass er es genau so haben wollte.

»Also gut.« Bible nickte Stilton zu, als sie jeder in einer Ecke der Couch Platz genommen hatten. Offenbar hatten sie abgesprochen, wer die Führung übernehmen sollte. »Chief?«

Stilton sagte: »Dean, erzähl mir von dem armen Mädchen auf dem Feld.«

Andrea hörte, wie hinter ihr ein Glas schwerfällig abgestellt wurde.

»Ich habe euch alles gesagt, was ich weiß«, sagte Wexler. »Aber wie gesagt, ich kann mich nicht erinnern, ihr je begegnet zu sein.«

»Alice Poulsen«, half Bible aus.

Star hielt inne. Andrea spürte die Spannung, die sich hinter ihr aufbaute, aber sie drehte sich noch immer nicht um.

»Das scheint der Name des Opfers zu sein«, sagte Bible. »Alice Poulsen.«

»Opfer?« Wexler grunzte abfällig. »Sie hat sich selbst getötet. Das hat nichts mit mir zu tun.«

»Und ihr Zustand?« Bible war bewusst, dass Star im gleichen schlechten Zustand war. »Was hat es damit auf sich?«

»Welcher Zustand? Sie war eine schöne junge Frau, soweit ich sehen konnte.« Wexler bleckte die Zähne. »Sie sind alle erwachsen. Sie können tun, was sie wollen. Ich bin nicht einmal ihr Arbeitgeber. Ich habe keine Ahnung, was die Freiwilligen treiben, wenn sie nicht arbeiten.«

Bible änderte seinen Gesprächsansatz. »Wie funktioniert das Freiwilligensystem? Ich nehme an, Sie haben eine Website oder so?«

Wexler schien abzuwägen, ob er antworten sollte oder nicht, ehe er schließlich nickte. »Wir bekommen Bewerbungen über die Seite. Die meisten Bewerber sind international. Amerikas Generation X-Y-Z oder wie sie sich nennen, die sind alle zu faul für diese Art von Arbeit.«

»Verstehe«, sagte Bible. »Muss anstrengend gewesen sein, einen Betrieb wie den hier aus dem Nichts aufzuziehen.«

»Ich habe Geld von einem entfernten Verwandten geerbt. Damit habe ich das Land gekauft.« Wexler fuhr sich über die Lippen. Er schaute ständig nervös zu Star. »Tatsächlich habe ich die ganze biologische Hydroponikbewegung genau hier in Delaware begründet. Wir haben von Anfang an mikrobielle Aktivität eingesetzt, um Nährstoffe zu erzeugen.

Niemand sonst hat das gemacht. Nicht mal die Leute an der Westküste.«

»Hydroponik.« Bible schien das Wort in seinem Mund wirken zu lassen. Er wollte Wexler in Sicherheit wiegen. »Ich dachte, da benutzt man Wasser und ...«

»Ja, am Anfang. Dank der Klimaerwärmung können wir die Kulturen auf den Feldern reifen lassen. Noch mal zehn Jahre, und wir könnten hier wahrscheinlich Orangen anbauen.« Er umklammerte die Armlehnen seines Sessels und schaute nicht mehr dauernd zu Star hinüber. »Als ich anfing, hielt mich die ganze Stadt für verrückt. Sie sagten, die Bohnen würden nicht wachsen, oder ich würde keine Arbeitskräfte finden. Es hat zwanzig Jahre gedauert, bis der Betrieb einen echten Profit abwarf. Und schauen Sie ihn sich jetzt an.«

Andrea fiel auf, dass der brummige Ton verschwunden war. Dean Wexler war sehr viel redegewandter, wenn er davon sprach, wie schlau er war.

»Noch mal zu Alice«, sagte Bible. »Sie glauben, sie könnte aus Dänemark sein?«

»Wahrscheinlich, aber, wie gesagt, ich weiß es nicht. Europa war uns in Umweltfragen immer um Längen voraus. Vor allem die skandinavischen Länder.« Wexler beugte sich vor und stützte die Ellbogen auf die Knie. »Ich habe in den Achtzigern angefangen. Hätte ebenso gut in der Steinzeit sein können. Jimmy Carter hatte seine Fehler, aber er hat begriffen, dass die Umwelt in Gefahr war. Er bat die Amerikaner, Opfer zu bringen, und wie üblich entschieden sie sich für Farbfernsehen und Mikrowellen.«

»Ich sehe, Sie haben hier keinen Fernseher«, bemerkte Bible.

»Sinnloses Hirnfutter für die Massen.«

»Da haben Sie recht.« Bible schlug sich aufs Knie. Er beherrschte das verdammt gut. »Also – Puffbohnen. Ist das dasselbe wie breite Bohnen? Ich dachte, die enthalten irgendeine Art Toxin.«

»Ja. Phytohämagglutinin ist ein natürlich vorkommendes Lektin.« Wexler hielt inne, aber nur, um Luft zu holen. »Die Bohnen enthalten niedrige Konzentrationen des Toxins. Man muss sie nur zehn Minuten lang kochen. Aber genau da wird der Prozess interessant.«

Andrea wartete, bis Wexler in Fahrt war, und ließ das Telefon in ihre Hand gleiten. Sie wollte ein Foto von Star machen. Das Mädchen hatte irgendwo Eltern. Sie wollten sicher wissen, dass ihre Tochter noch lebte.

Wexler schwafelte weiter. »In ihrem Wildzustand haben die Bohnen etwa die Größe eines Fingernagels, was zu klein für den Konsumentenmarkt ist.«

Andrea überlegte, wie sie Stars Eltern ausfindig machen konnte. Oder ob es überhaupt eine Rolle spielte. Die Frau befand sich in einem Raum mit drei Polizeibeamten. Wenn sie Hilfe brauchte, musste sie nur den Mund aufmachen.

Es sei denn, sie hatte zu viel Angst.

»Favismus«, fuhr Wexler fort, »ist ein angeborener Stoffwechselfehler. Dabei kann es zu einem Abbau von roten Blutkörperchen kommen, was sehr gefährlich ist, vor allem bei Säuglingen.«

Andrea nahm an, dass Wexler die Sorte Lehrer gewesen war, den die Kids cool fanden, die Erwachsenen dagegen stupide. Sie wandte den Kopf. Star blickte sie direkt an. Ihre Augen leuchteten wie Kristallkugeln in dem eingefallenen Gesicht. Der Mund stand leicht offen. Ihr unangenehm süßlicher Atem roch nach Hustenmedizin und Fäulnis.

Sie schaute auf Andreas Handy.

»Star«, kommandierte Wexler. »Bring mir ein Glas Wasser.«

Wieder bewegte sich Star roboterhaft, als wäre sie programmiert. Zum Schrank gehen. Stopp. Ein Glas herausnehmen. Stopp. Zur Spüle gehen.

Andrea wandte der Frau den Rücken zu, worauf Wexler offenbar gewartet hatte.

»Lassen Sie uns zur Sache kommen«, sagte er zu Bible. »Ich habe Arbeit zu erledigen.«

»Klar«, sagte Bible. »Also, dann erzählen Sie mir von dem Bewerbungsverfahren für Ihre Freiwilligen.«

»Es ist nicht sehr kompliziert. Die Bewerber schreiben einen Aufsatz. Sie müssen Interesse an biologisch-dynamischer Landwirtschaft haben, vorzugsweise haben sie auf diesem Gebiet bereits Kenntnisse erworben. Sie können sich vielleicht denken, dass wir international einen hervorragenden Ruf genießen. Wir bekommen nur die Besten.«

»Muss schwer sein, es jedes Jahr auf nur rund ein Dutzend zu begrenzen.«

Wexler sah, worauf das hinauslief. »Bernard, der Verwalter der Farm, geht die Bewerbungen durch. Er ist derjenige, der die Freiwilligen auswählt.«

»Es sind lauter Frauen?«, fragte Bible.

»Wie bitte?«

»Die Bewerber«, sagte Bible. »Sind das nur Frauen, oder sortiert Bernard die Männer aus?«

»Das müssen Sie ihn fragen.« Der höhnische Ausdruck war auf Wexlers Gesicht zurückgekehrt. Er nahm eindeutig gern allen Ruhm für sich in Anspruch, aber keine Kritik. »In den letzten fünfunddreißig Jahren war Nardo gänzlich für das Auswahlverfahren zuständig. Ich habe ganz am Anfang mitgeholfen, den Rahmen festzulegen, aber ich kann Ihnen nicht sagen, wann ich zuletzt eine Bewerbung gelesen, geschweige denn ein Bewerbungsgespräch geführt habe.«

»Nardo führt also Gespräche mit ihnen?«, fragte Bible. »Fliegt er etwa nach Europa und …«

»Nein, nein, das läuft alles über Computer. Videocalls mit FaceTime oder Zoom. Ich kenne die Einzelheiten nicht. In welchen Medien die Anzeigen platziert werden. Welche Fragen gestellt werden. Warum manche Leute ein zweites Jahr bleiben, warum manche beschließen, nach Hause zu fahren.« Wexler warf Star einen Blick zu, die mit dem Glas Wasser neben ihm stand. Er deutete auf den Beistelltisch und wartete, bis sie das Glas auf einem Untersetzer abgestellt hatte. »Nachdem Nardo die Glücklichen ausgewählt hat, schickt er ihnen die nötigen Angaben, sie buchen ihre Flüge und kommen hierher. Ich begegne ihnen kaum noch.«

Star ging in die Küche zurück. Ihre Wange war leicht mit Mehl bestäubt, aber ihre Haut war so weiß, dass es kaum einen Unterschied machte. Andrea hörte die nackten Füße über die Bodendielen schlurfen. Sie bewegte sich wie ein Geist. Wieder ging ihr Blick zu Andreas Telefon.

»Die Freiwilligen müssen ihre Anreise selbst bezahlen?«, fragte Bible.

»Natürlich. Wir sind ja nicht ihre Arbeitgeber. Wir bieten ihnen die Gelegenheit, eine wertvolle Fähigkeit zu erwerben, die einen praktischen Nutzen für ihre laufende Kursarbeit hat, wenn sie an die Universität zurückkehren.«

Andrea lehnte sich an die Arbeitsfläche. Sie entsperrte ihr Telefon und legte es mit der Bildschirmseite nach oben auf die Theke. Dann schob sie es mit dem Ellbogen rückwärts, sodass Star es nehmen konnte.

»Sind die Leute nur in der Landwirtschaft tätig?«, fragte Bible. »Oder auch in dieser Fabrik oben an der Straße?«

»Dort werden die Bohnen verarbeitet«, erklärte Wexler. »Wir sind größtenteils automatisiert, aber es gibt immer noch Abläufe, die von Hand erledigt werden müssen, wie Kartons packen und zukleben, sie für den Versand fertig machen. Die Lastwagen beladen.«

»Wertvolle Fähigkeiten mit praktischem Nutzen«, zitierte Bible.

»Genau«, sagte Wexler, dem der Sarkasmus entging. »Wir schenken ihnen wertvolle Fähigkeiten, bevor wir sie wieder in die Welt entlassen. An einem Schreibtisch sitzen und ein Lehrbuch lesen kann jeder. Das war das Problem, das ich jeden Tag erlebt habe, als ich noch Lehrer war. Warum jemanden zwingen, etwas über ein Thema zu lesen, wenn er seine Hände in den Erdboden stecken und die Erde auf eine metaphysische Weise begreifen kann?«

Andrea hörte hinter sich ein Nudelholz quietschen. Der Geruch von Hefe zog durch die Küche. Sie sah auf ihr Handy hinunter. Es war noch genau dort, wo sie es hingelegt hatte. Der Schirm war schwarz. Das Gerät war so programmiert, dass es sich nach dreißig Sekunden wieder sperrte.

»Witzig, wie Sie das sagen«, meinte Bible. »›Wieder in die Welt entlassen‹. Heißt das, dass Sie ihnen diese Knöchelriemen abmachen, bevor Sie sie gehen lassen?«

»Ich habe Ihnen alles gesagt, was ich weiß«, erwiderte Wexler nur. »Cheese, wann bekomme ich mein Feld zurück? Wir haben Arbeit zu tun.«

Stilton mochte den Spitznamen eindeutig nicht mehr, als Wexler ihn benutzte. »Wenn ich, verdammt noch mal, so weit bin.«

»Was ist mit Alices Eltern?«, wollte Bible von Wexler wissen. »Ich nehme an, Sie werden sie informieren.«

»Ich wüsste nicht, wie.«

»Nardo vielleicht?«

»Ich weiß es nicht.«

Andrea rang mit sich, ob sie das Telefon noch einmal entsperren sollte. Versuchte Star ihr eine andere Botschaft zu schicken? Andrea sah auf ihre Hände, ihre Shorts. Was hatte Star ihr signalisieren wollen?

»Wir könnten Ihnen die Kontaktaufnahme mit den Eltern abnehmen«, sagte Bible. »Vielleicht gibt es Briefe oder ein Telefon in Miss Poulsens persönlicher Habe. Die Leute haben alle möglichen Informationen auf ihren Handys.«

»Brauchen Sie dafür nicht einen Durchsuchungsbeschluss?« Wexlers Mundwinkel verzogen sich zu dem üblichen blasierten Grinsen. »Wahrscheinlich nicht die beste Idee, einen Cop um einen juristischen Rat zu fragen.«

»Ich ziehe es vor, Marshal oder Deputy genannt zu werden«, sagte Bible. »Cops sind im Allgemeinen wie Chief Stilton hier. Sie kümmern sich um Probleme auf staatlicher Ebene wie Strafzettel oder Fahrten unter Alkoholeinfluss. Ich agiere auf Bundesebene, das deckt solche Tatbestände ab wie Lohndiebstahl, Verschwörung zur Durchsetzung von Zwangsarbeit, sexueller Missbrauch und Menschenhandel.«

Es wurde so still im Raum, dass Andrea den Ofen knistern hörte, als er sich aufheizte.

Sie unterdrückte ein Zucken, als etwas Kleines, Hartes an ihren Ellbogen stieß. Star hatte Andreas Handy weggeschoben.

»Hat Miss Poulsen dort drüben in der Schlafbaracke gewohnt?«, fragte Bible. »Wir können rasch rüberspringen und ...«

»Nicht ohne richterlichen Befehl.« Nardo stand auf der anderen Seite der Fliegengittertür. Schon wieder klebte eine Zigarette an seinen Lippen. »Es besteht keine unmittelbare Gefahr. Das Mädchen ist tot. Sie dürfen keines dieser Gebäude ohne ausdrückliche Erlaubnis betreten. Wir erwarten vernünftigerweise, dass unsere Rechte nach dem vierten Zusatzartikel respektiert werden.«

Bible lachte. »Sie hören sich an wie jemand, der genügend Anwälte kennt, um so klingen zu können, als wäre er selbst einer.«

»Ja.« Nardo stieß die Tür auf, kam aber nicht herein. »Dean, ich brauche deine Hilfe in der Scheune. Ihr Bullen werdet das Grundstück entweder verlassen oder euch auf den Bereich um den Leichenfundort beschränken müssen.«

Wexler stöhnte, als er sich aus dem Sessel hochhievte. »Und zwar sofort.«

Stilton und Bible machten Anstalten aufzubrechen. Andrea drehte sich noch mal zu Star um, aber die Frau war eifrig dabei, Teig zu kneten. Sie buk Brot. Die Form stand bereits eingefettet auf der Arbeitsplatte.

»Riecht gut«, sagte Andrea. »Meine Großmutter hat früher auch auf diese Weise Brot gebacken.«

Star blickte nicht auf. Vielleicht bemerkte sie, dass Andrea log. Oder sie hatte schreckliche Angst, dass Wexler oder Nardo sie bestrafen würden, wenn sie redete. Sie hatte außer *Dean* kein Wort mehr gesagt, seit sie den Raum betreten hatte.

»Raus mit euch, ihr alten Knaben.« Nardo hielt die Tür auf, bis das Trüppchen der Strafverfolger hinausgegangen war.

Andrea war froh über die frische Luft. Die Luft im Inneren des Hauses war erdrückend gewesen. Bible ging nicht wieder in Richtung Feld, deshalb tat es Andrea ebenfalls nicht. Er nahm im Streifenwagen von Chief Stilton Platz. Andrea stieg hinten ein. Sie konnte Stilton vorn um den Wagen herumgehen sehen.

»Was war da zwischen Star und Ihnen?«, fragte Bible.

»Sie schaute ständig auf …«

Die Autotür ging auf, und Stilton stieg in den Wagen.

Andrea untersuchte ihr Handy für den Fall, dass es Star doch gelungen war, irgendetwas damit anzustellen, so lange der Schirm entsperrt war. Sie checkte ihre E-Mails. Nachrichten. Notizen. Verpasste Anrufe. Kalender. Dreißig Sekunden war nicht so lange. Andrea hatte das Telefon wieder genau dort liegen sehen, wo sie es deponiert hatte. Vielleicht hatte Star es weggeschoben, weil sie etwas wie *Lass mich in Ruhe* ausdrücken wollte.

Stilton startete den Motor und wandte sich Bible zu. »Ich habe es Ihnen gesagt.«

»Das haben Sie weiß Gott, Chief. Es war eine große Zeitverschwendung.« Bible klang, als gäbe er ihm recht, aber Andrea wusste es besser. »Jetzt klären Sie mich mal auf: Was ist das für eine Geschichte mit euch drei Burschen? Mir schien eine gewisse Animosität zwischen denen und Ihnen zu herrschen.«

»Wir waren zusammen auf der Highschool.« Stilton schien es dabei belassen zu wollen, aber dann überlegte er es sich anders. »Es sind schlechte Menschen.«

»Das klingt zutreffend.«

»Sie lügen und betrügen, aber sie sind schlau genug, um nie erwischt zu werden. Nardo hat von seinem Vater gelernt. Der Mann saß fünf Jahre im Bundesgefängnis.«

In Andreas Kopf schrillte eine Glocke. Sie hatte bei einer ihrer ziellosen Internetrecherchen einen Reginald Fontaine gefunden. Von einer Familie war keine Rede gewesen, aber der Mann war im Zuge der *Savings and Loans*-Krise in den Achtzigern verhaftet worden. Er hatte fünf Jahre im Club Fed verbracht. Etwa zur selben Zeit war Bernard Fontaine zum Juniorbohnenkönig bei seinem früheren Sportlehrer geworden.

»Chief, ich will ganz ehrlich zu Ihnen sein«, sagte Bible. »Ich glaube, Sie haben ein paar Details über die Hippie-Dippie-Farm weggelassen.«

Stilton kurvte um das Hühnergehege.

»Da sind einige Ladys, die alle die gleiche Uniform tragen, so muss man es wohl nennen. Alle haben lange Haare. Alle – und Sie entschuldigen, wenn ich das sage, meine Frau hat mich eigentlich darauf trainiert, keine Bemerkungen über die Figur von Damen zu machen –, alle haben mehr als nur ein paar Mahlzeiten ausgelassen.«

»Ja«, sagte Stilton.

»Sie sehen aus, als ließe man sie hungern.«

»Ja«, sagte Stilton.

»Haben Sie dazu eine Theorie?«

»Meine Theorie ist dieselbe wie Ihre«, sagte Stilton. »Sie betreiben eine Art Sekte. Aber Sie wissen so gut wie ich, Marshal, dass es nicht verboten ist, einer Sekte anzugehören.«

Andrea schauderte bei dem Wort *Sekte*. Sie biss die Zähne zusammen. Natürlich war es eine Sekte. Die Zeichen waren unübersehbar. Ein Haufen verlorener, hoffnungsloser junger Frauen auf der Suche nach dem Sinn in ihrem Leben. Ein paar schmutzige alte Männer, die bereit waren, ihn zu einem hohen Preis zu liefern.

»Tja«, sagte Bible, »da kann ich Ihnen nicht widersprechen, Chief. Sekte scheint so ziemlich die richtige Bezeichnung zu sein.«

Andrea entsperrte ihr Handy und öffnete das Fotoverzeichnis. Sie fand die Nahaufnahmen, die sie von Alice Poulsen gemacht hatte. Die spitzen Knochen. Die wund gelegenen Stellen. Die rissigen Lippen. Das schmerzhaft enge Knöchelband, das ihr in die Haut geschnitten hatte.

Sekte.

Alice hatte sich entschieden, das gelbe Kleid zu tragen. Sie hatte sich entschieden, ihr Haar wachsen zu lassen. Sie hatte höchstwahrscheinlich eingewilligt, dass das Band um ihren Knöchel geschlossen wurde. Sie hatte sich fast zu Tode gehungert.

Und dann war sie auf das Feld gegangen, hatte eine Menge Tabletten geschluckt und war gestorben.

Bible sagte zu Stilton: »Mir schien, Sie kannten das Mädchen im Haus. Star, nicht wahr?«

Andrea blickte von den Fotos auf. Das hatte sie total übersehen.

»Star Bonaire«, sagte Stilton. »Ihre Mutter versucht seit Jahren, sie da rauszuholen.«

»Und?«

»Sieht sie etwa aus, als wäre sie draußen?« Stilton klang endlich wütend. »Sagen Sie mir, was ich tun soll, Marshal. Sie sehen vielleicht aus wie Mädchen, aber sie sind alle erwachsen. Sie können nicht reingehen und eine Schar erwachsener Frauen kidnappen. Die wollen dort sein.«

»Wo lebt Stars Mutter?«, fragte Bible.

»Ein paar Kilometer von der Stadt entfernt. Aber sie ist verrückt«, warnte Stilton. »Sie hat letztes Jahr versucht, ihre Tochter gewaltsam zu entführen. Ist mit ihrem Toyota Prius bis vor die Schlafbaracke gefahren und hat sie am Arm herausgezerrt. Im Motel hat jemand von einem Sektenaussteigerprogramm gewartet.«

»Und?«, fragte Bible.

»Und ehe ich weiß, wie mir geschieht, werde ich zur Farm gerufen, um sie wegen Hausfriedensbruchs und versuchter Entführung zu verhaften.« Stilton schüttelte den Kopf. »Am Ende wurde sie zu gemeinnütziger Arbeit verdonnert, womit sie einen Riesendusel hatte, denn sie hätte auch ins Gefängnis wandern können. Die zwei Typen haben ein Kontaktverbot gegen sie erwirkt. Sie darf sich ihrer Tochter nicht mehr nähern.«

»Scheiße«, sagte Bible. »Das ist mal eine taffe Mutti.«

»Ja, *scheiße* trifft es ziemlich genau«, gab Stilton zurück. »Oder eher *verrückte Scheiße*. Wenn du mit der Mutter zu tun hast, wird dir schnell klar, wie die Tochter auf dieser Farm gelandet ist.«

Andrea wusste nicht, ob sich die Mutter wegen des Entführungsversuchs schon als verrückt qualifizierte. Wenn sie selbst in so etwas wie diese Farm geraten wäre, hätte Laura ebenfalls versucht, sie rauszuholen. Nur dass sie es geschafft hätte.

»Gab es noch andere Eltern, die ihre Kinder rauszuholen versuchten?«, fragte Bible.

»Nicht dass ich davon gehört hätte, und sie haben klargemacht, dass sie nicht mal dran denken, mich einzubeziehen.« Stiltons Zorn hatte sich in Selbstmitleid verwandelt. »Verlassen Sie sich darauf, Wexler hat eine Menge Anwälte auf Kurzwahlnummer. Mit diesen Leuten legen Sie sich besser nicht an. Ich tue es jedenfalls sicher nicht. Sie könnten die Stadt in den Ruin treiben.«

Andrea konnte seine Ausreden nicht mehr hören. Sie wandte ihre Aufmerksamkeit wieder den Fotos von Alice Poulsen zu. Alice hatte ebenfalls eine Mutter. Was würde die Frau tun, wenn sie erfuhr, dass ihre Tochter in den Selbstmord getrieben worden war? Denn jedem, der Alices Körper sah, musste klar sein, dass das Mädchen seinen einzigen Fluchtweg gefunden hatte. Jede Nahaufnahme gewährte Einsicht in die Marter, die Alice durchlitten hatte. Welche Motivation war nötig, um derart zu hungern? Alice hatte auf einer Farm gearbeitet. Sie war von Nahrungsmitteln umgeben gewesen. Die Entbehrung war schier unglaublich. Andrea konnte nicht aufhören, sich mit den Fotos zu quälen. Sie wischte zum nächsten. Dann zum nächsten.

Und dann hielt sie inne.

Star hatte das Handy nicht entsperren müssen. Es gab zwei Apps auf dem iPhone, auf die man ohne Sicherheitscode zugreifen konnte. Eine war die Taschenlampe. Die andere war die Kamera.

Andrea zoomte auf das Foto, das Star mit dem Handy aufgenommen hatte. Die Frau hatte Mehl auf die schwarze Arbeitsfläche gestäubt und mit dem Finger ein einziges Wort hineingeschrieben …

Hilfe.

20. OKTOBER 1981

Emily hatte *Orchitis* in einem Band aus der Gesamtausgabe der *Encyclopædia Britannica* nachgeschlagen, die einen ganzen Abschnitt der Schulbibliothek einnahm. *Entzündung eines oder beider Hoden, meist durch ein Virus oder Bakterien verursacht; führt häufig zu Sterilität.*

Und dann hatte sie in die Notizen geschaut, die sie sich nach Verlassen von Dean Wexlers Klassenzimmer gemacht hatte.

Sagt, er ist nicht der »verdammte Vater«. Gab zu, dass er mich von der Party abgeholt hat. Sagt, Nardo hat ihn angerufen, damit er mich heimfährt. Sagt, ich habe mit Clay am Pool gestritten, als er dort ankam. Er hat geschworen, er wird mir etwas antun, wenn ich ihn jemals öffentlich beschuldige. Er hat mich am Handgelenk gepackt. Es hat echt wehgetan.

Emily hatte in der Bibliothek gesessen und auf die Zeilen gestarrt, um ihnen eine Bedeutung zu entlocken. Ihre normalerweise schöne Handschrift war stellenweise kaum lesbar, da sie am ganzen Leib gezittert hatte, als sie die Unterhaltung protokollierte. Eins war sofort klar geworden. Cheese hatte recht gehabt: Sie hatte ein wichtiges Detail übersehen.

Sie hatte eine Frage unten an den Rand geschrieben …

Er könnte die Wahrheit darüber sagen, dass er nicht der Vater ist, aber das bedeutet nicht, dass er mir nichts getan hat, oder?

Den ganzen restlichen Schultag hatte Emily nicht nur das Gespräch mit Dean nicht mehr losgelassen, sondern auch Dr. Schroeders Bemerkung über eine *Dehnbarkeit*, die er nur bei verheirateten Frauen vorzufinden erwartete. Mrs. Brickel sagte, er lüge, aber sie war nur eine Sprechstundenhilfe. Ein Arzt würde es doch sicher besser wissen. Es gab doch bestimmt Regeln, die ihm verboten, Patienten zu belügen.

Emily klappte ihr Notizheft zu und ließ es wieder in ihre Handtasche gleiten. Sie sah zum Himmel hinauf, als sie einen einsamen Abschnitt der Straße entlangging. Sie hatte keine Ahnung, wie spät es war oder wie lange sie sich schon draußen aufhielt. Seit gestern Morgen besaß sie kein Zeitgefühl mehr. Der Rest des Schultags war wie im Nebel vergangen. Kunst, Orchesterprobe, Chemie, Englisch. Sie hatte in Sport mit Ricky gesprochen und erfahren, was die wichtige Angelegenheit war, über die sie mit ihr reden wollte: dass es ihr reichte mit Nardo. Was bis zum Ende der Sportstunde anhielt, als Ricky Nardo im Flur sah und total vergaß, dass Emily neben ihr stand.

Konnte sie Ricky erzählen, was passiert war?

Wollte sie es überhaupt?

Emily war sich ziemlich sicher, dass Mr. Wexler den Mund halten würde. Vermutlich nahm er an, dass sie ihn ebenfalls hielt. Ihre Hand fuhr an den Hals, wo er sie gepackt hatte. Gewürgt eigentlich, denn sie hatte keine Luft mehr bekommen. Sie zuckte immer noch vor Schmerz zusammen, wenn sie schluckte, obwohl seit der Auseinandersetzung Stunden vergangen waren.

Auseinandersetzung.

War es wirklich so schlimm gewesen?

Bevor Emily die Schule verlassen hatte, hatte ihr ein rascher Blick in den Spiegel am Spind ein schmales rotes Mal seitlich am Hals gezeigt, gar nicht mal den Handabdruck, den sie erwartet hatte. Was weniger schnell verging, war die Erinnerung an seine Wut. Nicht vergleichbar mit der Wut, wenn er sich darüber ereiferte, dass Reagan den versuchten Anschlag auf ihn ausnutzte, um das Netz der sozialen Absicherung zu zerstören. Eine Wut, als stünde tatsächlich sein Leben auf dem Spiel.

Dean Wexler tat, als hätten ihn seine Weltreisen in einen Bilderstürmer verwandelt, aber wenn man seine progressiven politischen Ansichten beiseiteließ, war er der gleiche hasserfüllte Typ wie ihr Vater. Er teilte Frauen in attraktiv oder fett ein, in intelligent oder dumm, seine Zeit wert oder absolut nutzlos. Es war leicht, die Welt in Schwarz und Weiß aufzuteilen, wenn man alles unter Kontrolle hatte. Emily hätte es besser wissen müssen, statt in Wexler etwas zu sehen, was er gar nicht war.

Sie holte ihr improvisiertes Detektivheft aus der Handtasche und blätterte zu dem Text, den sie mit der Überschrift *COLUMBO-ERMITTLUNG* versehen hatte. Und ging dann zum hundertsten Mal die Zusammenfassungen ihrer Befragungen durch.

Nardo hatte Mr. Wexler angerufen, damit der sie abholte. Das ergab irgendwie Sinn, denn Nardo war der Kapitän des Laufteams, deshalb hatte er Mr. Wexlers Telefonnummer. Alle auf der Party waren high gewesen. Mr. Wexler würde sie nicht bestrafen, geschweige denn anzeigen. Er hatte ein Auto. Er konnte Emily dort herausholen, vor allem, wenn sie mit Clay stritt.

Der angebliche Streit mit Clay war eine weitere verloren gegangene Erinnerung.

Auch wenn es ständig Kabbeleien innerhalb der Clique gab, so stand Emily doch selten in deren Mittelpunkt. Sie war im Allgemeinen die Friedensstifterin, diejenige, die die Wogen wieder glättete. Besonders wenn Clay beteiligt war. Emily konnte die Gelegenheiten, bei denen sie ihm widersprochen hatte, an einer Hand abzählen, und es war nur bei wirklich wichtigen Dingen gewesen. Ihre Weigerung, weiter Autos von Leuten aus anderen Bundesstaaten auszurauben. Ihr Beharren darauf, dass sie Cheese besser behandelten oder zumindest ignorierten. Als sie wütend auf Clay gewesen war, weil er sie in den Swimmingpool gestoßen hatte.

Emily versuchte Erinnerungen an die Party in ihr Bewusstsein zu zwingen. Hatte Clay sie mal wieder in den Pool geschubst? Emily war eine gute Schwimmerin, aber sie hasste das Gefühl, keine Kontrolle über ihren Körper zu haben. Die Erfahrung, in dem einen Moment am Beckenrand entlangzuspazieren und im nächsten durch die Luft zu segeln, war erschreckend gewesen.

Energisch schüttelte sie den Kopf, denn Rickys grünes Kleid war nicht nass gewesen. Aber vielleicht hatte es Emily in den Trockner gesteckt? Und vielleicht, aber nur vielleicht, war sie so in Hektik gewesen, als sie es wieder herausholte, dass sie es verkehrt herum angezogen hatte …

Und vergessen hatte, ihre Unterwäsche wieder anzuziehen?

Es war ihr Höschen, das fehlte, nicht der BH.

Und die Innenseite ihrer Oberschenkel hatte sich klebrig angefühlt. Wenn sie lange genug daran dachte, konnte sie beim Gehen noch dieses Scheuern spüren.

Emilys Magen regte sich. Sie sah wieder auf ihr Notizheft. Oben auf der Seite stand das erste Wort, das sie geschrieben hatte.

Clay.

Columbo wäre in diesem Moment schon auf dem Weg zu den Morrows, aber Emily war nicht einmal in der Schule fähig gewesen, mit Clay zu reden, schon gar nicht über etwas so Entscheidendes. Wenn sie jemandem ein unbeabsichtigtes Geständnis entlocken wollte, sollte sie besser Cheeses Ratschlag befolgen: mit den Leuten sprechen, die dabei gewesen waren. Wenn ihre Geschichten nicht zusammenpassten, log jemand, und wenn jemand log, hatte er oder sie etwas zu verbergen.

Ricky war der naheliegende Startpunkt. Blake zog sie immer damit auf, dass sie keinen Filter besaß. Alles sprudelte genau so aus ihrem Mund, wie es ihr in den Sinn kam. Noch vor einer Woche hätte Emily gesagt, dass Ricky ihre beste Freundin auf der ganzen Welt war. Jetzt wusste sie, dass Ricky alles in ihrer Macht Stehende tun würde, um ihren Bruder und Nardo zu schützen, wenn auch vielleicht nicht in dieser Reihenfolge.

Ein Auto hupte hinter ihr. Emily war überrascht, Big Al am Steuer zu sehen. Ihre Uhr verriet ihr, dass es fast fünf war. Al war spät dran für den Ansturm zum Abendessen. Und Emily war so in Gedanken versunken gewesen, dass sie am Haus der Blakelys vorbeimarschiert war.

Sie machte kehrt und ging die Straße wieder hinauf. Ihre Füße wurden schwerer, als sie sich dem dunkelbraunen Split-Level-Haus näherte, das den Eltern von Ricky und Blake gehört hatte. Big Al war nach dem Bootsunfall eingezogen, bei dem sein Sohn und seine Schwiegertochter ums Leben gekommen waren. Er hatte beiden nicht nahegestanden, und der Übergang war schwierig gewesen. Emily wunderte sich immer, weil Enkel und Großvater sich eher wie widerwillige Zimmergenossen als wie eine Familie benahmen.

Nicht dass ihre eigene Familie ein leuchtendes Beispiel abgegeben hätte.

Das Haus der Blakelys stand ganz oben auf einem steilen Hügel. Der Anstieg hatte Emily früher nie etwas ausgemacht, aber jetzt war sie außer Puste, als sie die Garage erreichte. Dann bog sie ab und stieg die irrwitzig steile Treppe hinauf, musste aber beim zweiten Absatz eine Pause einlegen. Sie merkte, dass sie die Hand in den Rücken presste wie eine alte Frau. Oder eine schwangere junge Frau. Noch empfand sie keine Verbindung zu dem, was in ihrem Körper vor sich ging. Vor Dr. Schroeders Diagnose hatte Emily gedacht, dass sie sich ein Magen-Darm-Virus eingefangen oder etwas Verdorbenes gegessen hatte. Alle möglichen Ausreden hatte sie sich ausgedacht.

Aber jetzt gab es keine Ausreden mehr.

Sie sah auf ihren Bauch hinunter. Ein Kind wuchs in ihr heran. Ein richtiger Mensch. Was, um Gottes willen, sollte sie tun?

»Em?« Ricky hielt ihr die Fliegengittertür auf. Sie sah so furchtbar aus, wie Emily sich fühlte. Die Tränen strömten ihr nur so übers Gesicht, und der Rotz tropfte ihr aus der Nase. Ihre Wagen waren fleckig.

Emily schämte sich, weil Zorn ihre erste Reaktion war. Der Gedanke zuzuhören, wie sich Ricky wegen einer Belanglosigkeit ausheulte, mit der Nardo sie verletzt hatte, während Emilys Leben gerade zu Bruch ging, war mehr, als sie ertrug.

Es war außerdem unglaublich egoistisch.

»Ricky«, sagte sie. »Was ist los?«

»Al …« Ricky blieb die Stimme weg. Sie packte Emilys Hand und zog sie ins Haus. »Al hat uns gerade erzählt … Er sagt … o Gott, Em, was sollen wir bloß tun?«

Emily dirigierte sie zu der zu weich gepolsterten Couch unter dem Erkerfenster. »Langsam, Ricky. Was ist los? Was ist passiert?«

Ricky ließ sich gegen Emily sinken. Am Ende lag ihr Kopf in Emilys Schoß. Sie zitterte.

»Rick.« Emily schaute zur Küchenebene hinauf und fragte sich, wo Blake wohl war. »Alles wird gut. Was es auch ist, wir werden …«

»Nichts wird gut«, murmelte Ricky. Sie wandte den Kopf und sah zu Emily hinauf. »Das Geld ist weg.«

»Welches Geld?«

»Das aus dem Zivilprozess«, sagte Ricky. »Es sollte auf einem Treuhandkonto verwahrt werden, damit wir aufs College gehen können, aber Al hat alles ausgegeben.«

Fassungslos schüttelte Emily den Kopf. Al nahm kein Blatt vor den Mund und war oft rüde, aber er würde niemals seine eigenen Enkelkinder bestehlen.

»Wir sitzen hier fest«, sagte Ricky. »Für immer.«

»Ich …« Emily bemühte sich zu verstehen, was passiert war. Es ergab keinen Sinn. Sie war die Tochter einer Richterin. Sie wusste, Treuhandkonten waren gut gesichert. Man konnte sie nicht aus einer Laune heraus plündern. Und sie wollte nicht unhöflich sein, aber das Haus, in dem die Blakelys lebten, war nicht eben prächtig. Al fuhr einen Truck, der älter war als die Zwillinge.

»Wofür hat er es ausgegeben?«, fragte sie.

»Für das Restaurant.«

Emily lehnte sich zurück. Der Diner war vor ein paar Jahren fast völlig niedergebrannt. Al war es gelungen, das Lokal neu aufzubauen. Jetzt verstand sie, wie.

»Al hat gesagt, dass das Restaurant unser … unser Erbe ist. Er glaubt, wir wollen in diesem blöden Laden arbeiten. Das ist alles, wofür wir gut sind, meint er – fetten reichen Arschlöchern aus Baltimore Milchshakes zu machen.«

Emily kaute auf ihrer Unterlippe. Vielleicht hätte sie Rickys Abscheu letzte Woche noch geteilt, aber jetzt verstand sie, was es hieß, wenn jemand von einem abhängig war. Jede Entscheidung, die Emily von nun an traf, würde entweder zum Wohl oder zum Schaden des Kindes sein, das in ihr heranwuchs. Der Diner war ein solides Unternehmen, erfolgreich sogar. Klar, das College war wichtig, aber das waren Geld für Essen und ein Dach über dem Kopf auch.

»Es ist zu spät für eine Bewerbung um Stipendien«, jammerte Ricky. »Wir bekommen keine finanzielle Unterstützung, weil Al zu viel Geld verdient. Zumindest auf dem Papier.«

»Ich …« Emily wusste nicht, was sie sagen sollte. Sie stellte leicht entsetzt fest, dass sie insgeheim für Al Partei ergriff. »Es tut mir leid für euch, Ricky.«

»Er liebt dieses dämliche Lokal mehr als uns.«

»Vielleicht könntet ihr ein Jahr arbeiten und euch etwas ansparen?«

Ricky setzte sich auf und starrte sie entgeistert an. »Was arbeiten, Em? Machst du Witze?«

»Tut mir leid.« Emily entschuldigte sich reflexartig. Ricky war immer unberechenbar, aber wenn sie in Wut geriet, wusste man nicht mehr, wo einem der Kopf stand. »Du willst doch Journalistin werden. Du könntest ein Praktikum bei einer Zeitung oder …«

»Halt den Mund!«, schrie Ricky. »Du bist schlimmer als Al, weißt du das?«

»Ich …«

»Soll ich etwa Kaffee kochen für eine Bande mürrischer alter Wichser, die mich wie ein Kind behandeln?«, sagte Ricky. »Ich brauche ein Diplom in Journalismus, Emily. Niemand wird mich respektieren, wenn ich nur das Laufmädchen bin. Ich brauche eine Ausbildung.«

Emily wusste nicht, was auf einer Journalistenschule unterrichtet wurde, aber sie verstand nicht, warum es eine schlechte Idee sein sollte, Erfahrung bei einer richtigen Zeitung zu sammeln. »Aber du könntest dich hocharbeiten bis …«

»Hocharbeiten?« Rickys Stimme war schrill. »Meine Eltern sind tot, Emily! Sie sind ums Leben gekommen, weil irgendein verdammter Bootsverleiher das Gesetz gebrochen hat.«

»Das weiß ich doch, Ricky, aber …«

»Es gibt kein *Aber*!«, schrie Ricky. »Großer Gott, Em. Sie sind nicht gestorben, damit ich jetzt die Wahl habe, ob ich mich von alten Fürzen mies behandeln lasse oder von Touristen.«

»Aber du wirst so oder so mies behandelt!« Emily stellte überrascht fest, dass sie ebenfalls schrie. »Die werden dich so oder so nicht respektieren, Ricky. Das wird einfach nicht passieren.«

Ricky war vor Schreck verstummt.

»Niemand wird dich respektieren.« Emily hörte die optimistische Warnung ihrer Mutter in ihrem Kopf nachhallen. »Du bist ein Kleinstadtmädchen aus einem Badeort, hast durchschnittliche Noten und einen großen Busen. Nichts davon gebietet Respekt.«

Rickys Schock ließ nicht nach. Sie starrte Emily an, als hätte die sich in eine Fremde verwandelt. »Was glaubst du eigentlich, wer du bist, verdammt noch mal?«

»Ich bin deine Freundin«, versuchte es Emily von Neuem. »Ich will dir nur sagen, du kannst das durchstehen. Es wird ein hartes Stück Arbeit werden, aber …«

»Harte Arbeit?« Ricky lachte ihr ins Gesicht. »Wie die harte Arbeit, die du leistest, als Tochter einer Richterin? Drohst du an deinem Silberlöffel zu ersticken?«

»Ich bin nicht …«

»Du bist ein verzogenes Miststück, das bist du.« Ricky hatte die Arme verschränkt. »Alles fällt dir, verdammt noch mal, in den Schoß. Du hast keinen blassen Schimmer, was es heißt, in der richtigen Welt zu leben.«

Emily schluckte hart. »Ich bin schwanger.«

Ricky klappte der Kiefer herunter, aber ausnahmsweise blieb sie stumm.

»Ich werde ebenfalls nicht aufs College gehen, sondern kann von Glück sagen, wenn ich die Highschool zu Ende machen darf.« Emily hatte die Worte zuvor schon gedacht, aber laut ausgesprochen, und sei es von ihrer eigenen Stimme, klangen sie wie ein Todesurteil. »Ich werde kein Kongresspraktikum machen können. Ich werde mir keinen Job suchen können, weil ich zu Hause bleiben, Windeln wechseln und mich um ein Baby kümmern muss. Und selbst wenn es alt genug für die Schule ist, wer wird dann eine ledige Mutter einstellen?«

Ricky klappte den Mund zu, dann wieder auf.

»Erinnerst du dich an die Party letzten Monat?«, fragte Emily. »Jemand hat mir was angetan. Meinen Zustand ausgenutzt. Und jetzt werde ich für den Rest meines Lebens dafür bezahlen.«

Ricky schüttelte den Kopf. Ihre erste Reaktion glich der von Emily. »Die Jungs würden das nicht tun. Du lügst.«

»Wer war es dann?«, fragte Emily. »Im Ernst, Ricky, sag mir, wer es sonst gewesen sein könnte.«

Ricky schüttelte immer weiter den Kopf. »Nicht die Jungs.«

Emily konnte sich nur wiederholen. »Wer dann?«

»Wer dann?« Ricky hörte auf, den Kopf zu schütteln. »Jeder, Em. Es könnte buchstäblich jeder gewesen sein.«

Jetzt war Emily sprachlos.

»Du weißt doch gar nicht, ob du auf der Party geschwängert worden bist.« Ricky stützte die Hände in die Hüften. »Du sagst das nur, weil du einen von den Jungs reinlegen willst.«

Emily war wie betäubt, dass Ricky so etwas auch nur dachte, geschweige denn aussprach. »Ich habe nie …«

»Du redest doch ständig mit anderen Kerlen. Du mit deinen kaputten Spielsachen wie Cheese Stilton. Du bis zwei Sommer hintereinander mit Melody ins Orchesterübungslager gefahren. Gehst in den Debattierklub. In Kunstausstellungen. Gestern warst du den ganzen Tag verschwunden. Du könntest die halbe Stadt vögeln, und ich würde es nicht mitbekommen. Ich habe dich heute Morgen mit Cheese gesehen, und er ist weggerannt wie eine verängstigte Ratte.«

»Du glaubst doch nicht etwa, Cheese und ich …«

»Du tust immer so herablassend, aber wer weiß, was du alles getrieben hast, wenn wir nicht dabei waren.«

»Nichts«, flüsterte Emily. »Ich habe nichts getrieben.«

Ricky stand auf und lief im Zimmer auf und ab, und mit jedem Schritt steigerte sie sich weiter hinein. »Du glaubst, du kannst Blake oder Nardo den Kopf hinhalten lassen für diese Geschichte? Oder Clay? Das würde dir weiß Gott gefallen, oder? Clay ignoriert dich seit zehn Jahren, und jetzt hast du einen Weg gefunden, ihn in die Falle zu locken.«

»Sag nicht, dass ich jemanden in die Falle locke.« Emily

war jetzt ebenfalls aufgestanden. »Du weißt, das stimmt nicht.«

»Ich werde nicht für dich lügen«, sagte Ricky. »Wenn du vorhast, Clay mit in den Abgrund zu ziehen, dann bist du auf dich allein gestellt. Und die Jungs werden dich ebenfalls nicht unterstützen.«

»Ich …« Emily musste erst einmal schlucken. »Ich will Clay gar nicht heiraten. Das ist nicht der …«

»Du Schlampe.« Ricky spie das Wort aus. Und dann blitzte eine Erkenntnis in ihren Augen auf. Sie glaubte, Bescheid zu wissen. »Du hast es auf Nardo abgesehen, oder?«

»Was?«

»Du gehst immer den leichteren Weg, Emily. Es ist dir scheißegal, wer verletzt wird, solange es bequem für dich ist.«

»Was sagst du da?«

»Ich sage, du bist scheißbequem!« Ricky war so wütend, dass sie beim Reden spuckte. »Ich wette, dein Dad hat bereits einen Deal mit ihnen ausgehandelt. Reiche Leute helfen sich immer aus der Patsche. Wie viel Geld ist geflossen, Emily? Oder war es der Eintritt in die bessere Gesellschaft von Washington? Vielleicht lässt ihm deine Mom einen Fall zukommen? Sag schon, wie hat dein Dad die Fontaines geschmiert, um Nardos Leben zu ruinieren?«.

Emily konnte nicht glauben, was sie hörte. »Das ist nicht … nein. Das wird nicht passieren. Meine Eltern würden niemals …«

»Du bist so verdammt naiv! Natürlich würden sie! Du schwebst einfach durchs Leben, und immer scheint die Sonne, und du hast keine Ahnung, wie viele Leute deine Eltern bescheißen, um ihrem kostbaren kleinen Mädchen den Weg zu ebnen!« Ricky war wie besessen. »Was haben sie gesagt, als sie erfahren haben, dass du nicht mehr ihr jungfräulicher Engel bist?«

Emily öffnete den Mund zu einer Antwort, aber Ricky kam ihr zuvor.

»Lass mich raten. Daddy hat finster dreingeschaut und gebrummt, und Mom hatte sofort einen Plan parat.«

Emily fühlte sich schmerzlich verraten. Rickys Vermutung traf nur zu, weil Emily ihr bei vielen Gelegenheiten zuvor immer alles erzählt hatte.

»Du kannst es nicht loswerden, richtig? Nicht wenn deine Mom auf Reagans Kandidatenliste steht. Das würde alles verderben, nicht wahr?« Ricky lachte bitter. »Wahrscheinlich benutzen sie dich als Vorbild, oder? Etwas in der Art, dass ein armes schwarzes Mädchen aus der Sozialsiedlung, das schwanger wird, dem rechtschaffenen Weg der Vaughns folgen sollte, weil ihre verzogene Hure von Tochter in genau derselben Lage ist.«

Die Worte schmerzten, weil sie der Wahrheit so nahe kamen.

»Die tapfere Emily entscheidet sich für das Leben.« Sie redete in dem Tonfall, in dem sie sich immer über Franklins Freunde aus dem Golfklub lustig machten. »Das sagt sich leicht, wenn zu deinem Leben ein Kindermädchen und ein feudales Anwesen drei Kilometer vom Strand entfernt gehören.«

Emily fand ihre Stimme wieder. »Das ist nicht fair.«

»Findest du das fair, was Blake und mir passiert? Und jetzt kommst du mit noch schlechteren Nachrichten daher?«, fragte Ricky. »Ich habe die Lösung, Emily. Das bringt alles in Ordnung! Such dir einfach ein Praktikum in *Fick dich selbst*.«

Die letzten Worte hallten wie eine Sirene in Emilys Kopf. Sie hatte Ricky schon früher wütend gesehen. Sie wusste, wie kalt ihre Freundin sein konnte. Ricky entfernte Leute aus ihrem Leben wie ein Krebsgeschwür. Und jetzt tat sie es mit Emily.

»Du dummes Miststück«, murmelte Ricky. »Du hast alles kaputtgemacht.«

»Ricky …«, sagte Emily, aber sie spürte die Endgültigkeit in Rickys Worten. Es war vorbei. Die Clique war passé. Ihre beste Freundin war passé. Sie hatte niemanden mehr. Gar nichts.

Bis auf dieses *Ding*, das in ihr heranwuchs.

»Raus hier.« Ricky zeigte zur Tür. »Verschwinde aus meinem Haus, du blöde Schlampe.«

Emily betupfte ihre Wange. Sie erwartete, Tränen darauf zu finden, doch sie fühlte nichts als brennende Scham. Sie hatte sich das alles selbst zuzuschreiben. Ricky hatte recht. Sie hatte das Leben von allen ruiniert. Die Clique war Geschichte. Jetzt konnte sie nur noch versuchen, sie nicht mit in die Tiefe zu ziehen.

»Geh!«, schrie Ricky.

Emily rannte zur Tür und stolperte die Treppe hinunter. Und dann blieb sie stehen.

Blake saß auf der untersten Stufe. Er hielt eine Zigarette in den Fingern und warf einen Blick zu Emily hinauf. »Ich heirate dich.«

Emily wusste nicht, was sie sagen sollte.

»Es wäre gar nicht so übel, oder?« Er stand auf und sah ihr in die Augen. »Wir sind immer gut miteinander ausgekommen.«

Emily konnte seinen Gesichtsausdruck nicht deuten. Machte er einen Scherz? War es ein Geständnis?

Blake las ihre Gedanken. »Ich war es nicht, Emmie. Nicht wenn es auf der Party passiert ist. Oder irgendwann sonst. Ich bin sicher, ich würde mich erinnern, wo mein Schwanz war. Ich hänge wirklich sehr an ihm.«

Sie sah einen Vogel auf einem Baum auf der anderen Seite der Einfahrt landen. Das war etwas, was sie zusammen mit ihrer Keuschheit verloren hatte: Früher hatte niemand obszöne Ausdrücke ihr gegenüber benutzt. Jetzt taten es anscheinend alle.

»Jedenfalls war ich auf der Party total zugedröhnt. Ich bin oben im Badezimmer eingeschlafen. Nardo musste die Tür aufbrechen, um mich rauszuholen. Ich hatte mich vollgepisst wie ein Baby. Weiß beim besten Willen nicht, wieso. Das Klo war genau vor mir.«

Emily schürzte die Lippen und dachte kurz an ihre Columbo-Ermittlung. Mr. Wexler hatte gesagt, Blake und Nardo seien noch im Haus gewesen, als er eintraf. Blake sagte dasselbe. Wenn ihre Geschichten übereinstimmten, sagten sie wahrscheinlich die Wahrheit.

Was bedeutete, Clay war am Ende der Einzige, der mit Emily allein gewesen war.

»Komm mit.« Blake warf seine Kippe in eine Kaffeedose. Er nickte in Richtung Garage. Emily konnte nicht anders, als ihm zu folgen. Rockstarposter hingen an den unverputzten Wänden. Es gab eine Tischtennisplatte, eine alte Couch und eine riesige Hi-Fi-Anlage, die Rickys und Blakes Eltern gehört hatte. Die Clique hatte zahllose Stunden in der Garage verbracht, sie hatten geraucht und getrunken, Musik gehört und darüber diskutiert, wie sie die Welt verändern wollten.

Jetzt würde Emily für immer in Longbill Beach festsitzen. Wegen Al konnten Blake und Ricky nicht einmal aufs College gehen. Nardo würde auf der Penn kein Jahr durchhalten. Nur Clay würde aus dieser klaustrophobisch engen Stadt entkommen. Was so vorherbestimmt erschien wie der Sonnenaufgang im Osten und der Sonnenuntergang im Westen.

»Ich kann dich nicht heiraten«, sagte sie zu Blake. »Wir lieben uns nicht. Und wenn du nicht der …«

»Ich bin nicht der Vater.« Er setzte sich auf die Couch. »Du weißt, ich habe nie in der Art an dich gedacht.«

Emily wusste, dass das Gegenteil zutraf. Er hatte sie vor zwei Jahren in einer Gasse im Zentrum geküsst. Sie ertappte ihn manchmal noch dabei, wie er sie auf eine Weise ansah, die ihr unangenehm war.

»Setz dich, okay?« Blake wartete, bis sie neben ihm auf der Couch Platz genommen hatte. »Denk darüber nach, Em. Es ist die Lösung für uns beide.«

Sie schüttelte den Kopf. Sie wollte nicht darüber nachdenken.

»Du bleibst gesellschaftsfähig, und …« Er streckte beide Arme zu einem großen Schulterzucken aus. »Ich nehme an, deine Eltern legen Wert darauf, dass ihr Schwiegersohn das College besucht.«

Emily spürte, wie sich ihre Nackenhaare aufstellten. Nardos Vater war der Banker, aber Blake war immer der Kontoführer gewesen. Er hatte eine ständige Gleichung im Kopf: *Ich tue dies oder das für dich, aber du wirst im Gegenzug dann etwas für mich tun.*

»Und was ist mit mir?«, fragte sie. »Bleibe ich einfach daheim und backe Kekse?«

»Ist kein schlechtes Leben.«

Emily lachte. Es war nicht das Leben, das sie im Sinn gehabt hatte. Sie wollte in Foggy Bottom wohnen. Sie wollte ein Praktikum bei einem Senator machen. Sie wollte Anwältin werden. Wenn sie für ihren Mann und ihr Kind Kekse buk, dann zwischen einem Plädoyer im Gerichtssaal und der Vorbereitung eines Antrags für den nächsten Tag.

»Sei vernünftig«, sagte Blake. »Schau, du kannst aufs College gehen. Natürlich kannst du aufs College gehen. Aber du kannst nicht Karriere machen. Nicht bei der Zukunft, die deine Leute von mir erwarten werden.«

Emily war verblüfft von seinem eiskalten Kalkül. »Und was für eine Zukunft ist das?«

»Die Politik natürlich.« Er hob die Schultern. »Deine Mom wird für irgendeinen Posten in der Regierung ausgewählt werden. Warum nicht in ihrem Windschatten in ein besseres Leben für uns beide fahren?«

Emily blickte zu Boden. Er hatte offenkundig schon früher darüber nachgedacht. Ihre Schwangerschaft war nichts weiter als eine günstige Gelegenheit. »Du vergisst, dass meine Eltern Republikaner sind.«

»Spielt das eine Rolle?« Er hob die Brauen, als sie ihn ansah. »Politische Ideologie ist nur ein Angelpunkt für die Hebel der Macht.«

Emily musste sich zurücklehnen. Sie konnte es nicht fassen. »Dann bin ich also einer dieser Angelpunkte, die du kontrollierst?«

»Sei nicht so melodramatisch.«

»Blake, du redest davon, mich zu heiraten und der Vater meines Kinds zu sein, um auf diese Weise eine politische Karriere anzuschieben.«

»Du übersiehst die Vorteile«, sagte Blake. »Wir sind beide schlecht dran. Wir wünschen uns ein besseres Leben. Und ich finde dich nicht gänzlich abstoßend.«

»Wie romantisch.«

»Komm schon, Emmie.« Blake strich ihr das Haar zurück. »Wir können das hinkriegen. Niemand muss verletzt werden. Wir können alle Freunde bleiben.«

Bei dem Wort *Freunde* bekamen ihre Tränen die Erlaubnis zu fließen. Was er anbot, war tatsächlich eine Lösung. Alles bliebe innerhalb der Clique. Rickys Zorn würde an Blakes logischer Erklärung im Nu verpuffen. Nardo würde einen Witz darüber reißen, dass ihn die Kugel knapp verfehlt hatte. Clay würde sich zu seinem neuen, aufregenden Leben weit fort von ihnen allen aufmachen. Und Emily würde mit einem Mann verheiratet sein, den sie nicht liebte. Ein Mann, der sie nur als Mittel zum Zweck sah.

»Emily.« Blake rutschte näher. Sein Atem strich ihr Ohr. »Komm schon, wäre es so schlimm?«

Emily schloss die Augen. Tränen sickerten unter ihren Lidern hervor. Das nächste Jahr, die nächsten Jahre öffneten sich wie eine Blüte vor ihren Augen. Sie konnte weiter das brave Mädchen sein, das alle bewunderten. Blake bekäme sein College, seine Karriere und Zugang zu einer Zukunft in der Politik. Es wäre genau so, wie Ricky es vorhergesagt hatte – das Geld der Familie Vaughn würde Emily den Weg aus einer misslichen Lage erkaufen.

Bequem.

»Emmie.« Blakes Lippen strichen über ihr Ohr. Er nahm ihre Hand und legte sie in seinen Schoß.

Emily war wie gelähmt. Sie konnte spüren, wie hart er war.

»Das ist gut.« Er bewegte ihre Hand auf seinem Schwanz. Seine Zunge war in ihrem Ohr.

»Blake!« Sie schrie seinen Namen und riss sich von ihm los. »Was tust du da?«

»Lieber Himmel.« Er ließ sich mit weit gespreizten Beinen in die Couch zurücksinken. Sein Hosenstall war gewölbt wie ein Zelt. »Was ist los mit dir?«

»Nein, was ist los mit *dir*?«, fragte sie. »Was sollte das gerade werden?«

»Ich denke, es ist ziemlich klar, was das werden sollte.« Er kramte seine Zigaretten aus der Tasche. »Komm schon, es ist ja nicht so, als könntest du zweimal schwanger werden.«

Sie legte die Hand an den Hals und spürte ihren Herzschlag darunter hämmern.

Er ließ sein Feuerzeug aufspringen. »Damit das klar ist, meine Süße. Ich kaufe die Kuh, aber ich erwarte, dass ich mehr als meinen Teil Milch dafür bekomme.«

Emily sah zu, wie er sich seine Zigarette anzündete. Sie hatte ihm das Zippo zum sechzehnten Geburtstag geschenkt und gegen einen Aufpreis seine Initialen eingravieren lassen, damit Ricky es ihm nicht klaute.

»Du bist ein Monster«, sagte sie.

»Was ich bin, ist deine zweitbeste Option.« Er sah ihren verwirrten Gesichtsausdruck und stieß einen Laut zwischen Husten und Lachen aus. »Sei nicht so begriffsstutzig, Emily. Deine beste Option ist, es in der Toilette hinunterzuspülen.«

6

Andrea saß in ihrem Motelzimmer auf dem Bettrand und blickte auf das Foto, das Star Bonaire aufgenommen hatte. Die Frau hatte ein einziges Wort mit dem Finger in die Mehlschicht geschrieben.

Hilfe.

Andrea hatte gewartet, bis sie allein mit Bible war, ehe sie ihm das Foto zeigte. Er hatte nicht viel gesagt, außer dass Andrea duschen und sich bereithalten solle, wenn er anrufe. Das war vor gut einer Stunde gewesen. Andrea hatte geduscht. Sie war bereit. Bible hatte noch nicht angerufen.

Hilfe.

Wie verängstigt musste eine Frau sein, um so etwas zu tun?

Andrea wischte zu den Fotos von Alice Poulsen zurück. Die körperliche Zerstörung, die das Hungern angerichtet hatte, schnürte ihr die Kehle zu. Bei Anorexie ging es um Kontrolle, aber das war bei Selbstmord bis zu einem gewissen Grad auch der Fall. Man nahm sein Leben buchstäblich in die eigene Hand. Alice Poulsen war auf dieses Feld gegangen und hatte gewusst, dass sie nicht zurückkommen würde. Wie viel Mut erforderte das? Wie viel Verzweiflung?

Dieselbe Art von Verzweiflung, die Star Bonaire wahrscheinlich empfunden hatte, als sie ihren Hilferuf fotografiert hatte.

Andrea konnte die Bilder nicht länger ansehen. Sie warf ihr Handy auf den Schreibtisch und starrte in ihrer Hilflosigkeit auf den schwarzen Fernsehbildschirm gegenüber dem Bett. Die Vorhänge waren zugezogen. Die Lichter waren aus. Ihr linkes Handgelenk schmerzte immer noch, dort, wo Wexler sie gepackt hatte. Flüchtige Erinnerungen gingen ihr durch den Kopf – Wexlers Gesicht, in das Lenkrad gedrückt. Nardo, der sich eine Zigarette anzündete. Stars geisterhafte Erscheinung in der Küche. Die beiden Frauen, die aus der Scheune geschlurft kamen. Die gelben Kleider. Das lange Haar. Die nackten Füße. Die ausgemergelten Gliedmaßen. Die Knöchelbänder.

Zum Opfer gemacht. Markiert. Erniedrigt.

Sekte. Sekte. Sekte.

Stilton hatte recht. Es gab kein Bundes- oder Bundesstaatgesetz, das es einem verbot, einer Sekte anzugehören. Man konnte nichts tun, um diese Frauen zu retten. Star Bonaires Mutter hatte bereits die extremste Form der Rettung versucht. Sie war verhaftet und mit einer Kontaktsperre belegt worden, die verhinderte, dass sie ihr eigenes Kind sah.

Andrea stand auf und lief im Zimmer auf und ab. Sie fühlte sich so verdammt machtlos. Trotz ihrer Ausbildung gab es nichts, absolut nichts, womit sie Star Bonaire helfen konnte. Oder irgendwem sonst. Sie schaute auf ihr Handy und wünschte, Bible riefe endlich an. Er landete wahrscheinlich in denselben Sackgassen wie sie. Ihr Blick fiel auf das Notizbuch und den Stift, die sie auf den Schreibtisch gelegt hatte. Sie war so entschlossen gewesen, als sie den Internetstreifzug auf der Suche nach der schmutzigen Wäsche von Dean's Magic Beans gestartet hatte.

Eine Stunde später waren die Seiten immer noch leer.

Sie ging in Gedanken das Wenige durch, was sie über das Unternehmen in Erfahrung gebracht hatte. Dean's Magic Beans war seit 1983 eine eingetragene Gesellschaft in Delaware. Andrea hatte das Original des Gründungsdokuments gefunden. Dean Wexler war als Präsident aufgeführt, Bernard Fontaine als Vizepräsident. Was interessant war angesichts der Tatsache, dass Nardo 1983 erst neunzehn Jahre alt gewesen war und sein Vater ungefähr zur selben Zeit wegen Kreditbetrugs verhaftet wurde, aber nicht interessant genug, um eine Ermittlung in Gang zu setzen.

Ebenfalls interessant, aber letzten Endes nutzlos war, dass Bernard Fontaine als Sekretär des BFL Trusts aufgeführt war, einer gemeinnützigen Organisation, die im Herbst 2003 in Delaware gegründet worden war. Die Steuerbehörde listete sie als steuerbefreite Non-Profit-Organisation in solider Verfassung, allerdings verfügte Charity Navigator, eine Ratingagentur, die Informationen darüber sammelte, wie Spendengelder verwendet wurden, über keine Informationen zu der Organisation.

Eine Google-Suche mit »Dean's Magic Beans + Sekte« hatte eine Flut von Fanseiten erbracht, die von Gesundheitsaposteln und Puffbohnenliebhabern betreut wurden, aber auf keiner von ihnen wurde die Tatsache erwähnt, dass die Frauen, die die Bohnen verarbeiteten, fast verhungerten. Die Praktikumsseiten, die Collegeaushänge, die Facebook-Seiten, die der Suche nach Ferienjobs im Sommer gewidmet waren – sie alle sprachen begeistert von Dean's. Die paar Ein-Stern-Bewertungen auf Google wurden von vielen leidenschaftlichen Empfehlungen in den Schatten gestellt.

Nicht ein einziger Post, nicht eine einzige Seite erwähnte Dean Wexler namentlich.

Oder Nardo Fontaine.

Stilton hatte gesagt, dass Wexler eine Menge Anwälte an der Hand hatte. Es verwunderte nicht, dass eine prozesssüchtige Sekte sehr gut darin war, negative Einträge ganz ans Ende der Suchergebnisse zu verbannen. Und wenn das nicht klappte, verfügte Dean über bis zu zwanzig Freiwillige, die den ganzen Tag an ihren Laptops sitzen und das Internet säubern konnten.

Es war ja nicht so, als würden die Frauen mal eine Mittagspause machen.

Eine der wenigen Seiten allerdings, die man nicht säubern oder kaufen konnte, war PACER – Public Access to Court Electronic Records. Sie stellte eine einsehbare Datenbank juristischer Akten, Anträge und Abschriften zur Verfügung. Glücklicherweise konnte sich Andrea mit Gordons Zugangsdaten einloggen. Es war nicht Verzweiflung gewesen, was sie zu der Website geführt hatte – sie hatte eine Ahnung gehabt. Vorhin auf der Farm war es ihr ungewöhnlich erschienen, dass Wexler die Frauen ständig als *Freiwillige* statt als *Praktikantinnen* bezeichnet hatte. Eine zwanzig Jahre alte Gerichtssache hatte die Erklärung geliefert.

2002 hatte das Justizministerium Dean's Magic Beans nach dem Gesetz über angemessene Arbeitsnormen verklagt, weil sie den sogenannten Primary-Beneficiary-Test nicht bestanden hatten. Es gab sieben Kriterien, nach denen beurteilt wurde, ob ein unbezahltes Praktikum legal war. Meist ging es darum, ob es der akademischen Kursarbeit zuträglich war, ob man Leistungspunkte erhielt, ob es sich in den Studienlehrplan fügte. Anders ausgedrückt: Das Praktikum musste den Praktikantinnen dienen, nicht dem, der es anbot.

Wenn sie ausgebeutet werden sollten, mussten sie sich freiwillig dazu melden.

Nach diesem Treffer auf der PACER-Seite war es jedoch nur noch bergab gegangen. Andrea hatte sich dazu gezwungen, eine Pause einzulegen, doch das Motelzimmer fühlte sich auf einmal wie eine Gefängniszelle an. Schließlich hatte sie sich ein Eiersandwich aus dem Automaten geholt und war dann in ihr Zimmer zurückgekehrt, wo sie eine halbe Stunde damit vergeudet hatte, sich durch das Register des Standesamts von Sussex County zu scrollen.

Sie hatte Angaben zu Rickys und Nardos Eheschließung und Scheidung gefunden, aber als sie die Sterbeurkunden durchsah, war kein Eric Blakely darin vorgekommen. Wenn Bible noch länger brauchte, würde sie sich am Ende wahrscheinlich durch das Tollwutregister für Haustiere scrollen.

Ihr Telefon pingte. Widerwillig nahm sie es zur Hand. Mike hatte wieder geschrieben. Diesmal erkannte sie das Tier auf dem Foto. Das Dikdik war eine rund dreißig Zentimeter hohe Zwergantilope.

Andrea sah sich nicht imstande, eine clevere Antwort auf das Tierbild zu finden.

Stattdessen ließ sie den Daumen über der Ruftaste kreisen. Mike konnte ein unglaublich guter Zuhörer sein, wenn man den ganzen Blödsinn erst hinter sich gelassen hatte. Aber er hatte sich auch wie ein Erwachsener benommen, als Andrea ihn vor genau einem Jahr und acht Monaten abserviert hatte. Das Mindeste, was Andrea jetzt tun konnte, war, sich ebenfalls wie eine Erwachsene zu benehmen und zu ihrer Entscheidung zu stehen. Egal wie gern sie seine Stimme gehört hätte.

Sie wischte seine Nummer gerade vom Schirm, als das Telefon läutete.

Andrea schloss die Augen. Das war das Letzte, was sie jetzt brauchte. »Hallo, Mom.«

»Schätzchen«, sagte Laura. »Ich halte dich nicht lange auf. Ich weiß, du bist beschäftigt, aber ich dachte, ich könnte dir helfen, eine Wohnung zu finden.«

»Eine was?«

»Du wirst irgendwo wohnen müssen, mein Schatz. Ich kann im Internet schauen und ein paar Besichtigungstermine für dich vereinbaren.«

Ein Fluch lag Andrea auf der Zunge. Das wäre tatsächlich sehr hilfreich gewesen, nur dass sie leider eine Wohnung in Baltimore brauchte, nicht in Portland, Oregon.

»Du willst doch keine schnelle Entscheidung treffen und es dann bereuen«, sagte Laura. »Sag mir ein Stadtviertel, und ich gehe online. Es ist besser, es da oben über einen Makler laufen zu lassen, auf diese Weise hast du ein Stück Sicherheit.«

»Ich weiß nicht.« Andrea wollte das Gespräch unbedingt rasch beenden. »Laurelhurst.«

»Laurelhurst? Wie hast du davon gehört? Wohnen andere Marshals dort?«

Andrea wusste davon, weil sie im *Rolling Stone Magazine* gelesen hatte, dass Sleater-Kinney dort in einer Kneipe gespielt hatten. »Irgendwer hat es im Büro erwähnt. Soll nett sein.«

»Meine Güte, das will ich hoffen. Du solltest mal die Preise dort sehen.« Laura saß anscheinend am Computer in ihrem Arbeitszimmer. Andrea konnte sie auf der klobigen Tastatur tippen hören. »Ah, hier ist eine … aber … nein. Da steht, man muss ein Haustier haben. Welcher Vermieter *will* denn, dass man ein Haustier hat? Ich begreife Portland nicht. Ah, hier ist noch etwas, aber …«

Andrea lauschte Lauras Bemerkungen zu einer Souterrainwohnung, die eindeutig ein Einzimmerappartement war und womöglich einen Wicca-Altar im Badezimmer hatte, aber so oder so überteuert war.

»Okay«, fuhr Laura fort. »Laurelhurst umfasst den nordöstlichen und südöstlichen Teil von Portland. Oh, in einem der Parks gibt es eine Statue von Jeanne d'Arc. Aber die Angebote hier sind so überteuert, Schatz. Und du kannst nicht einfach eine Tür weitergehen und dir Erdnussbutter aus meiner Vorratskammer klauen.«

Andrea saß auf dem Bettrand, während Laura anfing, nach billigeren Wohngegenden zu suchen.

»Concordia? Hosford-Abernethy? Buckman?«

Andrea legte den Kopf in die Hände. Sie musste dem ein Ende machen. »Mom, ich muss leider los.«

»Okay, aber …«

»Ich ruf dich später an. Hab dich lieb.«

Andrea beendete das Gespräch, ließ sich hintenüber auf das Bett fallen und starrte zur Rauputzdecke hinauf. Ein Wasserfleck hatte eine braune Wolke hinterlassen. Andrea war von sich selbst angewidert, weil sie diese idiotische Scharade mit

Portland aufrechterhielt. Zwei volle Jahre lang hatte Andrea ihre Mutter dafür büßen lassen, dass sie eine so verdammt gute Lügnerin war. Der Apfel war sozusagen direkt vor den Stamm gefallen.

»Oliver?« Bible schlug an die Tür. »Ich bin's, Partnerin. Haben Sie was an?«

»Na endlich.« Andrea stieß sich vom Bett hoch und öffnete die Tür. Bible trug jetzt eine Jeans und ein USMS-Shirt, das gleiche, das auch Andrea anhatte. Beide hatten ihre Waffen am Gürtel. Was die winzig kleine Frau, die in einem dunkelblauen Hosenanzug und Schuhen mit sehr hohen Absätzen hinter ihm stand, noch mehr fehl am Platz erscheinen ließ.

»Muss etwas gestehen«, sagte Bible. »Ich habe die Entscheidung getroffen, den Boss hinzuzuziehen. Deputy Chief Cecilia Compton, das ist Deputy Andrea Oliver.«

»Äh …« Andrea stopfte ihr Shirt in die Hose. »Ich dachte, Sie sind in Baltimore, Ma'am.«

»Mein Mann arbeitet in dieser Gegend. Darf ich hereinkommen?« Compton wartete nicht auf eine Einladung, sondern spazierte einfach ins Zimmer. Sie schaute sich um und registrierte all die Dinge, von denen Andrea keinesfalls wollte, dass jemand sie sah, am allerwenigsten ihr Boss. Ihre Reisetasche stand offen, die ganze Unterwäsche ergoss sich auf den Fußboden. Ihre Laufsachen lagen zusammengeknüllt neben der Minibar. Den Rucksack hatte sie aufs Bett geworfen. Gott sei Dank war sie zu sehr von Alice Poulsen und Star Bonaire in Anspruch genommen gewesen, um Emily Vaughns Fallakte herauszuholen.

»Nun denn.« Compton setzte sich auf die Schreibtischkante, wo Andreas halb gegessenes Eiersandwich eine neue Erscheinungsform annahm. »Bible hat mir von der Farm erzählt. Was war Ihr Eindruck?«

Andrea war nicht auf diese Situation vorbereitet. Die Tatsache, dass Cecilia Compton eine dieser unheimlichen Frauen war, die ihr Leben eindeutig im Griff hatten, machte die Sache nicht besser.

»Schnaufen Sie erst mal durch, Oliver.« Bible lehnte an der geschlossenen Tür. »Fangen Sie mit Star an.«

»Star, ja«, sagte Andrea. »Sie war sehr, sehr dünn, so wie alle anderen, aber älter, vielleicht Ende zwanzig. Barfuß. Lange Haare. Trug das gleiche gelbe Kleid wie die anderen.«

»Glauben Sie, sie ist schon länger dort?«

»Chief Stilton stellte es so dar, als wären es mindestens zwei Jahre. Man kann wohl etwas aus der Tatsache ableiten, dass sie im Haus war, statt auf der Farm zu arbeiten. Und sie hat Wexler beim Vornamen angesprochen. Stilton sagt, ihre Mutter lebt hier in der Nähe.«

»Ich habe von der Mutter gehört«, sagte Compton. »Kann ihr die Entführung nicht verübeln, nur die Durchführung war stümperhaft. Was ist mit Alice Poulsen? Sah es für Sie nach einem Selbstmord aus?«

Andrea fühlte sich schlecht gerüstet, um die Frage zu beantworten. Sie entschloss sich zur Ehrlichkeit. »Ich habe als Ermittlerin erst zwei Tote beurteilt, Ma'am. Beide in der Leichenhalle in Glynco. Um also Ihre Frage zu beantworten: Ja, auf der Basis meiner beschränkten Erfahrung schien mir Alice Poulsen Selbstmord verübt zu haben.«

Compton wollte mehr hören. »Weiter.«

Andrea bemühte sich, ihre Gedanken zu sammeln. »Sie hatte Narben jüngeren Datums an den Handgelenken, wo sie sich früher schon die Pulsadern zu öffnen versucht hat, was von Chief Stilton bestätigt wird. Eine leere Arzneiflasche lag am Fundort. Sie hatte getrockneten Schaum um den Mund. In ihren Augäpfeln waren Kapillarblutungen zu sehen, was auf Strangulation hindeutet. Es gab keine Abwehrwunden oder Würgemale. Einige Blutergüsse, vor allem um das Handgelenk, aber nichts, was nach einem Angriff aussah.«

»Klingt nach einer sehr gründlichen Einschätzung«, sagte Compton. »Darf ich die Fotos sehen?«

Andrea entsperrte ihr Handy und gab es ihr.

Compton ließ sich Zeit mit den Bildern. Sie studierte jedes einzeln, zoomte sie heran, wechselte vor und zurück, um Vergleiche anzustellen. Sie studierte sogar Star Bonaires Foto, auf dem sie um Hilfe bat. Sie sprach erst, nachdem sie alle Bilder geprüft hatte.

»Alice Poulsen ist dänische Staatsbürgerin. Das Außenministerium wird sich mit ihrer Botschaft in Verbindung setzen. Ich bin zur Unterstützung der örtlichen Polizei hier. Die Dänen sollen nicht denken, dass wir die Sache nicht ernst nehmen.« Sie gab Andrea das Handy zurück. »Wir haben eine Obduktion anberaumt, aber aufgrund dessen, was ich auf diesen Bildern gesehen habe, teile ich Ihre Ansicht.«

»Was ist mit dem letzten Bild?«, fragte Andrea. »Auf dem Star Bonaire um Hilfe bittet?«

»Darum hat sie schon früher gebeten«, sagte Compton. »Ich habe Chief Stilton besucht, bevor ich hierherkam. Er war sehr offen zu mir.«

Andrea biss sich auf die Zunge. Sie bezweifelte, dass Stilton Cecilia Compton *Schätzchen* genannt hatte.

Compton sagte: »Vor zwei Jahren hat Star Bonaire einem Fahrer im Lagerhaus einen Zettel zugesteckt. Darauf hatte sie dasselbe geschrieben wie heute – *Hilfe*. Stilton fuhr hinaus, um mit ihr zu reden. Er erwischte sie allein. Sie bestritt, den Zettel geschrieben zu haben. Er konnte nichts anderes tun, als wieder zu fahren.«

Andrea schüttelte den Kopf. Man konnte immer etwas tun.

»Beim zweiten Mal war es das Gleiche«, fuhr Compton fort. »Star rief mitten in der Nacht ihre Mutter an. Sie bat um Hilfe. Stilton fuhr wieder zur Farm hinaus. Star bestritt, dass sie angerufen hatte.«

Andrea schüttelte immer weiter den Kopf. Sie hatte aus erster Hand erlebt, wie Stilton mit Frauen sprach. Er war genau der Falsche für diese Aufgabe.

»Hey, Partnerin.« Bible schien ihren Frust zu spüren. »Es ist nicht verboten, jemandem einen Zettel zuzustecken und es dann abzustreiten. Lieber Himmel, es ist nicht einmal verboten, seine Mama an einem Tag anzurufen und am nächsten nichts von ihr wissen zu wollen.«

»Sie hat nicht ihre Mutter um Hilfe gebeten.« Andrea ließ nicht locker. »Sie hat *mich* um Hilfe gebeten. Sie hat *mein* Handy benutzt, um das Foto zu machen.«

»Aber spielen wir es doch einmal durch«, sagte Bible. »Wir fahren zur Farm. Wir bitten darum, mit Star zu reden. Und dann?«

»Dann reden wir mit Star«, sagte Andrea.

»Okay, aber was, wenn sie leugnet, das Foto gemacht zu haben?«

Andrea öffnete den Mund. Und schloss ihn wieder.

»Was, wenn Bernard Fontaine mit seinem Juradiplom von Twitter wieder aufkreuzt und uns befiehlt zu gehen? Oder sie hetzen uns zur Schikane ihre Anwälte auf den Hals?« Bible hob die Hände. »Wir sind die Bullen, Oliver. Wir müssen nach den Regeln der Verfassung spielen.«

»Wenn ich Star allein …«

»Wie denn?«, fragte er. »Es ist ja nicht so, als könnten wir sie im Lebensmittelladen abfangen. Stilton sagt zwar, Star sei das einzige Mädchen, das die Farm je verlässt, aber sie wird immer von Dean oder Nardo begleitet. Und vergessen Sie nicht, dass ihre eigene Mutter schon versucht hat, sie zu befreien. Und in der Scheiße gelandet ist. Nur Glück und gute Anwälte haben sie vor dem Knast bewahrt.«

Andrea konnte nicht akzeptieren, was sie sagten. Sie waren US-Marshals. Es musste andere Möglichkeiten geben.

»Deputy Oliver.« Compton griff in ihre Handtasche und holte ihr Smartphone heraus. »Sagen Sie mir, wie wir Star Bonaire auf legale Weise helfen können, und wir tun es auf der Stelle.«

In Andreas Kopf schien sich alles zu drehen. Sie hatte bereits versucht, eine Lösung zu finden. Die beiden anderen waren die mit der Erfahrung. Ihnen sollte ein Plan einfallen.

»Oliver?«, stieß Bible sie an.

Alles, was Andrea einfiel, war die Wahrheit: »Das ist einfach beschissen.«

»Das ist es, Partnerin, wirklich und wahrhaftig.« Bible seufzte tief. »In Zeiten wie diesen bitte ich normalerweise meine Frau Cussy um Hilfe. Sie ist eine ziemlich schlaue Lady. Sie versteht sich auf die Winkelzüge hinter solchen kniffligen Situationen.«

Compton stieß genervt die Luft aus. »Du kannst mich mal, Leonard.«

»Also, Cussy …«

»Rutsch mir den Buckel runter.« Compton verschränkte die Arme. »Ich werde nicht alles, was ich gerade gesagt habe, im Klo runterspülen. Deine Frau ist einer Meinung mit deinem verdammten Boss.«

Andrea setzte sich aufs Bett. »Ihr seid verheiratet? Miteinander?«

»Wir trennen es strikt von der Arbeit«, sagte Compton. »Leonard, du arbeitest kaum länger als einen Tag mit dieser Kollegin zusammen, und schon bringst du ihr bei, wie man die Regeln verletzt?«

»Du hörst dich ganz wie mein Boss an.«

»Ach, leck mich.« Compton bückte sich und streifte ihre Schuhe ab. »Im Augenblick machst du uns beiden das Leben ganz schön schwer.«

»Das tut mir leid, Darling.« Bible machte eine beschwichtigende Geste. »Aber sag mir, was würdest du an meiner Stelle tun?«

»Also, als Erstes würde ich mich schleunigst von dieser jungen Frau hier wegversetzen lassen. Sie hat erkennbar eine strahlende Karriere vor sich, wenn du sie ihr nicht versaust.«

Andrea versuchte im Muster der Bettdecke zu verschwinden.

»Gute Anmerkung«, sagte Bible. »Werde sie beherzigen. Und was würdest du dann tun?«

Compton schaute auf ihre Uhr. »Ihr habt zweieinhalb Stunden, bis ihr bei den Vaughns sein müsst. Haben Sie vergessen, dass Sie im Einsatz sind, Marshal? Esther hat glaubhafte Todesdrohungen erhalten. Ich habe euch nicht zu einem Strandurlaub hierhergeschickt.«

»Verstanden, Boss.« Er lächelte. »Aber ich habe meine Frau gefragt.«

»Mist.« Sie wechselte nahtlos in die andere Rolle. »Okay, nur um dich Blödmann bei Laune zu halten: Was ihr braucht, ist jemand, der euch Informationen zukommen lässt. Eine Insiderin, die sie nervös genug macht, dass ihnen ein Fehler unterläuft.«

»Verstehe«, sagte Bible. »Aber keines der Mädchen hat je einen Mucks verlauten lassen, und mein Boss hat soeben klargestellt, dass wir uns von Star Bonaire fernzuhalten haben.«

»Wir brauchen jemanden, der die Gruppe verlassen hat. Jemand, der bereit ist zu reden.«

Bible schüttelte den Kopf. »Ich möchte nicht darauf wetten, dass sie eine Liste mit Ex-Freiwilligen führen.«

»Ich kenne eine Person, die vielleicht reden würde.« Andrea war so überrascht wie die beiden anderen, dass die Worte aus ihrem Mund gekommen waren. Und dass sich ihre zwanzig Minuten Recherche im standesamtlichen Archiv von Sussex County bezahlt gemacht hatten. »Die Frau, der der Diner gehört, Ricky Fontaine. Sie war mit Bernard Fontaine verheiratet. Ich nehme an, die Scheidung war bitter.«

»Und?«, fragte Compton.

»Und …« Andrea fragte sich, ob sie die Lichter über ihrem Kopf aufgehen sahen. Nardo hatte ihr erzählt, dass Ricky seine Ex war, aber aus den Unterlagen des County kannte sie das Datum, an dem die Scheidung vollzogen wurde – am 4. August 2002 –, und der Termin lag sehr nahe bei einem anderen wichtigen Datum in der Geschichte der Farm.

»Ich bin mir nicht sicher, ob das eine mit dem anderen zu tun hat, aber 2002, etwa zur selben Zeit wie die Scheidung der Fontaines, wurde die Farm vom Justizministerium wegen Verletzung der Regeln für Praktikanten verklagt. Laut Prozessunterlagen kam der Tipp von einer anonymen weiblichen Person, die ein Münztelefon in der Beach Street in Longbill Beach, Delaware, benutzte.«

Bible sagte nichts, aber er schaute grimmig drein.

»Ja, verdammt«, sagte Compton. »Bible, Sie sollten mehr mit Ihrer Partnerin reden und Ihre Frau aus dem Spiel lassen. Eine verschmähte Frau ist immer eine sichere Bank. Was macht diese Ricky jetzt?«

Bibles Aufmerksamkeit war auf Andrea gerichtet. »Wie kommt es, dass Sie das alles wissen?«

Andrea zuckte mit den Achseln. »Woher weiß überhaupt jemand etwas?«

»Na großartig, Bible, sie klingt schon genau wie du.« Compton hatte genug gespottet. Sie wandte sich an Andrea. »Erzählen Sie mir von Ricky. Glauben Sie, Sie können sie dazu bringen, sich gegen ihren Ex-Mann zu wenden?«

Andrea konnte den panischen Blick nicht unterdrücken, den sie Bible zuwarf. Das war nicht das tiefe Wasser. Das war mitten im Meer. »Ich bin mir nicht sicher, ob Ricky die Frau ist, die angerufen hat. Ich meine, als ich auf PACER davon las, dachte ich, dass der Hinweis vielleicht von einem der Mädchen auf der Farm kam. Wie auch immer, vielleicht sollte Bible …«

»Wer den Furz riecht, der war's.« Bible schaute auf seine Uhr.

»Der Andrang zur Lunchzeit müsste vorbei sein. Ich rufe im Diner an und vergewissere mich, dass Ricky da ist.«

Andrea kam nicht dazu, Ausflüchte zu machen.

Es klopfte zweimal hart an der Tür.

Bible legte die Hand an den Knauf seiner Pistole. »Erwarten Sie jemanden?«

Andreas Hand lag ebenfalls auf ihrer Waffe. »Nein.«

»Wahrscheinlich das Zimmermädchen.« Trotzdem wechselte Compton zurück in den Bossmodus und verständigte sich wortlos mit Bible, ehe sie die Tür aufriss.

Andrea hätte am liebsten geschrien, als sie sah, wer draußen stand.

»Hey, Baby!« Mike hatte ein breites dämliches Grinsen im Gesicht. »Überraschung!«

Andrea wartete, bis sie auf der Rückseite des Hotels angelangt waren, ehe sie die Hände in die Luft warf. »Was, zum Teufel, tust du hier?«

»Warte mal, warte mal«, sagte Mike, als wollte er ein scheuendes Pferd beruhigen. »Wie wär's, wenn wir …«

»Versuch bloß nicht, mich zu beschwichtigen. Du bist nicht mein verdammter Freund. Und ganz bestimmt nicht mein Verlobter, Herrgott noch mal.«

»Verlobter?« Mike lachte. »Wer hat dir das denn erzählt?«

»Bible, Compton, Harri, Krump …« Sie fuchtelte wieder mit den Armen. »Was zum Teufel soll das, Mike?«

Er lachte immer noch. »Ach, Süße, die verarschen dich nur. Ich habe nie gesagt, dass wir verlobt sind. Haben sie die Gerüchte erwähnt? Die stimmen nämlich.«

»Hör auf zu lachen, verdammt.« Andrea registrierte, dass sie mit dem Fuß aufgestampft hatte, genau wie ihre Mutter. »Das ist nicht komisch. Ich meine es ernst.«

»Schau …«

»Spar dir dein *Schau*, Arschloch. Was zum Teufel hast du hier verloren? Diese Stalkingmanöver mit deinen komischen Nachrichten und dann einfach bei mir aufzutauchen – vor den Augen meiner Chefin –, das ist nicht in Ordnung. Ich habe einen Job zu erledigen.«

»Also gut. Das ist eine Menge Zeug.« Seine Stimme war weicher geworden. Er war jetzt bei der verdammten Thermometernummer. »Hast du vergessen, dass ich ebenfalls einen Job zu erledigen habe? Ich bin Inspector im Zeugenschutzprogramm, und das bedeutet, meine ganze Existenz ist darauf ausgerichtet, Gefahren für meine Zeugen abzuschätzen und zu verhindern.«

»Ich kenne die Jobbeschreibung, Mike. Ich habe gerade vier Monate meines Lebens damit verbracht, alles darüber zu lernen.«

»Dann beantworte dir deine gottverdammten Fragen selbst.« Mikes Thermometer war kaputt. »Warum habe ich dir wohl Nachrichten geschickt? Um deine Aufmerksamkeit zu gewinnen. Warum erzähle ich allen Leuten, dass wir zusammen sind? Damit sie, verdammt noch mal, ein Auge auf dich haben. Ich bin mit einer impulsiven Zeugin betraut, deren Ex ein Psychopath ist, und jetzt ist deren Tochter in der Heimatstadt des Ex und stochert in jedem Wespennest, das sie nur finden kann.«

Andrea presste die Lippen zusammen.

»Wie ist die Bedrohung hier einzuschätzen, Deputy? Du hast vier Monate Lehrgang auf dem Buckel. Sag mir, ist meine Zeugin in Sicherheit?«

»Natürlich ist sie das!« Andrea erinnerte ihn nicht daran, dass Laura seine Hilfe noch nie benötigt hatte. »Es geht ihr gut. Sie glaubt, ich sei in Oregon.«

»Na, dann ist ja alles fein«, sagte Mike. »Da mache ich mir Sorgen, dass irgendein Vollidiot aus Longbill Clayton Morrow anruft und ihm erzählt, dass du in der Stadt bist und Fragen stellst, aber alles kein Problem. Laura denkt, du bist in Oregon, also ist alles okay.«

»Er sitzt in einem Bundesgefängnis«, erinnerte ihn Andrea. »Du sollst seine Korrespondenz eigentlich überwachen.«

»Ich verrate es dir nur ungern, Baby, aber Inhaftierte kommen ständig an Handys ran. Sie fälschen die Anruferkennung und setzen sich mit Zeugen und Drogendealern in Verbindung, und manchmal geben sie Morde an Leuten in Auftrag, die sie zum Verstummen bringen wollen.« Er wiederholte seine Frage. »Ist meine Zeugin in Sicherheit?«

Andreas Wut hatte sich in brennende Sorge verwandelt. Ihr Vater konnte ein sehr gefährlicher Mann sein. »Warum hast du das alles nicht vor zwei Tagen gesagt? Du hast das Treffen mit Jasper eingefädelt. Was hast du erwartet?«

»Nicht diese Scheiße, bitte«, konterte Mike. »Jasper sagte, dass er dich in Baltimore unterbringen will, damit du nahe an Washington bist, wo die Musik spielt. Compton ist ein Rockstar. Bible ist eine Legende. Ich habe erst erfahren, dass du in Longbill bist, als Mitt Harri mir heute Morgen um zehn eine Nachricht geschickt hat.«

Andrea fragte nicht, warum Mitt Harri mit Mike über sie sprach. Sie waren wie eine Horde Teenager. »Du dachtest, Jasper wolle mir helfen?«

»Warum nicht? Er ist dein Onkel.«

Ihr Onkel war ein doppelzüngiges Arschloch, aber Mike war seltsam blind, was Familie anging. »Was soll ich also tun?«, fragte sie. »Du bist eindeutig mit einem Plan hierhergekommen.«

»Lass dich schleunigst versetzen. Geh in den Westen, wie du es ursprünglich wolltest. Compton wird keine Fragen stellen. Sie weiß, dass ich für den Zeugenschutz arbeite. Sie wird nicht lange brauchen, um eins und eins zusammenzuzählen.«

»Machst du Witze?« Andrea konnte es nicht glauben. »Du rätst mir tatsächlich wegzulaufen?«

»Andy …«

»Hör mir zu, okay? Denn du musst das unbedingt hören. Ich bin nicht mehr das hilflose kleine Mädchen von vor zwei Jahren. Ich bin Laura Olivers verdammte Tochter. Ich laufe vor nichts und niemandem davon, und ich brauche dich nicht, damit du mich rettest.«

Mike sah aus, als wüsste er nicht, wo er anfangen sollte. »Hilfloses kleines Mädchen?«

»Ganz recht«, sagte sie. »Ich bin nicht mehr dieselbe Person. Je schneller du das begreifst, desto besser für uns beide.«

Mike sah verwirrt aus. »Andy, ich bin nicht hier, um dich zu retten. Ich bin hier, weil deine Mom die Welt mit Zähnen und Klauen in Stücke reißt, wenn Clayton Morrow dir nahe kommt.«

Andrea schüttelte den Kopf, wenngleich sie wusste, dass Mike nicht übertrieb. »Er wird mir nichts tun.«

»Er ist nicht Hannibal Lecter, Clarice. Er hat keinen Kodex.«

Andrea wusste nichts zu entgegnen. Sie war plötzlich so verdammt müde. Es war, als müsste sie nach jedem Schritt vorwärts zwei rückwärts gehen. Sie konnte Star Bonaire nicht helfen. Sie konnte Emily Vaughns Mörder nicht finden. Wenn Compton Andrea losschickte, damit sie von Ricky Informationen über die Farm besorgte, würde sie wahrscheinlich auch dabei versagen.

»Andy.«

Sie schüttelte den Kopf und beschwor sich, jetzt bloß nicht zu weinen. Tränen würden alles zunichtemachen, was sie gerade gesagt hatte. Die letzten zwei Jahre wären umsonst gewesen. Mike von sich wegzustoßen, wäre umsonst gewesen.

»Baby, sprich mit mir.«

»Nein.« Sie schüttelte den Kopf, »Ich kann das nicht mit dir. Ich muss meinen Job erledigen.«

Er griff nach ihrer Hand.

Andrea zuckte zusammen, als er versehentlich ihr Handgelenk drückte.

»Andy?«

Sie wandte sich ab und fluchte frustriert vor sich hin. Scheißjob. Scheißfarm. Scheiß-Wexler. Sie hätte ihn in seine Scheißkehle boxen sollen. Seinen Scheißadamsapfel zerquetschen und ihn in ein verdammtes Krankenhaus schicken.

»Andrea.« Mike stand vor ihr. Sein Brustkorb war gewölbt, seine Fäuste geballt. »Hat dir jemand wehgetan?«

Sie konnte sich nicht zurückhalten und legte die Stirn an seine Brust. Die Erleichterung trat sofort ein, sie fühlte sich beinahe schwerelos, da sie ihn ein wenig von der Last tragen ließ. Er wölbte die Hände sanft um ihren Hinterkopf, und sie spürte sein Herz hämmern. Er wartete auf ein Zeichen, dass es in Ordnung war, sie in die Arme zu nehmen.

Andrea gestattete es sich nicht, ihm dieses Zeichen zu geben.

»Ich bin okay, wirklich.« Sie hob den Kopf. »Ich habe es selbst geregelt. Du musst mich nicht retten.«

Er nahm die Hände fort. »Warum sagst du das ständig?«

»Weil es die Wahrheit sein muss.« Andrea spürte, wie ihr die Tränen in die Augen traten. Sie wischte sie mit den Fäusten fort und war wütend auf ihren Körper, weil er sie so verriet. »Ich bin keine von deinen herrischen älteren Schwestern, denen du ständig aus der Patsche helfen musst, und ich bin nicht deine Mom, die erwartet, dass du sie von vorn bis hinten bedienst. Ich bin eine Frau von dreiunddreißig Jahren, verdammt. Ich kann auf mich selbst aufpassen.«

»Natürlich.« Er trat einen Schritt zurück. Ihre hässlichen Worte zeigten die beabsichtigte Wirkung. Er machte noch einen Schritt und noch einen. Dann nickte er mit verschränkten Armen. »Ich hab's verstanden. Laut und deutlich.«

Andrea schluckte die Entschuldigung, die ihr auf der Zunge lag, hinunter. Sie konnte ihm so gut wie alles an den Kopf werfen, aber seine Schwestern und seine Mutter waren absolut tabu.

Es blieb ihr nichts anderes übrig, als das Messer noch mal umzudrehen. »Wir sehen uns.«

»Klar.«

Andrea entfernte sich. Sie spürte seinen finsteren Blick im Nacken, bis sie um die Ecke bog. Sie hatte keine Ahnung, was Mike in diesem Augenblick dachte, aber Andrea hatte nur einen Gedanken: dass sie dabei war, sich in ihre Mutter zu verwandeln.

Trotz ihres ständigen *Darling* und *Meine Liebe* konnte Laura ein eiskaltes Miststück sein. Es war logisch, wenn man bedachte, wie sie aufgewachsen war, und vor allem wenn man bedachte, welchen Schaden ihr Clayton Morrow zugefügt hatte. Über die Jahre hatte Andrea ihre Mutter die Kälte an- und abstellen sehen wie eine Klimaanlage. An einem Tag feierte sie noch mit der Familie Weihnachten, am nächsten eröffnete sie Gordon, dass es zwischen ihnen vorbei war. So betrieb ihre Mutter Selbstschutz. Wenn ihr Menschen zu nahekamen, stieß sie sie von sich. Wenn Andrea weiter die eiserne Entschlossenheit ihrer Mutter für sich beanspruchen wollte, dann musste sie auch die Schäden in Kauf nehmen, den diese zurückließ. Zwei Jahre Kampf, um ein stärkerer Mensch zu werden, veränderten die Grundbedingungen noch nicht.

Wohin du auch gehst, du bist schon da.

Mikes Mietwagen war vor der Tür ihres Motelzimmers geparkt. Sie wusste, dass er zu Mike gehörte, weil er so viele verschiedene Mietwagen fuhr, dass er immer eine Hasenpfote an den Rückspiegel hängte, damit er sein Auto erkannte.

»Sind wir so weit?« Bible lehnte an seinem SUV. Er hatte Andreas Rucksack mit herausgebracht.

»Wir sind so weit.« Sie nahm den Rucksack und stieg in den Explorer. Sie musste ihre ganze Willenskraft aufbieten, um nicht zu Mike zurückzuschauen.

»Ich habe im Diner angerufen.« Bible schlug einen professionellen Ton an, als er ausparkte. »Ricky ist jetzt gerade zu Hause, sie wohnt nur einen Katzensprung entfernt. Es ist immer gut, mit Leuten in ihrem eigenen Revier zu reden. Sie wird entspannt sein und sich wohlfühlen. Ich persönlich würde etwa so vorgehen, dass ich sage: Hey, Lady, ich will Ihnen wirklich helfen. Erzählen Sie mir, was Sie über Ihren Ex wissen, damit wir ihn einsperren und den Schlüssel wegwerfen können.«

Andrea bezweifelte, dass es so einfach sein würde, aber sie sagte: »Kinderleicht.«

»Ausgezeichnet, Partnerin«, sagte Bible. »Ich weiß, Sie werden das super hinkriegen.«

Andrea wusste die Aufmunterung zu schätzen, aber sie war sich nicht so sicher. Mike hatte sie aus der Fassung gebracht.

Er hatte sie außerdem angelogen.

Zu ihr hatte er gesagt, Mitt Harri habe ihm um zehn Uhr morgens eine Nachricht geschickt. Und erst da hätte er erfahren, dass Andrea in Longbill Beach war. Aber der Zeitstempel seiner Gnu-Nachricht war 8.32 Uhr, was bedeutete, Mike hatte nicht aus irgendwelchen beruflichen Gründen mit Andrea Kontakt aufgenommen. Er hatte mit ihr reden wollen. Das Dikdikbild hatte er geschickt, als er zehn Minuten vom Motel entfernt gewesen war.

Das Timing passte auch nicht zu dem Klatsch über ihre Beziehung. Andrea hatte Bible noch keine fünf Minuten gekannt, da hatte er ihr schon zur Verlobung gratuliert. Mike hatte gestern Nachtmittag noch keinen Grund gehabt, sich wegen Clayton Morrow Sorgen zu machen. Nach seinem damaligen Wissensstand war Andrea in Baltimore. Er hatte das Gerücht nicht in die Welt gesetzt, weil er sie wie einen Feuerhydranten markieren wollte oder um ihr das Leben schwer zu machen. Er hatte es in Umlauf gebracht, weil er wollte, dass Andrea über ihn sprach.

Und sie hatte ihn verletzt.

Warum hatte sie ihn verletzt?

»Wissen Sie«, sagte Bible. »Mein Sohn ist etwa in Mikes Alter.«

Andrea nahm den Gesprächsfaden auf, auch wenn es ihr merkwürdig vorkam, dass er ausgerechnet diesen Moment wählte, um ihr von seinem Privatleben zu erzählen. »Ich wusste nicht, dass Sie ein Kind haben.«

»Zwei. Mein Mädchen ist Ärztin, drüben in Bethesda. Superklug wie ihre Mama.« Bible lächelte stolz. »Mein Junge, also … Verstehen Sie mich nicht falsch. Er ist ein guter Junge. Hat ein Stipendium für West Point bekommen. Und schließlich einen Juraabschluss an der Georgetown University gemacht.«

Andrea spürte ein *Aber* kommen.

»Cussy und ich, wir erzählen das nicht vielen Leuten, aber er ist in seinem zweiten Studienjahr zu uns gekommen und hat uns mitgeteilt, dass er als Strafverteidiger arbeiten will.«

Andrea musste wider Willen lächeln. Cops verachteten Strafverteidiger. Bis sie einen brauchten. »Keine Sorge. Ich kann Geheimnisse gut für mich behalten.«

»Hab ich schon bemerkt.« Wie üblich hatten Bibles Worte eine doppelte Bedeutung. Er bot Andrea die Gelegenheit zu erklären, warum sie so viel über Dean Wexler, Nardo Fontaine und Ricky Fontaine wusste.

Sie konnte es nicht erklären. Im Augenblick musste ihr Fokus auf Alice Poulsen und Star Bonaire gerichtet sein. Wenn sie sich in die Emily-Vaughn-Geschichte verstricken ließ, würde sie jede Chance einbüßen, Ricky Fontaine zu einer Aussage gegen ihren Ex-Mann zu bewegen. Compton hatte klargemacht, dass das ihre einzige Gelegenheit war, den Wahnsinn auf der Farm zu beenden.

»Ich habe bei der Drogenpolizei angefangen«, sagte Bible. »Hat Mike Ihnen das erzählt?«

Andrea nahm an, Bible wolle ihr eine weitere Geschichte erzählen, um sie dazu zu bringen, sich ebenfalls zu öffnen. Sie spielte nur halbherzig mit und schaute aus dem Fenster. »Mike hat mir gar nichts erzählt.«

»Na ja, diese Zeugenschutztypen sind unberechenbar.« Bible räusperte sich, bevor er fortfuhr. »Folgendes ist passiert: Eines Tages sitze ich an meinem Schreibtisch und bekomme einen Anruf vom Big Boss in Washington, D. C. Er sagt, die Drogenpolizei braucht ein frisches Gesicht unten in El Paso, um einen Lkw über die Grenze hin- und herzufahren. Keine große Sache – du legst das Heroin rein, du nimmst das Geld raus, und das war's auch schon.«

Andrea wusste, dass die Marshals oft zu verschiedenen Task Forces herangezogen wurden. Bible war mit seinen Militärtattoos und dem schweren Texarkana-Akzent bestimmt nicht aufgefallen.

»Ich melde mich also in El Paso, und wir versuchen ein paar Drogenhändler zu schnappen, die Koks von Sinaloa heraufbringen. Waren Sie mal dort?« Er wartete, bis Andrea den Kopf schüttelte. »Verdammt schöner Bundesstaat – die haben die Sierra Madre, die Baja California Sur. Bodenständige Menschen da unten. Freundlich wie sonst was. Und das Essen …«

Bible führte die Spitzen von Daumen und Zeigefinger an den Mund, während er vor einer Biegung abbremste. Die Beach Street verschwand im Rückspiegel. Auf dieser Seite der Stadt gab es keine Villen, es war eine Arbeitergegend mit kleinen Häusern und älteren Autos.

»Jedenfalls«, fuhr Bible fort, »bekomme ich eine offizielle Einladung nach Culiacán hinunter, was eine richtig große Sache ist. Ich bin ganz lässig, trinke ein paar Bier, gebe mich gutgläubig, mache klar, dass ich ein unkomplizierter Typ bin.«

Andrea spürte eine Veränderung in der Atmosphäre.

Bible spulte keine Geschichte ab. Er erzählte ihr, dass er die höheren Ränge eines mexikanischen Drogenkartells infiltriert hatte. Sie blickte auf die langen, feinen Narben in seinem

Gesicht. Es war ihr vorher nie aufgefallen, aber sie zogen sich bis zum Hals hinunter und verschwanden im Kragen seines Shirts.

Sie drehte sich zu ihm. Er war im Begriff, ihr etwas zu erzählen, worüber er normalerweise nicht sprach, und sie wollte ihm zeigen, dass sie verstanden hatte.

Er gab mit einem Nicken zu erkennen, dass in der Tat viel auf dem Spiel stand. Dann holte er tief Luft und sagte: »Ein paar Monate vergehen. Ich beginne mich dieses Informanten zu bedienen. Jedenfalls dachte ich, dass ich mich seiner bediene. Sagen wir einfach, der Bursche war nicht mein *amigo*. Alles geht den Bach runter. Ehe ich weiß, wie mir geschieht, bin ich an einen Stuhl gefesselt und …«

Andrea konnte den Blick nicht von den Narben abwenden.

»Ja, die habe ich überall.« Bible rieb sich das Gesicht. Sie hatte ihn zuvor nie so unsicher erlebt. Selbst der Klang seiner Stimme hatte sich verändert. »Dieser Bursche, der mich bearbeitet hat, sie nannten ihn *el Cirujano*. Können Sie Spanisch?«

Andrea schüttelte den Kopf.

»Der Chirurg«, sagte Bible. »Nur glaube ich nicht, dass der Kerl beim Medizinstudium gelernt hat, so an Leuten herumzuschnippeln.«

Andrea wurde es eng um die Brust. Sie hatte eine indirekte Erfahrung mit dieser Art Angst, aber der grauenvolle Schmerz war ihr zum Glück erspart geblieben. »Er hat Sie gefoltert?«

»Lieber Himmel, nein. Bei Folter will man Informationen. Ich habe denen gleich zu Anfang alles gesagt, was sie wissen wollten. Dieser Typ wollte mir nur wehtun.«

Andrea wusste nicht, was sie sagen sollte.

»Das war also vor sechs Jahren«, sagte Bible. »Ich weiß, es sieht nicht so aus, aber ich war immer noch ein junger Mann damals. Wollte weiter Marshal bleiben. Aber Cussy, meine Frau, hat ein Machtwort gesprochen. Sie wollte, dass ich in den Ruhestand gehe. Können Sie sich vorstellen, dass ich für den Rest meines Lebens auf einem Pier stehe und angle? Mit Makrameeknüpfen anfange? Basteln lerne?«

Andrea brachte noch immer keinen Ton heraus, deshalb schüttelte sie den Kopf.

»Ganz recht«, sagte Bible. »Aber dann kam Richterin Vaughn ins Krankenhaus spaziert. Habe ich erwähnt, dass ich ein halbes Jahr in Reha war?«

Wieder schüttelte Andrea den Kopf. Sie wusste durch Lauras Arbeit, wie eine Rehabehandlung aussah. Man behielt einen Patienten nicht ein halbes Jahr in Therapie, wenn er nicht sehr viel Hilfe benötigte.

»Esther Vaughn kommt also in mein Zimmer im Krankenhaus spaziert, als würde ihr der Laden gehören. Ich schäme mich nicht zuzugeben, dass ich mir damals wahnsinnig leidgetan habe. Diese Lady stolziert also vor mein Bett, und sie sagt nicht *Hallo* oder *Freut mich, Sie kennenzulernen* oder *Tut mir leid, dass Sie in einen Beutel scheißen müssen*. Sie sagt: Ich mag den Marshal nicht, den man für meinen Gerichtssaal eingeteilt hat. Wann können Sie anfangen?«

»Kannte sie Sie?«, fragte Andrea.

»Hab nie zuvor mit ihr gesprochen. Vielleicht habe ich ihr ein-, zweimal auf dem Flur zugenickt.«

Andrea wusste, dass Marshals am Bundesgericht arbeiteten. »Hat Ihre Frau … ich meine, Ihr Boss …«

»Nein. Die Richterin ist aus eigenem Antrieb gekommen. Verlassen Sie sich darauf, niemand sagt Esther Vaughn, was sie zu tun hat.« Bible tat es mit einem Schulterzucken ab, aber die Begegnung hatte erkennbar Wirkung bei ihm hinterlassen. »Ich brauchte noch mal zwei Monate, um wieder auf die Beine zu kommen. Und die nächsten vier Jahre habe ich dann in ihrem Gerichtssaal gesessen. Manche Richter haben gern einen Marshal dabei, vor allem die älteren. Ernennung auf Lebenszeit. Sie neigen dazu, die Leute gegen sich aufzubringen.«

Jedes Mal, wenn Andrea dachte, sie wüsste jetzt, wer Esther Vaughn wirklich war, kam irgendwer daher und brachte sie dazu, ihre Meinung zu ändern.

»Esther geht es nicht gut«, sagte Bible. »Ihr Kehlkopfkrebs ist zurückgekommen. Diesmal wird sie ihn nicht besiegen. Die Lady ist es leid zu kämpfen.«

Andrea konnte nur an Judith und Guinevere denken. Sie würden wieder jemanden verlieren.

»Esther Vaughn hat mir das Leben gerettet. Ich will herausfinden, wer ihre Tochter getötet hat, bevor sie stirbt. Deshalb weiß ich so viel über den Fall.«

Andrea versuchte abzulenken. »Weiß die Richterin, dass sie die Sache untersuchen?«

»Wir halten das Professionelle und das Private fein säuberlich getrennt«, sagte Bible. »Der Richterin ist bewusst, wie viel Macht sie hat. Sie würde sie nie dazu benutzen, um einen persönlichen Gefallen zu erbitten. Die Lady achtet sehr auf den äußeren Eindruck.«

Andrea fragte sich, ob es nicht eher mit Stolz zu tun hatte. »Haben Sie Verdächtige befragt oder …«

»Noch nicht, aber das kommt noch. Man tritt keine Türen ein, solange man nicht weiß, was dahinter ist.« Er hielt kurz inne. »Jetzt kommt der Teil, in dem Sie erklären, wieso ich seit zwei Tagen in dieser Sache Nachforschungen anstelle, aber Sie ungefähr so viel über den Fall wissen wie ich, obwohl Sie quasi vor einer Sekunde erst angekommen sind.«

Andrea fühlte sich überrumpelt, und genau das hatte Bible bezweckt. Sie wünschte sich sehnlichst, ihm die Wahrheit sagen zu können, aber sie wusste, sie durfte es nicht. Mike hatte sich über Andreas vier Monate in Glynco lustig gemacht, aber die erste Regel im Zeugenschutz war, dass man nie, nie, nie über den Zeugenschutz sprach. Nicht einmal mit einem anderen Marshal. Und selbst dann nicht, wenn einen dieser Marshal binnen eines

Tages dazu gebracht hatte, ihn für den vertrauenswürdigsten Menschen zu halten, dem man je begegnet war.

Sie hasste sich selbst für ihre Antwort. »Wie kommen Sie darauf, dass ich etwas weiß?«

»Sie müssen an Ihrem Gesichtsausdruck arbeiten, Partnerin. Ich habe gesehen, was in Ihnen vorgegangen ist, als Ihnen vorhin auf der Farm klar wurde, dass Sie mit Dean Wexler und Nardo Fontaine sprechen.« Er hielt inne. »Und dann hauen Sie aus dem Nichts das Datum von Ricky Fontaines Scheidung raus, zusammen mit Einzelheiten von einem zwanzig Jahre alten Gerichtsverfahren, von dem noch nie jemand gehört hat.«

Andreas Kehle war sehr trocken. Wenn ihre Miene schon nicht lügen konnte, ihr Mund konnte es allemal. »Ich habe es im Internet gefunden. Dass Emily ermordet wurde. Mein Flug war verspätet, deshalb hatte ich viel Zeit.«

»Und dass Mike an Ihre Tür geklopft hat, hat nichts damit zu tun?«

Alles, was mit Mike zu tun hatte, fühlte sich zu nah an. Andrea sperrte sich instinktiv. »Die Sache mit Mike ist kompliziert.«

»Das sagen meine Kinder immer, wenn sie über etwas nicht reden wollen.«

Andrea ließ ihr Schweigen die Antwort sein.

»Also gut«, sagte Bible in dem inzwischen vertrauten Ton, der ausdrückte, dass es eben nicht gut war. Er fuhr an den Straßenrand und legte den Ganghebel auf Parkstellung. »Da wären wir.«

Andrea blickte auf. Ein Split-Level-Haus stand auf einem Hügel. Die Stufen zur Eingangsveranda liefen drei Stockwerke hoch im Zickzack, weil es so steil hinaufging. Das Garagentor stand offen. Pappkartons und Lagerregale füllten beide Stellplätze. Ricky benutzte die Garage offensichtlich als zusätzlichen Stauraum für den Diner. Schmutzige Schürzen und

Barhandtücher stapelten sich um eine altmodisch wirkende Waschmaschine samt Trockner.

»Ich bleibe hier unten im Wagen«, sagte Bible. »Bevor Sie gehen, verrate ich Ihnen noch die Marshal-Regel Nummer fünf: Du kannst nicht zwei Pferde mit einem Arsch reiten.«

Das klang zwar eher wie eine seiner Foghorn-Leghorn-Predigten, aber Andrea war bereits von allein draufgekommen. Er meinte, dass sie Emily Vaughn aus ihrem Kopf verbannen sollte.

»Was wir von Ricky brauchen, ist eine Information über Wexler, Nardo oder die Farm, die es uns erlaubt, aktiv zu werden. So helfen wir Star Bonaire.«

»Klar.«

Andrea öffnete die Wagentür. Sie rieb sich das wunde Handgelenk, als sie den fast senkrechten Anstieg zum Haus in Angriff nahm. Ein blauer Fleck wurde sichtbar. Sie hatte keine Ahnung, warum sie sich so zierte wegen der Verletzung. In Glynco hatte sie nach einem Schlag in die Niere buchstäblich Blut gepinkelt. Sie hatte sich ein blaues Auge und eine aufgeplatzte Lippe geholt, und beides hatte sich wie ein Ehrenabzeichen angefühlt.

Warum es bei ihrem Handgelenk anders war, lag vermutlich an Dean Wexler. Er hatte ihr wehtun wollen. Er hatte Andrea in die Schranken weisen wollen, so wie er Star, Alice und all die anderen Frauen auf der Farm in die Schranken wies.

Auch wenn Marshals im Allgemeinen nicht ermittelten, waren etliche Stunden von Andreas Ausbildung dem Thema Vernehmungs- und Befragungstechniken gewidmet gewesen. Ricky Fontaine wurde nicht verdächtigt, aber sie war eine potenzielle Zeugin, was die Vorgänge auf der Farm anging. Und wenn nicht, war es immer noch möglich, dass sie Frauen kannte, die entkommen waren. Andrea würde ein gutes Verhältnis mit ihr aufbauen müssen, damit sich Ricky wohlfühlte, und gleichzeitig Kompetenz ausstrahlen, damit Ricky davon ausging, dass jede Information, die sie lieferte, gründlich überprüft und dass entsprechend gehandelt wurde, wenn strafbare Vergehen festgestellt wurden.

Andrea ließ ihr Handgelenk los, als sie an dem grünen Honda Civic vorbeilief, der in der Einfahrt stand. Sie warf einen Blick hinein. Das Wageninnere war ein Saustall, überall lagen Müll und Papiere herum. Sie sah zum Haus hinauf, das wahrscheinlich noch dasselbe war, in dem Eric und Erica Blakely aufgewachsen waren. Andrea fragte sich unwillkürlich, ob Clayton Morrow je diesen anstrengenden Aufstieg über die Betonstufen bewältigt hatte. Möglicherweise war sie im Begriff, gewissermaßen in die Fußstapfen zu treten, die ihr Vater vor vierzig Jahren hinterlassen hatte.

»Hallo, Schätzchen, tut mir leid wegen der Treppe. Die ist mörderisch für unsere Waden.« Ricky hatte die Gittertür aufgerissen. Sie war in Shorts und T-Shirt. Ihre Knöchel waren nackt, aber ihre Madonna-Armreife waren gut zu sehen. Sie hatte den schwarzen und silbernen Ringen ein paar bunte Bänder hinzugefügt.

Andrea bog um den zweiten Absatz und stieg die letzte Treppenetappe hinauf. Ihr erster Eindruck war, dass Rickys tüchtige, mütterliche Ausstrahlung verschwunden war. Es war das genaue Gegenteil einer Verwandlung à la Esther Vaughn. Die Frau hier sah völlig ausgelaugt aus, was verständlich war, wenn man bedachte, dass das Restaurant sieben Tage die Woche von sechs Uhr morgens bis Mitternacht geöffnet hatte.

Ricky sagte: »Man hat mich aus dem Diner angerufen, um mir zu sagen, dass Sie mich suchen. Wollen Sie etwas trinken?«

»Das wäre wunderbar.« Andrea hatte gelernt, dass man Leuten am leichtesten die Befangenheit nimmt, wenn man sich von ihnen bedienen lässt. »Danke, dass Sie mit mir reden wollen. Ich werde versuchen, Sie nicht allzu lange aufzuhalten.«

»Ich hoffe, es stört Sie nicht, dass ich arbeite, während wir uns unterhalten. Ich habe den Timer am Trockner eingestellt.

Wenn ich die Wäsche nicht weiterlaufen lasse, komme ich nie dazu. Hier entlang.«

Ricky führte sie durch das Wohnzimmer. Saubere Handtücher und Schürzen füllten drei Körbe auf dem Boden. Die Couch und die Sessel sahen neu aus, aber der braune Teppich musste noch von der Originaleinrichtung stammen. Die Kunstwerke an den Wänden waren auf dem Flohmarkt wahrscheinlich als »Couchformat« angepriesen worden. Andrea sah eine Menge gerahmter Fotos auf einem Konsolentisch beim Flur. Unter der Holzplatte waren zwei schmale Schubladen. Ricky hatte übergroße Bücher in den freien Raum darunter gestopft, indem sie die Querstreben zwischen den dünnen Tischbeinen als Ablage benutzte. Es gab keine Möglichkeit, einen genaueren Blick darauf zu werfen, denn Ricky stieg bereits eine offene Treppe hinauf.

In der Küche roch es muffig, wahrscheinlich weil alles so vollgestellt war. Auf einem ovalen Tisch stapelten sich vergilbende Rechnungen und anderer Papierkram, der wahrscheinlich bis zu Andreas Geburtsjahr zurückreichte. Eine kleine traurige Ecke war freigeräumt, wo Ricky offenbar ihre einsamen Mahlzeiten einnahm. Die Frau hatte offensichtlich einmal Interesse daran gehabt, das Haus einzurichten. Eine hellblaue Lampe hing über der Spüle. Die Arbeitsflächen waren aus schwarzem Quarz, die Schränke leuchtend blau gestrichen. Alle Elektrogeräte waren weiß bis auf den schwarzen Kühlschrank. Postkarten, Memozettel, Fotos und der übliche Mist sprenkelten die Tür.

»Werden Sie bloß nicht alt.« Ricky schraubte den Verschluss von einer Arzneiflasche.

Andrea kannte die rote Flasche aus dem Drugstore. Ricky schluckte zwei Tabletten. Auf der Anrichte stand mindestens ein Dutzend weiterer Flaschen.

Ricky zählte sie auf. »Blutdruck, Cholesterin, Entzündungshemmer, Zeug für meine Schilddrüse, meinen Magensäureüberschuss, meine Rückenschmerzen, meine Nerven. Mögen Sie eine Pepsi?«

Andrea brauchte einen Moment, bis sie begriff, dass sie das Getränk meinte.

»Ja danke.«

Ricky öffnete den Kühlschrank. Ein verblasstes Polaroidfoto eines männlichen Teenagers in abgeschnittenen Jeans stach Andrea ins Auge. Sein Haar war zottelig, wie es für die späten Siebziger typisch war. Er trug kein Hemd. Seiner dürren Brust und den ungelenken Ellbogen nach stand er an der Schwelle zur Pubertät.

Eric Blakely.

Andrea fiel ein, was Nardo auf der Farm über Rickys Bruder gesagt hatte.

Mausetot, der arme Kerl.

»Okay.« Ricky hatte ein Glas mit Eis gefüllt. Sie riss den Verschluss einer Dose Pepsi auf und schenkte mit einer geübten Handbewegung ein. »Ich nehme an, Sie sind wegen der Richterin hier.«

Andrea dachte daran, dass sie an ihrer ausdruckslosen Miene arbeiten musste, und bemühte sich sofort um einen neutralen Gesichtsausdruck. »Warum sagen Sie das?«

Ricky nahm einen Kaugummi aus dem Mund und wickelte ihn in eine Serviette. »Judith hat kein Wort gesagt, aber es hat sich in der Stadt herumgesprochen, dass bei der Richterin der Krebs zurückgekommen ist, und diesmal ist er nicht mehr behandelbar. Das arme Ding wird das Jahresende wohl nicht mehr erleben. Ich an ihrer Stelle würde wissen wollen, was Emily zugestoßen ist, bevor ich sterbe.«

Andrea trank einen Schluck Pepsi und dachte darüber nach, wie sie die Sache anpacken sollte. Sie hatte sich ausdrücklich vorgenommen, nicht über Emily zu sprechen, aber ihr war auch bewusst, dass man am schnellsten das Vertrauen einer Zeugin gewann, wenn man Anteilnahme zeigte.

»Ich denke, es würde der Richterin helfen, Frieden zu finden, wenn sie die Wahrheit wüsste.«

Ricky nickte, als wäre die Bestätigung alles, was sie brauchte. »Folgen Sie mir.«

Andrea ließ das das Glas auf der Anrichte stehen und folgte Ricky wieder nach unten. Ricky blieb vor dem Konsolentisch beim Flur stehen. Sie nahm eins der gerahmten Fotos in die Hand.

Andrea kannte das Bild. Sie hatte eine Kopie davon gestern Abend in Judiths Collage gesehen. Nur dass dieses hier wie ein Akkordeon gefaltet war, um Emily in der Gruppe unsichtbar zu machen.

»Tut mir leid. Es fällt mir immer noch schwer, ihr Gesicht zu sehen. Dann kommt alles wieder zurück.« Ricky drehte den Rahmen um und öffnete ihn. Sie entfaltete das Foto und zeigte es Andrea. »Sie war hübsch, nicht?«

Andrea nickte und gab sich Mühe, so zu tun, als hätte sie das Bild noch nie gesehen. Wie zufällig zeigte sie auf Nardo. »Wer ist das?«

»Mein Ex, das Arschloch«, murmelte Ricky, aber sie klang nicht verbittert. Sie zeigte auf Clay in dem Foto. »Das ist Clayton Morrow. Sie sind Polizistin, deshalb wissen Sie wahrscheinlich mehr über ihn als ich. Das da bin natürlich ich, bevor meine Titten zu hängen anfingen und meine Haare grau wurden. Und das ist mein Bruder Eric. Wir nannten ihn Blake.«

Andrea sah einen Ansatzpunkt. »Nannten?«

Ricky faltete das Bild sorgfältig wieder zusammen. »Er starb zwei Wochen nach Emily.«

Andrea sah zu, wie Ricky den Rahmen wieder zusammenbaute. Es gab weitere Fotografien auf dem Tisch, der eine Art Schrein für Rickys Jugend war. Clay und Nardo rauchend auf den Vordersitzen eines Cabrios. Blake und Nardo als Gangster aus der Ära Al Capones verkleidet. Blake und Ricky in gleichen Smokings. Wenn man nicht wusste, dass Emily Vaughn zu der Gruppe gehört hatte, hätte man sie nicht vermisst.

Ricky sagte: »Etwa eine Woche nach dem Angriff auf Emily teilte uns Clay mit, dass er genügend Leistungspunkte beisammenhatte, um vorzeitig die Schule abzuschließen. Er wollte nach New Mexico aufbrechen und sich einen Job suchen, bevor das College anfing.«

Andrea schaute auf die großformatigen Bücher unter dem Tisch. Es waren Jahrbücher. Dozier-Grundschule. Milton Junior High. Longbill Beach Senior High.

»Blake bot an, Clay beim Umzug mit dem Wagen zu helfen. Dreitausend Kilometer waren damals etwas anderes als heute. Kein Handy, wenn das Auto kaputtging. Ferngespräche waren astronomisch teuer. Unser Telefon gehörte uns nicht einmal. Wir hatten es von C&P gemietet.«

Ricky stellte das Gruppenfoto vorsichtig zu den anderen zurück. Ihr Finger berührte die Brust ihres Bruders.

»Ich kann es ihm nicht verübeln, dass er wegwollte«, sagte Ricky. »Die Atmosphäre zwischen uns allen war sehr angespannt. Selbst zwischen Blake und mir. Wir waren Zwillinge, wissen Sie.«

Andrea schüttelte den Kopf, obwohl sie es wusste. »Hat Ihnen Emily gesagt, wer der Vater ihres Babys war?«

»Nein.« Bedauern lag in Rickys Stimme. »Emily sprach am Ende überhaupt nicht mehr mit mir. Ich hatte keine Ahnung.«

Andrea dachte über das nach, was ihr Wexler im Truck erzählt hatte. Emily war auf einer Party vergewaltigt worden. Andrea musste davon ausgehen, dass Ricky dabei gewesen war. Und Eric. Und Nardo. Und Clay. Und vielleicht Dean Wexler und Jack Stilton. Es gab in der Psychiatrie ein Syndrom namens *folie à plusieurs* – eine Gruppenpsychose, bei der die Teilnehmer Taten begingen, die niemand von ihnen für sich allein je begehen würde. Andrea konnte sich mühelos vorstellen, dass ihr Vater diese ansonsten disparate Gruppe gelenkt und ihnen erlaubt hatte, das Schlechteste in ihnen allen auszuleben. Dann hatte er die Stadt verlassen, und Dean Wexler hatte seine Rolle übernommen.

Andrea versuchte es auf einem anderen Weg. »Hatten Sie eine Theorie, wer Emily getötet haben könnte?«

Ricky zuckte mit den Achseln, aber sie sagte: »Die Cops waren von Anfang an auf Clay fokussiert. Deshalb wollte er die Stadt unbedingt verlassen. Und Blake – na ja, er wollte aus seinen eigenen Gründen weg. Mit meinem Großvater lief es nicht gut. Es gab Krach wegen Geld. Es war eine wirklich schlimme Zeit für uns beide. Wir haben im Grunde nicht miteinander geredet.«

Andrea räusperte sich. Sie wusste, dass sie vorsichtig sein musste. Ricky unterhielt ja nicht einen Schrein für ihren Jugendfreundeskreis, weil sie diese für schreckliche Menschen hielt. »Warum war die Polizei auf Clay fokussiert?«

»Stilton hat ihn verachtet. Beide Stiltons eigentlich. Clay war anders. Er war geistreich. Sarkastisch. Gut aussehend. Er war mehr als ihre kleinen Gehirne verstehen konnten, und sie hassten ihn dafür.«

Andrea erinnerte sie nicht daran, dass Clayton Morrow außerdem ein Psychopath und verurteilter Straftäter war.

»Ich sollte das nicht sagen, aber wir waren alle ein wenig verliebt in Clay. Emily hat ihn angebetet. Nardo hat sich gewünscht, wie er zu sein. Für Blake war er der Größte. Wir waren so eine besondere kleine Clique.« Ricky schaute auf das Foto von Clay und ihrem Bruder. »Sie waren damals in den Sandia Mountains nicht weit von Albuquerque wandern. Bei Tijeras gingen sie schwimmen. Blake tauchte unter den Wasserfällen durch, aber er kam nicht wieder hoch. Er war nie ein starker Schwimmer gewesen. Sie fanden seine Leiche zwei Tage später.«

Das erklärte immerhin, warum Eric Blakelys Sterbeurkunde nicht in Sussex County registriert war. Er war in einem anderen Bundesstaat gestorben.

Ricky wandte sich von dem Foto ab. Sie hatte die Arme verschränkt. »Clay muss derjenige sein, der sie getötet hat, oder? Ich meine, das ist das Einzige, was einen Sinn ergibt.«

Andrea dachte, dass es mehr Sinn ergeben hatte, bevor sie mit eigenen Augen gesehen hatte, zu welcher Grausamkeit Nardo Fontaine und Dean Wexler fähig waren.

»Ich war so schrecklich zu Emily, als sie mir erzählt hat, dass sie schwanger ist.« Rickys Blick ging zu der Couch unter dem Fenster. »Wir waren genau hier, in diesem Raum, und ich sagte so viele scheußliche Dinge zu ihr. Ich weiß nicht, warum ich so wütend war. Wahrscheinlich ahnte ich, dass es vorbei war, verstehen Sie? Unsere kleine Clique. Nichts würde je wieder so sein wie vorher.«

Andrea hatte Ricky entspannt genug werden lassen. Sie versuchte vorsichtig wieder das Ruder zu übernehmen. »Wie Sie über Emily sprechen, das unterscheidet sich stark von dem Bild, das Dean Wexler von ihr gezeichnet hat.«

»Dean?« Ricky sah überrascht aus. »Warum sollte er über Emily sprechen?«

Andrea zuckte die Schultern. »Er hat mir erzählt, dass sie Probleme mit Drogen und Alkohol hatte.«

»Das stimmt nicht. Emily hat nicht einmal geraucht.« Ricky war plötzlich aufgewühlt. »Wenn Sie mit Dean geredet haben, dann sicher auch mit Nardo. Was hatte er denn über Emily zu sagen?«

»Er hat sie nicht erwähnt«, sagte Andrea. »Marshal Bible und ich waren wegen der Leiche auf dem Feld auf der Farm. Aber das wussten Sie schon, oder? Sie waren diejenige, die Bible von dem Mädchen erzählt hat.«

Ricky ließ das Kinn auf die Brust fallen. »Es ist, wie ich gesagt habe: Cheese ist ein nutzloser Säufer. Manchmal frage ich mich, ob Dean etwas gegen ihn in der Hand hat. Dieser ganze Wahnsinn, der seit Jahren auf der Farm vor sich geht … seit Jahrzehnten. Und Cheese rührt keinen Finger und schaut lieber nicht hin.«

»Welchen Wahnsinn meinen Sie?«

»Die Freiwilligen.« Ricky wurde immer aufgebrachter. »Wenn Sie mehr über die Hintergründe erfahren wollen, sollten Sie das Gerichtsverfahren von vor zwanzig Jahren nachschlagen. Sie beuten diese Mädchen brutal aus.«

»Ich habe die Prozessakte gelesen.« Andrea blieb ruhig, weil Ricky es nicht war. »Eine anonyme Anruferin gab den Hinweis. Sie hat von einem Münztelefon in der Beach Road angerufen.«

In Rickys Gesicht erkannte man das schlechte Gewissen. Sie fischte ihr Handy aus der Gesäßtasche und schaute auf den Timer, der weitere vier Minuten anzeigte. »Mein Trockner wird bald so weit sein.«

Andrea hatte nicht vor, sie vom Haken zu lassen. »Das Mädchen auf dem Feld hat sich wahrscheinlich umgebracht.«

»Das habe ich gehört.«

»Sie war ausgezehrt, beinahe verhungert.« Andrea sah, wie Ricky wieder auf den Timer schaute. »Alle Frauen auf der Farm hungern sich zu Tode. Sie sehen aus, als lebten sie in einem Konzentrationslager.«

»Ich bete für sie.« Ricky wischte den Bildschirm mit dem Saum ihres Shirts ab. »Ich bete für ihre Eltern. Dean hat ein Heer von Anwälten an der Hand. Sie werden nichts aus ihm herausbekommen. Er gewinnt immer.«

Andrea merkte, dass sie im Begriff war, Ricky zu verlieren. »Kennen Sie Mädchen, die mittlerweile nicht mehr dort sind? Vielleicht wären die bereit, mit uns zu reden.«

»Ich habe kaum Zeit für meine Wäsche. Glauben Sie wirklich, ich bin über irgendwem aus diesem Abschnitt meines Lebens auf dem Laufenden geblieben?«

Andrea versuchte es noch einmal. »Wenn Sie Informationen hätten, es könnte ein anonymer Hinweis sein oder …«

»Haben Sie was an den Ohren, Schätzchen? Ich kenne niemanden. Ich habe seit zwanzig Jahren keinen Fuß mehr in die Nähe der Farm gesetzt.« Ricky war endlich überzeugt, dass das Handy sauber war. »Es gibt eine dauerhafte richterliche Verfügung gegen mich, die besagt, wenn ich mich Nardo auf weniger als zehn Meter nähere, werde ich verhaftet. Während der Scheidung hat mir Dean so heftig zugesetzt, dass ich mit knapper Not den Diner halten konnte. Gott sei Dank wurde das Haus treuhänderisch verwaltet, sonst wäre ich obdachlos gewesen.«

Andrea sah ihr an, dass sie Angst hatte. »Dean hat Nardo geholfen, die Scheidung zu finanzieren?«

»Dean hilft Nardo bei allem. Er wohnt mietfrei auf der Farm. Nardo bekommt nicht einmal einen Gehaltsscheck, was mich bei der Scheidung ganz schön in die Scheiße geritten hat, das können Sie mir glauben.« Ricky war verbitterter über Wexler als über ihren Ex-Mann. »Diese Farm ist eine Goldgrube, und Dean macht mit dem Geld nichts anderes, als Leute zu kaufen oder sie fertigzumachen. Er führt den Laden wie eine Diktatur. Niemand sagt ihm, was er zu tun hat.«

Andrea sah Ricky an, dass sie gerade erst in Fahrt kam.

»Was Dean diesen Mädchen antut – ich schwöre bei meinem Leben, es war nicht so, als ich dort war. Nardo ist ein krankes Arschloch, aber er ist nicht *so* krank. Und ich habe nie etwas gesehen, was über Ausbeutung durch Arbeit hinausging. Ich dachte, das wäre zu Ende, als Dean einen Vergleich mit der Regierung ausgehandelt hat.« Ricky wischte sich mit dem Ärmel über die Augen. Sie hatte zu weinen begonnen. »Ich weiß, ich habe gesagt, dass ich ein Feigling bin, wegen der Art, wie ich Emily behandelt habe, aber wenn ich etwas so … Widerliches gesehen hätte, etwas so Bösartiges oder wie Sie das nennen wollen, was die da treiben – ich hätte nie und nimmer den Mund gehalten.«

»Das glaube ich Ihnen«, sagte Andrea, aber nur weil es das war, was Ricky hören musste. »Als Frau bin ich empört, aber als Marshal brauche ich einen rechtlichen Grund, um eine Ermittlung einzuleiten.«

Erneut wischte sich Ricky über die Augen. »Zum Teufel, ich wünschte wirklich, ich könnte Ihnen helfen.«

Andrea konnte die Hilflosigkeit der Frau fast körperlich spüren. »Ich habe gehört, die Mutter eines Mädchens dort hat eine Befreiung versucht.«

»Das verrückte Luder wollte seine eigene Tochter entführen.« Ricky lachte verkrampft. »Ich weiß nicht, was ich tun würde, wenn mein Kind dort lebte. Nicht dass wir Kinder gehabt hätten, Gott sei Dank. Ich habe das Arschloch nur geheiratet, weil er Geld hatte. Und ein Jahr später hat sein Vater dann alles verloren, und er ist der Dean-Sekte verfallen. Ich war weiß Gott nie vom Glück verfolgt.«

Madonnas Song »Holiday« fing auf Rickys Handy zu spielen an. Sie schaltete den Alarm aus, aber sie rührte sich nicht von der Stelle. Stattdessen wischte sie sich wieder über die Augen. Ihre Kiefer mahlten. Sie wog ihre Möglichkeiten ab, versuchte zu entscheiden, wie viel sie verraten durfte.

Schließlich sagte sie: »Ich habe bisher eigentlich nie darüber nachgedacht, aber vielleicht weil Sie Emily zur Sprache gebracht haben und weil wir dann anfingen, über Dean zu reden …«

In der Stille konnte Andrea den Piepston hören, mit dem der Trockner das Ende des Durchgangs anzeigte. Ricky musste es ebenfalls gehört haben, aber sie wog erkennbar immer noch die Risiken ab. Ihre Scheidung lag zwanzig Jahre zurück, und doch fürchtete die Frau sich irgendwie immer noch vor dem, was ihr Dean Wexler antun konnte.

Ricky wischte sich noch einmal über die Augen und räusperte sich.

»Ich habe es vorher nie so gesehen«, sagte sie. »Aber der Mist, der auf der Farm passiert, ist derselbe Mist, der Emily Vaughn vor vierzig Jahren passiert ist.«

21. OKTOBER 1981

Emily saß am hinteren Ende der Schulbibliothek zusammengekauert auf dem Boden und presste die Stirn auf die Knie. Sie konnte nicht aufhören zu weinen, und sie hatte hämmernde Kopfschmerzen. In der vergangenen Nacht hatte sie keine Minute geschlafen. Ständig quälten sie Krämpfe in den Beinen, und ihr Magen revoltierte immer wieder. Ihre Gedanken sprangen pausenlos zwischen zwei Szenen hin und her: Ricky, die ihre Freundschaft für beendet erklärte, und Blake, der ihre Hand auf sein *Ding* legte.

Waren die Zwillinge schon immer so grausam gewesen, oder war Emily einfach dumm?

Sie suchte ein Taschentuch aus der Büchertasche und schnäuzte sich. Im vorderen Teil der Bibliothek war Lachen zu hören. Sie drückte sich an die Wand; sie wollte nicht, dass jemand sie hier hinten fand. Sie hatte den Chemieunterricht geschwänzt, obwohl sie sonst niemals Stunden schwänzte. Nicht bis zu dieser Woche. Nicht bis ihr ganzes Leben in Aufruhr geraten war.

Es waren die Blicke ihrer Mitschüler, die Emily nicht ertrug. Im Flur. Aus den hinteren Reihen des Chemielabors. Manche hatten auf sie gezeigt und gekichert. Andere hatten sie angestarrt, als sei sie das widerlichste Geschöpf, das ihnen je unter die Augen gekommen war. Ricky hatte zwar eine große Klappe, aber Emily wusste, es war Blake, der das Gerücht über ihre Schwangerschaft gestreut hatte, denn das Fingerzeigen und Kichern und die Mehrzahl der unverhüllt feindseligen Blicke waren von den Jungs gekommen. Nicht dass Emilys gegenwärtiger Zustand ein Gerücht gewesen wäre, denn das Wort implizierte ja, dass man etwas nicht sicher wusste oder dass es nicht der Wahrheit entsprach.

Wer auch die Quelle der anzüglichen Information sein mochte, ob sie von Blake, Ricky oder gar Dean Wexler stammte – Clay wusste eindeutig, dass sie schwanger war. Emily hatte ihn heute Morgen gesehen, als sie an der Ladenzeile im Zentrum vorbeigegangen war. Clay war allein gewesen und hatte eine letzte Zigarette geraucht, bevor er auf die andere Seite der Straße zum Schulgebäude wechselte. Ihre Blicke hatten sich getroffen, er hatte sie zweifelsfrei gesehen. Selbst aus der Ferne hatte sie ein Erkennen in seinem Gesicht aufblitzen sehen, und er hatte den Mund zu einem Grinsen verzogen. Emily war im Begriff gewesen zu winken, aber schon war sein Grinsen verflogen. Er hatte die Zigarette in den Rinnstein geworfen, dann hatte er auf dem Absatz kehrtgemacht wie ein Soldat auf dem Exerzierplatz und war in die entgegengesetzte Richtung losmarschiert.

So viel zu Clayton Morrows Selbstdarstellung als Rebell, der sich nicht um die Normen der weltanschaulich bankrotten amerikanischen Gesellschaft von heute scherte. Er hätte seine Marlboro ebenso gut gegen eine Mistgabel eintauschen können. Oder vielleicht lief er vor seinem eigenen Fehler davon.

Clay?

Das war das erste Wort gewesen, das sie in ihr Heft zur Columbo-Ermittlung geschrieben hatte. Je mehr Gespräche Emily führte, desto mehr glaubte sie, dass er es tatsächlich gewesen sein könnte.

Wäre das so schlimm?

Emily hatte Clay immer gemocht. Sie hatte peinlich verschwitzte Träume von ihm gehabt. Und manchmal, wenn er in ihrer Nähe war oder sie auf eine bestimmte Art ansah, hatte sich etwas in ihr geregt, das man nur als Lust bezeichnen konnte. Clay hatte ihr gesagt, dass nie etwas zwischen ihnen laufen würde, und sie hatte es akzeptiert, aber vielleicht hatte Emily ihn in der Nacht der Party angemacht. Und vielleicht war Clay so stoned gewesen, dass er nachgegeben hatte. Ihr Vater hatte gesagt, Jungen im Teenageralter fiele es schwer, sich zu beherrschen. Emily hatte sich irgendwie die ganze Zeit als das Opfer gesehen, aber vielleicht war sie ja der Angreifer?

War das möglich?

Emily wischte die Tränen mit dem Ärmel fort. Ihre Haut unter den Augen war ganz wund. Die Schwellung an ihrem Hals, wo Dean Wexler sie gepackt hatte, hatte sich inzwischen dunkelblau verfärbt. Sie holte tief Luft und kramte ihre Columbo-Ermittlung aus den Tiefen ihrer Handtasche.

Die Aufzeichnungen ihrer Begegnung mit Ricky und Blake am Vortag waren tränenverschmiert. Beide Geschwister hatten sich auf ihre jeweils typische Weise gleich abscheulich verhalten. Emily schauderte, wenn sie daran dachte, wie Blake ihre Hand in seinen Schoß geführt hatte. An seine feuchte Zunge in ihrem Ohr. Sie schauderte erneut, ihre Hand ging zum Ohr, als wäre die eklige Zunge immer noch da.

Emily schloss das Notizheft wieder. Sie kannte alle drei Niederschriften praktisch auswendig. Dean Wexler hatte gesagt, Nardo und Blake seien in dieser Nacht im Haus gewesen. Blake hatte ihr ebenfalls erzählt, dass er und Nardo im Haus waren. Nach Cheeses Columbo-Logik sagten beide wahrscheinlich die Wahrheit, weil sie die gleiche Geschichte erzählten, und das hieß, sie konnte Dean und Blake von der Liste der Verdächtigen streichen.

Oder nicht?

Sie war sich nicht sicher. Dean und Blake erzählten möglicherweise die gleiche Geschichte, weil sie sich vorher abgesprochen hatten. Eine dritte Bestätigung von Nardo einzuholen, kam von vornherein nicht infrage. Tatsächlich war seine Reaktion auf Emilys Schwangerschaft die einzige, die sie nicht überrascht hatte.

Gestern hatte Ricky gegen Emilys Eltern Esther und Franklin Vaughn gehetzt, weil sie reiche Arschlöcher seien, die alle Schwierigkeiten mit ihrem Geld aus dem Weg räumten, aber diesmal waren die Fontaines ihren Eltern zuvorgekommen. Ein durch Boten überbrachter Brief war heute Morgen noch vor dem Frühstück eingetroffen. Gerald Fontaine setzte die Vaughns davon in Kenntnis, dass es Emily nicht gestattet sei, in unwahrer, negativer oder aufrührerischer Weise mit – und noch wichtiger: *über* – Bernard Fontaine zu sprechen, wenn sie sich nicht einer sehr kostspieligen Verleumdungsklage ausgesetzt sehen wollten.

»Was für ein lachhafter Hanswurst«, verkündete Esther, als sie den Brief gelesen hatte. »Verleumdung gilt für schriftliche oder gedruckte Aussagen, die als entweder falsch oder diffamierend angesehen werden. Üble Nachrede ist mündlich geäußerte Diffamierung.«

Ihre Mutter schien zu triumphieren, weil sie einen rhetorischen Treffer erzielt hatte, aber Emily war diejenige, die den Preis bezahlte.

»Em?«

Sie blickte auf. Cheese lehnte an einem der langen Bücherregale. Sie hatte sich in der Abteilung für Bibelwissenschaft versteckt, weil sie wusste, dass niemand zufällig dort vorbeikommen würde.

Außer den Leuten, die wussten, dass sich Emily immer in der Abteilung für Bibelwissenschaften versteckte.

»Alles okay?«, fragte er.

Sie schüttelte den Kopf und zuckte gleichzeitig mit den Schultern, aber die Antwort, die aus ihrem Mund kam, war die reine Wahrheit. »Nein, ich bin weiß Gott nicht okay.«

Cheese warf einen Blick über die Schulter, ehe er sich neben sie an die Wand setzte. Ihre Knie berührten sich beinahe.

»Gibt es etwas Neues bei dir?«, fragte er.

Sie lachte. Und dann fing sie zu weinen an. Sie barg das Gesicht wieder in den Händen.

»Ach, Em.« Er legte ihr den Arm um die Schulter. »Es tut mir so leid.«

Sie lehnte sich an ihn. Er roch nach Old Spice und Camels.

»Es wird alles gut werden.« Er strich ihr über den Arm und drückte sie an sich. »Wirst du … Werden deine Eltern zulassen, dass du … du weißt schon?«

Sie schüttelte den Kopf. Ihre Eltern hatten bereits entschieden, wie die Sache ablaufen würde.

»Okay.« Seine Brust hob sich, als er tief Luft holte. »Ich könnte … Also, wenn du willst, dann könnte ich …«

»Nein danke.« Emily schaute in seine großen Kuhaugen. »Blake hat mich bereits gebeten, ihn zu heiraten.«

»Großer Gott.« Cheese ließ sie los. »Nein, Emily, das wollte ich dich gar nicht fragen. Ich wollte … Na ja, ich wollte dir anbieten, denjenigen zu verprügeln, der dir das angetan hat.«

Emily war sich nicht sicher, ob sie ihm glaubte, aber sie beschloss, es für bare Münze zu nehmen. »Das fehlte mir gerade noch, dass du von der Schule verwiesen wirst.«

»Du wirst Blake nicht heiraten, oder?« Cheese schaute besorgt drein. »Em, er ist der Schlimmste von allen.«

Sie hätte fast gelacht. »Wieso sagst du das?«

»Er ist verschlagen. Nicht wie Nardo, der einfach nur gemein ist. Oder wie Clay, der nur gelangweilt ist. Wenn Blake dich auf dem Kieker hat, dann hat er dich *richtig* auf dem Kieker.«

Sofort sorgte sich Emily um ihn. »Blake hat dir aber doch nichts angetan, oder?«

Cheese schüttelte den Kopf, aber sie glaubte ihm nicht. »Weißt du, du könntest etwas für mich tun, wenn das okay ist. Ich habe natürlich kein Recht, dich zu bitten, aber …«

»Was ist es?« Emily konnte sich nicht erinnern, dass er sie je um etwas gebeten hatte.

»Ich möchte, dass du mich nicht mehr Cheese nennst.« Er sah, wie sie das Gesicht verzog. »Es stört mich nicht, wenn du es sagst, aber es ist der Spitzname, bei dem *sie* mich immer nennen, deshalb …«

»Okay, Jack.« Der Name hörte sich komisch an. Sie kannte ihn, seit er im Kindergarten eine ihrer Wachsmalkreiden gegessen hatte. »Freut mich, dich kennenzulernen, Jack.«

Er lächelte nicht. »Du bist nicht allein, Em. Ich bin da. Deine Eltern sind wahrscheinlich wütend, aber sie werden darüber hinwegkommen. Und die Leute in der Schule, na ja, die sind sowieso alle nur Ausschuss. Was kümmert es dich, was sie reden? Nächstes Jahr um diese Zeit sind wir ohnehin alle weg aus diesem Irrenhaus, oder? Wen interessiert es also.«

Emily musste schlucken, bevor sie einen Ton herausbrachte. »Erzähl mir, was sie sagen.«

»Dass du ein sehr, sehr schmutziges Mädchen bist«, sagte Nardo.

Beide zuckten beim Klang der sarkastischen Stimme zusammen.

»Was treibt ihr zwei Turteltäubchen hier hinten in der Ecke?« Nardo lehnte an einem Bücherregal. »Habt ihr hier euer unerwünschtes Kind der Liebe gemacht?«

»Verpiss dich.« Jack rappelte sich mühsam auf. Er war größer und schwerer als Nardo, aber Nardo war viel zu brutal. Jack warf kaum einen Blick zu Emily zurück, als er davonstampfte.

»Tja«, sagte Nardo. »Unser Cheese ist so eine Dramaqueen.«

»Er will jetzt Jack genannt werden.«

»Und ich will Sir Großschwanz von Fotzenland genannt werden.« Nardo setzte sich mit großer Gebärde auf den Boden. »Wir bekommen nur leider nicht immer, was wir wollen.«

Der einzige Trost bei dieser ganzen Tortur war, dass sie nie mehr so tun musste, als hätte sie seine höhnischen Bemerkungen nicht gehört. »Deine Eltern haben klargestellt, dass ich nicht mehr mit dir sprechen darf.«

»Wo bleibt da der Spaß, Emmie-Em?« Nardo stieß einige Bücher aus der untersten Regalreihe. »Ich höre, du suchst nach dem Koch, der dir diesen Braten in die Röhre geschoben hat.«

Emily wischte sich über die Augen. Ihre Columbo-Ermittlung interessierte sie nicht mehr. Sie wünschte sich verzweifelt, dass Nardo ging. »Es spielt keine Rolle.«

»Nein?«, fragte Nardo. »Du könntest es schlimmer treffen als mit Blake.«

Emily hätte nicht gewusst, wie.

»Es war immer sein Traum, eine reiche Frau zu heiraten, die er beherrschen kann.« Nardo lachte kurz und freudlos. »So wie dein Vater bei deiner Mutter, oder?«

Emily wischte sich wieder über die Augen. Sie hasste es, dass er sie weinen sah. »Das ist nicht komisch.«

»Komm schon, Kleine. Du weißt, ich ziehe dich nur auf.« Nardo hielt inne, wahrscheinlich erwartete er, dass Emily sagte, es sei schon in Ordnung.

Emily sagte es nicht.

Denn es war nicht in Ordnung.

»Ich schätze, du wirst jetzt richtig fett und abstoßend«, fuhr Nardo fort. »Dean sagt, das wird das Schlimmste dabei werden. Du wirst aufgehen wie ein Ballon.«

Emily hatte immer darauf geachtet, nur ein paar Stunden vorauszudenken. Sie legte die Hand auf den Bauch. Sie war nie schön gewesen, aber immer als einigermaßen hübsch durchgegangen. Was würden die Männer denken, wenn sie sie in acht Monaten sahen? Oder in einem Jahr, wenn sie ein schreiendes Baby auf der Hüfte sitzen hatte?

»Am besten, du nimmst dir vor, ernsthaft zu hungern, sobald du dieses Ding rausgequetscht hast«, riet Nardo. »Du hast Glück, weil du von Haus aus eine ganz gute Figur hast. Schau dir Ricky an. Wenn die jemals schwanger wird, verwandelt sie sich in einen Fettkloß, und das war's dann für den Rest ihres Lebens. Das Gleiche ist meiner Tante Pauline passiert. Sie ist ein widerlicher Anblick.«

Emily dachte, dass Nardo gerade der Richtige war, so zu reden. Er war schon immer rundlich gewesen, aber Jungs kamen eben damit durch. »Was willst du, Nardo?«

»Ich mach nur ein bisschen Konversation.« Er stieß ein weiteres Buch auf den Boden. »Ricky kriegt sich schon wieder ein, weißt du. Es gibt da diese irre, wehleidige Rivalität zwischen ihr und Blake, aber früher oder später wird sie dich vermissen. Sie ist nicht wie du. Sie hat keine anderen Freunde.«

Emily hatte es nie so kurz und bündig ausgedrückt gehört, aber natürlich hatte er recht. Die Frage war, wollte Emily Ricky als Freundin zurück? Aber wie könnte sie all die schlimmen Dinge vergessen, die Ricky ihr an den Kopf geworfen hatte? Sie würde ihr nie wieder vertrauen können.

»Leider haben Mummy und Daddy klargemacht, dass ich mich nicht wie ein Ritter für dich ins Schwert stürzen darf.« Nardo kicherte in sich hinein. »Kannst du dir uns beide verheiratet vorstellen? Ricky würde uns die Kehle aufschlitzen, bevor wir es in die Flitterwochen schaffen.«

Emily hatte es so satt, nichtsnutzige Jungs sinnbefreit über das Thema Heirat reden zu hören.

»Ich muss allerdings zugeben, dass ich durchaus daran gedacht habe.« Nardo stieß ein weiteres Buch um. »An dich und mich. Es gibt Schlimmeres. Natürlich ist das jetzt keine Option mehr. Verdorbene Ware und so.«

Ein weiteres Buch fiel zu Boden. Er bemühte sich beiläufig zu wirken, aber Nardo verfolgte immer eine Absicht. »Bist du dir sicher, dass es die Nacht der Party war?«

Emily erstarrte. »Ja.«

»Und du erinnerst dich nicht, wie es passiert ist? Oder mit wem es passiert ist?«

Emily konnte nur mit Mühe schlucken. Ricky hatte ihm wirklich alles erzählt. »Nein, ich kann mich nicht erinnern.«

»Mannomann«, sagte Nardo kopfschüttelnd. »Na ja, ich weiß selbst nicht mehr viel von der Nacht, deshalb sollte ich wohl nicht zu streng mit dir sein.«

Emily sah ihn zum ersten Mal direkt an, seit er hier aufgetaucht war. Er hatte den Mund nicht höhnisch verzogen, wie er es meistens tat. Nardo ließ die Arschlochfassade nur selten fallen, so wie jetzt. Das war der Typ, den Ricky sah, wenn sie behauptete, ihn zu lieben. Und tatsächlich war es derselbe Typ, den Emily sah, wenn sie an Nardo Fontaine als einen ihrer engsten Freunde dachte.

»Es ist alles weg?«, fragte sie.

»Das meiste. Aber Blake hatte total den Verstand verloren, so viel weiß ich noch.« Nardo hob eins der Bücher auf, die er aus dem Regal gestoßen hatte. Er zupfte mit dem Daumennagel an einer Ecke. »Ich lag mit dem Gesicht nach unten auf der Couch und schaute zu, wie zwei Staubmäuse Ballett tanzten, aber dann hörte ich dieses Blöken von oben. Wie ein Schaf. Es war Blake, ist das zu glauben?«

Emily schüttelte den Kopf. Sie war nicht sicher, was sie noch glaubte.

»Ich schleppe mich also nach oben, und er hat sich im Schlafzimmer meiner Eltern eingesperrt, ausgerechnet. Ich musste das Schloss aufbrechen, um dem dummen Typen zu helfen.« Nardo drehte das Buch um und untersuchte den Rücken. »Er kniete, hielt die Hände vor dem Schoß, als würde er seinen Pimmel halten, aber sein Reißverschluss war noch zu. Und er war ungefähr einen Meter von der Toilette entfernt. Ich habe keine Ahnung, was er sich dabei gedacht hat, aber lieber Himmel, was für ein Idiot. Bei seinem ersten LSD-Trip stellt er sich ausgerechnet vor, dass er pinkelt? Seine Jeans war vorn völlig durchnässt. Und frag mich nicht nach dem Blöken. So ein Bekloppter.«

Emily sah, wie ein Pferdegrinsen über Nardos Gesicht zog.

»Wenigstens habe ich ein Einhorn gesehen«, sagte er. »Was ist mit dir?«

Emily musste wieder mühsam schlucken. »Ich kann mich wirklich nicht erinnern.«

»An gar nichts?« Nardo stellte die Frage schon zum zweiten Mal. »Nicht einmal, wie du angekommen bist?«

»Doch«, gab Emily zu. »Ich weiß noch, wie ich zu deiner Eingangstür gegangen bin. Wie ich das LSD-Blättchen von Clay bekommen habe. Und das Nächste, woran ich mich erinnere, ist Mr. Wexler, der mich nach Hause gefahren hat.«

»O ja.« Nardo rollte mit den Augen. »Daran erinnere ich mich auch. Du warst wegen irgendwas hysterisch. Aber ich konnte dich nicht nach Hause fahren. Ich habe kaum die Hand vor Augen erkannt. Blake war vollgepisst. Und ich musste den alten Scheißer Wexler mit dem Rest vom LSD bestechen, damit er kam und dich holte.«

Emily lauschte seinem Tonfall. Etwas Einstudiertes lag darin, nichts von seiner üblichen Bissigkeit. »Was war mit Clay?«

Er zuckte mit einer Schulter. »Weiß der Teufel. Du hast ihn wegen irgendwas angeschrien. Dann bist du ins Haus gerannt. Du warst echt ziemlich stinkig. Ich hatte Schiss, du könntest dich an Mutters gutem Porzellan vergreifen. Und du hast dich ganz schön von Vaters Scotch bedient. Ich dachte noch, meine Eltern werden ziemlich angefressen sein, wenn sie heimkommen.«

Emily hatte nie erlebt, dass Nardos Eltern wegen irgendetwas angefressen waren.

»Es war jedenfalls todsicher nicht Dean, der dich angebumst hat. Dem sind als Kind die Eier durchgeschmort. Er könnte kein Kind machen, selbst wenn er es wollte.«

Emily sah auf ihre Hände hinunter. Das war bestimmt keine Information, mit der Dean Wexler um sich warf. Und das hieß, er hatte bereits mit Nardo gesprochen.

»Denkst du …« Nardo ließ das Buch wieder auf den Boden fallen. »Denkst du, es könnte Clay gewesen sein?«

»Ich …« Emily hielt inne. Im Kopf ging sie die Fragen durch, die Nardo ihr gerade gestellt hatte. Er wandte die Columbo-Technik bei ihr an! Alles, was noch fehlte, war das *Da wäre nur noch eine Sache*.

Sie räusperte sich und hoffte, das Zittern aus ihrer Stimme zu verbannen. Es waren nicht nur Dean und Nardo. Sie hatten alle zusammen eine Strategie entworfen – Blake, Ricky, Clay, Nardo und Dean. Und sie hatten sich darauf geeinigt, dass Nardo der Richtige war, um die Sache zum Abschluss zu bringen.

»Glaubst *du*, dass es Clay war?«, fragte sie zurück.

»Hmm …« Er zuckte die Achseln. »Ich will deine Gefühle nicht verletzen, meine Liebe, aber Clay hat sehr deutlich gemacht, dass er nicht auf dich steht. Mit LSD machst du keine Sachen, die du nüchtern *nicht* tun würdest. Und offen gestanden hat er eine bessere Auswahl zur Hand, oder? Er hat es nicht nötig, sich mit zweiter Wahl abzugeben.«

Emily schaute auf ihre Hände.

»Komm schon, Mädchen, du wirst doch nicht in Wunschdenken verfallen, oder?« Nardo wartete, bis sie aufblickte. »Eine solche Anschuldigung könnte Clays Leben ruinieren.«

Wieder errichteten sie ihre Wagenburg um Clay. Emily fragte sich, warum sich eigentlich nie jemand Sorgen machte, dass *ihr* Leben ruiniert sein könnte. Selbst Ricky hatte nur die Jungs im Blick gehabt – was Emilys Schwangerschaft *ihnen* antun könnte, wie sie *deren* Leben ruinieren könnte.

»Du musst vorsichtig sein«, sagte Nardo. »Du hast selbst gesagt, dass du nicht weißt, wer es war. Es könnte sogar die falsche Nacht sein, von der du ausgehst. Ich meine, wer weiß? Du hast auf jeden Fall eine Menge Kontakte außerhalb der Clique mit deinen Orchesterproben und Debattiergruppen und was weiß ich alles.«

Sie lieh sich eine Zeile von Blake. »Ich weiß, wo meine Vagina war, Nardo. Ich hänge sehr an ihr.«

Er wirkte verblüfft über ihre derbe Ausdrucksweise.

Sie legte es ihm in klaren Worten dar. »Du sagst, du warst mit Blake im Badezimmer. Mr. Wexler ist zeugungsunfähig. Wer sollte es also sonst sein?«

»Was ist mit Cheese?«

Zum ersten Mal seit Tagen lachte sie. »Das kann nicht dein Ernst sein.«

»Natürlich meine ich es ernst.«

»Er war ja nicht einmal da.«

»Er stand genau vor dir, als du ins Haus gekommen bist«, entgegnete Nardo. »Großer Gott, Emily, was glaubst du wohl, wer uns das LSD verkauft hat?«

7

Andrea sah, wie sich die Fliegengittertür hinter Ricky Fontaine schloss. Der einzige Zugang zur Wäsche in der Garage war über die Außentreppe. Rickys Sandalen klatschten auf den Beton, als sie im Zickzack nach unten stieg, um die Handtücher aus dem Trockner zu holen.

Der Mist, der jetzt auf der Farm passiert, ist derselbe Mist, der Emily Vaughn vor vierzig Jahren passiert ist.

Als Schlussbemerkung hatte es die Aussage in sich, aber sie hielt genauerer Betrachtung nicht stand. Niemand hatte Emily Vaughn fast verhungern lassen. Sie war im siebten Monat schwanger gewesen, als sie überfallen wurde. Sie trug den Zeugenaussagen zufolge ein türkises Partykleid, keinen gelben Kittel. Ihr Haar war schulterlang und dauergewellt gewesen, nicht hüftlang und strähnig. Sie war barfuß gewesen. Hier schien vermutlich nur Andreas Südstaatenherkunft durch, aber sie nahm an, dass viele Leute auf einer Farm barfuß herumliefen.

Inwiefern war das eine also wie das andere?

Andrea dachte an den Anfang der Unterhaltung zurück. Ricky war diejenige gewesen, die Bible von der Leiche auf der Farm erzählt hatte, aber vier Stunden später hatte Andrea, ein US-Marshal, an ihre Tür geklopft, und alles, worüber Ricky reden wollte, war Emily Vaughn. Es war das Gleiche, was Wexler im Truck versucht hatte, aber er war ein so offensichtliches Arschloch, dass Andrea ihn auf Anhieb durchschaut hatte.

»Mist«, murmelte sie.

Sie ging zur Tür. Ricky war bis zum ersten Absatz gekommen. Bible war noch in seinem SUV an der Straße. Andrea wählte seine Nummer.

Er meldete sich beim ersten Läuten. »Ja?«

»Sagen Sie mir Bescheid, wenn sie wieder nach oben geht.«

»Wird gemacht.«

Andrea schob ihr Handy in die Tasche. Ihre Nerven waren bis zum Äußersten gespannt. Ricky hatte sie in ihr Haus gebeten, das hieß, die Frau hatte einem Betreten zugestimmt und damit auf ihre Rechte nach dem vierten Zusatzartikel verzichtet.

Das Haus war Freiwild.

Andrea holte das Smartphone wieder hervor und ging zum Konsolentisch. Sie machte Aufnahmen von den gerahmten

Fotografien. Dann kniete sie nieder und suchte das Jahrbuch 1981/82 der Longbill Beach Senior High School heraus. Die ersten Seiten waren unbedruckt, damit Klassenkameradinnen signieren konnten. Ricky hatte nicht viele Freunde gehabt, aber Andrea machte Aufnahmen der Unterschriften und der kurzen Bemerkungen. Es gab viele *Lass mal was hören* und einige *Go Longbills*!

Sie schaute auf die geschlossene Schublade. Ihr Herz tickte wie eine Stoppuhr. Andreas Befugnisse waren auf das beschränkt, wo sie realistischerweise von Rickys Zustimmung ausgehen durfte. Würde Ricky realistischerweise annehmen, dass Andrea die Schubladen öffnete? Ricky hatte offenherzig von der Clique und den Fotos gesprochen, von Emily Vaughn, von ihrem Bruder.

Die Rechtfertigung fühlte sich halbseiden an, aber es war immerhin eine Rechtfertigung.

Die linke Schublade war schwer zu öffnen. Andrea fand Zettel, alte Quittungen, einen Schnappschuss, wie Ricky und Blake Kerzen auf einer Geburtstagstorte ausbliesen, einen anderen, auf dem Nardo und Clay an der Theke im Diner saßen. Andrea dokumentierte, so viel sie konnte. Sie behielt die Zeit auf dem Handy im Auge. Sie wusste nicht genau, wann Ricky nach unten gegangen war, aber es dauerte nicht Stunden, einen Trockner zu leeren, ihn mit neuen nassen Handtüchern zu füllen, die Waschmaschine mit einer weiteren Ladung Wäsche anzuwerfen und wieder die Treppe hochzusteigen.

Andreas Hände schwitzten, als sie die Schublade auf der rechten Seite aufriss.

Weitere Erinnerungsstücke. Einige Hochzeitsfotos zeigten eine wesentlich jüngere Ricky mit Nardo. Ein silbernes Zippo-Feuerzeug mit den Initialen EAB darauf. Eine Sterbeurkunde für Eric Alan Blakely aus New Mexico. Die Police einer Sterbeversicherung für Al Blakely. Eine Quittung eines Bestattungsinstituts in Longbill Beach über zweihundert Dollar für eine Einäscherung. Eine Quittung von *Maggie's Formal Wear* mit einem verblassten roten *BEZAHLT*-Stempel und der Unterschrift der Angestellten. Andrea griff in der Schublade weit nach hinten und ertastete ein flaches Kästchen aus Metall, das etwas größer als ihre Hand war. Sie zog es heraus.

Andrea hatte keine Ahnung, was sie da vor sich sah.

Das Metallgehäuse maß etwa zehn mal fünfzehn Zentimeter und war in einem billigen Braun lackiert. Sie dachte, es könnte eine Kiste für kleinere Zigarren sein, aber oben war ein Fenster ausgeschnitten, das wie ein Thermometer aussah. Statt Ziffern gab es Buchstabenpaare auf weißem Hintergrund. Ein silberner Metallzeiger glitt in dem Fenster hinauf und hinunter.

Andrea war immer noch ahnungslos. Sie drehte das Kästchen um und suchte nach einer Klammer, einem Knopf, einem Logo oder vielleicht sogar nach einer Seriennummer.

Ihr Telefon läutete.

»Sie kommt die Treppe rauf«, sagte Bible.

»Verdammt.« Andrea machte rasch drei Fotos aus verschiedenen Blickwinkeln, bevor sie das Metallgehäuse in die Schublade zurücklegte. Sie musste sie mit der Hüfte zudrücken. Dann sprintete sie zur Eingangstür, um Ricky abzufangen.

»Lassen Sie mich helfen.« Andrea bot an, den Korb zu nehmen, aber Ricky ließ sie nicht.

»Geht schon, Schätzchen.« Sie schmatzte wieder auf einem Kaugummi. Ihre gesamte Körperhaltung hatte sich verändert. Andrea fragte sich, ob Ricky in der Garage ein Telefongespräch geführt hatte, oder vielleicht war ihr nur klar geworden, dass sie schon zu viel erzählt hatte. »Tut mir leid, aber ich muss Sie bitten, jetzt zu gehen. Ich bin schon zu spät für die Arbeit dran.«

Andrea hatte nicht die Absicht zu gehen. »Was Sie über die Farm gesagt haben – dass das Gleiche, was Emily passiert ist, jetzt dort passiert. Wie haben Sie das gemeint?«

»Ach, ich weiß nicht.« Ricky leerte den Korb mit den Handtüchern auf die Couch und begann sie in einem synkopischen Rhythmus zum Knallen ihres Kaugummis und dem Klirren ihrer silbernen Armreife zu falten. »Ehrlich gesagt haben Sie mich zu einer ungünstigen Zeit erwischt. Es ist offensichtlich, dass ich Dean und Nardo nicht ausstehen kann. Ich bin nicht das, was Sie eine verlässliche Zeugin nennen würden, vor allem, wenn man das Kontaktverbot berücksichtigt.«

Andrea beobachtete ihre flinken, routinierten Bewegungen. Ricky sprach schneller als zuvor. Vielleicht hatte sie niemanden angerufen. Vielleicht hatte nur die Wirkung der beiden Pillen, die sie in der Küche ohne Wasser geschluckt hatte, eingesetzt.

»Ich wünschte, ich könnte hilfreicher sein.« Ricky ließ ein Handtuch schnalzen und faltete es in Drittel. »Was Sie über Esther sagten – Sie haben recht. Sie hat ein wenig Frieden verdient. Ich kann für Sie nur wiederholen, was ich Bob Stilton vor vierzig Jahren gesagt habe. Ich habe Clay den größten Teil des Abends in der Sporthalle mit einer Cheerleaderin tanzen sehen. Ich kann mich nicht einmal mehr an ihren Namen erinnern.«

Andrea ließ sich nicht anmerken, dass sie in Rickys Zeugenaussage das genaue Gegenteil gelesen hatte. Emilys beste Freundin hatte angegeben, überhaupt nicht auf dem Ball gewesen zu sein. »Wer könnte es Ihrer Ansicht nach sonst gewesen sein?«

»Ich meine …« Ricky pflückte ein weiteres Handtuch aus dem Stapel. »Menschen tun alles, um ihre Kinder zu schützen, nicht wahr?«

Andrea sah ein Warnlicht angehen. »Richtig.«

»Sie verstehen es nicht, oder?« Ricky schüttelte ein neues Handtuch aus. »Emily fiel es schwer, zu Leuten gemein zu sein, selbst wenn sie es verdient hatten. Clay nannte diese Leute ihre Sammlung kaputter Spielsachen. Und Cheese war das kaputteste von allen. Er drückte sich dauernd in ihrer Nähe herum, wie ein trauriger kleiner Welpe. Und sie war nett zu ihm, aber nicht auf *diese* Weise.«

Andrea wollte sich vergewissern, dass sie richtig verstanden hatte. »Sie sagen, dass Jack Stilton, der jetzige Polizeichef, Emily Vaughn getötet hat?«

»Ich sage nur, es könnte erklären, warum nie jemand angeklagt wurde. Der Alte hat seinen Sohn geschützt.« Ricky blickte von ihrer Arbeit auf. »Ach, hören Sie nicht auf mich, Schätzchen. Ich schaue zu viele Krimis im Fernsehen.«

Andrea fand, sie hatte genug gehört. »Danke für Ihre Zeit. Sagen Sie Bescheid, wenn Ihnen noch etwas einfällt.«

Ricky unterbrach ihr Kaugummischmatzen. »Mach ich.«

Andrea ging zur Tür hinaus. Auf dem Weg nach unten versuchte sie zu verstehen, was gerade passiert war, und sei es nur, weil Bible Fragen haben würde.

Er wartete, bis sie die Beifahrertür geschlossen und den Gurt angelegt hatte. »Und?«

»Ein totaler Griff ins Klo.«

Bible fuhr los. »Daran ist man meistens zum Teil selber schuld, und es fällt mir schwer zu glauben, dass Sie da drin einen Fehler gemacht haben.«

Er hatte ja keine Ahnung. »Ricky glaubt, Chief Stilton hat Emily Vaughn getötet.«

Bible lachte überrascht auf. »Junior oder Senior?«

»Der Junior. Der Alte hat es vertuscht.«

»Na, wenn das nichts ist.« Bible klang nicht überzeugt. »Aber was ich höre, ist, dass Sie da drin gewissermaßen zwei Pferde mit einem Hintern geritten haben.«

Andrea nahm den Rüffel wahr, aber sie blieb bei der Metapher. »Ricky hat mich an den Zügeln geführt. Vom Start weg hat sie Emily Vaughn zum Thema gemacht. Ich kam nicht einmal dazu, meine Pepsi zu trinken. Dean Wexler hat das Gleiche zuvor schon im Truck gemacht. Es war, als hätten die beiden nach ein und demselben Drehbuch gearbeitet – erst fangen sie mit der Richterin an, dann bringen sie Emily zur Sprache, und dann beginnt das große Chaos.«

Bible runzelte die Stirn. »Erklären Sie das mit Ricky genauer.«

Emily versuchte eine Aufzählung. »Sie hat davon gesprochen, wie ihr Bruder zwei Wochen nach Emilys Tod in New Mexico ertrunken ist. Sie hat mir erzählt, dass sie eine beschissene Freundin für Emily war. Und als ich sie dann endlich zu dem Thema Farm hingedrängt habe, ist sie auf Dean Wexler losgegangen.«

»Was ist mit Nardo?«

»Sie sagt, er hat nichts mit dem zu tun, was Dean treibt, aber … Ich weiß nicht. Er muss schließlich wissen, was da passiert. Andererseits ist er eindeutig ein Sadist. Vielleicht schaut er gern zu.« Andrea dachte, sie sollte das alles aufschreiben, damit sie den Faden nicht verlor. »Ricky behauptet, dass nichts von dem Sektenzeug stattfand, als sie auf der Farm gelebt hat.«

»Glauben Sie ihr?«

»Ich weiß nicht.« Sie sollte sich die Worte am besten auf die Stirn tätowieren lassen. »Sie hat Angst vor ihnen, glaube ich. Definitiv mehr vor Wexler als vor Nardo.«

»Leuchtet ein«, sagte Bible. »Er kontrolliert das Geld. Er hat das Sagen. Weiter.«

»Dean hat ein dauerhaftes Kontaktverbot gegen Ricky durchgeboxt. Können wir das einsehen?«

»Ich setze Leeta drauf an.« Er tippte in sein Handy, während er fuhr. »Lässt Sie das Wort *dauerhaft* aufhorchen?«

»Ja«, sagte sie. »Bei einem zeitlich begrenzten Verbot zeichnet der Richter meist eine eidliche Aussage ab, und das Verbot erlischt nach einigen Monaten oder Jahren. Damit es dauerhaft wird, muss es eine Anhörung geben, wo man eine Gefahr begründen, Beweise für Gewalttätigkeit oder Missbrauch vorlegen und drastische Details schildern muss, damit der Richter das Kontaktverbot ohne zeitliche Beschränkung erteilt.«

»Korrekt«, sagte Bible. »Was noch?«

»Ich schätze, der verrückteste Teil war, als Ricky sagte, was auf der Farm vor sich geht, sei derselbe Mist, der Emily passiert ist.«

Bible dachte über die Aussage nach. »Das ergibt keinen Sinn für mich. Haben Sie eine Erklärung verlangt?«

»Ich habe es versucht, aber dann hat der Timer des Wäschetrockners gepiept. Und als sie wieder nach oben kam, wollte sie nichts mehr davon wissen.«

»Tja«, sagte er. »Was war mit Ihrem kleinen Vorstoß nach dem vierten Zusatzartikel?«

Andrea holte ihr Handy hervor. Sie würde ihre Fotos in Alben ordnen müssen, damit sie nicht versehentlich ihre Urlaubsfotos an die USMS-Cloud schickte. Sie wischte durch die Bilder, während sie sprach. »Da waren eine Menge Jahrbücher, bis zurück zur Grundschule. Viele Gruppenfotos, aber Emily war ausgeschnitten. Ein Zippo. Eric Blakelys Sterbeurkunde aus New Mexico, datiert auf den 23. Juni 1982. Eine Sterbeurkunde für Al Blakely von 1994. Ich nehme an, das war Big Al. Es gibt auch eine Police einer Sterbeversicherung.«

»Hm«, sagte Bible.

Andrea hatte das Bild des Metallkästchens gefunden. Sie zeigte es Bible. »Ist das eine kleine Zigarrenkiste oder ein Etui für Visitenkarten oder …«

Er lachte. »Das ist ein Taschenindex.«

»Ich habe keine Ahnung, was das ist.«

»Etwas aus der Steinzeit, bevor man sein ganzes Leben immer bei sich trug.« Er zeigte auf das Fenster mit den Buchstaben. »Den kleinen Zeiger hier, den muss man auf die entsprechenden Buchstaben stellen, für Bible zum Beispiel auf A-B, für Oliver verschiebt man ihn auf …«

»O-P«, sagte Andrea. »Es ist ein Adressbuch.«

»Sie haben es erfasst, Partnerin«, sagte Bible. »Wenn ich also Ihre Nummer nachschlagen wollte, würde ich den Zeiger auf

O-P schieben, dann einen Knopf unten an dem Gehäuse drücken, und schon springt der Deckel auf und zeigt mir alle Seiten O-P.«

Andrea zoomte auf den unteren Rand des Fotos. Der Knopf war nichts weiter als ein in das Gehäuse eingebetteter Splitter. »Wie drückt man den?«

»Mit dem Daumennagel. Wenn man nicht aufgepasst hat, hat man sich einen Bluterguss unter dem Nagel geholt. Sehr unpraktisch«, sagte Bible. »Ihr jungen Leute wisst nicht, wie gut ihr es habt.«

Andreas Leben wäre ohne Smartphone zweitausend Prozent weniger stressig. »Das Adressbuch muss Rickys Bruder oder Großvater gehört haben. Alles andere in der Schublade hatte mit den beiden zu tun.«

»Schublade?« Bible verlieh diesem Wort durch seinen Tonfall eine ganz andere Bedeutung. »Sie hatten einen hinreichenden Grund, um in eine Schublade zu schauen?«

Andrea wurde rot. »Ich hatte eine Rechtfertigung.«

»Partnerin, für die Zukunft: Rechtfertigungen funktionieren bei mir nicht. Ich brauche es nach Vorschrift. Man handelt nicht richtig, indem man Unrecht begeht.« Sein Ton war sanft, aber der Rüffel war heftig. »Verstanden?«

Sie zwang sich, ihm in die Augen zu schauen. »Verstanden.«

»Gut, Lektion gelernt. Sie können es abhaken.«

Andrea klickte ihr Handy aus. Ihr war nicht bewusst gewesen, wie sehr sie Bible beeindrucken wollte, bis sie ihn enttäuscht hatte. »Es war alles umsonst. Ich habe nichts herausgefunden, was Star Bonaire oder einem anderen Mädchen auf der Farm helfen könnte. Ricky hat mich an der Nase herumgeführt. Es tut mir leid.«

»Lady, Sie müssen aufhören, meine Partnerin fertigzumachen.« Bible hielt wieder am Straßenrand. Er löste den Sicherheitsgurt und wandte sich ihr zu. »Ich will Ihnen etwas verraten,

Partnerin. In Ihrer Laufbahn bei der Polizei – und es wird nach meiner Überzeugung eine lange und erfolgreiche Laufbahn sein – werden Ihnen zwei Typen von Menschen begegnen: solche, die reden wollen, und solche, die nicht reden wollen.«

»Okay«, sagte Andrea. Offenbar brauchte sie noch mehr Training.

»Bei jedem Typ müssen Sie sich fragen – wieso? Wenn einer dichtmacht, bedeutet das nicht automatisch, dass er ein übler Kerl ist. Vielleicht hat er Videos von Leuten gesehen, die aussehen wie Sie und Menschen wehtun, die aussehen wie er. Oder er will einfach in Ruhe seinen Angelegenheiten nachgehen und hat keine Lust zu reden. Und das ist in Ordnung, denn nicht mit der Polizei zu reden, ist Ihr unveräußerliches Recht als amerikanischer Bürger. Lieber Himmel, haben Sie einmal Ihren Angestelltenvertrag gelesen? Jede Polizeigewerkschaft lässt hineinschreiben, dass Sie keinen Officer vernehmen dürfen, ohne dass dieser Officer einen Anwalt an seiner Seite hat. Was für den einen gut ist, kann für den anderen nicht schlecht sein, das hat wirklich seine Ironie.«

Andrea kaute auf der Innenseite ihrer Wange. »Ricky wollte definitiv mit mir reden.«

»Das ist der andere Typus«, sagte Bible. »Manchmal wollen sie schlicht und einfach hilfsbereit sein. Manchmal haben sie keinen blassen Schimmer, aber sie wollen mit von der Partie sein. Oder vielleicht versuchen sie, Ihre Überlegungen in eine Richtung zu lenken, die vorteilhaft für sie ist. Oder sie sind schuldig und wollen wissen, was *Sie* wissen. Oder es sind Leute, die immerzu Dreck aufwirbeln müssen.«

»Ricky könnte alles davon sein«, gab Andrea zu. »Ich weiß nicht, welche Absichten sie verfolgt, aber am Ende des Gesprächs hat mir mein Bauchgefühl gesagt, dass sie etwas verbirgt.«

Zur Abwechslung war Bible derjenige, der ein Smartphone in der Hand hatte. Er kniff die Augen beim Tippen zusammen, aber er hatte rasch gefunden, was er suchte. Er gab Andrea sein Telefon.

Sie wusste nicht, was sie erwartet hatte, aber das hier war ein eingescannter Brief. Zwölf-Punkt-Schrift, Schriftart Times New Roman. Schwarz auf Weiß. Nur ein Satz, alles in Großbuchstaben …

WIE WÜRDE ES DIR GEFALLEN, WENN ALLE WELT WÜSSTE, DASS DEIN MANN DICH UND DEINE TOCHTER MISSHANDELT HAT, ABER DU HAST NICHTS GETAN, UM SIE ZU SCHÜTZEN?

Andrea sah Bible an.

»Weiter«, sagte er.

Andrea ging zum nächsten Scan …

DU HAST DEIN KIND FÜR DEINE KARRIERE GEOPFERT! DU VERDIENST DEIN TODESURTEIL DURCH KREBS!

Wieder sah Andrea Bible an. »Sind das die Drohungen, die der Richterin mit der Post geschickt wurden?«

»Ja.«

Andreas Augen wurden schmal. »Dann wird in der ersten behauptet, dass Franklin Vaughn Frau und Kind misshandelt hat.«

»Richtig«, bestätigte Bible. »Weiter.«

Sie wischte weiter …

DU STIRBST AN KREBS, UND DEIN MANN VEGETIERT NUR NOCH DAHIN, ABER ALLES, WAS DICH INTERESSIERT, IST DEIN SOGENANNTES VERMÄCHTNIS!

Andrea erinnerte sich, dass Bible gesagt hatte, es gebe *gewisse Details* aus dem Privatleben der Richterin, die die Drohungen plausibel erscheinen ließen. »Ricky sagte, der Krebs der Richterin sei ein offenes Geheimnis. Alle wüssten, dass er unheilbar ist.«

»Lesen Sie weiter.«

Andrea lud den nächsten Scan.

DU WIRST STERBEN, DU ARROGANTES, GIERIGES, NUTZLOSES MISTSTÜCK. ALLE WERDEN ERFAHREN, WAS FÜR EINE BETRÜGERIN DU BIST! ICH WERDE DAFÜR SORGEN, DASS DU LEIDEST!

Dann den nächsten …

DU VERDIENST EINEN LANGSAMEN, SCHMERZHAFTEN UND SCHRECKLICHEN TOD FÜR DAS, WAS DU GETAN HAST! NIEMAND WIRD DIR NACHTRAUERN, WENN DU IN DEINEM GRAB VERROTTEST! ICH WERDE DICH BALD TÖTEN. NIMM DICH IN ACHT!

Bible erklärte: »Die Security am Gericht prüft jedes einzelne Stück Post, das jeder Richter erhält. Der erste Brief sah nach nichts aus, deshalb wurde er abgeheftet. Dann traf der zweite am nächsten Tag ein, und er sprach den Krebs der Richterin an, also hat man mit ihr geredet und ihr Schutz angeboten, und sie sagte, das sei keine große Sache. Dann kamen Nummer drei und vier am Tag drei und vier, und die Richterin hat das ebenfalls mit einer Handbewegung abgetan. Was ihr Recht ist. Wir können sie nicht zwingen, Sicherheitsmaßnahmen zu ergreifen. Aber dann wurde die Ratte zusammen mit Brief Nummer fünf an ihre Privatadresse in Baltimore geschickt, und an diesem Punkt kam ich ins Spiel.«

»Das sieht nach manischem Verhalten aus«, sagte Andrea. »Sie so kurz nacheinander zu schicken.«

»So ist es.«

»Hat Esther um Sie persönlich gebeten?«

»Das musste sie nicht. Der Boss hat mich von Anfang an über die Briefe auf dem Laufenden gehalten. Und meine Frau Cussy hat ein Auge auf Esther, weil sie dankbar für das ist, was sie vor ein paar Jahren für mich getan hat.«

Andrea hatte den Code endlich kapiert. »Und Ihr Boss und Ihre Frau waren sich einig, dass Sie als Security arbeiten sollten, bis die Bedrohung untersucht und neutralisiert ist?«

»Hab ich nicht gesagt, dass Sie schlau sind?«

Andrea begnügte sich nicht mit einer Teilnahmeurkunde. »Hat die Richterin zugegeben, dass sie und Emily von ihrem Mann misshandelt wurden?«

»Die Richterin beantwortet keine Fragen, die sie nicht beantworten will.«

Das klang sehr nach Esther Vaughn, aber es war schwer zu sagen, ob ihr Schweigen eine Bestätigung des Missbrauchs war oder ein Dementi.

Das hatte man davon, wenn man gebieterisch war.

Andrea blätterte durch die Scans und las alle fünf Briefe noch einmal. Für Todesdrohungen waren sie eigentlich ziemlich lahm. Andrea hatte sich mit mehr Gift konfrontiert gesehen, als sie mal eben einen Beitrag zur Diskussion um den Maler Philip Guston auf der Facebook-Seite des Savannah College of Art and Design gepostet hatte. Sie wusste von keiner Frau, die in den sozialen Medien nicht wenigstens einmal einer brutalen Vergewaltigungsdrohung ausgesetzt war, nur weil sie ihre Meinung zum Ausdruck gebracht hatte.

Das Telefon vibrierte. Bible hatte eine E-Mail bekommen.

Andrea konnte nicht umhin, die Benachrichtigung zu lesen. »Leeta hat auf Ihre Frage nach Rickys Kontaktverbot geantwortet.«

»Schauen Sie ruhig rein.«

Andrea öffnete die E-Mail, dann den Anhang mit dem Kontaktverbot des Richters gegen Ricky Jo Blakely Fontaine.

»Sie, die Gegenpartei, werden hiermit davon in Kenntnis gesetzt, dass jede absichtliche Verletzung dieses unbefristeten Verbots eine Straftat darstellt, die zu Ihrer sofortigen Verhaftung führt.«

»Verdammt«, murmelte Andrea. Das war glasklar. Sie überging den juristischen Standardtext und machte den ursprünglichen Antrag auf das Kontaktverbot ausfindig. Dann scrollte sie zum Kern von Bernard Fontaines Beschwerde und las sie Bible laut vor.

Bei mehreren Gelegenheiten ist meine Ex-Frau Ricky Jo Blakely (Fontaine) in den letzten zehn Jahren bei mir zu Hause und bei meinem Geschäftspartner Dean Wexler aufgetaucht und hat mich verbal bedroht. Beim letzten Mal war sie betrunken und hat Erbrochenes vor meiner Haustür hinterlassen. Im vergangenen halben Jahr sind ihre Angriffe eskaliert. Sie hat sämtliche Reifen an meinem Wagen zerstochen (Foto beigefügt). Sie hat einen Stein in mein Schlafzimmerfenster geworfen (Foto beigefügt). Sie hat einige der Beschäftigten an meinem Arbeitsplatz bedroht (eidesstattliche Aussagen beigefügt). Sie hat anonyme Briefe an mehrere Behörden geschrieben, dass mein Geschäftspartner (Wexler) und ich uns angeblich nicht an gesetzliche Vorschriften halten (Kopien beigefügt). Sie kam gestern Abend an meinen Arbeitsplatz, hat eine Waffe (Messer) geschwungen und gedroht, mich umzubringen. Die Polizei wurde gerufen (Bericht beigefügt). Bei ihrer Verhaftung hat sie damit gedroht, mich und Dean Wexler zu töten. Sie befindet sich gegenwärtig in Haft, aber ich fürchte um mein Leben, sollte sie freigelassen werden.

»Tja, da sind alle Kästchen für *dauerhaft* angekreuzt«, sagte Bible. »Die gute Ricky Jo scheint eine wilde Seite zu haben. Wann ist das alles passiert?«

»Verdammt, es war erst vor vier Jahren!« Andrea hätte beinahe das Handy fallen lassen, als sie das Datum sah. Ricky hatte sie noch mehr an der Nase herumgeführt als gedacht.

Vorhin bei sich zu Hause hatte es Ricky so wirken lassen, als hätte die Scheidung sie vernichtet und als hätte sie schreckliche Angst vor Nardo und Wexler. Aber man zerstach nicht sechzehn Jahre später jemandem die Reifen und kotzte vor seine

Tür, weil man schreckliche Angst hatte. So etwas tat man, um jemandes Aufmerksamkeit auf sich zu ziehen.

Andrea sah Bible an. Er wartete darauf, dass ihr ein Licht aufging, und es hatte nichts mit dem Kontaktverbot zu tun.

Sie sagte: »Ich habe von Ricky gesprochen, und Sie haben mir die Todesdrohungen gezeigt, die an die Richterin geschickt wurden.«

»Das ist die korrekte Reihenfolge.«

Andrea stellte eine begründete Vermutung an. »Sie glauben, Ricky hat die Drohbriefe geschrieben.«

Er sah sehr zufrieden aus. »Wiederum korrekt, Partnerin.«

»Verdammt«, flüsterte Andrea, denn sie war sich keineswegs sicher gewesen. Im Nachhinein würde es das Fehlen sexueller Gewaltandrohung erklären. Und die Ratte. Überall an der Uferpromenade waren Fallen aufgestellt. Ricky würde nicht weit gehen müssen, um eine zu finden. Ganz zu schweigen davon, dass die mit Briefmarken versehenen Briefe in den blauen Sammelbriefkasten am Ende der Beach Road geworfen wurden.

»Warum?«, fragte sie. »Was hat die Richterin Ricky denn getan?«

»Vor rund fünfzig Jahren ist der Diner abgebrannt.«

Andrea erinnerte sich, auf der Website von *RJ's Eats* etwas von dem verheerenden Feuer gelesen zu haben, aber wenn Esther Vaughn keine Brandstifterin war, sah sie den Zusammenhang nicht.

»Und?«

»Big Al hat die Kids großgezogen, nachdem die Eltern von Ricky und Eric bei einem Bootsunfall starben.« Bible beobachtete Andrea aufmerksam, um zu sehen, wie sie reagierte. »Es gab einen Vergleich mit dem Bootsverleiher über zweihunderttausend Dollar, die für die Kinder auf einem Treuhandkonto verwahrt wurden. Big Al war der Treuhänder. Die Kinder wussten von dem Geld. Sie dachten, es würde für das College reichen, vielleicht noch für ein neues Auto und die Anzahlung für ein Haus. Damals war das tatsächlich viel Geld, selbst durch zwei geteilt bekam man eine Menge dafür.«

Andreas zweieinhalb Jahre am Savannah College of Art and Design hatten fast die gesamte Summe verschlungen. »Aber dann ist der Diner abgebrannt.«

»Richtig, und Big Al als Treuhänder war der Ansicht, dass es zum Nutzen der Kinder sei, wenn er das Geld für den Wiederaufbau des Diners verwendete. Das Restaurant war viele Jahre in Familienbesitz gewesen. Er machte also eine Eingabe an das Gericht. Das Gericht ließ sich überzeugen, und er gab das Geld aus.«

»Eingabe an das Gericht«, wiederholte Andrea.

»Der Delaware Court of Chancery entscheidet über Bürgerrechte, Immobilien, Vormundschaft, Treuhandvermögen, lauter solche Dinge. Seinerzeit war Esther Kanzlerin des Court. Sie gab Als Gesuch statt, das Geld zum Wiederaufbau des Restaurants zu verwenden. Sagte sogar etwas wie, dass ein Studium gut und schön sei, aber der Diner würde beiden Kindern bis an ihr Lebensende ein vernünftiges Einkommen sichern.«

Andrea überlegte, wie sie selbst sich wohl fühlen würde, wenn der gesamte Verlauf ihres Erwachsenenlebens von einer Person verändert worden wäre. Im Grunde erforderte es nicht viel Fantasie.

»Ich nehme an, es gibt keinen Beweis, andernfalls wäre Ricky verhaftet worden«, sagte sie. »Wurde sie vernommen?«

»Man geht nicht frontal auf eine Klapperschlange los, man packt das Miststück am Schwanz.«

Andrea hatte den Ausspruch schon gehört. Am besten knackte man einen Verdächtigen, indem man ihn mit einer Information überraschte, von der er nicht wusste, dass man sie besaß. Das war der Punkt, wo wahrscheinlich der Inspector der Abteilung Richterschutz ins Spiel kam. Andrea und Bible waren Babysitter, keine Ermittler.

»Weiß die Richterin, dass Ricky die Drohbriefe geschrieben hat?«, fragte Andrea.

»Das weiß sie allerdings«, sagte Bible. »Aber es ist eine Theorie, keine erwiesene Tatsache. Die Marshals beschützen die Vaughns weiter aufgrund der geringen Wahrscheinlichkeit, dass ich mich irre. Und ich weiß, es ist schwer zu glauben, Partnerin, aber ich habe mich schon geirrt.«

»Moment mal.« Andrea sah eine Lücke in seiner Erklärung klaffen. »Gestern Abend haben Sie mir erzählt, das klassische Profil einer Person, die einen Richter bedroht, sei ein selbstmordgefährdeter männlicher Weißer mittleren Alters.«

»Das stimmt, und damit wäre Ricky eine Ausnahme. Marshal-Regel Nummer …«

»Jetzt hören Sie aber auf.«

»Also gut, Sie haben mich ertappt.« Sein unverschämtes Grinsen erinnerte sie an Mike. »Ich hätte Ihnen von Anfang an sagen können, dass ich Ricky auf dem Schirm habe. Ich habe Sie verarscht, Partnerin. Sie verbergen Sachen, ich verberge Sachen. Alles wieder gut?«

Andrea zwang ihre Backenzähne auseinander. »Alles wieder gut.«

»Fantastisch«, sagte Bible. »Hier ist noch etwas, was Sie wissen sollten: Ricky ist nur in einer Hinsicht eine Ausnahme, weil sie weiblich ist. Meines Wissens hat sie im Lauf der Jahre mindestens drei Selbstmordversuche unternommen.«

Überrascht öffnete Andrea den Mund.

»Das erste Mal war ein Autounfall ohne andere Beteiligte, als sie in ihren Zwanzigern war. Das zweite Mal war eine Überdosis an ihrem vierzigsten Geburtstag, mitten auf der Straße. War ziemlich spektakulär, sie hat den ganzen Verkehr aufgehalten. Beim dritten Mal war sie in Haft. Sie hat versucht, sich in Stiltons Arrestzelle zu erhängen, nachdem Dean sie wegen des Kontaktverbots verhaften ließ.«

»Sie haben Stilton nach Selbstmorden gefragt, und er hat kein Wort von Ricky gesagt.«

»Ja. Und das heißt, er hat gelogen«, sagte Bible. »Bei den ersten beiden Malen könnte ich mir zur Not noch vorstellen, dass es ihm entfallen ist, aber der letzte Versuch ist erst vier Jahre her und fand in seinem eigenen Laden statt.«

Andrea musste sich einen Moment Zeit nehmen, um alles zu durchdenken. Es gab einen mehr als offensichtlichen Grund, warum Stilton versuchen sollte, zwei US-Marshals auf Distanz zu halten. »Sie haben gelacht, als ich Ihnen erzählt habe, dass Ricky Jack Stilton für Emilys Mörder hält.«

»Ich will nicht behaupten, dass Jack nicht auf meiner Liste ist, aber es gibt bessere Verdächtige.«

Clayton Morrow. Bernard Fontaine. Eric Blakely. Dean Wexler.

»Das ist jetzt eine verrückte Frage«, warnte Andrea. »Aber könnte das verlorene Treuhandgeld ein Motiv für den Angriff sein? Offensichtlich ist Ricky immer noch wütend darüber. Ich kann mir vorstellen, dass sowohl sie als auch ihr Bruder der Richterin vorwarfen, ihr Leben ruiniert zu haben.«

»Gibt es nicht Zeugenaussagen, dass Eric zur Tatzeit in der Sporthalle war?«, fragte Bible. »Und niemand hat Ricky beim Ball gesehen.«

»Aber Zeugen sind nicht immer zuverlässig. Alle aus Emilys Freundesgruppe haben mehr oder weniger ein Alibi. Sie können nicht alle die Wahrheit sagen.«

»Das stimmt. Und die Leute sagen generell immer nur das, wovon sie glauben, dass man es hören will.«

»Ich denke, ich habe mir meine verrückte Frage selbst beantwortet«, sagte Andrea. »Es ging nicht um die Richterin und das Treuhandvermögen. Wer immer Emily getötet hat, war nicht auf die Richterin wütend, sondern auf Emily. Ihr Gesicht war praktisch zu Brei geschlagen. Zwei Halswirbel waren gebrochen. Man hat sie nackt ausgezogen und in einen Müllcontainer gelegt. Warum tut man das alles, statt sie einfach ins Meer zu werfen, das nur zwanzig Meter entfernt war?«

»Man tut es, weil es eine persönliche Geschichte ist«, sagte Bible. »Und weil ein Mord nichts ist, worin man Übung hat.«

»Damit wären wir also wieder bei dem Motiv, von dem alle von Beginn an ausgingen: Emily wollte den Namen des Kindsvaters öffentlich machen, und der Kindsvater hat sie zum Schweigen gebracht.«

»Richtig.« Bible war erkennbar zum selben Schluss gelangt wie Andrea. »Vor vierzig Jahren hat sich Wexler selbst aus dem Rennen genommen, indem er behauptete, zeugungsunfähig zu sein.«

Andrea wusste das aus ihrer Lektüre. »Bob Stilton hat ihn beim Wort genommen, aber es gab keine medizinischen Unterlagen oder eidesstattliche Erklärung eines Arztes in der …«

»Akte?«

Bible grinste wieder. Er hatte sie zu dem Eingeständnis verleitet, dass sie Emily Vaughns Ermittlungsakte gelesen hatte.

»Haben Sie mir sonst noch etwas zu erzählen?«, fragte er.

Andrea hatte ein weiteres Detail, aber es stammte nicht aus Emilys Akte. »Dean Wexler hat mir erzählt, dass Emily auf der Party unter Drogen stand. In dem Zustand wurde sie schwanger. Er sagte, sie hat nie herausgefunden, wer es war.«

Bible wirkte nicht überrascht über die Mitteilung, aber er hatte mit mehr Leuten gesprochen als Andrea, darunter Emilys Mutter.

»Ich vermute, Sie haben eine Theorie, was an diesem Abend damals passiert ist?«, sagte er.

Andrea hatte eine. »Emily Vaughn wurde am 17. April 1982 zwischen 18 Uhr und 18.30 Uhr überfallen. Die Sonne ging um 19.42 Uhr unter.«

Bible nickte, es war offenbar das, was er von Andrea erwartet hatte.

»Die Brutalität des Angriffs deutet darauf hin, dass der Angreifer sein Opfer kannte. Das Tatwerkzeug befand sich bereits in der Gasse, es handelte sich also wahrscheinlich um eine spontane Tat. An der Palette wurden einige schwarze Fäden gefunden, aber alle Jungs trugen an diesem Abend Schwarz. Nach dem Überfall hat der Angreifer Emily wahrscheinlich hinter einem Berg Mülltüten versteckt und gewartet, bis es dunkel war, um sie wegzubringen.«

»Was noch?«

»Die Zeugenaussagen. Stilton sagt, er hat den Ball frühzeitig verlassen und mit seiner Mutter ferngesehen. Clay wurde beim Tanzen mit einer Cheerleaderin gesehen, aber die Zeiten sind unklar. Bei Nardo ist es das Gleiche – mal wurde er gesehen, dann wieder nicht. Dito bei Dean Wexler, der als Aufsicht dort war. Er wurde gesehen und dann wieder nicht gesehen. Eric war auf dem Ball. Zeugen haben ihn kurz vor dem Angriff mit Emily streiten sehen. Dann sahen sie ihn weggehen. In seiner Aussage behauptete Eric, er sei frühzeitig gegangen und hätte den restlichen Abend mit seiner Schwester Filme geschaut.«

Andrea musste kurz verschnaufen. Sie hatte außerdem ein neues Detail. »Damals hat Rickys Zeugenaussage Erics Geschichte gestützt, aber vorhin bei ihr zu Hause hat sie mir erzählt, dass Clay nicht der Mörder sein könne, weil sie ihn den ganzen Abend auf dem Ball tanzen sah.«

»Nehmen Sie das Davor und das Danach als Klammer.« Bibles Pokerface hate einen Sprung bekommen. »Gehen Sie in Gedanken zurück zu Rickys Haus. Wie benahm sie sich, als Sie dort eingetroffen sind? Wie war sie, als Sie gegangen sind? Dann bohren Sie mitten rein. War sie nervös? Hat sie Ihnen in die Augen geschaut oder …«

»Sie sah erschöpft aus, als sie die Tür öffnete. Als hätte sie die ganze Nacht nicht geschlafen. Und als sie dann aus der Garage zurückkam, war sie irgendwie überdreht, und so blieb sie auch den Rest der Zeit.« Andrea hatte bereits auf eine mögliche Erklärung getippt. »Bei meiner Ankunft hat Ricky zwei Tabletten aus einer Arzneiflasche eingeworfen. Ich glaube, als sie von der Garage wieder nach oben kam, hatte die Wirkung eingesetzt. Sie hat zu fabulieren angefangen. Sie hat sich selbst versehentlich in die Nähe des Tatorts platziert, obwohl sie eindeutig nicht dort war. Schlimmer noch, sie hat Clay Morrow entlastet.«

»Warum ist das schlimmer?«

»Na ja ...« Andrea zuckte mit den Schultern. Ausnahmsweise spielte ihre persönliche Beziehung zu Clay keine Rolle. »Es ist unklug. Alle Leute in der Stadt gehen davon aus, dass Clay Emily getötet hat. Warum ihm freiwillig ein Alibi verschaffen? Wenn man einen Mord jemand anderem anhängen will, dann nimmt man doch den Kerl, der ohnehin schon im Gefängnis sitzt.«

Bible antwortete nicht. Er blickte aus dem Fenster und kratzte sich nachdenklich am Kinn.

Andrea atmete langsam aus. Der Druck in ihrer Brust hatte sich gelöst. Dass sie sich gestattet hatte, über Emily Vaughn zu sprechen, hatte eine schwere Last von ihr genommen. Die Erleichterung war allerdings nur ein schwacher Trost, denn der Antwort auf die Frage, ob Clay Morrow schon ein sadistischer Mörder gewesen war, bevor er Laura traf, oder ob er erst später dazu wurde, war sie keinen Schritt nähergekommen.

»Partnerin, ich sage Ihnen jetzt etwas, was Sie nicht oft hören werden«, sagte Bible. »Ich habe mich geirrt. Die Lage ist hier so, dass wir zwei Ärsche haben, aber nur ein Pferd.«

Andrea lachte. »Ich bin einverstanden, einer der Ärsche zu sein, wenn Sie endlich die Pferdemetapher aufgeben.«

»Von mir aus«, sagte er. »Wir haben Stilton, Nardo, Dean und Ricky. Was haben sie gemeinsam? Sie sind alle direkt oder indirekt in die Aktivitäten auf der Farm und den Mord an Emily Vaughn verwickelt.«

Andrea nickte, denn sie waren alle irgendwie miteinander verbunden.

»Es gibt da eine Verteidigungsstrategie …«

»Der andere war's«, sagte Andrea. Die meisten Kriminellen waren mit Freuden bereit, sich gegen andere Kriminelle zu wenden, vor allem, wenn ihnen dadurch das Gefängnis erspart blieb. »Aber inwiefern hilft uns das? Wir haben gegen keinen von ihnen etwas in der Hand. Sie können Ricky nicht wegen der Drohbriefe festnageln. Wir haben niemanden auf der Farm, der sich gegen Nardo oder Wexler stellen wird. Eric Blakely ist tot. Clay Morrow wird nur mit uns spielen, weil er sich langweilt und weil er mit allen spielen kann. Stilton kann sagen, dass er Rickys Selbstmordversuche vergessen hat oder dass es ihm peinlich war, sie zur Sprache zu bringen, weil sie in seiner Obhut fast gestorben wäre. Und es sollte ihm tatsächlich peinlich sein.«

Bible wartete, um sich zu vergewissern, dass sie fertig war. »Ricky war so nervös, dass sie zwei Tabletten schlucken musste, als Sie bei ihr aufgetaucht sind. Wexler hat versucht, Sie durch einen tätlichen Angriff auf einen US-Marshal abzuschrecken. Nardo hat sein Recht zu schweigen geltend gemacht, dann ist er Ihnen nachgelaufen, weil er plaudern wollte. Stilton ist möglicherweise der schlechteste Polizist der Welt, oder aber er versucht uns von der Farm fernzuhalten, weil er Angst hat, dass wir etwas herausfinden.«

Es wurde wieder still im Wagen, aber diesmal war es Andrea, die nachdenklich schwieg.

»Sie flippen alle aus«, erkannte sie. »Stilton hat Sie nicht wegen Poulsens Selbstmord angerufen, sondern Ricky hat Sie im Diner davon unterrichtet, aber erst nachdem sie, Nardo und Wexler Zeit hatten, ihre Geschichten abzustimmen.«

»Wir haben sie genau dort, wo wir sie haben wollen«, sagte Bible. »Nach meiner Erfahrung neigen Leute, die ausflippen, dazu, eine Menge Fehler zu machen. Das ist dann der Punkt, an dem man den Druck erhöht.«

Druck klang wie etwas, was sehr langsam vonstatten ging.

Andrea war zumute, als hätte sie seit dem Abschied von Glynco jede Sekunde mit dem Versuch verbracht, eine Welle zu reiten, die sie nie ganz erwischte. So gut es tat, den Fall Emily Vaughn mit Bible zu besprechen – sie waren noch immer zu keiner Lösung gekommen. In der Zwischenzeit war Alice Poulsen immer noch tot, und Star Bonaire war immer noch ein wandelnder Leichnam, der allem Anschein nach dabei war, sein eigenes Grab zu schaufeln.

Es gab keine eindeutige Antwort auf die Frage, warum Andrea zum Marshal Service gegangen war, aber sie hatte todsicher nicht mehr als vier Monate reine Hölle hinter sich gebracht, um am Ende den Hintern nicht hochzukriegen, wenn eine verzweifelte junge Frau sie um Hilfe bat.

»Was können wir also tun?«, fragte sie Bible.

»Es ist Viertel nach fünf, Partnerin. Was glauben Sie denn, was wir tun werden?«

Andrea schluckte ihre Enttäuschung hinunter. Sie mussten Mitt Harri und Bryan Krump ablösen. Die beiden Männer hatten seit sechs Uhr morgens auf dem Anwesen der Vaughns Wache geschoben. Andrea und Bible wurden in fünfundvierzig Minuten zum Dienst erwartet.

»Marshal-Regel Nummer drei«, sagte Bible. »Erledige immer deinen Job.«

Andrea lehnte an der Wand, während sie auf ihre Bestellung bei *McDonald's* wartete. Sie und Bible waren sich einig gewesen, dass der Diner heute nicht der beste Ort zum Abendessen war. Er war zu einer Fast-Food-Filiale unmittelbar außerhalb der Stadtgrenze gefahren. Und dann hatte er gegrinst, als sie auf den Parkplatz eingebogen waren, denn die Adresse kannten sie beide. Genau an dieser Stelle hatte vor vierzig Jahren *Skeeter's Grill* gestanden, in dessen Müllcontainer Emily Vaughn gefunden wurde.

Sie schaute in ihr Handy und scrollte zerstreut durch Instagram, weil sie buchstäblich zu nichts anderem in der Lage war. Die letzten vierundzwanzig Stunden hatten sie nun endlich wie eine Ladung Ziegelsteine getroffen. Vier Stunden Schlaf waren nicht genug für eine erwachsene Frau. Jeder einzelne Nerv in ihrem Körper schien bloß zu liegen. Alle Gefühle schienen sie verlassen zu haben. Wenn sie Emily Vaughns Fall noch einmal durchging, würde ihr Kopf explodieren. Und ihr Herz wahrscheinlich ebenfalls, wenn sie noch eine Sekunde länger an Alice Poulsen und Star Bonaire dachte.

Um sich selbst zu bestrafen, öffnete sie ihre Textnachrichten und ging Mikes Versuche, ihre Aufmerksamkeit zu gewinnen, wieder durch. Die Gnus. Das Dikdik. Er mochte aufrichtig glauben, dass er aus dienstlichen Gründen den ersten Flug nach Delaware genommen hatte, aber er hätte auch anrufen können. Er hatte Andrea persönlich sehen wollen. Er hatte sich überzeugen wollen, dass sie okay war. Und sie hatte ihm zur Belohnung für seine Aufmerksamkeit ins Gesicht geschlagen.

Sie starrte auf den blinkenden Cursor im Feld für neue Nachrichten. Mike saß jetzt wahrscheinlich in einem Flugzeug zurück nach Atlanta. Sie sollte sich bei ihm entschuldigen. Sie *musste* sich bei ihm entschuldigen. Sie hatte sich so beschissen ihm gegenüber verhalten.

Warum hatte sie sich nur so beschissen verhalten?

Eine Benachrichtigung erschien auf dem Schirm. Laura hatte einen Link zu einer Kriminalstatistik des Großraums Portland geschickt, gegliedert nach Stadtvierteln. Sie hatte angefügt:

Kann gründlicher nachforschen, wenn du mir sagst, in welchen Gegenden du gern wohnen möchtest.

Andrea schaltete das Handy aus. Sie hätte gern in einer Ananas auf dem Meeresgrund gewohnt.

»Nummer sechsunddreißig!«

Andrea fuhr zusammen, als hätte sie beim Bingo gewonnen. Sie raffte die Tüten und Drinks von der Theke. Bible telefonierte gerade, als sie die Tür seines SUV öffnete.

»Verstehe, Boss.« Er blinzelte Andrea zu. »Wir sind jetzt auf dem Weg zur Richterin. Werden uns ein wenig verspäten. Ich glaube nicht, dass ich noch Zeit habe, meine Frau anzurufen.«

»Hoffentlich versteht sie es.« Compton beendete das Gespräch.

Bible fuhr aus dem Parkplatz und sagte zu Andrea: »Der Boss war der Ansicht, unsere Strategie mit dem Druckmachen könnte noch einen kleinen Schub vertragen.«

Andrea konnte keine Rätsel mehr lösen. Sie rammte die Cokes in die Becherhalter und riss ihre Tüte mit dem Happy Meal auf.

Bible erklärte: »Sie hat das Pressebüro ein Interview mit zwei Journalisten der größten dänischen Zeitung genehmigen lassen. Mehr als die Hälfte des Landes liest sie. Zugegeben, das sind vielleicht zweihundert Leute und ein paar sozial engagierte Igel, aber die Geschichte könnte andernorts Interesse entfachen.«

Andrea kaute auf ihren Fritten.

»Die Journalisten fliegen gleich morgen früh herüber. Müssten bis zum späten Nachmittag in Longbill Beach sein. Ich weiß nicht, wie es Ihnen geht, aber ich vermute, Ricky wird ins Schwitzen kommen, wenn sie zwei Reporter in der Stadt herumschnüffeln sieht. Und Dean Wexler wird es garantiert nicht gefallen, wenn ein Paar neugierige Dänen an seine Tür klopfen und wissen wollen, warum etwas faul ist im Staate Delaware.«

Andrea wusste die Hamlet-Anspielung zu würdigen, aber sie konnte ihm diesmal nicht auf den Pfad der Hoffnung folgen.

»Die europäischen Gesetze in puncto Verleumdung sind sogar noch strenger als unsere. Sie werden auf dieselben Probleme stoßen wie wir. Die Mädchen auf der Farm reden nicht. Niemand redet.«

»Marshal-Regel Nummer sechzehn: Mit Geduld und Spucke fängt man eine Mücke.«

Bible lächelte, als er seinen Cheeseburger auspackte, aber er schien ihre Stimmung wahrzunehmen. Er stellte das Radio an. Westcoastsound trällerte leise aus den Lautsprechern. Er hielt das Lenkrad mit einer Hand und biss kleine Stücke von seinem Burger ab.

Andrea aß ihre Pommes auf. Angesichts Bibles gnadenlos positiver Einstellung kam sie sich wegen ihrer ernüchterten Stimmung schlecht vor. Wenn man bedachte, dass er unaussprechliche Qualen in den Fängen eines mexikanischen Drogenkartells durchlitten hatte, hätte sie beeindruckt sein müssen, dass es ihm gelang, morgens überhaupt aus dem Bett zu kommen, gar nicht zu reden davon, dass er Sprüche über Mücken riss. Im Moment war sie zufrieden damit, ihm zu den Klängen von Totos »Rosanna« beim Kauen zuzuhören. Es blieben nur noch ein paar Stunden Sonnenlicht an einem der längsten Tage ihres Lebens. Sie hatte zwölf Stunden Wachdienst auf dem Anwesen der Vaughns vor sich, wegen einer Bedrohung, die streng genommen nicht mehr anonym war.

Andrea blickte aus dem Fenster, um nicht am magischen Rad ihrer Gedanken von Mike über Emily, Alice, Star, Ricky, Clay, Nardo und Blake zu Dean zu drehen. Sie waren wieder in einem Wohngebiet, keine Nobelgegend diesmal, aber auch kein Arbeiterviertel. Der Ort Longbill Beach war im Wesentlichen ein riesiger Kreis mit einem Staatsforst in der Mitte. Rickys Haus, das Geschäftsviertel, das Anwesen der Vaughns und die Farm waren Speichen auf dem Rad. Man konnte wahrscheinlich in zwanzig Minuten von einer Seite auf die andere gelangen.

»Hey, Partnerin.« Bible stellte das Radio leiser. »Ich muss was gestehen.«

Seine Geständnisse bisher waren eher schockierende Enthüllungen gewesen. »Ich glaube nicht, dass das Wort bedeutet, was es Ihrer Ansicht nach bedeutet.«

Er lachte gutmütig. »Sagen Sie es dem Boss nicht, aber ich habe mit Harri und Krump abgeklärt, dass wir ein bisschen später kommen. Wir sind nur etwa drei Minuten Luftlinie vom Haus der Richterin entfernt. Ich dachte, Sie haben sicher nichts dagegen, wenn wir noch einen Stopp einlegen.«

Andrea schaute auf das Häuschen, vor dem sie hielten. Graue Asbestschindeln. Schwarze Zierleisten. Muscheln waren über den ganzen Briefkasten geklebt. Ein ausgebauter Dachboden mit Fledermausgaube im Schindeldach. Der Garten war zugewachsen, aber nicht mit Unkraut. Die naturbelassene, wenig Wasser verbrauchende Bepflanzung erinnerte Andrea an Lauras Garten.

»Hier ist Star Bonaire aufgewachsen«, sagte Bible. »Ihre Mutter lebt jetzt allein hier. Dachte, wir schauen auf einen Plausch vorbei, vielleicht weiß Melody Brickel ja etwas über die Situation ihrer Tochter auf der Farm.«

Andrea fing den durchtriebenen Blick auf, den er ihr zuwarf, bevor er die Tür öffnete. Bible wusste, dass Andrea den Namen kannte. Sie hätte überrascht sein müssen, aber es ergab schon einen gewissen Sinn, dass Melody Brickel Star Bonaires Mutter war.

Sie sah sich in der Straße um, bevor sie Bible folgte. Die Häuser waren gepflegter und die Grundstücke größer als in Rickys Gegend. Ein gelber Toyota Prius stand in der Einfahrt. In dem Fahrzeug steckte ein langes Kabel, das sich zu einer Ladestation im Carport schlängelte. Es gab einen Wassersammeltank für den Abfluss aus den Dachrinnen. Solarzellenpaneele standen stolz auf dem durchhängenden Dach. Andreas Kleinstadterfahrung sagte ihr, dass allein schon die kupfernen Regenketten genügten, damit die Einheimischen Melody für verrückt hielten.

»Sieht aus, als hätte die gute Star ihren grünen Daumen von ihrer Mom«, sagte Bible.

Andrea bezweifelte, dass Melody glücklich darüber wäre. Sie blieb an der untersten Stufe stehen und ließ Bible zur Haustür vorgehen. Zwar glaubte sie nicht, dass Melody Brickel sie mit einer Waffe empfangen würde, aber Vorsicht war die Mutter der Porzellankiste. Manchmal war ein verrücktes Luder tatsächlich ein verrücktes Luder.

Bible klopfte zweimal leise. Die Tür ging sofort auf.

Eine ältere Frau mit kurzem dunklem Zottelhaar spähte durch das Fliegengitter. Sie musste in Rickys Alter sein, aber sie wäre ohne Weiteres als zehn Jahre jünger durchgegangen. Außerdem war sie unglaublich fit. Das enge schwarze Top ließ wohlgeformte Arme und Schultern erkennen. Auf ihrem rechten Handrücken trug sie ein farbenfrohes Schmetterlingstattoo, und ihre linke Augenbraue war mit einem kleinen Silberring gepierct.

»Melody Brickel?«, fragte Bible.

»Die und keine andere.« Melody betrachtete Bibles Shirt. »USMS? Wenn das M für Mormonen steht, sind Sie an der falschen Adresse.«

»United States Marshal Service.« Bible schenkte ihr ein freundliches Lächeln. »Ich bin Deputy Bible. Das ist Deputy Oliver.«

»Na dann.« Sie verschränkte die Arme vor der Brust und warf einen Blick auf Andrea. »Lassen Sie mich bitte noch meine Katzen füttern, bevor Sie mich mitnehmen. Ich weiß, ich habe das Kontaktverbot verletzt. Ich werde nicht obendrein noch einen Polizeibeamten anlügen.«

»Was für Katzen haben Sie denn?«, fragte Bible.

Melodys Augen wurden schmal, aber sie sagte: »Eine buschige kleine Dreifarbige und eine sehr gesprächige Siamkatze.«

»Ich habe eine Siamkatze namens Hedy«, sagte Bible. »Meine Frau nennt sie immer meine Freundin, weil ich so vernarrt in sie bin.«

Melody blickte wieder zu Andrea, dann zurück zu Bible. »Sie müssen mir verzeihen. Ich dachte, Marshals bewachen Flugzeuge und jagen flüchtige Verbrecher.«

»Na ja, da liegen Sie nur halb richtig, Ma'am. Die Federal Air Marshals gehören zum Heimatschutzministerium. US-Marshals sind am Justizministerium angesiedelt, und die Verfolgung von Ausbrechern ist nur einer der vielen Dienste, die wir anbieten.« Bible lächelte wieder. »Im Augenblick sind wir nur hier, um zu reden.«

Sie war nicht amüsiert. »Meinem Anwalt zufolge soll ich nicht mit der Polizei reden, ohne ihn vorher anzurufen.«

»Hört sich nach einem guten Rat an.«

»Sie mussten anscheinend nie eine Anwaltsrechnung bezahlen.« Sie öffnete die Tür. »Kommen Sie herein. Bringen wir es hinter uns.«

Wie schon bei Wexlers Farmhaus war Andrea auch hier überrascht vom Inneren des Häuschens. Aufgrund des zugewachsenen Gartens und der Regenwassertonne hatte sie angenommen, Melodys Einrichtungsstil würde in Richtung Quilts und Traumfänger tendieren. Stattdessen schien die Frau großformatige Blumenmuster aus den Siebzigern zu bevorzugen, mit einigen aus der Zeit gefallenen Postern der Eurythmics und der Go-Go's, die die Farbenexplosion nach Kräften vervollständigten.

»Das Haus meiner Mutter«, erklärte Melody. »Ich bin vor vier Jahren wieder hierhergezogen, als ich herausfand, dass Star den Verstand verloren hatte. Lassen Sie uns nach hinten gehen, dort ist es gemütlicher.«

Bible ließ Andrea den Vortritt, als sie Melody durch das Wohnzimmer folgten. Andrea sah auf den linken Fußknöchel der Frau hinunter. Sie trug kein silbernes Band.

»Das ist Star. *Meine* Star zumindest.« Melody war vor einer Reihe von Fotos an der Wand des kurzen Flurs stehen geblieben. »Ich weiß, was Sie denken, aber ich habe sie nach Ringo Starr benannt. Sie hat das zweite R in der Mittelschule gekillt. Ich schwöre, ich habe sie nicht darauf vorbereitet, sich einer Sekte anzuschließen.«

Andrea bemühte sich, nicht auf das Wort *Sekte* zu reagieren. Sie beugte sich näher zu den Fotos. Das junge Mädchen war kaum wiederzuerkennen, das all die Dinge tat, die junge Mädchen auf Fotos tun. Sie war jetzt ein Gespenst, ganz anders als der lebenssprühende, gesund aussehende Teenager, der offen in die Kamera lächelte.

Melody sprach aus, was alle dachten. »Wenn sie dort bleibt, wird sie sterben.«

Andrea folgte ihr in die Küche, die genauso vollgestopft war wie die von Ricky, aber auf eine warme, angenehme Art. Ein großer Topf köchelte auf dem Herd. Hefegeruch hing in der Luft. Ein Laib Brot buk im Ofen, was Stars Brotbacken umso aussagekräftiger scheinen ließ.

»Erklären Sie mir etwas«, wandte sich Bible an Melody. »Ich frage nicht als US-Marshal, sondern aus Neugier. Inwiefern haben Sie Ihr Kontaktverbot verletzt?«

»Ich habe von dem toten Mädchen auf dem Feld gehört und musste einfach wissen, ob es Star ist.« Melody blieb stehen, um den Topfinhalt auf dem Herd umzurühren. »Jetzt sagen Sie mir, Mr. Bible, nicht als Marshal, sondern als Mensch – hat sich dieses Mädchen umgebracht, oder ist es von allein gestorben?«

»Wie meinen Sie das: von allein?«, fragte Bible.

»Was die da machen, ist ein schleichender Selbstmord«, sagte Melody. »Meines Wissens sind zwei von ihnen bereits verhungert. Wortwörtlich. Ihre Körper konnten nicht mehr, und sie sind gestorben.«

»Wann war das?«, fragte Bible.

Sie legte den Kochlöffel beiseite. »Eine vor drei Jahren. Die andere im letzten Mai. Ich werde Ihnen ihre Namen nicht verraten, denn es gibt nichts, was Sie tun können, und es würde die Tragödie nur vergrößern, wenn Sie den trauernden Eltern irgendwie Hoffnung machten.«

Bible nickte, aber er fragte: »Woher wissen Sie von den beiden Todesfällen?«

»Ich gehöre zu einer Gruppe von Eltern und Angehörigen, die ihre Kinder an Dean Wexler verloren haben. Wir hatten eine Website, aber wir wurden gezwungen, sie zu schließen. Unsere Facebook-Seite wurde pausenlos gehackt. Sie haben uns sogar im Darknet gefunden. Wir wurden alle mit unseren Klarnamen im Internet angeschwärzt und bekamen Todesdrohungen. Jeder Penny, den dieser verdammte Laden verdient, wird zum Schutz von Dean Wexler eingesetzt.«

Melodys Schmerz war so greifbar, dass sich Andrea wieder vollkommen hilflos fühlte. »Was ist mit Nardo?«

»Der war nie mehr als ein kranker Opportunist. Dean ist der Charles Manson des ganzen Ladens.« Melody setzte den Deckel wieder auf den Topf. »Wenn es Gerechtigkeit gibt auf der Welt, wird er einen erbärmlichen, schmerzhaften Tod sterben.«

»Normalerweise lässt einen das Leben für seine Persönlichkeit bezahlen«, sagte Bible. »Sie kennen nicht zufällig die Namen von Mädchen, die entkommen sind? Vielleicht wären sie bereit …«

»Kommt überhaupt nicht infrage«, sagte Melody. »Mr. Bible, ich habe keine Altersversorgung mehr. Ich steuere auf Sozialhilfe zu und unterrichte Flöte im Kindergarten, weil jeder Cent, den ich je verdient habe, für Anwälte draufgegangen ist, die meiner Tochter nicht helfen konnten, von dort wegzukommen. Was mich angeht, sollte jedes Mädchen, das die Kraft oder den Mut aufbringt, sich von Dean Wexler zu lösen, in Ruhe gelassen werden.«

»Ich verstehe Sie sehr gut«, sagte Bible. »Aber um auf diese Mädchen zurückzukommen, die ihr Leben verloren haben – ich frage mich, warum niemand mit ihrer Geschichte an die Presse gegangen ist.«

»Sie meinen die *New York Times*? Die *Washington Post*? Die *Baltimore Sun*?« Sie lachte bitter. »Langsames und vorsätzliches Verhungern ist nicht sehr sexy im Vergleich zu einer weltweiten Pandemie, geisteskranken Wahlverschwörungstheorien und einer Massenschießerei in jeder Woche. Die wenigen Reporter, die mich überhaupt zurückgerufen haben, sagten, ich solle abwarten.«

»Verstehe«, sagte Bible.

»Verzeihen Sie, Mr. Bible, aber ich glaube nicht, dass Sie verstehen. Abwarten ist genau das, was meine Tochter umbringen wird.« Melody hatte die Hände in die Hüften gestemmt. »Als Star in diesen ganzen Irrsinn geriet, habe ich mit einem Spezialisten für Essstörungen gesprochen, was auf mich zukommen wird. Meine Mutter war Arzthelferin. Ich musste verstehen, was darüber bekannt ist. Anorexie weist die höchste Sterberate aller psychischen Gesundheitsstörungen aus. Normalerweise setzt das Herz einfach aus. Es gibt nicht genügend Kalium und Kalzium zur Erzeugung der nötigen Elektrizität für einen normalen Herzschlag.«

Andrea dachte an Stars bedächtige Bewegungen in der Küche. Die langen Pausen. Sie war so unterernährt, dass der geringste Energieaufwand sie erschöpfte.

Melody fuhr fort. »Wenn ihr Herz nicht aussetzt, gibt es noch die Osteopenie durch den Kalziumverlust. Ihre Knochen brechen leichter, und die Brüche heilen nicht. Infektionen sind lebensbedrohlicher, weil das Immunsystem geschädigt ist. Die neurologischen Probleme reichen von Anfällen bis zu kognitiven Mängeln, die durch strukturelle Veränderungen im Gehirn verursacht werden. Nicht zu vergessen Gedächtnisverlust,

Störungen des Magen-Darm-Trakts, Organversagen, Hormonschwankungen, Unfruchtbarkeit – wobei Letzteres Dean und Nardo vermutlich sehr gelegen kommt.«

»Wieso das?«, fragte Bible.

»Mr. Bible, ich bin nicht die hysterische, fiebrige Frau, als die Jack Stilton mich hinstellt. Warum sonst sollten sie meine Tochter hungern lassen und misshandeln, wenn sie sie nicht ficken?«

Sie ließ sie über ihre Worte nachdenken, während sie in den Wintergarten vorausging.

Wieder überraschte das Dekor Andrea. Eine ganze Wand war einer riesigen Sammlung von Vinylschallplatten vorbehalten. Ein professionelles Schlagzeug stand in der Ecke, was die Affinität zu Ringo Starr erklärte. Die gerahmten Poster an den Wänden waren eindeutig Originale. Andrea kannte die Festivals. Bonnaroo. Burning Man. Coachella. Lilith Fair. Lollapalooza. Über die Bandnamen waren Autogramme gekritzelt.

»Ich arbeite heute hauptsächlich als Studiodrummerin, aber mein Mann und ich waren dreißig Jahre lang auf Tour«, erklärte Melody. »Meine Mutter hat Star gehütet, wenn wir unterwegs waren. Ich habe sie nie länger als zwei Wochen am Stück allein gelassen, aber die beiden standen sich sehr nahe. Dann ist Mutter vor viereinhalb Jahren gestorben. Ich glaube, das hat bei Star diese Sinnsuche ausgelöst. Sie fühlte sich verloren. Ich bin ihre Mutter, offensichtlich konnte ich ihr also nicht geben, was sie brauchte. Was auch immer geschieht, die Farm hat ihr etwas geboten, woran sie glaubte.«

Bible setzte sich auf den Futon, der so niedrig war, dass sich seine Knie auf Brusthöhe befanden. »Ist Ihr Mann immer noch als Musiker unterwegs?«

»Denny ist ein Jahr vor meiner Mutter gestorben. Wenn ich zurückblicke, ging es von da an mit Star bergab. Sie hat Drogen ausprobiert. Was in Ordnung war. Ich habe selbst Drogen ausprobiert – und sie waren fabelhaft. Aber Star konnte nicht mehr aufhören.« Melody setzte sich im Schneidersitz auf den Boden. Eine rundliche dreifarbige Katze tauchte aus dem Nichts auf und schlich auf ihren Schoß. »Von Dean Wexler mal abgesehen war ich sogar froh, als sie als Freiwillige auf der Farm anfing. Sie nahm keine Drogen mehr. Sie war wieder mein kleines Mädchen. Ist schon komisch, wie mühelos man im Nachhinein all seine Fehler erkennt.«

Bible steuerte sie geschickt von den Selbstbezichtigungen weg. »Wie war das? Auf Tour zu sein und so?«

»Es war eine tolle Zeit.« Sie lachte aus voller Kehle. »Wir waren nicht wahnsinnig berühmt, aber wir waren gut genug, um unseren Lebensunterhalt zu verdienen, und das ist mehr, als die meisten von sich behaupten können. Ich arbeitete unter dem Künstlernamen Melody Bricks, Kurzform für Brickel, um nicht mit Edie Brickell verwechselt zu werden. *That's me in the corner*, um R.E.M. zu zitieren.«

Andrea fühlte sich ertappt. Ihr Blick war zu der alphabetisch geordneten LP-Sammlung gewandert. Die Melody Bricks Experience stand unter B mit dem Cover nach vorn. Eine jüngere Version von Melody schrie hinter ihrem Schlagzeug in ein Mikrofon. Andrea las einige der Titel. »Everything Gone«, »Misery Loves Comity«, »Absent in Absentia«. Klang alles sehr nach New Wave.

Melody sagte: »Da ist eine signierte *Missundaztood* mit drin. Ich durfte auf Pinks Partytour bei den Konzerten im Mittleren Westen an den Drums einspringen. Stöbern Sie ruhig herum.«

Andrea war nicht wegen der Plattensammlung hier, aber Bible hatte ein lockeres Tempo bei der Frau angeschlagen, das sie nicht stören wollte.

»Warten Sie kurz, bevor wir zum schwierigen Teil kommen.« Melody beugte sich vor und öffnete die Fenster. Eine leichte Brise wehte in den Raum. »Die Wechseljahre sind nichts für zimperliche Naturen.«

»Da muss ich Ihnen recht geben.« Bible lachte. »Meine Frau Cussy … Also ich weiß nicht, wie die das schafft.«

Melody setzte sich wieder auf den Boden. »So viel Spaß es auch macht, sich mit Ihnen über Katzen und Wechseljahre zu unterhalten, Mr. Bible, aber lassen Sie uns bitte zur Sache kommen.«

»Meine Partnerin und ich waren heute Morgen auf der Farm draußen.« Bible machte eine Pause. »Wir haben Ihre Tochter gesehen.«

Andrea wandte den Blick von den LPs ab. Tränen standen in Melodys Augen.

»Ist sie …« Melody stockte die Stimme. »Geht es ihr gut?«

»Sie lebt«, sagte Bible. »Ich habe nicht mit ihr gesprochen, aber …«

Sein Diensthandy fing zu läuten an. Er schaute auf das Display.

»Mr. Bible«, sagte Melody. »Bitte nehmen Sie den Anruf jetzt nicht an.«

»Ist nur mein Boss. Sie kann warten.« Bible stellte sein Gerät auf stumm. »Oliver, zeigen Sie ihr das Foto, das Star mit Ihrem Smartphone gemacht hat.«

»Wie bitte?« Melody stand auf. »Wie ist Star denn an Ihr Handy gekommen?«

»Ich habe es für sie auf die Küchenanrichte gelegt.« Andrea klemmte sich das Album, das sie in der Hand hielt, unter den Arm, damit sie ihr iPhone hervorholen konnte. »Man kann ein Foto machen, ohne es zu entsperren.«

»Ja«, sagte Melody. »Der Button ist auf dem Sperrschirm. Können Sie sich bitte beeilen?«

Andrea gab ihren Code ein und wischte bis zu dem Foto.

Vorsichtig nahm Melody ihr das Handy aus der Hand. Ihre Hände zitterten. Sie zoomte auf das Wort, das Star in die Mehlschicht geschrieben hatte.

Hilfe.

Melody schluckte schwer. Sie wischte die Tränen nicht ab, die aus ihren Augen strömten. Andrea nahm an, dass Weinen ihr nicht fremd war, nach allem, was sie in den letzten vier Jahren durchgemacht hatte.

»War sie okay?«, fragte Melody. »Hat sie … Hat sie gesprochen, oder …?«

Andrea sah Bible an. »Nein, Ma'am. Wir haben nicht miteinander gesprochen. Sie war sehr dünn, aber sie war in Bewegung. Das Mehl war auf der Arbeitsfläche, weil sie Brot gebacken hat.«

Melodys Tränen flossen weiter, während sie auf diesen wahrscheinlich einzigen Beweis aus jüngster Zeit starrte, dass ihre Tochter noch lebte. »Sie hat so etwas schon früher gemacht. Einmal hat sie einem Lieferfahrer einen Zettel zugesteckt. Vor ein paar Monaten hat sie mich mitten in der Nacht angerufen und gesagt, sie wolle nach Hause kommen.«

»Was haben Sie getan?«

»Ich habe Jack eingeschaltet. Man muss ihm zugutehalten, dass er beide Male rausgefahren ist und versucht hat, Ärger zu machen. Aber Star hat nicht mitgespielt. Sie spielt nie mit. Ich glaube, sie mag die Aufmerksamkeit. Meine Therapeutin sagt, sie muss etwas für sich daraus ziehen. Menschen tun nichts ohne Belohnung. Selbst wenn die Konsequenzen negativer Art sind. In allem, was vertraut ist, liegt ein Trost.«

»Was ist mit …« Andrea wusste nicht, wie sie die Frage formulieren sollte, deshalb redete sie nicht drum herum. »Sie haben versucht, Ihre Tochter zu entführen und in einem Aussteigerprogramm unterzubringen?«

»Ja.« Melody lächelte schwach. Sie zog das Album unter Andreas Arm hervor und benutzte es als Vorwand, um das Thema zu wechseln. »Jinx at Monterey Live. Stéphane Grappelli hat bei *Daphne* mitgespielt. Sind Sie ein Jazzfan?«

Andrea schüttelte den Kopf. »Mein Vater liebt Jazz.«

»Tut mir leid, meine Damen.« Bible schaute auf sein Privattelefon. »Das ist meine Frau. Die kann ich nicht ignorieren. Wenn es Ihnen nichts ausmacht, nehme ich das Gespräch draußen an.«

»Nur zu.« Melody legte das Album oben auf das Regal, während sich Bible durch die Küche entfernte. Sie sah wieder auf das Foto mit Stars Hilferuf. Ehe Andrea es verhindern konnte, hatte sie zum Bild davor gewischt.

Alice Poulsens eingefallenes Gesicht füllte den Bildschirm.

Glasige Augen. Hohle Wangen. Getrockneter Schaum um blassblaue Lippen.

Es gab keinen entsetzten Aufschrei.

Melody wischte wieder zurück, dann noch einmal. Sie wirkte teilnahmslos, als sie auf die leuchtend roten Male an Alice Poulsens Schulterblättern blickte, wo die junge Frau sich wund gelegen hatte. Ihre hervorstehenden Rippen. Ihre spröden Fingernägel. Die leichten Blutergüsse um ihre Handgelenke.

Melody fragte: »Wussten Sie, dass ein geprelltes oder gestauchtes Handgelenk eins der häufigsten Anzeichen für häusliche Gewalt ist?«

Andrea spürte das Bedürfnis, ihr eigenes Handgelenk schützend an den Körper zu drücken.

»Das hat mir meine Therapeutin erzählt«, sagte Melody. »Da sind so viele Nerven, Bänder und Knochen auf engem Raum. Die Typen packen dich dort, und dann tust du, was sie wollen.«

Andrea wusste über Unterwerfung durch Schmerz Bescheid, aber sie hatte noch nie im Zusammenhang mit häuslicher Gewalt darüber nachgedacht.

»So fing es bei Star an. Sie kam nach Hause und hatte das Handgelenk verbunden. Sie steckte so tief in ihrer Sucht. Ich wollte gar nicht wissen, wie es passiert war. Ich war so mit Mutters Nachlass beschäftigt und mit der Frage, was ich mit meinem Leben noch anfangen sollte.«

Andrea versuchte gar nicht erst, ihr Argumente zur Rechtfertigung anzubieten, da sie wusste, dass Melody sie nicht akzeptieren würde.

»Dean ist ein Vieh – jeder Mann, der eine Frau missbraucht, ist eins. Die wissen instinktiv, dass sie langsam anfangen müssen. Pack sie am Handgelenk und schau, ob sie sich das gefallen lässt. Dann die Schulter oder den Arm. Und dann dauert es nicht mehr lange, und sie haben die Hände um deinen Hals. Sie haben ein perfektes Gespür dafür, wer den Mund halten und sich damit abfinden wird.«

Melodys Blick war wieder auf das Telefon gerichtet. Sie hatte das erste Foto entdeckt, das Andrea gemacht hatte: Alice Poulsen nackt auf dem Feld. Melodys Tränen flossen jetzt wie ein Sturzbach über ihr Gesicht und rannen in den Kragen ihres Shirts.

»Eines Tages wird Star da liegen«, sagte sie, »und es gibt, verdammt noch mal, nichts, was ich dagegen tun kann.«

Behutsam machte Andrea Anstalten, das Telefon wieder an sich zu nehmen, aber Melody stieß nun endlich einen Schrei aus – nicht vor Entsetzen, sondern vor Verblüffung. Sie hatte ein letztes Mal über den Schirm gewischt und das Foto entdeckt, das Andrea von der Beschriftung der Musikkassette in Judiths Collage gemacht hatte.

»Mein Gott, das hatte ich ja vollkommen vergessen!« Sie wischte sich über die Augen. »Wo haben Sie das gefunden?«

Instinktiv schützte Andrea Judith. »In einer Kiste mit Emilys Sachen bei den Vaughns.«

»Natürlich.« Melody akzeptierte die Erklärung ohne Weiteres. »Ich durfte nicht mit Emily sprechen, aber ich habe ihr alle paar Wochen eine selbst aufgenommene Kassette in den Briefkasten gesteckt. Das war die letzte, die ich für sie zusammengestellt habe, bevor sie ermordet wurde. Schauen Sie sich meine alberne Handschrift an. Ich habe versucht, meine Identität zu verschleiern, für den Fall, dass meine Mutter irgendwie dahinterkam, dass ich ihr nicht gehorchte.«

Andrea tat, als lese sie die Worte, aber sie kannte sie bereits auswendig. »Standen Sie Emily nahe?«

»Nicht so nahe, wie ich es gern gehabt hätte. Sie war ein tolles Mädchen, aber da war immer zuerst ihre Clique. Wir teilten die Liebe zur Musik. Es ist eine große Tragödie, dass sie tot ist und Dean Wexler immer noch auf Erden wandelt.«

»Ich habe einiges über Emilys Drogenmissbrauch gehört«, sagte Andrea.

»Ach, das ist doch Blödsinn.« Melody gab ihr endlich das Handy zurück. »Verstehen Sie mich nicht falsch – niemand von uns sagte strikt Nein zu Drogen, aber Emily stand nie auf das harte Zeug. Ich klinge ungern wie meine Mutter, aber sie hat sich mit üblen Leuten herumgetrieben.«

Andrea konnte ihr nur zustimmen. »Haben Sie eine Theorie, wer sie getötet hat?«

»Na ja, ich meine …« Melody blies den Atem aus. »Alle scheinen zu glauben, dass es Clay war. Und schauen Sie sich an, was er getrieben hat, nachdem er die Stadt verlassen hatte. Wenn das kein Muster ist, dann weiß ich auch nicht.«

»Ricky Fontaine hatte eine Theorie.« Andrea registrierte Melodys hochgezogene Augenbraue, als sie Rickys Namen hörte. »Sie glaubt, dass es Jack Stilton war.«

»Um Himmels willen!« Melodys dröhnendes Gelächter füllte den Raum aus. »Ricky ist so eine verlogene Fotze. Sie haben Jack immer gehasst. Und ich meine damit schon im Kindergarten. Besonders Nardo hatte eine perverse Freude daran, ihn zu quälen. Emily hasste ihn dafür. Sie ergriff immer für Jack Partei. Ausgeschlossen, dass er ihr je etwas getan hätte.«

Andrea dachte an das Kontaktverbot. »Ricky kann sehr rachsüchtig sein.«

»Die Untertreibung des Jahres. Das Einzige, was Ricky

Blakely je interessiert hat, ist Nardo Fontaine. Sie ist besessen von ihm, und er lässt keine Gelegenheit aus, sie fertigzumachen.« Melody hatte die Hände wieder in die Hüften gestemmt. »Mindestens einmal in der Woche taucht Nardo spätabends in diesem blöden Diner auf. Er schleift Star mit, damit sie sein Publikum spielt. Es ist wirklich absolut widerlich, aber wie gesagt – irgendwas müssen die beiden davon haben. Es liegt ein Trost in allem Vertrauten.«

Zum ersten Mal zweifelte Andrea an Melodys Aufrichtigkeit. »Ricky hat ein Kontaktverbot auferlegt bekommen. Sie darf sich Nardo nur auf zehn Meter nähern.«

»Mir ist es untersagt, die Farm zu betreten, und ich war heute Morgen dort«, sagte Melody. »Das Recht spielt keine Rolle, wenn es niemand durchsetzt.«

Andrea konnte nicht behaupten, dass sie damit falschlag. »Darf ich Sie zu noch etwas anderem um Ihre Ansicht bitten, das mir Ricky erzählt hat?«

»Ich habe eindeutig gerade einen Lauf«, sagte Melody. »Nur zu.«

»Sie sagt, was gerade auf der Farm passiert, ist derselbe Mist, der Emily vor vierzig Jahren passiert ist.«

»Ah«, machte Melody.

Nicht etwa *ausgeschlossen* oder *Ricky erzählt nur Scheiße* oder ein weiteres *Um Himmels willen*.

Doch dann fügte sie hinzu: »Na ja, vielleicht.«

Andreas Herzschlag legte an Tempo zu. Melody hatte Emily gekannt. Sie kannte auch die Clique. Sie wusste genau, was auf der Farm vor sich ging.

»Okay …« Melody hielt inne, um ihre Gedanken zu sammeln. »Meine Mutter hat mir ein paar Dinge erzählt, bevor sie starb. Ich dürfte sie eigentlich nicht wissen, weil es vertrauliche ärztliche Informationen sind, aber das spielt ja wohl keine Rolle mehr.«

Andrea hielt den Atem an.

»Ein bisschen stammt von Mom, ein bisschen habe ich in der Schule gehört, und ein bisschen hat mir Emily selbst erzählt«, sagte Melody zur Einleitung. »Emily wurde bei einer Party unter Drogen gesetzt und vergewaltigt. Sie hatte buchstäblich keine Erinnerung daran, was passiert war. Ich glaube nicht, dass sie je herausgefunden hat, wer der Vergewaltiger war. Und es war keine Party, wie man sich das vorstellt. Es waren immer nur sie und die Clique. Also Nardo, Blake, Ricky und Clay.«

»Die Clique?« Andrea erinnerte sich, dass Ricky denselben Ausdruck gebraucht hatte.

»O ja, die *Clique*. Alle fanden sie so geheimnisvoll.« Melody verdrehte die Augen. »Das Lustige dabei war, dass sie alle irgendwie mitleiderregend waren – und ich sage das als jemand, der selbst mitleiderregend war. Emily und ich waren beide Außenseiter, die ein Instrument im Orchester spielten. Wir trugen regenbogenfarbene Hosenträger wie der Mork vom Ork und scheußliche Zahnspangen.«

Andrea hätte beinahe gelacht. Sie hatte das genaue Gegenteil angenommen. »Ihren Fotos nach war Emily sehr hübsch.«

»Es spielt keine Rolle, wie hübsch du bist, wenn du es nicht weißt«, sagte Melody. »Ricky war extrem unbeliebt. Sie war sehr sprunghaft und exaltiert, selbst für einen Teenager. Und Blake war durch und durch berechnend. Bei jeder Unterhaltung hat er nach einer Möglichkeit gesucht, dich auszubeuten. Und dann Nardo: Viele Kids sind buchstäblich eine andere Route zur Schule gegangen, damit sie ihm nicht über den Weg liefen. Er war und ist immer noch unglaublich grausam.«

Andrea hatte die Gruppenmitglieder noch nie so klar beschrieben bekommen. »Und Clay?«

»Tja, der hat sie zusammengebracht, nicht wahr? Er hat ihnen das Gefühl gegeben, etwas Besonderes zu sein, ein Teil der *Clique*. Ohne ihn wären sie nichts gewesen. Alles, was er im

Gegenzug verlangte, war ihre bedingungslose Hingabe an ihn. Und das ging so weit, dass sie Autos knackten oder Drogen nahmen – was immer Clay von ihnen wollte.« Sie zuckte mit den Schultern. »Clay war als Einziger von ihnen wirklich beliebt. *Alle* liebten ihn. Er hatte die unheimliche Fähigkeit zu spüren, was dir fehlte, und die Leere zu füllen. Er war ein Chamäleon, selbst damals schon.«

Andrea wusste, dass er immer noch ein Chamäleon war. »Was ist mit Dean Wexler?«

»Er war der schmierige Sportlehrer, der ständig *aus Versehen* in den Umkleideraum spaziert kam, wenn wir uns gerade umgezogen haben. Und jetzt könnte man sagen, dass er nichts weiter als ein billiges Imitat von Clay Morrow ist. Man sollte meinen, dass es umgekehrt ist, weil doch Dean der Ältere war, aber es ist schwer zu vermitteln, wie bösartig Clays Einfluss war. Dean ist nichts als ein Jünger.« Melodys Tonfall änderte sich, als sie vom Peiniger ihrer Tochter sprach. »Zumindest hatte Clay Charme. Dean ist nur primitiv. Es geht ihm ausschließlich um Macht. Er ist eine Kreatur aus der Hölle.«

»Können wir zu etwas zurückgehen, was Sie vorhin sagten?« Andrea steuerte sie behutsam von Wexler fort. »Wie hat Emily reagiert, als ihr klar wurde, dass sie vergewaltigt worden war? Sie muss am Boden zerstört gewesen sein.«

»Das war sie«, sagte Melody. »Meine Mutter war dabei, als Emily erfuhr, dass sie schwanger war. Sie sagte, es war einer der schmerzlichsten Momente ihres Lebens. Emily stand unter Schock. Laut meiner Mutter war es zu diesem Zeitpunkt weniger die Schwangerschaft als der Verrat, der sie bis ins Mark traf. Die Clique war ihr Leben. Dass einer von ihnen etwas so Undenkbares tat, war für sie nicht vorstellbar. Sie war besessen davon herauszufinden, wer es war. Sie nannte es ihre *Columbo-Ermittlung*.«

»Nach dem Fernsehdetektiv?«

»Peter Falk. Fantastischer Schauspieler«, sagte Melody. »Emily ging die Ermittlung sehr ernsthaft an. Ich sagte ja, sie war ein Nerd. Sie hat richtige Befragungen durchgeführt und alles aufgeschrieben. Ich sah sie oft im Unterricht oder auf dem Gang über ihren Aufzeichnungen brüten, ob sie womöglich etwas übersehen hatte. Ich denke mal, es war wie ein Tagebuch. Sie trug es immer bei sich. Sie hat mir so leidgetan. Dass sie so viele Fragen stellte, hat sie wahrscheinlich das Leben gekostet.«

Andrea fragte sich, ob Bruchstücke aus Emilys Columbo-Ermittlung in der Collage der jugendlichen Judith zu finden waren. Die zusammenhanglosen Zeilen klangen nach der Art von Selbstbestätigung, die eine junge Außenseiterin geschrieben haben konnte, um sich selbst zu motivieren …

Hör nicht auf nachzuforschen! Du wirst die Wahrheit finden!!!

»Gegen wen hat Emily ermittelt?«, fragte sie.

Melody zuckte die Achseln. »Ich nehme an, es waren dieselben Leute, gegen die Jacks Dad ermittelt hat.«

Clayton Morrow, Bernard Fontaine. Eric Blakely. Dean Wexler.

Andrea kam auf ihre Frage zurück: »Inwiefern hängt das, was Emily auf der Party widerfahren ist, mit dem zusammen, was gerade auf der Farm passiert? Setzt Dean die Mädchen unter Drogen?«

»Sie müssen nicht unter Drogen gesetzt werden. Offensichtlich tun die Mädchen alles, was Dean will.« Melody runzelte die Stirn. »Es ist raffiniert, nicht wahr? Wie sie instinktiv die Mädchen auswählen, die für Manipulation empfänglich sind. Nardo prüft sie. Ich weiß noch, wie aufgeregt Star wegen ihres Vorstellungsgesprächs war. Ich mache mir Vorwürfe, weil ich nie bemerkt habe, dass sie so stark abnahm. Ich meine, das sagt man doch nie zu einer Frau – du bist zu dünn.«

Andrea schüttelte den Kopf, auch wenn sie wusste, dass es Melody nicht um Bestätigung ging.

»Ich habe sie nicht mehr besucht, nachdem sie auf die Farm gezogen war. Das ist ein Teil des Musters: Dean isoliert sie von ihren Familien. Erst gibt es keine persönlichen Treffen mehr, nur Telefonate, dann kommt bloß noch hin und wieder eine E-Mail, dann nichts mehr. Alle Eltern, mit denen ich spreche, erzählen haargenau dieselbe Geschichte. Und im Rückblick ist es auch exakt das, was Clay mit der Clique gemacht hat. Die Mitglieder waren vollkommen isoliert. Alle außer Emily, aber ihr Leben war seinetwegen unglaublich eingeschränkt.«

Andrea musste es fragen. »Wissen Sie über die Metallbänder an den Knöcheln Bescheid, die die Mädchen auf der Farm tragen?«

»Ja.« Melody atmete schneller. Es fiel ihr sichtlich schwer, darüber zu sprechen. »Ein paar Tage nachdem Star die Kommunikation mit mir aufgegeben hat, habe ich es gesehen. Ich bin rausgefahren, habe an die Tür gehämmert und verlangt, sie zu sprechen. Sie war so stolz auf den Fußreif, als wäre sie in einen besonderen Kreis aufgenommen worden. Man muss sich den Ring offenbar verdienen. Als wäre Dean immer noch der Lehrer, der Einsen an seine Lieblingsschüler verteilt. Ich verstehe es nicht.«

Andrea ebenfalls nicht. »Sie sagten, er hat sich in der Schule schmierig benommen. Wie spielt die Sache mit dem Körpergewicht da hinein?«

»Er hatte es schon immer sehr mit gesundem Essen, Ultramarathonläufen und diesem ganzen Zeug, das in den Achtzigern noch alle für verrückt hielten. Ich weiß noch, dass er besonders grausam zu den übergewichtigen Mädchen in der Klasse war, aber natürlich waren alle grausam zu ihnen. Kinder können in der Gruppe von Natur aus sadistisch sein. Aber er hat mit dem Finger auf die Mädchen gezeigt, hat zum Beispiel Diätpläne auf ihren Platz gelegt. Oder wenn sie vorbeigegangen sind, hat er schmatzende Geräusche gemacht.« Angewidert schüttelte

Melody den Kopf. »Jedenfalls ist es nicht schwer, eine direkte Linie von dem früheren Dean mit dem Schlankheitsfimmel zu dem heutigen Dean mit dem Magersuchtfetisch zu ziehen. Und Sex war natürlich damals wie heute wichtig. Aus seiner Sicht nur logisch, seine beiden Leidenschaften zu vermischen.«

»Was ist mit Star?«, fragte Andrea. »Was hat sie davon?«

»Das habe ich sie einmal gefragt, als sie noch mit mir sprach, und sie hat irgendeinen Blödsinn über Liebe gefaselt«, sagte Melody. »Ich habe von dieser Spezialistin gelernt, dass Hungern bei einer Anorexie buchstäblich zur Sucht werden kann, und es kann sich wie eine halluzinogene Droge auf deinen Körper auswirken. Zuerst fällt man in traumartige Trancen, bei denen man in hohem Maß beeinflussbar ist. Früher oder später macht dein Gehirn dann dicht, um Energie zu sparen. Du verlierst …«

Melodys presste die Hand auf den Mund. Die Tränen flossen wieder, als sie an ihre Tochter dachte.

»Lassen Sie sich Zeit«, sagte Andrea.

Mehrere Sekunden vergingen, bevor Melody die Hand langsam sinken ließ. »Du verlierst das Bewusstsein. Denn das passiert, wenn du deinem Körper fast jede Ernährung vorenthältst. Du trittst weg, wirst besinnungslos.«

Andrea wiederholte Rickys Worte. »Der Mist, der auf der Farm passiert, ist der gleiche Mist, der Emily Vaughn vor vierzig Jahren passiert ist.«

»Ja, man könnte sagen, dass Emily besinnungslos war, als sie vergewaltigt wurde«, sagte Melody. »Wissen Sie, als ich langsam begriff, was mit Star vor sich ging, fragte ich mich immer wieder, welches kranke Arschloch wohl Sex mit einer Frau haben möchte, die praktisch im Koma liegt.«

Clayton Morrow, Bernard Fontaine. Eric Blakely. Dean Wexler.

»Es ist fast eine Form von Nekrophilie, oder? Die Frau hat keine Ahnung, was der Mann treibt. Sie ist die ganze Zeit völlig hilflos. Sie kann nicht sagen, dass er aufhören soll, nicht einmal, dass er weitermachen soll, wenn es sich gut anfühlt. Sie ist im Grunde eine leblose Reihe von Körperöffnungen. Sie könnte ebenso gut eine Sexpuppe sein. Nur ein Sadist fährt auf so etwas ab.«

Andrea blickte auf ihre linke Hand hinunter. Der Bluterguss wurde sichtbar. Um das Handgelenk spann sich ein dunkles Band, das Dean Wexlers Daumen und Finger hinterlassen hatten.

»Oliver!«

Beide fuhren zusammen, als Bible die Haustür aufriss.

»Ich brauche Sie!«, schrie er.

Die Erregung in seiner Stimme setzte eine Kettenreaktion bei Andrea in Gang.

In der Ausbildung hatten sie stundenlang über Adrenalin gesprochen und wie es einen retten oder aber umbringen konnte. Das auch Epinephrin genannte Hormon fließt in die Blutbahn und löst den Kampf-oder-Flucht-Reflex aus. Die Sinne werden extrem geschärft. Das Nervensystem wird aktiviert. Auf der mikroskopischen Ebene werden Luftwege erweitert und Blutgefäße zusammengezogen, um Energie in Richtung Lungen und große Muskelgruppen umzuleiten.

Nichts davon war Andrea bewusst, als sie zur Haustür rannte. Sie war schon draußen, bevor sie überhaupt begriff, dass sie sich bewegte. Ihr Fuß setzte auf der obersten Stufe auf. Sie sprang und landete hart auf dem Gehweg. Bible war bereits in seinem SUV. Das Fenster war heruntergelassen.

»Schauen Sie!« Er zeigte auf eine schwarze Rauchwolke in der Ferne. »Das ist das Haus der Richterin. Geben Sie es durch!«

Bible war so in Panik, dass er nicht einmal wartete, bis Andrea in den Wagen stieg. Er fuhr bereits los, als sie die Notrufnummer wählte. Die Dämmerung brachte den Himmel zum Schillern. Sie sah Bible gerade noch am Ende der Straße scharf nach links abbiegen, aber Andrea folgte ihm nicht. Er hatte vorhin gesagt, dass das Haus in nur drei Minuten zu erreichen war. Der Rauch wies ihr wie ein riesiger Pfeil den Weg.

Sie wählte 911, als sie in den Garten gegenüber von Melodys Häuschen sauste, und sprang gerade über einen Maschendrahtzaun, als in der Notrufzentrale endlich jemand ans Telefon ging.

»Es brennt bei …«

»Richterin Vaughn«, sagte die Frau. »Es sind schon Einheiten auf dem Weg.«

Andrea schob das Handy wieder in die Tasche. Sie stieg über einen Holzzaun, landete auf einer Mülltonne und fiel von dort auf den Boden. Sie konnte den dichten, beißenden Rauch jetzt riechen. Die dunkle Farbe verriet ihr, dass von Menschenhand hergestellte Materialien brannten – Rigipswände und Möbel. Sie zwang sich weiter, ihre Lungen ächzten. Der Wind sprang um und trieb ihr den Rauch mitten ins Gesicht. Ihre Augen brannten so heftig, dass sie sie nur mit Mühe offen halten konnte.

Sie brach durch eine Baumreihe und fand sich auf der Straßenseite gegenüber dem Anwesen der Vaughns wieder. Flammen züngelten von der Rückseite des Hauses zum Himmel. Andrea war in der Nacht zuvor stundenlang auf dem Grundstück herumgelaufen. Sie rief sich das Innere des Hauses vor Augen. Zwei Flügel, Nord und Süd. Der Hauptbau mit Bibliothek, Arbeitszimmer, Wohnzimmer und Speisezimmer. Die Küche hinten neben der Garage. Sie war nie nach oben gegangen, aber sie wusste, dass die Richterin und ihr Mann im ersten Stock des Nordflügels schliefen. Sie hatte auf ihren Runden die Lichter im Schlafzimmer brennen sehen. Ihr Balkon ging auf Judiths Atelier hinaus.

»Verdammt!«, krächzte sie und trieb sich zu einem erneuten Spurt an.

Das Atelier.

Terpentin. Sprühkleber. Farben. Bleiche. Säuren. Leinwände und Holz und viele Dinge, die Feuer fangen oder eine Explosion verursachen konnten, die womöglich das ganze Haus zerstörte.

Bibles SUV holte sie in der Einfahrt ein. Sie schlug mit der Hand an das Seitenfenster, als sie neben ihm herlief.

»Das Atelier!«, schrie sie.

»Rennen Sie!«, brüllte er und gab Gas.

Sie sah den SUV vor dem Haus schlitternd zum Halten kommen. Bible sprang aus dem Wagen. Ein unförmiger Umriss kam aus der Garage: Es waren Harri und Krump, die Franklin Vaughn zwischen sich trugen. Die Richterin war hinter ihnen, sie drückte eine große Aktentasche an die Brust. Das Ding war so schwer, dass die alte Frau fast gestolpert wäre, bevor Bible sie um die Mitte packte und von den Flammen forttrug.

Andrea lief seitlich um das Haus, als sie Guinevere entdeckte, die zurück in die Garage lief. Sie zögerte, aber dann jagte Bible hinter dem Mädchen her. Andrea lief schneller. Alles wäre sinnlos, wenn das Atelier Feuer finge. Dann würde das Haus in die Luft fliegen, bevor sie alle eine sichere Distanz zwischen sich und das Anwesen gelegt hatten.

Ihr Fuß glitt aus, als sie um die Ecke bog. Das tosende Feuer beleuchtete das ganze Grundstück. Den englischen Garten. Den Pool. Das Atelier. Andrea hustete, die beißenden Dämpfe raubten ihr den Atem. Das Feuer hatte das Schlafzimmer der Vaughns eingehüllt, Flammen züngelten aus den Fenstern, fraßen sich durch die hölzernen Verzierungen, griffen wie tastende Hände nach dem Atelier.

Andrea stolperte.

Sie fiel aufs Gesicht, ihre Nase krachte knirschend auf die Pflastersteine. Sie sah Sterne, kniff die Augen zusammen und wandte den Kopf, um zu sehen, worüber sie gestolpert war.

Terpentinbüchsen. Farbdosen. Lacke. Judith war vor ihr beim Studio gewesen. Sie lief hin und her und warf die leicht entzündlichen Flüssigkeiten in den Swimmingpool.

Andrea hievte sich auf die Beine.

Sie rannte ins Atelier und raffte ebenfalls Gegenstände zusammen, die gefährlich aussahen – Sprühdosen, Töpfe mit Flüssigkleber. Auf dem Weg zum Pool lief sie an Judith vorbei. Kurz trafen sich ihre Blicke. Sie wussten beide, wie tödlich die Chemikalien sein konnten. Im ersten Kurs, den man auf der Kunstschule belegte, ging es um die zahlreichen Gefahrenquellen, wie man sich vergiften oder bei lebendigem Leib verbrennen konnte.

Andrea warf eine Armvoll Dosen in den Pool, ehe sie zurücklief, um noch mehr zu holen. Der Rauch verstopfte ihr die Atemwege. Der Fluchtreflex stellte sich ihr in den Weg und wies sie an zurückzuweichen. Ein Stück weiter weg gab es frische Luft. Oder sie konnte sich auf den Boden legen. Sie konnte das Blut stillen, das ihr in die Kehle lief. Sie konnte die Augen schließen und ruhen.

Mit aller Kraft schüttelte sie den Kopf, um zur Vernunft zu kommen, dann rannte sie wieder in Richtung Atelier. Judith schleifte einen Zwanzigliterbehälter hinter sich her. Andrea erkannte die Kennzeichnung auf dem Etikett. Schwefelsäure an sich war zwar nicht entflammbar, aber unter gewissen Bedingungen konnte es sich in Wasserstoffgas verwandeln, die Sorte Gas, die den Zeppelin *Hindenburg* damals explodieren ließ.

Andrea packte den Henkel des Behälters. Das heiße Metall sengte sich in ihre Hand. Der Kanister war fast voll, was hieß, er wog rund siebzig Pfund. Gemeinsam versuchten sie ihn anzuheben. Andrea stöhnte vor Anstrengung. Der Metallring war wie ein Rasiermesser, das in ihre Handfläche schnitt. Ihre Lunge vermochte sich nicht weiter auszudehnen, ihr wurde schwarz vor Augen.

»Heb an!«, schrie Judith.

Andrea hob an. Ihre Beine zitterten, als sie den Säurekanister über den Rasen schleiften. Sie hörte ein lautes Krachen hinter sich, unter ihren Füßen erbebte die Erde. Die Träger des Balkons begannen sich zu senken. Das Obergeschoss stand im Begriff, direkt ins Atelier zu rutschen.

»Schnell!«, brüllte Andrea und zerrte an dem Gewicht.

Und dann war das Gewicht plötzlich nicht mehr da.

Andrea erlebte einen Moment der Leichtigkeit, als sie in die Luft geschleudert wurde, dann klatschte sie kopfüber ins kalte Wasser. Sie sank seitwärts und prallte mit der Schulter auf den Boden des Pools. Sie blutete aus dem Mund, weil sie sich auf die Lippe gebissen hatte. Judith trieb leblos neben ihr, die Hände oberhalb der Schultern. Der Kanister setzte sanft auf dem Boden auf. Andrea drehte sich um und blickte nach oben. Sie sah Flammen über die Wasseroberfläche schießen. Dann regnete es verformte Metallteile. Dann funkelnde Glasscherben.

Dann wurde alles schwarz.

21. OKTOBER 1981

Emily stapfte in Richtung Zuhause. Sie war erhitzt und klebrig, und ihre Blase würde gleich platzen. Heute war der längste Tag gewesen, den sie je erlebt hatte. Von dem Moment an, als sie ihr Versteck im hinteren Teil der Bibliothek verlassen hatte, war ihr jede Minute wie eine Stunde erschienen. Jede Stunde wie ein Tag. Mittags hatte sie etwas zu essen versucht, aber alles hatte einen metallischen Geschmack angenommen. Bis zur vierten Stunde war sie schon so erschöpft, dass sie kaum einen Fuß vor den anderen setzen konnte. Dann war die fünfte Stunde angebrochen, und Emily war plötzlich hochgeschreckt, weil der Lehrer in die Hände klatschte, um ihre Aufmerksamkeit zu gewinnen.

Emily hatte gesagt, dass sie sich nicht wohlfühlte, und der Lehrer hatte nicht diskutiert, sondern sie zwanzig Minuten früher gehen lassen. Im Nachhinein war es für alle Beteiligten das Beste gewesen, dass sie auf den leeren Flur hinausgeschlüpft war. Im Lauf des Tages waren dann das Kichern und die verstohlenen Blicke abgeebbt und hatten offener Feindseligkeit Platz gemacht. Selbst ihr Mathematiklehrer hatte die Nase gerümpft.

Wieso bloß?

Bis vor wenigen Tagen war Emily in den fast achtzehn Jahren ihres Lebens das brave Mädchen gewesen, der Liebling der Lehrer, die großartige Schülerin, das freundliche Mädchen von nebenan, das einem immer ihre Mitschrift aus dem Unterricht lieh und bereitwillig bei einem saß, wenn man sich wegen eines Jungen die Augen ausweinte.

Jetzt war sie eine Ausgestoßene.

Außer für Melody Brickel, aber Emily wusste nicht, was sie davon halten sollte.

Sie beide waren seit Jahren lose befreundet, lächelten sich im Flur immer zu, redeten über Musik und lachten bei den Orchesterproben über alberne Witze. Sie hatten sich beim Orchestercamp sogar ein paarmal ein Zelt geteilt, auch wenn Emily sofort den Sog der Clique gespürt hatte, sobald der Bus sie wieder zu Hause abgesetzt hatte.

Und jetzt hatte ihr Melody einen Brief geschrieben. Emily musste ihn nicht aus der Büchertasche ziehen, um zu wissen, was drinstand. Sie hatte ihn im Laufe des Tages immer wieder gelesen, sich sogar in der Toilettenkabine versteckt, um jedes Wort analysieren zu können.

Hallo!
Es tut mir leid, was Dir gerade passiert. Es ist SEHR unfair. Du sollst wissen, dass ich IMMER NOCH Deine Freundin bin, auch wenn ich nicht mehr mit Dir reden darf. Oder zumindest für den Moment. Alles ist so kompliziert. Meine Mutter macht sich Sorgen, wenn ich in Deiner Nähe bin. Nicht weil sie denkt, DU hättest etwas Falsches getan. Sie wollte, dass ich Dir klarmache, dass das, was passiert ist, NICHT DEINE SCHULD ist. Jemand hat Dich ausgenutzt! Mom macht sich Sorgen, dass ICH durch die Verbindung zu Dir verletzt werde. Weil die Leute SO GEMEIN sind, und ich werde bereits sehr oft beleidigt, weil mich alle für seltsam halten. Ich dachte immer, Seltsamkeit ist etwas, was wir beide gemeinsam haben. Aber DU bist NICHT seltsam, weil Du nicht dazugehörst (wie ICH). Deine Seltsamkeit kommt da-

her, dass Du alle Arten von Menschen LIEBST und AKZEPTIERST. Niemand sonst an der Schule ist NETT zu allen, egal wer sie sind, wo sie wohnen, ob sie klug sind oder was auch immer. Du bist von Natur aus FREUNDLICH. Du hast NICHT verdient, was die Leute sagen. Vielleicht können wir wieder Freundinnen sein, wenn das alles vorbei ist. Ich werde eines Tages eine weltberühmte Musikerin sein, und Du wirst eine Anwältin sein, die Menschen hilft, und alles wird wieder fantastisch werden. Bis es so weit ist: ICH HAB DICH LIEB, und es tut mir SO LEID!!! Hör nicht auf nachzuforschen. DU WIRST DIE WAHRHEIT FINDEN!!!
Deine Freundin

PS: Entschuldige, wie der Brief aussieht, ich habe beim Schreiben die ganze Zeit GEWEINT!

Das Papier war gewellt, wo Melodys Tränen getrocknet waren. Sie hatte die Stellen eingekreist wie Fundstücke an einem Tatort, als müsste sie zweifelsfrei beweisen, dass es ihr das Herz brach.

Was sollte Emily mit dem Brief tun? Was sollte sie davon halten? Sie konnte ja schlecht zu Melody gehen und sie fragen.

… IMMER NOCH Deine Freundin bin, auch wenn ich nicht mehr mit Dir reden darf.

Die Nachricht hatte Melody um eine Musikkassette gewickelt und mit einem grünen Gummiband befestigt. Melody hatte das Album der Go-Go's für Emily aufgenommen. Sie hatte das Design des Covers mithilfe eines Füllfederhalters und einiger Magic Marker sehr gut imitiert. Statt in ihrer üblichen Blockschrift hatte sie einen coolen, fetzigen Schreibstil verwendet.

Hör nicht auf nachzuforschen. DU WIRST DIE WAHRHEIT FINDEN!!!

Sie meinte Emilys Columbo-Ermittlung. Sie hatte gesehen, wie Emily fieberhaft daran arbeitete, als könnte es ihr irgendwie gelingen, das Rätsel zu lösen. In einem schwachen Augenblick hatte Emily ihr gestanden, dass sie herauszufinden versuchte, wer sie auf der Party missbraucht hatte. Sie hatte Melody sogar einige Passagen gezeigt.

»Ausgenutzt«, zitierte Emily aus Melodys Brief. Als wäre sie ein Gutschein oder ein Rabattangebot gewesen, von dem jemand Gebrauch gemacht hatte.

Nicht jemand …

Clay, Nardo, Blake. Vielleicht Dean. Vielleicht Jack.

Ein Wagen fuhr langsam vorbei.

Emily wandte den Blick ab, denn sie wollte die Gesichter nicht sehen, die sie anstarrten. Ihre Kehle brannte, als sie ihre Tränen schluckte. Sie war jetzt wirklich eine Ausgestoßene. Sie hatte die Clique verloren. Sie hatte eine Freundin, mit der sie nicht sprechen durfte. Die ganze Schule hatte sich gegen sie gewandt. Und Cheese …

Jack.

Die Tränen verschafften sich endlich freie Bahn. Nardo hatte gesagt, dass Jack auf der Party war. Er hatte gesagt, Jack habe direkt vor ihr gestanden, als sie das Haus betrat.

Sie schloss die Augen und versuchte zu diesem Moment zurückzugehen. Sie ging durch Nardos Haustür. Sie streckte die Zunge heraus, damit Clay ihr das Blättchen mit dem LSD geben konnte. Sie sah das tiefer liegende Wohnzimmer der Fontaines, die schweren Vorhänge vor den großen Fenstern, das mehrteilige Sofa, das sich um einen großen Bildschirm zog.

Sie konnte keine Erinnerung daran heraufbeschwören, dass Jack bei Nardo gewesen war.

Sie öffnete die Augen und blickte zum schönen blauen Himmel hinauf.

Jack verkaufte fertig gerollte Joints. Das wusste Emily mit Bestimmtheit. Er hatte immer eine Sandwichtüte voll davon in seiner Jackentasche. Es war allgemein bekannt, dass man bei

Jack etwas kaufen konnte. Alle behaupteten, er stehle das Zeug aus der Asservatenkammer in der Polizeistation, aber Emily wusste, dass er das Gras von einem Cousin in Maryland bekam und die Joints selbst baute. Sie wusste allerdings nicht, ob Jack auch härtere Drogen verkaufte.

Erneut gab sie sich alle Mühe, in Gedanken zu diesem Abend zurückzugehen.

Durch die Tür hereinkommen. Zunge herausstrecken. Clay mit dem Blättchen, das er schwang wie ein Dirigent, der das Orchester zur Konzentration mahnt.

Jack war nicht dort gewesen. Das war kein Gedächtnisproblem oder ein durch LSD herbeigeführter Filmriss. Es war gesunder Menschenverstand. Nardo hasste Jack. Alle Jungs hassten ihn, vor allem Clay. Sie ließen keine Gelegenheit aus, grausam zu Jack zu sein, stellten ihm im Flur ein Bein, schlugen ihm das Tablett mit dem Mittagessen aus der Hand, klauten ihm die Kleidung aus dem Spind. Und Jack tat, was er konnte, um ihnen aus dem Weg zu gehen. Egal wie viel Geld ihm Nardo geboten hatte, sie konnte sich nicht vorstellen, dass Jack freiwillig zu ihm nach Hause gegangen wäre.

Emily dachte an ihre Columbo-Unterhaltung mit Jack. Eine Sache, die er erwähnt hatte, schien jetzt besonders relevant zu sein …

Manchmal denken sie sich Lügen aus, um den Verdacht auf jemand anderen zu lenken.

Nardo war definitiv ein Lügner. Er belog seine Eltern darüber, wohin er ging. Er belog Clay, wenn er sagte, dass er keine Zigaretten mehr hätte. Er log Blake vor, dass er eine Prüfung in Geschichte bestanden hätte. Er belog Ricky die ganze Zeit, indem er nicht damit herausrückte, dass er nichts für sie empfand und nie etwas empfinden würde. Es war ein Spiel für ihn, den Leuten zu erzählen, was er ihnen erzählen wollte, statt einfach die Wahrheit zu sagen.

Warum sollte Emily also glauben, dass Nardo die Wahrheit sagte, wenn er behauptete, dass Jack auf der Party war?

Und wenn er gelogen hatte, war es um des Lügens willen geschehen, oder log er, um sich abzusichern?

Der Mensch, mit dem sie am besten darüber sprechen konnte, war möglicherweise der, den sie auf keinen Fall darauf ansprechen sollte, aber Emily war fast zu Hause, und Jack war wahrscheinlich bei ihnen im Schuppen. In letzter Zeit war es zu Hause besonders schlimm für ihn gewesen. Sie bereitete sich auf seine Befragung vor, während sie die lange Einfahrt hinaufging. Jack hatte ihr erklärt, wie man die Columbo-Taktik anwenden musste, deshalb würde sie bei ihm vermutlich nicht funktionieren. Es würde kein *Da wäre nur noch eine Sache* geben. Emily musste ehrlich zu ihm sein und hoffen, dass er ebenfalls ehrlich zu ihr war.

Sie übte laut, um einen ruhigen Tonfall bemüht, leichthin gesprochen, fast im Flüsterton: »Hast du mir das angetan?«

Emily schloss die Augen und wiederholte die Frage. Sie lauschte sorgfältig auf ihre eigene Stimme. Sie wollte nicht anklagend klingen. Sie war nicht wütend. Tatsächlich wäre sie wahrscheinlich erleichtert gewesen, hätte sie herausgefunden, dass es Cheese gewesen war, denn es war in gewisser Weise logisch, wenn er eine Situation ausnutzte. Er war so verzweifelt einsam. Er hatte nur sehr wenige Freunde. Soweit Emily wusste, war er noch nie mit einem Mädchen ausgegangen. Von seinem Grasdealen abgesehen sprach er wahrscheinlich oft tagelang mit niemandem in seinem Alter.

Emily schüttelte unwillkürlich den Kopf. Selbst wenn sie akzeptierte, dass Jack auf der Party gewesen war, hätten die Jungs oder gar Ricky niemals zugelassen, dass Jack Emily *ausnutzte*.

Aber Ricky hatte, Dean zufolge, bewusstlos auf dem Rasen vor dem Haus gelegen. Und Blake und Nardo hatten beide die Geschichte erhärtet, dass sie im oberen Badezimmer gewesen waren. Alle waren sich bisher einig gewesen, dass Clay und

Emily draußen am Pool waren. Sie hatten gestritten. Hatten sie wegen Jack gestritten?

Seinetwegen hatten sie schon oft gestritten.

Sie hörte ein Stöhnen aus ihrer Kehle dringen. Dieses endlose Spekulieren erschöpfte sie. Ihr Gehirn fuhr wieder Karussell. Das Haus trat in den Hintergrund, und blecherne Musik übertönte das Tosen des Ozeans in der Ferne. Tränen liefen ihr übers Gesicht. Das Karussell drehte sich schneller und schneller. Die Welt verschwamm. Sie konnte die Augen nur mit Mühe offen halten. Zum Glück schaltete sich ihr Gehirn nun endlich ab.

Sie hatte keine Ahnung, wie viel Zeit vergangen war. In dem einen Moment hatte sie sich noch am Haus vorbeigeschleppt, im nächsten saß sie schon auf der Bank im englischen Garten ihrer Mutter. Im Frühjahr und Sommer ergossen sich die Blumen und Grünpflanzen bis über die Gehwege. Goldruten, Schwarzäugige Susanne, Seidenpflanzen, große blaue Lobelien. Der Gartenstil ging auf das 18. Jahrhundert zurück und hatte seinerzeit eine Rebellion gegen die Symmetrie und Formenstrenge der klassischen Gartenarchitektur dargestellt.

Dass Esther etwas so Wildes und Unstrukturiertes in ihrem Garten zuließ und sogar hegte, war Emily immer merkwürdig erschienen. Angesichts der strengen Persönlichkeit ihrer Mutter hätte sie eher erwartet, dass sie sich zu akkurat beschnittenem Buchsbaum und rechtwinkligen Formen hingezogen fühlte. Der Garten hatte Emily immer traurig gemacht. Er war wie eine Erinnerung daran, dass es eine Seite an ihrer Mutter gab, die sie nie kennenlernen würde.

»Emily?«

Clay klang überrascht, sie zu sehen, wenngleich er derjenige war, der sich unbefugt hier aufhielt.

»Was tust du hier?«, fragte sie.

»Ich …« Sein Blick huschte zum Schuppen. »Ich habe etwas gebraucht, um zu relaxen.«

Emily presste die Lippen zusammen. Er war gekommen, um ein wenig Gras zu ergattern, und stattdessen war er der letzten Person über den Weg gelaufen, die er sehen wollte.

Es gab Schlimmeres.

»Jack ist nicht da«, sagte sie, obwohl sie keine Ahnung hatte, ob Jack sich im Schuppen aufhielt oder nicht. »Ich kann ihm sagen, dass du hier warst.«

»Vergiss es. Ich melde mich später bei ihm.« Statt zu gehen, schob Clay die Hände in die Taschen. Er blickte mit aufrichtigem Verlangen zum Schuppen hinüber. »Waren ein paar schwierige Tage.«

Sie lachte. »Tut mir leid, dass es so hart ist für dich.«

Schwer seufzend ließ er sich neben ihr auf der Bank nieder. »Willst du mich nicht etwas fragen?«

Emily schüttelte den Kopf, denn sie hatte erst jetzt endlich begriffen, dass es sinnlos war, Fragen zu stellen. Niemand würde ihr eine ehrliche Antwort geben.

»Ich war es nicht«, sagte Clay überflüssigerweise. »Du weißt, dass …«

»Dass du keine derartigen Gefühle für mich hast«, beendete Emily den Satz. »Ja, ich weiß. Deine Speichellecker haben den Spruch alle brav aufgesagt.«

Clay seufzte wieder. Er trat mit der Schuhspitze in den Kies und legte die blanke Erde frei. Emily würde die Stelle wieder glätten müssen, wenn er weg war. Was nichts Neues war. Sie und alle anderen in der Clique hatten fast ihr ganzes Leben Clays Fehler ausgebügelt.

»Was wirst du tun?«, fragte er.

Emily zuckte die Achseln. Niemand hatte sie gefragt, was sie tun wollte. Ihre Eltern hatten entschieden, und sie tat es.

»Kannst du es spüren?«

Emily folgte seinem Blick. Er schaute auf ihren Bauch. Ohne zu überlegen, hatte sie die Hand flach daraufgelegt.

»Nein.« Sie zog die Hand fort, leicht angewidert von der Vorstellung, dass sich etwas in ihrem Körper bewegte. Sie wusste nicht einmal, wie ein Baby mit sechs Wochen aussah. Galt es noch als Zygote? Sie hatte genug über das Thema Schwangerschaft im Fach Gesundheitslehre gebüffelt, um die Prüfung zu bestehen, aber die Einzelheiten waren ihr damals reichlich esoterisch erschienen. Emily hatte sich eine Zusammenballung von Zellen vorgestellt, die in einem Klecks Flüssigkeit herumpulsierten und auf einen Hormonschuss warteten, der ihnen sagte, ob sie sich zu einer Niere oder einem Herz entwickeln sollten.

»Ich höre, du hast einen Heiratsantrag bekommen.«

Emily fragte: »Haben Sie dich geschickt?«

»Wer?«

»Die Clique.« Normalerweise wusste sie es zu schätzen, wenn er sich zierte, jetzt fand sie es nur ärgerlich. »Ricky, Blake, Nardo. Haben sie Angst, dass ich ihnen ihr Leben ruiniere?«

Clay blickte zu Boden. Er trat eine noch tiefere Furche in den Kies. »Es tut mir leid, Emily. Ich weiß, es ist nicht das, was du dir gewünscht hast.«

Sie hätte gelacht, wenn sie die Energie dazu hätte aufbringen können.

»Wirst du ...« Clay zögerte. »Wirst du einen Namen nennen?«

»Einen Namen nennen?«, fragte sie zurück. Das klang wie in der McCarthy-Ära. »Welchen Namen sollte ich denn nennen?«

Clay zuckte die Schultern, aber er musste die Liste kennen und wissen, dass er selbst darauf stand, denn auch wenn er fortwährend beteuerte, dass er nicht an Emily interessiert war, so war er doch auf der Party gewesen, und sie hatten offenbar wegen irgendetwas gestritten.

Emily spürte, wie sich ein Funken Columbo in ihr regte. Vielleicht hatte sie sich doch nicht komplett mit ihrer Lage abgefunden. »Clay, es tut mir leid, dass wir auf der Party gestritten haben. Es war nicht ... Es war nicht deine Schuld.«

Er verzog den Mund. »Ich dachte, du erinnerst dich an nichts?«

»Ich erinnere mich daran, dass ich dich angebrüllt habe«, log sie. Und dann baute sie die Lüge aus. »Ich hätte all diese Dinge nicht sagen sollen.«

»Vielleicht.« Er wiegte den Kopf. »Ich weiß, ich kann egoistisch sein, Em. Vielleicht liegt es daran, dass ich ein Einzelkind bin.«

Sie hatte es immer als kaltherzig empfunden, dass er seine Geschwister so mühelos aus seinen Gedanken verbannte, auch wenn sie nicht zusammen aufgewachsen waren.

»Ich könnte sagen, dass ich versuchen werde, mich zu bessern, aber du hast auch damit recht. Ich werde mich wahrscheinlich nicht bessern. Vielleicht sollte ich akzeptieren, wer ich bin. Du scheinst es immerhin zu tun.«

Emily nahm das Echo einer Erinnerung wahr. Sie standen neben Nardos Swimmingpool. Sie hatte Clay angeschrien, dass er immer versprach, sich zu bessern, aber dann geschah es nie. Er machte einfach weiter die gleichen Fehler und erwartete, dass andere Leute sich änderten.

»Wenigstens bin ich nicht so schlecht wie Blake, oder?«, fügte er an.

Emily wusste nicht, wie sie antworten sollte. Sprach er von dem, was Blake am Tag zuvor getan hatte, oder von Blake im Allgemeinen? Denn beides war denkbar. Blake war gestern absolut widerlich zu ihr gewesen. Aber genau wie Clay würde er sich niemals ändern. Sein Ego gestattete es ihm nicht zuzugeben, dass er falschlag.

»Du solltest wissen«, sagte Clay, »dass Blake allen Leuten erzählt, du stehst auf Drogen und wilde Partys.«

Emily atmete tief ein und behielt die Luft in der Lunge. Die Nachricht war wenig überraschend. Blake verfügte über ein Maß an Grausamkeit, das unergründlich war. Jack hatte es am Morgen richtig benannt: Nardo war einfach gemein. Clay war schnell gelangweilt, aber wenn dich Blake auf dem Kieker hatte, dann hatte er dich richtig auf dem Kieker. Von Ricky gar nicht zu reden, die halb böse Hexe war und halb *Flying Monkeys*.

Sie sagte: »Nardo hat mir erzählt ... dass Jack ... Cheese auf der Party war.«

Clay wandte den Kopf und sah sie an. Das leuchtende Blau seiner Augen wirkte im Sonnenlicht fast bleich. Sie sah den Bartflaum unter seinem Kinn. Er war so hübsch, aber anders als früher regte sich bei seinem Anblick nichts in Emily.

»Du warst zugedröhnt in dieser Nacht.«

Emily hatte nie etwas anderes behauptet, aber sie hatte keine Ahnung, warum er so wütend klang.

»Du warst wirklich total im Arsch«, sagte er. »Du konntest dich kaum erinnern, wie du nach Hause gekommen bist. Du weißt es nur, weil es dir deine Großmutter erzählt hat.«

»Okay?«, sagte sie und fragte sich, worauf das Ganze hinauslief.

»Ich meine, theoretisch liegt Blake dann gar nicht so weit daneben.« Clay hielt den Blick gesenkt und beobachtete, wie sich die Spitze seines Sneakers in die Erde bohrte. »Du stehst auf Drogen. Du stehst auf Partymachen. Du hast das Spiel gespielt. Du musst mit Anstand verlieren können.«

Emily überraschte nur, dass sie jedes Mal wieder aufs Neue schockiert war, wenn es geschah. Sie hatten sich alle auf die gleiche Weise gegen sie gewandt – erst Dean, dann Blake, dann Nardo und jetzt Clay. Sie folgten tatsächlich alle einem Drehbuch. Freundlichkeit. Unterwürfigkeit. Wut. Verachtung.

Clay stand auf. Er hatte die Hände noch in den Taschen. »Sprich nie wieder mit mir, Emily.«

Sie stand ebenfalls auf. »Warum sollte ich mit dir sprechen wollen, wenn du nichts als Lügen von dir gibst?«

Er packte sie an den Armen und riss sie an sich. Sie machte sich auf eine Drohung, eine Warnung gefasst, auf alles Mögliche, nur nicht auf das, was er dann tatsächlich tat.

Clay küsste sie.

Er schmeckte nach Nikotin und schalem Bier. Sie spürte seine raue Haut an ihrer. Seine Zunge erkundete ihren Mund. Ihre Körper waren wie aneinandergeklammert. Es war Emilys erster richtiger Kuss. Zumindest der erste richtige Kuss, an den sie sich erinnerte.

Und er fühlte sich nach nichts an.

Clay stieß sie von sich und fuhr sich mit dem Handrücken über den Mund.

»Leb wohl, Emily.«

Sie blickte ihm nach. Er hatte die Schultern hochgezogen, und seine Füße schlurften über den Boden. Emily berührte mit den Fingern die Lippen. Sie hatte erwartet, dass sie etwas empfinden würde bei einem Kuss – irgendetwas. Aber nichts kribbelte. Ihr Herz machte keinen Satz. Sie war so teilnahmslos und desinteressiert wie vor zwei Jahren, als Blake sie in der Gasse betrunken zu küssen versucht hatte.

Sie sah Clay um die Ecke des Hauses biegen. Er hatte den Kopf immer noch eingezogen. Irgendwie wirkte er schuldbewusst, aber man hätte nicht zu sagen gewusst, weswegen.

Ein Lachen aus tiefster Seele wollte in Emily aufsteigen. Wenn sie nur die Zeit zurückholen könnte, die sie in den letzten zehn Jahren damit verbracht hatte, sich über Clayton Morrows Befinden den Kopf zu zerbrechen.

Emily scharrte mit einem Fuß über die Furche, die er in den Kies gezogen hatte, und sah zum Haus hinauf. Zufällig erhaschte sie einen Blick auf ihren Vater, der in sein Schlafzimmer zurückging. Er war auf dem Balkon gewesen, der auf den Garten und den Schuppen hinausging. Sie hatte keine Ahnung, wie lange er dort gestanden oder was er gesehen hatte. Durchs

Fenster verfolgte sie, wie er zum Sideboard ging und sich einen Drink einschenkte.

Emily schaute nach unten. Unbewusst hatte sie die Hand wieder auf den Bauch gelegt. Sie hatte geglaubt, in dieser ganzen Geschichte allein zu sein, aber es gab doch jemanden, den sie bei dieser beschwerlichen Reise an ihrer Seite hatte. Oder in sich, wenn man genau sein wollte. Sie spürte keine Verbundenheit mit dem Zellklümpchen, aber sie nahm eine Art Pflichtgefühl wahr. Es war genauso, wie Melody es in ihrem Brief geschrieben hatte …

Deine Seltsamkeit kommt daher, weil du jede Art von Menschen LIEBST und AKZEPTIERST.

Emily empfand keine Liebe für die Zellen in ihrem Bauch, zumindest noch nicht, aber sie hatte sich zu Akzeptanz durchgerungen. Clay lag nicht völlig falsch, wenn er befand, dass Emilys Schwangerschaft ihr Problem war. Sie war diejenige, die für den Rest ihrer Tage damit leben musste. Sie setzte sich wieder auf die Bank, blickte auf den fahlen Garten, räusperte sich und sagte dann: »Ich werde …«

Ihre Stimme versagte.

Wieder kam es Emily seltsam vor, allein zu sein und laut zu reden, aber sie musste die Worte ebenso sehr hören, wie sie sie aussprechen musste. Es war eine Wunschliste, wenn sie ehrlich war, in der sie all die kostbaren Dinge aufzählte, die sie im Laufe nur weniger Tage verloren hatte. Es war außerdem ein Versprechen, all diese verlorenen Dinge irgendwann an ihr Baby zurückzugeben.

Sie räusperte sich wieder. Der Schwur kam frei heraus diesmal, und laut, denn er war wichtig.

»Ich werde dich beschützen. Niemand wird dir jemals wehtun. Du wirst immer sicher sein.«

Zum ersten Mal seit Tagen hatte Emily den Eindruck, dass ein Teil der Belastung endlich von ihr abfiel.

Sie hörte, wie hinter ihr die Balkontür zugeknallt wurde.

8

Das salzige Wasser hatte die beruhigende Färbung von Pariser Blau. Andrea schwebte schwerelos und frei darin. Sie konnte hier unten bleiben, wo es warm war und wo es nichts zu tun gab, aber etwas sagte ihr, dass sie nicht bleiben sollte. Sie streckte die Hände nach oben und stieß sich mit den Füßen ab. Sie brach durch die Wasseroberfläche, und die Sonne küsste ihre Schultern. Dann wischte sie sich das Wasser aus den Augen, während Wellen an ihr Kinn schwappten. Sie drehte sich um und blickte zum Strand zurück. Laura saß unter einem großen Schirm in Regenbogenfarben. Sie hatte sich aufgerichtet, damit sie Andrea im Blick behalten konnte. Das Oberteil hatte sie abgelegt; die Narbe von ihrer Brustamputation war zu sehen. Ein Mann in einem dunklen Hoodie schlich sich von hinten an sie heran.

»Mom!«

Andrea wurde mit einem Ruck wach.

Ihr Blick huschte kreuz und quer durch den Raum. Sie schwamm nicht im Meer, sondern lag in einem Krankenhausbett, mit einem Infusionsschlauch im Arm. Eine Sauerstoffmaske bedeckte Mund und Nase, aber sie hatte immer noch das Gefühl, nicht genug Luft zu bekommen. Panik baute sich in ihr auf wie der Kamm einer Welle.

»Hey.« Mikes Hand legte sich beruhigend auf ihre Schulter. Er rückte die Maske auf ihrem Gesicht zurecht. »Alles in Ordnung. Atme einfach.«

Bei seinem Anblick löste sich die Panik langsam auf. In seinen Augen lag eine Besorgnis, die ihr geradewegs ans Herz ging.

»Hast du etwas mit deinen Haaren gemacht?«, fragte er.

Andrea konnte nicht lachen. Die Erinnerung an die letzte

Stunde strömte zurück – das Feuer, die Fahrt im Rettungswagen, die endlosen Tests, das vollständige Fehlen von Informationen. Der Arzt hatte gesagt, Andrea brauche Flüssigkeit, keine Schmerzmedikation. Sie selbst war anderer Ansicht. Ihre Nase pochte. Ihre Brust fühlte sich an, als würde sie von einem Strick zusammengeschnürt. In ihrer Stirn zwickte es. Die Lippen waren geschwollen. Sie hob die Hand, um sie zu berühren.

Und dann hustete sie so heftig, dass ihr die Augen tränten. Die Maske wurde widerlich schleimig. Sie versuchte sie wegzuschieben, aber Mike zog sie ihr ganz vom Kopf. Andrea drehte sich zur Seite, von Hustenanfällen geschüttelt, die sich anfühlten, als wollte ihre Lunge den Körper verlassen. Sie wollte die Hand vor den Mund legen, aber der Infusionsschlauch bremste ihren Arm. Ihre Füße verfingen sich in den Laken. Das an ihren Zeigefinger geklemmte Pulsoximeter sprang herunter.

Mike kniete neben ihr, seine Hand strich über ihren Rücken. »Willst du Wasser?«

Andrea nickte. Sie sah, wie er einen großen Krug neben dem Waschbecken zur Hand nahm. Ihre Augen brannten immer noch vom Rauch. Sie zog ein Papiertuch aus dem Karton und schnäuzte sich so kräftig, dass sich ihr Trommelfell umstülpte. Die Rückstände im Taschentuch sahen aus, als kämen sie aus einem Kamin. Sie nahm ein zweites Tuch und schnäuzte sich wieder, bis es in den Ohren ploppte.

»Ist meine Mom okay?«, fragte sie.

»Soviel ich weiß, ja.« Er hielt den Strohhalm, damit sie aus der Tasse trinken konnte. Ihre Fingernägel waren schwarz gerändert. Rauch und Ruß von dem Brand waren in ihre Poren eingedrungen. Die Schwester hatte Andrea einen Krankenhauskittel zum Anziehen gegeben, aber er war bereits schmutzig.

»Soll ich Laura anrufen?«, fragte Mike.

»Großer Gott, nein.« Andrea gab den Versuch zu trinken auf. Das Schlucken tat ihr zu weh. »Das Feuer … Sind alle …?«

»Alle sind rausgekommen. Bible hat sich die Hand ein wenig verbrannt. Judiths Tochter ist ins Haus zurückgerannt, um den Sittich der Familie zu holen. Am Ende musste Bible sie beide retten.« Mike setzte sich auf den Bettrand. »Du bist doch gut in Vogelwitzen, vielleicht kannst du ihn später damit aufziehen.«

Andrea wurde verlegen. Er spielte auf ihr Gespräch in Glynco an. Mike hatte gefragt, warum sie ihn abserviert hatte, und sie hatte sich hinter einem Wortspiel versteckt.

»Syd«, war alles, was sie jetzt herausbrachte. »Der Sittich heißt Syd.«

Mike stieß einen lang gezogenen Seufzer aus. Er stand vom Bett auf und ging zum Waschbecken, um sich den Ruß von den Händen zu waschen. »Die Feuerwehr hat Brandstiftung bereits ausgeschlossen. Die Richterin hat die Elektrik im Haus nie modernisiert. Im Sicherungskasten waren noch die alten Schraubsicherungen. Im Obergeschoss gab es einige medizinische Geräte für ihren Mann. Sie haben ein Verlängerungskabel zu viel benutzt.«

»Yankeegeiz.« Andrea rieb sich die Augen, ließ es aber gleich wieder bleiben. »Kannst du mir helfen, mich aufzusetzen?«

Mikes Hände lagen ruhig auf ihren Schultern, aber er konnte nichts tun, um zu verhindern, dass das Zimmer seitlich wegrutschte. Andrea fiel beinahe aus dem Bett.

»Hey, ganz ruhig.« Wieder stand Besorgnis in seinen Augen. Aber dann fiel ein Vorhang, und er streckte die Hände kapitulierend in die Höhe. »Sorry, ich weiß, du kannst auf dich selbst aufpassen.«

Ihr war zumute, als hätte sich ein Fels auf ihre Brust gesenkt. »Mike, ich …«

»Es ist dir gelungen, den Boss zu beeindrucken.« Mikes Ton hatte sich wieder verändert. »In ein brennendes Gebäude laufen. Verhindern, dass ein ganzes Stadtviertel plattgemacht wird. Du hast diese Gerüchte von dem *hilflosen kleinen Mädchen* weiß Gott zum Verstummen gebracht.«

Er erinnerte sich wirklich noch an jeden Blödsinn, den sie je von sich gegeben hatte.

Mike ging wieder zum Waschbecken, zog ein paar Papierhandtücher aus dem Spender und befeuchtete sie unter dem Hahn. »Sie haben dir eine Glasscherbe aus der Stirn geholt. Vier Stiche.«

Andrea berührte die steifen Fäden, die ihre Haut zusammenhielten. Nur vage erinnerte sie sich daran, dass der Arzt sie genäht hatte. »Warum fühlt sich meine Nase an, als sei sie voller Bienen?«

»Sie ist nicht gebrochen. Vielleicht hast du sie dir angeschlagen, als du in den Pool gefallen bist.«

Ihr war, als wäre es jemand anderem passiert.

»Halt still.« Behutsam wischte er ihr mit den nassen Tüchern das Gesicht ab. »Du solltest fürs Erste keine Bilder von dir in den sozialen Medien posten.«

Andrea schloss die Augen. Das Papier war kühl auf ihrer Haut. Er tupfte vorsichtig ihre Stirn ab, dann wischte er sanft an ihrer linken Wange entlang. Sie spürte, wie sich ihre Anspannung löste, und sie sehnte sich danach, ihre Stirn wieder an seine Brust zu drücken.

»Der Mann der Richterin …«, sagte Mike. »Es sieht nicht allzu positiv aus für ihn.«

Andrea öffnete die Augen.

»Er war ohnehin in keiner allzu guten Verfassung.« Mike strich nun sanft an ihrer anderen Wange entlang. »Ist das in Ordnung?«

Es tat ein bisschen weh, aber sie sagte: »O ja.«

Mike tupfte vorsichtig um ihren Mund herum. Die Unterlippe schmerzte, wo sie aufgeplatzt war. Andrea dachte, dass sie den Schmerz verdient hatte.

»Es ist ein Unterschied, ob man gerettet werden muss oder ob man jemanden um Hilfe bittet, dem man etwas bedeutet«, sagte er.

Es fehlten ihr die Worte für eine Antwort.

Mike faltete das Papiertuch zu einem frischen Quadrat. »Wie läuft es mit Bible?«

»Er …« Ein Hustenreiz kitzelte in ihrer Kehle. »Er ist eine Legende.«

Mike war zu ihrem Hals übergegangen; es war fast, als würde er eine Katze streicheln. »Hat er dir erzählt, dass er mein erster Partner war, als ich zum Zeugenschutz kam?«

Die Tatsache, dass er ihr die Information vorenthalten hatte, überraschte sie nicht, aber schon, dass er überhaupt im Zeugenschutz gewesen war. »Weiß er Bescheid über …?«

»Ich habe ihm deinen Status nie verraten«, sagte Mike. »Aber es würde mich nicht wundern, wenn er dahintergekommen ist. Er ist ziemlich schlau.«

Bible war mehr als das. »Er ist der reinste Hexer.«

Mike lächelte bemüht. Er wollte nicht über Catfish Bible reden. »Fürs Protokoll: Nur einer meiner Schwestern muss ich ständig aus der Patsche helfen. Und ich bediene meine Mutter von vorn bis hinten, weil sie ihr Leben lang schwer gearbeitet hat und es verdient.«

Andrea zwang sich, den Blick nicht von ihm abzuwenden. »Ich hätte das nicht sagen sollen. Nichts davon.«

»Denkst du, dass es stimmt?«

Sie schüttelte den Kopf. »Nein. Ich liebe deine Mom. Und deine Schwestern sind großartig.«

Ihre Blicke trafen sich, bevor Mike wieder zum Waschbecken ging. Er machte ein frisches Papiertuch nass. »Ich habe dich nie gerettet. Denk mal an das, was vor zwei Jahren passiert ist. Du warst mir damals weit überlegen. Ich hatte keine Ahnung, wo oben und unten war.«

Andrea schüttelte den Kopf, denn das, woran sie sich am deutlichsten erinnerte, war ein Gefühl völliger Verlorenheit.

»Du hast ein Trauma durchgemacht, Andy«, sagte er. »Jeder andere hätte aufgegeben. Ich bewundere dich, dass du das lebend überstanden hast.«

Sie spürte, wie ihr die Tränen in die Augen schossen. Sie wünschte sich so sehr, dass es die Wahrheit war.

Mike ging zum Bett zurück und fing jetzt an, ihre Hände zu säubern, obwohl sie sie schon gewaschen hatte. »Ich verstehe, warum du mich hast sitzen lassen. Es war eine schlimme Situation. Du hast Zeit gebraucht, um herauszufinden, wer du warst, was du mit deinem Leben anfangen solltest. Ich wollte dir diese Zeit lassen. Ich wusste, du warst es wert, dass ich auf dich warte. Aber du bist nicht zurückgekommen.«

Andrea schmeckte Blut, als sie sich auf die Lippe biss.

»Die Gerüchte, von denen Bible sprach …« Mike hielt sanft ihre Hände. Er war nervös. Sie hatte ihn noch nie zuvor nervös erlebt. »Ich war fix und fertig, als du verschwunden warst. Alle haben mich damit aufgezogen, dass ich einem Mädchen nachtrauere, aber die Wahrheit ist, du hast mir das Herz gebrochen.«

Andrea biss sich noch stärker auf die Lippe. Sie hatte einen so riesigen, schmerzlichen Fehler gemacht.

»Ich meine, ich habe mich nicht nach dir verzehrt oder so.« Mike versuchte seine Verletzlichkeit hinter einem Grinsen zu verstecken, dem aber die übliche Großspurigkeit fehlte. »Gut, ich habe ein paar Gedichte geschrieben, aber ich bin nicht ziellos umhergelaufen und habe deinen Namen geheult.«

Andrea lachte, aber nur als Ventil für die Reue, die in ihrer Brust anschwoll.

Er zuckte mit den Achseln. »Mir blieb nichts anderes übrig, als mich in eine Menge bedeutungslose One-Night-Stands zu stürzen.«

Diesmal lachte sie richtig.

»Versteh mich nicht falsch. Ich war dankbar für all den Sex. Ich habe viel gelernt.« Sein spielerischer Ton war wieder da. »Die Stewardess, die mich dazu gebracht hat, Tagebuch zu führen. Die Ballerina, die an meinem Ausdruckstanz gearbeitet hat. Die zärtlichen Momente bei einer Frau, deren Kinder aus dem Haus waren, in der Straße, wo meine Oma wohnt. Und die Supermodels – sehr viele Supermodels.«

Andrea verschränkte ihre Finger mit seinen. Ihr Herz schlug so heftig, dass sie überzeugt war, er könnte es hören.

»Komisch«, sagte sie. »Genauso bin ich auch ohne dich zurechtgekommen.«

Mike zog die Augenbrauen hoch. »Männliche Supermodels oder weibliche?«

Sie zuckte die Schultern. »Bei einer Orgie gehst du dorthin, wo du gebraucht wirst.«

»Klar. Man will ja nicht unhöflich sein.«

Sie küsste ihn.

Sie schlang die Arme um seinen Hals und legte die Beine um seine Mitte. Alles an seinem Körper fühlte sich neu und vertraut zugleich an. Sein Bart war so üppig, wie sie es sich vorgestellt hatte. Sein Mund war wie Honig.

»Mike …« Andrea war atemlos, als sie sich von ihm löste. »Es tut mir leid. Ich war so dumm, und es tut mir so leid.«

Der Vorhang um das Bett wurde plötzlich zurückgeschoben.

»Zeit zu gehen, Leute. Wir brauchen das Bett.« Es schien der Schwester nichts auszumachen, dass sie den zärtlichen Moment ruinierte. Umstandslos riss sie den Infusionsschlauch aus Andreas Arm. »Bei Heiserkeit, anhaltenden Hustenanfällen, geistiger Verwirrung oder Atemproblemen wählen Sie sofort die 911. Ist das Ihr Mann oder Partner?«

»Es ist kompliziert«, sagte Mike.

»Sie hat eine leichte Gehirnerschütterung.« Die Schwester hielt ein Clipboard in die Höhe. »Ich brauche jemanden, der das hier unterschreibt und der nicht sie ist.«

»Her damit«, sagte Mike.

»Atemübungen. Machen Sie sie einmal in jeder wachen Stunde.« Sie hakte ein Kästchen in ihren Unterlagen ab. »Die nächsten zweiundsiebzig Stunden nicht rauchen und keinen Alkohol. Nehmen Sie Rachenpastillen oder Halsspray gegen den Schmerz. Paracetamol bei Bedarf. Keine körperliche Anstrengung.«

»Darf sie arbeiten?« Die Frage kam von Deputy Chief Cecilia Compton. Sie trug immer noch ihren blauen Hosenanzug. Ihre Arme waren vor der Brust verschränkt. »Oder sollte sie sich freinehmen?«

»Schreibtischtätigkeit ist in Ordnung, wenn sie sich dazu in der Lage fühlt.« Die Schwester griff in ihre Tasche und gab Andrea ein paar Hustenbonbons. »In sechs Stunden ist Paracetamol dran. Nehmen Sie maximal viertausend Milligramm in einem Zeitraum von vierundzwanzig Stunden.«

Andrea hätte Heroin genommen, wenn ihre Kehle dann nicht mehr schmerzte. Sie wickelte eins der Hustenbonbons aus. »Danke.«

»Oliver?«, sagte Compton. »Können Sie mitkommen?«

Mike half Andrea aus dem Bett. Sie hielt seine Hand, bis sie ihn loslassen musste. Danach musste sie in einen leichten Trab fallen, um Compton einzuholen.

»Ich bin froh, dass Mike in der Stadt war.« Comptons Arme schwangen bei ihrem forschen Tempo vor und zurück. »Leonard hat vor ein paar Jahren mit ihm zusammengearbeitet. Mike ist einer, auf den man sich verlassen kann. Ich habe diese Gerüchte nie geglaubt. Keine Frau, die bei Verstand ist, würde ihm das Herz brechen.«

Andrea rollte das Bonbon in ihrem Mund hin und her.

»Also, die Sache ist die.« Compton war wieder im Bossmodus. »Bibles idiotische Sittichrettungsaktion hat ihn auf die Verletztenliste gebracht. Und es ist mir egal, was die Schwester sagt. Sie sind beide für den Rest der Woche aus gesundheitlichen Gründen beurlaubt. Schlafen Sie sich aus. Gehen Sie am Strand spazieren. Ein anderes Team wird die Bewachung der Richterin und ihrer Familie übernehmen.«

Andrea hätte inzwischen an Enttäuschungen gewöhnt sein müssen, aber die Vorstellung, in einem Hotelzimmer herumzusitzen, während Dean Wexler fröhlich seinen kranken Geschäften nachging, fühlte sich wie ein Schlag mit dem Hammer an.

Compton spürte ihre Stimmung. »Bible hat mich über Ihre Gespräche mit Ricky Fontaine und Melody Brickel informiert. Tut mir leid, dass nichts dabei herauskam. Früher oder später ergibt sich etwas. Das ist immer so.«

In zwanzig Jahren hatte sich nichts ergeben. Vierzig, wenn man Emily Vaughn mitrechnete. Andrea war nicht bereit aufzugeben. Sie war nicht Marshal geworden, damit schlechte Menschen weiter ihren üblen Geschäften nachgehen konnten. »Ma'am, ich …«

»Einen Moment.« Compton klopfte laut an die Tür der Herrentoilette. Sie fragte Andrea: »Können Sie noch ein Weilchen bleiben?«

Ehe Andrea antworten konnte, ging die Tür auf. Anders als sie selbst sah Leonard Bible im Wesentlichen unbeschadet aus. Der einzige Hinweis darauf, dass er in einem brennenden Haus gewesen war, war ein strahlend weißer Verband an seiner rechten Hand.

Er hielt sie in die Höhe, damit Andrea sie sehen konnte. »Spatzenhirn.«

»Ruhe«, befahl Compton.

Bible zwinkerte Andrea zu. »Ich wünschte, meine Frau wäre hier, um meinem Boss zu sagen, dass er aufhören soll, mir in die Eier zu treten.«

»Deine Frau wird sie dir garantiert nicht küssen, verdammt.« Compton holte tief Luft und schlüpfte in ihre Bossrolle zurück. Sie wandte sich an Andrea. »Die Richterin hat darum gebeten, mit Ihnen zu sprechen. Ich glaube, sie will sich bedanken, aber machen Sie es kurz. Dr. Vaughn liegt in den letzten Zügen. Er wird die Nacht nicht überleben.«

»Ja, Ma'am.«

Compton zeigte den Flur hinauf, aber Franklin Vaughns Krankenzimmer war unschwer zu entdecken. Zwei Marshals standen links und rechts der Tür, ihre Oberkörper waren so muskulös, dass sie wie Heißluftballons aussahen. Aus irgendeinem Grund erkannten sie Andrea. Der eine nickte ihr zu, der andere öffnete die Tür.

Sie hatte erwartet, das Surren und Piepen von Apparaten zu hören, aber alles war still. Das einzige Licht kam von der Lampe über dem Spiegel im Bad, dessen Tür einen Spalt offen stand.

Esther Vaughn saß auf einem Stuhl gegenüber dem Bett, in dem ihr Mann lag. Die große Aktentasche, die sie aus dem brennenden Haus gerettet hatte, stand zu ihren Füßen. Ihre gesamte Aufmerksamkeit war auf ihren Mann gerichtet. In Franklin Vaughns Körper steckten keine Schläuche, nicht einmal eine Kanüle für zusätzlichen Sauerstoff. Er erhielt eindeutig Palliativbetreuung.

Andrea schob das Hustenbonbon in die Wange. »Ma'am?«

Die Schultern der Richterin zuckten, als hätte Andrea das Wort gerufen. Aber sie drehte sich nicht um, sondern sagte nur: »Setzen Sie sich, Marshal.«

Andrea zögerte. Es gab einen großen gepolsterten Sessel auf der anderen Seite des Betts, wie man ihn in fast jedem Krankenzimmer des Landes fand. Andrea hatte zahllose Stunden in einem ähnlichen Sessel verbracht, als sich ihre Mutter von ihren Brustkrebsoperationen erholte.

Sie ging um das Bett herum, nahm aber nicht Platz. Noch sah sie Franklin Vaughn an. »Chief Compton sagte, Sie möchten mich sprechen, Ma'am?«

Esther hob langsam den Kopf, sie studierte Andrea, nahm die Rußspuren in ihrem Gesicht und den schmutzigen Krankenhauskittel zur Kenntnis. »Danke.«

»Gern geschehen, Ma'am.« Ein Hustenreiz kitzelte Andreas Hals. »Es tut mir leid, dass es Dr. Vaughn nicht gut geht. Kann ich Ihnen etwas bringen, bevor ich gehe?«

Die Richterin blieb stumm. Andrea lauschte Franklin Vaughns flachem Atem. Ohne nachzudenken, begann sie seine Atemzüge zu zählen. Sie fühlte sich in das Krankenzimmer ihrer Mutter zurückversetzt. Tagelang hatte sie Lauras Atmung überwacht, jede Medikation und jeden Test aufgeschrieben, war jedes Mal aufgesprungen, um zu helfen, wenn sich Laura bewegte, denn sie hatte Angst gehabt, ihre Mutter würde sterben, wenn sie nicht auf der Hut war.

Andrea blinzelte. Sie konnte nicht sagen, ob die Tränen in ihren Augen von der Erinnerung kamen oder vom Feuer. »Ma'am, wenn Sie nichts mehr brauchen, werde ich …«

»Ich habe daran gedacht, wie es war, als Judith zur Welt kam«, begann Esther. »Die Geburt eines Kindes sollte gefeiert werden. Finden Sie nicht auch?«

Andrea presste die Lippen zusammen. Die Richterin sah wieder ihren Mann an. Sie streckte die Hand aus, aber nur um sich am Bettgeländer festzuhalten.

»Die Ärzte kamen und wollten unsere Entscheidung hören. Franklin und ich hatten so oft darüber gestritten, ob wir Emily gehen lassen sollten, sobald das Kind in Sicherheit war«, sagte Esther. »Ich wollte die Apparate abstellen. Franklin sagte, das dürften wir nicht. Die Welt würde zusehen. *Unsere* Welt würde zusehen. Aber Emily hat uns die Entscheidung abgenommen. Nach der Geburt entwickelte sich eine bakterielle Entzündung in ihrem Uterus. Puerperalfieber nannten es die Ärzte. Die Infektion wurde septisch. Alles ging sehr schnell.«

Andrea sah, wie sich Esthers Finger um das Bettgeländer krallten.

»Als Franklin letztes Jahr seinen Schlaganfall erlitt, wollten die Ärzte wieder eine Entscheidung von mir hören.« Esthers Stimme war härter geworden. »Es löste eine sehr lebhafte Erinnerung an damals bei mir aus: Er und ich waren im Arbeitszimmer. Er war sehr wütend und bestand darauf, dass wir Emily am Leben ließen. Ich fragte ihn, was er sich für sich selbst wünschen würde, wäre er an Emilys Stelle. Er wurde kreidebleich und sagte: ›Versprich mir eines, Esther: Du darfst mich unter keinen Umständen dahinsiechen lassen.‹«

Andrea sah, wie Esther das Bettgeländer langsam losließ und mit gesenktem Kopf zu Boden blickte.

»Ich habe mein Versprechen gebrochen. Ich ließ die Ärzte lebensverlängernde Maßnahmen ergreifen. Ich ließ ihn *dahinsiechen*«, sagte Esther. »Damals redete ich mir ein, dass Franklin ja noch lebte. Sein Herz schlug noch. Er konnte noch selbstständig atmen. Nur Gott darf ein Leben nehmen.«

Die Richterin wrang die Hände im Schoß.

»In Wahrheit wollte ich, dass er leidet.« Esther hielt inne, als hätte das Eingeständnis sie zu viel Kraft gekostet. »Ich hätte Emily verteidigen müssen, als sie noch lebte. Gegen seinen Zorn. Gegen seine Schläge. Damals sagte ich mir, dass er bei ihr nicht so schlimm war. Wenn ich es aushielt, konnte sie es auch. Erst als sie tot war, erkannte ich, dass ich sie völlig im Stich gelassen hatte. Sie war meine Tochter. Ich habe nichts getan, um sie zu beschützen.«

Andrea dachte an den ersten Brief, den die Richterin erhalten hatte …

WIE WÜRDE ES DIR GEFALLEN, WENN ALLE WELT WÜSSTE, DASS DEIN MANN DICH UND DEINE TOCH-

TER MISSHANDELT HAT, ABER DU HAST NICHTS GETAN, UM SIE ZU SCHÜTZEN?

»Ich sagte mir, dass ihn mein beruflicher Erfolg kastriert hatte«, sagte Esther. »Welche Rolle spielte schon ein blauer Fleck? Eine Ohrfeige? Mein Ehrgeiz war für ihn ein Affront. Franklin war selbst nie erfolgreich. Zu Hause musste er sich Geltung verschaffen. Mein Schmerz war ein geringer Preis. Doch ich hatte kein Recht, Emily in unseren Teufelspakt miteinzubeziehen. Und ebenso wenig, ihre Tragödie als Keule gegen meine Kritiker einzusetzen.«

Andrea hörte ein Echo aus dem zweiten Brief …

DU HAST DEIN KIND FÜR DEINE KARRIERE GEOPFERT! DU VERDIENST DEIN TODESURTEIL DURCH KREBS!

»Bei Judith habe ich ein Machtwort gesprochen. Ich sagte zu Franklin, ich würde ihn verlassen, wenn er ihr je etwas antue. Er fügte sich so leicht.« Sie runzelte die Stirn, als könnte sie seine Kapitulation noch immer nicht begreifen. »Warum konnte ich das nicht für Emily tun? Warum konnte ich es nicht für mich selbst tun?«

Andrea kaute auf der Innenseite ihrer Wange.

»Nach dem Angriff auf Emily schlug Präsident Reagan vor, dass ich meine Bewerbung zurückziehen sollte. Ich war wütend. Ich konnte doch nicht alles aufgeben, wofür ich gearbeitet hatte. Wenn ich ausstieg, so dachte ich, würde Reagan es sich zweimal überlegen, ob er noch mal eine Frau nominierte. Jeder Präsident hätte so gehandelt. Ich wollte ein juristisches Vermächtnis hinterlassen.« Esthers Blick ruhte auf ihrem Mann. »All diese Wut und diese Getriebenheit, nur um am Ende festzustellen, dass wir nichts als zerbrechliche, sterbliche Wesen sind.«

DU STIRBST AN KREBS, UND DEIN MANN VEGETIERT NUR NOCH DAHIN, ABER ALLES, WAS DICH

INTERESSIERT, IST DEIN SOGENANNTES VERMÄCHTNIS!

»Ich habe mir viel zu lange eingeredet, dass mein Leben auf den Säulen von Stärke, Ehrlichkeit und Integrität aufgebaut war, aber das war nie der Fall.« Esthers Ton war nie so schneidend, als wenn sie auf sich selbst losging. »In den letzten Monaten vor dem Überfall hatte Emily alle Beschönigungen abgelegt. Sie verstand die Welt besser als ich. Sie schätzte mich so zutreffend ein wie sonst niemand. Je näher ich meinem eigenen Tod komme, desto besser verstehe ich ihre Klarheit. Ich war von meiner Arroganz geblendet. Ich war eine Heuchlerin. Eine Betrügerin.«

DU WIRST STERBEN, DU ARROGANTES, GIERIGES, NUTZLOSES MISTSTÜCK. ALLE WERDEN ERFAHREN, WAS FÜR EINE BETRÜGERIN DU BIST! ICH WERDE DAFÜR SORGEN, DASS DU LEIDEST!

»Ich habe das alles nie laut ausgesprochen, nicht einmal gegenüber Judith«, sagte Esther. »Ich weiß gar nicht, warum ich es Ihnen jetzt erzähle.«

Andrea konnte die Stimme der Richterin kaum noch hören. Sie hatte sich in sich selbst zurückgezogen, die verschränkten Hände im Schoß, den Rücken gebeugt, den Kopf gesenkt. Ein sehnsüchtiges Verlangen hatte sich im Zimmer breitgemacht. Der Mann der Richterin würde in wenigen Stunden sterben. Esther selbst hatte nur noch einige Monate zu leben. Sie hatte einer Fremden mehr gestanden, als sie sich selbst je eingestanden hatte.

Andrea hätte Mitleid für die alte Frau empfinden müssen, aber stattdessen musste sie unwillkürlich an Ricky Blakelys Zeugenaussage von 1982 zurückdenken. Die karikaturartige Schreibschrift. Die großen Kringel über dem i. Ricky war ein Teenager gewesen, als sie die langen, mäandernden Sätze geschrieben hatte, aber wenn Andrea etwas im Leben gelernt hatte, dann das: Menschen änderten sich nach Verlassen der Schule nicht mehr allzu sehr.

So vieles hatte Andrea an den Todesdrohungen gestört. Das Fehlen von Kraftausdrücken. Die Abwesenheit sexueller Drohungen. Die korrekte Interpunktion bis zum kleinsten Komma. Wer eine Todesdrohung schrieb, versuchte verständlicherweise seine Identität zu verschleiern, aber es war schwer zu verbergen, dass man *beeindruckend, gebieterisch, intelligent* und – am wichtigsten – *unbeugsam* war.

»Ma'am?«, fragte Andrea. »Warum haben Sie diese Todesdrohungen an sich selbst geschickt?«

Esthers Mund öffnete sich, aber nicht vor Überraschung. Andrea erkannte den Bewältigungsmechanismus. Luft holen, sein aufgeregtes Herz beruhigen, auf irgendetwas fokussieren, nur nicht auf das aktuelle Trauma.

Als Esther schließlich zu Andrea aufblickte, tat sie es nicht, um die Frage zu beantworten, sondern um selbst eine zu stellen. »Warum fürchten Sie sich nicht vor mir?«

»Ich weiß es nicht«, gab Andrea zu. »Wenn ich an Sie denke, fürchte ich mich, aber dann sehe ich Sie persönlich, und mir wird klar, dass Sie eine verlorene alte Frau sind, deren Tochter ermordet wurde und deren Mann Sie geschlagen hat.«

Esthers Kiefer klappte nach unten, aber nur ein wenig. »Weiß es Leonard?«

»Er glaubt immer noch, dass Ricky die Briefe geschrieben hat.«

Esther sah nach unten. Ihr Blick fand die Aktentasche zu ihren Füßen. Das Haus der Richterin war niedergebrannt, doch das Einzige, was sie gerettet hatte, war diese Tasche.

Esther sagte: »Ich hätte das System nicht manipulieren dürfen. Ich verstehe jetzt, wie selbstsüchtig das war. Ich bitte um Verzeihung.«

Andrea war nicht auf eine Entschuldigung aus. Sie wollte eine Erklärung. Die Richterin war fast so lange dabei, wie es den Marshal Service gab. Sie wusste, wie das System des Richterschutzes funktionierte. Bei einer glaubhaften Todesdrohung war es oberste Priorität, die Sicherheit des Richters zu gewährleisten. Esther hatte sich offenbar bedroht genug gefühlt, um Schutz anzufordern, aber sie hatte sich außerdem nicht getraut zu erklären, wieso. Andrea hatte das Gefühl, ein fehlendes Puzzleteil endlich gefunden zu haben.

»Vor wem brauchten Sie Schutz?«, fragte sie.

Esthers zerbrechliche Schultern hoben sich in einem tiefen Atemzug. Dann hauchte sie einen Namen, als wäre er eine Krankheit. »Dean Wexler.«

Andrea musste sich an der Sessellehne festhalten. Alle schrecklichen Dinge, die Frauen in dieser Stadt widerfuhren, schienen auf Dean Wexler zurückzugehen.

»›Euer Widersacher, der Teufel, geht wie ein brüllender Löwe umher und sucht, wen er verschlingen kann.‹« Esthers Stimme hatte bei den letzten Worten zu zittern begonnen. »Erster Petrusbrief, 5.8.«

Andrea hielt sich weiter am Sessel fest. Sie konnte sich nur einen Grund denken, warum Dean Wexler bei Esther Vaughn Furcht auslösen konnte, aber sie brachte es nicht über sich, ihn zu nennen.

Stattdessen bat sie: »Erzählen Sie.«

Wieder musste sich Esther durch einen tiefen Atemzug stärken. »In Judiths erstem Lebensjahr habe ich ihren Laufstall immer im Garten aufbauen lassen, damit wir Zeit miteinander verbringen konnten. Ich war gerade im Geräteschuppen, als ich bemerkte, dass sie verstummt war. Ich rannte ins Freie und fand Wexler vor, der sie im Arm hielt.«

Andrea sah Tränen in die Augen der Richterin treten. Die Erinnerung verfolgte sie sichtlich bis zum heutigen Tag.

»Judith hatte keine Ahnung, dass sie sich in den Armen eines Fremden befand. Sie war so ein zutrauliches, glückliches Kind. Aber ich sah den Ausdruck in Wexlers Gesicht – als wollte er ihr wehtun. Absichtlich hatte er ihren Arm so gepackt, als wollte er ihn ausreißen. Die Bösartigkeit in seinem Blick, dieses unverfälscht Böse …«

Esther hielt inne, da sie von ihren Gefühlen übermannt zu werden drohte.

»Ich hatte nie vorher so geschrien. Nicht als wir von dem Überfall auf Emily erfuhren. Nicht einmal, als Franklin …« Sie sprach nicht zu Ende, aber Andrea wusste, sie meinte die Schläge. »Mein ganzes Leben lang habe ich mich als stark und unerschütterlich gesehen. Man verhärtet an den Stellen, die gebrochen wurden, und man macht weiter. Aber zu sehen, wie dieser Teufel meine Judith im Arm hielt, ließ mich vollkommen zusammenbrechen. Ich flehte ihn auf Knien an, mir Judith zu geben, als Franklin aus dem Haus kam.«

Andrea sah, wie die Richterin sich zu sammeln versuchte. Ihre Hände hatten zu zittern begonnen.

»Ich … Ich stürzte mit Judith ins Haus. In meiner Brust brannte es wie Feuer. Als Franklin zurückkam, fand er mich mit Judith in dem Schrank im Obergeschoss, wo ich mich versteckt hatte.« Esther hielt inne, da sie mit der Erinnerung kämpfte. »Da hat mir Franklin dann gesagt, dass Dean Wexler Judiths Vater ist.«

Andrea fühlte, wie der Raum wieder zur Seite kippte, auch wenn sie gewusst hatte, was kommen würde. Ihre Gedanken rasten wild – wenn Dean Judiths Vater war, dann hatte er in Bezug auf seine Zeugungsunfähigkeit gelogen, und wenn das gelogen war, was noch?

»Franklin sagte, wir müssten Wexler dafür bezahlen, dass er sich fernhielt. Sie hatten eine Vereinbarung geschlossen, und Franklin würde sich darum kümmern.« Esther verschränkte die Hände, damit sie endlich aufhörten zu zittern. »Ich hätte auf der Stelle die Polizei rufen sollen. Ich sehe das jetzt sehr deutlich, aber damals tat ich nichts.«

Andrea konnte nur fragen: »Warum nicht?«

»Ich hatte schreckliche Angst, dass Wexler eine Möglichkeit finden würde, an Judith heranzukommen. Sie können sich seinen boshaften Gesichtsausdruck damals im Garten nicht vorstellen. Bis zum heutigen Tag bin ich aufrichtig davon überzeugt, dass er eine Manifestation des Bösen ist.« Ihre Finger gingen zu dem Kruzifix, das sie um den Hals trug, und drückten es wie einen Talisman. »Wexler hätte auf elterliche Rechte klagen können, verstehen Sie? Er hätte uns Judith wegnehmen können. Oder ein Besuchsrecht erwirken. Oder irgendwie dabei mitreden, wie sie aufwuchs. Der zweckdienlichste Weg, ihn loszuwerden, lag darin, ihn fürs Fernbleiben zu bezahlen.«

»Aber«, sagte Andrea, »wenn Wexler versucht hätte, elterliche Rechte geltend zu machen, hätte er damit den Missbrauch einer Minderjährigen gestanden.«

»Sie müssen dieses Eingeständnis im Kontext der Zeit sehen. Die Verfassungsmäßigkeit der Gesetze über den Missbrauch Minderjähriger wurde erst im März 1981 vom Supreme Court bestätigt. Im Staat Delaware galt bis in die Siebziger ein zustimmungsfähiges Alter von sieben Jahren. Die Gesetze zum Schutz vor Vergewaltigung waren nur einige Jahre älter. Als ich Richterin wurde, musste die Behauptung einer Frau, vergewaltigt worden zu sein, durch einen Augenzeugen erhärtet werden, um als glaubwürdig zu gelten.«

Andrea musste es sagen: »Verzeihung, Richterin, aber so viel hat sich nicht geändert. Eine tragischerweise vergewaltigte und ermordete weiße Frau ist immer noch eine tragischerweise vergewaltigte und ermordete weiße Frau.«

»Sie sprechen die Regenbogenpresse an, nicht die Gerichte.« Esther hielt inne, ihre Hand schloss sich um das winzige Kruzifix. »Wie kommt man von A nach B? Dean räumte Sex ein, nicht den Mord, und er konnte das Geständnis immer widerrufen. Mein Kaliber als Richterin und die anzüglichen Einzelheiten allein hätten jeden Staatsanwalt vor einem unklaren Fall ohne erhärtende Beweise auf der Hut sein lassen. Franklin und ich hatten bereits einen Privatdetektiv engagiert, dem es nicht gelang, Emilys Mörder zu finden. Wir sahen uns demselben Problem wie immer gegenüber – dem eklatanten Mangel an Beweisen.«

Vorsichtig äußerte Andrea: »Die Polizei bringt Informanten ständig dazu, die Seite zu wechseln.«

»Sie meinen, jemanden dafür bezahlen oder dazu veranlassen, dass er Deans Schuld erhärtet?« Esther klang nicht gekränkt wegen des Vorschlags, was bedeutete, dass sie es tatsächlich erwogen hatte. »Was, wenn diese Person widerruft? Oder uns am Ende erpresst? Dann lieber den Teufel, den man kennt, und Wexler war der leibhaftige Teufel.«

Andrea wusste, dass Esther wahrscheinlich die beste von allen zur Verfügung stehenden schlechten Entscheidungen getroffen hatte. Sie wusste außerdem, dass etwa zur selben Zeit etwas anderes passiert war. »Wexler hat uns erzählt, er hätte Geld von einem verstorbenen Verwandten geerbt und damit die Farm kaufen können.«

Esther nickte bedächtig. »Das Grundstück hatte Franklins Mutter gehört. Nach ihrem Tod sollte es an Emily gehen und dann weiter an Judith.«

Andrea sah Esther ein Taschentuch aus dem Ärmel ihres Kleids ziehen. Vorsichtig wischte sie sich über die Augen, bevor sie fortfuhr.

»Franklin übertrug das Land in eine Teilhaberschaft. Die Teilhaberschaft veräußerte es zu einem nominellen Preis an eine Briefkastengesellschaft. Dann nahm die Briefkastenfirma nichtöffentliche Transfers auf ein Treuhandvermögen vor, das von Dean Wexler kontrolliert wurde.« Esther sah Andrea an und erklärte es in einfachen Worten: »Steuerbetrug, Steuerhinterziehung, Unterschlagung, Urkundenfälschung, vielleicht Geldwäsche, aber dazu müsste ich das Statut von 1983 nachschlagen.«

Andrea wusste, dass Wexler an diesem Punkt nicht aufgehört hatte. »Hatten Sie etwas mit dem Fall vor dem Arbeitsgericht zu tun?«

Wieder nickte Esther. »Franklin sagte, ich müsse ein paar Gefälligkeiten einfordern. So nannte er es immer – du musst eine Gefälligkeit einfordern. Ich habe es nie infrage gestellt. Ich tat, was er mir sagte, weil ich Judith beschützen wollte.«

Andrea wies auf einen Fehler in der Geschichte der Richterin hin. »Laut Bob Stiltons Fallakte behauptete Wexler, er könne nicht der Vater sein, weil er infolge einer Kinderkrankheit zeugungsunfähig sei.«

»Dafür gab es wiederum keinen Beweis.« Esther hatte die Akte offenbar ebenfalls gelesen. »Franklin sagte, er habe Wexler beim Wort nehmen müssen. Das Risiko sei zu groß. Ich wollte Judith unbedingt beschützen, sodass ich keine Fragen stellte. Bis ich anfing, mich zu wundern, war es zu spät.«

»Sie haben nie Wexlers DNA gefordert?«

»Zu welchem Zweck? Wenn man sich erst einmal auf Erpressung eingelassen hat, gerät man immer tiefer hinein. Franklin und ich hatten uns mit dem ursprünglichen Grundstücksgeschäft belastet. Dean konnte beweisen, dass wir das Gesetz gebrochen hatten. Wir wiederum konnten nicht beweisen, dass er unsere Tochter ermordet hatte.« Esther seufzte zutiefst erschöpft. Sie war jahrzehntelang gegen dieselben Wände gelaufen, gegen die Andrea erst vor ein paar Tagen gekracht war. »Ich sagte mir, dass die Bedrohung zu persönlich sei, als dass ich es riskieren konnte, unseren Pakt zu brechen. Wexler konnte immer einen Weg finden, um an Judith heranzukommen. Und als dann Guinevere zur Welt kam, stand sogar noch mehr auf dem Spiel.«

Andrea sah auf ihr lädiertes Handgelenk. »Wissen Sie, was Dean den Frauen auf der Farm antut?«

»Ich habe es jahrelang vorgezogen, es nicht zu wissen. Emily nannte es *die Gabe der vorsätzlichen Blindheit*.«

Andrea wäre gern taktvoll gewesen, aber dann dachte sie an Star Bonaire und Alice Poulsen. »Ma'am, für jemanden, der behauptet, mit den Details nichts zu tun gehabt zu haben, kennen Sie sehr viele.«

Esthers Blick ruhte auf ihrem Mann. Sein Atem klang jetzt rauer. Die Abstände zwischen zwei Atemzügen waren länger. »Nach Franklins Schlaganfall gab es keinen Puffer mehr. Wexler kam direkt zu mir. Ich sagte, dass die Sache für mich zu Ende sei. Ich wusste, mein Krebs war inoperabel. Ich wollte das bisschen Zeit, das mir noch blieb, in Ruhe mit Judith und Guinevere verbringen.«

Andrea hatte gesehen, wie Wexler Frauen behandelte, die sich gegen ihn stellten. »Was hat er getan?«

»Ein an Guinevere adressierter Brief kam ins Haus.« Esthers Hand ging wieder an ihren Hals. Sie hielt sich an dem goldenen Kruzifix fest. »Ich erkannte den Absender. Wexler hatte ein Bewerbungsformular für ein Freiwilligenjahr auf der Farm geschickt. Guineveres Name und Adresse waren bereits eingetragen.«

»Das ist alles?«, fragte Andrea. Sie glaubte nicht, dass Wexler so subtil vorging.

»Das Kuvert enthielt Fotografien von Guinevere. Jemand war ihr von der Schule nach Hause gefolgt. Ein Foto war durch die offenen Vorhänge ihres Zimmers aufgenommen worden.«

Andrea hörte die Verzweiflung in ihrer Stimme. »Was haben Sie getan?«

»Ich bin wieder in Panik geraten«, sagte Esther. »Ich hatte vom ersten Mal nichts gelernt. Statt endlich mit der Wahrheit herauszurücken, habe ich das System manipuliert. Es ist so, wie Sie sagten. Ich habe die Drohbriefe selbst geschrieben, denn ich wusste, die Abteilung Richterschutz würde eingreifen.«

Andrea korrigierte ihre Geschichte vorsichtig, denn die Richterin hatte die ersten Angebote zu ihrem Schutz nicht angenommen. »Sie wollten Bible.«

»Leonard ist ein guter Mann«, sagte Esther. »Ich habe so viel Zeit meines Lebens in Angst vor bösen Männern verbracht. Vor meinem Mann. Vor Wexler. Vor meiner eigenen Familie. Ich habe mit dem Schrecken des Verlusts gelebt – immer des Verlusts. Emily hat meine Angst gesehen und sie Feigheit genannt. Sie hatte natürlich recht. Ich mache mir keine Illusionen, dass ich im Jenseits nicht für meine Sünden büßen werde. Ich wollte die wenige Zeit, die mir noch blieb, von Menschen umgeben sein, die mich lieben.«

»Und wenn Sie nicht mehr da sind?«, fragte Andrea, denn die Richterin hatte eindeutig einen Plan.

Esther schüttelte den Kopf, aber sie sagte: »Ich sollte mich entschuldigen, weil ich Sie unterschätzt habe. Leonard hat mir erzählt, dass Sie einen scharfen Verstand besitzen.«

Andrea nahm das Kompliment nicht an. Zu viele andere Frauen litten in Wexlers Händen. »Richterin, was ist in Ihrer Aktentasche?«

26. NOVEMBER 1981

Emily saß neben ihrer Omi am Küchentisch. Sie schälten Kürbiskerne für die jährliche Zusammenkunft der Vaughns zu Thanksgiving, auch wenn in diesem Jahr statt der fünfzig Leute, die sonst im offiziellen Wohnzimmer Cocktails tranken, und den weiteren zwanzig, die in das kleine Fernsehzimmer gezwängt wurden, nur vier Personen teilnehmen würden. Und eine von ihnen wusste nicht so genau, wer die anderen waren.

Omi sagte: »Mein Vater hat mir beigebracht, wie man das macht. Er liebte Kürbiskerne.«

»Wie war er?«, fragte Emily, wenngleich sie die Geschichte auswendig aufsagen konnte.

»Nun, er war nicht sehr groß.« Omi begann damit, dass sie das Haar ihres Vaters beschrieb, das weich und dünn gewesen war, sehr zu seinem Leidwesen, denn er sah sich als eine Art Clark Gable. Als Omi mit seiner Liebe zu modischer Kleidung fortfuhr, blendete Emily sie aus. Sie beobachtete, wie ihre Hände sich beim Schälen der Kürbiskerne bewegten. Esther hatte sie bereits im Ofen geröstet. Die meisten Leute schälten sie einzeln nacheinander, wie bei Erdnüssen, aber Omi bestand darauf, dass man die ganze Arbeit erst erledigt, damit man die Kerne nachher ungestört genießen konnte. Sie hatten die Schüssel beinahe schon gefüllt.

»Papa hat gesagt, so muss man es machen.« Omi zeigte ihr, wie man die Schale leicht drückte, bis sie aufsprang. Der Kern innen war grün. »Aber du darfst sie noch nicht essen. Du musst sie alle in die Schüssel geben.«

»Das ist eine gute Idee«, gab ihr Emily recht. Sie griff nach einer weiteren Handvoll Kerne, aber ein heftiger Krampf in ihrem Rücken ließ sie laut aufjapsen. Sie widerstand dem Impuls, sich vorzubeugen, und lehnte sich stattdessen zurück, um den Muskel zu dehnen.

»Oh«, sagte Omi. »Alles in Ordnung, Liebes?«

Emily war nicht in Ordnung. Zischend stieß sie Luft durch die Zähne. Sie wusste nicht, ob der gezerrte Muskel eine Folge ihrer Schwangerschaft war, ob er vom Tragen ihrer schweren Büchertasche kam oder daher, dass sie nachts nicht schlafen konnte, weil es ihr solche Sorgen bereitete, wie sich in der Schule alles entwickelte.

»Du bist ein bisschen früh dran für Muskelkrämpfe.« Esther war aus der Speisekammer zu ihnen gekommen. Sie stellte die Dose Sauerkraut auf den Tisch und massierte Emilys Rücken mit der Faust. »Du musst dich dagegenstemmen.«

Emily wollte sich gegen nichts stemmen. Sie wollte es hinter sich haben.

»Besser?«, fragte Esther.

Emily nickte, denn der Krampf hatte tatsächlich nachgelassen. Sie lehnte sich mit geschlossenen Augen an die Hüfte ihrer Mutter. Esther hielt sie und strich ihr das Haar zurück. Das war etwas Neues für sie beide. Omi war sonst immer diejenige gewesen, die Emilys Tränen getrocknet oder ihr einen Kuss auf das aufgeschrammte Knie gedrückt hatte. Esther war diejenige, die sie beim Vokabelnlernen drillte oder sie für das Debattierteam coachte. Es war, als hätte Emilys Schwangerschaft eine mütterliche Seite in Esther zum Vorschein gebracht, von der sie beide nichts gewusst hatten. Oder vielleicht hatte Omis Demenz eine

Lücke hinterlassen, die zu füllen Esther vorher nicht für nötig erachtet hatte.

»Liebes«, sagte Omi zu Emily, »du bist ein bisschen zu jung für eine Schwangerschaft.«

Emily lachte. »Das ist allerdings wahr.«

Omi schaute verwirrt drein, aber sie lachte ebenfalls.

Esther drückte Emily einen Kuss auf die Stirn. »Also gut. Ich sollte dann wohl das Abendessen machen. Dein Vater wird bald aus dem Klub zurück sein.«

Emily sah ihre Mutter in der Küche hantieren. Im Grunde *machte* Esther kein Abendessen. Sie wärmte auf, was der Koch bereits zubereitet hatte. Er bevorzugte Gerichte aus Maryland. Krabbenküchlein. Maiskolben. Muschel-und-Austern-Auflauf, Cranberry-Relish. Grüne Bohnen mit Tomaten. Schinkenbraten.

Der Schinken war der deutlichste Hinweis auf die veränderten Umstände. Normalerweise wurde Emily abgestoßen vom Anblick des unförmigen rosa Fleischbrockens, der in seinem eigenen Saft köchelte. Der Anblick erinnerte zu sehr an das lebende Schwein. Der Schinken, den Esther heute aus dem Kühlschrank geholt hatte, war klein, eher wie ein Laib Brot. Und trotzdem war er noch mehr als ausreichend für vier Personen.

Niemand sagte es laut, aber die ausgefallene Feier war Emilys Schuld.

Ihre Ursünde hatte weitreichende Konsequenzen, die erheblich über die reduzierte Gästezahl bei dem Fest hinausgingen. Esthers Ernennung zur Bundesrichterin war fraglich geworden. Sie hing ständig am Telefon, nahm an Meetings in Washington teil und strampelte sich ab, um zu zeigen, dass sie immer noch eine Ernennung auf Lebenszeit verdiente. Der Druck war enorm, auch wenn ihre Mutter nie offen darüber sprach. Es gab gereizte Unterhaltungen mit Franklin, die rasch versiegten, wenn Emily den Raum betrat. Nachts konnte sie die beiden gedämpft durch die Wand streiten hören, wenn Franklin über den knarrenden Boden lief und Esther an ihrem Schreibtisch an ihrer Strategie arbeitete.

Die vergangene Woche war besonders schlimm gewesen. Emily hatte einen Leitartikel im *Wilmington News Journal* gelesen, in dem die Frage aufgeworfen wurde, ob Esther Vaughns richterliche Ambitionen ihre Pflichten als Mutter beeinträchtigt hatten. Franklin hatte die Zeitung aufgeschlagen auf dem Frühstückstisch zurückgelassen, damit Emily sie finden musste.

Emily stand vom Tisch auf. Ihr war plötzlich weinerlich zumute. Es gab keine Papiertaschentücher in der Küche, deshalb schnäuzte sie in ein Küchentuch. Esther gab mit einem Lächeln zu erkennen, dass sie um Emilys Weinen wusste, dass man aber nichts dagegen tun konnte.

»Wie kann ich helfen?«, fragte Emily ihre Mutter.

»Der Maispudding ist im Kühlschrank draußen in der Garage. Wenn es dir nichts ausmacht …«

»Du meine Güte.« Omi sah sie beide an. »Ich glaube, ich gehe für ein Nickerchen in mein Zimmer.«

Emily konnte ihr ansehen, dass sie keine Ahnung hatte, wer ihr in der Küche gegenüberstand. Zum Glück lebte ihre Großmutter schon so lange in dem Haus, dass es eine vertraute Umgebung für sie war. Sie trippelte den rückwärtigen Flur entlang und summte zerstreut den »Yankee Doodle«. Als sie an der Treppe ankam, marschierte sie bereits im Takt.

Esther wechselte einen amüsierten Blick mit Emily. Ihre Mutter war seit dem Morgen unglaublich gut gelaunt gewesen. Emily fragte sich, ob ihre Schwangerschaft sie tatsächlich einander nähergebracht hatte. Es war sehr schwer zu sagen. Bisweilen fühlte es sich an, als würde ihre Mutter-Kind-Beziehung in eine neue Phase eintreten. Dann wieder hielt ihr Esther eine Standpauke, weil sie den Thermostat zu hoch einstellte oder ein nasses Handtuch auf dem Boden liegen ließ.

»Der Pudding?«, stieß Esther sie an.

»Ach ja, richtig.« Emily wusste, sie konnte ihre Zerstreutheit nicht auf die Schwangerschaft schieben. Sie war leicht abzulenken, denn sich auf das Hier und Jetzt zu konzentrieren, war im Allgemeinen zu deprimierend.

Die Garage fühlte sich so kalt an wie ein Eisbärhintern, wie Omi gern sagte. Emily machte sich nicht die Mühe, ihre Jacke zu holen. Ihre Körpertemperatur lief im Moment auf Hochtouren. Natürlich änderte sich das, bis sie die andere Seite der Garage erreicht hatte.

Emily fröstelte, als sie den Kühlschrank öffnete. Dank Omi fing sie nun auch an, den »Yankee Doodle« zu summen, was an jedem Tag des Jahres eine ärgerliche Sache war. Sie erinnerte sich, dass sie Louisa May Alcotts Buch *Little Men* wegen Zusatzpunkten in der sechsten Klasse gelesen hatte. Emil und Franz waren darin zur Mühle gegangen und hatten so viel nach Hause gebracht, dass die Familie monatelang Maispudding essen konnte. Emily hatte von der Lehrerin einen Stern bekommen, weil sie die Verbindung zu dem Lied hergestellt hatte.

Sie bekam jetzt keine Sterne mehr von Lehrern.

Emily war an der Schule inzwischen vollkommen geächtet. Selbst die Reinigungskräfte wandten den Blick ab, wenn sie vorbeiging. Es war, als würde ihre Schwangerschaft ein Kraftfeld aussenden. Je weiter sich die hässlichen Gerüchte ausbreiteten, desto mehr Leute hielten sich von ihr fern. Lehrer schüttelten entsetzt den Kopf. Jemand hatte ein großes Loch in das T-Shirt geschnitten, das sie beim Sport trug. In ihr Pult im Klassenzimmer war das Wort HURE eingeritzt worden. Vor den Thanksgiving-Ferien hatte irgendein Idiot eine Damenbinde an ihren Spind geklebt. Er hatte mit rotem Filzstift Blut daraufgemalt und sie mit einem schwarzen Filzstift eingerahmt, sodass es aussah wie eine Postkarte, darunter die Worte …

ICH WÜNSCHTE, DU WÄRST DA!

Emily nahm an, dass Ricky hinter der Aktion mit der Binde steckte, wenn nicht sogar hinter der ganzen restlichen Zerstörung. Die wüstesten Verunglimpfungen schienen von der Clique auszugehen. Blakes Gerüchte über Emilys Drogen- und Alkoholkonsum führten inzwischen ein Eigenleben. Sie war nicht mehr nur Konsumentin, sondern Dealerin. Nicht nur eine Kifferin, sondern ein Junkie. Ricky steuerte ihre eigenen Lügen bei und erzählte allen, die es hören wollten, sie hätte mehrmals beobachtet, wie Emily hinter der Turnhalle einem Jungen einen geblasen hatte. Dann hatten sich natürlich mehrere Jungs gemeldet, die behaupteten, die Empfänger dieser Wohltaten gewesen zu sein. Nardo war, wie zu erwarten, besonders grausam und machte jedes Mal, wenn sie in Hörweite war, abfällige Bemerkungen.

An einem Tag war es *Proletin.*

Am nächsten *verdammte Fotze.*

Und an den Tagen, an denen Emily besonders niedergeschlagen aussah: *fette Kuh.*

Clay ignorierte sie komplett, was mehr schmerzte als Nardos bösartige Kommentare. Was ihn anging, war Emily offenbar ein Nichts. Ihre Anwesenheit in der Cafeteria oder auf der Straße hatte so viel Wirkung auf ihn wie das Münztelefon an der Wand oder der Briefkasten an der Ecke.

Dann gab es die anderen. Melody Brickel lächelte Emily jedes Mal an, wenn sie sie sah, aber ihr Lächeln war nur eine Erinnerung daran, was Emily alles verloren hatte.

Dean Wexler hatte Emilys Versetzung aus seinem Kurs verlangt. Da das Schuljahr schon so weit fortgeschritten war, verbrachte sie diese Stunde nun allein in einem improvisierten Studierzimmer in der Bibliothek.

Dann war da noch Cheese – oder jetzt Jack für Emily.

Jack tat alles Erdenkliche, um ihr in der Schule aus dem Weg zu gehen. Er wechselte außerhalb des Unterrichts kaum ein

Wort mit ihr, und wenn keine Schule war, hatte er nie Zeit. Er führte als Grund an, dass ihn sein Vater zwang, auf der Polizeistation zu arbeiten, aber die Ausrede klang lahm. Jack hatte so oft gesagt, dass er im Sommer nicht auf die Polizeiakademie gehen würde. Er wollte Longbill Beach sofort nach seinem Abschluss verlassen.

Emily glaubte, dass ihre ungeklärte Schwangerschaft der Grund für die spürbare Spannung zwischen ihnen war. Sie hatte Jack nie gefragt, ob er auf der Party gewesen war. Sie hatte sich gesagt, dass sie nicht in Nardos Falle laufen wollte, aber insgeheim hatte sie Angst vor Jacks möglicher Antwort.

War Jack bei Nardo gewesen?

Hatte er Emily etwas angetan?

Emily ertappte sich dabei, wie sie in den Kühlschrank starrte. Sie hatte vergessen, wieso sie hergekommen war.

Bier. Fertigsahne. Limonaden. Milch.

Sie sollte zu Jack gehen und mit ihm reden. Sie hatten nie Geheimnisse voreinander gehabt. Nicht wenn es um wichtige Dinge ging. Sie hatte gestern Abend gesehen, wie er in den Schuppen geschlüpft war. Sie hatte ihm ein Kissen und eine frische Decke hingelegt, denn sie wusste, die Ferien waren bei ihm zu Hause immer besonders schlimm. Seine Mutter fing schon kurz nach dem Frühstück zu trinken an. Der Chief schloss sich ihr dann gegen Mittag an. Bis zur Abendessenszeit schrien sich die beiden entweder an, führten eine körperliche Auseinandersetzung oder schliefen besinnungslos auf dem Boden.

»Maispudding«, sagte Emily, als ihr endlich einfiel, warum sie sich hier in der Garage den Arsch abfror.

Sie stellte den Puddingbecher auf eine Pfanne und stieß die Kühlschranktür mit der Hüfte zu. Dann durchquerte sie den leeren Stellplatz, wo normalerweise das Auto ihres Vaters stand. Sie fragte sich, ob er wirklich im Golfklub war. An Thanksgiving spielten sie ein verkürztes Turnier, damit das Personal eine Art Feiertag hatte. Sie wusste, er spielte nur vier Löcher, und sie wusste, das konnte nicht vier Stunden dauern.

»Hast du dich verlaufen?« Esther wartete an der Tür auf sie.

Sie hob den Becher mit dem Maispudding hoch. »Ich habe dieses dämliche Lied nicht aus dem Kopf bekommen.«

Esther holte tief Luft, dann schmetterte sie los: »›Fath'r and I went down to camp along with Captain Goodin …‹«

Emily fiel ein: »And there we saw the men and boys as thick as hasty puddin'.«

Esther stampfte mit den Füßen, und sie marschierten zusammen ins Haus zurück. Emily war selig, als ihre Mutter ihr den Arm um die Schulter legte. Esther war heute wirklich in großartiger Stimmung. Sie hatten seit einer Ewigkeit nicht zusammen gesungen.

»Herrje.« Esther wischte sich Lachtränen aus den Augen. »Das hat Spaß gemacht, was?«

Emily kam sich fast stolz vor. »Du bist heute sehr fröhlich.«

»Warum sollte ich nicht fröhlich sein? Ich kann den ganzen Tag mit meiner Familie verbringen.« Sie hielt Emilys Arm noch ein paar Augenblicke fest, dann wandte sie sich wieder ihren Essensvorbereitungen zu. »Setz dich hin. Ich glaube, den Rest schaffe ich allein.«

Emily war dankbar für die Pause. Sie legte die Füße auf Omis leeren Stuhl. Sie hatte keinen Krampf mehr im Rücken, aber jetzt fühlten sich ihre Zehen an, als würden sie zu schmerzenden Würsten anschwellen.

»Ich sollte an meinem Englischaufsatz arbeiten«, sagte sie. »Er macht immerhin die Hälfte meiner Note aus.«

»Denk heute mal ausnahmsweise nicht daran.« Esther hatte Emily den Rücken zugewandt, aber sie hatte die Wirbelsäule steif durchgedrückt. Sie drehte sich um, die Arme vor der Brust verschränkt. »Tatsächlich solltest du dir vielleicht überhaupt keine Gedanken mehr darüber machen. Du solltest die Schule jetzt zu deinen Bedingungen verlassen, statt zu warten, bis es unmöglich wird.«

Bei dem bloßen Gedanken stockte Emily der Atem. »Mom, ich kann die Schule nicht verlassen! Wenn ich es bis ins neue Jahr schaffe, habe ich genügend Leistungspunkte beisammen, um meinen Abschluss zu machen.«

»Bis zum Abschluss wirst du ein Baby haben, Emily. Du wirst doch wohl nicht vorhaben, mit dem Rest der Klasse auf der Bühne zu erscheinen.«

In Emily erlosch all das Unbeschwerte der letzten Minuten. Sie beide waren keine Altersgenossinnen, und sie waren keine Freundinnen. Esther war ihre Mutter, und ihre Mutter erließ ein Edikt.

»Das ist nicht fair«, sagte Emily. Wenn Esther wie eine Erwachsene klingen wollte, würde sie eben wie ein Kind klingen. »Du stellst es hin, als hätte ich keine Wahl.«

»Du hast eine Wahl«, sagte Esther. »Du kannst dich auf das konzentrieren, was wichtig ist.«

»Meine Bildung ist etwa nicht wichtig?«

»Natürlich ist sie das. Oder vielmehr – sie wird es sein.«

»Mom, ich …« Emily hatte es bisher nicht laut ausgesprochen, aber sie hatte es in den letzten Wochen gedacht. »Ich kann trotzdem aufs College gehen. Wir könnten ein Kindermädchen anstellen und …«

»Von welchem Geld?« Esther hob die Hände und deutete damit unwissentlich auf das Herrenhaus, das seit mehr als einem halben Jahrhundert im Besitz von Franklins Familie war. »Wer wird dieses Kindermädchen bezahlen? Willst du zusätzlich zu deinem Studium jobben? Wird der Babysitter da sein, wenn du dich auf deine Kurse vorbereiten und Arbeiten schreiben musst?«

»Ich …« Emily sah jetzt, dass sie dieses Gespräch rechtzeitig hätte planen müssen. Sie brauchte Zahlen, die sie ihren Eltern präsentieren konnte, eine Erklärung, wie eine kleine Investition in der Gegenwart eine Dividende in der Zukunft erbringen könnte. »Ich kann nicht *nicht* aufs College gehen.«

»Ja, du wirst aufs College gehen«, sagte Esther. »Irgendwann einmal. Wenn das Kind alt genug für die Schule ist. Wenn es ein paar Jahre lang erfolgreich absolviert hat, kannst du …«

»Das sind acht Jahre!« Emily war entgeistert. »Ich soll aufs College gehen, wenn ich fast dreißig bin?«

»Da wärst du nicht die Erste«, sagte Esther, nannte auffälligerweise aber kein Beispiel. »Du kannst dich nicht um einen Säugling kümmern, während du studierst, meine Liebe. Das ist unmöglich.«

Emily konnte die Heuchelei nicht fassen. »Das ist aber genau das, was du getan hast!«

»Nicht so laut«, warnte Esther. »Bei mir war es anders. Deine Großmutter war mit dir zu Hause, während ich in Harvard war. Und ich hatte einen Mann. Dein Vater hat mir Legitimität verliehen. Er hat mir erlaubt, eine Karriere außer Haus anzustreben.«

»Erlaubt?« Emily musste unwillkürlich lachen. »Du erzählst mir immer, dass Frauen alles tun können.«

»Das können sie«, sagte Esther. »Aber in einem vernünftigen Rahmen.«

Emily warf genervt die Arme in die Luft. »Mom!«

»Emily«, sagte Esther betont beherrscht. »Ich weiß, wir haben gesagt, wir werden nicht über die Umstände sprechen, die den Ursprung deines Zustands betreffen.«

»Himmel, du klingst wie eine Anwältin.«

Beide schauten verdutzt drein. Rasch verdeckte Emily ihren Mund mit der Hand. Sie dachte solche Dinge ständig, aber sie hatte sie noch nie laut ausgesprochen.

Anstatt sie zu maßregeln, setzte sich Esther an den Tisch. Sie trocknete ihre Hände an der Schürze ab. »Du musst dir deinen

Weg zurück verdienen, Emily. Du hast eine Regel verletzt – eine Kardinalregel –, die Frauen nicht verletzen dürfen. Die Türen, die dir früher offenstanden, sind jetzt verschlossen. Das sind die Folgen, die du für dein Handeln tragen musst.«

»Welches Handeln? Ich habe nichts …«

»Du wirst nicht an die Schule zurückkehren«, sagte Esther. »Direktor Lampert hat letzte Woche deinen Vater angerufen. Die Entscheidung ist getroffen. Du kannst nichts dagegen unternehmen. Du wurdest der Schule verwiesen.«

Emilys Augen wurden feucht. Von Geburt an hatte ihr Esther den Wert einer Ausbildung eingetrichtert. Emily hatte für jede Prüfung, jede Arbeit stundenlang gelernt und geübt, damit ihre Mutter stolz auf sie wäre.

Und jetzt erklärte ihr Esther, dass alles umsonst gewesen war.

»Emily, das ist nicht das Ende der Welt«, sagte Esther, obwohl es eindeutig das Ende von etwas war. »Dein Vater und ich haben es besprochen, und wir sind uns einig.«

»Oh, wenn Vater es sagt, na gut.«

Esther ignorierte ihren Sarkasmus. »Was du tun wirst, ist, dir Zeit lassen. Du wirst zu Hause bleiben, dich nicht in der Öffentlichkeit sehen lassen, und wenn dann genügend Zeit vergangen ist, werden wir uns einen Weg überlegen, dich wieder in die Welt einzuführen.«

»Du willst mich acht Jahre lang im Haus einsperren?«

»Mach nicht so ein Drama daraus«, erwiderte Esther. »Du wirst mit Einschränkungen leben, bis das Baby kommt. Du kannst im Garten spazieren gehen oder die Straße hinauf und hinunter, solange Schulunterricht ist. Du solltest auf ausreichende Bewegung achten.«

Emily hörte den routinierten Ton in ihrer Stimme. Sie sah ihre Eltern vor sich, wie sie spätabends alles durchgesprochen hatten, wie Franklin mit einem Glas Scotch in der Hand auf und ab lief und Esther eine Liste der Dinge anfertigte, die Emily durfte oder nicht durfte. Und keinem von beiden fiel es ein zu fragen, was ihre schwangere Tochter eigentlich wollte.

So wie sie in ihrem Namen entschieden hatten, dass sie dieses Kind austragen würde.

So wie sie sie zwangen, die Schule zu verlassen, das College zu verschieben, ihr Leben zu verschieben.

»Und dann?«, fragte Emily, denn sie wollte wissen, was sie noch entschieden hatten.

Esther wirkte erleichtert über die Frage, die sie offenbar als Zustimmung interpretierte. »Wenn wir den Eindruck haben, dass die Zeit reif ist, werden dein Vater und ich dich hin und wieder zu gesellschaftlichen Anlässen mitnehmen. Einfache Begegnungen zunächst, nur mit unseren eigenen Leuten. Wir werden diejenigen auswählen, die am empfänglichsten für deine gesellschaftliche Wiedereingliederung sind. Wenn das Kind alt genug ist, könntest du vielleicht eine Praktikumsstelle antreten. Oder einen Posten als Sekretärin.«

»Du bist so eine Heuchlerin.«

Esther schaute eher belustigt drein als gekränkt. »Wie bitte?«

Emily hatte es satt, alle ihre Gedanken für sich zu behalten. Es war ermüdend, rücksichtsvoll zu sein, zumal niemand je auf die Idee kam, rücksichtsvoll *zu ihr* zu sein.

»Du predigst von oben herab, wie wichtig es für Frauen ist, stark zu sein. Du strahlst diese Aura der Unbesiegbarkeit aus. Du lässt alle Welt glauben, dass du furchtlos bist, aber alles, was du tust, jede Entscheidung, die du triffst, geschieht aus Angst.«

»Ich und Angst?« Esther lachte auf. »Mein Fräulein, ich habe in meinem ganzen Leben nie vor etwas Angst gehabt.«

»Wie oft hat Dad dich geschlagen?«

Esthers Blick wurde stahlhart. »Vorsichtig, ja?«

»Sonst *was*?«, fragte Emily. »Wird Dad mich grün und blau schlagen? Wird er Omi das Handgelenk verdrehen, bis sie schreit? Wird er dich die Treppe hinaufschleifen und mit deiner Haarbürste verprügeln?«

Esther wandte den Blick nicht ab, aber sie sah Emily auch nicht an.

»Du hast furchtbare Angst vor dem, was die Leute von dir denken werden«, fuhr Emily fort. »Deshalb bleibst du bei Dad. Deshalb willst du mich im Haus einsperren. Du hast dein ganzes Leben mit dem Versuch vergeudet, dich so zu verhalten, wie *sie* es wollen.«

»Mein ganzes Leben«, äffte Esther sie nach. »Und wer, bitte schön, sind *sie*?«

»Sie sind *alle«*, sagte Emily. »Du hast mich nicht abtreiben lassen, weil *sie* es hätten herausfinden können. Du hast mich keine Adoption in die Wege leiten lassen, weil *sie* es gegen dich verwenden könnten. Ich werde von der Schule verbannt, weil *sie* dir gesagt haben, dass es Zeit ist. Du benimmst dich, als hättest du dein Leben, dein Vermächtnis absolut im Griff, aber du hast große Angst, dass *sie* dir jederzeit alles wegnehmen können.«

Esther schürzte die Lippen. »Nur zu, sprich dir alles von der Seele.«

Sie tat, als bräuchte Emily nur einen Punchingball, um sich abzureagieren, aber Emily war es todernst. »Ich erdulde nicht die Konsequenzen meines Handelns, Mutter. Ich erdulde die Konsequenzen deiner Feigheit.«

Esther zog eine Augenbraue hoch, so wie sie es immer tat, wenn sie jemanden bei Laune halten wollte.

»Du bist eine Heuchlerin.« Emily wiederholte sich, aber jetzt fühlten sich die Worte wie eine Offenbarung an. Sie hatte nie zuvor zu jemandem so ohne Umschweife gesprochen. Warum war sie so viele Jahre so stumm gewesen? Warum hatte sie sich so viele Sorgen gemacht, sie könnte das Falsche sagen, das Falsche tun, die falschen Leute gegen sich aufbringen.

Was würden *sie* tun?

Emily stand auf und stützte sich mit den Fäusten auf den Tisch. »Du hast diese erstaunliche Gabe der absichtlichen Blindheit. Du hältst dich für so klug, so clever, aber du blendest einfach alle Dinge aus, die du nicht sehen willst.«

»Was will ich denn nicht sehen?«

»Dass du schreckliche Angst hast«, sagte Emily. »Die ganze Zeit verdrängst du deine Angst und gestattest dir keinen Gedanken daran.«

»Ach, tatsächlich?«

»Ja, tatsächlich«, sagte Emily. »Du hast schon lauter Falten um den Mund, weil du immer die Lippen so zusammenpresst, um alles zurückzuhalten, genau wie jetzt gerade.«

Esther öffnete den Mund und wollte darüber lachen, aber es gab nichts zu lachen.

Emily fuhr fort. »Ich sehe dich ständig an deiner Angst würgen. Bei Vater. Bei deinen Freunden. Selbst bei Omi und mir. Du gibst dir solche Mühe, sie zu verdrängen, aber sie geht nicht weg. Es bewirkt nur, dass deine Sprache zur Waffe wird, sobald du sprichst. Und was du sagst, ist Blödsinn, Mutter. Es ist alles nur Blödsinn, weil du solche Angst hast, dass die Leute die Wahrheit über dich erkennen.«

»Und was ist diese Wahrheit?«

»Dass du feige bist.«

Esther lehnte sich zurück und schlug die Beine übereinander. »Ich bin also feige, ja?«

»Warum sonst geschieht das alles?«, fragte Emily. »Warum stehst du nicht zu mir? Warum erklärst du Direktor Lampert nicht, dass er dir mal den Buckel runterrutschen kann? Warum bist du nicht unten in Georgetown und verlangst, dass sie sich an ihr Bewilligungsschreiben halten sollen? Sagst dem Senator nicht, dass ich zu meinem Praktikum erscheinen werde? Warum sagst du Dad nicht, er muss …«

»Du hast keine Ahnung, was ich für dich getan habe.«

»Dann sag es mir!«, schrie Emily. »Du redest ständig davon, was für ein Vorbild du für andere Frauen bist. Was bist du für mich, Mom?«

Emily schlug so heftig auf den Tisch, dass die Kürbiskerne aus der Schüssel sprangen. Sie sah zu, wie ihre Mutter sie anschließend mit einer Hand zum Tischrand strich, um sie mit der anderen Hand aufzufangen. Esther reagierte erst, als alles wieder ordentlich war.

»Wenn ich ganz ehrlich bin, meine Liebe, dann bist du nicht die Art Frau, als deren Vorbild ich mich sehe«, sagte sie. »Egal wie es zu deiner Schwangerschaft gekommen ist, es ist passiert. Du hast *zugelassen*, dass es passiert, indem du dich in eine prekäre Situation begeben hast. Wärst du ein armes Mädchen, das in Alabama in einem Wohnwagen lebt, hättest du andere Möglichkeiten.«

Ihre Worte kamen dem so nahe, was ihr Ricky vor einigen Wochen entgegengeschleudert hatte, dass Emily die Last körperlich spürte, die sich auf sie legte.

»Ich erkenne an, dass die nächsten Jahre eine schwierige Zeit in deinem Leben sein werden«, sagte Esther. »Aber eines Tages wirst du verstehen, welches Geschenk dein Vater und ich dir machen. Wenn du diese Opfer jetzt bringst, wenn du deine Zeit klug nutzt, wirst du früher oder später wieder in den Schoß der Gesellschaft aufgenommen werden.«

Emily wischte sich über den Mund. Sie war so wütend gewesen, dass sie beim Reden Spucke versprüht hatte. »Und wenn nicht?«

Esther zuckte mit den Achseln. »Dann werden *sie* dich ausstoßen.«

Emily schluckte schwer. Sie konnte sich nicht vorstellen, wie man noch ausgestoßener sein konnte, als sie es im Augenblick war.

»Was, wenn …« Emily fuchtelte mit den Händen, während sie eine überzeugende Alternative zu formulieren versuchte. »Was, wenn wir einfach nach ihren Regeln spielen, bis du im Amt bestätigt bist? Dad sagt immer, es ist auf Lebenszeit. Wenn du erst einmal zur Richterin berufen bist, spiele ich doch keine Rolle mehr, oder?«

Esther sah sie an, als könnte sie nicht glauben, dass Emily ihr eigen Fleisch und Blut war. »Glaubst du wirklich, mein brennendster Ehrgeiz besteht darin, den Rest meines Lebens als Bundesrichterin zu verbringen?«

Emily wusste, dem war nicht so.

»Du hast Sandy O'Connors Anhörung im Fernsehen gesehen. Jesse Helms hat sie wegen ihrer Ansichten zur Abtreibung beinahe zu Fall gebracht.« Esther klopfte mit dem Zeigefinger auf den Tisch. »Du denkst, dein Leben ist hart? Sandy fand nach ihrem Jurastudium an der Columbia keinen Job. Sie musste auf ein Gehalt verzichten und bei den Sekretären sitzen, nur um einen Fuß in die Tür zu bekommen. Und jetzt ist sie amtierende Richterin am Supreme Court.«

»Aber«, versuchte Emily zu parieren, »du kannst das ändern, Mutter. Verstehst du nicht, dass …«

»Von außen kann ich gar nichts tun.«

»Es wird auf Jahre keinen freien Posten geben, und selbst dann kann es Jahrzehnte dauern, bis wieder eine Frau nominiert, geschweige denn bestätigt wird. Es geht darum, welche Gelegenheit sich dir im Moment eröffnet, Mutter.« Emily bemühte sich, den flehenden Ton aus ihrer Stimme zu verbannen. »Wir könnten es vordergründig so machen, wie du gesagt hast. Ich schmeiße die Schule hin. Sobald die Senatsanhörungen vorbei sind und du vereidigt bist, kann ich Sommerkurse belegen, und dann …«

»Das Amt als Bundesrichterin ist bereits unter Dach und Fach«, sagte Esther. »Ich wollte es eigentlich bei einem kleinen

Umtrunk vor dem Abendessen verkünden. Reagan persönlich hat mich heute Morgen angerufen. Nicht einmal dein Vater weiß es bis jetzt.«

Die Nachricht war ein Schlag für Emily. Sie erklärte schlüssig, warum ihre Mutter so überschäumend gut gelaunt war. Esther hatte sich nicht gefreut, am Feiertag mit ihrer Familie zusammen zu sein. Sie war in Hochstimmung, weil sie bekommen hatte, was sie wollte.

Für den Moment.

»Reagan sagt, das Verfahren werde sich länger hinziehen, als ich es mir gewünscht hätte, aber dagegen kann man nichts machen. Die Ankündigung wird im März erfolgen, vor der Osterpause. Es wird eine Zeit der Überprüfung geben, ich werde an Meetings im Capitol teilnehmen, die Anhörung zur Bestätigung beginnt dann Ende April.« Esther klang eindeutig überschwänglich. »Ronnie will Maßstäbe setzen, er will dem Land zeigen, dass er Frauen nicht bloß befördert, damit Frauen befördert werden. Er befördert die *richtigen* Frauen.«

»Lieber Himmel«, murmelte Emily. Sie war zutiefst niedergeschlagen.

»Vorsicht«, warnte Esther. »Emily, als Ronnie heute Morgen anrief, bezog er sich in unserem Gespräch auf Jesus und die Ehebrecherin, Johannesevangelium Kapitel 8, Verse 1 bis 20. Weißt du, was das bedeutet?«

Emily hatte nichts zu sagen. Esther war beinahe schwindlig vor Glück, als sie von der Unterhaltung berichtete. Nichts was Emily in den letzten zehn Minuten gesagt hatte, hatte die harte Schale ihrer Mutter aufgebrochen. Emily hatte sie zur Rede gestellt, sie hatte ihre Mutter der Heuchelei bezichtigt, und jetzt zitierte Esther den Apostel Johannes, als wäre nichts gewesen.

»Du kennst die Passage«, sagte Esther. »Die Pharisäer brachten eine ehebrecherische Frau zu Jesus. Sie sagten: ›Moses hat uns im Gesetz geboten, eine solche zu steinigen. Was sagst du?‹«

Emily ging in Gedanken ihr Gespräch noch einmal durch, versuchte den Moment zu finden, an dem Esther wieder ihr hohes Ross bestiegen hatte. Sie erwartete eindeutig, dass Emily mitspielte, dass sie hier das Gleiche taten wie bei Franklin. Die Blutergüsse ignorieren. Das Gebrüll vergessen. So tun, als sei das Weinen und Flehen, das Emily durch die Schlafzimmerwand gehört hatte, aus dem Fernseher gekommen und nicht von ihrer Mutter.

Esther sagte: »Die Pharisäer wollten Jesus auf die Probe stellen. Sehen, wie stark seine moralischen Überzeugungen waren. Weißt du, was Jesus gesagt hat? Weißt du es?«

Emily war von sich selbst angewidert, weil sie es tatsächlich wusste. Sie hatte es in der Sonntagsschule gelernt, aber bis zu diesem Augenblick hatte sie sich nie gefragt, wieso die Pharisäer bereit waren, die Frau zu steinigen, aber nie auch nur auf die Idee kamen, den Mann zu bestrafen, mit dem sie in flagranti ertappt worden war.

»Kennst du den Vers?«, fragte Esther.

Emily zitierte ihn auswendig. »Jesus richtete sich auf und sagte zu ihnen: ›Wer von euch ohne Sünde ist, der werfe den ersten Stein.‹«

»Ganz genau.« Esther nickte beifällig. »Reagan versteht, dass gute Menschen manchmal Fehler machen. Du weißt, dass er geschieden wurde, bevor er Nancy geheiratet hat.«

Emily nickte ebenfalls, als würde sie einen Deut auf Reagans Privatleben geben. Emily war keine Ehebrecherin. Sie hatte nicht wissentlich einen Fehler gemacht.

»Ronnie sagte, dein Vater und ich gäben ein bewundernswertes Beispiel, indem wir dich in dieser schweren Zeit unterstützen. Er sagte, es zeuge von großer Charakterstärke.«

»Ach so«, sagte Emily, als wäre damit alles klar. »Wenn Reagan sagt, dass du kein heuchlerischer Feigling bist, was, zum Teufel, weiß dann deine eigene Tochter?«

»Ich sagte, du sollst aufpassen, wie du redest.« Esther stand vom Tisch auf. Das Gespräch endete damit abrupt. »Stell die Kürbiskerne auf die Anrichte im Wohnzimmer. Dein Vater wird bald nach Hause kommen. Ich will das Essen auf dem Tisch haben, sobald er geduscht hat. Deine Großmutter wird wahrscheinlich …«

Esthers Anordnungen verklangen, als Emily die Schale mit den Kürbiskernen zum Wohnzimmer trug. Sie hätte wissen müssen, dass es keinen Sinn hatte, mit einer Frau zu streiten, deren Karriere darauf aufgebaut war, dass sie Streitgespräche gewann.

Aber es war nicht nur das.

Emily würde nie zu ihrer Mutter durchdringen, hauptsächlich weil die Richterin immer im Weg stand. Esther war die Hausfrau, die Gärtnerin, die Essenaufwärmerin, die Mom, die Schwiegertochter, gelegentlich die Aufpasserin bei Schulausflügen. Die Richterin war die, deren vorrangiges Ziel es war, Stärke auszustrahlen. Alle beschrieben sie als Furcht einflößend. Sie schwang auf Festen Reden wie eine Gelehrte. Ihre Ansichten wurden weitergegeben, als sei sie eine Gottheit. Sie handhabte ihre Intelligenz wie ein Schwert. Sie herrschte über ihren Gerichtssaal wie eine Königin.

Und dann kam sie nach Hause, und ihr Mann prügelte sie grün und blau.

Emily aß eine Handvoll Kürbiskerne. Sie knirschten zwischen den Zähnen. Statt ins Wohnzimmer zu gehen, stieß sie die Terrassentür auf. Kalter Wind peitschte ihr das Haar ums Gesicht. Sie drückte die Schale mit den Kürbiskernen an die Brust.

Obwohl Sisyphus in der Küche zum wiederholten Mal seinen Stein über sie gewälzt hatte, lächelte sie bei dem Gedanken, Jack zu besuchen. Sie würde ihm nach dem Familiendinner einen Teller mit Essen bringen. Er ernährte sich im Allgemeinen von Schokoriegeln und Dörrfleisch, wenn er die Nacht im Schuppen verbrachte. Zumindest den Verpackungen nach zu urteilen, die Emily anschließend entsorgte. Die Kürbiskerne würden ihm bis dahin über die Runden helfen.

Die verzogene Tür des Schuppens war nicht ganz geschlossen. Emily würde Jack eins der überzähligen Federbetten aus dem Schrank bringen. Er beklagte sich nie wegen der Kälte, aber um diese Jahreszeit war sie besonders scharf. Es gab keine Isolierung in dem Schuppen. Schon ein leichter Wind brachte die Fensterscheibe zum Klirren.

Emily blieb vor der Tür stehen und lauschte. Ihr Herz zog sich zusammen, als sie ein leises Stöhnen hörte. Jedes Mal, wenn sie sich sagte, dass sie ganz allein auf der Welt war, sollte sie daran denken, was Jack durchmachte. Esther war eine scheinheilige Heuchlerin, und Franklin war ein Tyrann, aber wenigstens verbrachte sie Thanksgiving nicht in einem kalten Schuppen.

Sie bückte sich, weil sie dachte, sie könnte ihm die Kürbiskerne vor die Tür stellen, aber dann hörte sie das Stöhnen wieder. Sie fühlte so sehr mit ihm. Sie hatte Jack schon früher weinen sehen, mehr als nur ein paarmal, wenn sie ehrlich war. Die Distanz, die er in der Schule wahrte, hatte sie geschmerzt, aber er war immer noch ihr Freund.

Emily stieß die Tür auf.

Erst wusste sie nicht recht, was sie sah. Ihr Verstand konnte es nicht einordnen.

Clay stand mit dem Rücken zur Tür. Jack vor ihm stützte sich mit den Händen auf die Werkbank. Zuerst dachte sie, dass die beiden kämpften. Miteinander rangen. Spielten. Aber dann sah sie, dass Clays Hose auf die Knöchel hinuntergerutscht war. Jack stöhnte wieder. Die Bank wackelte, als Clay in ihn stieß.

Die beiden trieben es miteinander.

9

Andrea wiederholte ihre Frage. »Was ist in der Aktentasche?«

Anstelle einer Antwort ließ die Richterin den Blick auf Franklin Vaughn ruhen. Auf ihrem Gesicht war keine Gefühlsregung erkennbar, es gab keine liebevolle Geste zwischen ihnen. Der Mann, mit dem sie fast ein halbes Jahrhundert lang verheiratet gewesen war, würde in wenigen Stunden tot sein. Esther selbst würde nicht lange nach ihm abtreten.

»Als ich die Krebsdiagnose bekam, machte ich mich gleich daran, meine Angelegenheiten in Ordnung zu bringen«, sagte sie. »Franklin hatte sich sonst immer um diesen Aspekt unseres Lebens gekümmert. Ich nahm an, die Testamente lägen zusammen mit unseren Finanzunterlagen im Safe. Ich irrte mich nicht, aber ich war nicht darauf vorbereitet, dass ich das hier ebenfalls finden würde.«

Esther griff nach unten und mühte sich ab, die Aktentasche hochzuheben. Andrea ging um das Bett herum, um ihr zu helfen. Die Tasche war leichter als erwartet. Sie hob sie mit einer Hand auf den Schoß der Richterin.

»Danke.« Esther stellte die Kombination ein. Die Schlösser sprangen auf.

Andrea stand neben ihr, sodass sie hineinsehen konnte. Papiere, ein paar braune Kuverts und ein älter aussehender Laptop, an dem das Aufladekabel noch befestigt war.

»Franklin war immer sehr viel technikaffiner als ich.« Esther sah zu Andrea hinauf. »Er hat alle seine Gespräche mit Wexler aufgenommen. Der junge Fontaine ist ebenfalls ein paarmal auf den Aufnahmen zu sehen. Von den früheren Treffen gibt es Audioaufnahmen. Später hat Franklin offenbar eine Videokamera im Bücherschrank versteckt und ihre Verhandlungen aufgezeichnet.

Insbesondere eine, bei der es um das Grundstück geht, ist sehr belastend. Sie haben eine Landschutzorganisation gegründet und mit Fontaines Hilfe darin eine Erhaltungsklausel untergebracht, die Wexler mehr als drei Millionen Dollar einbrachte. Die Verjährungsfrist von Verschwörung und weitergehenden Straftaten beginnt nach Bundesrecht nicht mit der ursprünglichen Tat, sondern erst mit der Aufgabe, der Zurücknahme oder dem Erreichen der Verschwörungsziele. Die Erpressung allein hat fast vier Jahrzehnte lang angehalten. Die Kunst bei Betrug besteht darin, eine Absicht nachzuweisen. Die Videoaufnahmen liefern reichlich Beweise. Sie fangen sie sogar auf frischer Tat ein.«

Andrea hätte begeistert sein müssen, aber alles, was sie an Gefühlen aufbringen konnte, war Zorn. Diese Information stand seit Jahrzehnten zur Verfügung. »Warum hat Franklin nicht … Er hätte …«

»Ja, Franklin hätte sie vor Jahren auffliegen lassen können. Er teilt die juristische Schuld, aber das moralische Versagen liegt zur Gänze auf meiner Seite.« Esther spitzte die Lippen und sammelte sich. »Ich sagte mir, einige Monate würden keinen entscheidenden Unterschied machen. Aufgrund der Todesdrohungen wären Judith und Guinevere rund um die Uhr beschützt. Bible würde buchstäblich bis ans Ende der Welt gehen, um ihre Sicherheit zu gewährleisten. Ich könnte mein Lebensende nach meinen eigenen Bedingungen gestalten. Wexler und Fontaine würden nach meinem Tod auffliegen. Niemand sonst käme zu Schaden. Das alles habe ich mir eingeredet, aber ich habe mich geirrt, nicht wahr?«

Andrea spürte den Kloß wieder im Hals. »Alice Poulsen.«

»Ja, Alice Poulsen.« Esther griff in die Aktentasche, aber nur, um die Hand auf ein dickes braunes Kuvert zu legen. Sie schaute Andrea in die Augen. »Meine Feigheit hat weitere Eltern ihr Kind gekostet. Mir ist kein friedvolles Ende vergönnt. Ich verdiene es nicht.«

Sie zog das Kuvert aus der Aktentasche. Es war von Hand beschriftet …

Nach meinem Tod an Leonard Bible zu übergeben.

»Der Umschlag enthält Kopien aller Dokumente über den ursprünglichen Transfer des Grundstücks, über die Erhaltungsmaßnahme und die Landschutzorganisation. Auf dem Laptop sind alle Aufnahmen, Audio und Video, außerdem relevante E-Mails, Überweisungen, Kontonummern und Bankleitzahlen und Steuerunterlagen. Sie finden Daten, Uhrzeiten, Orte und die unternommenen Schritte, wo sie mich gezwungen haben, in rechtliche Angelegenheiten einzugreifen. Ich habe eine Zusammenfassung beigefügt, die den Fall umreißt. Dean Wexler und Bernard Fontaine können der Steuerhinterziehung, des Steuerbetrugs, des Überweisungsbetrugs und zahlloser weiterer Verbrechen angeklagt werden. Es ist alles hier drin.«

Andrea war zu verdattert, um das Kuvert anzunehmen. Esther bot ihr buchstäblich alles, was sie brauchten, um Wexler und Nardo zu stoppen.

»So lange ich dazu in der Lage bin, werde ich vorbehaltlos mit den Behörden kooperieren.« Jetzt, da sie sich entschieden hatte, schien Esther es unbedingt hinter sich bringen zu wollen. Sie legte den Umschlag wieder in die Tasche und wartete darauf, dass Andrea alles an sich nahm.

Es gab nichts mehr zu sagen.

Andreas Hände begannen zu zittern. Sie fühlte sich verschwitzt, und zugleich fröstelte sie. Sie drückte die Aktentasche an die Brust. Diesmal wog sie schwerer. Alice Poulsens ruhelose Seele war darin. Star Bonaires unsichere Zukunft. Esther Vaughns unverdient friedlicher Tod.

Die Marshals nickten Andrea zu, als sie Franklin Vaughns Zimmer verließ. Erst als sie das Ende des Flurs erreicht hatte, gestattete sich Andrea, zur Kenntnis zu nehmen, was sie in Händen hielt.

Beweise für Wexlers und Nardos Verbrechen.

Genug, um sie ins Gefängnis zu bringen. Genug, um die Farm dichtzumachen.

Das Hochgefühl stellte sich endlich ein und ließ sie schwindeln. Doch das Adrenalin schärfte ihren Blick. Sie rannte um die Ecke, sah sich nach Bible um und entdeckte ihn in der Nähe der Aufzüge im Gespräch mit Mike. Beide lehnten an dem hohen Tresen der Schwesternstation, und Bible hielt sich die bandagierte Hand. Compton tippte ein kleines Stück entfernt etwas in ihr Telefon.

»Andy?« Mike sah sie zuerst. »Was ist los?«

Andrea konnte kaum sprechen. Die Aktentasche wäre ihr fast aus den Händen geglitten. Sie stolperte die letzten Meter zu ihnen hin.

»Andy?« Mike nahm die Aktentasche. »Alles in Ordnung?«

»Ich …« Sie musste erst einmal Luft holen. »Die Richterin hat die Drohbriefe selbst geschrieben.«

Compton blickte von ihrem Handy auf. Bible biss die Zähne zusammen, sagte aber nichts.

»Sie …« Andrea musste wieder innehalten, weil ihr die Luft ausging. Sie legte die Hand auf die Brust, um ihr Herz zu beruhigen. »Die Richterin wurde von Wexler erpresst. Jahrzehntelang. Seit Judith ein Baby war. Wexler hat ihr erzählt, er sei der Vater, aber ich weiß nicht so recht. Es könnte gelogen sein. Aber es spielt keine Rolle, denn wir … Wir haben sie. Beide. Nardo war ebenfalls daran beteiligt.«

»Oliver, gehen Sie es mit mir durch.« Compton hatte sich mit der Aktentasche auf den Boden gekniet, damit sie den Inhalt durchsehen konnte. »Was ist das alles hier?«

»Der Laptop – Franklin Vaughn hat alles aufgezeichnet. In der Tasche ist genug Beweismaterial, um Wexler und Fontaine zumindest wegen Betrugs ins Gefängnis zu bringen.« Andrea kniete sich nun ebenfalls hin. Sie suchte den Umschlag hervor, der für Bible gedacht gewesen war. »Esther hat eine Kurzfassung für uns geschrieben. Sie sagt, sie hat den Fall für uns zusammengestellt. Und dass beide beteiligt waren, Wexler und Fontaine.«

Compton überflog schweigend die Seiten voller Stichpunkte. Als sie zum letzten Punkt kam, schüttelte sie den Kopf. »Mein lieber Schwan. Sie hat praktisch die Anträge für die Haftbefehle für uns geschrieben. Leonard ...«

Alle sahen Bible an. Er hatte die Zähne noch immer zusammengebissen.

Compton stand auf und legte die Hand an seine Wange. »Wirf es für heute in die Mülltonne, Baby, und hol es morgen wieder raus. Okay?«

Bible nickte knapp, aber die Enttäuschung über den Verrat stand ihm immer noch ins Gesicht geschrieben. »Hat sie uns genug geliefert?«

»Ja.« Compton hielt nach Mike Ausschau, der den Laptop an einer Steckdose hinter der Schwesternstation anschloss. »Mike, Sie sind vorübergehend in mein Team versetzt. Die Beweismittelkette beginnt jetzt. Wir müssen genau nach Vorschrift vorgehen. Laden Sie diese Videos an das Justizministerium hoch. Ich brauche Durchsuchungsbefehle für die Farm. Haftbefehle gegen Wexler und Fontaine. Wir müssen das noch heute Abend machen. Ich habe ein paar Marshals in der Gegend, die ich zur Überwachung der Farm hinzuziehen kann. Wir müssen sicherstellen, dass sich Wexler und Fontaine nicht aus dem Staub machen, bevor wir sie uns schnappen können. Männer wie sie haben immer einen Fluchtplan in petto. Können wir Stilton trauen?«

Die Frage war an Bible gerichtet. Er schüttelte den Kopf, sagte aber: »Wissen wir nicht.«

»Okay, wir halten Stilton raus, bis die Verhaftungen vorgenommen sind. Fontaine hat eine Waffe versteckt mitgeführt.

Wir müssen also davon ausgehen, dass sie bewaffnet sind. Ich fordere das Einsatzkommando aus Baltimore an. Wir wollen doch nicht, dass sich das Ganze zu einer Geiselnahme entwickelt. Der Schutz dieser Mädchen hat oberste Priorität, okay?«

Compton wartete auf Bible.

»Okay.«

»Gut«, sagte sie. »Ich lasse Rettungswagen kommen, für den Fall, dass sich jemand von ihnen entscheidet, die Farm zu verlassen. Wir können sie dann ins Johns Hopkins Hospital bringen. Hoffentlich gibt es eine Möglichkeit, Wexlers Macht über sie zu brechen. Das Gleiche gilt für Fontaine. Wenn Esther recht hat, steht ihm eine Haftanstalt für Schwerverbrecher bevor. Er wird garantiert einen Deal haben wollen und sich gegen Wexler wenden. Wir verlegen ihn nach Baltimore und lassen ihm Zeit, es auszuschwitzen. Bible, Sie müssen bei Fontaine die Führung übernehmen. Lassen Sie ihn vierundzwanzig Stunden in einer Arrestzelle schmoren, und er wird bereit sein zu reden.«

»Nein, Ma'am«, sagte Bible. »Ich will Wexler, und ich will ihn heute Nacht.«

»Warum?«, fragte Compton.

»Wir können ihm nie wieder solche Angst einjagen«, sagte Bible. »Wir zerren ihn aus dem Bett, stecken ihn in Stiltons Arrestzelle, gehen ihn hart an, bringen ihn zu einem Geständnis. Das ist der schnellste Weg, die Sache zu erledigen.«

»Oder wir stecken ihn in den Arrest, er macht sich ins Hemd, verlangt einen Anwalt, und wir sehen ihn in drei Jahren beim Prozess wieder«, sagte Compton. »Wir haben nur einen Versuch frei. Wenn wir Wexler auf der Fahrt nach Baltimore ein wenig Zeit geben, fängt er vielleicht an zu glauben, er könnte sich aus diesem *großen Missverständnis* herausreden. Und genau das wollen wir doch, oder? Wir wollen, dass er mit uns redet und alles erklärt.«

»Er ist ein Psychopath«, warnte Bible. »Wenn man ihm Zeit gibt, sich neu zu ordnen, wird er sich einen Plan ausdenken.«

»Ich verstehe.« Compton wandte sich an Mike. »Sie sind im Team. Was denken Sie: Wexler heute Nacht unter Druck setzen oder ihm Zeit geben?«

»Mein Bauchgefühl sagt: Wir machen's heute Nacht. Und … Sie haben zwar nicht danach gefragt, aber ich will nicht, dass Fontaine einen Deal angeboten bekommt.« Mike zuckte die Achseln. »Warum sich an Renfield heranmachen, wenn man Dracula einen Pflock durchs Herz treiben kann.«

Andrea nickte unbewusst. Sie wollte ebenfalls nicht, dass Nardo mit irgendetwas davonkam. Renfield, Draculas Jünger, war eine fast schon zu präzise Beschreibung. Nardo war nicht nur Deans Jünger. Er schaffte buchstäblich Opfer für seinen bösartigen Meister herbei.

»Oliver.« Compton wandte sich nun an Andrea. »Sagen Sie etwas dazu.«

Andrea konnte nur beitragen, was sie wusste. »Nardo wird sich hinter Anwälten verschanzen. Das ist es, was er immer macht. Wenn man ihn dazu bringen will, dass er sich gegen Wexler wendet, so wird er das meiner Ansicht nach erst tun, wenn er mit dem Rücken zur Wand steht. Und vielleicht nicht einmal dann. Er ist ein Nihilist.«

»Okay, nehmen Sie Fontaine aus dem Spiel«, sagte Compton. »Was ist der beste Weg, Wexler anzugreifen?«

»Er macht nur Fehler, wenn er wütend ist.« Andrea hatte Wexler die Kontrolle verlieren sehen. Sie hatte auch erlebt, wie er keine zehn Minuten später damit prahlte, dass er im Alleingang die Biolandwirtschaft vorangebracht habe. »Wenn man ihm Zeit gibt, sich abzukühlen, wird er einen Ausweg finden.«

»Also gut, die Entscheidung ist gefallen«, sagte Compton. »Bible, Sie und Oliver übernehmen Wexler heute Nacht. Wir schnappen ihn uns auf der Farm und bringen ihn direkt zu Stiltons Laden. Fontaine kommt nach Baltimore. Oliver, fahren Sie ins Motel zurück und machen Sie sich frisch. Sobald wir Wexler in Gewahrsam haben, holen wir Sie auf dem Weg zur Polizeistation ab. Rechnen Sie mit drei Stunden. Stehen Sie besser in zwei parat.«

Andrea hatte nicht vor, noch einmal zwei Stunden herumzusitzen. »Ma'am, ich …«

»Sie befolgen die Befehle«, sagte Compton. »Ich brauche nicht noch mehr Muskeln. Ich brauche einen Kopf. Sie hatten schon mit Wexler zu tun. Er weiß, dass Sie keine Angst vor ihm haben. Sie dürfen aber nicht aussehen, als wären Sie gerade einer Feuersbrunst entkommen und in einen Swimmingpool gesprungen, wenn er Sie sieht. Bible, helfen Sie ihr, alles auf die Reihe zu kriegen, dann melden Sie sich bei mir. Mike, wir zwei suchen uns ein ruhiges Fleckchen, damit wir uns diese Videos ansehen können.«

Mike klappte den Laptop zu. Er fing Andreas Blick auf, ehe er sich mit Compton entfernte.

Andrea hatte ihr Gewicht auf die Fußballen verlagert. Sie war angespannt wie eine Feder. Liebend gern wäre sie ihnen gefolgt, statt wieder endlos zu warten.

»Wie sieht die Strategie aus?«, fragte sie Bible. »Wie bringen wir Wexler zu einem Geständnis?«

»Sie können bei einem Psychopathen keine Strategie entwerfen. Er wird Sie immer wieder verblüffen.«

Andrea hatte Wexler bis jetzt nicht wirklich als einen Psychopathen angesehen. Aber er erfüllte natürlich die Kriterien: das Fehlen jeglicher Scham oder Reue, grandiose Selbstüberschätzung, manipulativ, schlechte Impulskontrolle. Sie war bestens vertraut mit dieser Liste, denn sie hatte dieselben Eigenschaften bei ihrem Vater registriert.

»Okay«, sagte sie, »aber wir brauchen eine Art Plan oder einen Rahmen oder …«

»Gibt keinen Lehrplan für diese Sache, Partnerin.« Bible zuckte die Achseln, als hätte es keine Bedeutung. »Sie spielen einfach Himmel und Hölle, verstehen Sie? Werfen einen Stein in das Kästchen und warten, bis Wexler springt.«

Andrea brauchte keine weitere Predigt. Sie brauchte konkrete Einzelheiten. »Was tun wir also? Lassen wir ihn einen Vortrag über Puffbohnen halten und hoffen, dass er sagt: Ach ja, ich habe übrigens einen Haufen Betrugsdelikte begangen, wo kann ich mein Geständnis unterschreiben?«

»Das wäre großartig, aber ich glaube nicht, dass es so passieren wird«, sagte Bible. »Wir steuern die Unterhaltung. Wir treiben ihn pausenlos voran. Früher oder später kommt er zum richtigen Kästchen.«

»Mir ist im Moment nicht nach Metaphern, Bible. Die Sache ist zu wichtig. Jedes Mal, wenn Sie mich ins tiefe Wasser geworfen haben, habe ich herausgefunden, wie man schwimmt. Diesmal ist es etwas anderes. Ich brauche eine ungefähre Vorstellung.«

»Okay, ich hab verstanden«, sagte er. »Lassen Sie uns die Sache planen. Ich übernehme die Führung beim Verhör. Einverstanden?«

Damit hatte Andrea gerechnet. »Ja.«

»Dann kommt unser Dean und sagt: Ich rede nur mit ihr.« Bible zeigte auf Andreas Brust. »Also stehe ich auf und lasse euch zwei allein. Und dann?«

Andrea kaute auf der Unterlippe.

»Oder wir beschließen, dass Sie die Führung übernehmen, okay?« Bible erwartete keine Antwort. »Und unser Dean sagt: Nichts da, mit der Kleinen rede ich nicht. Ich rede nur mit Männern. Dann müssen Sie aufstehen und gehen.«

»Wenn wir beide …«

»Wir beide verbringen die nächsten zwei Stunden damit, den Kopf freizubekommen«, sagte Bible. »So bereiten wir uns vor. Das ist die Strategie. Wir können nicht vorhersehen, was er sagen oder tun wird. Wir gehen davon aus, er wird über die

Farm reden wollen? Vielleicht will er aber über Emily reden. Wir glauben, er will über Emily reden? Vielleicht will er aber darüber reden, dass seine Mama ihn nie geliebt oder sein Daddy eine Spottdrossel geschossen hat.«

»Wir lassen ihn also einfach reden, worüber er reden will?«

»Korrekt«, sagte Bible. »Sie haben den Boss gehört. Reden ist genau das, was er tun soll. Wir lassen ihn in Fahrt kommen, wir bieten ihm ein Publikum, er macht einen Fehler. Wir können nur im Hinterkopf behalten, wo wir am Ende ankommen müssen. Und das ist wo?«

»Oh, Mann.« Andrea war auch nicht nach der sokratischen Methode zumute. »Bei der Erpressung. Bei dem betrügerischen Grundstücksgeschäft. Dem Fall vor dem Arbeitsgericht. Der Landerhaltungsmaßnahme. Der Steuerhinterziehung. Emily Vaughn.«

»Wir brauchen nur eins davon.« Bible reckte den Zeigefinger in die Höhe. »Wir bringen ihn dazu, dass er ein Vergehen gesteht. Dann gehen wir es mit ihm durch und führen ihn zu einem weiteren Vergehen. Dann das nächste. Wirf den Stein, hüpf zum Kästchen. So gewinnen wir. Es braucht Zeit.«

»Ich habe dieses ganze ›Beeil dich und warte‹ so satt«, sagte sie.

»So läuft das Spiel nun mal.«

»Es ist verdammt nervtötend.« Andreas Frust wich der Verärgerung. »Wexler hat Emily Vaughn entweder vergewaltigt und getötet, oder er weiß, wer es getan hat. Er hat Esthers Familie vierzig Jahre lang terrorisiert. Er hat den Fuß in Star Bonaires Nacken. Er hat Melody Brickel an den Rand des Bankrotts gebracht. Alice Poulsen hat sich selbst getötet, um ihm zu entkommen. Er hält mindestens ein Dutzend weitere Mädchen auf der Farm, die wie wandelnde Leichen herumlaufen. Alles, was der Scheißkerl anfasst, verkümmert oder stirbt, und er kommt jedes Mal ungestraft davon.«

Bible studierte sie sorgfältig. »Hört sich für mich an, als nehmen Sie das Ganze persönlich.«

»Da haben Sie verdammt recht.«

Andrea war zu ungeduldig gewesen, um auf eine Mitfahrgelegenheit zum Motel zu warten. Also war sie das kurze Stück vom Krankenhaus zu Fuß gelaufen, den Beutel mit der Aufschrift *PERSÖNLICHE HABE VON PATIENTEN* in der Hand. Sie hätte sich die Mühe sparen können. Ihre Sachen waren ohnehin nicht mehr zu retten. Ihre durchnässte Dienstwaffe war nach Baltimore geschickt worden, und sie würde bis zum nächsten Morgen keinen Ersatz bekommen. Ihr Android-Handy steckte noch im Rucksack in Bibles SUV. Ihr iPhone war so beschädigt, dass Teile des Innenlebens durch das zerbrochene Glas zu sehen waren. Selbst ihre Schuhe waren Müll. Bei jedem Schritt schmatzte das Poolwasser darin.

Nach der längsten und heißesten Dusche ihres Lebens hatte sie sich endlich sauber gefühlt, aber es gab nichts, was Andreas Kopf von Dean Wexler säubern konnte. In Gedanken ging sie immer wieder durch, was Esther Vaughn ihr erzählt hatte. Nicht das über die Erpressung und den Betrug, sondern darüber, wie sie zusammengebrochen war, als sie Wexler mit Judith im Arm entdeckt hatte. Auf einer molekularen Ebene verstand Andrea diese Art von Terror. Sie verstand auch, wie einem zumute war, wenn man sich selbst als eine bestimmte Art Mensch sah und dann durch ein Trauma eine zweite Person abgespalten wurde.

Wie Laura, wie Esther, Star und Alice hatte Andrea zwei verschiedene Leben geführt: das vor der Begegnung mit einem Psychopathen und das danach.

Sie ging ans Fenster und spähte durch die Vorhänge. Die Straße war menschenleer, der Wald lag in völliger Dunkelheit. Die Überwachungsteams waren inzwischen sicher im Einsatz. Sechs Marshals würden alle Straßen überwachen, die zur Farm führten, alle Aktivitäten dort beobachten und feststellen, wo sich Wexler und Nardo jeweils aufhielten. Das Einsatzkommando war auf dem Weg von Baltimore hierher. Die Haftbefehle und Durchsuchungsbeschlüsse waren in Arbeit, vielleicht sogar schon unterschrieben. Es gab nichts zu tun für Andrea, sie konnte nur versuchen, sich nicht die Haare zu raufen, während sie wartete, wartete, wartete.

Sie sah auf die Uhr. 23.10 Uhr. Es dauerte mindestens noch eineinhalb Stunden, bis sie Wexler wieder gegenüberstehen würde.

Andrea drückte die Stirn an das kalte Fensterglas. Bible hatte ihr geraten, nichts zu planen, aber sie musste es einfach tun! Sie verfügte nicht über dieses natürliche Selbstbewusstsein, von seiner jahrzehntelangen Erfahrung ganz zu schweigen. Sie beschwor das Bild des engen Vernehmungsraums in Stiltons Polizeistation herauf. Wollte sich vorstellen, wie sie Wexler gegenübersaß. Stattdessen fand sie sich in Gedanken in der Küche des Farmhauses wieder. Star stellte die Zutaten für das Brot zusammen. Wexler schwafelte daher wie ein Fernsehprediger. Der selbstzufriedene Ausdruck auf seinem Gesicht. Die lange Pause, die er eingelegt hatte, bevor er Star erlaubte, das Wasserglas vor ihn auf den Tisch zu stellen.

Es gefiel ihm, das Kommando zu führen. Und es gefiel ihm, wenn andere Leute es sahen.

Was bedeutete, er würde sowohl Bible als auch Andrea im Raum haben wollen.

Bible würde größtenteils das Reden übernehmen. Und Andrea?

Sie ging zum Schreibtisch. Ihr Notizbuch war nicht mehr leer. Sie hatte einige Beobachtungen über die kurze Zeit aufgeschrieben, die sie allein mit Wexler verbracht hatte. Bible hatte sein Himmel-und-Hölle-Hüpfspiel, aber Andrea hatte ihre Trigger. Das Ziel heute Nacht war, Wexler des Gefühls zu berauben, dass er alles unter Kontrolle hatte. Dann würde er seinen ersten Fehler machen. Bei drei Gelegenheiten hatte sie während der Fahrt in dem alten Ford hinter Wexlers Fassade blicken können: das erste Mal, als sie Emily Vaughns Namen ausgesprochen hatte. Wexler war ohne Vorwarnung auf die Bremse getreten, und Andrea wäre fast ins Armaturenbrett gekracht.

Das zweite Mal hatte er abrupt gebremst, als Andrea darauf hingewiesen hatte, dass Wexler auch nach Beendigung seiner Lehrertätigkeit einen Weg gefunden hatte, sich mit verletzlichen jungen Mädchen zu umgeben.

Der dritte Zwischenfall war sowohl eindeutiger als auch komplizierter gewesen. Wexler hatte zu Andrea gesagt, dass er größere Haufen schiss als sie. Andrea hatte ihm geraten, den Kopf aus dem Hintern zu kriegen.

An diesem Punkt hatte Wexler die Situation eskalieren lassen. Er hatte Andreas Handgelenk gepackt, um sie zum Schweigen zu bringen.

Sie klopfte mit dem Kugelschreiber auf den Notizblock. Wexlers Trigger waren leicht zu entdecken. Er wollte Emilys Namen nicht hören. Er wollte nicht als Sexualtäter bezeichnet werden. Und er mochte es überhaupt nicht, wenn man seinen Blödsinn beim Namen nannte.

Andrea wusste nicht, wohin diese Erkenntnisse sie brachten. Waren es die Kästchen, oder waren es die Steine? Sie legte den Kugelschreiber beiseite, ging wieder ans Fenster und spähte auf die einsame Straße hinaus. Sie drehte sich um, lehnte sich mit dem Rücken ans Fenster, verschränkte die Arme und schloss die Augen.

Es war eine Gratwanderung, ob man Wexlers Ego anstachelte oder seine Wut entfachte. Andrea machte sich keine Sorgen wegen seiner Gewalttätigkeit. Sie wusste auf sich aufzupassen, und sie bezweifelte ohnehin, dass es Bible so weit kommen lassen würde. Das Problem war, dass sie alles kaputt machen konnte, wenn sie Wexler zu sehr unter Druck setzte oder ihn in die falsche Richtung trieb. Machte sie andererseits nicht genügend Druck, glaubte er vielleicht, dass Andrea Angst hatte. Wenn sein Verhalten eines gezeigt hatte, dann das: Wexler mochte es, wenn Frauen Angst hatten.

Andrea öffnete die Augen. Die Uhr verriet ihr, dass erst zwei Minuten vergangen waren. Achtundachtzig weitere Minuten auf und ab zu laufen und aus dem Fenster zu starren, würden sie einer Strategie nicht näherbringen. Sie wusste, wie man Wexler verärgerte, aber nicht, wie man Informationen aus ihm herausbekam. Melody Brickel hatte gesagt, dass Wexler eine billige Kopie von Clayton Morrow war. Andrea kannte nur eine Person, die sich Morrow widersetzt und es überlebt hatte.

Sie griff nach dem Telefon auf dem Schreibtisch und wählte die Nummer, bevor sie es sich anders überlegen konnte.

Ihre Mutter meldete sich nach dem vierten Läuten. »Schatz? Alles in Ordnung? Wie spät ist es?«

»Alles okay, Mom. Es tut mir leid, ich …« Ihr fiel etwas ein. »Wurde die Nummer, von der ich anrufe, auf dem Bildschirm angezeigt?«

Laura machte eine lange Pause, bevor sie antwortete. »Ich weiß, dass du in Longbill Beach bist.«

Andrea murmelte einen Fluch. Sie sollte Dean Wexler zu einem Geständnis überlisten, aber sie war nicht clever genug zu verschleiern, von wo sie anrief. »Dann hast du also die ganze Zeit gelogen?«

»Du meinst, so wie du mich angelogen hast?«

Verdienter Treffer.

»Schatz, alles okay?«

Andrea stützte den Kopf in die Hand. Sie konnte die Fäden spüren, mit denen die Schnittwunde in ihrer Stirn genäht worden war. Ihre Nase pochte schmerzhaft. Ihre Kehle brannte. »Tut mir leid, dass ich dich belogen habe.«

»Tja, mir tut es nicht leid, dass ich dich angelogen habe. Es hat Spaß gemacht, deine Stimme quieken zu hören.«

Noch ein verdienter Treffer.

»Warum rufst du von deinem Hotelzimmer an?«, fragte Laura. »Was ist los?«

»Nichts.« Andrea unterdrückte ein Husten. »Mach dir keine Sorgen wegen mir. Ich habe mich in letzter Zeit von keiner Klippe gestürzt.«

»Ich glaube, es heißt *meinetwegen*.«

Andrea öffnete den Mund, dann schloss sie ihn wieder. Es war nicht das erste Mal, dass sie über den Gebrauch des Dativs stritten. Die letzten beiden Jahre waren voller kleinlicher Auseinandersetzungen gewesen. Andrea beschloss, endlich die Rasierklinge aus dem Mund zu nehmen.

»Mom, ich brauche deine Hilfe.«

»Natürlich«, sagte Laura. »Was ist los?«

»Nichts ist los«, wiederholte sie. »Es ist nur … Kannst du mir ein paar Dinge über ihn erzählen?«

Laura fragte nicht, wen sie meinte. Clayton Morrow war der Voldemort in ihrer beider Leben. »Was willst du wissen?«

»Ich …« Andrea wusste nicht, wo sie anfangen sollte. Früher hatte sie immer dichtgemacht, wenn Laura ihren Vater zur Sprache brachte. Jetzt war ein Gespräch über ihn nur möglich, weil sie sich in Erinnerung rief, dass Dean Wexler vor mehr als vierzig Jahren bei Clay Morrow in die Lehre gegangen war. »Was weißt du noch von ihm? Ich meine, aus der Zeit, als du ihn kennengelernt hast?«

»Der Sex war nicht so toll.«

»Mom.«

»Also gut«, sagte Laura. »Es gibt wohl einen besseren Weg, es auszudrücken. Der Sex spielte im Grunde keine Rolle. Dir seine Aufmerksamkeit sichern zu können, das war das Aphrodisiakum. Natürlich war ich nicht die Einzige, die er in seinen Bann gezogen hat. Ich habe es ihn bei Männern, anderen Frauen, selbst bei Kindern tun sehen. Er beobachtet Menschen, und er findet heraus, was sie brauchen, und er findet einen Weg, der einzige Mensch auf der Welt zu sein, der es ihnen geben kann. Von da an tun sie alles, was er verlangt.«

Instinktiv wusste Andrea, dass Wexler demselben Muster folgte. Er hatte bestritten, Kontakt mit den Freiwilligen zu haben, aber Star stand eindeutig unter seiner Fuchtel. Sie quälte sich buchstäblich selbst in ein frühes Grab.

»Angesichts deines gegenwärtigen Aufenthaltsorts …«, fuhr Laura fort. »Ich habe nie geglaubt, dass dein Vater diesen armen Teenager getötet hat. Ich habe es nicht geglaubt, als ich davon hörte, und ich glaube es auch jetzt nicht.«

Andrea wollte sich nicht auf ein falsches Gleis setzen lassen, aber sie konnte nicht umhin zu fragen: »Warum nicht?«

»Ich bin mit deiner gegenwärtigen Berufswahl nicht einverstanden, aber ich bin immer noch deine Mutter. Ich habe mir die Lehrpläne angesehen, die du mir gemailt hast. Sechs deiner Kurse in Glynco hatten mit der Psychologie des Verbrechens zu tun.«

Andrea hätte nicht überrascht sein dürfen. »Und?«

»Sieh dir die Anklagen an, die gegen deinen Vater erhoben wurden. Zumindest was die Verbrechen angeht, von denen die Regierung wusste. Alles drehte sich um Verschwörung zu diesem, Verschwörung zu jenem. Er hat sich nie die Hände schmutzig gemacht. Gewalttaten zu begehen, war unter seiner Würde.«

Andrea wusste, dass das nicht stimmte. »Ich habe eine Narbe gesehen, die mir etwas anderes verrät.«

»Schatz, es waren die Achtziger. Da ging es allgemein etwas rauer zu.«

Andrea schwieg. Laura sprach immer nur leichthin über die Gewalt, die sie in Clays Händen erduldet hatte.

»Die Macke deines Vaters war nicht, tatsächlich Verbrechen zu begehen. Ihm ging einer ab, wenn er andere Leute dazu brachte, sie *für ihn* zu begehen.«

Andrea biss sich auf die Unterlippe. Noch ein Wesenszug, den Wexler nachgeahmt hatte. Nardo Fontaine wählte alle Freiwilligen aus. Sein Name stand für die betrügerische Landschutzorganisation, die Wexler drei Millionen eingebracht hatte. Ohne Weiteres konnte sich Andrea vorstellen, dass Nardo den ursprünglichen Plan zur Erpressung der Richterin entworfen hatte. Und sie konnte sich vorstellen, wie er Guinevere mit einer Kamera gefolgt war und sich auf das Chaos freute, das die Fotos auslösen würden.

»Andy?«

»Du hast ihn dazu überlistet, sich selbst zu belasten«, sagte Andrea. »Wie hast du das gemacht? Wie bringt man einen Psychopathen dazu, dass er die Wahrheit sagt?«

Laura schwieg so lange, dass Andrea sich fragte, ob sie noch in der Leitung war. Schließlich sagte ihre Mutter: »Du machst dasselbe, was sie bei dir machen – du lässt sie denken, dass du an sie glaubst.«

Andrea wusste, dass Laura an eine ganze Menge von Clay Morrows destruktiver Philosophie geglaubt hatte.

»Dein Vater war …« Laura schien nach einem Wort zu suchen. »Er war so glaubhaft. Er erzählte dir Dinge, die wahr klangen, aber nicht notwendigerweise zutrafen.«

»Durftest du ihm widersprechen?«

»Natürlich. Er liebte eine ordentliche Debatte. Aber du kannst keine logische Diskussion mit jemandem führen, der seine eigenen Fakten erfindet. Es gab immer eine Statistik oder einen Datensatz, den nur er kannte. Er war nämlich klüger als alle anderen. Er hatte alles durchschaut. Am Ende hast du dich geschämt, weil du nicht früher zu seiner Ansicht gelangt bist. Es erfordert eine enorme Arroganz, aufrichtig zu glauben, dass alle anderen Menschen auf der Welt keine Ahnung haben und du der Einzige bist, der die Wahrheit kennt.«

Wieder nickte Andrea unwillkürlich. Auch das war Wexler. »Aber wie bringst du sie dazu? Dass sie denken, du glaubst, was sie sagen?«

»Fang mit Skepsis an, aber mach klar, dass du dich grundsätzlich überzeugen lässt. Nach einer Weile räumst du manche ihrer Punkte ein. Geh ausführlich auf ihre Argumentation ein. Du musst sie glauben machen, ihr Genie habe dich umdenken lassen. Am leichtesten gewinnst du das Vertrauen von jemandem, wenn du alles nachplapperst, was er sagt.« Laura hielt inne, als hätte sie Angst, zu viel zu verraten. »Alle halten Psychopathen für so intelligent, aber im Allgemeinen greifen sie nur nach den tief hängenden Früchten. Ich wollte überzeugt werden. Ich brauchte etwas, woran ich glauben konnte.«

»Wie bist du von ihm weggekommen?«

»Wie meinst du das?«, fragte Laura. »Ich habe dir doch erzählt, wie …«

»Nicht physisch.« Andrea dachte an Star Bonaire. »Wie bist du mental von ihm weggekommen?«

»Das lag an dir«, sagte Laura. »Ich dachte, ich liebe ihn, aber ich wusste nicht, was Liebe ist, bis ich dich zum ersten Mal in den Armen hielt. Danach hat außer dir nichts mehr gezählt. Und ich wusste, ich musste alles in meiner Macht Stehende tun, um dich zu beschützen.«

Andrea hatte ihre Mutter schon oft ähnliche Erklärungen abgeben hören, doch statt die Augen zu verdrehen oder schnell darüber hinwegzugehen, sagte sie: »Ich weiß, was du aufgegeben hast, um mich zu beschützen.«

»Schätzchen, ich habe nichts aufgegeben, und ich habe alles gewonnen«, sagte Laura. »Bist du dir sicher, dass du mich nicht brauchst?«

»Ich musste einfach deine Stimme hören.« Andrea wusste

nicht, ob es Stress oder Erschöpfung war, was ihr die Tränen in die Augen trieb. »Jetzt habe ich sie gehört, und ich muss los. Aber ich rufe dich am Wochenende an. Und … Ich liebe dich, Mom. Ich liebe dich sehr. Okay?«

Laura schwieg einen Moment. Es war lange her, dass Andrea diese Worte gesagt und tatsächlich so gemeint hatte. »Also gut, mein wunderbares Mädchen. Du rufst mich am Wochenende an. Versprochen?«

»Versprochen.«

Andrea legte den Hörer auf die Gabel und wischte sich mit dem Handrücken über die Augen. Darüber, warum sie beim Telefonieren mit ihrer Mutter zu weinen angefangen hatte, würde sie sich ein anderes Mal den Kopf zerbrechen.

Jetzt musste sie erst einmal über das nachdenken, was ihre Mutter gesagt hatte. Vielleicht war Wexler doch keine billige Kopie von Clay Morrow, sondern eher das exakte Duplikat. Sie griff nach ihrem Notizbuch und las die Stichpunkte zu Wexlers Triggern noch einmal durch. Sollte sie sie umgehen oder nutzen? Sollte sie versuchen, ihn zu ärgern, oder ihn glauben machen, dass sie offen für seine Philosophie war?

Oder vielleicht sollte sie einfach akzeptieren, dass Bible das Ganze sehr viel besser beherrschte als sie. Man konnte das Verhalten eines Psychopathen nicht vorhersagen. Sie mussten Wexler die Führung übernehmen lassen. Die Strategie würde sich ergeben, wenn sie ihn reden ließen. Andrea konnte nichts anderes tun, als mental auf das Unerwartete vorbereitet zu sein.

Sie sah auf die Uhr und stieß einen Fluch aus. Noch achtzig Minuten! Sie würde die Wände hochgehen, wenn sie noch länger in diesem Zimmer blieb. Bis zur Polizeistation war es ein Spaziergang von zehn Minuten. Dort konnte sie dann schon auf der Treppe warten, wenn die Marshals mit Wexler eintrafen.

Andrea schrieb einen Zettel, den sie an die Tür pinnen wollte. Sie trug bereits ihre einzigen sauberen Sachen, eine Outdoorhose für Jungs von Cat & Jack und ein schwarzes T-Shirt, das sie ganz unten in ihrer Reisetasche gefunden hatte. Ihre Sneaker waren noch nass, als sie sie anzog. Aus Gewohnheit steckte sie das kaputte iPhone in die Gesäßtasche. Sie schloss die Tür mit dem Zettel dran, von dem sie hoffte, er wäre vage genug, aber auch selbsterklärend …

BIN BEREITS VOR ORT!

Das Willkommensschild des Motels ging flackernd aus, als Andrea die Straße überquerte. Es gab keinen Gehsteig, aber sie wollte sich unter den Straßenlampen aufhalten. Das Salz in der Seeluft brannte in ihrer lädierten Nase, und ihre Augen fingen zu tränen an. Das nasse Haar klebte ihr im Nacken. Sie schob die Hände in die Taschen und stapfte an der gelben Linie entlang.

Das Geräusch eines Wagens veranlasste Andrea, sich umzudrehen. Sie trat auf das gekieste Bankett. Hinter ihr war der Wald. Wieder dachte sie an die Überwachungsteams. An das Einsatzkommando aus Baltimore. Die Haftbefehle, Durchsuchungsbeschlüsse. An die Mädchen auf der Farm.

Andrea setzte ihren Weg zur Polizeistation fort. Sie ging in Gedanken noch einmal die Unterhaltung mit ihrer Mutter durch. Das Wichtigste, was sie vor zwei Jahren gelernt hatte, war, dass Psychopathen sozusagen wie Feuer waren: Sie brauchten Sauerstoff, um brennen zu können. Vielleicht war das der Schlüssel bei Wexler. Andrea verstand sich darauf, Schweigen als Waffe einzusetzen. Wenn sie Wexler seinen Sauerstoff vorenthielt, würde er am Ende vielleicht von selbst ausbrennen.

Ein weiterer Wagen fuhr vorbei. Andrea trat wieder zur Seite. Sie sah einen BMW gemächlich in Richtung Stadtmitte rollen. Die Bremslichter leuchteten nicht auf. Der Wagen fuhr bis zum Ende der Beach Road und bog dann links ab, weg vom Meer. Gerade wollte sie wieder auf die Straße treten, als eine plötzliche Bewegung sie innehalten ließ.

Sie schirmte die Augen mit der Hand gegen das Licht der Straßenlaterne ab und blickte in Richtung des Motels zurück. Sie erinnerte sich nicht, dass sie an einer alten Holzfällerpiste vorbeigekommen war. Sie sah sie jetzt erst, weil ein Fahrzeug langsam über den schmalen Waldweg kroch. Sie hörte das leise Knattern des Auspuffs. Das Krachen und Knacken von Reifen, die über Wurzeln und herabgefallene Zweige rollten.

Die Schnauze eines blauen Pick-up-Trucks tauchte aus der Dunkelheit auf.

Andrea gefror das Herz beim Anblick des alten Ford.

Die Reifen knirschten auf dem Bankett, die Scheinwerfer waren ausgeschaltet. Instinktiv sauste Andrea auf die andere Straßenseite, um sich zu verstecken.

Der Truck tuckerte im Leerlauf. Andrea konnte das Gesicht des Fahrers nicht erkennen, sie sah nur, dass er den Kopf nach links und rechts drehte, ehe er langsam auf den Asphalt rollte. Nur für einen kurzen Moment gelang ihr ein Blick ins Innere des Wagens, als er in Richtung Stadtmitte abbog. Die Straßenlampe erhellte zwei Gesichter. Ein Fahrer. Eine Beifahrerin.

Bernard Fontaine.

Star Bonaire.

26. NOVEMBER 1981

Die Schüssel fiel Emily aus der Hand, und die Kürbiskerne verteilten sich über den Boden des Schuppens.

Clay riss sich von Jack los. Sein Penis schwang gegen seine Jeans, als er sie über den Hintern hochzog. Er stolperte rückwärts und krachte in eins der Fenster. Das Glas sprang. Emily hörte, wie sich der Sprung bis in die nächste Scheibe fortsetzte.

»O Gott!« Jack kniete auf dem Boden. Er bedeckte das Gesicht vor Scham mit den Händen und schaukelte vor und zurück. »O Gott, o Gott, o Gott, o Gott …«

Clay sagte nichts. Er sah gleichermaßen erschrocken und wütend aus.

»Ich …« Emily hatte keine Worte. Ihr war schwindlig von dem, was sie gesehen hatte. Sie sollte nicht hier sein. Das ging sie nichts an. »Es tut mir leid.«

Sie wandte sich zum Gehen, aber Clay schlug die Tür zu, bevor sie den Schuppen verlassen konnte.

»Sieh mich an!« Er packte sie bei den Schultern und stieß sie mit dem Rücken an die Tür. »Wenn du jemandem davon erzählst, bringe ich dich, verdammt noch mal, um!«

Emily war zu durcheinander, um reagieren zu können. Sie hatte sich im ersten Moment nicht erlaubt, es zu begreifen, aber jetzt brannte sich die Erkenntnis tief in ihr Bewusstsein. Die beiden Jungen hatten Sex miteinander gehabt. Clay und Jack. Wie lange ging das schon? Waren sie verliebt? Man musste jemanden doch wohl lieben, wenn man ihn das tun ließ. Warum behandelte Clay dann Jack so schlecht, wenn sie sich liebten?

»Clay.« Jack legte die Hand auf Clays Schulter.

»Nimm die Finger von mir!« Clay riss sich gewaltsam los. »Herrgott noch mal, du schwules Stück Scheiße. Rühr mich bloß nie wieder an!«

Jack stand da wie gelähmt, die Hand immer noch ausgestreckt. Er sah so verletzt aus, dass Clay wahrscheinlich weniger Schmerz verursacht hätte, hätte er ihn erstochen.

»Clay«, sagte Emily. Sie konnte seine Grausamkeit nicht ertragen. »Du darfst nicht …«

»Halt, verdammt noch mal, das Maul, Emily.« Clay stieß ihr den Zeigefinger vors Gesicht. »Ich meine es ernst! Wehe, du erzählst es, verflucht noch mal, jemandem!«

»Sie wird nicht …« Jacks Stimme war heiser. Er hatte zu weinen angefangen. »Sie wird nichts sagen.«

»Das will ich ihr auch geraten haben!« Clay lief im Schuppen hin und her und schlug wieder und wieder die Faust in die offene Hand. Seine Schritte klangen schwer auf dem Steinboden. »Ich werde allen erzählen, dass sie mich angemacht hat. Dass sie versucht hat, mich zu erpressen, damit ich sie heirate. Dass sie die Lüge verbreiten wollte, ich wäre der Vater.«

Emily sah ihn auf und ab laufen, so wie es ihr Vater getan hatte, als er über ihre Zukunft entschied.

»Clay«, begann sie.

»Ich sagte, du sollst, verdammt noch mal, das Maul halten!« Clay stieß den Zeigefinger wieder in ihre Richtung. »Ich vernichte dich, Emily. Glaub bloß nicht, dass ich es nicht tue.«

»Nur zu.« Emilys Worte waren stark, aber ihre Stimme war schwach. Sie hatte diesem Menschen nichts getan, sondern hatte sich fast ihr ganzes Leben lang um ihn gesorgt und ihn geliebt.

»Sag ihnen, ich habe versucht, dich zu erpressen. Sag ihnen, dass ich eine Hure bin. Sag ihnen, dass ich dir hinter der Sporthalle einen geblasen habe. Welchen Schaden könntest du meinem Ruf wohl noch zufügen? Ich bin bereits total vernichtet.«

»Emily«, flüsterte Jack.

»Was, Jack? Sie sagen das alles jetzt schon«, erwiderte Emily. »Dank Blake und Ricky. Dank Nardo. Dank dir, Clay.«

Clay besaß die Dreistigkeit, gekränkt dreinzuschauen. »Ich habe diese Gerüchte nie wiederholt.«

»Du hast ihnen auch nie ein Ende bereitet.« Emily war es so leid, dass sich diese Feiglinge immer hinter ihrem eigenen verqueren Moralbegriff versteckten. »Du hättest dem allen ein Ende machen können, Clay. Du hättest dafür sorgen können, dass es sich zum Besseren wendet.«

»Dass sich *was* zum Besseren wendet?« Er spreizte die Arme und zuckte mit den Schultern. »Wovon zum Teufel redest du?«

»Davon!« Sie umfasste ihren Bauch. »Von dem Baby. Du hättest den richtigen Ton in der Clique setzen können. Du hättest an der Schule deutlich machen können, dass man mich nicht ausstoßen soll.«

»Ausstoßen?«, wiederholte er. »Das ist doch lächerlich.«

»Ach ja?« Sie hasste sich dafür, dass sie die Worte ihrer Mutter benutzte, aber sie passten so verdammt gut. »Clay, du bist derjenige, der entscheiden darf, wer die richtigen Leute sind. Alle schauen zu dir auf! Eine Geste oder ein Wort von dir kann darüber entscheiden, ob jemand dazugehört oder nicht. Du hättest mich beschützen können.«

Er widersprach nicht, sondern wandte den Blick ab.

»Du könntest es immer noch tun.« Zum ersten Mal seit Monaten sah Emily einen echten Ausweg. Sie hatte ihre Mutter um Rückhalt angefleht, aber Clay war in Emilys begrenzter Welt viel mächtiger als Esther. »Du könntest alles für mich verändern. Du könntest es für mich gut werden lassen.«

»Wie kannst du nur so dumm sein? Das Einzige, was sich ändern würde, ist, dass mich dann alle für den Vater halten. Warum sonst sollte ich für dich eintreten?«

Verzweiflung schnürte ihr die Brust zu. »Weil du mein Freund bist?«

Das Wort Freund stand wie ein fernes Echo in der Stille des kleinen Schuppens. Sie waren länger Freunde gewesen, als sie beide zurückdenken konnten. Sie alle waren auf irgendeine Weise immer im Leben der anderen präsent gewesen.

Clay schüttelte ungläubig den Kopf. »Ich kann nicht mehr dein Freund sein, Emily. Das wirst du doch wohl verstehen. Alles hat sich geändert.«

Sie hätte am liebsten geschrien, bis ihre Kehle wund war. Nichts hatte sich für ihn geändert. Er war immer noch beliebt. Er hatte immer noch die Clique. Er würde immer noch zum Studieren in den Westen gehen. Er hatte immer noch eine Zukunft.

»Emily, du musst das verstehen«, sagte Clay. »Meine Eltern dachten, dass ich es war. Ich musste auf eine Bibel schwören. Sie wollten mich zwingen, dich zu heiraten.«

»Zwingen?«, sagte Emily, als hätte sie nichts dabei mitzureden. »Ich will dich nicht heiraten. Ich will niemanden heiraten.«

»Blödsinn«, sagte Clay. »Wenn du heiratest, ist das alles vorbei.«

Emily presste die Lippen zusammen, damit sie ihm nicht ins Gesicht lachte. Nichts wäre für Emily vorbei. Das Baby würde weiter in ihr heranwachsen. Statt ein Praktikum bei einem Senator zu machen und etwas über Makroökonomie und die Reform des Schadenersatzrechts zu erfahren, würde sie Babykotze aus ihrem Haar waschen und Windeln wechseln.

»Ich kann nicht riskieren, dass meine Eltern glauben, ich hätte gelogen«, sagte Clay. »Sie enterben mich sonst. Du weißt, wie religiös sie sind. Sie finden sich mit einer Menge von meinem Mist ab, aber damit nicht. Das haben sie mir verdammt klargemacht. Mir bliebe dann nichts mehr.«

Endlich lachte sie. »Na, Gott behüte, dass du deine geliebten Eltern verlierst.«

»Du kannst mich kreuzweise, du dummes, intrigantes Miststück.« Clays Zorn flammte auf wie eine Warnfackel. »Ich werde nicht in dieser verpissten Stadt kleben bleiben. Ich werde nicht für den Rest meiner Tage unter blöden Spießern leben, die keine Bücher lesen, nicht über Kunst reden und die Scheißwelt nicht verstehen, in der wir leben. Und ganz sicher werde ich keine von euren Scheißvisagen jemals wiedersehen.«

Emily hörte ein Schluchzen von Jack. Er sah Clay mit trauriger Miene an. Seine Niedergeschlagenheit breitete sich bis in Emilys Herz aus. Jeden Tag, ein ums andere Mal, hatten sie beide die gleichen Dinge verloren.

»Clay«, sagte Jack. »Du hast gesagt, ich kann mit dir kommen. Du hast gesagt …«

Emily hätte Clays plötzliche Verwandlung übersehen, hätte sie ihn nicht so aufmerksam beobachtet. Seine hübschen Züge verzerrten sich zu einer hässlichen Fratze. Die Wut verdunkelte seine Augen. Er holte mit der Faust aus, machte ein paar schnelle Schritte auf Jack zu und schlug sie ihm mitten ins Gesicht.

»Du verdammte Missgeburt!« Clay schlug so heftig auf Jack ein, dass dessen Kopf gegen die Wand schlug und sie zum Splittern brachte. Dann schlug er noch einmal zu. Und noch einmal. »Du bist, verdammt noch mal, nicht meine Freundin!«

Jack hob hilflos die Arme, um die Schläge abzublocken, und er schlug nicht zurück, obwohl er viel größer und stärker war als Clay. Selbst als ein Stück von einem Zahn absplitterte, ein Finger brach, steckte er immer weiter ein.

»Nein …« Emily schlug die Hände vors Gesicht. Sie war entsetzt von der Gewalt und unfähig, sie zu beenden. Clay drosch auf Jack ein, bis beide zu Boden gingen. Seine Faust war wie eine

Dampframme. Selbst als klar war, dass Jack nichts tun würde, um ihn aufzuhalten, schlug Clay weiter zu. Erst als seine ganze Energie verbraucht war, ließ er widerstrebend von Jack ab.

Sein Gesicht war voller Blutspritzer, und er schwitzte heftig. Er stemmte sich auf die Beine, ging aber nicht weg, sondern holte mit dem Fuß aus, um Jack gegen den Kopf zu treten.

»Nein!«, schrie Emily. »Hör auf!«

Ihre Stimme war so laut, dass die Luft zu zittern schien.

Mit wildem Blick riss Clay den Kopf herum.

»Hör auf!« Ihre Stimme klang drängend vor Angst.

Clay war wie erstarrt, ihm schien bewusst zu werden, wo er sich befand – in einem Schuppen auf dem Anwesen der Vaughns, deren schwangere Tochter zusah. Seine Hand ging zu seinem Gesicht. Doch statt das Blut wegzuwischen, verschmierte er es nur wie ein grausiges Make-up über seine kalten, harten Züge. Er hatte sich endlich und vorsätzlich zu erkennen gegeben.

Sein *wahres* Ich.

Der Junge, den sie in der Grundschule kennengelernt hatte, der coole Typ, der so gut über Kunst, Literatur und die Welt reden konnte, war nur eine Tarnung für den blutverschmierten Teufel, der beinahe seinen Liebhaber totgeschlagen hätte.

Clay machte sich nicht die Mühe, seine Maske wieder anzulegen. Emily hatte ihn jetzt gesehen. Sie wusste genau, wer er war. Er reckte ihr ein letztes Mal den Zeigefinger entgegen. »Wenn du irgendwem davon erzählst, mache ich das Gleiche mit dir.«

Er schob sie von der Tür fort. Emily stolperte und fing sich an der Wand ab. Die Tür schlug so heftig zu, dass die gesprungenen Glasscheiben endlich ganz zu Bruch gingen und die Scherben auf den Boden regneten. Clay ging jetzt zu den Morrows nach Hause. Er würde sich waschen, bevor er die Familie traf. Er würde sich an den Esstisch setzen, das Thanksgiving-Dinner seiner Mutter essen und mit seinem Vater im Fernsehen Football schauen, und die beiden Morrows würden nicht ahnen, dass sie eine hinterhältige, sadistische Bestie unter ihrem Dach beherbergten.

Jack drehte sich auf den Rücken und stieß einen gequälten Schrei aus.

Emily stürzte zu ihm und sank neben ihm auf die Knie. Sie wischte mit dem Saum ihrer Bluse das Blut aus Jacks Augen. »Oh, Jack … Bist du okay? Sieh mich an.«

Seine Augen rollten in den Höhlen. Er keuchte. Blut floss aus seiner Nase, seinem Mund. Eine klaffende Wunde spaltete eine Braue. Von einem Schneidezahn fehlte ein Stück. Der kleine Finger der linken Hand stand merkwürdig ab.

Emily wollte ihm helfen, sich aufzusetzen, aber er war zu schwer. Am Ende saß sie auf dem Boden, und sein Kopf lag in ihrem Schoß. Er weinte so hemmungslos, dass sie ebenfalls zu weinen anfing.

»Es tut mir leid«, flüsterte er.

»Ist ja gut.« Sie strich ihm das Haar hinters Ohr, wie es Omi immer bei ihr gemacht hatte, wenn es Emily schlecht ging. »Alles wird gut.«

»Wir … Wir haben nicht …«

»Das ist mir egal, Jack. Es tut mir nur leid, dass er dir wehgetan hat.«

»Es ist nicht …« Er stöhnte wieder und richtete sich mit letzter Kraft auf. Blut lief ihm übers Gesicht, vermischt mit Tränen. »Es tut mir so leid, Emily. Ich wollte nie, dass du erfährst, was … was ich bin.«

Emily nahm zärtlich seine unverletzte Hand. Sie wusste, wie einsam man sich fühlen konnte, wenn einen niemand liebevoll berührte. »Du bist mein Freund, Jack. Genau das bist du.«

»Ich bin nicht …« Jack holte stockend Luft. »Ich bin nicht der, für den du mich hältst.«

»Du bist mein Freund«, wiederholte sie. »Und ich habe dich lieb. Und mit dir ist alles in Ordnung.«

Emily wusste, sie musste stark für ihn sein. Sie wischte ihre eigenen Tränen fort. Dann war ein dumpfer Laut zu hören, als ihr Vater in der Garage die Wagentür zuschlug. Er würde jetzt duschen und sich noch ein paar Drinks genehmigen, ehe man sie zum Abendessen erwartete.

»Ich werde es niemandem sagen«, versprach Emily. »Ich werde es nie verraten.«

»Es ist zu spät«, flüsterte er. »Clay hasst mich. Du hast gehört, was er gesagt hat. Ich dachte, ich könnte mit ihm aufs College gehen, vielleicht eine Arbeit finden, aber ...«

Eine Flut von aufmunternden Worten kam Emily in den Sinn, aber sie waren alle unaufrichtig. Clay war mit Jack ebenso fertig wie mit ihr. Sie konnte sich glücklich schätzen, dass er sich lediglich von ihr abgewandt hatte. Sie hatte viele Male ihren Vater die Beherrschung verlieren sehen, aber sie hatte nie zuvor erlebt, dass sich ein Mensch vor ihren Augen in ein Ungeheuer verwandelte.

»Ich erzähle es niemandem«, wiederholte Emily. »Nicht dass ich fände, du müsstest dich schämen, aber wenn du ...«

»Nardo weiß es.« Jack lehnte sich an die Tür und sah zur Decke hinauf. Seine Tränen flossen unvermindert. »Er hat Clay und mich zusammen gesehen. Er weiß Bescheid.«

Emily klappte der Mund auf, aber die echte Überraschung war, dass Nardo es nicht der ganzen Schule erzählt hatte. »Was?«

»Ich ...« Jack musste schlucken. »Ich habe Nardo gefragt, ob er der Vater deines Babys ist.«

Emily legte den Kopf an die Wand und starrte an die Decke. Sie hatte stundenlang über ihrer Columbo-Ermittlung gebrütet. Hatte Jack es herausgefunden? Warum hatte er ihr nichts gesagt?

»Es tut mir leid«, sagte Jack. »Nardo hat nicht ... Er hat nicht gestanden. Er hat gemeint, ich solle mich verpissen, und dann hat er noch gesagt, dass er Clay und mich zusammen gesehen hat, und wenn ich weiter Fragen stelle, wird er ...«

Emilys Herz schlug heftig in der Brust. Sie wusste, zu welcher Boshaftigkeit Nardo fähig war. Es klang wenig glaubhaft, dass er so ein schlüpfriges Geheimnis für sich behalten würde.

Jack schniefte. »Aber ich hatte schon alle gefragt. Sogar Clay.«

»Aber …« Emily wusste nicht, wie sie es weniger unverblümt sagen sollte. »Clay steht doch eindeutig nicht auf Mädchen.«

Jack schüttelte den Kopf. »Doch, er mag Mädchen auch. Er ist nicht wie ich. Er kann als normal durchgehen.«

Emily konnte die Selbstschmähung in Jacks Worten hören.

Er sagte: »Alle haben es geleugnet, was immer das wert ist. Sie hatten ihre Geschichten so ziemlich abgestimmt.«

»Wer ist alle?« Emily verstand nicht recht, was er getan hatte. Sie hatte ihm letzten Monat ihre Columbo-Ermittlung gezeigt, und er hatte nichts gesagt. »Mit wem hast du gesprochen?«

»Mit Nardo, Blake, Clay, Ricky und Wexler. Denselben Leuten, mit denen du gesprochen hast.« Es gab einen Pfeifton, wenn er durch die Nase atmete. »Es tut mir leid, Emily. Ich weiß, du hast deine eigenen Nachforschungen angestellt, aber du warst so besessen davon – aus gutem Grund, natürlich … Ich dachte, ich würde es vielleicht eher herausfinden, weil ich klarer darauf blicken kann, nicht so emotional wie du, meine ich. Niemand hält viel von mir, in der Schule bin ich so gut wie unsichtbar, und manchmal höre ich Dinge, und ich dachte, ich könnte es herauskriegen, aber ich bin gescheitert. Ich habe dich im Stich gelassen.«

»Du hast mich nicht im Stich gelassen, Jack.« Emily holte tief Luft. »Nardo hat angedeutet, dass du es warst.«

Jack lachte freudlos. »Man weiß ja, von wem es kommt.«

»Er sagte, du hast ihm das LSD verkauft, das wir auf der Party alle genommen haben.«

»Das stimmt«, sagte Jack. »Ich habe es von meinem Cousin bekommen.«

Emily sah ihn an. Er hatte sie nicht gemieden, weil es Spannungen zwischen ihnen gab, sondern er hatte etwas zu verbergen gehabt. »Warst du dort, Jack? Hast du etwas gesehen?«

»Nein, ich schwöre es. Ich hätte es dir gesagt.« Jack wandte sich ihr ebenfalls zu. »Nardo hat mich weggeschickt, bevor ihr alle gekommen seid. Aber nachdem es passiert war, war Clay richtig aufgewühlt. Er hat mir erzählt, dass du bei der Party sehr wütend auf ihn geworden bist. Er hat dich durch diese großen Fenster beobachtet, die auf den Pool hinausgehen. Du warst draußen, und du hattest dein Kleid ausgezogen. Er hat dich dazu überredet, es wieder anzuziehen. Es war echt kalt. Und du hast ihn plötzlich angeschrien.«

»Weswegen?«

»Er konnte nicht sagen, warum du so wütend warst. Er sagte, du warst hysterisch. Ihm blieb nichts anderes übrig, als nach Nardo zu suchen.«

Emily beschwor die Szene im Kopf herauf, nicht aus der Erinnerung, sondern als eine Art Projektion dessen, was möglicherweise die Wahrheit war. Sie nackt am Pool, Clay, der herausstürzt, um sie wieder anzuziehen. Nein, das war zu ritterlich. Er hätte wissen wollen, was passiert war. Er hätte sicher einen Scherz über ihre Nacktheit gemacht. Und dann hätte er sich geärgert, weil sie außer sich war, aber sie war außer sich gewesen, weil jemand sie vergewaltigt hatte.

»Wie ist es weitergegangen, was hat Clay dir erzählt?«, fragte sie.

»Niemand war mehr in der Lage, dich nach Hause zu fahren.« Jack wischte sich mit dem Arm Blut aus dem Gesicht. »Nardo hat Mr. Wexler angerufen, weil er wusste, Wexler würde die Klappe halten. Sie hatten keine Idee, was sie sonst tun sollten. Du warst wie von Sinnen. Blake musste dir ein paar Benzos geben, damit du dich beruhigst. Du hast Clay immer noch angebrüllt, als Wexler und Nardo dich schon ins Auto verfrachtet haben.«

Emily wandte den Blick ab. Sie war nicht nur auf LSD gewesen. Ihre Freunde hatten ihr Psychopharmaka gegeben, die gegen Angstzustände und Anfälle verschrieben wurden. Und dann hatten sie sie dem grässlichen Dean Wexler ausgeliefert, und sie war allein mit ihm in seinem Wagen gewesen.

»Glaubst du, dass Clay die Wahrheit gesagt hat?«, fragte sie.

»Ich weiß es nicht. Er ist ein Lügner, aber das sind sie alle.« Jack hatte wieder zu weinen angefangen. »Es tut mir leid, Emily. Ich hätte dir das alles schon früher sagen sollen. Ich habe mich geschämt, und ich wusste nicht, wie ich dir erklären soll, dass Clay sich mir anvertraut hat, ohne dir zu sagen … was ich bin.«

»Ich weiß, wie es ist, verurteilt zu werden«, sagte Emily. »Ich werde dich nicht verurteilen, Jack. Es geht mich nichts an.«

Jack holte scharf Luft. »Es tut mir leid.«

»Es gibt nichts, was dir leidtun muss.« Emily durfte ihn nicht im Selbsthass versinken lassen. Sie wusste, diese Dunkelheit war bodenlos. »Wie hat Nardo das mit dir und Clay herausgefunden?«

Jack zuckte die Schultern, aber er sagte: »Die einzige Gelegenheit, die ich mir denken kann, war die, als Clay und ich in dem Truck waren, den Dad zur Jagd benutzt. Wir sind zu der Holzfällerpiste bei diesem Farmland draußen gefahren. Das ist der Weg, der kurz vor dem Ort auf die Hauptstraße mündet.«

Emily kannte die Straße. Das alte Farmland gehörte ihrer Omi. Sie ließ es treuhänderisch verwalten, damit es eines Tages auf Emily überging.

»Weiß Clay, dass Nardo euch gesehen hat?«

Jack nickte, aber er fragte: »Was denkst du?«

Emily wünschte, sie hätte ihre Ermittlungsunterlagen bei sich, aber die verwahrte sie immer in ihrer Handtasche, weil das der einzige Ort war, wo ihre Eltern nicht nachsehen würden.

»Es ist merkwürdig, dass Nardo ein Geheimnis für sich behalten hat.«

Jack öffnete verblüfft den Mund. »Du glaubst, Clay weiß etwas über Nardo?«

»Vielleicht.« Emily fand es einleuchtend, andererseits hatten viele Theorien zu verschiedenen Zeiten einleuchtend gewirkt. »Nardo würde sich niemals gegen Clay stellen. Er hat Angst, allein zu sein. Er braucht jemanden, der ihn stützt, der ihm sagt, was er tun soll, wer er sein soll. Und Clay könnte die ganze Schule gegen Nardo aufbringen. Niemand würde glauben, dass er …«

»Schwul ist.« Das Wort klang schmutzig aus seinem Mund. »Du hast recht. Am Ende würden sie sich gegen Nardo stellen. Und viele von den Kids gehen zum Studium an die Penn. Der Ruf würde Nardo bis ans College folgen. Er würde also den Mund halten, komme, was wolle.«

Emily seufzte, denn sie war zu demselben Schluss gekommen. »Ich habe das Gefühl, als dreht sich ein Rad in meinem Kopf, es dreht sich und dreht sich, und es versucht auf die richtige Person zu zeigen. Manchmal ist es Clay, dann Nardo, dann Blake, dann …«

»Ich?«

»Das habe ich nie geglaubt«, sagte Emily.

»Ich liebe dich ehrlich, Emily«, sagte Jack. »Ich könnte dich heiraten. Solange dir klar ist, was ich bin. Ich kann mich nicht ändern. Ich habe es wirklich versucht.«

»Ich liebe dich auch, Jack, aber du verdienst jemanden, der dich so liebt, wie du geliebt werden willst.« Dann fügte sie an. »Das verdienen wir beide.«

Er bedeckte das Gesicht mit den Händen. Sein Leben war so schwierig gewesen. Sie hatte immer gewusst, dass er einsam war, aber bis jetzt war ihr nicht klar gewesen, dass er vollkommen allein dastand.

»Jack, es ist nicht deine Schuld.« Behutsam zog sie ihm die Hände vom Gesicht und hielt sie fest. »Ich will nur wissen, wer mir wehgetan hat, nichts weiter. Ich habe die Vorstellung aufgegeben, dass der Betreffende bestraft wird. Und ich will keinen von ihnen heiraten, ich will sie nicht einmal mehr kennen, wenn ich ehrlich bin. Der Gedanke, dass einer dieser Mistkerle ein Teil meines Lebens ist, Entscheidungen für mich und mein Baby trifft, ist nicht nur beängstigend. Er ist widerlich.«

»Ich will es ebenfalls herausfinden.« Jack wischte sich mit dem Arm die Tränen fort. »Was ist mit deiner Columbo-Ermittlung? Gibt es etwas Neues?«

»Eine Weile dachte ich, dass Blake es war«, gab sie zu. »Er ist so berechnend, oder? Er manipuliert Menschen wie Figuren auf einem Spielfeld. Er hatte so schnell eine Lösung zur Hand, bei der er den ganzen Ruhm einheimst und nichts von der Schuld abbekommt.«

Jack nickte. »Und was hat dich dazu gebracht, ihn auszuschließen?«

»Er ist der am wenigsten beliebte von den drei Jungs. Ich glaube ehrlich gesagt nicht, dass Clay und Nardo ihn decken würden. Wie gesagt, sie nähren sich voneinander. Clay braucht Nardos Bewunderung, und Nardo braucht Clays Coolness, wenn man es so nennen will. Blake ist das naheliegende Opferlamm.«

»Es wäre der einfachste Ausweg«, stimmte Jack zu. »Ich meine, wenn sie es auf Blake schieben könnten, würde es Druck von ihnen nehmen.«

Emily zuckte mit den Achseln, aber sie war zu demselben Schluss gekommen. Bis sie es sich ausgeredet hatte und das Rad sich weiterdrehte. »Manchmal glaube ich, es könnte Nardo gewesen sein. Er ist so gnadenlos und selbstsüchtig. Er nimmt sich immer, was er will. Aber ich dachte, wenn er es war, würde sich Clay gegen ihn stellen, oder? Clay schützt immer sich.«

»Nardo hat Clay und mich zusammen gesehen«, rief ihr Jack in Erinnerung. »Sie richten beide eine geladene Waffe auf den anderen.«

»Bei Nardo gibt es keine Garantie. Er kann Geheimnisse wirklich nicht gut für sich behalten. Es ist fast schon krankhaft. Wenn er eine Gelegenheit sieht, jemanden zu verletzen, spritzt das Gift aus ihm, bevor er es verhindern kann. Das Ding in seinem Kopf, das ihn vor Konsequenzen warnt, ist kaputt.«

»Das ist ein gutes Argument«, sagte Jack. »Deshalb schließt Clay die Schule vorzeitig ab und bricht so schnell wie möglich nach Westen auf. Er sagt, er kann sich nicht darauf verlassen, dass Nardo die Klappe hält.«

»Was ist mit Clay? Du sagst, er steht auch auf Mädchen.« Emily spürte, wie sie rot wurde, aber nun war sie schon so weit gekommen. »Ich dachte, dass ich vielleicht ... etwas getan haben könnte, um ihn zu provozieren. Mich vielleicht an ihn rangeschmissen habe. Und er hat nachgegeben, aber hinterher war er wütend.«

Jack sah sie schräg von der Seite an. »Emily, du wiegst vielleicht sechzig Kilo, sogar schwanger. Ich glaube, Clay würde mit dir fertigwerden. Und er hatte vorher jede Menge Gelegenheiten dazu.«

Emily glühte förmlich vor Scham. Clay und Jack hatten sich sicher über ihre Verknalltheit lustig gemacht.

»Was ist mit Wexler?«, fragte Jack. »Er ist ein schmieriger Typ. So wie er die Mädchen in der Schule ansieht, das ist eklig. Und er sucht immer nach einer Möglichkeit, über Sexkram mit ihnen zu reden, selbst im Unterricht.«

Emily wollte nicht daran denken, dass sie in der Nacht der Party in Dean Wexlers Auto gesessen hatte. Sie war mehr oder weniger im Koma gewesen. Er hätte alles mit ihr anstellen können. Und Nardo hatte es wahrscheinlich gewusst, als er Emily in den Wagen verfrachtet hatte.

»Vergiss nicht, dass Dean gesagt hat, er kann keine Kinder zeugen.«

»Nichts für ungut, aber das klingt wie etwas, was Typen sagen, damit sie kein Kondom benutzen müssen.«

Emily lachte. »Ich glaube, über Kondome weißt du ungefähr so viel wie ich.«

Jack blickte zu Boden. Der Witz passte zu gut. »Ich habe dir doch erzählt, dass ich quasi unsichtbar bin. Ich höre sie in der Umkleide die ganze Zeit über Sex und Mädchen reden. Es ist nicht nett, was sie sagen. Speziell Nardo, aber Clay lacht immer über seine Witze, und Blake ist meistens zur Stelle, um das Messer noch herumzudrehen.«

Emily hatte es selbst miterlebt. Clay war umso glücklicher, je mehr es ihm gelang, Nardo zu Boshaftigkeiten anzustiften. Und Blake beteiligte sich immer nur zu gern an dem Zerstörungswerk, er stachelte Nardo abwechselnd an und schmähte ihn für seine Grausamkeit. Und sie musste Ricky wohl zu dem verkommenen Klüngel hinzuzählen. In vielerlei Hinsicht war sie die Boshafteste von allen.

»Warum habe ich nie gesehen, was für schreckliche Menschen sie alle sind?«, fragte Emily. »Ich habe sie so gern gehabt. Sie waren meine besten Freunde, und ich habe ihnen vollkommen vertraut.«

Jack wurde plötzlich verlegen.

»Sag es«, forderte sie ihn auf. »Wir haben jetzt wirklich keine Geheimnisse mehr voreinander.«

Er nickte, denn es stimmte. »Es tut mir leid, Emily, aber niemand hat je verstanden, warum ein netter Mensch wie du mit denen herumhängt.«

Emily verstand es selbst nicht mehr. Oder vielleicht wollte sie sich den Grund nicht eingestehen. Clay hatte ihnen allen das Gefühl vermittelt, etwas Besonderes zu sein, so cool zu sein. »Warum hast du es mir nie gesagt?«

»Na ja, ich meine ...« Jack zuckte die Achseln. »Es war ziemlich offensichtlich, dass sie üble Typen sind.«

Emily sah es nur im Nachhinein, was doppelt deprimierend war, denn erst vor ein paar Wochen hatte ihr Ricky vorgeworfen, naiv zu sein.

Aber noch immer hatte Emily das Bedürfnis, sie zu verteidigen, zumindest teilweise. Sie waren nicht alle als schlechte Menschen zur Welt gekommen. Nur Nardo hatte schon früh Spuren seiner späteren Boshaftigkeit erkennen lassen und Emily an den Haaren gezogen oder den Träger von Rickys BH schnalzen lassen. Clay war früher nett gewesen. Blake war sensibel gewesen. Selbst Ricky war lieb gewesen und hatte ihr damals in der dritten Klasse geholfen, als jemand ihr Projekt aus dem Kunstunterricht kaputtgemacht hatte. Wenngleich es im Rückblick wahrscheinlich Ricky selbst gewesen war, die es kaputtgemacht hatte. Sie war so ein gehässiges Miststück.

»Emily, du bist nicht allein in dieser ganzen Sache, okay? Ich werde da sein, falls du mich brauchst. Wenn du mich brauchst«, sagte Jack. »Ich bin bereits an der Polizeiakademie aufgenommen worden. Ich habe mich nur beworben, damit mein Dad Ruhe gibt, aber Clay will nicht, dass ich mit ihm komme, und andere Möglichkeiten habe ich nicht. Ich werde also in Longbill bleiben und bei meinem Dad arbeiten, wenn ich mit der Polizeischule fertig bin.«

Emily wurde bang ums Herz. Wenn jemand von hier weggehen musste, dann war es Jack Stilton. Er musste nach Baltimore oder in eine andere große Stadt ziehen, wo er Leute finden konnte, die so waren wie er, und ein glücklicheres Leben führten.

»Nein«, sagte sie. »Mach es dir nicht zu leicht, Jack. Kämpfe für dein Glück. Du willst doch schon von hier weg, seit wir in der Grundschule waren.«

»Was soll ich sonst tun?«, fragte er. »Du hast Clay gehört. Er wird es sich nicht anders überlegen. Und meine Noten sind beschissen. Ich werde mit Mühe und Not die verdammte Highschool abschließen. Ich kann nicht zur Armee gehen, weil sie rundheraus fragen, was man ist, und ich kann es ihnen doch nicht sagen. Ich meine, ich könnte, aber … Lieber Himmel, ich könnte im Gefängnis landen. Oder totgeschlagen werden, wenn es mein Dad herausfindet. In Longbill kenne ich die Leute wenigstens, mit denen ich zu tun habe. Und sie glauben, dass sie mich kennen.«

»Jack …« Emily konnte nicht mit ihm streiten. Er saß genauso in der Falle wie sie. »Wenn du wirklich ein Cop wirst, wenn du es schaffst, versprichst du mir dann etwas?«

»Natürlich. Du weißt, ich würde alles für dich tun.«

»Ich möchte, dass du herausfindest, wer mir das angetan hat«, sagte Emily. »Nicht meinetwegen, denn ich will keinen dieser herzlosen, hassenswerten Dreckskerle mehr in meinem Leben haben. Ich will, dass du ihn um der Mädchen willen fängst, die nach mir kommen.«

Die Bemerkung schien Jack zu überraschen, aber nicht weil er anderer Ansicht war. »Du hast recht. Verbrecher haben einen Modus Operandi. Sie folgen einem Muster. So erwischt man sie.«

»Versprich es mir.« Emilys Stimme brach. Sie durfte sich nicht vorstellen, dass ein anderes Mädchen das durchmachen musste, was sie durchmachte. »Bitte, Jack. Versprich es mir.«

»Emily, du weißt, ich …«

»Nein, versprich es nicht, weil ich weine. Versprich es, weil es wichtig ist. Was er mir angetan hat, spielt eine Rolle, weil *ich* eine Rolle spiele.« Emily sank auf die Knie. Plötzlich überwältigte sie der Kummer über all das, was sie verloren hatte. »Er hat mich nicht einfach vergewaltigt, Jack. Er wusste, dass ich nicht bei mir war, dass ich mehr wie ein … ein Aufnahmegefäß war.«

»Emily …«

»Nein, erzähl mir nicht, dass es anders war.« Emily kämpfte gegen die Niedergeschlagenheit an, die sie überflutete. »Er hat mir nicht nur in dieser einen Nacht wehgetan. Der Makel ist in meiner Seele. Er hat mich in ein Nichts verwandelt. Ich bin ruiniert. Das Leben, für das ich gearbeitet habe, das ich geplant habe, ist dahin. Und nur weil er beschlossen hat, dass meine Wünsche, meine Träume nichts waren im Vergleich zu seinen. Du darfst nicht zulassen, dass das noch einem Mädchen geschieht.«

»Ich werde es nicht zulassen, Emily. Ich werde herausfinden, wer es getan hat, und wenn es mich umbringt.« Jack war nun ebenfalls auf den Knien. Er legte seine zerschundenen Hände vorsichtig auf ihre. »Ich verspreche es.«

10

Andrea hielt sich im Dunkeln, während sie dem ramponierten alten Ford-Truck folgte.

Nardo saß am Steuer. Star quetschte sich an die Beifahrertür, um möglichst viel Abstand zu ihm zu halten. Es schien ihm egal zu sein. Langsam fuhr er die Straße entlang, sein Arm hing träge aus dem Fenster, und er rauchte eine Zigarette.

Andrea suchte die lange dunkle Straße hinter sich ab und hoffte, einen schwarzen SUV zu entdecken, der ihr verriet, dass eines der sechs Überwachungsteams dem Truck von der Farm gefolgt war. Aber die Teams hatten an den regulären Zufahrten Stellung bezogen. Sie überwachten keine alte Holzfällerpiste, die wahrscheinlich irgendwann im letzten Jahrhundert von den Landkarten verschwunden war.

Sie drehte sich wieder um. Der Truck fuhr weiter. Es gab keine Münztelefone an der Straße. Das Motel war zehn Minuten entfernt. Es war genau so, wie Compton befürchtet hatte – Männer wie Wexler und Nardo hatten immer einen Fluchtplan in petto. Andrea war nicht überrascht, dass sich Nardo aus dem Staub machte. Er war schon nach Clay weitergezogen. Er konnte auch nach Dean Wexler weiterziehen.

Andrea versuchte ihr Glück, sie rannte über die Straße und spurtete die Treppe zur Polizeistation hinauf. Sie rüttelte an der abgesperrten Tür und spähte in den Eingangsbereich. Nirgendwo brannte Licht. Sie klopfte an das Glas.

Nichts.

»Verdammt«, murmelte sie und lief die Treppe wieder hinunter. Der Haftbefehl musste inzwischen einem Richter vorliegen. Jeden Moment würde sich Bernard Fontaine von einem Verdächtigen in einen Flüchtigen verwandeln. Wenn Andrea ihn aus den Augen verlor, fanden sie ihn vielleicht nie mehr. Er würde sich nie der Gerechtigkeit stellen müssen. Melody Brickel würde ihre Tochter vielleicht nie wiedersehen.

Im Restaurant gab es ein Telefon.

Der Diner war hundert Meter entfernt. Andrea ließ alle denkbaren Katastrophen in ihren Kopf prasseln, während sie auf den rosa Schein der Neonreklame zulief.

Sie hatte keine Unterstützung. Ihre Dienstwaffe war auf dem Weg nach Baltimore. Von Nardo war bekannt, dass er eine Waffe mit sich führte. Der Form nach handelte es sich um eine Mikropistole und damit um eine der beliebtesten 9mm-Waffen, die SIG SAUER P365. Das hieß: zehn Schuss im Magazin, einer in der Kammer. Nardo hatte außerdem Star im Wagen, die sich binnen Sekunden von einer Beifahrerin in eine Geisel verwandeln konnte.

Andrea flitzte in einen Hauseingang, als die Bremslichter aufleuchteten. Sie sah Nardo auf einem Parkplatz wenige Meter vom Diner entfernt halten. Das Rattern des Motors erstarb, und die Handbremse wurde angezogen. Nardo schnippte seine Zigarette auf den Gehsteig, stieg aus dem Truck und schlug die Tür zu. Er streckte die Arme in die Luft und dehnte den Rücken. Das weiße T-Shirt rutschte aus seiner Cargohose.

Andrea hielt den Atem an und wartete.

Star blieb im Fahrzeug und rührte sich nicht, bis ihr Nardo mit einer flüchtigen Handbewegung die Erlaubnis zum Aussteigen gab. Sie stieß die Tür auf, drehte sich und rutschte dann vom Sitz, bis ihre Füße den Boden berührten. Sie blieb ein, zwei Meter hinter Nardo zurück, bevor beide im Diner verschwanden.

Andrea machte eine weitere rasche Inventur, nicht um mögliche Katastrophen aufzulisten, sondern um sich ihres körperlichen Zustands bewusst zu werden. Ihr Kampf-oder-Flucht-Instinkt spielte verrückt. Sie schwitzte. Ihr Herzschlag ging wie eine Trommel. Das Adrenalin machte sie schwindlig. Sie wippte auf den Fußballen. Alle Muskeln waren gespannt, die Fäuste geballt. Sie hielt den Atem an.

Sie öffnete den Mund und holte tief Luft.

Sie atmete aus, dann ein und wieder aus, bis das Schwindelgefühl nachließ.

Lautlos listete Andrea die Dinge auf, sie sie *nicht* beobachtet hatte. Der Truck war nicht schnell gefahren. Nardo hatte sich nicht ständig umgesehen, ob er verfolgt wurde. Er war nicht weitergefahren, um die Stadt zu verlassen. Star war nicht gefahren, während Nardo sich hinten im Fahrzeug versteckte. Nichts am Verhalten der beiden hatte irgendwie hektisch gewirkt.

Die plötzliche Erkenntnis erschütterte Andrea. Nardo machte sich nicht aus dem Staub. Er verarschte Ricky. Melody Brickel hatte Andrea erzählt, dass er wenigstens einmal die Woche ins Diner ging und Star immer mitschleifte, damit er ein Publikum hatte.

Andrea kam aus dem Hauseingang und warf einen letzten Blick über die Schulter. Die Straße war frei. Niemand kam. Sie hielt die Arme lockerer am Körper, als sie den Gehsteig entlanggging. Noch zehn Schritte, und sie stand vor dem Diner. Sie blickte an dem Neonschild vorbei. Nur drei Leute befanden sich im Raum. Sie waren in einem schiefen Dreieck im Restaurant angeordnet.

Nardo saß am spitzesten Punkt, in der halbrunden Nische. Ricky stand hinter der Theke in der Nähe der Registrierkasse. Star saß auf einem Barhocker am anderen Ende des Tresens. Sie blickte starr geradeaus auf die geflieste Wand. Die Hände hatte sie vor dem Körper gefaltet, sodass ihre eckigen Schulterblätter wie zwei Haifischflossen aus dem Rücken ragten.

Andrea hatte den Eingang erreicht. Sie schaute durch die Glastür. Ihr Blick fand die Überwachungskamera in der Ecke. Die voll bestückte Bar hinter der Kasse. Den langen Flur, der an der Toilette und der Küche vorbeiführte und auf die Uferpromenade und den Atlantik hinausging. Andrea streckte die Hand nach dem Türgriff aus. Ihr Fluchtinstinkt versuchte sie zu überstimmen. Ihre Haut war klamm. Schweiß sammelte sich an ihrem Hosenbund. Ihr Blick war so scharf gestellt, dass ihre Augen schmerzten.

Sie rief sich in Erinnerung, dass die Leute im Lokal all das nicht wussten. Es kam nur darauf an, wie Andrea aussah, wenn sie den Diner betrat.

Sie öffnete die Tür.

»Ach du Scheiße«, sagte Ricky.

Andrea sah fürchterlich aus. Sie war gerade einem Feuer entkommen. Ihre Nase war angebrochen. Sie hatte eine Wunde auf der Stirn und eine aufgeplatzte Lippe. Wenn sie verschwitzt und mitgenommen wirkte, gab es einen verdammt guten Grund dafür.

»Boah, Ricky Jo«, bellte Nardo. »Schweinchen Dick *ifft* gerade aufgetaucht. *Beffer* du *verletft* dein Kontaktverbot nicht.«

Star sagte nichts. Sie wandte nicht einmal den Kopf.

»Achten Sie nicht auf das Arschloch.« Ricky benutzte das Messer in ihrer Hand als Zeigestock und deutete auf einen Streifen rotes Klebeband auf dem Boden. »Zehn Meter.«

Das Kontaktverbot. Nardo kam ständig in das Restaurant, weil er wollte, dass Ricky es brach. Ricky hatte die Grenze markiert, damit sie es nicht tat. Die Kamera in der Ecke sorgte dafür, dass niemand schwindelte. Star war dabei, weil das Spiel uninteressant war, solange niemand zusah.

All das spielte jedoch keine Rolle, denn Andrea brauchte nur ein Telefon.

Sie ging zur Theke und gestattete sich einen Blick auf Nardo. Er hatte die Arme über die Lehne der Sitzbank gestreckt. Auf dem Tisch stand ein großer Teller Spaghetti. Er hob einen Krug Bier in ihre Richtung, als wollte er ihr zuprosten.

Ricky hatte seinen Teller warmgehalten. Sie hatte gewusst, dass er kam.

»Alles okay, Schätzchen?« Rickys Kiefer bearbeiteten den Kaugummi. Sie schnitt Obst für den Ansturm zum Frühstück auf. Ihre Armreife schlugen gegen die Theke. Sie war wie ihre eigene Rhythmusgruppe. Das Messer traf auf das Schneidebrett, dann platzte ihr Kaugummi, die Armreife klirrten, dann traf das Messer wieder auf das Schneidebrett.

»Alles in Ordnung.« Andrea postierte sich so an der Theke, dass sie Nardo im Auge behalten konnte. Der Spiegel hinter der Bar bot einen Blick auf das ganze Restaurant. Die Registrierkasse war links von ihr. Ricky war schräg gegenüber der Theke zu Andreas Rechten. Star sah sie nur aus dem Augenwinkel. Die Frau hatte keine Notiz von Andreas Ankunft genommen. Die Theke vor ihr war leer. Sie hatte sich nicht bewegt, seit Andrea durch die Tür gekommen war.

»Ich hab von dem Brand gehört.« Ricky behielt Andrea im Auge, während sie eine Zuckermelone aufschnitt. Ihre Unterhaltung bei Ricky zu Hause war nicht gut verlaufen. Erkennbar war sie noch auf der Hut. »Ich kann Ihnen ein Sandwich machen. Pasta ist aus.«

Andrea bemerkte das Schild an der Kasse.

KEINE BENUTZUNG DES TELEFONS FÜR GÄSTE.

»Schätzchen?«, fragte Ricky.

Andrea musste schlucken, ehe sie sprechen konnte. »Nein danke. Kann ich einen Tequila haben?«

»Sieht aus, als könnten Sie ihn gebrauchen.« Ricky ließ das Messer auf das Schneidebrett fallen. Ohne nach einer Marke zu fragen, nahm sie die Flasche Milagro Silver vom untersten Regalbrett. »Ich habe den Rauch bis zu mir her gerochen. Mann, das Haus steht seit einer Ewigkeit dort. Schwer zu glauben, dass es nicht mehr da ist. Alle sind wohlauf, richtig?«

»Ja.« Andrea sah, dass ihre Hände eine Schweißspur auf der Theke hinterlassen hatten. Sie musste Ricky wieder auf ihre Seite bringen. »Ich darf es ja eigentlich niemandem sagen …«

Ricky spitzte die Ohren, während sie das Glas bis zum Rand füllte.

»Der Mann der Richterin …«

»Franklin.«

»Genau.« Andrea beugte sich vor und sprach mit gesenkter Stimme. »Es ging ihm ohnehin nicht gut, aber nach dem Brand …«

Ricky nickte bedächtig, um auszudrücken, dass sie verstand. »Es ist traurig, wie viele Tragödien diese Familie im Lauf der Jahre durchmachen musste. Geht es Judith gut?«

»Sie ist verzweifelt. Es könnte ihr helfen, etwas von Ihnen zu hören.«

Ricky nickte wieder. »Ich mache etwas zu essen. Essen braucht man immer.«

»Die Richterin wird sicher dankbar sein.« Andrea griff in ihre Gesäßtasche und zog ihr Handy heraus. Sie bemühte sich, so auszusehen, als wäre ihr gerade erst wieder eingefallen, dass es kaputt war. »Oh, Mist.«

»Mist kommt hin.« Ricky stellte den Tequila vor Andrea auf die Theke. »Haben Sie das Ding in die Mikrowelle gesteckt?«

»Es ist bei dem Brand beschädigt worden.« Andrea merkte, wie ihre Stimme dünn wurde. Sie räusperte sich. »Ich weiß, Sie haben dieses Schild da, aber könnte ich wohl Ihr Telefon benutzen?«

»Das Schild ist für Touristen.« Ricky griff unter die Registrierkasse, hob das Telefon heraus und knallte es auf die Theke.

Andrea sah den antiquiert aussehenden Apparat an. Hinten kam ein Kabel heraus, der Hörer war mit einem Spiralkabel verbunden, und die Tastatur war im Sockel. Andrea hatte beabsichtigt, mit dem schnurlosen Telefon in den rückwärtigen Flur zu gehen, um ungestört zu sein. Mit diesem Festnetzgerät würde sie nirgendwohin gehen.

»Alles okay, Schätzchen?« Ricky war wieder am Schneidebrett. Sie warf Nardo einen vielsagenden Blick zu.

»Ja. War ein harter Tag.« Andrea blickte in den Spiegel. Nardo beobachtete sie. Ricky beobachtete sie. Nur Star schien kein Interesse zu haben.

Andrea griff zum Hörer. »Ich habe vergessen zu sagen, dass es ein Ferngespräch ist, aber ich kann Ihnen Geld geben.«

»Schon gut.« Ricky nahm eine Handvoll Erdbeeren. »Machen Sie's nur kurz.«

Andrea wählte die einzige Nummer, die sie je auswendig gelernt hatte. Das Telefon läutete genau ein Mal, bevor der Anruf angenommen wurde.

»Schatz?« Laura klang, als hätte sie sich noch nicht wieder hingelegt. »Was gibt es?«

»Hey, Mom. Tut mir leid, dass ich dich nicht angerufen habe, nachdem ich aus dem Krankenhaus gekommen bin.«

»Was?« Ihre Stimme schrillte beunruhigt in die Höhe. »Wann warst du im Krankenhaus?«

»Nein, ich konnte nicht einschlafen.« Andrea sah, dass Ricky unverhohlen lauschte. »Ich vergaß zu fragen, ob du wohl Mike für mich anrufen könntest? Seine Nummer ist in meinem blöden Telefon gespeichert.«

Ricky nickte bedauernd in Richtung des defekten Telefons, als würde sie an dem Gespräch teilnehmen.

»Mike?«, fragte Laura. »Mein Mike? Was hat Mike mit dem Krankenhaus zu tun?«

»Sag ihm, ich bin auf einen Drink ins Diner hinuntergegangen.« Andreas Hand war ruhig, als sie das Schnapsglas zwischen den Fingern drehte. »Ich habe bei der Arbeit eine Nachricht von unserem Nachbarn bekommen. Er braucht Mikes Hilfe. Renfield ist entwischt.«

Lauras Stimme war jetzt tödlich ruhig. In ihrer kriminellen Zeit hatte sie ausschließlich mittels Codes und Chiffren kommuniziert. »Ich schreibe es auf. Ich soll Mike anrufen und ihm sagen, du bist im Diner. Richtig?«

»Klar.«

»Und ich weiß nicht, was der andere Teil bedeutet, aber ich sage wörtlich: ›Ich habe einen Anruf von unserem Nachbarn bekommen. Er braucht Mikes Hilfe. Renfield ist entwischt‹.«

»So ist es«, sagte Andrea. »Danke, Mom.«

Andrea legte auf. Sie trank einen Schluck Tequila. Ihre Finger glitschten an dem Glas.

Ricky ließ das Telefon auf der Theke stehen. Sie bewegte das Messer hin und her, aber sie hatte Andrea keine Sekunde aus den Augen gelassen. »Das war Ihre Mom?«

Andrea nickte. »Mein Kater ist ausgebüxt. Er kommt nur zurück, wenn mein Freund ihn ruft.«

»Ich wünschte, ich hätte Zeit für ein Haustier.« Ricky lächelte, aber in ihrem Ton war eine gewisse Schärfe. »Ein bisschen spät für einen Anruf, nicht?«

Ricky sah Nardo wieder an. Ihre Neugier war in Argwohn umgeschlagen.

Andrea wusste, Ricky hatte sie die Nummer wählen sehen. »Mom hat früher in Georgia gewohnt, aber sie ist letztes Jahr nach Portland gezogen.«

»Maine?«

»Oregon.« Andrea widerstand dem Drang, nach Nardo zu sehen. Sie hatte das Gefühl, als würde er ihr ein Loch in den Rücken starren. »Dort sind sie drei Stunden zurück. Sie hat gerade ferngesehen.«

»Ich liebe Oregon.« Ricky ließ nicht locker. »In welchem Teil?«

»Laurelhurst«, sagte Andrea. »Das liegt im östlichen Teil von Portland. Sie wohnt in der Nähe des Parks mit der Jeanne-d'Arc-Statue. In dem Café gibt es tolle Livemusik.«

Ricky entspannte sich etwas, aber nicht viel. »Klingt nett.«

»O ja.« Andrea trank ihren Tequila aus und schaute verstohlen im Spiegel nach Nardo.

Er hatte seinen Teller von sich geschoben und ließ seinen leeren Bierkrug auf den Tisch knallen. »Bedienung!«

Ricky ignorierte ihn, aber die Klinge traf mit vielsagend lauten Schlägen auf das Schneidbrett.

»Hey, Bedienung!«, rief Nardo. »Gibt's noch was von diesem Tequila?«

Ricky legte das Messer so widerwillig beiseite, als müsste sie sich zwingen, es nicht für Nardo zu benutzen. Sie packte die Flasche und knallte ein Schnapsglas auf den Tresen.

Andrea sah zu Nardo hin, der höhnisch grinste. Dann rechnete sie nach. Laura hatte Mike bestimmt umgehend angerufen. Sie zweifelte nicht daran, dass er den Anruf angenommen hatte. Die Schützlinge im Programm riefen nur an, wenn es um Leben und Tod ging.

Andrea ist im Diner. Renfield ist entwischt. Sie braucht Ihre Hilfe.

Im Krankenhaus hatte Mike den Namen Renfield benutzt, um Nardo zu beschreiben. Und er wusste sicher sofort, dass etwas nicht stimmte, wenn Andrea um Hilfe bat.

Ihr Blick ging zur Uhr an der Wand. Sie sah den Sekundenzeiger zwischen den Ziffern ticken. Zwei Minuten, bis Laura die

Nachricht an Mike übermittelt hatte. Weitere zwei, bis Mike sie an Compton weitergegeben hatte. Vier Minuten, bis Compton die Teams aktiviert hatte. Die nächsten Marshals befanden sich auf der Farm, aber die fünfzehnminütige Fahrzeit war mit Blaulicht und Sirene auf zehn zu reduzieren.

Achtzehn Minuten insgesamt, wenn Andrea alles richtig geschätzt hatte. Den Anruf bei Laura hatte sie um 23.59 Uhr beendet. Frühestens um 0.17 Uhr konnte jemand hier sein.

»Achtung.« Ricky schubste das Tequilaglas die Theke hinunter.

Das Glas kam kurz vor Stars spitzem Ellbogen zum Stehen.

Es gehörte eindeutig zu dem Spiel, das Ricky mit Nardo trieb. Sie durfte die rote Linie nicht überqueren. Star fungierte nicht nur als Publikum. Sie war dabei, damit sie ihn bedienen konnte.

»Auf geht's, Mädchen.« Nardo klopfte mit den Knöcheln auf den Tisch. »Her mit dem Sprit.«

Ricky lachte tatsächlich. Sie beobachtete Star mit einem Ausdruck von Befriedigung auf dem Gesicht. Der Rhythmus ihres Messers auf dem Brett wurde zum Stakkato, als Star mit langsamen Bewegungen den Drink zu Nardo brachte. Ihr gelbes Kleid schlackerte an ihrer dürren Gestalt hin und her. Ihre nackten Füße klangen wie ein Flüstern, wenn sie über den Boden strichen.

Andreas Blick ging wieder zum Spiegel, aber dieses Mal wollte sie nach draußen sehen. Der blaue Truck war das einzige Fahrzeug in der Straße. Sie schaute wieder auf die Uhr. Es war erst eine Minute vergangen.

»Bedienung!« Nardo rief wieder nach Ricky. »Wo bleibt mein Dessert, altes Mädchen? Vielleicht sollte ich mal ein Wort mit dem Geschäftsführer wechseln. Der Service hier ist eine Schande.«

Ricky verdrehte Andrea zuliebe die Augen, aber sie befolgte seinen Befehl. Sie nahm ein anderes Messer und schnitt ein großes Stück Schokoladenkuchen ab. Dann stellte sie den Teller auf der Theke ab, damit Star ihn holen konnte.

Andrea biss die Zähne zusammen, als Star zögerlich den Raum durchquerte. In Gedanken ging sie den zeitlichen Ablauf nochmals durch. Laura an Mike. Mike an Compton. Compton an das Überwachungsteam. Die Männer würden nicht in das Gebäude stürzen, sondern sie würden drei potenzielle Geiseln sehen und annehmen, dass Nardo bewaffnet war. Ebenso wie Andrea würden sie davon ausgehen, dass er eine SIG SAUER P365 bei sich hatte, mit zehn Möglichkeiten, um drei Geiseln zu töten.

Andrea konnte nichts tun, was sie selbst und Ricky anging, aber Star war keinen Meter entfernt. Sie griff gerade nach dem Teller mit Nardos Kuchenstück. Ihre rissigen Lippen waren leicht geöffnet, und Andrea nahm wieder den unangenehmen Medizingeruch in ihrem Atem wahr.

»Ich habe mit Ihrer Mutter gesprochen«, sagte sie.

Star erwiderte nichts.

»Sie vermisst Sie und möchte Sie gern sehen.«

»Schätzchen«, sagte Ricky. »Ich weiß, Sie wollen helfen, aber …«

Der Teller fiel Star aus der Hand. Das Porzellan brach entzwei, und der Kuchen rutschte auf die Theke.

»Verdammte Scheiße.« Ricky griff nach einem Lappen, um die Schweinerei zu beseitigen.

»Was ist los da drüben?«, fragte Nardo.

»Dein verfluchter Skeletor hat einen Teller zerdeppert, das ist los.« Ricky drehte sich um, um den Lappen in der Spüle nass zu machen. »Herrgott, Nardo, warum kannst du nicht einfach gehen?«

Star hielt den Kopf gesenkt. In ihren Augen glitzerten Tränen, die nicht flossen.

»Gehen Sie den Flur entlang«, sagte Andrea zu dem Mädchen. »Gehen Sie hinten raus.«

»Was sagen Sie ihr da?« Nardo stieß sich vom Tisch hoch. »Star, bei Fuß. Zurück auf deinen Platz. Sei ein braves kleines Hündchen.«

Andrea konnte Star nicht davon abhalten, an ihren Platz am Ende der Theke zurückzukehren. Sie sah, wie sich die Frau langsam auf ihrem Hocker herumdrehte, um an die nackte Fliesenwand zu starren.

»Hey, Kleine aus dem Süden.« Nardo durchquerte langsam den Raum. »Ich habe mir die gute Star nur ausgeliehen. Sie wird unbeschädigt zurückerwartet.«

Andrea stand auf. Sie würde nicht sitzen, wenn Nardo sie erreichte.

»Nur die Ruhe, Robocop.« Nardo zeigte ihr seine Hände, aber er blieb nicht stehen. »Star ist das beste Mädchen auf der Farm. Ein richtiges *Schwunderkind.*«

Andrea hatte keine Zeit, eine Antwort zu formulieren.

Zwei Dinge geschahen in rascher Folge.

Ricky fing zu lachen an.

Jack Stilton betrat den Raum.

Er trug Jeans und ein ausgebleichtes Bon-Jovi-Shirt, das sich über seinen Bierbauch spannte und im Hosenbund steckte. Seine Waffe trug er am Gürtel. Nicht seine Dienstwaffe, sondern einen Revolver. Der Ruger Blackhawk war mit .454 Casull geladen. Ein Schuss mit dieser Patrone konnte buchstäblich eine Bowlingkugel spalten.

Andrea wurde bang ums Herz, als Stilton sich nervös umsah.

Er war nicht hier, um die Situation zu retten. Er war verärgert, weil er feststellen musste, dass er nicht der einzige Gast im Diner war. Außerdem war er betrunken. Andrea konnte den Alkohol aus fünf Meter Entfernung riechen.

»Schau sich einer diesen rehäugigen Scheißer an.« Nardo raffte das Kuchenstück mit der Hand von der Theke. »Bedienung, ich erwarte einen Preisnachlass.«

Ricky beachtete ihn nicht, sondern fragte Stilton: »Was willst du, Cheese?«

»Einen Drink?« Er betonte es wie eine Frage und lallte leicht dabei. Andrea sah seinen Streifenwagen in der Straße stehen. Er war nicht im Dienst, und er war betrunken. Compton hatte gesagt, sie würde Stilton erst anrufen, wenn sie Wexler und Nardo in Gewahrsam hatten. Er hatte sichtlich keine Ahnung, was vor sich ging.

»Herrgott noch mal«, sagte Ricky. »Hat keiner von euch Arschlöchern das riesige Neonschild im Fenster gesehen? Wir schließen um Mitternacht. Sorry, Schätzchen, Sie sind nicht gemeint.«

Andrea reagierte nicht auf die Entschuldigung. Sie sah Nardo auf Star zugehen. Der Umriss seiner SIG SAUER zeichnete sich unter dem Shirt ab. Er setzte sich mit lautem Stöhnen neben sie an die Theke, nahm den Kuchen in beide Hände und biss ab.

Ricky gab ein angewidertes Geräusch von sich, ehe sie zu Stilton sagte: »Mach schnell, Cheese. Willst du ein Blue Earl oder eins vom Fass?«

»Was einfacher ist.« Stilton setzte sich mit dem Rücken zur Tür an einen Tisch. Er musterte Andrea argwöhnisch. »Was tun Sie denn hier?«

Nardo sagte: »Cheese riecht eine Maus.«

»Halt's Maul, Arschloch.« Stilton blieb Andrea zugewandt. »Ich dachte, Sie sollen die Richterin bewachen.«

Andrea zwang sich, die geballten Fäuste zu lockern. Ihr Herz schlug so heftig, dass sie es an ihrem T-Shirt spürte. »Ein anderes Team bewacht die Familie im Krankenhaus.«

»Also wirklich, Deputy Pig. Das ist nicht die ganze Geschichte.« Nardo hatte den Kuchen aufgegessen. Er wischte sich die Hände an seinem Shirt ab und hinterließ Schokoladenstreifen quer über der Brust. »Cheese, der freundliche Marshal hat versucht, Star zu retten. Ist es nicht so, Ricky? Stars Mommy will sie zurückhaben.«

Ricky verdrehte die Augen, als sie eine Dose Bier auf die Theke stellte. Sie bat Andrea: »Wären Sie so nett, Schätzchen?«

Andrea war dankbar für den Vorwand, zu Stilton hinüberzugehen. Sie gab ihm das Bier, aber statt auf ihren Platz zurückzugehen, blieb sie neben ihm am Tisch sitzen.

»Sieh dir das an, Ricky. Cheese hat eine Freundin«, sagte Nardo. »Tut mir leid, wenn ich Ihre rosa Seifenblase platzen lassen muss, Deputy Pig, aber Cheese gerinnt beim Anblick einer Muschi.«

Ricky lachte, als sie das Obst in Plastikbehälter packte.

Andrea war der bizarre Humor der Frau egal. Sie sah auf Stiltons riesigen Cowboyrevolver hinunter. Der Riemen über dem Griff war offen. Sie versuchte Stiltons Aufmerksamkeit zu gewinnen, aber er war damit beschäftigt, sein Bier hinunterzuschütten.

Sie schaute auf die Uhr. 0.05 Uhr. Noch zwölf Minuten. Mindestens.

Konnte sie Stilton die Waffe abnehmen? Würde er sich wehren? Konnte Andrea den Revolver in die Hände bekommen, aufstehen und anlegen, bevor Nardo seine eigene Waffe ziehen konnte?

Star war das Problem. Sie saß direkt neben Nardo. Andrea traf zuverlässig auf diese Entfernung, aber das hier war das echte Leben. Jeder Nerv in ihrem Körper kribbelte. Ihr Atem ging flach. Schweiß lief an ihrem Rücken hinab. Sie war sich nicht sicher, ob sie den einen treffen konnte, ohne die andere zu gefährden.

Sie schaute auf die Uhr. 0.05. Der Sekundenzeiger hatte sich kaum bewegt.

»Verdammt.« Ricky sah ebenfalls auf die Uhr. »Letzte Bestellung, Leute. Ich muss in sechs Stunden aufstehen, dann geht die ganze Scheiße von vorn los.«

»Sei keine Spielverderberin, altes Mädchen.« Nardo hatte sich auf dem Hocker zu Andrea und Stilton herumgedreht. Wie ein Tier spürte er instinktiv, dass etwas nicht stimmte. Ein Mensch, der bei Verstand war, hätte die Warnung beherzigt und wäre gegangen. Nardo hingegen lehnte sich mit dem Rücken an die Theke und stützte die Ellbogen auf den Rand. »Bedienung, wie wär's mit einer Dose Bier?«

Andrea blendete Rickys sarkastische Antwort aus und lauerte darauf, dass Stilton sie ansah. Dann blickte sie auf seine Waffe hinunter. Er konnte Nardo festnehmen. Er konnte die ganze Sache auf der Stelle beenden.

Stiltons Augen wurden schmal. Der Cop in ihm ersoff in Alkohol, aber er musste die angespannte Situation wahrgenommen haben. Andrea schaute wieder auf die Uhr und flehte den Zeiger an, sich zu bewegen. Sie schaute so lange, bis der Minutenzeiger umsprang.

0.06 Uhr.

Ein Telefon läutete.

Die Spannung in der Luft war mit Händen zu greifen.

Das Telefon läutete wieder. Stilton wühlte in seiner Tasche. Andrea sah auf das Display, als er es hervorholte.

USMS COMPTON.

Stilton sah sie fragend an. Sie nickte kaum merklich und hoffte inständig, er würde ein wenig klarer im Kopf werden und keinen Fehler machen, der sie beide umbrachte.

Stilton räusperte sich. »Hallo?«

Er hielt das Gerät locker an sein Ohr und stützte es mit dem verkrümmten kleinen Finger ab. Andrea hörte leise Comptons Stimme, konnte aber keine Worte ausmachen.

»Ah«, sagte Stilton.

Es gab eine lange Pause, während er Compton lauschte. Andrea konnte sich denken, was der Boss sagte: Wexler in Haft. Nardo im Diner. Haftbefehl ausgestellt. Könnte bewaffnet und gefährlich sein.

Stilton tat genau das Falsche. Er sah Nardo an, als er antwortete.

»Ich bin gerade im Diner«, sagte er. »Ja, klar, ich verstehe, was Sie sagen. Kein Problem.«

Andrea sah Stilton das Gespräch beenden. Er legte das Handy mit dem Schirm nach unten auf den Tisch und hob gemächlich den Arm auf die Lehne seines Stuhls. Seine Hand war nur Zentimeter vom Griff des Revolvers entfernt.

Aber er ließ die Waffe im Holster.

»Nardo«, sagte Stilton. »Erzähl mir doch mal von Emily.«

Andrea biss sich so heftig auf die Lippe, dass Blut in ihren Mund sickerte.

»Ach du Scheiße«, sagte Ricky. »Lass es gut sein, Jack.«

Nardo schnaubte abfällig. Er hatte immer noch die Ellbogen auf die Theke gestützt. Er oder Stilton konnten jederzeit nach ihrer Waffe greifen. »Die war 'ne kleine Nutte, oder?«

Andrea schmerzte der Kiefer vom Zähnezusammenbeißen. Wieso fragte Stilton nach Emily? Compton hatte ihm mit Sicherheit grünes Licht gegeben. Warum verhaftete er Nardo nicht?

»Ich weiß, dass du sie vergewaltigt hast«, sagte Stilton.

»Ach ja?« Nardo drehte den Kopf zur Seite, um klarzumachen, dass er von Stiltons Waffe wusste. »Ich bin juristisch nicht auf dem Laufenden, alter Junge, aber ich glaube, die Verjährungsfrist ist … so etwa vor fünfunddreißig Jahren abgelaufen?«

»Dann gib es zu«, sagte Stilton. »Du hast sie vergewaltigt.«

»Okay, das war's.« Ricky klopfte mit den Knöcheln auf die Theke. »Cheese, du bist betrunken. Nardo, ich hab genug von deinem Mist. Ich will, dass alle verschwinden. Sie ebenfalls, Schätzchen.«

Niemand rührte sich. Es wurde so still im Raum, dass Andrea das Blut in den Ohren rauschen hörte.

»Scheiße, ja, ich hab sie gefickt«, sagte Nardo.

Ricky stieß einen leisen Schrei aus. Andreas Herz blieb stehen. Stilton rührte sich nicht.

»Was denn?« Nardo wirkte belustigt über ihre Reaktion. »Erzählt mir nicht, dass niemand je daran gedacht hat. Natürlich hab ich sie gefickt. Habt ihr mal ihre Titten gesehen?«

Andrea versuchte ihre aufkommende Panik zu unterdrücken. Nachdem sie tagelang einem Geständnis hinterhergejagt war, konnte sie jetzt, da es eines gab, nur daran denken, dass keiner von ihnen hier lebend rauskommen würde.

»Stilton«, sagte sie. »Nardo ist bewaffnet.«

»Das bin ich auch.« Stilton schloss die Hand um den Revolver, ließ ihn unerklärlicherweise aber im Holster stecken. »Du hast sie nicht gefickt«, sagte er zu Nardo. »Du hast sie vergewaltigt.«

»Ich hab jede einzelne Körperöffnung der Kleinen mit meinem Schwanz ausgefüllt, das hab ich getan.« Nardo badete in Stiltons Entsetzen. »Sie hat darum gebettelt. Sie konnte gar nicht genug kriegen.«

»Nardo«, warnte Ricky.

»Hier.« Nardo räusperte sich und spuckte einen Batzen Schleim auf den Boden. »Vergleich meine DNA mit der von Judith. Es wird nur beweisen, dass ich in ihrer Mutter gekommen bin. Du musst allerdings wissen, dass ich mehrmals gekommen bin.«

An Stiltons Schläfe begann ein Nerv zu zucken. Seine Finger waren so kräftig um den Revolvergriff geschlossen, dass die Knöchel weiß hervortraten. Er würde Nardo erschießen. Es war unvermeidlich. Und er war so betrunken, dass er Star dabei wahrscheinlich ebenfalls tötete.

»Jack«, versuchte es Andrea. »Sie müssen …«

»Was ist mit Dean?« Stiltons Stimme stockte beim Namen des Mannes. Er sah bestürzt aus, als könnte er nicht glauben, was er gerade gehört hatte. »Dean hat sie doch nach Hause gefahren.«

Nardos höhnische Miene verwandelte sich in ein sadistisches Grinsen. »Tja, wer weiß schon, was der alte Knabe im Wagen angestellt hat. Unser Mr. Wexler mag Mädchen, die nicht Nein sagen können, so viel steht fest.«

»Verdammt noch mal!«, rief Ricky. »Nardo, halt den Mund.«

»Nur interessehalber: Ich denke, all die Damen auf der Farm sind Beweis genug, dass der alte Junge keine Kinder zeugen kann.« Nardo konnte sich nicht bremsen. Er sonnte sich in Stiltons Seelenqual. »Sag mir, Cheese, ist Emily der Grund, warum du zur Flasche gegriffen hast? Trauerst du immer noch um den Verlust eines hirntoten Brutkastens?«

»Nardo!«, brüllte Ricky. »Ein gottverdammter US-Marshal hört jedes Wort, das du sagst.«

»Ich habe diese blöde Scheißstadt so verdammt satt. Es ist vierzig Jahre her, und immer noch jammern alle herum: *Wer ist der Vater, wer ist der Vater?*« Nardos Stimme war die Parodie eines jammernden Tonfalls. »Jetzt ist das dunkle Geheimnis also gelüftet. Große Sache. Im schlimmsten Fall bekomme ich ein Besuchsrecht bei meiner hinreißenden Enkelin.«

Stilton stand so schnell auf, dass er seinen Stuhl umstieß. Endlich hatte er den Revolver gezogen und richtete ihn auf Nardos Brust. Spannte den Hahn mit dem Daumen. »Es ist vorbei, Schwanzlutscher. Sie wissen über die Erpressung Bescheid.«

»Star!« Andrea versucht vergeblich, sie auf sich aufmerksam zu machen, denn sie saß genau in Schussrichtung. Ihr Rücken war ein Ziel. »Star, geh weg!«

»Erpressung?« Nardo schien unbesorgt. »Es ist zwanzig Jahre her, seit du diese Trunkenheitsfahrt für mich ausgebügelt hast. Wenn, dann bist du derjenige, der Schwierigkeiten kriegt.«

Stilton lachte. »Ich meine nicht mich, du dummes Arschloch. Die Richterin – sie hat ihnen alles ausgehändigt.«

Ausnahmsweise wusste Nardo nicht sofort eine Antwort.

Ricky war diejenige, die reagierte. »Wovon redest du?«

Das Messer lag wieder in Rickys Hand. Star befand sich immer noch in der Schusslinie und würde sich nicht vom Fleck rühren. Ricky war unberechenbar. Stilton konnte kaum die Waffe halten. Und Nardo konnte seine in Sekundenschnelle ziehen und sie alle töten.

»Cheese«, sagte Nardo. »Überleg dir, was du tust. Denk daran, was ich weiß.«

»Sag es den Marshals. Es interessiert mich einen Scheißdreck.« Stiltons Stimme brach wieder. Er hatte angefangen zu weinen. »Dieser Anruf, den ich gerade bekommen habe … Das war die Deputy Chief Marshal. Sie haben Wexler bereits in Handschellen von der Farm geschleift. Jetzt sind sie unterwegs, um sich deinen Arsch zu holen. Wenn die Sonne aufgeht, sitzt du hinter Gittern.«

Star bewegte sich endlich, aber nur, um sich umzudrehen. »Ist Dean okay?«, fragte sie Stilton.

»Niemand ist okay.« Stilton ging auf Nardo zu. Tränen liefen ihm übers Gesicht, und er musste den Revolver mit beiden Händen halten. »Ich habe Emily vor vierzig Jahren versprochen, dass ich das Arschloch finden werde, das sie vergewaltigt hat. Vierzig Jahre lang hat mich dieses Versprechen gequält, du Stück Scheiße. Vierzig gottverdammte Jahre, und jetzt habe ich dich. Ich habe dich endlich.«

Nardos höhnisches Grinsen war zurück. »Leck mich.«

Wieder geschahen zwei Dinge in schneller Folge.

Nardo griff hinter sich.

Stilton drückte ab.

Es war eine Explosion, als ginge eine Kanone los. Andrea zog den Kopf ein und bedeckte die Ohren mit den Händen. Sie sah, wie Nardo mit einer Rechtsdrehung zurückgeschleudert wurde. Die Kugel hatte seinen Hals aufgerissen. Blut spritzte über Stars Gesicht und Brust.

Ricky begann zu schreien.

»Schei…« Nardo klatschte die Hand an den Hals. Die SIG SAUER fiel mit lautem Scheppern zu Boden. Nardos Augen waren riesig. Seine Lippen bebten.

»Keine Bewegung!« Stilton spannte den Hahn für einen zweiten Schuss.

»Nein.« Andrea drückte die Mündung nach unten. Nardo war jetzt unbewaffnet. Er würde seine Pistole nicht aufheben. Er würde bald überhaupt nichts mehr tun.

Es gibt zwei Halsschlagadern, auf jeder Seite des Halses eine. Der Aufbau ist unterschiedlich, aber der Zweck einer jeden ist es, sauerstoffreiches Blut in großen Mengen vom Herzen zum Gehirn zu schaffen. Ein Aneurysma, ein Gerinnsel oder ein Hindernis können zu einem schweren Schlaganfall führen. Wird der Blutstrom aus dem Körper geleitet, kann binnen fünf bis fünfzehn Sekunden Tod durch Verbluten eintreten.

Nardos Hand war das Einzige, was das Blut in der Arterie hielt.

»Ich r-rufe einen Rettungswagen.« Ricky hastete zum Telefon und tippte die Nummer ein.

»Du hast Emily ermordet«, sagte Stilton zu Nardo. »Sprich es aus. Ich will es hören.«

Nardo öffnete den Mund. Nur ein Gurgeln kam aus seiner Kehle. Seine Zähne begannen zu klappern, und seine Haut war wächsern. Blut sickerte zwischen seinen Fingern hindurch wie Wasser durch einen Schwamm.

»Bitte«, flehte Stilton. »Du wirst es nicht schaffen. Sag mir einfach die Wahrheit. Ich weiß, dass du sie ermordet hast.«

»Hilfe!«, schrie Ricky ins Telefon. »Mein Mann, er ist … O Gott! Hilfe!«

»Sag es«, wiederholte Stilton. »Sieh mich an und sag es.«

Nardos Blick wurde für einen Moment scharf. Er sah Stilton direkt in die Augen. In seinem Mundwinkel zuckte ein Lächeln.

»Bitte«, flehte Stilton.

Nardo nahm seine Hand weg, es war die Geste eines Entertainers, der den letzten Auftritt ankündigt. Das Blut schoss wie ein Sturzbach aus der durchtrennten Arterie.

Er war tot, bevor er auf dem Boden aufschlug.

Bible fuhr, während Andrea mit Ricky auf dem Rücksitz des schwarzen SUV saß. Die Frau konnte nicht aufhören zu weinen. Sie zitterte unter der dünnen Baumwolldecke, die ihr die Sanitäter gegeben hatten. Sie hatte es abgelehnt, ins Krankenhaus zu gehen. Sie hatte sich geweigert, eine Aussage zu machen. Sie hatte gesagt, dass sie einfach nur nach Hause wolle.

Rechtlich gab es keinen Grund, ihr diesen Wunsch abzuschlagen. Andrea wollte ehrlich gestanden nichts lieber, als von dem Diner wegzukommen. Sie wusste, sie sollte froh sein, dass Nardo tot war, aber sie kam nicht über das Gefühl der Ungerechtigkeit hinweg. Er würde nie dafür bezahlen, dass er Emily vergewaltigt hatte. Er würde nicht wegen des Mordes an ihr vor Gericht stehen. Auch wenn er eines gewaltsamen Todes gestorben war, hatte er es irgendwie fertiggebracht, zu seinen Bedingungen zu gehen. Er hatte kein friedliches Ende verdient. Wie Esther Vaughn sagen würde, hatte er es *sich* nicht verdient.

»Was …« Ricky unterdrückte ein weiteres Aufschluchzen. »Was wird man mit der Leiche machen?«

Andrea wechselte einen Blick mit Bible. Es gab einen Grund, warum er sich bereit erklärt hatte, Ricky Fontaine nach Hause zu fahren. Nardo hatte die Vergewaltigung gestanden, aber nicht den Mord. Oberflächlich betrachtetet, war es eine spitzfindige Unterscheidung, aber um einen Fall jenseits eines vernünftigen Zweifels zu begründen, brauchten sie eine unabhängige Verifizierung. Eric Blakely war vor vierzig Jahren ertrunken. Clay Morrow saß im Gefängnis. Bernard Fontaine konnte nicht mehr reden. Jack Stilton hatte so gut wie bewiesen, dass er bei dem Mord an Emily nicht die Hände im Spiel gehabt hatte. Dean

Wexler hatte sich auf sein Recht zu schweigen berufen, als ihn vier Marshals aus dem Farmhaus abgeführt hatten.

Ricky war möglicherweise die einzige Person auf Erden, die bestätigen konnte, dass Bernard Fontaine Emily Vaughn ermordet hatte.

»Nardos Leiche wird ins staatliche Leichenschauhaus gebracht«, antwortete Andrea. »Sie werden sie vollständig untersuchen.«

Ricky schrie wieder auf. Das Zittern wurde schlimmer. Sie zog sich die Decke enger um die Schultern. Ausnahmsweise gaben ihre Armreife keine Geräusch von sich. Ricky hatte vergeblich versucht, Nardo wiederzubeleben. Sein Blut hatte sich wie Klebstoff um die Ringe gelegt.

»Da wären wir.« Bible fuhr in die steile Zufahrt zu Rickys Haus. Er drehte sich zum Rücksitz um und sagte: »Tut mir leid, aber ich muss telefonieren. Ihr beiden sagt Bescheid, wenn ihr etwas braucht. Ma'am …«

Ricky sah nach unten, als Bible ihr die Hand auf den Arm legte.

»Mein herzliches Beileid zu Ihrem Verlust«, sagte er.

Andrea stieg aus dem SUV und ging um den Wagen herum, um Ricky zu helfen. Das harte Licht tat dem Aussehen der Frau keinen Gefallen. Sie war in der letzten Stunde um Jahre gealtert. Die Falten in ihrem Gesicht waren tiefer, und sie hatte dunkle Ringe um die Augen. Sie stützte sich schwer auf Andrea, als sie die Treppe hinaufstiegen. Die Tür war nicht abgesperrt. Ricky zog sie auf.

Andrea wartete nicht auf eine Einladung. Sie ging durch das Wohnzimmer und schaltete die Lichter an. Dann stieg sie die Stufen zur Küche hinauf. Der Teekessel auf dem Herd war bereits gefüllt. Andrea drehte das Gas auf und wartete, bis es ansprang.

Sie rief zu Ricky hinunter. »Tee ist in einer Minute fertig.«

Sie lauschte, aber Ricky antwortete nicht. Andrea ging zum Rand der kurzen Treppe. Sie konnte Ricky unten im Wohnzimmer sehen. Die Frau saß auf der Couch und schaukelte vor und zurück, die Decke immer noch um die Schultern gewickelt. Die Sanitäter hatten gesagt, dass sie wahrscheinlich unter Schock stand.

Andrea stand ebenfalls unter Schock, aber sie hatte zu viel von sich selbst in diese Sache investiert, um aufzugeben.

Sie fand eine schmutzige Tasse in der Spüle und einen Schwamm auf dem Fensterbrett. Angestrengt lauschte sie hinunter zu Ricky. Leises Weinen drang aus dem Wohnzimmer nach oben. Andrea spülte die Tasse sorgfältig und trocknete sie ab. Sie ging zum Kühlschrank und schaute auf die Fotos, die Postkarten, die Erinnerungszettel und Quittungen. Manche waren so alt, dass die Tinte verblasst war. Nichts davon wirkte übermäßig privat. Die meisten Postkarten schienen von Touristen zu stammen, die sich begeistert über ihren Besuch im Diner ausließen. Sie erinnerten Andrea an die nichtssagenden Bemerkungen in Rickys Jahrbuch.

Tanzgruppe war toll! Vergiss Chemie II nicht. Bleib, wie du bist!

Andrea nahm eine der roten Tablettenflaschen auf der Anrichte zur Hand. Instinktiv griff sie nach ihrem iPhone. Sie hatte keine Möglichkeit, die Namen der Generika auf dem Etikett nachzuschlagen. Die Einzigen, die sie kannte, waren Diazepam, sprich: Valium, Paracetamol/Kodein, sprich: Tyrenol, und Oxycodon, sprich: Percocet. Laura hatte alle drei in verschiedenen Stadien ihrer Krebsbehandlung ausprobiert, aber nur oral verabreichtes Morphium hatte die Schmerzen lindern können.

Der Kessel begann zu pfeifen, und Andrea stellte das Gas ab. Sie hob die Hand, um den Küchenschrank zu durchsuchen, aber dann überlegte sie es sich anders.

Sie ging wieder zur Treppe und rief zu Ricky hinunter: »Wo haben Sie den Tee?«

Ricky hatte die Decke über den Kopf gezogen, als versuchte sie zu verschwinden.

»Der Tee?«, wiederholte Andrea.

»Küchenschrank …« Rickys Stimme war heiser. »Der bei der Spüle.«

In dem Schrank war nichts außer Gewürzen und einer großen Packung Kamillentee. Andrea goss kochendes Wasser in die Tasse und hängte einen Teebeutel hinein. Auf der Anrichte entdeckte sie einen Untersetzer. Als sie wieder nach unten ging, saß Ricky nicht mehr auf der Couch, sondern stand vor dem Konsolentisch, die Decke immer noch über den Schultern. Ihr Gesicht war aufgedunsen vom Weinen. Die Sanitäter hatten sich bemüht, sie etwas zu säubern, aber Nardos Blut war noch an ihrem Shirt und hing in Klumpen in ihrem gefärbten Haar.

Andrea stellte den Untersetzer und die Tasse auf den Konsolentisch. Sie sah, dass beide Schubladen offen standen. Ricky hatte einige Fotos herausgelegt – von Geburtstagsfeiern, der Hochzeit, von Nardo und Clay an der Theke in ebendem Diner, in dem einer von ihnen gerade gestorben war.

Ricky hob das gerahmte Gruppenfoto auf. »Jetzt sind nur noch zwei von uns übrig.«

Andrea hörte die Trostlosigkeit in ihrer Stimme. Sie waren ihr Leben gewesen, vor allem Nardo.

»Ich schätze, das war's dann, oder?«, sagte Ricky. »Sie werden der Richterin sagen, dass Nardo es war.«

Andrea nickte, aber sie sagte: »Ich wünschte, es wäre so einfach, aber Nardo hat nicht alles gestanden.«

Zaghaft holte Ricky Luft, aber sie sah Andrea nicht an.

»Nardo hat zugegeben, dass er Geschlechtsverkehr mit Emily hatte, und die DNA wird es auf die eine oder andere Art beweisen, aber er hat nichts über den Mord an Emily gesagt.« Andrea wartete, aber Ricky starrte nur auf das Foto in ihrer Hand. »Ricky, hat Nardo je mit Ihnen über sie gesprochen? Oder darüber, was in der Nacht des Abschlussballs geschehen ist? Hat Emily etwas gesagt, oder …«

»Clay war derjenige, der sie in die Clique gebracht hat.« Rickys Stimme klang tonlos, ihre Augen waren glasig. »Nardo hat sie nie gemocht. Sie war so langweilig. Sie gehörte einfach nicht dazu. Emily hat nie dazugehört.«

Andrea sah, wie Ricky das gerahmte Bild vorsichtig wieder auf den Tisch stellte.

»Nardo war achtzehn, als es passiert ist. Ich meine, mit achtzehn fickt man alles, oder? Selbst ein graumäusiges kleines Miststück.«

Andrea hörte, wie sich Wut in Rickys Stimme schlich. Die Frau wollte immer noch nicht glauben, dass Nardo Emily vergewaltigt hatte.

»Was Cheese gesagt hat – er weiß gar nichts. Emily hat ihren Eltern nur erzählt, dass sie vergewaltigt wurde, weil die wütend waren, als sie schwanger wurde. Sie war eine Lügnerin.« Ricky schaute auf den Schnappschuss von Clay und Nardo im Diner. Sie fuhr mit dem Zeigefinger über Nardos jungenhaft rundes Gesicht. »In der Nacht der Party hat sie mit allen geflirtet. Sie fing mit Clay an, dann hat sie es bei meinem Bruder versucht. Er hat sich schließlich im Bad eingeschlossen, um vor ihr sicher zu sein.«

Ricky drückte die Handfläche auf das Foto und bedeckte Nardo, als wollte sie ihn irgendwie beschützen.

»Emily war angeblich meine beste Freundin. Ich habe sie dafür gehasst, dass sie ihn gefickt hat. Nardo hat *mir* gehört. *Zu mir* gehört. Und jetzt …« Die Stimme versagte ihr. »Er ist tot. Ich kann einfach nicht glauben, dass er tot ist.«

Andrea sah Ricky erneut zusammenbrechen. Sie zog sich die Decke vors Gesicht. Das Weinen hörte sich fast wie ein Wehklagen an. Ihre Schultern waren gebeugt, als hätte die Last, die sie all die Jahre mit sich herumgetragen hatte, sie endlich gebrochen.

»Ricky«, versuchte es Andrea wieder. »Hat Nardo je darüber gesprochen? Über das, was passiert ist.«

»Scheiße.« Ricky blickte sich um. »Ich brauche ein Taschentuch.«

Andrea legte ihr sanft eine Hand auf die Schulter. »Wenn Sie vielleicht …«

»Geben Sie mir eine Minute.« Ricky streifte die Decke ab, bevor sie nach oben ging. Sie hielt sich am Geländer fest und zog sich die Treppe hinauf. Als sie in der Küche verschwand, schüttelte sie noch immer den Kopf.

Andrea bückte sich, um die Decke aufzuheben, und stieß sich fast den Kopf an der Ecke einer herausgezogenen Schublade des Konsolentischs.

Sie schaute hinein.

Ricky hatte die Schubladen offen gelassen. Sie hatte Andrea einen Teil des Inhalts gezeigt. Es gab keinen vernünftigen Grund anzunehmen, dass sie den Rest nicht auch sehen durfte.

Andrea stand auf, ging ein paar Schritte zurück und stellte sich auf die Zehenspitzen, um in die Küche zu spähen. Ricky stand mit dem Rücken zur Treppe und hatte die Hände links und rechts der Spüle abgestützt. Ihre Schultern bebten vom Weinen.

Andrea ließ die Decke fallen, als sie zum Tisch zurückging. Sie hob Eric Blakelys Sterbeurkunde aus New Mexico auf. Das Dokument war alt, aber sie konnte den Abdruck der Lettern noch ertasten, die die Schreibmaschine in das Papier gestanzt hatte. Sie legte es beiseite und wühlte in der linken Schublade, wo sie Quittungen für einen Sarg, für die Einäscherung und einen schwarzen Smoking von *Maggie's Formal Wear* fand. Dann fiel Andrea das Metalletui ein. Ricky hatte es aus irgendeinem Grund aufbewahrt. Sie griff weit nach hinten in die Lade.

Der Taschenindex war so, wie sie ihn in Erinnerung hatte. Der silberne Zeiger stand immer noch bei A–B.

Andrea drückte mit dem Daumennagel auf den Knopf an der Unterseite. Der Deckel des Gehäuses sprang auf, und sie sah einen Namen – Brickel, Melody. Die Postadresse war die, bei der Andrea am Vortag mit Bible gewesen war. Sie vermutete, dass sich die siebenstellige Telefonnummer nicht geändert hatte.

Die Handschrift war sehr schön, fast wie die einer Lehrerin. Andrea kannte sie aus keiner der Zeugenaussagen – Jack Stiltons beinahe unleserliche Schreibschrift, Rickys Kringel über dem i, Clays wahllose Großbuchstaben, Nardos enges Gekritzel, Eric Blakelys schwere Blockschrift, die fast das Papier durchstieß. Sie erkannte sie auch nicht von Melodys Beschriftung der Musikkassette oder aus dem, was sie für Emily Vaughns aufmunternde Botschaften an sich selbst hielt.

Andrea versuchte herauszufinden, wie das Gerät funktionierte. Die Seiten waren oben eingehängt. Von oben nach unten verliefen Streifen mit den Buchstaben in alphabetischer Reihenfolge. In jeder Gruppe gab es zusätzliche Seiten. An dem Zeiger befand sich eine Klammer, die die vorherigen Seiten aus dem Weg hielt. Sie schloss den Deckel und bewegte den Zeiger weiter zu C-D. Das Gehäuse sprang auf. Andreas Blick fiel auf zwei unterstrichene Worte am oberen Ende der Seite:

Columbo-Ermittlung.

Andreas Herz schlug bis zum Hals. Die schöne Handschrift gehörte Emily Vaughn.

Sie ging wieder zurück zur Treppe und sah nach Ricky. Die Frau stand immer noch an der Spüle und weinte.

Andrea las das erste Wort unter der *Columbo*-Überschrift:

Clay?

Sie musste schlucken, bevor sie zur nächsten Zeile weitergehen konnte:

Dean Wexler – 20. Oktober 1981. Dean sagt, er ist »nicht der verdammte Vater«. Gibt zu, dass er mich von der Party abgeholt hat. Sagt, Nardo hat ihn angerufen, damit er mich nach Hause bringt. Sagt, ich habe mit Clay am Pool gestritten, als er eintraf. Hat mir geschworen, dass er mir wehtut, wenn ich ihn je öffentlich beschuldige. Er hat mich am Handgelenk gepackt. Es hat richtig wehgetan.

Nachtrag: Ich habe sein Leiden in der Bibliothek nachgeschlagen, und er könnte die Wahrheit darüber sagen, dass er nicht der Vater ist, aber das bedeutet nicht, dass er nichts getan hat, oder?

Andrea las den nächsten Eintrag.

Ricky Blakely – 20. Oktober 1981. Sie sagte, ich bin eine Lügnerin und dass ich Sex mit vielen Männern hatte, von denen sie nichts wissen, beim Orchestercamp, im Debattierklub usw., nicht nur auf der Party. Sie hat mich blauäugig genannt und gesagt, meine Eltern intrigieren, um Nardo dazu zu zwingen, dass er mich heiratet, weil das reiche Leute so machen. Sie hat außerdem gesagt, dass ich für die Clique alles kaputt gemacht habe. Ach ja, und dass ich Clay zwingen will, mich zu heiraten, was keinen Sinn ergibt, wenn meine Eltern sich bereits mit Nardos Eltern geeinigt haben (offensichtlich???). Sie will nie wieder mit mir reden. Sie hat mich eine blöde Schlampe genannt und mir befohlen, ihr Haus zu verlassen. Ich wusste immer, dass sie gehässig sein kann, aber sie war schrecklich zu mir. Warum habe ich jemals gedacht, dass sie meine Freundin ist?

Andrea blätterte die Seite um. Sie war auch auf dem Rücken beschrieben. Die Schrift war kleiner, die Zeilen gedrängt.

Blake (selber Tag) – Er sagte, er sei bei der Party »weggetreten« gewesen und dass er sich vollgepisst hatte. Er war die ganze Zeit im Badezimmer eingesperrt. Er sagt, er ist es nicht gewesen. Er wollte, dass ich ihn heirate, aber nur um ihm zu seiner politischen Karriere zu verhelfen. Ich lehnte ab, und er sagte, ich soll das Baby »im Klo hinunterspülen«. Er hat mich angebaggert und tatsächlich meine Hand auf sein Ding gelegt, und es war eklig. Blake ist genauso schlimm wie Nardo. Warum habe ich mich bis jetzt nie damit konfrontiert, was für ein schrecklicher Mensch er ist?

Andrea sah, dass ihre Hände zitterten, als sie umblätterte.

Nardo Fontaine – 21. Oktober 1981. Ich hasse ihn so sehr. Er ist so ein Wichser. Erst schicken seine Eltern einen idiotischen Brief, dass ich mich von ihm fernhalten soll, dann stöbert er mich am selben Tag in der Bibliothek auf und labert mich voll. Nardo hat zugegeben, dass er Mr. Wexler in der Nacht der Party angerufen hat, aber er sagte, er musste ihn mit LSD schmieren, damit er kam und mich ihm »vom Hals schaffte«. Laut Nardo habe ich mit Clay gestritten, aber sie haben ihre Geschichten eindeutig abgesprochen, und die Geschichte ist, dass ich ein schlechter Mensch bin. Nardo hat erzählt, dass Jack auf der Party war und uns LSD verkauft hat, womit er andeuten wollte, dass es Jack war, der mir wehgetan hat. Ich glaube ihm nicht. Kann sein, dass Jack ihm das LSD verkauft hat, aber er würde mir das nie antun. Nardo ist so ein Lügner. Manchmal sagt er grausame Dinge, nur um Leute zu verletzen. Es hat funktioniert!

Andrea fand Clay als Nächstes, bei Weitem der kürzeste Eintrag:

Clay – 21. Oktober 1981. Seine EXAKTEN Worte: Du hast das Spiel gespielt. Du musst mit Anstand verlieren können.

Nach dem Eintrag über Clay hatten die Aufzeichnungen die Form eines Tagebuchs angenommen. Die Tintenfarbe änderte sich. Bei den Datumsangaben gab es größere Sprünge. Die Schrift war gedrängter und füllte die Ränder zu beiden Seiten. Andrea überflog die Seiten und verharrte wahllos bei einzelnen Überlegungen, die Emily Vaughn vor vierzig Jahren angestellt hatte.

Jack war es nicht. Er hat versprochen, dass er mir hilft, und ich weiß, er wird es tun … An meinem letzten Tag an der Schule hat

Clay zu mir gesagt, es tut ihm leid, dass das alles passiert, aber ich glaube, er war nur nett, um mich ruhigzustellen. Er begreift nicht, was das für meine Zukunft bedeutet ... Nardo hat mir vor der ganzen Schule an die Brust gefasst, und es hat richtig wehgetan, aber er hat gelacht, als ich weinte ... Ich glaube, Ricky war es, die die Binde an meinen Spind geklebt und sie rot angemalt hat ... Ich glaube, Ricky hat auch ein Loch in mein T-Shirt geschnitten ... Ich weiß, dass Ricky alle meine Mitschriften aus dem Englischunterricht zerrissen hat ... Ricky ist der einzige Mensch, der die Scheiße an meinen Flötenkoffer geschmiert haben kann ... Ricky sagt, ich habe den Tod verdient ... Ricky war in der Stadt, als ich mein Zeug für heute Abend bei Maggie abgeholt habe. Sie hat mich die Straße entlang verfolgt, ich habe sie noch nie so wütend gesehen. Sie sagte, wenn sie mich heute Abend auch nur in der Nähe von Nardo sieht, schlägt sie mich mit bloßen Händen tot. Es ist mir egal. Ich gehe trotzdem zum Ball. Keiner von ihnen wird dort sein. Sie würden sich niemals mit den Prolls gemeinmachen.

Andrea blätterte um. Sie hatte den Abschnitt W-X erreicht. Danach kamen nur mehr leere Zeilen. Das Datum des letzten Eintrags war der 17. April 1982, der Tag des Abschlussballs.

Sie nahm die Quittung für den Smoking zur Hand. Zwanzig Dollar reichten nicht, um einen Smoking zu kaufen, aber es kam hin, um einen zu leihen. Das Logo war von *Maggie's Formal Wear*. Das Datum war der 17. April 1982. Die Beschreibung lautete: *Smoking, s.*, was Andrea als *Smoking, schwarz* interpretiert hatte.

Es stimmte nicht.

1982 war Eric Blakely ein ausgewachsener Mann gewesen und hatte gewiss einen entsprechend großen Smoking getragen. Es war vermutlich unmöglich, Smokings für Frauen zum Ausleihen zu finden. Ganz so, wie es heutzutage fast unmöglich war, eine Arbeitshose für weibliche Polizisten zu kriegen. Sie mussten sich mit dem begnügen, was es in der Kinderabteilung gab. Gerade Andrea hätte erkennen müssen, dass das *S* für *small* stand. Wie Emily selbst geschrieben hatte, war Ricky an diesem Tag bei *Maggie's Formal Wear* gewesen. Sie hatte sich einen kleinen, wahrscheinlich für einen halbwüchsigen Jungen gedachten Smoking geliehen, damit die Clique beim Ball einheitlich gekleidet auftrat.

Andrea blickte wieder auf das Gruppenfoto. Es war ihr bisher nie aufgefallen, aber sie trugen alle Sachen in etwa dem gleichen Farbton.

Die Clique.

Emily war aus dem Bild herausgeschnitten worden. Vierzig Jahre waren vergangen, seit Ricky Emily Vaughn zu Tode geprügelt hatte, und sie ertrug es immer noch nicht, das Gesicht des Mädchens zu sehen.

Andrea legte das Foto auf den Tisch und ging die Treppe hinauf.

Ricky stand immer noch an der Spüle. Sie kehrte Andrea den Rücken zu, fragte aber: »Alles in Ordnung, Schätzchen?«

»Ja, ja.« Andrea hatte eine vorgetäuschte Ungezwungenheit im Ton der Frau wahrgenommen. »Ich habe nur gerade über etwas nachgedacht.«

»Aha, und über was?« Rickys Stimme klang immer noch falsch.

»In der Marshal-Ausbildung bringen sie einem bei, nie etwas vorauszusetzen. Ich glaube, in Emilys Fall hat man etwas vorausgesetzt, was absolut falsch war.«

Ricky wandte Andrea weiterhin den Rücken zu. »Ach ja?«

»Ich glaube nicht, dass die Person, die Emily auf der Party vergewaltigt hat, dieselbe Person ist, die sie am Tag des Abschlussballs getötet hat.«

Ricky schaute in das Fenster über der Spüle und fand Andreas Spiegelbild im Glas.

»Emily besaß etwas, was sie ihre *Columbo-Ermittlung* nannte. Sie bewahrte Notizen über alle Leute auf, die möglicherweise wussten, was ihr in der Nacht der Party zugestoßen war. Ich habe angenommen, dass es ein Notizbuch war, aber es war keins, nicht wahr? Es war ihr Adressbuch.« Andrea wartete auf eine Reaktion, aber es kam keine. »Sie hatte es bei sich, als sie überfallen wurde, nur hat die Polizei es nie gefunden. Sie war nackt. Ihre Handtasche fehlte. Wissen Sie, wo die Tasche abgeblieben ist?«

Ricky sagte nichts, aber sie musste wissen, was in der Schublade im Konsolentisch war.

»An der Palette in der Gasse fand man schwarze Fäden.« Andrea hielt inne. »Haben Sie an diesem Abend einen schwarzen Smoking getragen, Ricky? Sie haben mir ja bereits verraten, dass Sie auf dem Ball waren.«

Ricky ließ den Kopf sinken. Sie starrte in die Spüle und stützte sich noch immer auf die Arbeitsfläche. Ihre Armreife waren auf die Hände hinuntergerutscht. Im Schein der Lampe waren die verblassten Narben zu sehen, wo sie versucht hatte, sich die Pulsadern aufzuschneiden.

Bibles Worte kamen Andrea in den Sinn – Drang zum Mord, Hang zum Selbstmord.

»Sie sollten …« Ricky hustete. »Sie sollten jetzt gehen, okay? Ich brauche ein wenig Ruhe.«

»Es ist vierzig Jahre her«, sagte Andrea. »Sind Sie es nicht leid, mit der Schuld zu leben?«

»Ich …« Ricky hustete wieder. »Ich möchte, dass Sie gehen. Bitte gehen Sie.«

»Ich gehe nicht, Ricky. Sie müssen mir sagen, was passiert ist. Das ist nicht für die Richterin oder für Judith. Sie müssen es mir um Ihretwillen erzählen.«

»Ich … Ich weiß nicht, was Sie … Ich kann es nicht, okay? Ich kann es nicht.«

»Sie können es.« Andrea ließ nicht locker. »Sie haben genug gelitten. Wie oft haben Sie versucht, sich umzubringen, weil Sie nicht leben konnten mit dem, was Sie getan haben?«

Ricky war vornübergebeugt vom Gewicht ihrer Schuld. Sie drückte die Stirn auf den Rand der Spüle. »Bitte zwingen Sie mich nicht.«

»Es zerreißt Sie innerlich«, sagte Andrea. »Sprechen Sie es aus, Ricky. Sagen Sie die Worte.«

Es war totenstill in der Küche. Irgendwo tickte eine Uhr. Schließlich holte Ricky tief Luft.

»Ja.« Ihre Stimme war nur ein heiseres Flüstern. »Ich habe Sie getötet, okay? Ich habe Emily getötet.«

Andrea öffnete den Mund, aber nur, um tief Luft zu holen.

»Ich habe ihr gesagt, sie soll sich von Nardo fernhalten.« Ricky stützte die Ellbogen auf die Spüle und legte das Gesicht in die Hände. »Ich habe sie vor der Sporthalle mit ihm reden sehen. Sie hat mit ihm geflirtet, die richtigen Knöpfe bei ihm gedrückt. Sie konnte … Sie konnte ihn einfach nicht in Ruhe lassen. Warum hat sie ihn nicht einfach in Ruhe gelassen?«

Andrea sagte nichts.

»Ich wollte nicht …« Ricky hustete in ihre Hände. »Ich wollte ihr nur eine Warnung erteilen, aber ich … Ich habe die Beherrschung verloren. Sie hätte nicht dort sein dürfen. Ich habe zu ihr gesagt, sie soll nicht kommen, und ich … Ich konnte mich nicht zurückhalten. Alles ging so schnell. Ich erinnere mich nicht einmal, dass ich in die Gasse gegangen bin. Das Brett aufgehoben habe. Ich war so wütend. So verdammt wütend.«

Andrea wusste, dass Ricky zu dieser Art Wut fähig war. Was sie nicht wusste: Wie war es weitergegangen? Emily Vaughn hatte zum Zeitpunkt des Angriffs neunundsechzig Kilo gewogen. Ricky konnte sie unmöglich allein bewegt haben.

»Hat Ihr Bruder Ihnen geholfen, sie aus der Gasse zu schaffen?«

Ricky schüttelte den Kopf, sagte aber: »Deshalb ist er weggefahren. Er hatte schreckliche Angst, dass ihn jemand gesehen hatte oder … dass man ihn verhaften würde, und er wusste, er konnte nicht … dass er die Wahrheit sagen müsste über das, was …«

Andrea hörte, wie sich ihre Stimme in weiterem Schluchzen verlor. »Warum haben Sie ihr das Kleid ausgezogen?«

»Blake sagte, es könnte Spurenmaterial geben oder … Ich weiß nicht. Ich habe getan, was er sagte. Wir haben alles hinter dem Haus verbrannt.« Ricky schniefte. »Er war gut in solchen Dingen, alle Aspekte berücksichtigen, Einzelheiten entdecken, die andere übersahen.«

Andrea konnte ihr nicht widersprechen. Er hatte es geschafft, Rickys Spuren vierzig Jahre lang zu vertuschen.

»Es tut mir leid«, flüsterte Ricky. »Es tut mir so verdammt leid.«

Ricky Schultern begannen wieder zu beben. Die Frau weinte am heftigsten, wenn sie um sich selbst weinte. Im Moment war sie friedfertig, aber man konnte nicht wissen, wie lange es anhalten würde. Andrea packte sie mit fester Hand an der Schulter. Sie war schon im Begriff, sie aus dem Haus zu führen, als sie einen Streifen einer dunklen Flüssigkeit auf dem schmutzigen Geschirr in der Spüle entdeckte.

Andreas erster Gedanke war, dass es sich um Spülmittel handelte, aber dann sah sie die teilweise aufgelösten Tabletten, die wie Sternbilder über die dunkle Flüssigkeit verteilt waren.

Ricky hustete wieder. Galle tropfte von ihren Lippen und lief an ihrem Shirt hinunter. Ihre Augenlider flatterten. Sie schwankte.

Andreas Blick ging zu den roten Flaschen auf der Arbeitsfläche.

Das Valium. Die Schmerzmittel.

Alle drei Flaschen waren leer.

Das Gurgeln aus Rickys Kehle ähnelte auf gespenstische Weise dem Geräusch, das Nardo im Diner von sich gegeben hatte. Sie sank langsam in sich zusammen. Andrea fasste sie um die Mitte, doch statt sie zu Boden gleiten zu lassen, umschloss sie ihre linke Hand mit der rechten und stieß beide kräftig in den Bauch unter Rickys Brustbein.

»Nein …« Ricky würgte in die Spüle. Aufgelöste Tabletten und Brocken von unverdautem Essen spritzten auf das Geschirr. »Bitte …«

Andrea drückte ein weiteres Mal ruckartig nach oben. Dann noch einmal und noch einmal, bis Ricky einen Strom Erbrochenes auf den Boden spie. Die orangen und gelben Pillen bildeten einen ekelhaften Regenbogen auf dem Linoleum. Andrea drückte mit all ihrer Kraft ein letztes Mal.

Ricky würgte so heftig, dass Krämpfe sie schüttelten. Sie würgte und spuckte weiter, bis nichts mehr herauskam. Ihr blieb nichts mehr zu tun, als wieder zu weinen und zu heulen wie ein verlorenes Kind.

»Warum?«, klagte sie. »Warum haben Sie mich nicht gehen lassen?«

»Weil«, sagte Andrea, »Sie es sich nicht verdient haben.«

11

Einen Monat später

Andrea saß am Fuß der Treppe in ihrem Wohngebäude in Baltimore. Sie hatte das Telefon am Ohr und lauschte Bibles Beschreibung der Begräbnisfeier für Richterin Esther Vaughn. Der Krebs hatte sie schneller dahingerafft als erwartet. Oder vielleicht wusste die Frau auch einfach, wann es Zeit war abzutreten. Sie hatte gegenüber der Staatsanwaltschaft eine umfassende

Aussage gemacht. Sie hatte ihre letzten Worte aufgezeichnet. Dann war sie in ihr Haus in Baltimore gefahren, hatte ein leichtes Mittagessen mit Judith und Guinevere zu sich genommen und sich anschließend zu einem Nickerchen hingelegt, aus dem sie nicht mehr aufwachte.

»Angesichts des kriminellen Verhaltens der Richterin waren nicht allzu viele Leute da«, sagte Bible. »Aber Judiths Freunde von der Kunstschule sind in Scharen erschienen. Mann, diese Leute können vielleicht was vertragen.«

Andrea lächelte. Trinken war tatsächlich der einzige Grund, warum man auf eine Kunstschule ging.

Sie fragte: »Hat Judith etwas zu Nardo und Ricky gesagt?«

»Na ja, Judith ist eine praktisch veranlagte Frau. War keine große Überraschung für sie, dass ihr Vater ein schlechter Mensch war. Und was Ricky angeht – ich weiß es nicht. Judith ist froh, dass das alte Mädchen sich schuldig bekannt hat und für den Rest ihres Lebens ins Gefängnis wandert. Ich glaube, es hat Esther ein wenig Frieden verschafft, endlich Bescheid zu wissen. Und wenn Esther glücklich war, dann war es Judith normalerweise auch.«

Andrea fand, das klang sehr nach Judith. Trotz aller Furcht einflößenden illegalen Aktivitäten der Richterin hatte sie ihre Enkelin Judith immer geliebt. Im Grunde war sie eine verlorene alte Frau gewesen, die von ihrem Mann geschlagen und deren Tochter ermordet wurde.

»Partnerin, Sie hätten das Büfett sehen müssen, das sie aufgebaut hatten. Haben Sie schon mal Maispudding gegessen? Die Richterin stand darauf. Ich habe so viel von dem Zeug in mich hineingeschaufelt, dass ich für den Rest des Monats kein Brot mehr essen darf. Sie wissen ja, wie man sagt …«

»Die dünnen Marshals lieben ihre Frauen«, sagte sie. »Was zum Teufel soll das überhaupt bedeuten?«

Bible lachte. »Sie wissen ja, wir müssen einmal im Jahr diesen Fitnesstest machen. Früher konnten sie einen feuern, wenn man ein bisschen zu fett wurde. Das dürfen sie jetzt nicht mehr, weil es Diskriminierung ist, deshalb kann man jetzt, wenn man den Test besteht, zwei Wochen freinehmen und sie mit seiner schönen Ehefrau verbringen. Oder dem Ehemann, gegebenenfalls.«

Der Anreiz kam ihr bekannt vor. Gordon hatte eine PowerPoint-Präsentation erstellt, um wichtige Einzelheiten aus dem Handbuch für Angestellte beim USMS hervorzuheben. Andreas einzige Reaktion war gewesen, dass die Citibank wahrscheinlich die letzte Rückzahlungsrate ihres Studiendarlehens von ihrer Sterbeversicherung abzweigen würde.

»Hey, Partnerin«, sagte Bible. »Alles gut bei Ihnen?«

»Alles gut«, sagte Andrea, auch wenn es ihr erst wirklich gut gehen würde, wenn Dean Wexlers Deal genehmigt war und der Psychopath im Gefängnis saß.

Sie konnten nicht beweisen, dass er Emily Vaughn etwas angetan hatte. Glücklicherweise waren Steuerbetrug, Steuerhinterziehung, Überweisungsbetrug und verschiedene andere steuernahe Delikte durchaus Verbrechen, die in den Vereinigten Staaten sehr ernst genommen wurden. Der beste Deal, den Wexler bekommen konnte, waren fünfundzwanzig Jahre in einem Bundesgefängnis. Er war fünfundsechzig. Selbst bei guter Führung wäre Wexler in den Achtzigern, wenn er wieder rauskam.

Wie Andrea mit Freuden vernommen hatte, würde die Vereinbarung auch sicherstellen, dass er nicht in einem gemütlichen Club Fed landete, wie es bei Clay Morrow der Fall gewesen war. Wexler würde seine Strafe im FCI Berlin in New Hampshire absitzen, einer Bundeseinrichtung mittlerer Sicherheitsstufe, mit Mehrpersonenzellen und einer landesweiten Personalkrise, die alles viel gefährlicher machte. Wexler musste eine Gefängnisuniform tragen, den Boden wischen und seine Toilette selbst reinigen, er musste von Fertignahrung leben, wurde jeden Morgen um sechs geweckt und hatte sein Bett bis 7.30 Uhr zu machen. Seine gesamte Post wurde kontrolliert, seine Telefonate aufgezeichnet. Seine Besuchszeiten waren eingeschränkt. Nichts was er hatte, gehörte ihm, nicht einmal seine freie Zeit.

Und doch war es nicht genug.

Andreas einziger Trost war die Erinnerung daran, wie Wexler bei der Fahrt in seinem alten Ford damit geprahlt hatte, was für ein wunderbares Leben er führte, seit er seine Stelle als Lehrer aufgegeben hatte. Wenn einen das Leben wirklich für seinen Charakter bezahlen ließ, würde Dean Wexler die Augen nie wieder zu einem endlos weiten Himmel heben.

Andrea räusperte sich. Sie kam zum schwierigen Teil. »Wie geht es den Mädchen?«

»Die Mädchen«, wiederholte Bible. Das Thema war auch für ihn schwer. Immer wieder einmal sprachen sie über ihre jeweiligen Einsätze, den Wetterbericht und über Cussy und den Boss, aber früher oder später kamen sie jedes Mal auf die Mädchen auf der Farm zu sprechen.

Nach Wexlers Verhaftung hatten Ambulanzen bereitgestanden, um die Mädchen ins Johns Hopkins Hospital in Baltimore zu bringen. Nur drei der zwölf hatten das Angebot angenommen. Eines von ihnen war verstorben, nachdem die Behandlung keinen Erfolg gezeitigt hatte. Ein Mädchen hatte das Krankenhaus zu Fuß verlassen. Das andere war so unterernährt, dass eine Expertin des CDC hinzugezogen wurde, um ihre Behandlung zu organisieren.

Star Bonaire hatte die übrigen Mädchen um sich geschart. Sie war de facto zu ihrer Anführerin geworden. Sie waren im Gerichtssaal, sooft Dean Wexler dort erschien. Wenn er in seine Zelle zurückgebracht wurde, kehrten sie in ihr eigenes Gefängnis auf der Farm zurück.

»Cussy, meine Frau, und Melody Brickel waren heute Morgen bei ihnen und haben mit Star gesprochen«, sagte Bible. »Sie ließen die Mädchen wissen, dass sie einige Möglichkeiten haben, wenn die Regierung den Laden schließlich übernimmt. Eine

Wohngemeinschaft vielleicht, oder sie haben alle irgendwo noch Familie. Der Boss sagt, sie und Melody laufen gegen eine Wand bei dem Versuch, zu den Mädchen durchzudringen, aber ich glaube, sie fühlen sich besser, als wenn sie es nicht versuchten.«

»Davon bin ich überzeugt.« Andrea hörte Schritte auf der Treppe.

Mike hob eine Flasche Wein hoch.

»Tut mir leid, ich muss Schluss machen. Passen Sie auf Ihre Hand auf, Spatzenhirn.«

»Ah, keine Sittichwitze mehr, Partnerin. Das ist zu billig.«

Andrea lachte und legte auf. Mike setzte sich hinter sie auf die Treppe. Sie lehnte sich an sein Bein und schaute zu ihm auf. »Mom und Gordon packen meine Bücher aus.«

Mike schaute misstrauisch drein. »Und wie läuft das?«

»Gordon hat angeboten, mir eine Excel-Tabelle zu erstellen. Es gab bereits eine hitzige Diskussion darüber, ob sie alphabetisch oder nach Themenbereichen geordnet werden sollen.«

»Haben Sie dich nach deiner Meinung gefragt?«

»Nö.«

»Du wirst sie nach Farben ordnen, wenn die beiden weg sind?«

»Yep.« Sie küsste ihn auf den Mund. Ihre Finger fuhren in seinen kratzigen Bart, und sie zupfte spielerisch an seiner Wange. »Leg dich nicht mit meiner Mom an.«

»Baby, du weißt, das würde ich niemals tun.«

Andrea wusste, er würde genau das tun, aber es gab keinen Grund, das Unvermeidliche hinauszuschieben.

Die Bewegungsmelder lösten die Beleuchtung aus, als sie den langen Flur entlanggingen. Andreas neue Wohnung war kleiner als die alte, aber wenigstens lag sie nicht über der Garage ihrer Mutter. Sie lag über gar nichts. Andrea hatte sich nur eine Souterrainwohnung in *SoBo* leisten können, wie die Einheimischen South Baltimore nannten. Die Vermieterin hatte den Mietpreis gemindert, als sie erfuhr, dass Andrea Marshal war. Dennoch würde sich Andrea bis zur Rente von Ramennudeln ernähren müssen. Falls es noch eine Rente gab, wenn sie das entsprechende Alter erreicht hatte.

Andrea warf Mike einen letzten warnenden Blick zu, bevor sie die Tür öffnete.

Er sah ihre Eltern und sagte: »Oh, schau, Mom und Dad sind da.«

Laura klammerte sich an ein Buch.

Gordon räusperte sich.

Mike setzte sein dämliches Grinsen auf, als er im Zimmer umherging. »Nette Bude hast du da, Andy. Ich sehe sie eindeutig zum ersten Mal, und ich habe keine Ahnung, wo das Schlafzimmer ist.«

Laura blähte die Nasenlöcher.

Gordon räusperte sich wieder.

Andrea griff nach der Flasche Wein. Ohne Alkohol schaffte sie das nicht.

Die winzige Küche lag gleich hinter dem Wohnzimmer und grenzte an das noch winzigere Schlafzimmer. Das Bad war so eng, dass die Tür die Kloschüssel streifte. Sie hatte genau drei Fenster. Das über der Küchenspüle war lang und schmal und bot einen erstklassigen Blick auf die Fußbekleidung der Leute, die draußen auf dem Bürgersteig vorbeiliefen.

Andrea war sich ziemlich sicher, dass sie die Wohnung liebte.

Sie suchte nach den Weingläsern, gab es aber schnell wieder auf. Es war ihr nicht gelungen, etwas auszupacken, bevor ihre Eltern kamen, um zu helfen – hauptsächlich weil sie wusste, dass ihre Eltern kamen, um zu helfen. Sie fand zwei Wassergläser, ein Marmeladenglas und eine Kaffeetasse in einem Karton, der mit *Zeug* beschriftet war.

Andrea drehte den Wasserhahn in der Küche auf, spritzte Spülmittel ins Becken und griff nach dem Schwamm. Die Teller vom Abendessen des Vortags waren voll eingetrockneter Soße. Ohne ihr Zutun blitzte das Bild in ihrem Kopf auf, wie Nardo Fontaine die Hand von seinem Hals genommen hatte. Das Blut war von oben bis unten über Star gespritzt. Die Frau hatte nicht geschrien. Sie hatte sich nicht einmal das Blut vom Gesicht gewischt. Sie hatte sich auf ihren Hocker gesetzt, sich an der Theke festgehalten und auf die weißen Wandfliesen gestarrt, während sie darauf wartete, dass ihr jemand sagte, was sie tun solle.

Andrea schloss die Augen und holte tief Luft.

Das passierte manchmal. Das Trauma kam zurück. Aufblitzende Bilder von Gewalt, von Schmerz. Statt dagegen anzukämpfen, statt ihr ganzes Leben deshalb verändern zu wollen, hatte Andrea gelernt, es zu akzeptieren. Die Erinnerungen gehörten zu der Person, die sie jetzt war, genau wie die Erinnerung an den Triumph, als sie Ricky Fontaines umfassendes Geständnis erhalten hatte.

Andrea lauschte auf die Geräusche aus dem anderen Zimmer. Ihre Abwesenheit hatte die Temperatur sinken lassen. Laura hielt Mike einen Vortrag, Gordon lachte über die beiden. Sie fischte ihr iPhone aus der Gesäßtasche. Andreas iCloud hatte ein Backup der Fotos angelegt, die sie von der Collage der jugendlichen Judith geschossen hatte. Das Original war bei dem Brand zerstört worden. Andrea hatte den einzigen Beweis in der Hand, dass es je existiert hatte.

Sie scrollte an der Beschriftung von Melody Brickels Musikkassette vorbei. An den aufmunternden Worten, die aus Melodys Briefen stammten, wie sie später herausgefunden hatte. Die Ultraschallaufnahmen von Judith, die sich fächerförmig in der Mitte des Bildes ausbreiteten. Die Fotos, auf denen Emily lachte und spielte und alles Mögliche tat, nur nicht sterben.

Andrea hatte sich unbedingt einreden wollen, dass Judith wie Clay aussah, aber Tatsache war, sie sah ihrer Mutter sehr ähnlich. Emilys hellblaue Augen waren ganz anders als Clays eisblaue. Und was Judiths hohe Wangenknochen und das leichte Grübchen in ihrem Kinn anging, so konnten sie von einem entfernten Vaughn oder Fontaine stammen, so wie Andrea ihre Schweinchennase aus dem Genpool ihrer Familie gezogen hatte.

Sie wischte über den Schirm und hielt bei dem Gruppenfoto, das Judith unter die übrigen Schnappschüsse ihrer Collage gereiht hatte. Es war dasselbe Foto, das bei Ricky vierzig Jahre lang einen Ehrenplatz eingenommen hatte.

Die Clique.

Emily und Ricky waren ähnlich gekleidet, mit ihrem Eyeliner und der toupierten Dauerwelle waren sie eindeutig in den Achtzigern zu verorten. Die Jungs hatten alle eine Zottelmähne und trugen die Ärmel ihrer Members-Only-Jacken hochgeschoben. Ricky ähnelte Nardo mehr als ihrem Zwillingsbruder. Blake und Clay hätten Brüder sein können. Die Gruppe sah aus, als posierte sie für ein Prequel des Films *The Breakfast Club*, auch wenn es keine Sportskanone oder Prinzessin gab. Andrea sah nur den Nerd und den hoffnungslosen Fall, und natürlich waren alle mit nur einer Ausnahme überführte Verbrecher.

Gordons lautes Lachen riss Andrea aus ihren Gedanken. Sie hörte einen neckischen Ton in Lauras Stimme, als diese antwortete. Zur Abwechslung hatte Mike offenbar nichts beizutragen.

Andrea ließ das Handy wieder in die Tasche gleiten. Sie tauchte die Hände in das schaumige Wasser und begann abzuspülen. Ihre Finger fuhren am glatten Rand eines Tellers entlang. Wieder wanderten ihre Gedanken zurück zum Diner.

Eine Untersuchung der Delaware State Police hatte erbracht, dass Jack Stiltons Schuss auf Bernard Fontaine gerechtfertigt gewesen war. Andrea konnte dem Befund nicht widersprechen, sie fragte sich allerdings, ob Stilton nicht so oder so einen Weg gefunden hätte, Nardo zu töten. Er war zu diesem zweiten Schuss bereit gewesen, und nur Andrea hatte ihn daran gehindert. Sie verstand seinen Hass auf Nardo. Stilton war jahrelang von dem Arschloch tyrannisiert worden – unter anderem in den späten Neunzigern, als Nardo laut Stilton damit gedroht hatte, ihn als schwul zu outen, wenn er eine Anzeige wegen Alkohol am Steuer nicht verschwinden ließe. Sie konnte sich nicht vorstellen, wie schwierig sein Leben gewesen sein musste. Gepeinigt von der Ermordung seiner besten Freundin in der Highschool. Verzweifelt, weil er nicht fähig war, den Mörder der Gerechtigkeit zuzuführen. Er hatte gewusst, dass Nardo der Schlüssel zur Klärung des Verbrechens war, aber er hatte zu viel Angst gehabt, um ihn zur Rede zu stellen. Stilton war ein Trinker und Frauenfeind, aber er war auch Emilys einziger wahrer Freund gewesen.

»Hey.« Mike schlang die Arme um ihre Mitte und drückte den Mund auf ihren Nacken. »Alles in Ordnung?«

»Ja.« Der Kloß in ihrem Hals erinnerte sie daran, dass sie ihn nicht belügen sollte. »Ich muss ständig an Star denken.«

Wieder küsste er ihren Hals. Seine drei tyrannischen Schwestern hatten ihn gelehrt, dass es nicht für jedes Problem eine Lösung gab. »Das tut mir leid«, sagte er schlicht.

Laura räusperte sich hinter ihnen. Sie hielt drei Weingläser in die Höhe. »Die habe ich in dem Karton gefunden, der mit *Bad* beschriftet war.«

Andrea zuckte die Achseln. »Wozu ein Bad nehmen, wenn man dabei nichts trinkt.«

Laura runzelte die Stirn, als Mike ihr die Gläser abnahm. »Ich habe den Nachruf auf die Richterin in der *Times* gelesen. Kein Wunder, dass Reagan sie ernannt hat. Was für eine verdammte Heuchlerin.«

»Kriminelle, die in Glashäusern leben …«, fing Mike an.

»Das ist etwas ganz anderes«, empörte sich Laura. »Man arbeitet sich nicht in solche Machthöhen hinauf, ohne seine Seele zu korrumpieren. Schau dir meinen abscheulichen Bruder an.«

Andrea war außerordentlich dankbar, als ihr Handy zu läuten anfing. Auf dem Display stand *BIBLE LEONARD*, was merkwürdig war, denn normalerweise erschien er als *USMS BIBLE*.

Sie sagte zu Mike und Laura: »Ich weiß, ihr beide könnt nicht schön spielen, aber spielt wenigstens fair.«

Andrea schlüpfte zur Tür hinaus, bevor ihre Mutter etwas erwidern konnte. Sie war auf dem Weg zur Treppe, als sie den Anruf annahm. »Ist Ihnen noch etwas zu Ihren Piepmätzen eingefallen?«

Es gab eine lange Pause. Sie hörte das Rumoren der Schreie und Obszönitäten, die das charakteristische Hintergrundgeräusch eines Bundesgefängnisses bildeten.

»Hallo, Andrea«, sagte Clayton Morrow.

Andreas Hand fuhr an ihren Mund.

»Ich höre, du hast die alte Heimatstadt besucht«, sagte er.

Andrea ließ die Hand sinken und holte tief Luft. Sie schrie nicht auf. Sie geriet nicht in Panik. Sie sagte sich die Fakten auf. Ihr Vater war im Gefängnis. Geschmuggelte Handys waren leicht zu bekommen. Clay hatte Bibles Nummer gefälscht, damit sie sich meldete.

Er wollte etwas.

»Andy?«, sagte Clay. »Ich habe die Neuigkeiten über Ricky und Nardo gehört. Was für eine toxische Beziehung. Die beiden haben einander immer verdient.«

Andrea holte noch einmal tief Luft. Dean Wexler mochte eine armselige Kopie von Clay Morrow sein, aber Clays herzloser Ton erinnerte sie an Bernard Fontaine.

»Hast du gefunden, wonach du gesucht hast?«

Andrea stand auf. Sie durfte nicht riskieren, dass ihre Mutter auf den Flur herauskam. Also stieg sie die Treppe hinauf und stieß die Tür zur Straße auf. Verkehr rauschte vorbei. Hupen schrillten. Fußgänger bevölkerten den Gehsteig. Andrea lehnte sich an die Hauswand. Wenn Mike noch vor der Spüle stand, konnte er ihre Füße durch das schmale Fenster sehen.

»Was willst du?«, fragte sie Clay.

»Ah, diese wundervolle Stimme«, sagte er. »Es wäre schön, wenn du mich besuchen kämst, Tochter. Ich habe dich auf die Liste meiner genehmigten Besucher gesetzt.«

Sie schüttelte den Kopf. Niemals würde sie ihn besuchen.

»Dein Onkel Jasper«, sagte er. »Ich weiß, du hast mit ihm zusammengearbeitet.«

»Ich habe nicht mit Jasper zusammengearbeitet«, entgegnete sie. »Ich habe sicherzustellen versucht, dass du nie mehr aus dem Gefängnis kommst.«

»Doch leider bin ich unschuldig«, sagte Clay. »Allerdings – korrigier mich, wenn ich falschliege – hört es sich so an, als würdest du dir wünschen, ich hätte sie tatsächlich getötet.«

Andreas Finger krallten sich um das Telefon. Seine Anhörung zur bedingten vorzeitigen Haftentlassung fand in fünf Monaten statt. Sie war überzeugt, Jasper rackerte sich mit der unangenehmen Arbeit ab zu gewährleisten, dass sie ihm verwehrt wurde. Was Andrea anging, so hatte sie sich geschworen, wegen ihres psychopathischen Vaters ihr Leben nicht schlagartig zum Stillstand kommen zu lassen. Sie war gescheitert mit ihrem Beitrag, ihn für immer wegzusperren, aber sie würde sich von Clayton Morrow nicht das Gefühl vermitteln lassen, sie hätte versagt.

»Nichtsdestoweniger gibt es ein paar sehr interessante Geschichten über die gefräßige Vergangenheit des lieben Jasper«, sagte er. »Die könnten dich interessieren.«

»Wie zum Beispiel?«, fragte sie. »Er war bei allen deinen Anhörungen zur vorzeitigen Entlassung dabei. Und dir ist nicht früher in den Sinn gekommen, ihn mit diesen Informationen zum Schweigen zu bringen?«

»Merkwürdig, nicht wahr? Warum halte ich wohl etwas zurück, was ihn vernichten könnte?« Clay kicherte in die Stille hinein. »Komm mich besuchen, Tochter. Ich verspreche, du wirst nicht enttäuscht sein.«

Andrea öffnete den Mund zu einer Antwort, aber es kamen keine Worte heraus. Sie spürte nur die kalte Luft in ihrem Mund, dachte an den Sauerstoff, der um sie floss, der in ihrem Blutkreislauf zirkulierte, der Leben in ihren Körper brachte.

Clayton Morrow hatte nicht angerufen, weil er Jasper mit Dreck bewerfen wollte. Er rief an, um Andrea wieder in seinen Dunstkreis zu ziehen. Sie durfte ihre Welt nicht wegen ihm zum Stillstand kommen lassen. Er war ein Psychopath. Sein Sauerstoff war Aufmerksamkeit. Er brauchte Andrea, um sein Feuer zu nähren.

»An-dree-ah«, sang er. »Ich denke, du solltest …«

Sie beendete das Gespräch.

Sie ließ das Telefon wieder in ihre Tasche gleiten und blickte auf die Straße. Ein Fahrrad rollte vorbei. Menschen hatten es mit ihren Einkäufen eilig. Kinder diskutierten über Hausaufgaben. Hippe Millennials tranken ihre Latte. Eine Dogge an einer langen Leine trabte wie ein Zirkuspony vorbei.

Andrea stieß sich von der Wand und ging zurück ins Haus. Schon auf der Treppe konnte sie das tiefe Grollen von Mikes Stimme hören, Lauras warmes Lachen, Gordons ständiges Räuspern.

Letzten Monat hatte Andreas Mutter ihr vorgeworfen, jede Herausforderung im Leben so anzugehen, als wäre sie eine Klippe, von der sie sich stürzen müsse. Völlig ohne Kontrolle, der Schwerkraft ausgeliefert.

Jetzt war ihr Leben mehr wie ein Dreimeterbrett.

Andrea hatte endlich gelernt zu springen.

Wie man fiel, hatte sie schon gewusst.

DANKSAGUNG

Mein erster Dank geht an Kate Elton und Victoria Sanders – dafür, dass sie da sind, komme, was da wolle. Und in letzter Zeit wollte da eine Menge kommen, deshalb meine Bitte um Entschuldigung und meine Wertschätzung. Ein besonderer Dank auch an Diane Dickensheid, weil sie dafür sorgt, dass die Segel zu allen Zeiten korrekt ausgerichtet sind, an Emily Krump für ihre erstaunliche Ruhe und an Bernadette Baker-Baughman, meine Mitstreiterin, die mich vor dem Wahnsinn bewahrt. Zumindest punktuell.

Bei HarperCollins geht mein Dank an: Liate Stehlik, Jen Hart, Heidi Richter-Ginger, Kaitlin Harri, Miranda Mettes, Kathryn Cheshire, Elizabeth Dawson, Sarah Shea, Izzy Coburn, Chantal Restivo-Alessi, Julianna Wojcik und alle meine GPP-Leute weltweit. Bei WME an Hilary Zaitz-Michael und Sylvie Robineau. Bei Made Up Stories an die unglaubliche Bruna Papandrea, Steve Hutensky, Janice Williams und Casey Haver. Dank auch an Charlotte Stoudt, Lesli Linka Glatter und Minkie Spiro dafür, dass sie solche außerordentlichen Profis und wahrhaft gute Menschen sind. Eric Rayman und Jeff Frankel waren hilfreich wie immer. Und natürlich wäre ich nachlässig, würde ich die wunderbaren Leute bei Netflix nicht erwähnen.

Beim United States Marshal Service schulde ich Keith Booker, Marc Cameron, Brooke Davis, Van Grady, Chaz Johnson, Kevin R. Kamrowski, David Oney und J.B. Stevens großen

Dank dafür, dass sie all meine anstrengenden Fragen beantwortet haben. Sämtliche Fehler sind ausschließlich mir anzulasten und liegen nicht an den Bemühungen ihrerseits.

Alafair Burke, Patricia Friedman, Charles Hodges und Greg Guthrie haben bei dem juristischen Kram geholfen. Sara Blædel hat die Raffinesse des durchschnittlichen dänischen Igels bestätigt. David Harper hat einige medizinische Fragen beantwortet und steht in den Startlöchern für den neuen Sara-und-Will-Roman. Dies als Anmerkung für diejenigen Leser, die sich fragen, was als Nächstes kommt. Kristian Bush und Melanie Hammet haben mir neben anderen musikalischen Kuriositäten den Taktwechsel erklärt, damit ich mich nicht blamiere. (Was ich möglicherweise trotzdem getan habe, aber was ich sagen will, ist: Sie haben es versucht.) Carly Place hat bei Fakten zu Delaware geholfen, der Ort Longbill Beach ist allerdings vollkommen frei erfunden.

Mein letzter Dank geht wie immer an meinen Dad – dafür, dass er tapfer durchhält. Und an D. A., die immer noch zu mir hält. Du bist mein Leben. Du bist mein Zuhause.